中外语言文学学术文库

西方文学"人"的母题研究

On the Image of "Man" in Western Literature

蒋承勇　著

华东师范大学出版社
East China Normal University Press

图书在版编目(CIP)数据

西方文学"人"的母题研究 / 蒋承勇著. —上海：华东师范大学出版社，2017
（中外语言文学学术文库）
ISBN 978-7-5675-6602-6

Ⅰ.①西… Ⅱ.①蒋… Ⅲ.①文学研究—西方国家 Ⅳ.①I106

中国版本图书馆CIP数据核字（2017）第154948号

西方文学"人"的母题研究

著　　者　蒋承勇
策划编辑　王　焰
项目编辑　曾　睿
特约审读　汪　燕　李惠明　纪超然
责任校对　张　雪
封面设计　林　勤
责任印制　张久荣

出版发行　华东师范大学出版社
社　　址　上海市中山北路3663号 邮编 200062
网　　址　www.ecnupress.com.cn
电　　话　021-52713799 行政传真 021-52663760
客服电话　021-52717891 门市（邮购）电话 021-52663760
地　　址　上海市中山北路3663号华东师范大学校内先锋路口
网　　店　http://hdsdcbs.tmall.com

印 刷 者　上海商务联西印刷有限公司
开　　本　710×1000 16开
印　　张　29.25
字　　数　484千字
版　　次　2018年1月第1版
印　　次　2018年1月第1次
书　　号　ISBN 978-7-5675-6602-6/I.1705
定　　价　90.00元

出版人　王　焰

（如发现本版图书有印订质量问题，请寄回本社客服中心调换或电话021-52717891联系）

《中外语言文学学术文库》
编 委 会

成员：（按姓氏音序）

辜正坤　何云波　胡壮麟　黄忠廉

蒋承勇　李维屏　李宇明　梁　工

刘建军　刘宓庆　潘文国　钱冠连

沈　弘　谭慧敏　王秉钦　吴岳添

杨晓荣　杨　忠　俞理明　张德明

张绍杰

总 序
GENERAL PREFACE

改革开放以来,国内中外语言文学在学术研究领域取得了很多突破性的成果。特别是近二十年来,国内中外语言文学研究领域出版的学术著作大量涌现,既有对中外语言文学宏观的理论阐释和具体的个案解读,也有对研究现状的深度分析以及对中外语言文学研究的长远展望,代表国家水平、具有学术标杆性的优秀学术精品呈现出百花齐放、百家争鸣的可喜局面。

为打造代表国家水平的优秀出版项目,推动中国学术研究的创新发展,华东师范大学出版社依托中国图书评论学会和南京大学中国社会科学研究评价中心合作开发的"中文学术图书引文索引"(CBKCI)最新项目成果,以中外语言文学学术研究为基础,以引用因子(频次)作为遴选标准,汇聚国内该领域最具影响力的专家学者的专著精品,打造了一套开放型的《中外语言文学学术文库》。

本文库是一套创新性与继承性兼容、权威性与学术性并重的中外语言文学原创高端学术精品丛书。该文库作者队伍以国内中外语言文学学科领域的顶尖学者、权威专家、学术中坚力量为主,所收专著是他们的代表作或代表作的最新增订版,是当前学术研究成果的佳作精华,在专业领域具有学术标杆地位。

本文库首次遴选了语言学卷、文学卷、翻译学卷共二十册。其中,语言学卷包括《新编语篇的衔接与连贯》、《中西对比语言学——历史与哲学思考》、《语言学习与教育》、《教育语言学研究在中国》、《美学语言学——语言美和言语美》和《语言的跨面研究》;文学卷主要包括《西方文学"人"的母题研究》、《西方文学与现代性叙事的展开》、《西方长篇小说结构模式研究》、

《英国小说艺术史》、《弥尔顿的撒旦与英国文学传统》、《法国现当代左翼文学》等；翻译学卷包括《翻译理论与技巧研究》、《翻译批评导论》、《翻译方法论》、《近现代中国翻译思想史》等。

本文库收录的这二十册图书，均为四十多年来在中国语言学、文学和翻译学学科领域内知名度高、学术含金量大的原创学术著作。丛书的出版力求在引导学术规范、推动学科建设、提升优秀学术成果的学科影响力等方面为我国人文社会科学研究的规范化以及国内学术图书出版的精品化树立标准，为我国的人文社会科学的繁荣发展、精品学术图书规模的建设做出贡献。同时，我们将积极推动这套学术文库参与中国学术出版"走出去"战略，将代表国家水平的中外语言文学学术原创图书推介到国外，构建对外话语体系，提高国际话语权，在学术研究领域传播具有中国特色、中国高度的语言文学学术思想，提升国内优秀学术成果在国际上的影响力。

《中外语言文学学术文库》编委会
2017年10月

前 言
FOREWORD

《西方文学"人"的母题研究》于2005年5月出版,同年10月第二次印刷,受到了读者的关注与好评。在有关本书的诸多评论中,这里我特别要提到的是我国外国文学界著名的前辈学者王忠祥先生,他在一次学术报告中说:

"'文学是人学'这个题目,说老实话在我国已讨论得不少,成果汗牛充栋。蒋承勇的博士论文《西方文学"人"的母题研究——从古希腊到18世纪》,有新的角度、新的思路、新的体会。他怎么写?从文化人类学的角度来写,严守递进辩证法来写这篇文章,这就是用新的方法来研究西方文学中的'人'的母题。后来他把论文内容扩充到20世纪,原来只谈到18世纪,2005年出版了《西方文学"人"的母题研究》。这是他奋斗了十年的理论成果,坚持了他多年的研究主题。"

拙著能得到王忠祥先生的肯定并作为列举的例子,我深感荣幸。王先生的话确实说出了我那段研究岁月的执着与艰辛,对我来说,《西方文学"人"的母题研究》是我的著作中的最爱之一。它曾获浙江省人民政府哲学社会科学优秀成果一等奖、浙江省作家协会优秀文学作品奖、教育部第五届人文社会科学优秀成果二等奖,等等。虽然如此,我依然认为,它还仅仅是关于西方文学"人"的问题研究的一个"纲要",其中,关于20世纪西方文学人的问题的研究还不够深入,而且,书中的行文还有不少差错。本次修订,主要是一些文字上的修正;至于对这个"纲要"的展开研究,那已不是我力所能及的事,我寄希望于感兴趣的同行们的共同努力。总之,我认为,关于文学与人、西方文学中的人的问题的研究,是一个具有无穷魅力和重要学术价值的课题,也是一个对我国当下和未来的社会文明发展与建设有重大现实意义和深远历史意义的课题。所以,最后我要引用一位我素不相识的读者对《西方文学"人"的母题研究》的一段评论,来结束这个简短的"前言":

"在当前,物质愈丰盛而精神愈感异化,本书的意义愈发显现出来。它不仅是一本就西方文学来研究'人'的学术著作,而且在现实中具有更广阔的意义。即使非专业的普通读者读起来,亦能感到引人入胜,思考良多。作者在宏阔的研究结构上多有留白,形成对接受者的召唤,吸引读者去想象和填充。本书引领读者一路叩问人之心门,在掩卷之后,萦回在读者脑中挥之不去的仍是遍布全书的那个永恒的哲学之问:我是谁?我从哪里来?我到哪里去?"[1]

蒋承勇

2017年9月12日于钱塘江畔

1　陈娜辉:《叩问永恒的斯芬克斯之谜——读〈西方文学"人"的母题研究〉》,《中华读书报》2006年6月。

目录
CONTENTS

导言 /1
    一、社会—文学—人 /1
    二、文化—文学—人 /2

第一章 人与文化之起源的诗性解说 /7
    第一节 文化的诞生与人的"堕落" /7
    第二节 自由的困惑 /17
    第三节 走向文明的艰辛 /26

第二章 原欲与理性的对立与互补 /32
    第一节 "神—原欲—人"的三位一体 /32
    第二节 "神—理性—人"的三位一体 /40
    第三节 对立与互补关系的人性依据 /47
    第四节 对人的生命存在的双向价值认同 /54

第三章 延续的历史:中世纪对文艺复兴的人文指引 /64
    第一节 希伯来—基督教文化的"古典"渊源 /64
    第二节 希伯来—基督教文化:滋长现代科学精神的温床 /71
    第三节 希伯来—基督教物欲意识的人文意蕴 /77
    第四节 希伯来—基督教文化之"爱"的人文意蕴 /84
    第五节 中世纪世俗文学的人文走向 /90
    第六节 延续性、包容性及多元共存 /100

第七节　从神圣观照世俗　/104

第八节　中世纪对文艺复兴的人文指引　/112

第四章　延续的与非同一的历史：文艺复兴对中世纪的人文传承与变异　/114

第一节　"人"如何被唤醒：文艺复兴的文化—心理成因　/115

第二节　原欲+人智：前期人文主义文学中"人"的内涵　/119

第三节　原欲+人智+上帝：后期人文主义文学中"人"的内涵　/132

第四节　从世俗观照神圣　/143

第五章　对人间"上帝"的追寻　/153

第一节　"王权崇拜"的文化—心理成因与人性依据　/153

第二节　君主专制与古典主义文学的人性内涵　/164

第三节　古典主义文学对浪漫主义文学的人文指引　/172

第六章　"人"向"自然"的迈进　/180

第一节　理性主义与个性主义　/180

第二节　启蒙文学与"自然原则"　/191

第三节　启蒙文学与"自然人"形象　/195

第四节　"新人"：另一种"自然人"形象　/201

第五节　"自然人"形象的文化血脉探析　/218

第六节　"新人"形象的文化包容性　/224

第七节　让"人"贴近世俗的生活　/238

第七章　"人"向感性世界的迈进　/257

第一节　思想的变革与"人"的再发现　/258

第二节　于"颓废"中寻觅另一个"自我"　/270

第三节　于"自然"中寻觅另一个"自我"　/281

第四节　"超人"精神的先导　/297

第五节　在神圣与世俗之间　/311

第八章　"人"向理性世界的退守　/326

第一节　上帝的退隐与人的困惑　/326

第二节　对原始情欲的崇拜与恐惧　/339

第三节　造神"英雄"的灵魂革命　/351

     第四节 "上帝"就在人的身旁？ / 363

     第五节 "人"的定位的困惑 / 371

     第六节 对原始情欲的悲观与冷漠 / 381

     第七节 人是生物？ / 392

     第八节 在灵魂质拷的背后 / 402

第九章 上帝的失落与对新的上帝的追寻 / 406

     第一节 断裂与传承 / 406

     第二节 死亡与疯狂 / 410

     第三节 堕落与悲哀 / 416

     第四节 荒诞与抗争 / 427

     第五节 执着与慰抚 / 439

     第六节 上帝必死而戈多永远活着 / 445

主要参考书目 / 448

导言

一、社会—文学—人

"文学是人学"（高尔基），而人"是一切社会关系的总和"（马克思）。西方人在不断地与自然、社会、自我的交互作用中推动着文明的进程，作为"人学"的西方文学也始终描绘着西方社会中人的生存状况。它不仅表现人们为展示人的本质力量、争取自由与解放的外在行动，也表现他们因丧失自我、丧失自由时的内在精神痛苦。西方文学中回荡着不同时期社会中人对自我灵魂的拷问之声，贯穿着深刻而深沉的生命意识和人性意蕴。可以说，一部西方文学史就是西方社会中人的精神发展史，也是西方文学人文传统的演变史。

古希腊—罗马文学是西方文学的源头之一，它主要表现欧洲原始社会和奴隶社会时期人的生存状况，呈现的是张扬个性、放纵原欲、肯定世俗生活和个体生命价值的人文特征，蕴含着根深蒂固的世俗人本意识。希伯来—基督教文学是西方文学的另一源头，它鼎盛于欧洲中世纪社会，呈现的是一种尊重理性、群体本位、肯定超现实之生命价值的宗教人本意识。文艺复兴是西方社会重新选择文化模式的时期，新的社会价值观使西方文学的人文传统既吸纳了古希腊—罗马文学的世俗人本意识，也吸纳了希伯来—基督教人本意识，从而形成了完整意义上的"人文主义"思想，它体现着西方近代社会中人的基本价值观。

17、18世纪的西方社会是高度理性化时代，此时的古典主义文学和启蒙文学正是这种时代精神的产物。古典主义文学体现的是君主专制极盛时期西方社会中人的高度的政治理性和"王权崇拜"心理；启蒙文学则体现着人们要求摆脱封建蒙昧、张扬人的智性能力和个性自由的愿望。18世纪末19世纪初的浪漫主义文学表现了法国大革命前后西方社会中人对自由生命的热切向往，"回归自然"的境界乃是人的自由观念和生命意志的寄托，表现了西方社会中人对现代文明的第一次强烈的反抗。19世纪现实主义文学成形于资本主义确立与发展时期,这时候,西方社会中的人对物质财富的追求与崇拜达到了空前狂热的状态,金钱也以一种前所未有的凶猛态势在人身上显示其威慑力,它是这一时期西方社会中主宰人的行为的"上帝"。现实主义作家以一种理性精神通过文学创作展示着物欲驱动下人的心灵世界的千奇百怪,从而警告世人:不要在物与金钱面前失去人的自尊与人的天性。现实主义作家呼唤的"人性"主要是人的理智、道德意识和人格的尊严。

20世纪西方社会中,人们普遍存在着因高度的物质文明带来的深重的异化感、危机感以及人类生存中的非理性和荒诞感,因此,20世纪西方文学,特别是现代主义倾向的文学,把传统文学业已表现的理智与情感、理性与原欲、灵与肉、善与恶等二元对立的人文母题推向深入甚至走向极端,蕴含着一种非理性人本意识。但20世纪50年代后许多作家又热心于对一种新的"理性"与"上帝"的追寻,表现出现代西方社会中人对自我命运、价值与意义的新的思考。

本书从宏观上梳理了西方社会、西方文明的历史变迁与文学中人文观念的演进,发掘与阐释了西方文学深层的人性意蕴及其与社会中人的价值观念演变的关系。

二、文化—文学—人

对人的自我生命之价值与意义的探究,是西方文化的传统,也是西方文学演变的深层动因。这种文化传统决定了西方文学自始至终回荡着人对自我灵魂的考问之声,贯穿着深沉、深邃而强烈的人文精神和生命意识,西方文学也因此显示出人性意蕴和文化内涵的深度,它的每一个毛孔都透射着人性的光辉。"文化—文学—人"是血脉相连,浑然一体的。因此,谈西方文学,必离不开西方文化,两者的内在联系是人。

关于"人是什么"的界说,除马克思"人是一切社会关系的总和"的著名论断外,学界还有种种不同的界说:

人是理性的动物;
人是政治的动物;

人是经济的动物；

人是符号的动物；

人是历史的动物；

……

其实，人与动物的根本区别在于人能够创造文化并运用所创造的文化支配自然，因此，人既拥有自然的世界，又拥有文化的世界。而动物不能创造文化因而只拥有自然的世界，并只能被动地适应这个世界，所以在严格意义上，它未能真正拥有自然的世界。至于社会关系、理性、政治、经济、符号、历史等等，或与文化同义，或为文化之一部分，均为人之创造物。因此，从这个意义上，也是更全面的意义上讲，人可谓是文化的动物。

人类在不断地与自然、社会及自我的交互作用中创造文化，也创造了自己；从人类文化发展的角度看，文化的诞生亦即人的诞生，一部文化史既是人类生存演变的历史，也是映照人类自身形象的一面镜子。因此，概而言之，文化是人类因生存与发展之需而创造的所有存在物，是人类创造的所有物质文化、行为文化和精神文化之总和。如图1所示：

图1

凡是从文化现象、人的文化行为以及文化体系的分析与梳理出发研究人类自身发展史的科学，都称为文化科学也即文化学。

人类学也是研究人类的科学，其研究对象主要包括人类的生物特征和文化特征，并由此发展为体质人类学（从人的生物特征研究人类）和文化人类学。文化人类学是从文化的角度研究人、研究人类的一切文化现象、文化行为以及文化体系的科学，其研究对象、范围以及研究方法与文化学是一致的[1]，因此，文化学也就是文化人类学。如图2所示：

---

[1] 梅新林、赵光育主编：《现代文化学导论》，内蒙古人民出版社1988年版，第2页。

图2

高尔基"文学是人学"这一命题是以西方文学为基点提出来的。西方文学以人为核心、以人为线索展示人性的各个方面，从而蕴积了深层的人学母题。西方文化的人本传统，决定了西方学界对人的研究本身成为一种学问（人学），对文学的研究也始终以人为中心，对文学中的人性开掘较全面深入。但是，近代西方学界侧重于把人作为整体的存在来研究，重在揭示人的理性和社会本质的差异；现代西方学界则侧重于把人作为个体和个体的存在来研究，重在揭示人的感性、自然本质的差异。这些研究对西方文学中"人"的整体和历史延续性的把握显得不够，缺乏递进式（螺旋式）循环的历史、辩证的眼光。

在我国，由于历史的原因，学术界对西方文学中的人、人性、人道主义的研究缺乏实质性的深入。钱谷融先生发表于1957年的《文学是"人学"》一文，是很有创意的，不过，它并不是直接针对西方文学而言的，而是针对苏联季摩菲耶夫的《文学原理》中"人的描写是艺术家反映整体现实所使用的工具"的观点而写的。这是一个文学创作上的理论问题。季摩菲耶夫认为，作家的任务是"反映整体现实"，而描写人是"反映整体现实之工具和手段"。这种观点导致了文学描写的概念化，违背了文学的性质和特点，使文学走向了非文学。为此，钱谷融先生提出文学要把人当作描写的中心，而且还要把怎样描写人、怎样对待人作为评价作家和作品的标准。钱先生提出"文学是人学"的意义在于：从文学的性质、特点出发，反拨当时占主导地位的创作实践与理论上的非文学化倾向，是文学性对非文学性的勇敢否定。[1]但是，钱先生处在特定的历史阶段，因而他的论断也未曾对"文学是人学"作更深入的开掘，特别

---

[1] 梅新林：《探索文学世界的形上意义》，见叶舒宪主编《文化与文本》，中央编译出版社1998年版，第28页。

是对文学中"人"的内涵的研究不够深入。不过，钱先生在当时已经很不容易了，由于这篇论文，文坛引起轩然大波，他受到了政治冲击。这个信号告诉人们：文学与人是一个带有风险性的研究课题。也许，这就是笔者前面所讲的我们对西方文学的"人"的问题缺乏实质性深入的重要历史原因吧。

20世纪80年代，中国文坛从以前的热衷于"政治关怀"转向了"人文关怀"，吹起了阵阵人道主义的清风，特别是从80年代中期到90年代中期有关人文精神的讨论，使文学与人的问题的研究向前推进。在这种背景下，对外国文学中"人"的问题的探讨也有了起色。特别是90年代中后期，以"外国文学中的人文精神"为题，召开了几次讨论会，深化了这一问题的研究。[1]但整体上还缺乏深度和系统性。事实上这也是一个大课题，在我们以前的研究基础相当薄弱的情况下，一时间也是无法有大的进展的。更重要的是，要在观念与方法上有所创新。

笔者认为，文学自诞生以来，就以人为描写的核心，它的本质是展示人的生存状况；它的最高宗旨是维护和实现人的自由与解放；它不仅表现人的不自由和争取自由的外在行动，而且也表现人因丧失自由所致的内心痛苦与焦虑。[2]文学以展示人性的深度为最高目标。从这种意义上说，文学是"人学"。由于文学是"人学"，它也就和文化学结下了不解之缘。西方文学是深深扎根于西方文化之土壤的，有深厚的文化底蕴，这就决定了从文化学视角透视西方文学，有助于我们把握其深层的"人"的母题。

文学本身属于文化的范畴，因而文学中自然包含了文化的特性和因素。文化与自然相对，文化因素和自然因素不同，"自然因素一般处于稳定不变的状态，但它们的意义并不是始终如一的，文化因素的情况正好相反，从根本上说，它们始终处于变化之中，但又必须持相对稳定的形式……必须具有一定的稳定程度"。[3]文化的这种稳定性，就是它的继承性和延续性。这种继承性为文化的发展提供了初始的基础，即为新一代人，为人类发展的每一个新阶段积累了物质的和精神的财富，它把人类文化的过去、现在和未来联成一体。[4]显

---

[1] 赖干坚主编：《外国文学中的人文精神论集》，厦门大学出版社1999年版。
[2] 蒋承勇：《社会的物化倾向与文艺的使命及走向》，《文艺研究》1995年第3期。
[3] 豪泽尔：《艺术社会学》第二部分，学林出版社1987年版。
[4] 《马克思恩格斯全集》第12卷，人民出版社1979年版，第571页。

然，文化学的眼光与方法有助于我们对西方文学人的问题作深入研究。我们所说的"文学的文化人类学视界"，就是要用文化学的眼光、手段与方法研究西方文学，对西方文学中的"人"的母题作深度把握，使文学研究达到文化人类学的高度。这实际上是一种文学人类学研究。文学与文化学之所以可以耦合为文学人类学，归根到底是由于文学与文化学就其本质而言都以人为起点，也以人为指归。所以，我们才说"文化—文学—人"是血脉相联，浑然一体的。

本书以文化为参照，以人为基点，透析西方文学中"人"的观点的历史嬗变，力图构建西方文学中"人"的观念递变的基本框架。

第一章
人与文化之起源的诗性解说

文化是多元的,不同质的文化蕴含着人对自我的不同解释与理解,因而不同质的文化映照出的人的形象也是各有差异的。于是,多元的文化就像一面多棱镜,透射出人的多面性与复杂性。古希腊—罗马文学与希伯来—基督教文学各属不同的文化范畴,因而就有关于"人"的不同的解说,从而也就开创了西方文学与文化关于"人"的母题的源头。

第一节
文化的诞生与人的"堕落"[1]

《圣经·创世记》中讲述了这样一个故事:

> 上帝创造了亚当与夏娃后,把他们安排在伊甸园里生活。伊甸园是上帝建造的乐园,那里长满了鲜花奇果。
>
> 上帝曾对亚当和夏娃有过告诫:园中所有的果子,你们都可以随便吃,但这是一棵智慧树,人吃了树上的果子,就会懂得自己的行为是正义的还是邪恶的,这就会使他的灵魂永远不得安宁。所以你们千万不能吃这棵树上的果子。否则,后果不堪设想!
>
> 一天,上帝外出了。夏娃在亚当睡熟之际四处游逛。忽然,她看到一条盘绕在智慧树上的狡猾的老蛇。蛇说,它也听到了上帝的告

---

[1] 蒋承勇:《偷食禁果故事的文化人类学阐释》,《文艺研究》2002年第4期。

诚,但是,如果把上帝的话当真,那就太傻了,智慧树上的果子其实是可以吃的。夏娃经不住蛇的诱惑,就接过蛇摘给她的果子,吃了几口。亚当醒来后,把剩下的也都吃了。于是,亚当和夏娃很快就有了智慧,发现自己原来是赤身裸体的,感到十分害羞,便用树叶来遮掩身体。

不久,上帝回来了,进园巡视,看见躲在树后的亚当与夏娃的情状,便知他们已受蛇的引诱,犯了诫令。他顿时勃然大怒。为了惩罚那些胆敢叛逆的造物,上帝让蛇终生用肚子走路,吃泥土过日子;把亚当和夏娃逐出伊甸园,并罚亚当终生在地里劳作,罚夏娃在怀孕和分娩时遭受痛苦。

亚当和夏娃偷吃智慧果,是人类首次犯罪的行为,所以被称为人的"堕落",人类也因此犯有"原罪"。

这则神话当然不能作为对人类起源和人的本质的科学解释,但其中却隐喻了原始初民对自我的一种理解,因而,它是以文学的方式呈示出原始初民的自我意识以及文化意义上人的存在形态,是我们考察人类文化之源的客观材料。"《创世记》的神话性不是原始天真人类的谎言和杜撰,而只是绝对真理感知中的局限性和相对性,只是绝对现实感知中旧意识的界限。这也许就是一切神话的奥秘之所在,因为神话一向包含着部分真理。它的背后隐藏着某种实在。"[1]

一、偷食禁果:文化的诞生与人的诞生

"原罪"是基督教的基本观念,也是西方文化与文学中人的"罪恶"意识以及善与恶永久撕斗之根源。从人类始祖亚当与夏娃被逐开始,凡肉身者皆生而有罪;人的降世亦即恶的降世,恶与人俱在。

然而,人类始祖之原罪在于违背上帝旨意偷食智慧之果。从文学的象征意义上看,亚当与夏娃偷食禁果,是人类由自然人走向文化人的隐喻。智慧之树是文明之树的象征,智慧之果即知识之果、文化之果。就人类来讲,对智慧之果的欲求乃是对知识的欲求、对文化的欲求与文明的欲求。亚当与夏娃吃了智

---

[1] 别尔嘉耶夫:《自由的哲学》,张百春译,学林出版社1999年版,第13页。

慧之果后知羞耻明善恶，标志着人的自我意识和理性意识的觉醒，标志着人与自然的分离——自然人走向了文化人，从而标志着"人"的诞生，这说明，智慧起源于人的理性，文化源于人走出同自然浑然无别的原始状态。人与自然分离是人类的一大进步！

从人类文明发展史看，创造文化是人类生命活动的必然结果。美国人类学家摩尔根认为："人类是从发展阶梯的底层开始迈进，通过经验知识的缓慢积累，才从蒙昧社会上升到文明社会的。"[1]摩尔根所说的"经验知识"就是文化，就是《圣经》中禁果所象征的内容。猿向人的转变、自然人向文化人的转变，人的本质的实现及其发展，都是通过文化的创造和积累而达到的。人类历史告诉我们，人与动物的区别是文化；人和文化是同时出现的；人类创造了文化，同时也就开始逐渐形成了人的本质及其特征，从此也就进入了人的范畴。如果人类一旦能创造文化就标志着理性意识的觉醒，那么，人可定义为"理性的动物"；如果人创造的文化可看成是一个有意义的符号系统，那么人可定义为"符号的动物"。[2]因此，人之为人是因为人有理性并能创造文化，文化之为文化（而非自然）是因为它属于人的创造并赋予了人的意味、投射了人的本质，正如亚当与夏娃偷食禁果的故事隐喻了人的觉醒、文化的诞生、人的诞生和人向文明的迈进。

二、偷食禁果的欲望与人的文化心理机制

上帝在伊甸园中安排智慧树，显然是有意于人类的。尽管他事先下令不能吃树上的果子，吃了必遭严惩，但实际上为人类始祖后来的偷食禁果埋下了可能，人类也有了走向文明的潜在可能。上帝安排了智慧树并向人发出告诫，这种告诫恰恰引发了亚当与夏娃以及蛇的好奇心。作为上帝的对立面和恶的代表，蛇明确无误地表白了自己对上帝诫令的怀疑，还挑唆性地对夏娃说：要是把上帝的话当真，那就太傻了。夏娃听信了蛇的话，径直接过蛇给她的果子吃了起来，把上帝的话忘得一干二净。亚当在吃果子时也是毫不犹豫的。可见，亚当与夏娃虽然不曾说过对上帝的诫令有怀疑的话，但如此轻而易举地为蛇所

1　摩尔根：《古代社会》上册，商务印书馆1971年版，第3页。
2　恩斯特·卡西尔：《人论》，甘阳译，上海译文出版社1985年版，第34页。

引诱，除了暴露出人的软弱性（尤其是夏娃经不起诱惑，恰如莎士比亚所说：脆弱啊，你的名字叫女人！）之外，其深层原因却应该是亚当与夏娃内心深处对知识、智慧、理性的亲和感，是人的心理对文化的本能性认同。

  人之能创造文化，是与人之需要文化和人之能体悟文化的潜在文化心理结构紧密相关的。现代解剖学告诉人们，人和高等动物猿类的生物心理机制的物质基础——脑组织——在基本结构上是大致相同的，其基本功能也相似。正是人的生物心理机制与动物的生物心理机制有着基本相同的构造与功能，所以整个悟性活动，包括记忆、回忆、联想、想象以及简单的推理能力等，是人与动物所共有的。由此可见，史前人作为猿群存在的时候，其生物心理机制和高等动物如猩猩的生物心理机制是一样的，它们都具有低级的思维、意识的能力，或者说，那时候人的生物心理机制就是动物的生物心理机制。现代人类考古学的化石材料也证明，在300万年前正在形成中的人（古猿）的脑量和现代人脑量差不多（现代猿类脑量占现代人脑量的1/3，而正在向人形成的古猿则占现代人脑量的1/3略强）。但是，经过史前人长期的经验积累，经过由使用工具到制造工具的漫长的黎明文化阶段，当人类学会创造性劳动——制造工具、按照自己的目的改变自然界的形式——创造出有意味的文化世界以后，人的生物心理机制因营养结构的变化及自身发展的需要而得到了迅速发展和完善，到50万年前"北京人"出现时，其脑量已发展到占现代人脑量的2/3了。不仅脑量迅速增加，而且脑的结构也发生了巨大变化，即前额区大大进化，出现了高等动物如猩猩所不发达的新皮质；由高度发达的额叶组成了大脑特殊结构——语言中枢区、大脑皮层第二机能联合区、第三机能联合区。这是人的生物心理机制不同于动物生物心理机制的地方，也是人的心理、意识、意志得以产生的物质基础。特别是第三机能联合区的出现，使人的生物心理机制大大不同于动物的心理机制。现代自然科学研究的材料告诉我们，人的思想、意识、意志不是在一般高等动物都有的小脑中产生的，而是在人的大脑特殊结构中形成的。大脑皮层的第一机能联合区、第二机能联合区具有记录感觉信息、分类及组织信息、编码的功能，是产生人的行为目的和程序的机制。特别是大脑皮层的第二机能联合区，它具有对信息接受和加工的功能，人的知觉、记忆、回忆、联想、想象、推理、概括、抽象等基本思维能力都是在这个机能联合区产生的。而大脑皮层第三机能联合区更是与动物不同的，它不仅有对信息再加工的功能，而且还有对信息贮存的功能，人类的经验、知识积累都贮存在这个机能联合区里。正是人的大脑皮层有了这种经验、知识等贮存、再加工的功能，才可以使人把祖传的文化经验、知识以及现实文化世界的教育、熏陶等等保留在记忆中，并在生活中不断提取、再加工，形成人的意识、意志，从而使人的意识有对事物借鉴评价的能力。人的整个情感、思想、意志等都是在这种特殊的大脑结构中形成的。在大脑皮层第三机能联合区对外界信息不断贮存、加工形成人的意志过程，也是人的生物心理机制不断接受文化世界的作用而构建文化心理结构的过程。这是一个由动物性心理结构到人的文化心理结构发展的过程，是人的生物心理机制与文化的产生、发展交互作用的漫长的历史过程。正是在这个过程中人才慢慢完成自己的本质实现——由正在形成的人逐渐发展为已经形成的人。"正在形成的人"已不同于动物乃至猿类，他已经有了动物和猿类所不具备的文化心理结构的基本形态，也就有了体悟文化世界的能力和创造文化世界的潜在欲求，也即他正处在"人之能创造文化"的阶段。

在《圣经》中，人是上帝创造的，而在刚被创造之际，与动物无异，无善恶、羞耻之感也即无体悟文化之能力，而上帝有这一能力，此外，与上帝为敌的蛇也有这一能力。上帝与蛇原本就是人自身本质的象征形态。人之无体悟文化与创造文化的能力，是因为人尚未成为人，而宗教的解说则是因为不曾赋予人这一能力，或者人尚未偷食禁果。而上帝的创造物亚当与夏娃毕竟不同于一般的动物，因此，上帝必须特别告诫他们，绝对不可以吃智慧树上的果子。这种特别的告诫，说明上帝知道亚当与夏娃有"堕落"的可能，其中隐喻了亚当与夏娃已有体悟与创造文化的基本心理机能，他们对智慧果的好奇心和接受蛇之诱惑的轻易性也正是因为有这种文化心理机能。吃禁果之前的亚当与夏娃无疑是"正在形成的人"。吃了禁果之后，亚当与夏娃由"正在形成的人"走向"已经形成的人"，也即文明的人和文化的人，这是人类文明史发展的缩影，是人类进化史的神话式印证。

三、偷食禁果之善与人向上帝的提升

在《圣经》中，上帝是无所不知的，知善恶、有理性是上帝的一种本质属性，知善恶本身是善的。而实际上，上帝是人创造的，因而，上帝是文明的象征，是人的理性的象征。始祖亚当与夏娃偷吃了禁果后知善恶懂羞耻，是人向上帝的提升，也即自然人向文化人、文明人的迈进。人远离了自然，却更接近了文化与文明，也就接近了上帝。这是一种善，而非恶。按《圣经》的意思，人在现世的赎罪过程和上帝对人的拯救过程，就是依照上帝的意旨不断改造，最终成为具有上帝一样的"神性"的人，其典范就是耶稣基督。因此，可以说人吃了智慧之果走向文明，不过是人追随上帝、向上帝提升的第一步，也即人向文明迈进的第一步。上帝对此应该是许可的。事实也是如此，在《圣经》中，当上帝为亚当与夏娃的"堕落"感到愤怒之后，他又说："看哪，亚当也成为与我们相似的了，他知道了什么是善和恶。"可见，上帝对亚当与夏娃的愤怒并不是由于偷食智慧果这一事情本身，否则上帝也该对自己的神性予以诅咒。

偷食智慧果行为的善，从文化本体论角度看，是因为它符合人的生命原则。人一旦同自然分离而成为文化人之后，就永远只能待在文明的家园而无法返归伊甸园。于是，乐园永远既令人思恋又无法到达，既使人渴望又难以接近，乐园虽是真实的，但毕竟已经失去。此后，人只能沿着蛇指引的道路——蛇在地上留下的痕迹——宛延曲折地向前走，这却是文明之路。而文明之路正是人的生命之路。人类文明史的发展历程告诉我们，人创造了文化，文化就帮助人完成了自我的实现。在这个过程中，人一刻也没有离开过文化，倒是在不断地追求与创造文化，也是不断地创造人自己，发展人自己。例如，人类从作为猿群赤手空拳地生活在地球上到创造出第一根木棍、第一件石器文化——一如人的始祖第一次吃智慧果子——经过了几千万年的进化，他们是怎样在饥寒交迫中曲曲折折地走过来的？我们难以想象。但是，人类创造了文化之后，就为自己的生命存在、延续与发展找到了依托物，为自己从自然界通向人类社会架起了一座文化桥梁。这座桥梁没有把人超度到天国，而是一步步地把他们从动物世界的群落中超度到人的世界，从蒙昧的状态提升到文明的境界。最初的、从动物界分化出来的人，在一切方面都和动物一样不自由，但文化上的每前进一步，都意味着人的自由度的增加。这说明文化不仅有利于人的生命的存在，而且还推动着人类的进步与发展。又如，人为了更好地生存而不断地去探索与认识自然，创造了丰富的科技文化，而科技文化又成了人生存与发展不可缺少的条件。同样，为了有效地管理人类社会，人创造了法律制度和宗教规范，人还发展了种种道德伦理观念和信仰准则，而这些法律和准则又成了人有序地生存与发展的必要前提。人的文化创造愈丰富多样,就使人离动物越远,越对自然与社会有支配能力,人也就获得了更多的新的自由。人类正是沿着这条文化之路,借助文化的驱动力把自己超度到彼岸世界的。

人类进化的漫长历史告诉我们,人与文化总是处在一种互补关系中:人为自己创造文化,文化也为人提供生存条件。文化与创造文化之善就表现在此,偷食禁果之善也表现在此。从这种意义说,上帝不仅是文化与文明和理性的象征,也是人类生命存在与延续的保护神。

四、偷食禁果之恶与文化的悖谬

在《圣经》中,上帝是永恒的存在,这是无须证明的公理,他至高无上,控制和驱动万事万物。他又是宇宙万物的根源——包括物质世界及真、善、美。在整个宇宙空间里,上帝是万能的、无所不知的、无所不在的、不变的和永恒的。上帝不仅是世界的创造者,而且还是他所创造的世界的主宰。人与上帝的关系是《圣经》的一个重要主题。人逃避不了与上帝的关系,上帝也不可避免地要和人发生联系。人的善与恶,在根本上取决于他对上帝是顺从还是叛逆:"任何人类事件都显示出一种或信仰上帝或背叛上帝的选择倾向。"[1]亚当与夏娃不听上帝的劝诫偷吃禁果,正是人对上帝的不顺从和叛逆,因而,如果上帝代表了宇宙万物的秩序的话,那么,人之"原罪"在于对这种宇宙秩序的不顺从,对自然的不顺从。而人却只有违抗上帝的旨意、抗拒自然对他的压迫与约束,才能吃到禁果,然后摆脱自然走向文明,从自然的人成为文化的人。处于"正在形成的人"阶段的人和"已经形成的人",创造文化、投向新的文明的怀抱是发自人的文化心理结构的潜在冲动与欲望,文化属性是人之成其为人的本质属性,创造文化、寻找文明家园的潜在冲动也就成了"原罪"之根、"恶"之源。而且,人类世世代代都要为始祖违抗上帝旨意寻找文明家园、创造文化的行为付出痛苦的代价,人类历史也就成了上帝拯救人和人不断赎过的过程。不过,这毕竟是一种来自宗教教义的解释。如果站在人本身和文化的角度,人们不禁要问:亚当与夏娃何罪之有?吃禁果何以是"堕落"?我们必须从文化与人的关系去回答。

1　Leland Ryken. *The Literature of the Bible.* Zondervan Publishing House, U.S. 1974, p.21.

诚然，人类是根据自己的需要，为了自己的生存与发展去创造文化的，人创造文化是为了使自己生活得更美好、更自由；人在创造了有意味的文化世界的同时，也创造了自己，文化成了帮助人通向文明境界的桥梁。然而，人与文化并不能始终保持这种谐调的关系，文化也未能始终为人类提供这种正效应。因为，人们在创造特定时期的文化的当初，并没有充分认识到这种创造活动所获得的文化进步是否能够满足自己的需要，并不明确认识这种文化进步对自己的未来会带来什么样的结果。例如，当人类创造宗教的时候，是为了寻找精神的寄托，为了使人们的生活有一种规范的制约，使人生活得有意义，使社会运转得更有序，而不会意识到神圣而刻板的教义，恐怖而压抑的宗教意识会扼杀人的天性，摧残人的精神与情感。宗教文化如此，科学文化也未尝不是这样。科学技术的发展，创造了人类文明的辉煌成就。人类社会在科技高速发展的推动下，创造了一个又一个奇迹，产生了巨大的物质财富，人们普遍地享用着现代科技的伟大成果，沉浸在对科学技术的深深迷恋之中，陶醉于科技发展给人类社会带来的积极作用。然而，在科学巨大成功和辉煌的背后，一个潜在的危险渐渐地显露了出来。人们应当不会忘记1945年7月16日，第一颗原子弹在美国试爆成功，爆炸力相当于两百吨TNT炸药。这颗从科学和技术的潘多拉魔盒中跑出来的神秘炸弹，向人类提出了末日的警告。同年8月和9月，美国将两颗刚刚造出的原子弹应用于实践，分别投向了日本的广岛和长崎，片刻之间，两个城市化作废墟，举世震惊……原子武器显然在战争中发挥了巨大作用，但它同时也使人类领教了科学技术狰狞的一面。现代科技的使用，使整个地球面临危机：温室效应、臭氧层遭破坏、水源的逐渐枯竭、化学毒品的污染、核能的滥用、资源的枯竭——科技文化给人类带来财富和自由的同时，也带来了许多人类所不需要的灾祸，而且还严重地危及人类的生存。这些都说明，人类需要文化与文明，但文化的创造并不都会合乎人类生命的需求，相反，在不同的历史阶段，人与其创造的文化世界之间总是不断地发生冲突和对立。"人的创造和想象，有时会大大超前于文明发展的速度，从而使人感到文明对自己的强有力的束缚，有时人的要求又会大大落后于文明的发展，从而导致人的一种迷惘和不适应……人与文明的关系并不是一种简单的互补关系。人自身的要求和欲望往往与文明的发展保持了一种经常的不同步。"[1]文化世界一旦被创造出来之后，它就是一种客观存在物，可以超越一定的社会有机体和个人心理而存在，对人的生存和活动具有最终的客观现实性。文化世界是一种非有机体或超有机体，它能在人类历史发展中一代一代相传，不为尧存，不为桀亡，作为一个独立自主的有价值、有意义的世界，建构着一代又一代人的文化价值意识，影响着一代又一代人的精神、心理、性格和行为。文化世界不仅作为人类创造的物质存在，具有客观实在性，而且作为精神存在，作为文化观念，作为超有机体，更具有现实性。人们一代一代的价值意识、文化观念和生活方式都是这个有意义的文化世界给予的。

所以，从文化发展史的角度看，人类文化的创造总是存在着某种非理性、非逻辑性；作为文化创造者的人，他们的文化创造活动，常常缺乏明确的目的性，这就出现了文化的悖谬性，即文化创造对人性的背逆，或者说文化世界对它的主体——人的悖谬。人类创造了各种各样的文化，创造了有意义的"第二自然"，但是，它并不完全为人类所利用和享受，反而成了制约人类自身的东西，成了人类存在以外的异己力量。这样，文化也就违背了人类创造它的初衷，成了背其天然之道而逆其生存之理的东西。在这种意义上，人对文化的追求与创造就成了"恶"而非善，也是在这一层意义上，偷食禁果是人类始祖的"堕落"和犯有"原罪"。

五、偷食禁果：造善与制恶的永恒之矛盾

由此可见，人类脱离自然从蒙昧状态走向文明状态，标志着人的诞生和人的自由的获得，但相伴而来的是文化对人的约束以及由此而生的人的自然本性遭受压抑的精神痛苦；人类创造文化也创造了人自己，但同时也使人远离自然，远离人性的本源；人创造文化的行为促进和推动了人类的进步与发展，同时文化又成为人类发展的重负，制约人类发展的进程。所以，人类创造文化走向文明是善的，但也可能是恶的；文化的善与恶不是绝对的，而是相对的，衡量的标尺是是否合乎特定时期人的生命的生存与发展。由此，我们就不难弄清《圣经》中亚当与夏娃偷食智慧果的神话故事，在善恶问题上所表现的矛盾性了。

---

[1] 易丹：《断裂的世纪：论西方现代文学精神》，四川大学出版社1992年版，第128—129页。

《圣经》作为神话形式的文学作品，是经过几代人创作而成的，其中，偷食智慧果的故事是整个作品中关于人的故事的开端，也是《圣经》关于人与上帝，人与自我关系这一基本主题之开端，更是人的善与恶的不解之"结"的开端，因而，关于人的"堕落"与"原罪"的判定，必有其深邃而丰富的宗教伦理之玄思和复杂而矛盾的人性之谜的寄寓。《圣经》的作者们让上帝这一万能的造物主设置"智慧果"作为人性的判断标尺，是意味深长的，它的内容的矛盾性让人类一开始就陷入欲进不得、欲退也不得的悖谬困境之中，并成为无法摆脱的永恒的"宿命"。

智慧树乃文明之树，人之为人的理性本质和文化属性（文化心理机制）决定了人必然向往智慧树上的文化果实，这里体现的是一种善。人类始祖亚当与夏娃对智慧树有好奇心并易于接受诱惑，体现了人性之向善本质。这种向善本质决定了亚当与夏娃之偷食禁果是必然的，人类追求文明、创造文化也是必然的。而且，只有偷食禁果，人才得以生成，人才成其为人；只有创造文化，人的本质才得以证实与实现，才得以发展与延续。上帝创造人，一开始并没有赋予他创造文化的能力和向善的属性，而仅仅借智慧树隐含了具有这种能力和趋善的可能性，是人自己的行动证实并实现了这种可能性。由于向善本身是向上帝提升，向神归附，因而上帝对此在一定程度上也是认可的，因此上帝的这一裁决是合人性的。如此种种，就决定了西方文化借由"偷食禁果"这一神话原型故事衍生出了一种敢于探索与创造的文化精神和"人"的形象。

然而，如前所述，文化之果给人带来的决不仅仅是善，同时还有恶，而创造文化是人类发自向善、趋善之本性的欲求。因而，人的永恒的文化创造之举就伴随了永恒的造恶之果。所以，上帝认为，智慧之果对于人类是恶之源，故称之为"禁止食用之果"。从神学和《圣经》的观点看，善之果成为恶之果，根源还在于人，因为人不像万能的上帝那样能把握善恶之度，而只会一味地以善为善，从而导致造善而成恶，让文明和文化背离初衷走向反面，人的求善最终有可能走向造恶。因而，人吃了文明之果——智慧果，同时，又是一种造"恶"、一种"堕落"，人的始祖亚当与夏娃之偷吃禁果也成了"原罪"。人类要获救还得仰仗上帝的拯救——让上帝去引导人正确把握善恶之度而走向彼岸。但从人与文化的角度看，这"原罪"在于人与文化的矛盾，在于文化自身的悖谬，至于拯救人类，则依然要靠人如何去调节自己与文化和文明之关系。

对此，《圣经》的创造者们是未曾领悟的，因而只能将这种难以解说的困惑述诸象征性的神话故事，并把文化给人自己带来的痛苦归因于人的"原罪"，同时又把善恶的判决权给了人的创造者——上帝，人类的历史也就成了愿意接受上帝拯救的人赎罪的过程。

文化的悖谬，注定了人类永远难逃在文化活动中既造善又制恶的"宿命"，也决定了西方文学中难以调和的人性之善与恶的撕斗，西方文学也通过对人的内心世界之善与恶的矛盾冲突的描写，显示其人性发掘之深度与广度。从这个意义上讲，偷食禁果的故事是西方文学中善与恶冲突主题的源始之原型。

第二节
自由的困惑[1]

在西方文学的另一源头古希腊文学中，同样标志着"人"的觉醒和诞生的是普罗米修斯造人与盗火的神话故事。

传说普罗米修斯用泥土造出了人，使他们有了生命，并教会他们建筑、航海、医病、书写等。他总是用计谋欺骗与人类作对的宙斯，帮助人类。他对人类最大的帮助，也是他对天神宙斯最大的叛逆行为是盗天火给人类，并教会他们用火的方法。为此，恼怒的宙斯一方面让潘多拉给人类带来各种灾难，如疾病、痛苦、死亡等等，唯独不给予希望；另一方面，命令大力神赫淮斯托斯把普罗米修斯钉在高加索山的悬崖上，让恶鹰每天去啄食他的肝脏，直到赫拉克勒斯射杀恶鹰，他在痛苦中度过了三万年。

从普罗米修斯造人与盗火的神话故事中，我们不仅可以看到古希腊文学对人类起源的理解与解释，还可以看到在人的问题上与希伯来文学与文化的相同和相异。

一、人与动物纠葛的不解之缘

近年美国科学家提出，宇宙之生命起源于泥土。这当然只是一家之言，尚

---

[1] 蒋承勇：《普罗米修斯：自由的困惑》，《国外文学》2000年第3期。

未得到科学界的普遍认同。但生命状态是从无生命状态转化而来的，或者无生命状态可以转化为有生命状态这一点，似乎是可以肯定的。对于生命之奇妙和生命形成之奥秘，原始初民当然无法以科学方法去确证，而只能凭直觉感悟式的猜测、比拟类推式的想象去解释，于是就有了神话里关于人类起源的美丽故事。中国的神话传说中，女娲深感孤独寂寞之际，来到一处清澈的水池边，抓起一把黄土，照自己模样造出了人。然后，女娲又为人类建立了婚姻关系，让要不断死去的人通过生儿育女得以代代繁衍。《圣经》的神话故事中，上帝在创世劳动的第六天，抓起一把泥土，照着自己的形象塑造了亚当，并给予他生命，而后又用亚当的一根肋骨造出夏娃。亚当与夏娃就是人类的始祖。在古希腊的神话中，普罗米修斯也是用泥土和水造出人类的。原始初民都把生命之源理解为生发于无生命状态，认为生命与无生命之间没有绝对之鸿沟，而是可以互相转换的，这是一种辩证法思想。就是从今天的科学眼光去看，也足见其洞察之深刻。

值得注意的是，普罗米修斯用泥土造出的人，起初是没有生命的，不过是一种和石头一样的自然之物。为了给人以生命，他从各种动物的心中摄取善和恶之秉性，将它封闭在人的胸膛里。这一故事以象征隐喻的方式告诉我们，在古希腊人的心目中，人的灵性的"生命"，是从动物而来的；而有了生命之后的人，与动物是秉性相关的，人与动物处于同一层面，人与自然浑然一体。从科学观点看，此时的人，还不是真正意义上的人，至多只不过是猿类而已。可见远古时期的希腊人是把人看成与动物界有密切关系的生命之物的，动物和人可以互相转化。在达尔文的进化论之前，西方的科学界并不承认人与动物曾经是同类，就是在达尔文进化论提出人从动物进化而来的观点时，还被认为是亵渎人类，亵渎神明的谬论，使西方社会为之震怒。但科学的发展却证实了这一观点的正确性。希腊神话中对人与自然的解释是蒙昧的，但蕴含了真理的种子。

更为值得注意的是，从西方文化传统的角度看，由于人和动物有联系，人拥有动物一样的善恶之秉性，因而在西方文学与文化中，人的动物本性，一直成为人性之恶的一种解释依据。尽管在达尔文进化论被认可之前人们不愿意把自己与动物联系在一起，但实际上在人们的深层意识中仍不能割断人与动物之恶的联系。无论是在古希腊、古罗马文化中，还是在基督教文化与古希腊、古罗马文化融合之后，现实中的人总是处在善与恶、人性与兽性交融的境地，因而需要不断地摆脱来自动物的那种本能属性从而向神、向上帝的境界提升。柏拉图在《法律》中说:"人是一种温顺的有教养的动物;不过,仍然需要良好的教育和优良的素质;这样,在所有动物之中,人就可以变得最高尚、最有教养。但如果他所受的教育不足或很坏,那么他就是世界上所有生物中最粗野的。"[1]亚里士多德在《动物组成》和《政治学》中说:"在我们所知道的所有动物中,唯有人具有神性,或者说,人所具有的神性无论如何都比其他活物具有的神性要更加充分。""人趋于完善之后,就是动物中最好的,但一旦脱离法律与正义的约束,却是最坏的。——如果人没有美德,人就成了动物中最邪恶、最残暴、色欲与食欲也最大的动物。"[2]赫胥黎在《人与低级动物之关系》中也说:"知道人在本质上和结构上同禽兽是一致的,我们对人的高尚品格的尊重不会因之而减弱。"[3]在西方文化史上,似此把人与动物联系在一起论述的例子,不胜枚举,而正是这种人与动物永远无法分离的文化思维方式,塑造了西方文学与文化中永远处于上升与沉落这双向分离中的人的形象。而古希腊神话则是这种文化思维和人的形象塑造的源头。

二、灵与肉分争的不解之缘

几乎所有关于人与动物之关系的论述中,都论及人与动物的区别,如上述列举的人的神性(柏拉图)、美德和教育(亚里士多德)、品德(赫胥黎)等等,指的都是人的理性和文化属性。相对于动物,理性是人之为人的标志,因而人是"理性的动物",这个命题在西方文化和文学史上影响深远,以后发展为"理性主义"。关于人的理性之秉赋,普罗米修斯造人的故事也作了动人的艺术化解释。

起初,普罗米修斯用泥造出来的人虽有生命,却无灵魂,只是"半生命的生物"。当时,智慧女神雅典娜是普罗米修斯的好朋友,她对"半生命"状态的人十分惊奇,就把灵魂和呼吸吹入人的体内,人也就有了神圣的灵魂。这里的"灵魂",也就是人之为人、人区别于动物的理性、智慧和人的文化属性,

---

[1] 莫特玛·阿德勒等编:《西方思想宝库》,周汉林等译,中国广播电视出版社1991年版,第6页。
[2] 莫特玛·阿德勒等编:《西方思想宝库》,第7页。
[3] 莫特玛·阿德勒等编:《西方思想宝库》,第19页。

另一方面又是指与肉体相对意义上的精神。

人从自然状态走向文明状态，其标志是人的文化属性（或文化特征），而人之创造文化的能力取决于其理性。普罗米修斯造出的人，开始时与动物融为一体，处于自然人状态，是智慧女神给了他们理性的秉性之后，才使他们有了从自然中分离出来的可能。我们这里只是说"可能"，是因为神话中说，即使有了"灵魂"之后，人在相当长时期内"不知怎样使用他们高贵的四肢和被吹送在身体里的圣灵。他们视而不见，听而不闻。他们无目的地移动着，如同在梦中的人形，不知道怎样利用宇宙万物。他们不知道击石、烧砖、从树木刻削橡梁，或利用这些材料建造房屋。他们如同忙碌的蚂蚁，聚居在没有阳光的土洞里，不能辨别冬天，花朵灿烂的春天，果实充裕的夏天的确切的征候。他们所做的事情都没有计划"。[1]是普罗米修斯教会了他们上述一切活动的能力，还教会他们计算和书写文字等能力。普罗米修斯教给人的，都是体现出人的理性、智慧的那些劳动，是一种能创造文化的文明人的活动。所以，人是在创造性的文化活动中证实自身的存在和本质的，或者说，理性是在"使用"的过程中才得以体现和证实的。人只有呈现出了高贵的理性，呈现出文化的属性才成其为人。理性能力是人从自然中分离出来的标志。

西方文学和文化的一个十分突出的特点是，它不像东方文学与文化那样强调"天人合一"，相反是重"天人之别"。上述这则神话就告诉我们，人同自然的区别是知识和智慧，也即理性。这一点和希伯来的《圣经》偷食禁果的故事的寓意有相似之处。但是，《圣经》中上帝创造了人之后，并没有赋予他们"智慧"，而是人自己偷吃了智慧树上的"禁果"后才拥有的，因而，人似乎永远无法在智慧与理性能力上超过上帝，而且人只有听从上帝，不断地赎罪、接受上帝的拯救才能更多地拥有这种能力。因而，如果上帝代表着宇宙与自然法则的话，那么，希伯来文化传说中的人往往缺乏一种向外宇宙、向大自然探索征讨的欲望与能力，而侧重于内宇宙、自我灵魂的内省。《圣经》中的"智慧果"当然也是理性的表征，但这里"理性"的内涵主要指人在道德上甄别是非善恶的能力以及人对潜在恶的自制能力，而且人愈接近上帝，这种能力就愈强（如耶稣与摩西），人的力量也越强大。这种理性隐含了较多的神性意味，于是也缺少了人的主体精神。因而，希伯来文化传统引导人在灵魂上向上帝提升，它所塑造的人是

---

[1] 斯威布：《希腊的神话与传说》，楚图南译，人民文学出版社1978年版，第1页。

忍让型、内省型的，它是西方文化的一种类型。而在古希腊传统中，普罗米修斯造人的故事所表征的是人与自然分离后对自然的强烈的探索精神。这则神话中显示出的人的理性，其内涵主要指"人智"，是人对自然万物把握、驾驭之能力。而且，由于它是智慧女神赋予的，神赋即天生自然秉性，与宇宙之主宰宙斯无多大区别，因而，人只需充分使用和展示它就能使自己强大。这种"理性"较之《圣经》中的"理性"更富于人性意蕴，更体现人的主体精神。希腊人向来对智慧和力量顶礼膜拜的原因，可从这则神话故事中窥见一斑。这种文化思维方式造就的是一种行动型、抗争型和外向型的"人"。这种认知型的"理性"精神培育了一种独立于自然并探索自然的科学精神。

如果说，灵魂吹入人体象征着人的理性意识的觉醒，从而标志着人与外部自然的分离，那么，灵魂作为与人的肉体相对的精神之象征，它的被发现则标志着人的灵魂与肉体的分离。在西方人看来，人同自然的划分不仅表现在他同外部自然有别上，而且更重要的是人的灵魂同自身的自然——肉体自然——也有区别，这是更深一层的人与自然的划分。他们认为，人的自我意识的真正起点在于发现自身的本质是灵魂，而这正是通过把人分为"不死的灵魂"和"有死的肉体"来实现的。普罗米修斯造人的神话，可以看到西方文化中关于灵魂与肉体二元对立之观念的萌芽。普罗米修斯造出的"半生物"的人，不过是人的肉体而已，他们只能"视而不见，听而不闻"地"无目的地移动"，这无异于行尸走肉。灵魂是雅典娜后来赋予他们的，说明灵魂和肉体是可以互相分离的。有了灵魂，人的生命才真正存在，反之，灵魂离开肉体，人的生命也就结束了，而灵魂依然存在。这是远古希腊人对人的生命现象的一种朴素的理解与解释。可以想象，这种对生命灵肉分离的理解里，包含着人对肉体生命之短暂的痛苦与无奈，对灵魂永恒之苦苦追求，因而灵与肉的矛盾最初体现的实际上是人关于生与死的矛盾与痛苦。这种灵与肉二元对立的观念，为原始宗教观念的形成奠定了思想基础。"灵肉分裂使古希腊原始宗教演变为文明时代的宗教，并导致把世界划分为尘世与彼岸的分裂，终于发展成为一整套神学体系的伟大宗教，如基督教之类。"[1]在古希腊，从毕达哥拉斯到苏格拉底、柏拉图，都把灵魂问题作为一个哲学研究的重要论题，并由此演化出一套深刻细致的关于人的本质的演说。他们都强调，人之为人在于他有灵魂；通过灵魂的净

---

[1] 杨适：《中西人论的冲突》，中国人民大学出版社1991年版，第105页。

化人才能得救、认识真理和达到神圣的境界；肉体和尘世使人纷扰堕落，所以它应受灵魂支配，而决不可让灵魂受肉体的摆布；自觉到这一点的才能算作人，与动物真正有别的人，人间正义才有可能达到。这些思想也成了后来希腊文化与希伯来文化交融的内在契合点和思想基础。从此，西方文学和文化在人的本质问题的分争中，也就永远离不开灵与肉的观念。"上帝（圣父）、耶稣（圣子）、圣灵（道）同人的灵魂相联系，它拯救人类主要指的就是拯救人的灵魂。"[1]这种重灵魂内省的传统与古希腊的科学理性精神传统并立，成为西方文化相反相成、互补交融的传统。

三、"自由"的第一声呐喊

普罗米修斯不仅造了人，而且还教会他们各种技艺，使他们过着安详幸福的生活，从而引起了天上众神们的注意。众神一方面愿意保护人类，另一方面又要他们以"服从"作为报答。在涉及人类的权利与义务的问题上，普罗米修斯总是站在人类一边，不惜使用机智与欺诈为人类争得利益，因此激怒了天神宙斯。"为了要惩罚普罗米修斯的恶作剧，宙斯拒绝给人类为了完成他们的文明所需的最后一物：火。"[2]普罗米修斯冒着抗命受罚的危险，从天庭盗取了火种，使人类从此有了用之不竭的神圣之火。震怒之下的宙斯就把普罗米修斯钉在了高加索山上，每天遭受鹰食内脏的巨大痛苦。

在文学记载的历史上，普罗米修斯最早在希腊神话中是以神的面貌出现的。后来，东方的赫淮斯托斯（宙斯与赫拉之子，是司火与冶炼之神）出现之后使他黯然失色，但是普遍还认为他是一位至高无上的智慧之神。在所有的天神中，唯有他最通人性，最关心、最爱护人类，是人类的守护神，人类苦难的承担者。但在精神实质上，他是人类意志与愿望的象征，是人类自身形象的代表。普罗米修斯就是人自己！他的盗火的故事，实际上是原始初民对人类文明史上火的发明、火的使用的历史的神话形式的解说。在人类文明史上，火的发明和使用对人类的进步是至关重要的。正如神话中所说，火是"文明所需的最后一物"。这里，"最后一物"的真正含义应是"至关重要"。因为作为人

---

1 杨适：《中西人论的冲突》，第105页。
2 斯威布：《希腊的神话与传说》，第5页。

类文明之象征物,火的盗取恰如亚当与夏娃偷食了智慧果,标志着人的诞生。原始自然状态的人在长期的生命活动中,"在对自然的不断认识、加工与改造的过程中,终于摆脱了动物界,从自然中分离了出来,以大自然主人的姿态站立起来。标志着人类从自然界分离出来的是对火的掌握和使用。"[1]"火是人类的朋友,在一切事物中火是永恒的。"[2]火是文化的物质基础,火与智慧相连。普罗米修斯作为人类自我形象的象征,他对火的追求与崇尚,意味着人对理性与文化的崇尚与追求。

普罗米修斯与众神的一个突出不同之处是:他从来都是按照自己的思想与意志决定自己的行动的,就是天神宙斯的意志他也敢于违抗。他的盗火之举与《圣经》中亚当与夏娃的偷食禁果之为不同,其间不须蛇的引诱与启发。如果说亚当与夏娃是经蛇的诱导之后在疑惑中、在将信将疑中被动地接受蛇给的禁果,因而其中缺乏人的主体意识、行动精神和明确的反叛意识的话,那么普罗米修斯是出于直接与宙斯之天律相对抗的明知不可为而偏要为之的叛逆行为,其中表现出强烈的主体意识、行动意识和反抗精神。可以说,这是在世界文学史上第一次提出了"自由"这一伟大命题。这则神话生动地展现了原始人类在战胜毒蛇猛兽乃至整个自然时的豪情壮志,也表现了人从自然中站立起来后的自尊与自豪。这说明,在古希腊人那里,人的自由首先是从同大自然对抗的过程中取得的。"把自由同外部自然界划分开来,人就意识到自己的独立性,高于动物了。"[3]但是,这种"自由"的观念中,不仅体现了"天人之分"的西方传统,培育了西方人与自然对抗的探索精神,而且同时还开创了一种反抗权威的精神独立的观念。

如前所述,古希腊人不仅有人与自然分离、人独立于自然而生的自由观念,而且此外,人的灵魂还独立于肉体自然,因而精神也是独立的和自由的。把灵魂同肉体分开,人的精神就独立了,意识到自己不应只受肉体支配,还可以自主地支配自身,改造世界上不合理的事情。这也是自由意识。古希腊人一开始就有很强的精神独立与自由的意识,这和他们一开始就拥有灵魂独立于肉

1　蒋承勇:《现代文化视野中的西方文学》,上海社会科学院出版社1998年版,第47页。
2　拉姆斯登、威尔逊:《普罗米修斯之火》,李昆峰译,生活·读书·新知三联书店1990年版,第215页。
3　徐葆耕:《西方文学:心灵的历史》,清华大学出版社1990年版,第26页。

体，因而精神和灵魂可以自主支配自身和改造世界上不合理之事的观念相关。

从普罗米修斯关于"自由"的第一声呼喊开始，自由的内涵不断丰富，并成为西方文学与文化的一大主题。

四、潘多拉的魔盒：自由的困惑

在普罗米修斯代表人类发出"自由"的第一次呐喊之后，相伴而来的是无尽的痛苦。文明与文化实在是既诱人而又难食的苦果！普罗米修斯自己受到了宙斯的惩罚，被钉在了高加索山上，忍受着无穷的痛苦，这不仅隐喻了人走向文明的艰难，而且更隐喻了文化与文明可能给人类带来的灾难。让我们看看普罗米修斯创造的人类吧，他们正是因普罗米修斯盗火，从此才永久地失去先前的安宁与幸福——一如《圣经》中人被赶出了伊甸园。

普罗米修斯盗火之前，人类还没有灾祸，也无过分的辛劳和长久的疾病的痛苦。但是宙斯为了惩罚人类，就想出了一种"新的灾害"以抵消火给人类的利益。他命令以巧妙著称的火神赫淮斯托斯创造了一个美丽的少女潘多拉。雅典娜给她戴上许多美丽的装饰品；赫耳墨斯则赋予她美言惑众的技能；爱神阿佛洛狄忒则赋予她一切女人的媚态。在她那最使人迷恋的外表下面，宙斯还设置了一种"眩惑人的灾祸"。她简直就是"迷人的祸水"，"因为每一个天上的神祇都给了她一些对于人类有害的赠礼"，[1]所有这些有害的灾祸都放置在一个魔盒当中，由潘多拉带到人间。普罗米修斯知道这是宙斯的诡计，他告诫他的被称为"后觉者"的弟弟厄庇墨透斯，千万不要接受宙斯的礼物。但他的弟弟为潘多拉的美貌所迷惑，忘记了他的忠告，接纳了潘多拉。潘多拉来到厄庇墨透斯跟前，打开盒盖，一大群灾害——疾病、瘟疫、痛苦、死亡等等，一股脑儿飞了出来。当她立即合上盖子时，恰好把深藏在盒底的唯一美好的东西关在了里面，那就是"希望"！"现在，数不清的不同形色的悲惨充满大地，空中和海上。冷热病日夜在人类中间徘徊，秘密地、悄悄地，因为宙斯并没给它们声音。各种不同的热病攻袭着大地，而死神，过去原是那么迟缓地趑趄着步履来到人间，现在却以如飞的步履前进了。"[2]

---

1 斯威布：《希腊的神话与传说》，第5页。
2 斯威布：《希腊的神话与传说》，第6页。

这是一个喻意丰富而深刻的故事。从这则神话可以推断，在古希腊人的心目中，人的不幸是宙斯为首的神为惩罚人类而设置的，这可以说是天上来的灾难。人们在这个世界上终日劳累终年忙碌，生老病死，那是因为人始终受潘多拉魔盒飞出的各种"灾祸"的控制，因而人永远显得那样脆弱。这其实是生产力水平低下，生存条件恶劣的远古时代人生活的一种缩影。原始初民却把那日夜与他们相伴而又无法解说的人间苦难借助艺术幻化成天上的"飞来横祸"。他们在艰难的生存环境中看不到希望，因为希望已永久地被关闭在潘多拉的魔盒里了。所以，他们知道希望是存在的，只是还没从那魔盒中飞到人间。也许，只要耐心等待，它有一天会到来的，但是，等待希望真是件令人焦渴难耐的事，而人的唯一的希望就在于等待希望！这里，哲理的意味是很浓的，简直就是现代人的"等待戈多"！这是一种一脉相承的理解生活与人生的文化传统。

人的不幸除了来自天上的"飞来横祸"，还有来自人自身的"情欲"。天神们从自己的心理出发，有意把潘多拉制造成一个绝色美人，而且还赋予她种种诱惑人的能力，让她去迷惑地下的凡人。要是人类没有自身充满情欲这一致命弱点，厄庇墨透斯也就不会一见潘多拉就不能自已，把哥哥普罗米修斯的告诫忘到九霄云外。所以，他之上当受惑并不是因为在智能上是一个"后觉者"，而是因为在本性上有无穷的情欲。在古希腊人看来，这是人类的天性，厄庇墨透斯是人类的象征，是古希腊人所理解的"人"。从这个意义上说，人的一切灾难是人自身造成的。

情欲之所以有如此之魔力，因为它会给人带来快乐与满足，是人的万乐之源。而且它也是与生俱来的。在古希腊人的认识中，人活着就要追求各种情感与欲望的满足，天上的众神就是如此的！其实，神是人自己创造的，神的心理和特性不过就是人的心理和特性之外化。我们从这些充满情欲的神身上也就可以看到，古希腊人心目中的人就是追求情感与欲望满足的人。在神话中，代表情欲的酒神狄俄尼索斯和爱神阿佛洛狄忒有如此显赫的地位，不正是体现了古希腊人把情欲看成是人的一种本性、一种值得为之生为之死的东西么？在神话的世界里，有几个神和英雄不是充满情欲并追逐情欲之满足的？请看，长达十年之久的特洛伊战争，不就是起因于争夺一个名叫海伦的绝色美女么？天上的统治者宙斯自己就是一个纵情无度的人，至于那些人间的英雄们，除了力大无穷的赫拉克勒斯之外，像伊阿宋、阿喀琉斯之类，都是为"享乐女神"牵着鼻子走的多情公子。追逐情欲，是古希腊神话对人性描写的一大特点，这种传统也渗透到了西方文学与文化的土壤之中。

但是，纵情享乐最终是要付出代价的。厄庇墨透斯的情欲带来了人类永恒之灾难，这预言甚至警告了人类不能放纵情欲；情欲是"万乐之源"，同时也是"万恶之源"。为了一个女子，特洛伊战争打了十年，这代价是够惨重了。伊阿宋最终也毁于追逐情欲。尽管这都显示出警世意义，但生活在神话世界中的人和神，几乎都是明知情欲会导致毁灭，却偏要去追逐的，实在不无英雄之悲壮。这又是一种古希腊传统，也是西方文学与文化之传统。

普罗米修斯盗火象征着人与自然博斗的第一次伟大胜利，象征着人向文明的迈进和人的自由的获得。而空前的胜利与巨大的痛苦共生，自由的获得与自由的丧失相伴。这说明，人类的痛苦是伴随着第一次争取自由的胜利而来。普罗米修斯的苦难表达的正是早期人类对自由的困惑，它象征性地表现了文化的悖谬性：人类向文明迈进，人获得了新的自由，但人创造的文化又反过来制约人类，使自由得而复失。

第三节
走向文明的艰辛[1]

文化的悖谬不仅有来自人创造文化的非理性的原因，而且还有来自人自身的原因，或者说，文化是人的投影，因而文化之悖谬根本上是由人自身的原因造成的。

人走向文明社会之后，就有了对文化的依附感，追求文化与创造文化成为一种发自内心的本能欲求（因为人有了文化心理机制），在人类文明的初期，人为了摆脱原始的野性与蒙昧而投向文明的怀抱的过程，是充满了艰辛与悲壮的。

一、智慧与痛苦

当普罗米修斯为人类盗来天火，标志着人从自然状态走向文明，从而带来了人类第一声"自由"的呼喊时，那种自信与乐观固然可贵，但我们也不能不

---

[1] 蒋承勇：《走向文明的艰辛》，《名作欣赏》2001年第4期。

看到其中的盲目与幼稚。这种天真和过于自信，在随之而来的惩罚与灾难中得到了一定程度的印证。人无疑拥有与动物相异的理性与智慧，能创造文化来为自己服务，因而高于自然，比动物更高贵，但这丝毫不意味着人可以因此永远快乐。恰恰相反，人因为有了理性与智慧而多了一份动物所没有、也是自然状态的人所没有的精神痛苦。西方文化中一直有"智慧的痛苦"之说。普罗米修斯的痛苦以及他创造的人类的苦难源于知识与智慧，《圣经》中人类始祖亚当与夏娃的受罚与此后的苦难也源于知识与智慧。渴望知识、想变得更有智慧，是人类的初次堕落，人类沿着这条道路陷入了永久的炼狱。所以《圣经》告诫人们："多有智慧就多有愁烦，增加知识就增加忧伤"；"智慧人的智慧必须消灭，聪明人的聪明必须隐藏"。尽管如此，《圣经》另一方面又鼓励人们追求知识："宁得知识，胜过黄金。"因为知识智慧毕竟又引导人摆脱蒙昧，走向上帝，走向文明。所以，人是离不开知识、智慧、理性与文化的，人必须拥有它们，但它们又未必给人带来真正的自由，或者说，人拥有了知识、智慧和文化，未必就拥有了自由，在人类文明的初始阶段尤其如此，这样的例证不仅只是普罗米修斯一个。这正是文化悖谬的一种表现。

二、俄狄浦斯的困惑与人性之复杂

法国的启蒙思想家普遍认为，人是生而自由的。其实恰恰相反，人是生而不自由的。因此，卢梭的话讲得更辩证，因而更符合实际：人是生而自由的，但又无不在枷锁之中。"由于生产力水平的低下，远古时代的人类处处受到自然的制约，当人处于自在状态时并不感觉；一旦进入自为状态，也就是说人类从必然王国开始向自由王国进发时，他们就发现自己实际上处于无所不在的罗网之中。这种使他们无法解释的支配着自己的神秘力量，是一个比任何神祇都更令人敬畏的神，她的名字叫'命运女神'。"[1]这种无法解释的神秘力量当然有来自人之力量无法企及的自然力量和社会力量，还有来自人本身的难以名状的制约力。在文明程度低下的远古时代，人本身的蒙昧与野性，也是给人类带来痛苦与灾难的一种神秘力量，这也是西方学史中人与命运之争的重要主题。我们不妨从这一角度对俄狄浦斯的故事作一新的理解。

---

[1] 徐葆耕：《西方文学：心灵的历史》，第27页。

俄狄浦斯为了逃避杀父娶母的命运而离家出走，却偏偏进入了杀父娶母之命运的圈套。他一心想追查杀害国王的凶手，拯救黎民百姓于灾难之中，但严酷的事实告诉他：坚决追查凶犯的人正是凶犯自己，拯救忒拜城的恩人同时又是给忒拜城制造灾难的祸主。俄狄浦斯的悲剧告诉我们：一个追求正义的人，可能成为一个制造罪恶的人；高尚与卑鄙、正义与邪恶、天使与魔鬼往往互为因果。这里给我们揭示的是人本身的复杂性。从这个角度看，俄狄浦斯的故事是西方文学史上最初写出人的复杂性、揭示复杂的人性之无穷艺术魅力的作品。俄狄浦斯猜中了妖怪斯芬克斯之谜，而这个谜的真正难解之处是——人本身就是斯芬克斯之谜。人要认识自己是十分困难的。也许正是因为古希腊哲人已感悟到了认识自己之困难，所以，在太阳神阿波罗神殿上刻上了"认识你自己"的箴言。在西方文学中，描写人之复杂性不仅成了一个传统，而且也是文学艺术无穷魅力之源泉。莎士比亚的悲剧所呈现的人的复杂性，尤其是《麦克白》中对麦克白由纯洁走向罪恶的描写，与《俄狄浦斯王》何等相似！

不过，其间也有明显的分野。莎士比亚描写的是处在近代文明时期的人，他们的文化道德意识远比古希腊神话中的人物要强，后者还未整个地为文明所浸染，因而没有莎士比亚笔下人物那种强烈而明晰的善恶观念。如麦克白是在明知是恶的情况下偏要为之的自觉从恶（尽管内心始终充满痛苦），而俄狄浦斯是在明知是恶而不肯为知的情况下犯下不明之罪的。前者在行动的整个过程中有激烈的内心善恶之矛盾斗争与痛苦，后者却一直怀负正义果断从事，在真相大白时才猛然醒悟，这位正直而高尚的人也才痛苦地叫出："哎呀，一切都应验了！"因此，俄狄浦斯走向"犯罪"是神秘的"命运"所致，这命运就是文明初期人自身的原始野性。他的悲剧从人类文化史和文明史的角度告诉了人们：走向文明是艰难而痛苦的，因为从自然状态过来的人的蒙昧与野蛮还会在长久时期内制约着人，这同样是不以人的意志为转移的。

三、"杀父娶母"与人的命运

可见，俄狄浦斯的"杀父娶母"是有象征意蕴的。在原始时代，杀父娶母的现象原本无所谓非道德，只有到了文明时期才被认为是大逆不道的乱伦之为。而在人类文明的初期，杀父娶母行为尽管在伦理道德上被禁止，但在刚刚走向文明的古人身上,这种原始时期延续下来的野蛮习性并没有也不可能很快消失,相反还会在人的意识和潜意识中存在。俄狄浦斯作为文明初期的人,无疑存在着原始的野性。在伦理意识上,他无意于杀父娶母,他力图摆脱这一陋习,成为一个文明的人,但神定的"命运"使他最终走向杀父娶母的结局,这"命运"就是他那潜在的野性冲动,他努力地要挣脱它,却不知不觉中受着它的摆布。人的肉体存在也是一种自然,发自自然肉体的野性冲动对人的制约,也像外界自然一样,有它强制的和无法抗拒的威力。刚刚步入文明的人对此感到无法理解,正如俄狄浦斯对"命运"的圈套无法理解和无可奈何一样。对这个故事,我们无法用科学的、理性的逻辑去推敲、去演示俄狄浦斯最终走向杀父娶母结局产生的可能性与真实性,而只能从神话隐喻的角度去阐释这象征性故事背后潜在的普遍性喻意。俄狄浦斯在为摆脱原始的、自然的属性而导致毁灭的悲剧,是人类为走向文明所付出的艰苦努力和沉重代价的一种艺术写照,体现的是文明对于野性,文明对自然的抗争,是走向文明的人对原始野性的抛弃,文明拥有某种正义性,俄狄浦斯向文明迈进的悲剧也拥有了悲壮与崇高的审美特性。

从总体上看,古希腊的神话、悲剧和史诗,都产生于人类文明的童年时期,而且其中都表现了人类童年时期的生活,也都记录着原始初民的稚朴、天真以及野性与蒙昧。俄狄浦斯杀父娶母的故事有部落乱伦生活的印记。与之相仿,悲剧《美狄亚》在描写了美狄亚爱的忠贞、爱的忘我精神之外,她为了"爱情",帮助情人伊阿宋打败自己的父亲,为伊阿宋盗取金羊毛,还为了伊阿宋,设计杀死了自己国家军队的首领——自己的兄弟,以后又是出于爱情的嫉妒,还杀死了科林索斯国的公主与国王,甚至杀死了两个亲生儿子。从文明人的道德观念看,美狄亚为爱复仇的行为无疑有其正义性、合道德性,这种正义性和道德性来自文明社会一夫一妻制的家庭婚姻道德。但美狄亚为了爱情不惜背叛国家、背叛父亲,杀死兄弟和儿子的行为本身,又是违背文明时期家庭伦理道德的。她的这种极端的行为仅仅以"爱的深沉"、"爱的专一"、"爱的强烈"等等貌似文明与合理的词来解释是难以自圆其说的,因而无法使人信服。我们不能不看到她作为人类文明初始阶段的女性,依然有原始初民的狂野与暴烈,文化、道德对它的制约之力显得十分软弱。野性的力量作为人本身的自然本性,是有其惯性冲力的。美狄亚的悲剧固然有男女不平等、女人是男人的奴隶、一夫多妻制等不合理的家庭婚姻制度和观念等社会原因，同时也有文明与野性之矛盾冲突造成的原因。这种不可抗拒的野性力量与文明的冲突，恰恰是人类童年时期的文学所展示的人性的艺术魅力之所在。

《伊利昂纪》作为西方文学的先河，它所展现的是希腊人与特洛伊人之间长达十年的战争。通过对战争的描写，让后人看到了英雄们勇敢善战、视死如归的英雄主义气概，看到了古代战争雄关漫道、回肠荡气的壮丽场面，从而也展示了人性中的美与善。但是，那人与人之间争斗、掠夺与你死我活的血淋淋画面，无论史诗的作者用怎样缺乏倾向性的双重赞美的语调去热情洋溢地描述交战的双方，去公平地歌颂对立中的英雄，然而还是掩饰不住战场上焚尸的臭味和夹着鲜血与尸体的河水掀涌过来的腥味。阿喀琉斯的勇敢是同他愤怒时的杀人如麻，甚至虐待敌方战将赫克托尔尸体联在一起的。今天，我们也许可以赞美英雄，但无法对英雄身上的野性乃至残忍与暴虐加以赞美。但这种野性乃至兽性是原始初民的一种自然属性，还无所谓善与恶。而且，这种描写恰恰也是人类童年时期文学的一种"天然属性"，因为它本身产生于那个原始野性尚存的时代，写的也正是因野性而显示生命活力的古代英雄，展现的是特定时代的人性之美。但从人类文明与文化发展晚的角度看，是文明程度的低下。

在神话的世界里，人性是粗犷的、稚拙的，唯其如此，才显出了人类童年时期的文学人性描写之美。也是在神话的世界里，人的文明程度是低下的，原始的野性使他们拥有文明人所没有的那份"自由"：随心所欲地去爱，无所顾忌地杀戮和抢掠（有时还被赞美）等等。但与此同时，文明也渐渐地渗透到他们的意识中，对他们的发自野性的行为予以限制，使他们在自觉不自觉中意识到自己行为的不合理性，他们必须为自己行为中的野性找到种种借口或遮羞布，如俄狄浦斯的与"命运"抗争，美狄亚的指责伊阿宋忘恩负义，阿喀琉斯的为朋友（被赫克托尔杀死的帕特克勒斯）报仇等等。原始的野性充溢着勃勃的生机，它有它的"自由"的欲望，总要冲破文明的羁绊，文明又总是制约着它，使它难以恣肆妄为，难以达到"自由"的目的。而走向文明阶段的人自己，也力图以文明与文化去制约来自自身的自然欲望，以走向更高的文明境界。这就造成了在走向文明过程中的矛盾、冲突及由此而生的痛苦。所以，在神话的世界里，我们看到了处在文明初期的人类，既向往文明、创造文化，又为来自自身之自然属性的原始野性所吸引，这种自然属性以一种铁的规律般的魔力制约着人，成为人在一段时期内无法理解也无法摆脱的"命运"，造成了人与自我、人与人、人与社会、人与自然之间的种种矛盾冲突，演出了人在走向文明，走向文化世界过程中的一幕幕悲剧。所以，人是向往文明并自觉自愿地去创造文化的，但文明的进入，文化的拥有，对于人来讲，又未必就拥有了"自由"，相反对于人原本拥有并依然存在的自然属性来讲，反而是一种"不自由"，因而，自然天性对于来自文明与文化的所谓"自由"有一种本能的排斥，这种排斥又使初入文明的人误入"杀父娶母"式的歧途与困苦，从而显示了文明与文化对于人性的悖谬，或者说，文化与文明的悖谬本质上是来自人自身。

第二章
原欲与理性的对立与互补

人们普遍认为,古希腊—罗马文学与希伯来—基督教文学是西方文学的两大源头,然而,对这两大文学源头在文化内核上的异质互补特性,却缺乏深刻的认识。

在著名哲学家恩斯特·卡西尔看来,与其说人是"理性的动物",不如说人是"符号的动物";与其说人是"政治的动物",不如说人是"文化的动物"。他认为,人就是符号,就是文化;文化无非是人的本质的外化与对象化;人类全部文化都是人自身以他自己的符号化活动所创造出来的"产品";人只有在创造文化的活动中才成为真正意义上的"人"。因此,"作为一个整体的人类文化,可以被称之为人不断自我解放的历程"。[1]作为文化的一部分,古希腊—罗马文学与希伯来—基督教文学都投射、蕴藉了人性中不同侧面、不同层次的文化内涵,因此,它们各自在此一层面上表现为对立与排斥的关系,而在彼一层次上则表现为互补与统一的关系。这种对立与互补、矛盾与统一的文化秉性之产生的根本原因,恰恰在于作为文化之主体的人自身内涵的矛盾性与统一性。

第一节
"神—原欲—人"的三位一体

古希腊文学中蕴含着原始形态的"人"的观念,它经由古罗马文学,对后来的西方文学产生了深远的影响,成了西方文学人本传统的主要源头之一。

---

[1] 恩斯特·卡西尔:《人论》,第288页。

一、古希腊—罗马文化与世俗人本意识

瑞典古希腊、罗马研究专家安·邦纳认为，"全部希腊文明的出发点和对象是人。它从人的需要出发，它注意的是人的利益和进步。为了求得人的利益和进步，它同时既探索世界也探索人，通过一方探索另一方。在希腊文明的观念中，人和世界都是对另一方的反映，都是摆在彼此对立面的、相互照应的镜子"。[1]古希腊民族对人的重视，与该民族人的自然观、宇宙观有密切关系。古希腊人同自然一分离后，就产生了强烈的个体意识。希腊文化的一个重要特点是重"天人之别"，"他们认为，人同自然的划分是知识和智慧的起点，是人自觉其为人的起点"。[2]由于强调人与自然分离，因而，古希腊人又特别重视个人与整体的分离，因为，"个人同整体分离开来也是一种'天人之别'"。[3]古希腊哲学家普罗泰戈拉的主要倾向是重个人，重个人的感觉意识，重经验。他的名言"人是万物的尺度"，就是古希腊人那强烈自我意识的表露。由于重人与自然的分离、重个体与整体（社会）的分离，古希腊人就有一种强烈的独立精神和自由意识。在古希腊人看来，"人之为人的最本质的东西就在人有自由，能够独立自主，不受外物和他人的支配和奴役"。[4]他们骄傲地把自己称作"自由人"。总之，重视个体的人的价值的实现，强调人在自己的对立物——自然与社会——面前的主观能动性，崇尚人的智慧和在智慧引导下的自由，肯定人的原始欲望的合理性，是古希腊文化的本质特征，也是西方古典人本主义的原始形态。

二、古希腊—罗马文学："正常的儿童"与原欲的放纵

古希腊文学是古希腊文化的产物，它的人文观念大大有别于希伯来文学，其中蕴含的是一种张扬个性、放纵原欲、肯定人的世俗生活和个体生命价值的

---

[1] 转引自鲍·季·格里戈里扬：《关于人的本质的哲学》，汤侠声等译，生活·读书·新知三联书店1984年版，第28—29页。
[2] 杨适：《中西人论的冲突》，第101页。
[3] 杨适：《中西人论的冲突》，第121页。
[4] 杨适：《中西人论的冲突》，第99页。

世俗人本意识。

古希腊神话是原始初民的自由意志、自我意识和原始欲望的象征性表述。在神话中，神的意志就是人的意志，神的欲望就是人的欲望，神就是人自己；神和英雄们为所欲为、恣肆放纵的行为模式，隐喻了古希腊人对自身原始欲望充分实现的潜在冲动，体现了个体本位的文化价值观念。关于普罗米修斯造人和盗火的故事，表征了人与自然分离后对自然的强烈的探索精神。普罗米修斯与《圣经》中的人类的祖先亚当与夏娃以及英雄与圣人不同，他从来都是按照自己的意志决定自己的行动，还敢于违抗天神宙斯的意志，有很强的叛逆精神、自由意志和主体意识，表达了古希腊人在自然面前的理想和激情。

稍晚一些时候的古希腊悲剧中，"命运"观念较之早期的神话愈显强烈，其内涵也显得更为丰富。因为，随着人类自我意识的日渐觉醒，人既感到了自然之主人和社会之主人的骄傲，同时又感受到除自然异己力量之外的社会异己力量的束缚，因而英雄们总是因"命运"之重负而深感行动的艰难，但又从不放弃行动，敢于反抗"命运"的捉弄。在《俄狄浦斯王》中，俄狄浦斯强烈的行动意识，表明了人的主体性上升到了一个自觉意识的高度。尽管他的结局说明，反抗"命运"的过程正是走向命运圈套的过程，这种悖谬现象隐喻了人类抗争的悲剧性命运，但是，正是这种困兽犹斗的抗争意识，体现了个体生命的无穷追求与"命运"的不断惩罚之间的矛盾构成的希腊式悲剧精神，其中高扬着人的主体意识和自由意志。

如果说，普罗米修斯和俄狄浦斯表征的是作为群体的人在自然和社会面前的行动意识和自由意志的话，那么，荷马史诗中的阿喀琉斯则集中体现了个人与群体分离状态的个体本位意识和自由观念。

阿喀琉斯是决定希腊联军生死存亡的主将。他勇敢善战，热爱自己的民族，但是，当个人荣誉和尊严受到侵犯时，他会放弃一切去维护荣誉与尊严。年轻时，神谕他有两种命运：走上战场，他会功勋卓著，成为大英雄，但又将早早地战死沙场；安居家中过平常人的生活，他将默默无闻却寿比南山。阿喀琉斯坚定地选择了前者，走上战场，成了战功赫赫的大英雄。在他的头脑中，与其默默无闻而长寿终老，不如轰轰烈烈，以短暂的生命去换取永恒之荣誉。在战场上，当主帅阿伽门农扬言要抢走他心爱的女奴时，他一怒之下，退出战场，致使希腊联军损兵折将，溃不成军，而他则熟视无睹。阿喀琉斯的愤怒的实际原因，是他的荣誉和尊严受到了侵犯，有损于他这个"大英雄"的形象。

其实，为了个人荣誉和尊严而舍生忘死，敢于冒险的行为特征和价值取向，是古希腊两大史诗中绝大多数神和英雄们所共有的。个人的财产、权力、爱情的拥有都是个人荣誉的体现。经久而残酷的特洛伊战争，用神话的解释是起因于"金苹果"和美女海伦之争，金苹果象征财富与荣誉，海伦象征爱情，两者的实质是荣誉与尊严。可以说，在神和英雄们的英勇善战和冒险行为中，固然有维护集体利益的一面，但他们行为的深层动因却是争得个人荣誉，因为荣誉维系着个人生命之价值与意义。因此，神和英雄们对个人荣誉的崇尚，表现了古希腊人对个体生命价值的执着追求和对现世人生意义的充分肯定，其中又体现了对个体生命意志与欲望的放纵。

个体生命意志与欲望的放纵表现得最为突出的是古希腊神话和史诗中关于爱欲的描写。我们之所以用"爱欲"而非"爱情"一词是因为，在古希腊神话与史诗中，神与英雄们的男女之追逐，大多还不属于现代意义上的"爱情"范畴，而仅仅是文明初期人类的原始情欲。

古希腊—罗马的文学传统中，情欲不像希伯来文学传统那样被视为人之原恶而予以抑制，而被认为是人之与生俱来的快乐之源，追求情欲的满足，与追求荣誉一样是个体生命意志与价值的实现。所以，在古希腊神话和史诗的世界里，神和英雄们追逐情欲的满足犹如飞蛾扑灯，无所畏惧，其间，人类童年时期的天真浪漫与原始生命力，常常是借情欲的追逐乃至放纵表现出来的。这是一个弥漫着爱欲冲动的世界，又是一个充溢着生命活力的世界！

神话所述的特洛伊战争起因于追逐金苹果和美女海伦。它告诉我们，爱欲的满足虽也属于荣誉，但在爱欲、财富和一般荣誉之间，爱欲是第一位的。嫉妒女神埃里斯在阿喀琉斯父母的婚宴席上投下的金苹果，上面刻着"赠给最美的女神"的字样，于是就引来了赫拉、雅典娜、阿佛洛狄忒三个女神的争夺。对三位女神来说，她们要争夺的是"最美"的荣誉。在神话的世界里，这种"美"是与爱情、爱欲直接相联的。美神阿佛洛狄忒同时也是爱神，她与酒神狄俄尼索斯都是人的原始情欲的象征。也许正因此，在三位女神找人间最美的男子帕里斯判决时，天后赫拉许以人间最多的财富和最大的权力，雅典娜许他以最高的荣誉，唯独美神阿佛洛狄忒许以人间最美的女子！最美的女神，为了得到"最美的女神"的称号而许给人间最美的男子以人间最美的女子。这帕里斯既不要财富和权力，也不要荣誉，唯求得到人间最美的女子。为此，他把金苹果判给了阿佛洛狄忒，随之他也如愿以偿得到了人间最美的女子海伦。这是十分耐人寻味的。在神话世界里，神也好，英雄也好，普通人也罢，满足情欲似乎比获得财富、荣誉、权力等都更重要，这足见情欲对人的无穷的驱动力。十年的特洛伊战争，归根结底是为了一个象征情欲的海伦，这在古希伯来人看来是不可思议的，但这恰恰又体现了古希腊民族放纵原欲的世俗人本意识。

与帕里斯追逐海伦相仿，在神界，天神宙斯就是一个放纵情欲的典型。他不仅有七个妻子，还不时地追求天上的女神和人间的女子。他曾为得到亚细亚的少女欧罗巴而变成一头牛，哄骗她骑在自己的背上，把她诱至欧洲土地后使其委身于他。他追求伊娥被赫拉发现，为了掩饰自己对赫拉的不忠，他把伊娥变成了一头牛。古希腊神话中的众英雄，除了赫拉克勒斯之外，差不多都是被"享乐女神"牵着鼻子走的人。阿伽门农、阿喀琉斯会不顾一切争夺女奴；伊阿宋在率众夺取金羊毛的过程中途经楞诺斯岛（女儿国），女王一提出要求，他便与女王共度良宵。即使是意志坚定的赫拉克勒斯，也在征服了俄利卡斯之后，禁不住情欲的逼攻，悄悄地带回自己喜爱的女人。这些故事带有原始社会一夫多妻制的痕迹，但其间蕴含的性爱观却透出了文化的韵味。情欲的放纵是古希腊文学对"人"的一种理解，并成为西方文学与文化的一种传统与突出特征。

无论是作为群体的人在自然与社会面前表现出的行动意识、自由观念和主体精神，还是作为个体的人所表现出的个体意志和情欲，在深层次上都体现了文明初期古希腊人的原始欲望的潜在冲动与外现。这种"原欲"在古希腊文学中是被充分展现的，而并不像希伯来文学与文化那样将其视为"原罪"或"原恶"后加以贬抑。因此，从文化的层面上看，古希腊文学的深层激荡着人的原始欲望自由外现的强烈渴望，蕴藉着人的生命力要求充分实现的心理驱动力。正是在这种意义上，古希腊人可称之为"正常的儿童"，古希腊文学的文化内质呈"神—原欲—人"三位一体的结构框架，较之其他民族的文学与文化，它体现的是一种世俗人本意识，其人性取向是原欲。

古罗马文学是对希腊文学的直接继承，古希腊文学中的世俗人本意识在古罗马文学中得到了再现，并经由古罗马文学广泛地流传于后世的西方文学。不过，古罗马人自身独特的文化性格，又使他们的文学带有独特的文化秉性。古罗马人崇尚文治武功，对人的力量的崇拜常常表现为对政治与军事之辉煌业绩的追求，由此又演化出对集权国家和个体自我牺牲精神的崇拜。因而，古罗马文学比古希腊文学更富有理性意识和责任观念，在审美品格上更趋向于庄严和崇高的风格。但是，古罗马文学人文观念的主体依然是古希腊式的世俗人本意识，仍属于古希腊原欲型文化范畴。

三、古希腊—罗马文学的人性偏向

当亚里士多德说"人是理性的动物"时，理性成了人的本质属性。这里的"理性"当然主要指人区别于动物的特性。但是这一命题更适于古希腊—罗马哲学、伦理学中的人，而不适于现实的人。现实中的人，也即生存状态的人，除了理性之外还有感性，因为人是理性的动物，同时也是感性的动物。亚里士多德"理性的动物"的概括，正好表达了古希腊"人是万物的尺度"，人高于万事万物的那种主体精神、价值追求和人的理想境界。所以，古希腊—罗马文化在肯定了自然的人、感性的人和原欲的人的同时，又十分崇尚理性的人，人是"理性的动物"的命题本身也说明了这一点。因此，古希腊—罗马文化的理性层面我们是不应该忽视的，但这与我们认定古希腊—罗马文学的原欲型特征并不矛盾。

古希腊—罗马文化的理性精神主要体现在对人智的崇尚上。伊迪丝·汉密尔顿说："希腊人的一个最根本的事实是他们一定要运用自己的思维能力。"[1]古希腊人善于运用人的思维能力去追究宇宙的来源，探索万物的真相，考问社会的正义，诘问人生的目的，表现出求知识、尚思辨、爱智慧、究真理、敢冒险的所谓"寻求逻各斯"的理性性格。"泰勒斯、毕达哥拉斯、赫拉克利特等人寻问世界本原，或探索其运动形式，都是对自然知识的关心。后来的亚里士多德、托勒密等人，更把自然科学发展到一个新的水平。苏格拉底对自然知识虽无多大兴趣，但他对社会、人生诸问题的关注和系统阐发，则将理性精神全面贯注到社会领域，并将知识公开标举为人生追求的目的。"[2]在希腊人看来，自然是有规律可循的，世界具有永恒的秩序，理性正是通往知识

---

1 伊迪丝·汉密尔顿：《希腊方式——通向西文文明的源流》，徐齐平译，浙江人民出版社1988年版，第20页。
2 启良：《西方文化概论》，花城出版社2000年版，第335页。

的道路。由此发展出几何学、算术、逻辑学、天文学、气象学、生物学、物理学、医学等自然科学形态。在政治生活中，希腊人也是靠人的理智，而不是靠神的指引，他们坚持只有人类理智本身才是管理和统治权的依据，由此得出理性国家和法律国家的概念。总之，"希腊人的文化第一次被放在知识为首位的基础上，即以自由探索精神为至高无上的基础上。思想凌驾于信仰之上，逻辑和科学凌驾于迷信之上"。[1]所以，古希腊文化是富有理性精神的，这集中体现为对人智的崇尚上，并且这种理性精神又主要通过古希腊的哲学文化显现出来，而不是通过文学显现出来。因为古希腊文学是呈原欲型的，也即偏重于表达人的感性欲望的。这就构成了古希腊文化在原欲与理性上的两重组合。对此，尼采曾经将希腊的理性精神称之为"日神精神"，而将感性原欲称之为"酒神精神"。他在《悲剧的诞生》中写道：

> 于是，阿波罗的精神，使我们从狄俄尼索斯的主体性中救援出，并使我们很欢悦地加入了个体的形式中。它使我们的悲悯于这些形式之上，因此也满足了我们对于美之本能地需求，它在我们的面前，它希冀一种伟大而高尚的"体现"。它在我们面前夸示生命之意象，并鼓励我们去抓住那观念的本质。经由这种意象、概念、伦理上的教条及怜悯之群体的影响，阿波罗式的精神将人从狄俄尼索斯式的自我毁灭中扫转过来，以狄俄尼索斯的事件之全体性来欺瞒他。[2]

因此，在确认古希腊文学的原欲型文化属性时，我们也应看到古希腊文化，尤其是古希腊哲学、伦理学、政治学中的理性精神。

古罗马文化受古希腊文化全面而持久的影响，它继承了希腊文化遗产，与希腊文化是一体化和同质的。要说差别，罗马人没有希腊人那种对知识和自然探索的浓烈兴趣，尤其不擅纠缠于形而上的问题。这是一个更务实的民族，缺少追求理想的激情，亦不擅作玄想和玄论。他们关心的是伦理的和政治的问题，特别是法制的建设，并形成一种法的理性精神。法律表面看来是冰冷的，但所蕴藉的却是人的理性追求、现实追求。因此，古罗马文化拥有更强的理性精神。

1　李秋零、田薇：《神光沐浴下的文化再生》，华夏出版社2000年版，第19页。
2　尼采：《悲剧的诞生》，刘崎译，湖南人民出版社1986年版，第164页。

尽管古希腊—罗马文化富于理性精神，但正如尼采所作的概括一样，古希腊文化在具有"阿波罗精神"的同时，还有酒神"狄俄尼索斯"精神。而且，在庞大的神的家族中，除酒神之外，还有同样表示人的自然欲望的爱神阿佛洛狄忒，这两大神祇的地位和影响力要远大于日神阿波罗，这足见原始欲望、自然人性之蕴藉在古希腊—罗马文化中的深与广。此外，无论古希腊还是古罗马文化中的理性，均关注现实人的生命意志与价值的实现，而较少关注人生的终极意义。即使在宗教文化的层面上，"罗马人的宗教同希腊人的宗教相似，都是世俗的和注重实际的，既没有超越世俗的内容，也没有伦理道德的说教。人同神的关系是表面的、机械的，带有为彼此的利益而签订契约的本性"。[1]因此，古希腊—罗马文化的深处，涌动着文明之初的人的原始欲望，或者说，这种文化是以人的原欲和这种欲望的实现为内在驱动力的，而不是希伯来—基督教文化式以对彼岸世界的渴望，对上帝的虔诚的那种宗教热情为驱动力的，因之，古希腊—罗马文化中的理性是一种世俗理性。也是由于这一原因，在古希腊—罗马文化中，理性与原欲并不呈绝然对立之势，而且，理性在"合人之生命原则"的意义上还成为自然欲望实现之向导与工具，理性力量是根植于原始欲望的土壤并汲取无穷的力量的。所以，古希腊—罗马文化较之希伯来—基督教文化，仍不失为一种世俗型文化。几乎可以这样说，就整体而言，在世界文明的大家庭中，只有古希腊—罗马文化才充溢着如此多彩和活泼的自然人性。

还需指出，文学作为文化的一部分，它的人性内涵并不与整体意义上的文化之人性内涵相一致。文学因其本质上属"自然之子"而与文化有某种叛逆性。[2]文学对人的现实关怀，主要并不体现在强化人的理性上，而在于使人的自然生命获得自由与解放。文学和美让人获得一种自由，从而使人依恋人生、热爱生命，这是文学所拥有的人文情怀和特殊功能。因此，我们认为，肯定古希腊—罗马文学中占主导地位的原欲型文化内质，并不就对古希腊—罗马文化中的理性精神视而不见，甚至也不就认为古希腊—罗马文学中完全没有理性因素，而只是从相对的和比较的意义上把握这种文化或文学的主导面，以区别于希伯来—基督教文化与文学的本质特征。

---

1 李秋零、田薇：《神光沐浴下的文化再生》，第27页。
2 参阅蒋承勇：《文化的悖谬与文学的反叛》，《浙江大学学报》2000年第6期。

第二节
"神—理性—人"的三位一体

希伯来—基督教文学是西方文学的又一源头,其中所蕴含的"人"的观念,经由中世纪基督教文学对后世的西方文学产生深远影响,成为西方文学人本传统的又一源头。[1]

一、希伯来—基督教文化与宗教人本意识

希伯来民族信仰一神的上帝,认为世间的一切都是上帝创造的,上帝是宇宙的主宰,人对上帝必须绝对服从。人类的祖先亚当与夏娃正是由于不听上帝的告诫偷食禁果,才犯下"原罪"而被赶出伊甸乐园,遭受永劫之苦难。人类要获救,又得仰仗上帝。这种宗教宇宙观、自然观与人生观,直接影响着希伯来文化与文学中"人"的观念。上帝的全知全能和至高无上使人在自然与社会面前缺少希腊人那种抗争与行动的独立意识与主体精神,即便是探索自然之奥秘,也是为了寻找上帝,证明上帝之伟大,并在这种求证中使人更接近于上帝,使人更具有神性。在自然、社会、自我三者之间,希伯来文化更倾向于自我的灵魂内省,因此,相对于古希腊文化,希伯来文化的品格是内向型而非外向型的。

此外,由于人类祖先犯有"原罪",因而人性中就拥有"原恶",人的降世便是罪恶的降世,罪恶与人俱在。希伯来—基督教文化中所谓的"原罪"与"原恶",很大程度上就是古希腊—罗马文化中人的原始欲望。这种原始欲望乃人的生物能量,也是人的生命活力之源。这种原始欲望的能量之大并不亚于作为"理性的动物"的人的理性力量,它对人的驱动是双向的:创造与破坏、制善与造恶。在古希腊—罗马文化特别是文学中,原始欲望基本上以合理的、善的面貌出现,于是才有原欲的放纵与人的较为充分的自由。而在希伯来—基督教文化中,原始欲望被视为"原罪",是与生俱来的"恶",人性即恶;人的生命的过程,是不断涤除"原恶"走向上帝、追求神性(即善)的过程。

总之,在希伯来—基督教文化观念中,作为上帝之创造物的人,其生命之

---

1 参阅蒋承勇:《希伯来—基督教文学的人文性新论》,《外国文学研究》2002年第3期。

源在上帝那里；他必须时时想到自己有负于上帝，自己的一切苦痛与罪恶皆出于对上帝的不敬；他只有站在上帝面前才能看清自己灵魂的丑恶与肮脏。显然，希伯来—基督教文化中表现了人对自身恶的一种自觉，恶成为人性认识的一种逻辑预设。这种对恶的自觉，在根本意义上决定了希伯来—基督教文化在精神内质上有别于古希腊—罗马文化。希伯来人强调人对上帝的服从，尊重精神与灵魂，主张人的理性抑制原始欲望，轻视人的现世生命价值与意义，重来世天国的幸福与永恒。显然，这是一种重灵魂、重来世、群体本位的理性型文化。当然，这里的"理性"由于包含了宗教信仰的内容，或者说理智与信仰相结合，而且，在一定意义上，是理智服务于信仰，为引导人走向信仰世界服务，因此，这种"理性"有人文失落乃至非理性的成分，因而，相对于古希腊—罗马的世俗理性，这种"理性"可称之为"宗教理性"。但相对于人性之原欲的侧面，它依然是人的本质力量的对象化，是人自身本质的一种外化。

在公元1世纪中叶到2世纪末叶"希腊化"时期，希伯来文化与希腊文化出现了历史上第一次交流、冲突与互补、融合，希伯来文化在吸取了古希腊文化的某些成分后，演变成一种新文化形态——基督教文化。不过，古希腊文化并没有从根本上改变希伯来文化，因而基督教文化是以希伯来文化精神为主体的，它依然属于有别于古希腊—罗马传统的异质文化。

二、希伯来—基督教文学：人向神的提升

希伯来—基督教文学是基督教文化的产物，它的人文观念大大有别于古希腊—罗马文学，其中蕴含的是一种理性型宗教人本意识。

当我们把《圣经》作为希伯来民族的神话与史诗去理解时，其间我们很难看到希腊神话与史诗中那充溢灵性与原始欲望的神、英雄与人。在那里，有的是神化的人，而非古希腊式人化的神；是人向神的提升，人的主体性的萎缩，而非希腊式的神向人的下滑，人的主体性的高扬。

希伯来神话世界是一神的，而希腊神话世界是多神的。希腊神话中的众神与人同形同性，并经常与人交混在一起，参与人世的纷争，与人一起同欢喜，共悲戚。宙斯似乎因为有一个他掌管的神的世界的存在，故而较少料理人间的琐事，与上帝相比，他对人类是相当宽容甚至放任的。尤其值得注意的是，身

为宇宙的最高统治者，宙斯却和众神们一样有人的七情六欲，甚至比一般的神更放纵自己的原欲。上帝则几无人的原欲，而仅仅代表人的原欲的对立面——理性，在这个意义上，他是极端化了的人的理性的化身，而人身上则普遍存在着被上帝扩大化了的原欲，或曰：恶，理性似乎归上帝独有了，因而人永远有罪。由此，人与神在本性上反向极端化之后形成了分明的对立。由于上帝根本不需要也不属于人的那种原欲，因而他不像古希腊神话中的神那样与人同形同性，而是抽空了人的血性的一种精神与理念存在。

费尔巴哈认为，宗教是人的本质的异化：人把自身的本质属性——理智、意志、善——集中起来，变成一个在人之外、之上的对象，即上帝，而人自己则在自己的创造物面前反而变得渺小低微，只能匍匐在他的脚下。费尔巴哈认为，在揭穿了宗教的这个秘密之后，就应该克服这种颠倒和异化，认识到人才是真正的上帝，把对上帝的崇拜返回到人本身。从费尔巴哈的观点看，上帝的秉性，就是人自己的理智、善、精神意志等理性成分，这些原本就是文明人自己的属性。在这种意义上，我认为上帝乃至关于上帝的观念，都具有人文性，通过宗教和宗教中的上帝，人可以认识自己。然而，上帝一旦极端化地与人的原欲分离，并视原欲为异端之后，他本身也成了人的异类。所以，作为一种神话形象，上帝因其与人的原欲的对立，与原欲的排斥而丧失了艺术形象赖以成活的人性的自然根基，丧失了艺术形象应有的人的血色、人的生命活力、人的主体性，进而丧失了艺术的魅力，以至于我们在讨论文学形象的上帝时，似乎是在讨论哲学与宗教问题。

由于上帝（神）的力量的无比强大和无所不在，又由于所有的真善美以及人的希望都集上帝于一身，希伯来神话中的英雄们，都追随上帝，以上帝之神性价值为标准，因而，他们在总体上缺少希腊神话中英雄们那种自由意志和原始野性；他们不是人化的神，而是神化了的人，是人向神的提升，而非神向人的下滑；他们往往因神性的附着和原始生命力的消蚀而显得威力无穷，而不是因人智的充分施展，原始生命力的外现而显得神通广大，人的原欲被来自神的那种理性制约着；他们的形象虽显示出了神的崇高，却缺少了人的生命的亮丽与灵光，使人性变得苍白与贫乏，也就少了几分艺术的震撼力。

《旧约》中的《出埃及记》讲述了希伯来人在摩西率领下冒险逃出埃及，重返故土迦南的故事。这是以色列民族的第一次远征，就规模与气魄而言完全可以同古希腊传说中的特洛伊战争相媲美。特洛伊战争起因于金苹果与海伦之争，而以色列人的远征是为了摆脱奴役，重返故土，获得民族自由与解放。也许，后者的原因解说更合乎历史事实，但作为文学，似乎无需这种貌似真实的历史性解释，而那种神话式的解释反倒更能提炼出文化的和人性的蕴涵。如前所述，金苹果与海伦在根本上是人的原欲的象征，原始的战争直接与人的原欲相关，这不能不说更合乎历史事实和人性之真。因此，剔除了原欲成分的关于以色列人的远征的历史性解说，只能说明这种文学传统中体现出的是排斥原欲、崇尚理性的希伯来文化模式和人本意识的体现。作为两次战争的主要领导人，摩西与阿喀琉斯之别也正好说明了这一点。

阿喀琉斯是人间国王佩留斯与海洋女神忒提斯之子，他的血统一半是神，因此，他强壮、健美、勇武。从外在形象的角度看，他表现的是人向神的提升，这是古希腊英雄们的共同特征；但从内在情感欲望上看，是神向人的还原，阿喀琉斯全然是"人"，七情六欲皆备一身，这也是古希腊英雄们的特点。

相比之下，摩西不具有神的血统，也没有高贵的出身，相反，他是奴隶的后代。《出埃及记》中说，以色列人的祖先之一雅各，共有12个儿子，但第11个儿子约瑟藉父祖爱，好逸恶劳，还欺负众兄弟。兄弟们气愤之下瞒着父亲把约瑟卖给一个过路的埃及商人。约瑟来到埃及之后，备尝艰辛，人也变得好起来，后来还当上了宰相。此时，适逢他原先所在的家乡迦南遭遇特大灾害，众兄弟们逃荒来到埃及。约瑟不记前仇，以德报怨，尽力帮助众兄弟解决生活之难。从此，这些以色列人经过几个世纪的艰苦奋斗，人和财富越来越多，这招来了埃及统治者的嫉妒和恐惧。于是，埃及法老不仅加紧压榨这些以色列人，而且还下令要把一切新生下来的以色列男婴杀掉。以色列的利未家族生了一个男婴，三个月后，父母不敢再隐瞒他的出生，把他放在涂了石漆和石油的蒲草箱里，然后弃于河边的芦荻丛中。正巧，埃及公主来到河边洗澡，看见这个俊美可爱的男婴，动了恻隐之心，把他抱回了宫中。公主把男婴收为养子，并给他取名为摩西，长大后接受了良好的王家教育。摩西在知晓了自己的身世之后，就离开埃及宫廷，回归以色列人之中。后来，以色列人不堪忍受埃及法老的压榨和迫害，便推摩西为领袖，一同逃出埃及。摩西不负众望，摆脱埃及人的追杀，终于率众重返那片流着蜜糖和牛奶的迦南故土。

摩西的丰功伟绩,自然与他的智慧、意志分不开,与他自身不懈的努力分不开。但《旧约》对他才能的描述,是直接与上帝对他的启示联系在一起的,其丰功伟绩的建立,俨然是上帝的神力在他身上的显现,是人向神的飞升,而非神向人的还原。摩西一生的前40年在埃及王宫里度过,全然享受着富贵荣华,却庸庸碌碌,无所作为。在以后流亡的40年里,也依然平平常常,无任何出众之处。只是到了80岁时,上帝耶和华授他三样神功:使手杖变成蛇,使水变成血,能传播和治愈麻疯病。从此,摩西神通广大,全然成了神在人间的代理人。他给埃及人制造了十大灾难。当以色列人被埃及法老带兵追杀到红海之滨走投无路时,摩西用神杖往海里一指,海水当即为以色列人分出一条路来。待同胞们走过之后,摩西又用神杖一指,海水合拢,埃及追兵悉数葬身大海。在穿越沙漠时,摩西让天降下小面包,使以色列人得解饥饿之困。在同亚玛力人作战时,他站在山顶,举手即胜,等等。这些神力都是上帝耶和华的法术所致,摩西不过是上帝的施法中介而已。因此,在摩西带领以色列人远征的过程中,他的英勇与智慧不过是上帝的神力显现而已,真正的英雄不是摩西本人,而是上帝。摩西的继承人约书亚,后来的亚伯拉罕、耶稣也都如此,他们之所以成为英雄或领袖,都是上帝神性附着的结果。所以,人是无足轻重的,人的意志是无足轻重的,人离开了上帝是无意义的,即使英雄也是如此。正如圣·奥古斯丁所说:"把希望寄于人是可诅咒的,严格说来,任何人都不会达到享用其自身的程度;因为他的责任不是为自身而自爱,而是为他应当享用的上帝而自爱。"[1]"古希腊人把人本身当作享用对象,他们颂神是因为神体现了人的欲望,相反,《圣经》则认为世间唯一可供享用的是上帝,人只是上帝垂怜的对象。"[2]这里,人的无意义和无足轻重,归根结蒂是原欲意义上的人的无足轻重和无意义,至于理性意义的人便是上帝。在希伯来—基督教文学中,"灵"取代了"肉",在关于"人"的理解上,与古希腊文学表现出了明显的分野,"神—理性—人"呈三位一体之势,其文化内质是宗教理性型的,体现的是宗教人本意识。

---

1 徐葆耕:《西方文学:心灵的历史》,第47页。
2 徐葆耕:《西方文学:心灵的历史》,第47页。

三、希伯来—基督教文学的人性偏向

如前所述,上帝是人创造的,它的神性实质上是人的理性意志的体现,他的善也即人之趋善本性的体现。在这种意义上,上帝的神性原本就是人自己的属性,因而神性仍有其人文性。所以,希伯来—基督教文学中表现的对上帝的崇拜,一方面表现出人对人性本质之追寻趋向于理性的和精神的境界,这是人对自身理解上的一种进步与升华。因为,古希腊、罗马式对人的理解固然有其合自然人性的一面,但片面地放纵人的原欲,并非对人的一种准确而全面的把握,且有过于原始与肤浅之嫌。另一方面,对上帝的崇拜又表现了人对自身之原始生命力和个体生命价值的一种压制,是人的主体性的一种萎缩,是对古希腊—罗马式的世俗人本意识的一种排斥。由此,希伯来—基督教文学之非世俗化特征也可见一斑。

犹太民族是一个饱受磨难、屡遭挫折的民族。作为这个民族的领袖,摩西这一形象又有阿喀琉斯等希腊英雄们所不具备的品质:自我牺牲精神,对民族、集体的责任观念和民族忧患意识。这些品质,同样是理性意识的体现,是人向上帝的提升。事实上,原始基督教中的上帝,是饱受屈辱的犹太人促进民族团结,摆脱异族奴役之希望的象征。上帝的形象原初时是很具民族性与民主性的。同样从这一角度看,上帝之所以选择摩西作为代表,就是因为摩西有很强的民族忧患意识和民族责任感。因此,与其说这种选择是上帝的旨意,不如说是饱受磨难的犹太人民族意志的体现;与其说摩西的这种品质是生来独有的,不如说是这一形象的犹太人内心情感和愿望的象征。

摩西确实是一个挑起了民族重负的希伯来式而非希腊式的英雄。当他还过着埃及公主养子的奢华贵族生活时,其内心深处却装着自己的民族,总不忘自己是一个犹太人,还曾因阻止一埃及人欧打犹太人而失手杀死了对方,因此过着流亡生活。在流亡的孤寂生活中,他认识到自己一生的真正使命,是带领那些已近乎忘记自己的祖先,对自己民族失去信心而又遭到埃及人百般凌辱的犹太人摆脱奴役,重建自己的国家。为此,在同胞们一度麻木不仁、对他的计划不予理解与接受时,他忍辱负重,百折不挠,想方设法唤起他们的觉醒。离开埃及以后,犹太人再一次在沙漠中艰难地生活着,他们常常感到绝望,但摩西总是以乐土在望来鼓励他们。摩西教给他们许多有用的技能以求得在恶劣环境

下的生存，使他们在经历了长途跋涉，受尽千辛万苦之后，终于看到了自由与独立的希望。在这个过程中，他还一心维护民族的团结，避免内讧，直到120岁时悄然离开人世。他身上所蕴含的是一种群体本位意识——与古希腊的个体本位恰好相反，是个性在群体利益面前的受制，而非个性的一味自由乃至个人欲望的放纵。这种群体本位的观念在消蚀了狭隘的民族意识乃至民族偏见后，在《新约》中又发展为一种拯救人类脱离苦难，爱整个人类的世界主义和博爱主义。

当然，希伯来—基督教文学并非对人的所有自然欲望都予以否定，而是要求人们让自然欲望的实现仅限于维持人类正常生存繁衍所需的基本的、最低的限度，因此，《圣经》中的禁欲主义和后来教会所倡导的禁欲主义并非同一回事。但《圣经》文学中对人的自然欲望的描写与肯定，较之古希腊文学，那是有天壤之别的，其根源在于各自的文化内质的差异，各自人本意识的差异。从爱情与爱欲的描写上看，这种分野之大是显而易见的。

在《圣经·旧约》中，《雅歌》是动人的爱情诗集，以抒写对爱情的渴望和对爱恋者的思恋为主，情欲的表现一般较为含蓄隐晦。这显然与希伯来文学传统对人的原欲给予限制的文化价值观念相关。《圣经》不仅极少描写放纵情欲的故事，而且，除了诗歌外，仅有的表现情欲的故事，也是从反面的、警寓的角度来描写的。如力士参孙的故事就是一例。

力士参孙是犹太人反抗非利士人的孤胆英雄。参孙一出生就被上帝选中并授予神力。他的七缕神发，能使他力大无比。年少时，他曾将一只狮子活活撕裂，如同撕裂一只小羊羔一样。后来，他担任了执政官（士师），屡屡打败非利士人。但参孙与希伯来传说中的英雄们的一个最大差别是，他有古希腊英雄的那种纵情享乐的习性。在希腊神话中，这种习性是被放任的，而在希伯来传说中则是被贬斥的，所以，它被描写为参孙的致命弱点。在参孙执政期间，他有两次受挫，原因皆在他贪恋女色，上了非利士女人的当。第一次是在他与非利士人斗猜谜时，他的非利士新婚妻子对他千媚百态，哭哭闹闹，变着法儿哄他说出了谜底，并告诉了她的本国人，使他败给了非利士人。后来他又迷上了一个非利士妓女，为此险遭暗算。此后参孙又看上了一个名叫大利拉的非利士美女，并很快与她同居了。非利士人的首领为了除掉参孙，贿赂了大利拉，让她诱使参孙说出他拥有巨大威力的秘密。大利拉三番五次未能成功，最后还是因参孙经受不住美色之诱，说出了自己的威力来自七缕头发。大利拉就趁他熟睡之际剪了这七缕头发。于是，参孙在失去威力之后束手就擒，还在被挖去双眼后投入暗牢终日推磨，当驴作马供人取笑。参孙的故事其实是对放纵情欲者的一种惩诫，是对自然情欲的一种否定，是宗教人本意识在又一层面的显示。

总之，重视人的精神与灵魂、重视对彼岸价值世界的追求，强调理性对原欲的限制，是希伯来—基督教文学之文化价值观念的主导倾向。这种尊重理性、群体本位、崇尚自我牺牲和忍让博爱的宗教人本意识，是后世西方文学之文化内核的又一层面。

第三节
对立与互补关系的人性依据

一、人性的二元对立与互补

当我们把人看成是"理性的动物"时，理性便是人区别于动物并让人引以为自豪的特有秉赋，"宇宙的精华，万物的灵长"不正是因为人的理性使之然吗？而作为"理性的动物"的人，除了理性之外又有动物性，也即人的自然属性，它的集中体现便是原始欲望。作为"理性的动物"的人，理性与原欲是他的本性的两个侧面。古希腊—罗马文化与希伯来—基督教文化各自以人性中的原欲与理性为基点，从而相互间存在着对立关系。古希腊—罗马文化中被张扬的人之原欲，恰恰是希伯来—基督教文化中被极力限制的人之"原罪"。由此放射开去，又出现了与之相关的多重对立关系：原欲与理性的对立、禁欲主义与纵欲主义的对立、个体本位与群体本位的对立、生物性与社会性的对立、入世与出世的对立，等等，其中最根本的是原欲与理性的对立。而这种文化上的对立，则导源于人性本身的二元对立，因为，文化是人自身的对象化与外化。

然而，正由于文化是人自身的对象化与外化，因而，两种对立的文化现象往往又可能出于人类自我实现、自我解放的需要，因此，对立双方既是对立关系，同时又可能是互补共生关系。从这样的意义出发，我们对古希腊—罗马文化与希伯来—基督教文化的关系还不能只停留在对立性关系的认识上。[1]

---

[1] 参阅蒋承勇：《论文艺复兴运动的潜文化意义》，《上海师范大学学报》1998年第4期。

人的根本需要有二，一是生存，二是发展。人类的历史无非是人不断地使自己成为自然、社会和自身命运之主人，不断地创造更好的生存与发展条件的历史。人的原始欲望是人的自然欲求，它具体可表现为生存本能和生殖本能。人要求得自身的存在和种族的延续，就得努力实现人的原始欲望。原始欲望是人类生命力与创造力的物质基础和内在源泉，它能促使人去创造使自己得以生存并发展自己的自然条件与社会条件。所以，个性的自由、人的原始欲望的充分实现，是个体的人的生命价值得以实现的需要，是人类群体之生命力得以充分展示的需要，也是人类生存与发展之根本性需要。正是在这个意义上，人应该追求个性自由。人的原始欲望作为人性的一个侧面，它的合理实现形式应该是：既有生物性的一面，又有社会性制约的一面；既有利己性，又有利他性；是生物性与社会性的统一，利己性与利他性的统一。原始欲望本身无所谓善与恶，生物性、利己性作为人的生存本能的一种表现形式，本身也不等于伦理上的"恶"，但在人性实现的过程中，损群体以利个体、损他人以肥一己之私，这就是恶了。而且，人的原始欲望作为生物本能，就自然规律上看，存在着自我放任的趋向，因而带有破坏性。如果原始欲望一味地放纵，人类群体就可能导致自我毁灭；无限的自由将使人走向自我的地狱。因此，个性的自由、人的原始欲望的实现，并不等于无限的自由和原欲的放纵。相反，就生命个体来说，原始欲望需要有理性的制约，就人类群体而言，原始欲望需要有社会律令的制控，否则，人的生存与发展将成为一句空话，个性自由和原始欲望的实现也无从谈起。所以，理性是原始欲望得以实现，也即人的生存与发展得以实现的"保护神"。但是，理性对人的个性及原始欲望的制约力过大，以致扼杀生命力，就成了人性的禁锢，这同样有害于人类的生存与发展。因此，人的理性与原始欲望之间存在着同生共存的互补关系。如果说，人类的生存与发展是一列永远向前的列车，那么，人的理性与原始欲望就是引导与约束列车正常运行的两股轨道，失去了任何一股轨道，都将带来人类生存的危机与发展的停滞。因此，人类历史的发展始终要求人在无穷的原欲与高贵的理性之间保持和谐与平衡，个体发展的欲求要合乎人类整体发展的普遍性制约，否则，必然带来社会的混乱甚至人类的自我毁灭。这是为历史所证明了的客观规律。

二、"两希"文化的二元对立与互补

　　古罗马人在征服了古希腊之后，成了古希腊文化的直接继承者，古罗马文化实质上是古希腊文化的翻版。但是，古希腊民族那个性自由、个体本位的原欲型文化内核被以政治和武力显示其辉煌而在精神上和文化上相对贫乏的古罗马人接受之后，逐渐演化为对原欲的放纵，并直接诱发了晚期古罗马贵族的生活奢侈、道德腐化，从而使整个社会也随之陷入到对私欲的疯狂追逐之中。对于这种情况，一位君士坦丁堡的主教向宫廷提出了尖锐的质疑：如果罗马帝国的公民只求奢华和安逸的生活，继续逃脱兵役，拒绝为自己的国土和自由而奋斗，并且将国防付托给那些从威胁帝国的蛮族中招募而来的人，则罗马帝国何以生存下去呢？[1]公元5世纪马赛市的一位教士对于罗马的堕落作了如下的一段描述：

> 罗马帝国境内，不论是贫是富，基督徒或异教徒，同样地都深陷于历史上难得一见的堕落的深渊；通奸和酗酒都是时髦的罪恶，美德和节制成为耻笑的对象。罗马世界正在衰败之中，丧失了所有的道德勇气，并将防务交给外籍佣兵，这些懦夫怎么配生存下去？罗马帝国不是已死亡，便是奄奄一息。[2]

圣·奥古斯丁也对罗马人的酒神节的狂欢情景作过描绘：

> 在十字路口进行的酒神庆典，狂欢而又放荡，马车上装着男性生殖器雕像到处招摇，城中最受尊敬的贵妇人给它套上一只花冠，一个已婚女子在众目睽睽之下向它祈祷。这种仪式是一种极度的公开堕落的行为，这种事通常情况下甚至连一个妓女都可能不愿干。[3]

赤裸的狂欢使人变得恬不知耻，皇帝们也是一个个丧德败行。塔西陀在《编年史》中描写了尼禄皇帝的丑行：

> 他把自己打扮成一名奴隶的样子，在一群侍从的伴随下，在首都的

1　威尔·杜兰：《世界文明史》，"信仰的时代"，上册，东方出版社1999年版，第39页。
2　威尔·杜兰：《世界文明史》，"信仰的时代"，上册，第43页。
3　伯高·帕特里奇：《狂欢史》，上海人民出版社1993年版，第40页。

街巷、妓馆和酒肆到处游逛。这些人专门偷窃店铺里陈列的物品，袭击路上遇到的行人……罗马之夜就和一个敌人占领下的城市的夜里一样。[1]

皇帝尚且如此，贵族们自然奢侈腐化到了极点。罗马诗人马蒂里斯曾这样描绘贵族腐败生活的情形：

> 穿着绿色上衣的贵族，躺在卧台中央，倚着丝绸制的垫子。侍从们站在身边，当他示意要呕吐的时候，就赶紧为他递上红色的羽毛及乳香树制的牙签。爱妾卧在侧，当他觉得热的时候，就轻摇绿扇，扇起一阵凉爽的风。此外，少年奴隶用桃金镶的小板挥赶苍蝇，女按摩师施展敏捷的技术为他推拿全身。失势的奴隶，小心翼翼地注视他弹指的信号，适时地将他的小便吞下，并且专注地凝视着烂醉如泥的主人……[2]

这个人欲横流的世界，似乎一切羞耻感和罪恶感已荡然无存。这已经是一个濒临崩溃的世界，一个普遍让人绝望的世界，一个不再被人珍视的世界，一个将被人遗弃的世界！这种腐化的生活不仅反映出当时古罗马人颓靡的精神状态和堕落的道德风貌，而且也是古罗马社会危机四伏的表征。造成这种局面的原因是多方面的，但其中的深层文化原因是古罗马人对古希腊原欲文化极端化、偏面化推崇与接受带来的原欲的放纵。从文化原因上看，不可一世的罗马帝国的毁灭，同理性与原欲之天平的失衡有关。基督教神学家圣·奥古斯丁就认为，罗马的灭亡应归罪于罗马人的淫荡与不洁，归罪于来自古希腊的放纵情欲的众神。他说："你们的那些不洁的展览，那些淫荡的异教神，并非由于人们败坏始而孕育于罗马，它们之所以被育成，正是由于受到了你们这些神的直接命令。"[3]可见，原欲失去理性的制约而放纵所带来的是"自己成为自己的地狱"。

在罗马帝国毁灭的惨痛现实面前，文化哲人们思考、寻求着人类自我拯救的途径，意识到了人的理性对原欲制约的重要性。"新柏拉图主义"者普罗提诺在惨不忍睹的现实世界中抽象升华出了至善至美的永恒世界，他引导人们远

1　塔西陀：《编年史》下册，第25章，王以铸等译，商务印书馆1981年版。
2　转引自徐葆耕：《西方文学：心灵的历史》，第42页。
3　转引自罗素：《西方哲学史》（上册），何兆武等译，商务印书馆1982年版，第439页。

离灾难的尘世而飞往那永恒的美与善的虚幻世界。圣·奥古斯丁也用《上帝城》中的天国诱劝人们放弃现世物欲的追求而皈依这希望的乐土。普罗提诺和圣·奥古斯丁的哲学所表达的是罗马帝国毁灭后，基督教盛行之前的欧洲人普遍存在的心理状态。这种社会心理为来自东方希伯来民族的基督教文化的渗透与蔓延提供了良好的精神土壤，也是基督教在中世纪欧洲得以盛行的文化—心理原因。在世俗的世界日益衰朽的时候，基督教提供的崭新而神圣的信仰世界使人们看到了新的希望：

  在这濒临崩溃的罗马世界上空，一个来自遥远国度的陌生的声音正在响起。这声音起初是那样的微弱，那样的温柔，充满了空灵而忧郁的梦幻感，与罗马世界的声色犬马的粗鄙暴戾形成了强烈的对照。这遥远的梦幻曲很快就以抚慰人心的福音和美妙的天国圣乐感动了辗转在苦难深渊中的人们，它以唯灵主义的理想来对抗罗马的物质主义，以禁欲主义的生活态度来抵制罗马的纵欲主义，并借助于比罗马人更剽悍勇猛而却比罗马人更质朴、更具有虔信精神的日耳曼族这条"上帝的鞭子"，最终摧毁了不可一世的罗马帝国。[1]

由此，基督教关于人的原欲就是"原罪"的警告，在罗马帝国灭亡的惨痛教训面前具有雄辩的说服力和警世意义。上帝被看作能制止由"原恶"造成的人欲泛滥的救世主，他很快被中世纪欧洲社会中的人所接纳了，因为此时人们需要用作为理性之象征的上帝来加重人性天平上的理性砝码，以扼制原欲的泛滥，保证人类群体合规律合目的地发展。可见，基督教在当下的欧洲的盛行，上帝被人们的普遍接受，是出于特定时期人的生存与发展的需要，因而，上帝、神性以及基督教在特定历史条件下有其合人的生命原则和人文性的一面。

  基督教作为西方文化的灵魂，作为西方文化不可或缺的内核之一，假如它果真像我们以前所讲的那样，对人性只有扼杀、制约的一面而没有人文性，那是不可思议的。如前所述，从文化与人的层面看，希伯来—基督教文化是一种重来世、重灵魂、群体本位的理性型文化，这种"理性"尽管与宗教信仰结合后有人文性的缺失，却并不意味着整个地反人文、反人性和无人文性。且不说这种"理性"原本吸纳了古希腊—罗马文化的理性内容，并用之于解释以

---

1 赵林：《西方宗教文化》，长江文艺出版社1997年版，第148—149页。

上帝为本原的自然世界，单就古罗马灭亡和基督教的胜利的历史事实看，它对以破坏力和"恶"的形式出现的人的原始欲望是有制约作用的，这种制约让人从善、求善，追求灵魂与精神的充实与富裕，调和本能欲求与现实可能、个人需要与社会制约、个性张扬与道德规范、肉体与灵魂等等的矛盾冲突，这对人的生存与发展有正效应，因而，从现实层面看是合人的生命原则、合人性的，因而是具有人文性的，是一种不同于古希腊—罗马的人本主义，即宗教人本主义。因此，从价值的层面看，希伯来—基督教同样有合人性的一面。

希伯来—基督教文化首先是作为一种信仰体系而存在的。宗教信仰作为对人的一种超现实的、非物质的审视或终极性关怀，乃人之为人的本性之所求。人之为理性的动物，其理性之特征除了思维、知性能力外，除了引导人去解决当下的生存问题之外，还要思考自身存在的意义、价值和终极归属等问题。信仰是人所特有的精神生活，无论东方还是西方，无论古代还是现代，这种信仰需要都是人的生活区别于动物生活的本质特征。不过，这种信仰究竟拥有什么样的具体内容和方式，古今中外却有不同。中国人不曾有过西方那样的基督教形式的信仰体系，但在中国传统文化中依然有它的"终极关怀"，只不过这种"终极关怀"既不是对外在的彼岸世界的关怀，也不是一定要通过极端的禁欲主义方式来实现，而是在一种主客合一，物我不二的整体直观中，也就是内在超越中对天地人一体的永恒追求。在此明显体现了中国文化不同于西方文化那种主客二分的思维方式以及由此导致经验世界和超验世界、现象世界与本体世界二分的结果。就此而言，中国文化是非宗教性的。但不能由此说，中国文化是一种无信仰的文化。信仰是人类特有的一种生存方式，或者如马克思所说，是人类把握世界的一种特有方式。它给人以生存的勇气和未来的希望，永远为人类所需要、所拥有。伏尔泰说过："人类最宝贵的财富是希望，希望减轻了我们的苦恼，为我们在享受当前的快乐中描绘出快乐的远景。如果人类不幸到目光只限于当前，那么人就不会再去播种，不会再去建筑，不会再去种植，人对什么也不准备了，从而在这尘世的享受中就会缺少一切。"[1]对西方独特的文化传统来说，对希望的追求就是信仰，而在信仰的必然表达方式中很重要的一种就是希伯来—基督教。因而，基督教作为一种宗教文明，在西方的现实和未来中将永远是一种不可或缺的价值体系。正如T·S·艾略特所说：

1　转引自徐葆耕：《西方文学：心灵的历史》，第42页。

> 一个欧洲人可以不相信基督教信念的真实性，然而他的言谈举止却都逃不出基督教文化的传统，并且依赖于那种文化才有其意义……如果基督教消失了，我们的整个文化也将消失。接着你便不得不痛苦地从头开始，并且你也不可能提得出一套现成的新文化来。你必须等到青草长了，羊吃了长出毛，你才能用羊毛制作一件新大衣。你必须经过若干个世纪的野蛮状态。[1]

"上帝死了"后的现代西方世界人的精神失落、人文失落的现实已对基督教文化传统的重要性作出了说明。如果希伯来—基督教不具有自己的人本精神，又怎么可能有它的重要地位、影响力和生命力呢？

当然，希伯来—基督教也确实有其悖逆人性和非理性的一面。基督教作为一种意识形态，又毕竟以抑制人的主体性为前提。与古希腊—罗马文化不同，在人与神之间，它标显和强调的是神，而人是有罪的，需要神的垂恩。特别是当世俗教会把基督教精神推向极端之后，上帝更成了人的异己力量。这种情形在欧洲中世纪后期表现得特别明显。随着上帝权力的畸形膨胀，人的主体性进一步受到钳制，基督教深重的十字架使人与自我本质分离，人作为"有情欲的存在物"和"能动的自然存在物"，其生命的本能冲动、个性的合理要求、主体的主观能动性被教会的教义视为罪恶的和无意义的，人性遭到了严重的压抑。在这种情况下，基督教的人本意识颓变成真正的神本意识，在本原意义上的基督教对人的理性本质的追求走向了对人性的扼杀。在这个问题上，权力无限扩大的教会及神职人员做了上帝不愿他们做的事。

古今中外，宗教对人性的悖逆，很大程度上是由神与人之间的中介——教会和教职人员造成的。在古代社会中，芸芸大众没有专业的神职人员的指导，没有一定的规约也是无法使他们走近上帝的，因此，在文明程度低下，文化普及很不充分的社会条件下，教会和神职人员也就有它存在的必要性和必然性。但是，一旦有了教会这一中介，有了一批充当上帝使者的神职人员，就势必使信仰的事业受到损害。教会也是由人组成的，那些教皇们、主教们也是活生生的感性动物。他们一旦有了权力，有了腐败的条件和可能，就难免要抛掉上帝跑到撒旦一边。这些本该照上帝的意思指引众生走向天国的人，其结果没为

---

[1] T·S·艾略特：《基督教与文化》，四川人民出版社1989年版，第205页。

上帝办事，而是对撒旦负责。正如卢梭所说："出自造物主之手的东西都是好的，而一到了人的手里，就全变坏了。"[1]这真是宗教信仰的悲剧，而在本质上却是人的悲剧，人性的悖谬。反过来说，正由于有这种人性的悖谬，宗教才有它存在的合理性与必然性。

当教会的黑暗统治以及所提倡的禁欲主义对人的感性生命抑制太甚，这种单一的文化模式对人的思想禁锢太深；不仅如此，当宗教信仰的狂热和专制酿成了种种战争，如十字军战争，镇压异教的战争；当宗教裁判所不仅严重违背正统的宗教学说而扼杀自由思想时，人们对它的反叛也就在所难免，对新的文化模式的追寻就成了历史发展的必然要求和趋势。这就是文艺复兴运动的文化成因。

第四节
对人的生命存在的双向价值认同

耶稣和普罗米修斯：一个是基督教世界里的圣人，一个是古希腊神界的大神；一个是神在人间的代言人，一个是关怀人类的神界的叛逆者；一个被钉死在十字架上，一个被锁在了高加索山上……从宗教教义看，他们互为异端，但从文化属性上看，他们又蕴藉着相同或相似的人性内涵，体现着对人的生命存在的双向价值认同，因而共具人文性。通过这两个人物，我们可以窥见古希腊—罗马文学与希伯来—基督教文学之异质互补的文化秉赋。

一、普救众生的圣者与殉道者

马克思说："普罗米修斯是哲学日历中最高的圣者和殉道者。"[2]其实，耶稣也是这种圣者与殉道者，甚至是更高的圣者与殉道者。这两个人物，尽管不属于相同的文化范畴和民族传统，但是，在关怀芸芸众生并为人类造福，替人类承受苦难的高尚品性上，是相似与一致的。

耶稣的出身是平凡的，他与希伯来传说中的其他英雄一样，来自平民阶

1　卢梭：《爱弥儿》上卷，李平沤译，商务印书馆1978年版，第5页。
2　《马克思恩格斯全集》第40卷，第190页。

层。耶稣出生在加利利的一个小城拿撒勒，所以被称为"拿撒勒的耶稣"。"耶稣"是《旧约·出埃及记》中摩西的继承人约书亚的变体。

不过，耶稣似乎也有神的血统，因为他是圣灵降临到童贞女玛利亚身上后怀胎而生，而且是天使事先告诉玛利亚的。《路加福音》1：31—35节中写道：

"你要怀孕生子，可以给他起名叫耶稣。他要为大，称为至高者的儿子；主上帝要把他祖先大卫的位给他。他要作雅各家的王，直到永远；他的国也没有穷尽。"玛利亚对天使说："我没有出嫁，怎么有这事呢？"天使回答说："圣灵要降临到你身上，至高者的能力要荫庇你；因此，所要生的圣者，必称为上帝的儿子。"

因此，耶稣尽管出身寒门，父亲约瑟和母亲玛利亚都是地位低微的人，他以后也一度以做木匠谋生，但由于他是"上帝的儿子"，因而似乎也和许多古希腊的英雄们一样有神性的附着。只是，耶稣尽管以后知道自己是上帝的儿子，但却依然以平民自居。"耶稣从来不曾有过他就是上帝的渎神思想，他只是相信自己与上帝直接交流"，[1]他是沟通上帝与人之间的桥梁，是上帝派到世间拯救人类的，因而是人类的救星。对于耶稣来说，这种与上帝的"血缘关系"（实质应是精神联系），一方面坚定了他对上帝的虔诚，另一方面坚定了他献身于拯救人类的伟大事业的信心。他坚韧不拔，把一生都献给向民众宣教、传达上帝的旨意、传播真理、给人带去天国的福音这一普救众生的神圣事业上。他还借上帝之法在人间广行神迹：使瞎子目明、瘸子能行走、使得麻疯病者痊愈、使聋子恢复听力、使死者复活、让穷人听到了天国的福音。耶稣最后被钉死在十字架上，他的死极为残忍、痛苦与卑微。他不愿意死，但又把它看作上帝的安排。他以自己蒙受巨大的苦难，拯救信徒，为所有的人赎罪，使他们死后都有可能进入天国，享有永恒的生命。而且，"耶稣的受难成了典范，它告诉人们，即使被遗弃也不要失望，要忍受最不公正、最难以名状的苦难，以寻得上帝这个万物之源的最后而又是仅有的立足点；也告诉人们，要耐心地背起自己的十字架。一切苦难都因耶稣而被神化"。[2]所以，耶稣的受难本身成为

---

1 欧内斯特·勒南：《耶稣的一生》，梁工译，商务印书馆1999年版，第111页。
2 卡尔·雅斯贝尔斯：《苏格拉底、佛陀、孔子和耶稣》，李瑜青等译，安徽文艺出版社1991年版，第161—162页。

一种给苦难中的人以勇气与力量的精神源泉,"当他被钉在十字架上的时候,这种勇气就立刻体现出来。人在失败的时候,会从传统的十字标记中获得真实的必然性"。[1]无论耶稣之生还是耶稣之死,都惠及时人、惠及后人。他的博大的胸怀、深沉的爱、高尚的牺牲精神,无愧于人们将他尊为圣者和殉道者。

普罗米修斯对人类的贡献是广为人知的。他不仅创造了人类,还教给人类各种技艺以谋生存。他对人类的最大的贡献是盗天火给人类。在众神之中,唯有普罗米修斯关怀、注视并不时地帮助尚处于柔弱阶段的人类,由此才招来了宙斯的愤怒与报复。宙斯指派强力神和暴力神把普罗米修斯锁在高加索山上,"因此普罗米修斯被迫锁在悬岩绝壁上,笔直地吊着,不能入睡,而且永远不能弯曲他的疲惫的两膝"。每天还忍受着老鹰啄食肝脏的痛苦。"这囚徒的苦痛被判定是永久的,或者至少有三万年。他大声悲吼,并呼叫着风、河川和无物可以隐藏的虚空和万物之母的大地,来为他的苦痛作证,但他的精神仍极坚强。"[2]和耶稣相仿,普罗米修斯在造福于人类的同时,还为人类承受了无穷的苦难。在希腊的神和英雄当中,普罗米修斯是最富有自我牺牲和献身精神的形象。

二、现实关怀与终极关怀

普罗米修斯常常被人们阐释为反专制暴政的象征,这是不无道理的。因为,普罗米修斯违抗天神宙斯的意志,并与之分庭抗礼,他的言行违反了"天规",从社会学历史学角度看,不无阶级反抗与社会斗争的意义。不过,我在此想要强调的是这种反抗的文化意味。普罗米修斯的反抗发自个人的意志,是一种自觉的行为,显示出人的精神之独立与主体性,体现出希腊式的自由精神。耶稣言行的力量源泉似乎都来自上帝。上帝选择他作为自己的"儿子"这一点,使耶稣既觉得必须忠诚于上帝,要以上帝的旨意行事,而且也只有这样他对自己的所作所为才有自信心。和《旧约·出埃及记》中的英雄摩西一样,他的一切存在的意义只在于上帝。当然,从现实性层面上看,耶稣一切现世的行为是为了拯救众生脱离苦难,他是坚忍不拔、富有献身精神的圣者和殉道者。但是,在精神实质

---

1 卡尔·雅斯贝尔斯:《苏格拉底、佛陀、孔子和耶稣》,第154页。
2 斯威布:《希腊的神话与传说》,第13页。

上,他是上帝的追随者,是上帝意志的传达者,所以,他是最接近上帝的人。而作为人,耶稣的形象恰恰因此丧失了独立性和主体性。

更值得我们注意的是,普罗米修斯的行为富于世俗性,耶稣的行为则富于超现实性。普罗米修斯带给人类的,往往是人类生存的最基本的物质需要和技能需要,他最后所受的痛苦主要也是肉体上的。耶稣带给人类的很少有物质上的,医治麻疯病之类的勉强可以算解决生存之需要,但他主要在精神上、思想上、灵魂上使人类受益。他不是引导人们执着于现实生存境遇的优化,而是引导人们向往上帝之国的美好,使人在精神上获得自由感与幸福感。因为,在他看来,现实世界是险恶的,为此,"他宣扬一种与世冷漠的生活方式"。[1] "耶稣宣称,在现存世界中,罪恶是统治性力量。撒旦是'今世之王',一切都服从于他。国王们杀戮了众先知,祭司与文士们不做他们要别人恪行之事。义人遭迫害,善良者的结局只是哭泣。这使'世界'成为上帝与圣徒们的敌人。但上帝将会醒来,为圣徒们复仇。这一天即将来临,因为罪孽已登峰造极。善良的统治将要开始。"[2] "善良的统治"就是上帝之国,在那里,世界被颠倒过来,崭新的秩序将统治人类。"现在好人坏人混在一起,如同莠草与好苗在同一块地里;这本是主人让它们混杂而长,分开它们的暴烈时刻就要来临。上帝之国将大网一撒,把好鱼坏鱼都捞出来,好鱼妥善保存,其他的都扔掉。"[3] 耶稣穷其一生所做的,就是要让人们相信上帝之国的真理性和永恒性,唤起他们对未来天国生活的向往。"促使他进行那崇高工作的,与其说是已定的计划,毋宁说是高贵的感情。"[4] 与现实主义、世俗主义的普罗米修斯及古希腊英雄们不同,耶稣是"一个彻底的理想主义者,在他看来,物质只是观念的表象,现实则是不可见之物的生命的体现"。[5] 在他看来,现实的存在不仅是恶的,而且是短暂的,天国是永恒的,终极的。普罗米修斯与耶稣的这种分野,既是两种价值观念之别,更是文化传统与人本观念之别,前者体现的是古希腊式的世俗人本意识,后者体现的是希伯来—基督教式的宗教人本意识。

---

1 卡尔·雅斯贝尔斯:《苏格拉底、佛陀、孔子和耶稣》,第134页。
2 欧内斯特·勒南:《耶稣的一生》,第131页。
3 欧内斯特·勒南:《耶稣的一生》,第132页。
4 欧内斯特·勒南:《耶稣的一生》,第133页。
5 欧内斯特·勒南:《耶稣的一生》,第137页。

读者可能会问，既然肯定普罗米修斯反抗宙斯具有反专制暴政的政治意味，那么，耶稣虽然让人们鄙视现实，追寻天国之梦，这不是在唤起人们反抗现实，建立新的社会秩序吗？其中既有现实意义，又有政治意味，也表现出了反抗性。

　　这样的提问不是没有道理的。不过耶稣之行为客观上的反现实性和政治意味，并不等于他的信仰和出发点本身是为了与世俗社会相对抗，并不等于他企图以天国之梦求取当下政权之实，也不等于其行为以现实利益为终极目的，因而具有现实性。耶稣之死，固然是由于他的道德宣教的反社会性触怒了当时的罗马统治者，于是指控他"煽动叛乱"而定他死罪。现实统治者对天国之梦的愤怒与恐惧也不是没有理由的，因为，"上帝之国的建立者们乃是普通人；不是富有者、博学之士、祭司，而是妇女、平凡者、卑贱者和弱小者"。[1]这种颠倒的社会秩序，是现实统治者所不肯接受的。但是，如前所述，耶稣是一个"彻底的理想主义者"，而且是一个完美的、性情温和的理想主义者。他的理想国，即便是可以付诸实践的话，那充其量也不过是精神和灵魂的变革而已。正如欧内斯特·勒南所说，"他希望促成的变革是一种道德变革，"而且，"他还未把变革的实施交给天使和最后的号角"。[2]"他蔑视俗世，认为存在的世界不值得他关注，而避居在自己的理想国中。他创立了轻视一切的伟大学说，**灵魂自由**（着重号为引者所加，下同）的真正的学说，认为唯此才能给人以平安。"[3]耶稣创立这种学说，只在于也只能付之于道德变革和道德理想的追寻，而不是也不能诉之于社会实践与政治变革。何况，"耶稣从未想过要把握什么政治权力"，[4]"他从来没有以己之身取代富人和权势者之地位的任何欲望。他希望消灭财富和强权，而不是占有它们，他预言门徒将遭到迫害和各类刑罚，但从未有过武装反抗的想法"。[5]耶稣要人们走向天国的唯一道路就是道德变革，武器就是爱和心灵的纯洁。"耶稣自己是一个勇敢的战士。但是他所依赖的既不是物质的、政治的力量，也不是自己的意志和血气之勇。他所凭

1　欧内斯特·勒南：《耶稣的一生》，第137页。
2　欧内斯特·勒南：《耶稣的一生》，第133页。
3　欧内斯特·勒南：《耶稣的一生》，第133页。
4　卡尔·雅斯贝尔斯：《苏格拉底、佛陀、孔子和耶稣》，第135页。
5　欧内斯特·勒南：《耶稣的一生》，第137页。

借的乃是真理的能力，爱的能力，柔和谦卑与牺牲的能力。"[1] "耶稣认为重要的东西是内心的启蒙，使信徒明白，敢于去爱。"[2]而且，要爱自己的仇敌，"忍受和爱无所不能，心灵的纯洁胜过武力，这观念确实为耶稣所独有"。[3]事实上，耶稣的理论是无法付诸政治实践的。耶稣的理论和行为，从初始动机和终极目标上都是超现实、超世俗的，至于客观效果上的政治性和现实性，是另一回事。普罗米修斯式对人类的关怀是现实性和世俗性的，耶稣式对人类的关怀是终极性和超验性的，这是两种异质文化价值观念对人的现实生命的双向认同，因为，无论是现实关怀还是终极关怀，都是合人性、合人道的。

三、马克思与宙斯、普罗米修斯及耶稣

尽管以貌论人是不可取的，但某些巧合却寓一种必然性于其中，事实上人们也还是常常对一些人作由外而内的评论，进而寻找人们之间的内在异同。

马克思的形象对中国人来讲是再熟悉不过的。他那扁圆的脸盘，宽高的前额，深邃的目光，蓬松的头发和茂密的大胡子，与一般的欧洲人大不一样。而这一外貌与古希腊神话中的天神宙斯极为相像。马克思的一位朋友的女儿在回忆录中写道："我父亲认为马克思很像这个宙斯，而且很多人都同意他的这种说法。两者都有一个头发蓬松的大脑袋，宽阔的前额印满着思想家特有的皱纹，都带有命令式的但又是和善的表情。"[4]一位同晚年的马克思有过交往的英国女作家对马克思的形象也作过大致相同的描述，她说："他脑袋硕大，覆盖着长长的灰白的头发，这与他蓬松的大胡子非常相称。他的乌黑的眼睛虽小，但目光锐利，深邃而带嘲讽，闪烁着幽默感。他的鼻子没有什么明显特色，根本不像犹太人。他中等个子，长得很结实。他身后角落的台柱上放着一尊外表和他相似的奥林匹斯山的宙斯胸像。"[5]也许，这尊宙斯胸像的放置，是马克思自己对两者相像的认可。看来很显然，马克思的长相与神话中的宙斯相像是一个无可争辩的事实。

---

1 陈志平、活泉主编：《耶稣——弥赛亚传》，中国文联出版社2000年版，第170页。
2 卡尔·雅斯贝尔斯：《苏格拉底、佛陀、孔子和耶稣》，第155页。
3 欧内斯特·勒南：《耶稣的一生》，第137页。
4 中共中央编译局译：《人间的普罗米修斯》，人民出版社1983年版，第144页。
5 中共中央编译局译：《人间的普罗米修斯》，第168—169页。

然而，马克思与宙斯长得相像，并不意味着他们精神气质的相同、相似甚至相反，不过，令人感到惊奇的是，马克思与宙斯的叛逆者普罗米修斯的精神品格倒是相契合的。马克思自己从未以普罗米修斯自许，但他对普罗米修斯向来十分崇尚。1865年，马克思在回答女儿劳拉提出的"你喜爱的诗人"时回答道：莎士比亚、埃斯库罗斯、歌德。埃斯库罗斯是古希腊"悲剧之父"，但并非悲剧艺术最杰出的代表，而索福克勒斯则是"悲剧艺术的荷马"。马克思把埃斯库罗斯列为最喜爱的诗人之一，显然是因为他塑造了叛逆者形象普罗米修斯。马克思是"以普罗米修斯的品格贞定哲学的品格，在这种贞定中，他深藏于自己的灵魂的是传自希腊神话的普罗米修斯的灵魂"。[1]马克思称"普罗米修斯是哲学日历中最高的圣者和殉道者"。[2]"这是马克思的哲学宣言，也是他的人生宣言。"[3]因为，马克思的最高理想就是使人类实现自由与解放，他的一生奋斗证明，他就是为全人类的自由和解放而献出了一切的。他和普罗米修斯有精神内质上的一致性。所以，马克思和普罗米修斯确有一种"生命之缘，一种内在的根深蒂固的文化情结"。[4]难怪，人们称马克思是"人间的普罗米修斯"。

但是，除了普罗米修斯之外，马克思的文化心理的更深处，还有一个来自基督教，来自一种绝然不同于古希腊文化的耶稣基督。对此，许多人可能会感到不可思议：一个无神论者，一个对宗教有过深刻批判的人的文化人格中，怎么会有耶稣基督的精神秉赋？这样的设问尽管不无道理，但无疑显得简单化和表面化。耐人寻味也更深刻的事实是：对基督教的真正的批判，往往来自那些从基督所赋予的崇高感中汲取人文自信的人们。马克思对基督教的痛切批判中，涵贯着曾为基督的福音所熏炙的人格的真诚。

马克思的儿童与少年时期的生活是充满着宗教气息的。因而他最初的文化熏染使他的文化人格中打上了基督的烙印，马克思的父亲亨利·马克思由犹太教改信路德教。因此，马克思本人也在六岁（1824年）和16岁（1834年）时两次接受洗礼。马克思生活于其中的特利尔城是被基督的圣水一再洗礼过的。歌

---

[1] 黄克剑：《人韵——一种对马克思的解读》，东方出版社1996年版，第108页。
[2] 《马克思恩格斯全集》第40卷，第190页。
[3] 黄克剑：《人韵——一种对马克思的解读》，第111页。
[4] 黄克剑：《人韵——一种对马克思的解读》，第78页。

德曾作过生动的描绘:"这座城市有一个十分引人注目的特色。据说它比同样大的其他任何城市都拥有更多的教会建筑,这几乎是一个难以否定的事实,因为在它的城墙之内,到处都拥塞着教堂、小礼拜堂、修道院、修士会、神学院、骑士和教友组织的建筑物,而它的外部也被许多修道院、寺院和其他教会机构的建筑物包围着。这种情况证明了先前大主教以这里为中心的广泛活动范围,大主教下面的主教区则分布于麦茨、土尔和维尔登诸地。"[1]可见,这是一个为基督的神圣与庄严所拥抱着的小城。正是这样一种弥漫着宗教气息的生活环境,孕育和熏染了早年马克思的宗教文化心灵。迄今能看到的马克思留给后人的最早的心灵剖白的文字,大概就是他的中学作文《根据约翰福音第15章第1—14节论信徒和基督的一致》。此文表达的是一个信徒对基督的崇仰。但这并不意味着马克思将成为虔诚的基督徒,也不意味着他对所有基督教教义的全盘接纳。因为,"真诚的宗教生活并不只是人的精神世界的自我异化,它也润泽那种向往神圣的高尚的心灵"。[2]耶稣追求真理的那种高贵的热情,那种对人类的博大之爱和无私的献身精神,无不唤起马克思的心灵震撼。因此,从文化心理和文化价值意识的角度看,马克思对基督的崇仰,与他对普罗米修斯的崇仰有一致性,也表明了马克思文化心灵的"原始积累"与基督教有密切联系,耶稣基督在人性意义上的崇高人格感动着年少的马克思并成为他自己的一种人格追求与人生价值取向。就是在这篇中学生作文的字里行间透出的精神表明,"基督之于马克思,与其说是谨小慎微的涤罪者必不可少的偶像,不如说是富有价值悬设意义的某种崇高信念的寓托"。[3]少年马克思认为,"人的天性"的不完善,决定了人必须在追求基督的"神性"中获救,因此,人与基督的一致是有必要的。而在马克思这里,"神性"是完善人性的一种理想化目标,人对"神性"的追求就是对理想人格和人生价值的终极追求。因此,人与基督的一致也是对一种高尚人格的向往,对人类完美的追寻。不过,神对于少年马克思来说,始终不过只是一种崇高目标的导向。神"给人指定了共同的目标——使人类和他自己趋于高尚,但是,神要人自己去寻找可以达到这个

---

[1] 歌德:《法国的农庄》,转引自奥古斯特·科尔纽《马克思恩格斯传》第1卷,生活·读书·新知三联书店1963年版,第46页注。
[2] 黄克剑:《人韵——一种对马克思的解读》,第78页。
[3] 黄克剑:《人韵——一种对马克思的解读》,第78页。

目标的手段"。[1]因此，马克思认为，决定人的命运的是人自己而不是神。在这一点上，他更倾向于敢说敢为付诸行动的普罗米修斯。成熟的马克思不仅为人类描绘了共产主义理想，而且始终把它付诸社会实践和政治实践，力图在现实中建立理想社会，而不是耶稣式的道德理想。但是，基督在人类意义上的高尚和伟大的人格却是少年马克思人格理想和人生价值追求的一盏明灯。在马克思中学毕业作文《青年在选择职业时的考虑》中，他这样写道：

> 在选择职业时，我们应该遵循的主要指针是人类的幸福和我们自身的完美……人们只有为同时代人的完美、为他们的幸福而工作，才能使自己也达到完美。
>
> 历史承认那些为共同目标劳动因而自己变得高尚的人是伟大人物；经验赞美那些为大多数人带来幸福的人是最幸福的人；宗教本身也教诲我们，人人敬仰的理想人物，就曾为人类牺牲了自己——有谁敢否认这类教诲呢？[2]

在这段话的背后，我们似乎看到了一个关心人类的苦难，出于对人类的爱而在十字架上担负起人世间的种种苦难的耶稣。耶稣的胸怀是宽广而崇高的，马克思的胸怀也是宽广而崇高的；耶稣对人类的关怀更集中于贫穷的、处于社会低层的被压迫的人民，马克思所关注的同样是被压迫阶级，他号召全世界无产者联合起来，他是被压迫人民的精神领袖和革命导师。马克思是在深层意识中把基督看成"理想人物"和"伟大人物"的，耶稣基督表征着他高尚的人生理想与信念。马克思与耶稣基督无疑存在着一种根深蒂固的"文化情结"。所不同的是马克思是把理想建立在科学和社会实践之上，在这一层面上，他选择了普罗米修斯式的行动与反抗，而抛弃了耶稣式的忍让、宽恕和"爱你的敌人"。

论证马克思如何从敬仰基督徒走向崇拜普罗米修斯，以及马克思怎样与基督教产生背逆等，已不是本书所要完成的工作了。我们写这段近乎是文学批评之外的文字，之所以并不觉得离题太远，是因为这段文字恰恰说明了古希腊文学与希伯来文学虽然各属异质文化之范畴，但是由于它们都以"人"为契合点，因而具有同根共生的关系，是不同的文化价值观念对人的现实存在的双向

---

1 《马克思恩格斯全集》第40卷，第3页。
2 《马克思恩格斯全集》第40卷，第7页。

价值认同；说明不同质的文化之间在此一层面上的对立，恰恰需要彼一层面上的互补才最终使各自拥有久恒之生命力；同时也说明，只把宗教当谬误看待，认为希伯来—基督教文学的"神性"必然与古典人本意识相对立，是过于简单化了。"神性"固然在某一层面上有悖逆人性之弊，但在另一层面上、在其源初之意义上却具有人本性。正是以人性为契机，普罗米修斯与耶稣这两个各属异质文化范畴的人物形象，成为马克思潜在人格建构的精神之源。

第二章 原欲与理性的对立与互补

第三章
延续的历史：中世纪对文艺复兴的人文指引

中世纪是西方文学与文化发展史上的重要一环，但人们总觉得文艺复兴比它要重要得多，而且，似乎文艺复兴并非中世纪的历史延伸，而是跳跃式地从一个新的起点上开始的，是跃过中世纪而后与古希腊、罗马相衔接的。从"人"的母题演变的角度去看，这不符合历史的事实。我们通过本章想说的是：在人文传统上，文艺复兴是为中世纪所指引的。

第一节
希伯来—基督教文化的"古典"渊源

在西方学术界，把中世纪看成"黑暗的时代"和"漫漫长夜"，那主要是20世纪之前的事。而在我国学术界，这种观点延续时间差不多要比西方长一个世纪，纠正这一观点，是从20世纪90年代初才逐渐开始的。这种观点在我国占主导地位的时候，人们肯定古希腊、罗马文化的人本传统的进步性，但这种进步文化到中世纪则几濒灭绝，反人性的基督教文化占主导地位，到文艺复兴时期，古代传统才得以复兴，人本主义取代基督教的"神本主义"，这是历史的大进步。按照这种逻辑，古希腊—罗马人文主义传统在反掉基督教传统后，成为近代西方文化与文学的主导思想，那么，西方文化不成了古希腊—罗马文化传统的一统天下？而且，从古希腊—罗马到中世纪再到文艺复兴的历史有两次中断，古希腊—罗马文化传统与希伯来—基督教文化传统之间是水火不容、你死我活的。这种简单化的理解，不仅不符合历史发展的逻辑，不符合西方文化、文学史发展的客观事实，而且也不符合文化与文学之合人性、合生命原则。笔者认为，要从深层次上解决为什么不能把中世纪看成"黑暗的时代"和"漫漫长夜"，为什么文艺复兴不是突然爆发的，关键在于我们在思考这些问题时要把原来的思维定势扭转过来，即不是在大前提上首先把基督教看成是反动的、反人性的，而是把它看成是一种继古希腊—罗马文化之后的有历史进步性与必然性的新文化，并且充分认识中世纪人本传统与古希腊—罗马文化传统的非间断性，认识希伯来—基督教文化与文艺复兴人文主义的承传关系。这恰恰是我国学术界迄今为止未作深入研究的领域。正是在这个意义上，我要说，研究文艺复兴时期的文学与文化，不妨先从希伯来—基督教文化本身去找文艺复兴人文主义的文化因素。

一、古希腊—罗马哲学对希伯来—基督教文化的人文传递

希伯来—基督教文化在其形成与发展过程中较多地从古希腊—罗马的哲学中吸取了养分。柏拉图"三个世界"的理论，为基督教的宇宙观提供了哲学的理论依据。英国的新托马斯主义者F·科普尔斯顿指出："从哲学观点看，柏拉图传统长期继续统治基督教的哲学思想。"[1]德国著名青年黑格尔派D·F·斯特劳斯认为柏拉图对基督教的影响深远：

> 柏拉图哲学是和早先出现于基督教的艾赛尼派和诺斯替教派思想观点联系着的，其主要中心原则，即认为不是看得见的，而看不见的才是真的存在，不是今生而是来生才是真正的人生，和基督教关系之密切，令我们不能不看出，它是在给基督教做准备，或者说，以希腊人为人类的代表，给基督教做准备。[2]

D·F·斯特劳斯甚至认为，在整个古代时期，找不到一个比柏拉图和基督教更近似的人物。在希腊化时期，基督教又更多地吸纳了古希腊—罗马哲学的养料，斯多亚派的禁欲主义，以斐洛为代表的犹太—希腊哲学，新毕达哥拉斯主义、

1　Coperstone, F. *A History of Philosophy*. New York: Continuum, 1962, p.29.
2　D·F·斯特劳斯：《耶稣传》第1卷，吴永泉译，商务印书馆1981年版，第252—253页。

新柏拉图主义的神秘主义，都被接纳，并对"逻各斯"作了神秘的解释。可以说，希腊、罗马衰落时期的哲学为基督教提供了思想养料，并成为基督教教义的重要内容。W·塔恩在分析希腊哲学与基督教的联系时指出：

> 希腊主义宗教中有趣的情况是，他们描绘了这个世界，基督教就是在这个世界中出现的。这个世界不仅为基督教在其中传播提供了共同的文化媒介，在某种意义上，为基督教的传播铺开了道路。人们正在寻找不同神灵及对不同神灵崇拜背后必然存在的那种统一性，恰恰正是亚历山大把全人类都称作一个父亲的儿子；而罗马内战的可怕动乱，极度地强化了这股已经存在的追求救世主的强烈愿望；许多人，已经在人类范围以外去寻求这个救世主。[1]

罗马帝国时代，亚历山大里亚城的犹太哲学家斐洛，把柏拉图和斯多亚派的学说同犹太教及其典籍《圣经》相结合，从而创立了早期希腊主义的犹太宗教神学，达到调和希腊哲学和《圣经》的作用，深刻影响了新柏拉图主义和基督教神学。可以说，基督教的神学史不是从某一个基督徒开始的，而是从哲学家斐洛开始的。E·凯尔德指出，是斐洛把出自希腊和犹太的两股思潮结合了起来：

> 斐洛在神学史上占有一种特殊的位置，因为他超过任何其他作者，给我们展示这种历程，正是通过这种历程，来自希腊和来自巴勒斯坦的两股伟大思潮结合成一股。[2]

斐洛致力于为宗教信仰辩护，因此，神学在他的理论体系中占有重要位置，这种神学理论对基督教产生了多方面的影响，比如，在他的创世说影响下，基督教对创世说作了新的解释。

普罗提诺"是西方哲学史中最伟大的名字当中的一个"。[3]如果说，斐洛是柏拉图学派的先驱，那么，普罗提诺则是该学派的奠基人。"他是典型的神秘主义者，那种造成他们神秘主义的更重要的东西是，他把这种神秘主义呈

1　Tarne, W. *The Greek Culture*. Cambrige, 1985, p.360.
2　Kelde, E. *The Theological Extension in Greek Philosophy*. Book II, Glasgow, 1902, p.184.
3　Kelde, E. *The Theological Extension in Greek Philosophy*. Book II, Glasgow, 1902, p.184.

现为整个希腊哲学发展的终极结果。此外，要是我们注意到普罗提诺以后的思想发展，我们可以看到，正是通过他，并通过受到他影响的圣·奥古斯丁，这种神秘主义变成了基督教神学，成为中世纪和近代世界的宗教中的一个重要因素。"[1]

圣·奥古斯丁是早期基督教最重要的神学家，也是最后一位呼吸着罗马世界空气成长出来的伟大基督教思想家。正是他把希腊哲学，特别是普罗提诺为代表的新柏拉图主义同基督教融合起来。他的思想深刻地影响了中世纪罗马天主教的基督教世界和文艺复兴以来的新教，深刻地影响了托马斯·阿奎那为代表的整个基督教神学。"奥古斯丁及其同时代人物安布鲁斯和哲罗姆共同努力的结果，使基督教文化在古典文明的基础上扎实地建立起来。430年奥古斯丁去世，古典文化—基督教文化的融合已基本完成。成为中世纪基督教和西方文明的基础的希腊—罗马传统之所以有力量，主要是由于奥古斯丁等拉丁神学家及其他与他们一样的人，证实了人们既可以是基督教徒，又可以是研究西塞罗的学者。"[2]

总之，基督教形成的过程中，古希腊、罗马哲学在理论上推进了这个进程，也正是在这种背景下，基督教发展成为一种世界性的宗教。正像英国学者G·汤姆逊所指出的：

> 基督教在当时，作为犹太教和希腊主义——地中海世界两种突出的、彼此在许多方面相互对立，因而互相补充的文化——的混合物，是古代文明整个过程中意识形态的产物。后来，主要从希腊的哲学和修辞学方面，它又吸收了许多它原先所没有的思想观点。[3]

许多基督教早期作家公开承认，基督教教导的东西同希腊人是一样的，柏拉图和斯多亚学派教导的东西同基督教是一致的。他们将希伯来的文化传统和希腊、罗马的文化传统融为一体。他们认为，希腊哲学能够给予基督教信仰以合乎逻辑的解释，能够理智地批驳异教徒对基督教教义的责难。由于采用了希腊哲学的语言和范畴，基督教学者得以能够用理性术语解释神谕和上帝的存在，

---

1 Kelde, E. *The Theological Extension in Greek Philosophy.* Book II, Glasgow, 1902, p.184.
2 霍莱斯特：《欧洲中世纪简史》，商务印书馆1988年版，第386页。
3 G·汤姆逊：《古代哲学家》，三联书店1963年版，第385—386页。

从而将基督教教义从一种单纯的信仰发展成一个庞大的神学体系。

二、希伯来—基督教"理性"之"古典"渊源

宗教文化描述的是一种信仰体系；信仰关注的不是当下的现实世界，而是超现实的价值世界。信仰有其非理性、非科学的一面，但信仰是人认识与把握世界的一种特殊方式，是合人之理性原则的。"深"的价值观就是对人的终极意义的追求，或追求基督教的天国，或追求儒家所言的成贤成圣，或为了生活的充实和灵魂的安宁。"浅"的价值观只求当下，只知自我（即小我），无时间性，无空间感，亦无社会性。理性是"深"价值观的前提。"浅"的价值观虽然也是出自对人生目的的思考，但主要的是受动于人的本能冲动，因之亦可说，它说不上思想，说不上价值关怀。"将价值观念作为理性的内涵之一，就是因为价值世界是宁静的，是关注灵魂而非注重肉体，或曰关注未来而非仅仅注重当下的人的居所。这里不需要激情和冲动，不需要歇斯底里和盲目奔走，需要的是健康的人格和心态。"[1]

关于宗教和信仰的理性特质，西方哲人也有论述。恩斯特·卡西尔说："至于宗教思想，它决不是必然地与理性的或哲学的思想相对立……单单依靠理性，我们不可能深入到信仰的神秘中去。然而这些神秘并不与理性相矛盾，而是使理性尽善尽美。"[2]弗洛姆说："假如信仰的确与理性思维不相容，那它定会作为一种从前文化阶段的错误残迹而遭淘汰，并定会被涉及事实的科学和具有可理解性、能证实的理论所取代。"[3]弗洛姆还说："一些并不挟持教会权势的派别，一些强调人自身具有爱的力量，人与上帝之间并无天壤之别的宗教神秘主义流派，在宗教的标志下，维护并培育了人的理性信仰，适用于宗教的一些任何原则，也适应于世俗方面，特别是政治和社会思想方面的信仰。"[4]

众所周知，古希腊早期哲学的理性精神较集中地体现在对世界确定性、世界秩序的探索上，是人的知性力量的推动使之然。因之，古希腊哲学总是力图

---

[1] 启良：《西方文化概论》，第324页。
[2] 恩斯特·卡西尔：《人论》，第92页。
[3] 埃里希·弗洛姆：《逃避自由》，陈学明译，工人出版社1988年版，第257页。
[4] 埃里希·弗洛姆：《寻找自我》，陈学明译，工人出版社1998年版，第273页。

通过寻问世界之本原，给人们描述世界的规律和秩序，为人们提供一个有确定意义的世界。其实，基督教同样有这种理性特征，而且直接受益于古希腊哲学的理性秉赋。"基督教的上帝信仰，从本体论上看，同样是为了给世界以确定性的说明。与古代人不同的是，基督教的学说更为精致，更有说服力。将世界的本原归于上帝，将世界的秩序与规律看作由上帝制定的，比起泰勒斯、赫拉克利特乃至柏拉图的学说来看，显然是进步而非退步。虽然上帝学说由犹太人创立，发源于犹太人的原始信仰，但经希腊哲学的充实，再到圣·奥古斯丁、阿奎那等人的精心构筑，早已不是原始的信仰。漫长的理论提高过程，可以看作人类知性追求的合逻辑的过程、扬弃的过程。甚至可以说，有关上帝的学说，同样是自然哲学，同样是一种科学理性。"[1]反过来说，如果基督教离开了古希腊哲学那种探究世界本原的理性精神，就不可能形成关于世界与上帝的严整体系。而且，正是基督教文化中这种直接承传于古希腊哲学的对世界探究的知性冲动和理性精神，培植了中世纪和近代西方人的科学理性精神和追求科学的浓厚兴趣。荷兰学者R·霍伊卡在他的《宗教与现代科学的兴起》中指出："希腊—罗马文化与《圣经》文化的相遇，经过若干世纪的对抗之后，孕育了新的科学。这种科学保存了古代遗产中的一些不可残缺的部分（数学、逻辑观察与实验的方法），但它却受到不同的社会观点和方法论观念的指导，这些观念主要导源于《圣经》的世界观。倘若我们将科学喻为人体的话，其内组织部分是希腊的遗产，而促进其成长的维他命和荷尔蒙则是《圣经》的因素。""科学更多地是某种宗教观念的结果，而不是其原因。"[2]因此，作为一种认识论意义上的知性的理性，是客观地存在于作为信仰体系的希伯来—基督教文化之中的，而且有着清晰的前后承传与延续的关系。这种理性精神也在一定程度上体现着人的主体精神。因此，把希伯来—基督教一味地说成是非理性的和扼杀人性的，以及把中世纪完全说成是人性之反动是失之偏颇的。

至于与世俗情感、欲望相对意义上的理性精神，在希伯来—基督教文化中是客观存在的，我们在论述摩西、耶稣等形象时已作过分析。值得注意的是，这种宗教理性精神也与古希腊文化相关。斯多亚学派在希腊主义时期的哲学中

1　启良：《西方文化概论》，第340—341页。
2　R·霍伊卡：《宗教与现代科学的兴起》，丘仲辉等译，四川人民出版社1999年版，第170页。

占主导地位，不过，它与其说是一种哲学，不如说是一种宗教，它倡导禁欲主义。从广义上说，整个斯多亚学派给了基督教及其神学以巨大的影响，尤其是该学派中的塞涅卡对形成中的基督教起着巨大影响。恩格斯说："如果我们可以把斐洛称为基督教义之父，那塞涅卡便是它的叔父，《新约》中有些地方几乎就像是从他的著作中逐字逐句抄下来的。"[1]另一位晚期的斯多亚派哲学家爱比克莱德的一系列道德伦理的说教，也直接或间接地被基督教教义所吸收。斯多亚学派关注人的终极目的，其伦理学理论在该派哲学体系中占核心位置。他们认为，人的本性是宇宙普遍性的一部分，"因此，主要的善就是以一种顺从自然的方式生活，这意思就是顺从一个自己的本性和顺从普遍的本性；不作人类共同法律惯常禁止的事情，那种同法律的普遍万物的正确性是同一的，而这正确的理性也就是宙斯，万物的主宰与主管"。[2]从这种伦理观出发，人们应该顺从自然，顺从本性，顺从理性。世界上一切都由必然性、命运所主宰，这种规律也是一种理性，它也是神的意志的体现。因此，顺从理性就是服从规律和必然性，服从神的意志。按照这种观念，斯多亚学派又引出了禁欲主义的理论。在他们看来，只有理性的完善才是最大的幸福和快乐，除此之外都是恶，都是不道德的。财富、权力、地位、健康、生命等本身并非善，这些东西本身无多大价值。斯多亚派这种理性精神也是催发基督教禁欲主义的养料。

希腊的犬儒派认为只要拥有美德就是幸福，而美德就是关于如何抑制自己的欲望的知识。一个能自觉控制自己欲望的人就是有美德的人，否则就是无德行的人。按照这种理论，犬儒派的代表人物狄奥根尼斯（约公元前400—前325）模仿动物的生活方式，蔑视人类的一切生活享受。据说他的全部家当是一根棍和一身褴褛的衣裳，还有一个讨饭用的口袋和一只喝水的杯子。他四处游荡，睡在木桶里，过着以乞讨为生的极贫穷的生活，反而自得其乐，到处讲他的哲学学说。犬儒派的这种以贫困和禁欲为最大幸福和最高快乐的生活方式、精神状态和理论观点，影响了基督教。

古希腊—罗马文化相对于希伯来—基督教文化是原欲型的，但是，它在哲学文化中体现的理性精神，却沿着希伯来—基督教的传统得以流传。亚里士多德"人是理性的动物"的名言，高度强调了人的理性之高贵，这种理性精神被

1　恩格斯：《论早期基督教的历史》，见《马克思恩格斯全集》第22卷，第253页。
2　北京大学哲学系编：《古希腊罗马哲学》，商务印书馆1962年版，第375页。

基督教所接纳，而在中世纪又有走向极端后表现出非理性的一面，但理性成分依然是存在的。古希腊—罗马的理性精神被基督教接纳的历史，意味着这一人本主义文化血脉并未在中世纪中断。事实上，古希腊—罗马之哲学文化对中世纪的影响，也是通过基督教来实现的。不仅如此，既然希伯来—基督教文化有古希腊—罗马的理性文化因素，而古希腊—罗马理性文化向来被认为是人本主义的，那么，这种希伯来—基督教文化也必然有其人本精神。信仰的天堂靠理性的精神去构筑这一事实，说明了天堂本身是具有人文性，天堂的终极目的是为处于苦难现实中的人带去精神安抚，这里不无人文关怀。至于教会使天堂之本意变异，那是人自己的事，而非上帝的所为。真所谓"脸丑莫怪镜子歪"。

第二节
希伯来—基督教文化：滋长现代科学精神的温床

通常说到科学与宗教，总认为是水火不容，你死我活的对立关系。认为在欧洲中世纪，基督教占统治地位，科学为异端，科学成了神学的奴婢，教会还大肆地扼杀科学精神，宗教裁判所残酷迫害科学家，因而中世纪是"黑暗"的。宗教史上教会迫害异教徒、排斥科学的现象无疑是存在的，但不能由此认为教会和教职人员都是排斥、反对科学的，甚至认为宗教整个地与科学相对立、与科学无缘。我们不否定宗教信仰的非理性成分，正像我们应该相信科学同样有非理性成分一样。但是，如果我们因此只将希腊式的自然哲学视为理性与科学性，而将希伯来—基督教看作非理性、非科学，那就有失浅薄了，这样既误解了宗教和信仰，又误解了理性与科学。何况，如前已述，希伯来—基督教文化中包含了希腊自然哲学的理性。而且如果按照科学的尺度，信仰确非真理，那么，不是真理就一定不是理性吗？这是值得我们反思的。

一、基督教与科学理性

从科学史的角度看，古希腊自然哲学与希伯来—基督教的自然观、宇宙观是不一致的。古希腊的科学思想总体上是一种唯理论的哲学观，而基督教则是倾向于经验论的哲学观。然而这两种理论观念构成了近现代科学发展的世界观和认识论基础。尽管这是两种不同的科学思想观念，但从源头上看，古希腊哲学的理性精神影响了基督教，并还以之作为一种渠道延续并影响后世。如前所述，古希腊的科学理性精神构筑了基督教的天国理论之大厦，这本身也催化着信仰时代科学精神的萌生。"中世纪的学者充分利用了精炼的逻辑工具和推理方法，增强了思想的明晰性，培养了辩论的艺术，使逻辑学、伦理学、形而上学达到前所未有的准确性。应该说，运用理性工具论证信仰，正是中世纪经验哲学的一个典型特征。""事实上，中世纪理性或逻辑思维的水平已经达到了相当的程度，并不比现代差多少。托马斯·阿奎那的体系不仅是信仰的充分表达，而且是人类运用理性建造的一个思想殿堂。"[1]可见，理性思维是基督教的一种基本的认识与思维方法。因此，诚如我国文化学者启良先生所说："有关上帝的学说同样是一种自然哲学，同样是一种科学理性。如果我们将泰勒斯的'水'、赫拉克利特的'火'、巴门尼德的'存在'、柏拉图的'理念'归于理性的范畴，为什么不能将'上帝'看作理性的概念呢？如果把希腊探究自然之本原和秩序的学说看作科学理性，为什么不将同样表现为对自然本原与秩序的探究的上帝学说看作科学理性呢？"[2]这些问题或许还可以继续讨论，但基督教文化中科学理性之存在是应予肯定的，基督教对科学精神之宏扬也是客观事实，基督教是现代科学成长的文化土壤。对此，如果我们进一步从基督教与科学发展史的实际联系作研究，就更使人确信无疑。

二、中世纪大学：对现代科学精神的培育

霍莱斯特指出："过去的历史学家对现代文明的发展，可能过分强调了文艺复兴的影响……文艺复兴人文主义者实际是'古典文学'的学者，对于科学的兴趣，可以说并不大于一位现代英国文学或拉丁文学教授。现代科学产生于中世纪的大学。"[3]霍莱斯特或许也有过低估计与评价文艺复兴对现代科学发展的作用之嫌，但中世纪的大学对现代科学的催化作用，确实值得我们重视。

中世纪早期，教育的中心在教会办的修道院。11至12世纪，设立在城市的

1　李秋零、田薇：《神光沐浴下的文化再生》，第403—404页。
2　启良：《西方文化概论》，第341页。
3　霍莱斯特：《欧洲中世纪简史》，第267页。

教堂学校占据了教育和学术的领导地位。这些教会学校开设用拉丁文讲授的课程，主要内容有文法、修辞、逻辑、数学、几何、音乐、天文学，传授古典文化和世俗知识。至12世纪中期，在较繁荣的城市里，这类教会学校自发地演变成了较大规模的教学团体，也就是最初的大学。法国的巴黎大学和意大利的波隆大学是最初最有代表性的大学。此外还有剑桥大学、牛津大学等。在中世纪，特别是13和14世纪里，巴黎大学是整个西方基督教世界的学术机构。"中世纪大学的兴起，改变了西方教育制度，形成了主宰西方文化的专业知识分子阶层，造就了一批把基督教带进理性之海洋的哲学—神学家，也培养了一批管理教会和国家的行政人员和律师以至教皇，特别是，它塑造了欧洲人说理论辩的思维习惯，形成了不朽的学术传统……如果西方没有经过几个世纪的理智训练的准备，以便用宇宙理性或人类智力去探索自然的秩序，那么，现代科学的诞生是不可能的。"[1]因此，文化史学家克里斯托夫·道森指出，西方那种批判的理性和无休止的探索精神，并非像一般人所认为的那样是出现于15世纪的文艺复兴时期，真正的转折是必须推到三个世纪以前的大学和城市时代。从阿伯拉尔（1079—1142）和索尔兹伯里的约翰开始，就已经兴起了辩证思维和哲学思辩的好习惯，较高级的研究受到逻辑辩论术的指导，发展了一种批判精神和方法上的怀疑精神，西方文化与近代科学在很大程度上正是由此兴起的。不仅如此，"随着大学的兴起和学术的复兴，随着阿拉伯文化和希腊文化传入西方，阿拉伯和希腊的科学，如医学、地理学、光学、动物学、数学、物理学、天文学、植物学、化学等等，也由西班牙和西西里一同传来，理性主义开始抬头……对自然科学追求也受到了鼓舞"。[2]12世纪中期以后，"西欧的心智从麻痹而兴起，好奇心驱使求知欲望，人们开始讨论未受桎梏的绚烂而古老的希腊世界，不到一个世纪，所有拉丁欧洲因科学与哲学而轰动起来"。[3] "13至14世纪，西欧发生了一场真正的科学运动。"[4]

我们强调西方早期大学对现代科学的作用，旨在说明两点：第一，大学由教会学校发展而来，它的形成与发展直接受惠于基督教，因此，最初的大学对

---

1 李秋零、田薇：《神光沐浴下的文化再生》，第254页。
2 李秋零、田薇：《神光沐浴下的文化再生》，第296页。
3 Rashdall, H. *The Universities of Europe in the Middle Ages*. London: Oxford University Press, 1986, p.147.
4 李秋零、田薇：《神光沐浴下的文化再生》，第296页。

科学兴起的作用，自然有基督教的一份功劳，也说明这时的基督教与科学并非绝然对立。第二，最初的大学形成于中世纪中后期，而这时科学开始兴起，说明近代西方科学并非直接得益于文艺复兴，虽然文艺复兴对此后的科学起了推动作用。

三、基督教自然观对科学研究的激励

那么，基督教对科学发展之推动作用主要表现在哪里呢？

荷兰科学史家R·霍伊卡指出："在现代科学兴起的时代，宗教是当时文化生活中最强大的力量。人们对上帝（或诸神）的看法影响了他们的自然观，而这种自然观又必然影响他们探究自然的方法，即他们的科学。"[1]基督教的自然观显然是有助于科学发展的。在基督教教义中，上帝耶和华是万事万物的创造者，他首先模仿他自己创造了人类，然后又创造了自然世界，上帝把这个自然世界交给人类，让人类去管理和改造。因此，按基督教的观点，神和人、自然的关系是自上而下的，即：神→人→自然。神的地位最高，自然的地位最低，自然是供人驱使的。"在《圣经》中，不是上帝和自然与人类对立，而是上帝和人类共同面对自然。否认上帝与自然重合，也就意味着否认自然具有神的特征。"[2]正因为如此，"自然不是令人畏惧和让人顶礼膜拜的神，而是让人类去珍惜、去研究、去管理的一件上帝的作品"。[3]这种自然观就助长了人探索自然的信心和勇气，有上帝与人类在一起，人们就可以大胆地去改造与支配自然。霍伊卡认为，尤其到了经过16世纪宗教改革运动以后，把世界看作是上帝创造的以机械模式存在的《圣经》世界观，更加有利于现代科学的兴起。反过来讲，近代机械论的科学和哲学更符合《圣经》的观念，因为一个有机的世界由生育而来，包含着自我原因，而一个机械的世界则由制造而来，它是上帝理性设计的结果。所以，当时的机械科学家和哲学家们都认为自己的活动在证明造物的伟大，证明着《圣经》的真理，在荣耀着上帝。[4]科学研究与宗教

1　R·霍伊卡：《宗教与现代科学的兴起》，第3页。
2　R·霍伊卡：《宗教与现代科学的兴起》，第16页。
3　R·霍伊卡：《宗教与现代科学的兴起》，第16页。
4　R·霍伊卡：《宗教与现代科学的兴起》，第21—24页。

信仰走到了一起，在宗教的鼓舞下，西方人创造了自己的物质文明和伟大的科学成就。"在基督教的支配下，人为了运用知识理解上帝创造的事物，接近上帝，产生了'科学'，并以科学为背景创造了现代西方的科学文明。因此，在以基督教为源头的现代西方科学文明中，人'知道得越多，就越想知道'，由此促进了科学的发达。"[1]

当然，基督教的自然观在鼓励人们探索自然，推动科学发展的同时，这种对自然支配式的思维方式，在古希腊式的功利原则、追求物质利益满足的现实原则辅助下，又造就了"自然破坏型物质文明"，"在基督教式的西方思想中，自然是上帝创造的供人利用的物质资源，而在直线的思想支配下一味追求彻底利用这些物质资源则必然走向'自然破坏型的物质文明'"。[2]这当然是科学有悖于人性的一面，或者可以说科学也有其非理性的成分。

四、基督教的"事实"原则对现代实验科学的催发

通常认为，科学最重要的品格是理性，因此，古希腊自然哲学的理性精神有助于现代科学的发展。然而，这仅仅是问题的一方面。在科学研究的实践中，仅有理性还不能深究自然之奥秘。基督教认为，世界一方面是上帝的理性的产物，是有法则的、有秩序的，但同时也是上帝的自由意志的产物，是偶然的。因而，人一方面需要运用理性去认识自然，另一方面又应该尽力避免人的有限性可能僭越的狂妄，必须随时准备接受上帝创造的事实，驯服地遵从上帝亲自撰写的这本大自然之书。这意味着科学研究还要从事实出发，不断地认识新事物；意味着能用既定的理性法则来解释新的事实。上帝的创造是无限的，而人的理性是有限的，只有不断地承认和认识新的事实，承认人的理性认知的有限性，才可能不断地去探索从而求得新知和真知。应该不断地根据新发现的事实去修正既有的理论，推进科学理论的发展。霍伊卡指出："《圣经》的这种看法意味着另外一种科学，这种科学只服从于已知的和确实存在的事实，只服从于给定的和已经形成的事物，而不论其是否符合于理性。""正如基督徒的信仰是建立在他们认定的铁的事实之上，而不是建立在一种精心设计的体系

---

[1] 岸根卓郎：《文明论》，王冠明等译，北京大学出版社1992年版，第135页。
[2] 岸根卓郎：《文明论》，第153页。

之上一样，科学也必须接受事实，即便这些事实与理性和规则相悖时也是如此。"[1]基督教的这种"事实"原则显然有助于科学家们形成一种尊重事实、无止境探索的科学态度。正如英国生物学家赫胥黎所说："在我看来，科学似乎是以最崇高、最有力的方式来传授伟大的真理，而这种伟大的真理正是体现在完全服从上帝意志的基督教观念之中：像幼童般面对事实，随时准备放弃任何先入之见，谦恭地跟随自然的引导，即使坠入深渊也在所不惜。否则，你将一无所获。"[2]

尤其值得我们注意的是，基督教的"事实"原则无疑有助于西方现代实验科学的兴起。在强调和崇尚理性思辨的古希腊传统中，实验作为一种手工技艺劳动，是不受重视的。古希腊人认为，凭借手工技艺是无法与神性大自然竞争的，这种竞争本身也是有悖天理的，因此，一些机械的如化学的实验研究被看作是与巫术相类的东西。这种观念对实验科学的发展是不利的，基督教的尊重事实的思想，恰好弥补了古希腊传统的不足。现代实验科学正是由于这种基督教精神的支持才得以长足发展，并形成与古希腊唯理论相对应的理性经验论科学思想和方法论。

由此可见，现代科学的产生不仅根源于希腊文化传统，继承了用逻辑学、数学和观察的方法去理性地探索自然奥秘的态度，而且也植根于中世纪的基督教传统，由此培养起为荣耀上帝而通过科学实验的方法去实证地探索自然，从而达到驾驭自然的目的的精神。"现代科学的许多倡导者认识到，他们的宗教观念与科学的方法论观念是并行不悖的。"[3]"神学并不抵制科学，而是要发挥它们的作用，把它们导向有用的目标。"[4]

科学并不属于人文学科范畴，它和文学研究亦似无大联系，因此，读者也许会说，花这么多笔墨去说西方现代科学的发展，有点离题太远。其实不然。科学是有人文性的，尤其是，我们以前一直把基督教当作反科学、非科学、非理性来看待，并由此认为它是反人性因而无人文性可言，若此，当我们发现了基督教并非与科学绝然对立，相反还孕育了科学精神，推动了西方现代科学的

1　R·霍伊卡：《宗教与现代科学的兴起》，第39—40页。
2　R·霍伊卡：《宗教与现代科学的兴起》，第64页。
3　R·霍伊卡：《宗教与现代科学的兴起》，第64页。
4　Lindberg, D. *The Beginnings of Western Science*. Chicago: University of Chicago Press, 1992, p.233.

发展，它是科学发展的文化土壤之后，我们不是可以看到基督教在西方文明史上的进步性、人文性了吗？这不就为我们认识基督教与西方文化与文学之关系，基督教对西方文学"人"的母题的演变所产生的影响，提供了新的视角吗？

第三节
希伯来—基督教物欲意识的人文意蕴

　　自然意义上的"物"，是很难说有什么人文意蕴的。但是，与人发生交互作用，体现着人的本质力量的外化与对象化的"物"，就有人文意蕴了，因为它已成了"文化存在物"，或者"文化"。"物欲意识"作为人对物质存在、物质财富的一种观念和态度，体现了人与物的一种关系，自然有很强的人文意蕴了。可以说，希伯来—基督教中的物欲意识，实际上也就是对人的生命存在的态度和价值评判，因之是一种人文关怀。

　　通常认为，基督教是宣扬禁欲主义的。所谓"禁欲主义"，即用人的理性意志对种种自然欲望进行限制，走向极端时表现为以一种严厉的，甚至残酷的方式给肉体以折磨的苦行主义，要人忍受肉体和肉体需要上的痛苦与磨炼，以追求灵魂与精神的提升。人作为"感性的动物"，其自然欲望中最重要的是性欲与物欲，前者是作为类的人和作为个体的人在"种"的意义上延续的需要，后者则是作为现实存在物的人生命延续的需要。所以，这两种自然欲望是人的最基本的、也是最强有力的生命欲求与本能欲望，它们也因此成为文化与文学中永恒的主题。荷马史诗中以"金苹果＋海伦→特洛伊战争"的故事对战争的起源的解说，是神话式的和原始的，而正因其原始性，固而又是切入生命本原的。"金苹果"象征财富，海伦隐喻着爱欲，两者导致十年之久的战争，作为一种文化和文学的解释，说明的是人的原始欲望的真实性及其无穷威力。

　　希伯来—基督教文化的禁欲主义首先体现在性爱问题上，这在本书以前章节中已有论述，而在物欲问题上的体现，则是本节要分析的重点。西方社会，尤其是近代以来的西方社会，是一个物质主义的世界，物质财富的高度发达成为西方文明的一大成就。而作为西方文化核心内容之一的希伯来—基督教文化，在物质财富问题上如果真是像我们所熟知的那样，完全是取一种禁欲主义态度的话，那么，它在这过去几百年的历史中，不成了西方文明的反动了吗？这里，我们可能应了黑格尔"熟知未必真知"的名言。

一、耶稣："给我们今天属于我们的面包"

物质财富作为一种文化存在物，与其他的文化现象一样有其双向悖谬的特性：为满足生存与发展的需要，人应该、也必须不断地创造并占有财富，这是合人的生命原则的一种善；因之，财富本身成为人的存在价值的一种衡量标准，由此又激发人的物欲并使其恶性膨胀之后，成了一种破坏力或曰"恶"；于是人们又对物欲产生恐惧并对之采取抑制态度，从而走向了禁欲主义乃至苦行主义。从图腾走向禁忌的物欲态度，实质上体现的是人性的悖谬。

从"金苹果"的故事可以看出，古希腊文化把物质财富的占有与创造视为"荣誉"，说明古希腊人对物欲不采取一种严厉制约的态度，这也是这种文化之原欲型特征的表现之一。只有到了希腊化时期，这种观念才有明显的变化，而这种观念则成了希伯来—基督教的精神养料。[1]

由于希伯来民族是一个饱受磨难的民族，而且，原始基督教是一种穷人和弱者的宗教，穷人和弱者是财富上的贫困者，因而，这种宗教对物欲采取贬抑的态度。

在《旧约》里，物质方面的成功被认为是上帝的赐福，而物质财富被认为是对德行的必然报偿。但在《新约》里，观念有所变化，这主要通过耶稣的言论表达出来。

耶稣在山上宝训中说："你们贫穷的人有福了，因为上帝的国是你们的；你们饥饿的人有福了，因为你们将得饱食。"（《马太福音》6：23）耶稣还给门徒讲了财主与穷人拉撒路的故事。他说，从前有一个财主，每天穿着华丽的衣服，过着穷奢极欲的生活。另一个名叫拉撒路的穷人，常到财主家门口捡起财主桌下的残食充饥。他浑身长疮，狗都来舔他的疮痂。后来这个要饭的穷人死了，天使把他带到亚伯拉罕身边，在天上享受盛宴。而财主死了之后，被下到地狱。他在地狱抬头望天，看见了亚伯拉罕和拉撒路，就高喊道："我的祖宗亚伯拉罕，可怜可怜我吧！请打发拉撒路用手指

---

[1] 参见本书第二章第一节。

蘸点水来凉凉我的舌头吧！因为我在这地狱的火焰炙烤下痛苦异常。"亚伯拉罕回答说："孩子啊！你该记得你生前享了一切美物，可拉撒路从没有过好日子。现在他在这里得安慰，你反倒在地狱受煎熬。在你我之间被不可逾越的深渊隔绝，人要想到这里来是不可能的。"于是，耶稣进一步告诫信徒：你们要变卖一切，把钱周济给穷人，为自己预备不会破损的钱袋，同时把财宝存在天上。耶稣还说："不要为自己积攒财宝在地上，因为有虫子蛀、会生锈，又会遭盗贼偷。要为自己积财宝在天上，那里没虫蛀，不会生锈，也不会遭盗贼偷。你的财宝在哪里，你的心就在哪里……没有人能一仆二主，不可能同时既作上帝的仆人，又作金钱的仆人。"(《马太福音》6：23、24)

耶稣的有些话，看起来像是在反对一切的物质财富，把财富看作邪恶，有的神学家对此还加以了渲染和引用。其实并不完全如此。耶稣对人的物欲是持贬抑态度的，但并不意味着他反对任何财富，并把财富本身看作是邪恶。耶稣之所以反复告诫人们对财富要当心，是因为财富会诱使人的心灵滋生邪恶，背弃上帝。"你的财富在哪里，你的心就在哪里"，一仆不能同侍二主，你把心交给了财富，你就忘掉了上帝。所以，有财富的人是十分危险的，他的心灵往往隐藏了邪恶。事实上，耶稣的眼光是十分犀利的，他看到了有强烈感性欲望的人是很难抵御来自物质财富的诱惑的，不要说现实社会中，就是中世纪教会的神职人员，也难免受物质引诱而堕落。公元10世纪，教会和修道院随着教会势力的壮大和稳固成了西欧最大的土地占有者。伴随着修道院和教会的财富日益膨胀，许多修士们也像世俗封建主一样腐化堕落。于是，买卖圣职、生活放纵、为争夺教会财产而互相倾轧等层出不穷。这至少可以说人内心的邪恶是通过财富这一媒介催化出来的。在现实的人生中，由于财富确实可以解决人的生存需要，并带来人们的内心满足，因而人们往往把财富本身看成人生活的目的；这种物质主义观念不仅诱惑着拥有财富的人，而且也诱惑着没财富的穷人。在这种情况下，无论何种人，在获取财富或积聚财富的过程中，灵魂中的真理之光就有可能熄灭，善也就有可能被邪恶所取代，由此还会产生出整个社会的邪恶。这正是耶稣屡屡发出告诫的关于财富的最大、最根本的危险，其实也正是马克思所批判和要废除的私有制条件下的私有财产的危害。

当然，耶稣对此的认识远远达不到马克思的水平。为避免这种危险，他所采取的方法和对策是降低人对物欲的强度，让人们对物质的需求保持在最基本的限度上。因而，他对人类在生存所需的基本物质要求上是持肯定态度的。他在向上帝的祷告中说："给予我们今天属于我们的面包。"就是说，人拥有维持基本生存的物质财富就应该满足，否则就危险了。金钱和财富不应该成为以其自身为目的，而应使其成为为实现上帝的目的，也即不要让心留在财富本身上，而要让心放在上帝一边。怎样才能做到这一点呢？耶稣认为，要把多余的财富用于帮助需要它的人，"这样，钱就变成了友爱精神的传播物，能够把人们团结在一起，而不是去扩大穷人与富人之间的差别。人们意识到自己不能满足自己的所有需要，而必须依靠别人的帮助才能得以生存，于是，在人们心中就会出现一种每个人都会具有的天然倾向，即内疚感，出现一种隐藏着的自责感。因此，人们就会强烈地感受到一种无法偿清他人债务的负债感。在这种负债感的指导下，人们就能够把大量的爱与谦卑给予别人。我们只有意识到自己也是负债者，我们才能这样做。在我们对他人的给予中，我们偿还了我们欠他人和欠上帝的债务"。[1]在这种财富的给予中，人们的心就从财富移到了上帝身上，因为，在这种给予中，体现了把他人看作兄弟姐妹这一上帝意愿，因而也就体现了上帝之爱。

耶稣的观点从社会学、政治学的角度看，有乌托邦的理想成分，但从文化学角度看，有其对人的认识的真实性和深刻性。而且，这种观念对后来西方文学与文化发展都有深远影响，包括被认为与基督教文化相对立的人文主义。

二、加尔文：为上帝而辛劳致富

发自人的自然欲望的物欲是强有力的，对处于特定条件下的人来讲，理性的力量显得那么微弱，耶稣的告诫便变得空洞而乏力。中世纪西方教会的腐败和新兴资产者无限的物欲追求便是例证。在此种情形下，违背上帝意旨而纵欲无度的教会与教职人员需要上帝去惩戒他们，而世欲的资产者在需要上帝惩戒的同时，更需要上帝接近他们，给他们那无尽的财富创造欲以更合乎人性的解释。这正是西方宗教改革的人性依据和心理的背景。正如黑格尔所说：当人人竭尽心机以求财富与世俗统治权，更使足迹遍于全球，永不见太阳西沉的

---

[1] 詹姆士·里德普：《基督的人生观》，蒋庆译，生活·读书·新知三联书店1998年版，第140页。

时候，只见一位单纯的僧侣，正在纯粹的精神和信仰的世界里寻求着上帝的存在。他认为上帝并不显现在外的形式里，而只存在于信仰和享受中。富于内在虔诚的日耳曼民族要在内心里完成这种革命。[1]马丁·路德（1483—1546）就是发动这场革命的那个单纯的日耳曼僧侣。当然，继他之后还有法国的让·加尔文（1509—1564）。这两位伟大的宗教改革家打破了神圣与世俗天国理想与人间生活之间的对立，使虚幻遥远的彼岸建立在世俗的此岸，尤其是让·加尔文，他对《圣经》的禁欲主义和财富观念作了很有影响力的解释和补充。

加尔文教无疑也奉行禁欲主义，但它把禁欲的含义主要限定在抑制发自本能的冲动性享乐，过一种理智的、节俭的、勤奋的、谦和的、尽心尽职的生活方式上。"清教徒就像所有理性类型的禁欲主义一样，力求使人能够坚持并按照他的经常性动机行事，特别是按照清教给他的动机行事，而不依赖情感冲动。就清教这个词的形式上的心理学含义而言，它是试图使人具有一种人格。与很多流行的观点相反，这种禁欲主义的目的是使人可能过一种机敏、明智的生活，最迫切的任务是摧毁自发的冲动性享乐，最重要的方法是使教徒的行为有秩序。"[2]新教禁欲主义在坚持禁欲原则的同时，又向世欲化方向发展，这主要表现为它奉行在限制享乐性冲动的同时，却鼓励人们在"为上帝荣耀"、"合上帝目的"的名义下不断地创造财富和拥有财富。"清教禁欲主义竭尽全力所反对的只有一样东西——无节制地享受人生及它提供的一切。"[3]这是一种"现世的"或"世俗的"禁欲主义。

加尔文教认为，每个人都是上帝的选民，是上帝把他们安排在理性化的社会组织中的，这个社会组织本身也是上帝安排的。因此，在这个社会组织的不同岗位上的人，为完成分内的任务而努力工作，为这个组织的利益服务，既是一件"荣耀上帝"的事，也是一件体现兄弟之爱的事。韦伯指出："胞爱只能为了上帝的荣耀而存在，而不是为肉体服务。那么这种友爱首先只能表现在完成自然所给予人们的日常工作中；渐渐地，完成这些工作开始具有了一种客观的、非人格化的特性：只是为我们社会的理性化组织的利益服务。因为根据

---

1 黑格尔：《历史哲学》，生活·读书·新知三联书店1956年版，第461—462页。
2 马克斯·韦伯：《新教伦理与资本主义精神》，于晓等译，生活·读书·新知三联书店1987年版，第91页。
3 Taweny, R. H. *Religion and the Rise of Capitalism*. New York: Hesperides Press, 1976, p.144.

《圣经》的启示及人的天然直觉，我们所处的这个极有意义的组织结构以及整个宇宙的安排无疑是上帝为了人类的便利而造的，这样，就使得为非人格化的社会利益服务的劳动显得也是为了增添上帝的荣耀，从而这种劳动也成为上帝的意愿了。"[1]既然劳动有了其神圣性，那么，努力劳动、创造财富，也就成了一件具有神性、为"上帝荣耀"的事了。

在加尔文教看来，每一个人的劳动岗位的安排是有神意的体现的，如果上帝赐予某个选民获得财富的机会，那么，上帝肯定是有自己的道理的，因此，虔信的基督徒就应当服膺上帝对他的召唤，尽可能地利用这个机会获得财富。"要是上帝为你指明了一条路，沿循它你可以合法地谋取更多的利益（而不会损害你自己的灵魂或者他人），而你却拒绝它并选择不那么容易获利的途径，那么你会背离从事职业的目的之一，也就是拒绝成为上帝的仆人。"[2]所以，获取财富"倘若意味着人履行其职业责任，则它不仅在道德上是正当的，而且是应该的、必须的"。[3]这就使获得财富的欲望冲动和实践行为合法化，从而把人皆有之的获取财富的心理欲求从传统的禁欲主义中解放出来。显然，在财富的获取问题上，加尔文教改变了耶稣那种贬抑、漠视的态度。

不仅如此，在对待财富的使用和贫穷的态度上，加尔文教也与耶稣有差异。清教理论认为，积聚并使用财富，只要不是为了满足个人肉欲的享乐，而是为了个人合理的需要和公众的需要，都是合乎上帝旨意的，因而是理性的、合理的。清教徒"并不希望把禁欲主义强加给有钱人，只不过要求他们出于需要和实际的目的使用自己的财产。舒适的观念极富特点地限定在伦理所许可的开支范围"。[4]所以，拥有财富的人并不一定都是邪恶的，而有可能是造有善功、为上帝所喜欢的人。其中善与恶之关键，不在于拥有财富与否，而在于是否理智地使用财富。耶稣要求拥有财富者把它们给予他人，以免心灵被财富引上邪恶之路；加尔文要求拥有财富者合理使用而不一定要分发一空。两者略有差异，但实质上相同：不得放纵物欲、追求肉体享乐，因而禁欲之原则基本一致。正如马克斯·韦伯所说："对禁欲主义来说，贵族的穷奢极欲与新贵的大

1　马克斯·韦伯：《新教伦理与资本主义精神》，第82—83页。
2　马克斯·韦伯：《新教伦理与资本主义精神》，第127页。
3　马克斯·韦伯：《新教伦理与资本主义精神》，第127页。
4　马克斯·韦伯：《新教伦理与资本主义精神》，第134页。

肆挥霍同样令人厌恶。"[1]

耶稣在看财富对人们灵魂的腐蚀作用时，似乎对财富有敬而远之的心态，所以投之以冷漠，且要人们安于穷困。这种观念，一定程度上助长了"中世纪的伦理观念不仅容忍乞讨的存在，而且事实上在托钵僧团中还以乞讨为荣。"[2]新教伦理认为，人人须为上帝而辛劳致富，不可为肉体和罪孽而疏于职守。"期待自己一贫如洗不啻是希望自己病入膏肓；它名为弘扬善行，实为贬损上帝的荣耀。特别不可容忍的是有能力工作却靠乞讨为生的行径，这不仅犯下了懒惰罪，而且亵渎了使徒们所言的博爱义务。"[3]照此而论，贫穷者未必像耶稣讲的那样都能进天堂。所以，按上帝旨意去创造财富才是真正的善。此处，加尔文又发展了耶稣的理论。

当然，加尔文教鼓励人们创造财富，并不意味着肯定对财富的冲动性贪婪和欺诈性掠夺，在此又表现出了与《圣经·旧约》的一致性：反对把财富的追求本身作为目的。在加尔文教里，也只有当财富是从事一项职业的劳动而获得的劳动果实，并且使用合乎理性时，那财富才标志着是上帝的赐予，是善的。这里我们不难看到加尔文教和耶稣教对财富对人的危害性有同样的认识。

从耶稣的"给我们今天属于我们的面包"到加尔文的"为上帝而辛劳致富"，我们可以看到基督教对物质财富问题上的变迁。由前者对物质财富的贬抑，到后者对创造财富的鼓励，是禁欲主义从纯宗教向世欲下滑的过程，这种下滑与演变，既归因于现实社会中人性欲望之力的直接推动，也归因于宗教内部对物我关系，特别是自我人性的探索之力。我们似乎可以感受到，耶稣也好，加尔文也好，或者其他一些基督教大师也罢，他们都在严密地思索着人怎样既保持生命活力，又使生命具有理性精神这种既出世又入世的严肃问题。两种财富观都告诫人们：放纵物欲是有害的，而人的自然欲望总有无穷外现的趋向，因此要抑制。这种要求合乎人的理性原则，而作为一种文化精神，它已渗透在西方文学与文化的历史土壤之中。

美国社会学家丹尼尔·贝尔（1919—2011）在他的《资本主义文化矛盾》一书中指出，资本主义精神包含着两个相互制约的方面，即"禁欲苦行"和

1　马克斯·韦伯：《新教伦理与资本主义精神》，第135页。
2　马克斯·韦伯：《新教伦理与资本主义精神》，第134页。
3　马克斯·韦伯：《新教伦理与资本主义精神》，第127页。

"贪婪攫取"。前者作为"宗教冲动力"造就着资产阶级克己创业的品格，谨慎持家、精打细算；后者作为"经济冲动力"铸造着资产者开拓疆界，征服自然的冒险精神，二者结合共同完成了资本主义的开发和创立。[1]其实，丹尼尔讲的"禁欲苦行"与"贪婪攫取"乃西方文化之基本精神的两个层面，从文化渊源上看，前者植根于希伯来—基督教文化传统，后者植根于古希腊—罗马文化传统；从人文传统角度看，前者是理性型的，后者是原欲型的。丹尼尔的归纳启发我们：从现实社会发展的事实和现实人之生存需要的角度看时，这两种文化精神恰似两个内在钢骨，撑起了西方文化和社会之大厦，也正如汉语的"人文"之"人"字的一撇一捺，共撑出一个"人"字！

第四节
希伯来—基督教文化之"爱"的人文意蕴

平等、博爱，是西方社会中有无穷感召力的思想，是西方文化极富人文意味的思想观念。然而，从文化渊源关系上看，这一思想观念主要并非来自古希腊—罗马传统，而是来自希伯来—基督教传统。

一、"爱"之观念的"两希"差异

在古希腊文化中，"爱"的内容由三个不同的字来表达。一是eros，指性爱，即男女两性之相恋相爱，包括了两性之间"情"与"欲"的内容；二是philo，指亲情与友情之爱；三是agape，指博爱，即超越利益关系的爱。古希腊文化，尤其是文学中的"爱"，主要是指eros，性爱或情爱；或者说，在古希腊文化和文学传统中，突出的是两性之爱。基督教中的"爱"主要是指agape，博爱，当然也有philo的内容，但却极少有eros的内容，尤其少有原欲意义上的性爱。这正是两种文化传统带有根本性的人文差异。

博爱首先基于人与人之间的平等，可以说爱以平等为基础，或者说，爱包含平等，平等体现着爱。古希腊—罗马时代，从神话世界到现实世界，都是等

---

[1] 丹尼尔·贝尔：《资本主义文化矛盾》，赵一凡等译，生活·读书·新知三联书店1989年版，第29页。

级制社会，等级观念在古希腊—罗马的社会和政治观念中占统治地位。古希腊的雅典时代显然在政治上体现了民主性，但那不过是一种奴隶制的民主制，格外强调血缘和门第，强调自由民与非自由民之间的区别与界限，缺少的恰恰是平等意识，那时，人们也未认识到民主与平等之间的血肉联系。因此，古希腊人的个体意识很强，强调个体与个体、个体对整体的独立性；先强调个体意识、个体价值之实现，然后强调此一个体对彼一个体的尊重与爱护，是一种"人人爱我，我爱人人"，而非"我爱人人，人人爱我"。古罗马更是一种等级森严，缺少平等意识的社会。法国思想家皮埃尔·勒鲁说：

> 古代立法者的思想并不要体现人类的平等，而是一部分被挑出对其他人实行统治的人的平等；并非要体现全体人之间的博爱，而是同等人之间的博爱，也就是说等级内部的博爱……在凯撒时代，西方世界是一派极其混乱的状态。等级制度虽然消灭了，奴隶制虽然消灭了，但它在原则上和事实上并没有遭到破坏。因而需要有一个人在这种动荡的情况下挺身而出恢复古代立法者的思想，并赋予这种思想以格外广阔的形式和完全崭新的面貌，这既合乎人道，也具有神圣意义。[1]

此处皮埃尔·勒鲁所讲的挺身而出的"一个人"，就是指耶稣，因为，将平等与爱的思想带入西方文化的是基督教。勒鲁认为，耶稣是等级社会的摧毁人，是西方的菩萨，"他是体现博爱精神的立法者，他一边期待着平等的实现，一边到世界传播人类统一的学说……从某种程度上说，人们只要看到《福音书》中的这一点就行了：由耶稣制定和执行的计划赋予古老共和国的平等标志以深刻的意义；如此构思《福音书》不能不为人们所敬佩"。[2]甚至连法国启蒙时期百科全书派的代表人物摩莱里也不得不承认，基督精神使人们接近自然法，并"使他们意识到所有人的自然平等"。[3]

所以，古希腊—罗马传统与希伯来—基督教传统在"爱"的观念上有不同的文化内涵，而平等、博爱意义上的"爱"，是基督教式的，而非古希腊式的。

1　皮埃尔·勒鲁：《论平等》，商务印书馆1988年版，第130页。
2　皮埃尔·勒鲁：《论平等》，第135页。
3　皮埃尔·勒鲁：《论平等》，第134页。

二、弱者之爱：希伯来—基督教"爱"之起源

基督教最初是从被压迫和被统治的下层民众中产生的。因此，最初的基督教是"奴隶和被解放的奴隶、穷人和无权者、被罗马征服或驱逐的人们的宗教"。[1]这时基督教的思想观点基本上表现为对罗马统治者及一切特权者的仇恨。《约翰启示录》中将罗马帝国比作"大淫妇"，用七头十角怪兽影射尼禄，并预言基督即将降临，战胜罗马帝国等等。所以，早期基督教遭到了罗马统治者的残酷迫害。在这种生存背景下，受压迫者就希望有一个救世主拯救他们脱离苦难。因此，基督教宣扬救世主基督将降临救世，信基督者必将得救，对世界进行最后的审判，上帝的国即将实现，体现了对统治者的不满。原始基督教是有反阶级压迫和追求平等思想的。从爱的观念的表达上看，既然最初的基督教表达的是受压迫的弱者的愿望，基督教是弱者的宗教，救世主也就是弱者的救世主，他关爱的是弱者，那些特权者和富人们进天堂"比骆驼钻针孔还难"，"在人们眼中的尊贵者，在天主面前都是憎恶的"。（《路加福音》第16章）既然基督教表达了一种平等的观念，同时也就表达了对弱者之爱的思想。其实，基督耶稣自己就是一个贫穷的弱者。"把一个曾当过木匠，常与渔民、当过娼妓的妇女及类似的下层人为伍，曾被罗马当局钉在十字架上并承诺要解救所有门徒——无论自由民或奴隶、男子或妇女——为己任的人举为救世主，是容易为人接受的。"[2]特别是容易为穷人和弱者所接受的。耶稣"特别爱下层民众，尤其是弱小者，受苦的人。"[3]耶稣的品格、经历、死亡和复活、对人类的关注，尤其是他为贫穷的、残废的、瘸腿的、瞎眼的……祝福，为他们安排入天堂，而把财主打入地狱，都是能深深吸引那些穷的，处于社会底层的被压迫者的。这种对弱者的爱，因其有一种博大的人道的胸怀，故而成为西方文化中的宝贵财富。

三、民族之爱：希伯来—基督教的"民族情结"

《圣经》是一部关于犹太民族历史的书，体现了犹太人的宗教热情和爱国

1　恩格斯：《布鲁诺·鲍威尔和早期基督教》，《马克思恩格斯全集》第19卷，第334页。
2　霍莱斯特：《欧洲中世纪简史》，第7—8页。
3　陈志平、活泉主编：《耶稣—弥赛亚传》，第21页。

正义感。基督教是罗马奴隶制帝国时代的产物。在罗马帝国的强权统治下，犹太民族处在生死存亡的严峻关头。公元66年，在犹太人聚居的巴勒斯坦地区，爆发了犹太民族最大规模的起义，持续时间也最长，史称"犹太战争"。由于种种原因，犹太人屡遭罗马帝国的残酷镇压，致使犹太人有110万人死亡，97万人被俘，7万多人被变卖为奴隶，造成"没有地方再立十字架，没有十字架再钉人"的悲惨恐怖的局面。"犹太人的起义被镇压后，于公元70年，罗马人对犹太人的一切进行破坏，犹太人的圣殿被毁。这种严重的刑罚降临到他们头上，以致他们处在自己的国土上却犹如陌生人一般！"[1]犹太人长期苦斗，屡屡失败，使人们身心交困，都有一种"求生不能，求死不得"的痛苦心理，出现了普遍的精神颓废和意志消沉。甚至有人认为，"只要没有痛苦地死去，就是幸福"。他们一次次遭失败，受侮辱，不得不退却，不得不把委屈和耻辱、愤怒和绝望埋在心里，仰望茫茫苍天，希望到那里找到救星。在此种情况下，企求有一个普爱众生、拯救苦难者出苦海的救世主，就成了自然而然的事，耶稣也就是这时（公元1世纪初）创立了基督教。在这个意义上，救世主耶稣基督实质上是民族希望的化身。他自己被钉死在十字架上，为整个民族承受了无尽的苦难，以表示他对本民族人的深深的爱。

  犹太民族的苦难，并不仅仅是在基督教产生时的公元1世纪左右。作为来自阿拉伯沙漠的游牧民族，早在公元前1800年，由亚伯拉罕率领迁到美索不达米亚，而后又在亚伯拉罕的孙子雅各带领下迁至巴勒斯坦。公元1600年又逃荒流入埃及，而后又由摩西带领他们返回"希望之乡"迦南。"这是一个缓慢而困苦的过程"，[2]是一部屡遭劫难的历史。这在《旧约》里都有记载，其中，亚伯拉罕、雅各、摩西的形象，正是犹太民族的英雄人物。如前所述，摩西的形象表现出了希腊英雄们所不具备的强烈的民族忧患意识、拯救民族脱离苦难的献身精神。这种忧患意识和为拯救民族而献身的精神，是在犹太民族饱受屈辱、屡遭挫折的苦难命运中孕育出来的。从摩西到耶稣等人物形象身上，都体现了民族自救的热望，体现了民族之爱的情结。当然，在基督教发展的过程中，这种狭隘的民族意识逐渐上升到了拯救人类脱离苦难的博爱。耶稣形象在这方面表现得尤为突出。

---

1 Walker, W. *A History of the Chrisitian Church*. New York, 1918, p.7.
2 爱德华·伯恩斯等：《世界文明史》（第一卷），罗经国等译，商务印书馆1995年版，第102页。

四、上帝之爱：希伯来—基督教与"世界主义"

"博爱"乃上帝之爱。从偏狭的"弱者之爱"、"民族之爱"上升为"上帝之爱"的过程，是基督教自身走向全人类化的过程，也是"爱"的神圣化、普泛化的过程。

基督教主张人人生而平等，没有高低贵贱之分，无论达官贵显，还是布衣苍民，在人格上是平等的，谁也不应该享受人格上的特权。这一观念的"神性"依据是：人是上帝创造的，都是上帝的子民，因而人的身上都有神性的附着。不仅耶稣基督"是由人性和神性组成的"，"神性与人性和耶稣基督是一个位格"。[1]因此，人与人之间是兄弟姐妹。《马太福音》借耶稣之口告诉世人："只有一位是你们的头子，你们都是兄弟。也不要你呼地上的人为父，因为只有一位是你们的父，就是在天上的父。""天上的父"即上帝。既然在上帝的名义下，人人皆兄弟，就不得相互残杀，而应爱己如人。这倒不是说因为血缘意义上的兄弟之间要互爱，而是在血缘之上的"上帝的名义"，即每人身上有上帝的神性，爱人人也等于爱上帝。《圣经新约·约翰一书》中对此作了透彻的说明：

> 亲爱的兄弟呵，我们应当彼此相爱。因为爱是从上帝来的。凡有爱心的都是由上帝而生、并且认识上帝。没有爱心的就不认识上帝，因为上帝就是爱。上帝差他的独生子到世间来，使我们借着他得生，上帝爱我们的心，在此就显明了。不是我们爱上帝，乃是上帝爱我们，差他的儿子，为我们的罪作了挽回祭，这就是爱了。亲爱的弟兄呵，上帝既是这样爱我们，我们也当彼此相爱。从来没有人见过上帝，我们若彼此相爱，上帝就住在我们里面，爱他的心在我们里面得以完全了。上帝将他的灵赐给我们，我们从此就知道我们是住在他里面，他也住在我们里面。父差子作世人的救主，这是我们所看见且作见证的。凡认耶稣为上帝儿子的，上帝就住在他里面，他也住在上帝里面。上帝爱我们的心，我们也知道也信。上帝就是爱，住在爱里面的，就是住在上帝里面，上帝也住在他里面。这样,爱在我们里面得

1　马丁·开姆尼茨：《基督的二性》，段琦译，译林出版社1996年版，第9、10页。

以完全，我们就可以在审判的日子，坦然无惧。因为他如何，我们在这世上也如何。爱里没有惧怕。爱既完全，就把惧怕除去。因为惧怕里含着刑罚。惧怕的人在爱里未得完全。我们爱，因为上帝先爱我们。人若说，"我爱上帝"，却恨他的弟兄，就是说谎话的。不爱他所看见的弟兄，就不能爱没有看见的上帝。爱上帝的,也当爱弟兄,这是我们从上帝所受的命令。[1]

按照耶稣的观点，每个人的心灵都是上帝目的的贮藏所，每个人的心中都贮藏着上帝的目的。上帝为了每一颗心而工作。因此，不管什么人，不管他们做什么，也不管他们属于哪一个国家和民族，有哪一种肤色，他们的社会地位如何，他们都应该互相尊重存在于各人心灵上的这种上帝的目的，也即"神性"。所以，耶稣说，"我怎样爱你们，你们也要怎样相爱"。

显然，把"爱"从"弱者之爱"、"民族之爱"上升到"上帝之爱"，即"人类之爱"，是以爱的神圣化为前提的。"上帝之爱"是以上帝为中心的，上帝无条件地爱他的子民，信仰者也要无条件地爱上帝，并遵行上帝的指令而爱他人，直至爱仇敌。这种爱不是为了世俗的利益，也不是为了取悦于人，而是为获上帝的悦纳，这是最崇高和神圣的。这种爱并不是靠人自己的力量所能为的，其能力只能来自上帝。因为这种爱，也因其对自身之罪性的体认，所以要宽恕他人。根据基督教的教义，人虽犯了罪，背逆上帝，但是上帝仍然爱人，上帝以其对于人的爱而宽恕了人以往的罪，甚至赐独生子（耶稣）来拯救人类。因为上帝宽恕了人的罪，所以人与人彼此也应宽恕。《圣经》记载道：曾有人把一犯奸淫罪的妇女带到耶稣面前，以考验耶稣如何处置。因为，按当时的犹太法律，犯这种罪的人要由众人乱石砸死。而耶稣对众人说，如果你们当中有谁是无罪的人，就向这妇女投下第一块石头。结果众人纷纷离去。这个故事告诉我们，要宽恕犯罪者，宽恕者需要体认自己的罪性和过错，并拥有一颗爱心。

上帝代表着最高的爱，是爱的化身。既然人人皆为上帝之子，那么，上帝也即全人类之上帝，在上帝面前，所有的人、所有的民族都是平等的，应该互相尊重，和平共处。这是一种世界主义思想。"弱者之爱"、"民族之爱"都

---

[1] 《圣经新约·约翰一书》第4章，第7—21节。

在"上帝之爱"的世界主义大旗下消融了。

希伯来—基督教中的爱的思想，显然不是古希腊式的"爱"的原欲放纵，而是理性对原欲的制约。原始情欲的合理外现是合生命原则的，但合理地控制生命欲望的冲动以尊重他人的生存利益与群体利益，这也是合人的生命原则的。假如我们不纠缠于基督教之博爱的消极成分，如爱仇敌、不抵抗主义，以及教会和神职人员在博爱的幌子下违反宗教本意的极端行为，那么我们应该可以说，这种爱是有一种沉深而博大的人文内涵的，并且是古希腊式的人本传统所无法取代的。文艺复兴如果仅有古希腊人本传统单一的"复兴"，那是不可思议的，也是不符合事实的（对此将在后面章节分析）。不仅文艺复兴的人文主义吸纳了这种平等、博爱思想，而且它也是后来"人道主义"思想的重要理论来源。我们完全可以说，由"上帝之爱"而生的博爱精神，是基督教留给西方文明的一大贡献。

第五节
中世纪世俗文学的人文走向

欧洲中世纪的世俗文化在当时属非主流文化，而且在文化源流上与主流文化也不属于同一渊源，因此，相对于主流文化，它总体上或根本上属于一种异质文化，因而有自己特定的人文走向。但作为非主流文化，它在中世纪漫长的发展过程中难免受主流文化——基督教文化的影响，因而，它又不可能是单一的古希腊、罗马式的人文走向。[1]

英雄史诗、骑士文学、市民文学属中世纪世俗文化的范畴，但由于各自有不同的产生和发展的背景与环境，而且时间先后也有差别，因此，它们的人文内涵除了在总体走向上基本一致外，又有各自的差异性。

一、神与人的双向趋同

国内许多外国文学史著作在讲到英雄史诗时，宁愿说它是世俗封建的文学，与宗教文学相对立，也不愿说它是有宗教性倾向的文学，与基督教文化有

---

[1] 参阅蒋承勇：《论欧洲中世纪世俗文学的人文走向》，《浙江社会科学》2001年第3期。

亲缘关系。其实，英雄史诗并非纯然的世俗文学，而是介于世俗文学与宗教文学之间的文学。它含有宗教成分，却并不意味着因此就带有了基督教的"反动性"，何况，宗教性不见得就比封建性更落后、更"反动"，反之亦然。

史诗属于古代民间文学的一种形式，通常指以传统或重大历史事件为题材的古代长篇民间叙事诗。史诗主要歌颂各民族在形成与发展过程中为本民族战胜自然灾难、抵御外来强敌、克服艰难险阻而建立丰功伟绩的古代英雄。"在英雄时代的社会里，史诗的主要作用是，通过赞扬勇士及其光荣的祖先的丰功伟绩，保证长期而体面地缅怀他的赫赫威名，向人们提供理想英雄行为的榜样，激励勇士们做出惊天动地的壮举。"[1]可见，史诗文学在特定的时代是一种十分普遍和重要的文化传播的载体，它通过英雄形象的塑造，传递着特定时期人对自我的理解。

欧洲的英雄史诗是古希腊—罗马史诗传统的直接继承与发展，但是，在通常从口头文学到书面文学发展的过程中，不断地融入了体现着各自民族意志的集体无意识，同时也不同程度地融入主流文化——基督教文化的宗教意识。因此，中世纪欧洲的英雄史诗既部分地保留了古希腊—罗马文化的传统，也沉积着欧洲其他各民族的文化内涵，同时又接纳了基督教文化的成分。

多元文化的融合，使中世纪欧洲英雄史诗中的英雄形象，既不同于古希腊—罗马史诗的英雄，也不同于希伯来—基督教文学中的英雄。如果说，古希腊—罗马文学中的英雄形象注重个人荣誉、追求个体生命价值的实现、放纵自我，具有明显的个性主义特征的话，那么，欧洲中世纪英雄史诗中的英雄，则往往是以国家和民族利益为重，表现出忠君爱国的品质，有克制自我乃至牺牲自我的理性品格和献身精神。因此，中世纪的英雄们在承传了古希腊—罗马文学中英雄们的勇武善战、威力无比的英雄品格外，又在扬弃了其个性主义特征的同时，接纳了希伯来式的英雄摩西的品格，即有民族忧患意识、富于自我牺牲精神和坚忍不拔的意志，从而显得更完美、更合人们的理想。

盎格鲁-撒克逊人的《贝奥武甫》是流传至今的早期英雄史诗中最完整的一部。贝奥武甫是英国人的祖先，有关学者考证是实有其人的。在史诗中，他是一个半神半人的形象。史诗一开始写高特武士贝奥武甫，在邻国丹麦受魔怪的危害时，欣然率十四名勇士前往救援，经过激烈博斗，力大无穷的贝奥武甫

---

[1] 《简明不列颠百科全书》第7卷，中国大百科全书出版社1985年版，第310页。

杀死了魔怪，表现出他的勇武和侠义精神。建立功勋，受人尊崇后，他依然恭谦和顺，从不居功自傲，目空一切。回国后，当老国王阵亡，王后欲立他为王时，他再三推让，宁可辅佐年幼的王子共建国家，说明他忠诚无私，不存野心。在新王死于非命后，他在人们的拥戴下接受王位，执政50年，广施仁爱，造福于民。在年迈之年，他为除毒龙，身先士卒。毒龙被除，但他负重伤后身亡。贝奥武甫是一个公正无私、勇敢善战的完美的英雄形象。

晚期英雄史诗中最著名的是法国的《罗兰之歌》（1080？）、西班牙的《熙德之歌》（1140）、德国的《尼伯龙根之歌》（约1200）和俄罗斯的《伊戈尔远征记》（1185—1187）。这些史诗中的英雄要么是功勋卓著的国家忠臣，要么是贝奥武甫式的贤明君主。比如《罗兰之歌》中查理大帝是一个英明勇武、威名远扬、深受民众爱戴的国王，而罗兰则是一个忠心不贰，勇武刚毅，把保卫国家视为自己的天职的战将。晚期英雄史诗的神话色彩渐淡，因而，更像当时现实中的英雄，但是基督教文化成分则加重了，于是，又有了更多的上帝的气息。

无论是早期的还是中晚期的英雄史诗，英雄的形象均为理想的君主或忠勇的大臣，这首先是合乎时代要求的。史诗产生的年代里，往往战乱频繁，种族与种族，或者国与国之间因争夺而互相杀戮，民不聊生、生灵涂炭，民众总是希望有理想的君王来平息动乱，求得和平。而对于历史上能够为人们带来和平与安定的英雄，不管怎么有缺点，都会被美化成理想的英雄，这是通常史诗的共性，也是特定时期人们生存需要、和平愿望的一种体现。但是，中世纪史诗中的英雄在勇武健壮、威力无比这一点上与古希腊—罗马史诗的英雄基本相同之外，在基本的精神品格、人文内涵上，却有较大差异。

不管早期还是中晚期的史诗，都不同程度地受基督教文化的影响。一方面，史诗口头流传的过程，是基督教文化在欧洲传播的过程，因而不可能不受基督教文化价值观念的影响。另一方面，史诗从口头文学转换成书面文学，常常由神职人员完成。如《贝奥武甫》尽管在公元七八世纪就形成了基本的文字形式，但现在传世的是在公元10世纪时由一名僧侣用韦塞克斯和西撒克逊语修订而成的，此手稿至今还收藏于大英博物馆。[1]僧侣在修订过程中，无疑是要渗入宗教思想的，甚至会按宗教的文化观念对故事情节重新取舍。这种宗教

---

1 参阅陈才宇译《贝奥武甫》序言，译林出版社1999年版。

的影响显然是中世纪史诗与古希腊—罗马史诗中的英雄形象有较大差异的重要原因。

在宗教理性精神的影响下,中世纪史诗中的英雄一般少有受个人欲望驱使下的强烈的个体意识,而有较强的自我克制精神和民族责任观念,有广阔的胸襟和宽厚仁慈的情怀,体现了一种基督精神,所以,我们说这些英雄有摩西的品性。这可以说是神性向人间英雄的附着。但是,这些英雄毕竟又有古希腊—罗马传统,他们并不靠听从上帝的旨意行事,像摩西一样几乎是上帝在人间的代言人,而是凭自己的勇武与智慧,以积极行动去克敌制胜,尽管他们的能力是神话式的虚拟与夸张,但就主体意识而言,是古希腊式而非希伯来式的,因此他们还是极富人性意味的。但与古希腊—罗马文学的英雄相比,中世纪史诗的英雄又因其宗教理性的附着而向上帝提升。正是这种神向人的趋同与人向神的趋同,才构成了中世纪特定宗教文化背景下的人对理想君王与大臣的特殊文化心理期待,这样的英雄也才合乎他们的理想。此外,基督教文化对中世纪欧洲的渗透是强有力的,可以说,中世纪欧洲社会走向稳定和强盛的过程,正是欧洲社会基督教化的过程,教权与王权达到了某种程度的默契。所以,英雄史诗中的英雄,作为理想的世俗封建君王的形象,不可能不拥有上帝的神性,也就是说,人间的"英雄"必须向上帝趋同才能真正成为英雄,成为人间的"上帝",中世纪英雄史诗中的"人"也就拥有了双重人文内涵。所以,严格地说,它是间于世俗与宗教之间的一种文化范式。

二、典雅爱情与自然人性之萌动

骑士是中世纪欧洲特殊的封建阶层,属下层封建主,所以,骑士文学中的骑士形象尽管有史诗中英雄们那种勇武的精神,却没有史诗中英雄那么崇高的地位,但又有自己特定的文化与人文内涵。

骑士文学是骑士制度的产物。骑士是从受封于大封建主的"封臣"发展而来的,后来成为大封建主的武装力量。中世纪的欧洲封建国家,是由于战争,也是为了战争而被创造出来的,其整个结构和社会风气都是军事化的。骑士则是维持社会稳定的中坚力量,是这种军事化社会的象征,也是日耳曼文化的象征。不过,这种单纯的蛮族文化在中世纪社会秩序建立以后的欧洲是不存在的，因为中世纪社会成形的过程恰恰是它被基督教化的过程，基督教的"教士文化"把早期蛮族过来的"武士文化"软化了，可谓是文武相融。基督教成了这个社会的灵魂，也使这个社会得到了精神的和文化的提升。正如克里斯托夫·道森所说，基督教与西方蛮族好战社会的联系，"向武士文化的野蛮风尚注入了一种新的精神因素。首领们的好战行为本身并不是目的，其真正目的在于服务于基督教世界"。[1] 骑士的责任在原来"忠君"的基础上增添了"护教"的内容，骑士对战争首领的个人忠诚这种古代蛮族式动因受到了更高的宗教动因的影响。从11世纪末教会开始发动的十字军东征运动，把骑士阶层与基督教的理想更紧密地联系了起来，从此，骑士不仅是效忠于世俗贵族领主的"英雄骑士"，而且是忠于天国圣主并为之而献身的"虔诚骑士"。"结果，骑士最终成了受崇奉的人，他不仅发誓效忠于其主人，而且立誓成为教会的卫士，寡妇和孤儿的保护人……以这种方式，骑士脱离了其蛮族和异教的背景，而被整合于基督教文化的社会结构中。"[2] "新的虔诚的宗教美德和扶弱济贫的道德精神，与原来那种武士的荣誉、忠诚和勇敢的品质结合在一起，便构成了中世纪基督教文化中的骑士精神或骑士理想。"[3] 在十字军东征的时代，又形成了一种与神圣的基督教骑士理想不一致，也与原初北方蛮族的英雄主义不和谐的世俗骑士理想，其特征是爱情崇拜和礼仪崇拜，表现为追求罗曼蒂克的典雅爱情和高雅优美的言行，从而使骑士精神进一步世俗化。

骑士文学中的骑士形象，一般都表现忠君、护教、行侠、尚武的骑士精神，主要描写的是骑士为宗教信仰而战的虔诚，保卫国家或城堡的英勇，对君主的效忠，征战中的冒险经历和奇遇，以及对贵妇人的保护、崇拜和效忠，由此表现出骑士的三种美德：武士的忠诚、基督徒的恭谦、对理想中的女性的优雅的爱情。骑士的形象如史诗中的英雄一样，自然有因被理想化而掩饰了其好斗、残忍、为封建主无情镇压外族人和异教徒等阴暗的一面，但那种忠诚、勇敢、锄强扶弱等爱国精神和侠义品格是有其高尚的一面的。骑士形象身上的这种精神品格，显然有古希腊—罗马，尤其是古罗马式英雄的勇武和豪气，也有蛮族武士的勇敢与强悍，但基督教"教士文化"的"软化"作用，又使其带上

---

1 克里斯托弗·道森：《宗教与西方文化的兴起》，四川人民出版社1989年版，第164页。
2 Palon, J. B. *Christ and Civilization.* London: Nabu Press, 1926, p.166.
3 李秋零、田薇：《神光沐浴下的文化再生》，第240页。

了希伯来英雄的坚韧、无私和奉献精神，在这个层面上，他们是与中世纪欧洲史诗中理想的英雄有相似的文化与人文意蕴的。特别引人注目的是骑士爱情，它表达了与古希腊英雄相近而与基督教文化不一致的人文取向。

无论是骑士抒情诗、骑士叙事诗还是骑士传奇，都广泛涉及了骑士的爱情。如果从基督徒的要求看，以效忠基督教为崇高道德之一的骑士，应该奉行禁欲主义，但在中世纪，骑士却因其特殊的身份和社会作用，可以不恪守禁欲的条规。这说明，骑士文化并非完全地接纳了基督教文化，骑士精神在道德和理想中依然留有古希腊—罗马和北方蛮族的文化品格。

从概括和主导的倾向上看，骑士文学中表现的骑士爱情主要是一种克制的、典雅的精神之爱，而非古希腊神话史诗中英雄们那种放纵的、自然的情欲之爱。这说明，骑士爱情虽然有背叛禁欲主义的因素，但同时又渗透着基督教精神至上的唯灵主义思想，因而这是一种既有古希腊—罗马文学中的自然之爱的成分，又有别于古希腊—罗马文学中的情欲之爱；既有基督教文学的对自然之爱欲的抑制，又有别于基督教禁欲主义的情爱观。但是不管怎么说，这种优雅的骑士爱情毕竟萌动着发于人性的自然欲求，其中表现的是世俗的倾向。

法国南方的普罗旺斯是骑士抒情诗的发源地，普罗旺斯抒情诗也是骑士抒情诗中影响最大的。其中著名的《破晓歌》被恩格斯称为"普罗旺斯抒情诗的精华"，它描写的就是骑士与贵妇人幽会之后的惜别之情：

> 一位骑士睡在心爱的女人身旁，
> 在频频的接吻中贵妇对他讲：
> 亲爱的，我怎么办呢？
> 白日正在来到，黑夜即将离去。
> 啊，我听见放哨人在喊：
> 离去！起来，
> 我看见白日已经来临，在黎明之后。

诗中描写的显然是世俗男女之间倾心相爱的自然情感。这里的骑士不能说是虔诚的基督徒，那贵妇也无疑不属圣洁的圣母玛丽亚。这种"频频的接吻"的描写，甚至说不上有什么太多的典雅，倒是明显流露着自然的情欲。

另一首从贵妇的内心视角去抒写对骑士的思恋的诗，其感情的表达是强烈而又率真的：

> 我陷入极度焦灼之中，
> 因为一位仪表非凡的骑士热爱我。
> 这将使他多么喜出望外啊，
> 如果他知道他也是我悄悄的情之所衷。
> 现在可以肯定，我不应该，
> 当我抑制对他的情感，
> 我陷入了深深的苦痛，生活异样黯淡，
> 生命自身也失去一切光彩。
> 渴望骑士伴我同眠，
> 赤身裸体偎依在他的胸前，
> 让我在他身上小憩，
> 欢乐无限，忧伤和我无缘，
> 我爱他超过一切，
> 爱的滋味，个中人自有同样感触，
> 我的灵魂我的生命，任他摆布。
>
> 至爱至亲的朋友，
> 什么时候你能由我全力在握？
> 那样就可和你共枕一个钟头，
> 我爱你，直到生命的最后。
>
> 我内心充满情热之火，
> 亲爱的骑士，给你优厚的殊遇，
> 占有我，代替我的丈夫的地位，
> 对我热情向往的事，尽力而为。[1]

这首诗表达的情感不仅是热烈的，而且还带有一定程度的情欲的渲泄。它从贵

---

[1] 霍莱斯特：《欧洲中世纪简史》，第227—278页。

妇角度描写了对婚外爱恋的渴慕之情。内心情感表露如此直露的骑士抒情诗也许是罕见的，但就这一特例来看，可以说它是一首以诗歌形式表达古希腊女神或英雄之情感欲望的诗，因而是一首朝基督教禁欲主义反方向走得甚远的骑士抒情诗。

骑士叙事诗中突出地表达爱情之无穷力量的要数《特里斯丹和依瑟》，而且它也是骑士叙事诗中流行最广的作品之一。故事取自不列颠凯尔特人的传说，法、德两国诗人都曾根据这一传说写成叙事诗，13世纪时还出现了散文体的传奇，这足见这个故事被人接受之广泛性。故事说的是康瓦尔王马克尔派侄子——年轻、勇敢而英俊的特里斯丹——去迎接自己的新娘，她是爱尔兰的公主，名叫金发依瑟。途中，特里斯丹误饮了为马克尔和依瑟结婚时用的特殊饮料，于是热烈地爱上了依瑟。后来，此事被马克尔知晓，他就把特里斯丹赶出王宫。在遥远的他乡，特里斯丹和一个叫白手依瑟的女子结婚。在一次格斗中，他被毒刀所伤，只有金发依瑟能救他，他就派人乘船去请她。后因误传金发依瑟请不来了，特里斯丹绝望地死去了。金发依瑟赶到时，发现心爱的人已死，她也死在了情人身边。这是一个忠贞的爱情故事。不过，故事中除真挚、热烈的感情描写外，也描写了青年男女之间强烈的情欲冲动。那特殊而又神秘的饮料，可以说是自然情感与欲望的象征，它标示出这种发自人性的欲望的不可抗拒性。这种骑士之爱是高尚、纯真的，但显然又以男女性爱为根基。

总之，骑士文学固然有对女子的圣母式崇拜，由此使骑士与贵妇之爱显得典雅而纯洁，这是基督教文化精神的表现。但是，圣母式的崇高毕竟抵挡不住自然之爱欲的强力渗透，从而使惨白的圣母的脸上焕发出人性的血色，典雅的骑士荣誉背后萌动着自然生命之活力。因此，骑士文学表达的并不仅仅是一种"做不到的、非尘世的和精神上的爱"，还有"被诗人唱出的肉欲之爱"，[1]也正因为如此，我们说骑士文学既不完全是基督教文化范畴的，也不完全是异教范畴的，而是一种双重文化交融的产物，其人文内涵是双重的。它是一种介于世俗文学与宗教文学之间的文学样式。

1　克里斯托弗·道森：《宗教与西方文化的兴起》，第170—171页。

三、对崇高与神圣的疏离

市民文学是中世纪欧洲迥异于教会文学、英雄史诗、骑士文学的一种文学形式,是与主流文化相距甚远的一种文化现象,它表现出更大的与中世纪离异的倾向,因而也表现出人文观念上的相对独立性。

市民文学是随着城市的兴起而形成的。从11世纪开始,城市的兴起并走向繁荣,标志着欧洲农业社会向工商业社会的过渡。城市的兴起,首先是代表着一种新的经济运行机制的产生,是经济的纽带把人们聚集到城市的。"中世纪城镇对西欧而言,代表着新生事物。除去少数例外的情况,这些城镇是独立自主的、真正的商业实体,依靠工商业的收益而存在。尽管城镇范围狭小,市容不洁,疾病流行,常常内讧,但却是西欧第一批具有现代色彩的城市。"[1]对属于意识形态范畴的文化来讲,经济是最具革命性的。商品经济总体上不属于封建社会的经济模式,基督教文化与欧洲封建国家与社会一起成长,主要也是适应了封建社会经济基础的。因此,在封建社会母体内产生又与封建母体相异的经济成分和力量,自然也会引发出与之相适应的新的文化观念和文化价值体系。市民,尤其是工商业者,是新经济因素的主体,市民文学就是以城市市民的思想情感为审美主体的,因此,市民文学正是适应于新的经济形态而产生的新的文化范式,它自然有与主流文化相异的人文指归。

市民文学往往以揭露封建主和僧侣的愚蠢与贪婪,歌颂市民的机智和勇敢乃至狡猾、奸诈为主要内容,艺术的表现手段也通常是嬉笑怒骂的讽刺。这就从基本内容与形式上表现出了与教会文学、英雄史诗、骑士文学的崇高、优雅、严肃等不同的审美品格和艺术趣味,这在根本上又是文化品格和人文取向上的差异所致。

市民文学中最典型的代表是以狐狸列那为主人公的一系列动物故事。它是一种讽刺叙事诗,在动物的故事中隐寓着人的生存状态,形形色色的动物代表着社会各阶层及各种人的个性。伊桑格蓝狼代表残暴又愚蠢的贵族;狮子代表国王,象征着正义或权力;骆驼代表邪恶又虚伪的僧侣;鸡、兔、鸟等代表下层民众,它们往往软弱可欺;主人公列那狐是城市富商的代表,它精力充沛、机智多变,善于用种种机智而又狡诈的手段捉弄力量胜过自己的大动物,又欺凌比自己弱小的动物。它知道什么是信仰,但更重视现实利益;它懂得什么是

---

1 Ogg, F. A. *A Source Book of Medieval History*. New York: Cooper Square Publishers, 1967, p.147.

道德规范，但为了利益可以将其抛在一边；它也知道应该爱上帝，爱同胞如爱自己，但为了自己心爱的东西，它就把"善念"置之脑后。所以，它不仅渺视传统观念中谓之崇高的东西，而且，在抨击非正义现象时，又制造着非正义，在否定邪恶的同时，又制造着邪恶。尽管它在总体上是反抗暴虐，弘扬正义，同情弱小者的。显然，列那狐形象在人文意蕴上与主流文化与文学，与英雄史诗、骑士文学等大异其趣。这是有其深层历史的与文化的原因的。

如前所述，中世纪社会是尚武的蛮族凭借战争建立并稳定下来的，在冷酷的军事争斗、连年不断的战争动乱及由战争带来的贫困面前，基督教的仁慈、博爱、恭谦、克制、乐贫等伦理原则与人生理想，在与蛮族精神的对立中又起到一种互补与心理安抚的作用，从而"软化"了蛮族文化的强硬、刻板与冷酷的品性。在这种情形下，基督教文化却因其特有的人文韵味显示出了人性之温和与滋润的一面，这无疑有助于封建社会走向和平、稳定与繁荣，在这个意义上，基督教是封建社会重要的精神支柱，武力与基督之爱是构筑中世纪封建大厦的两膀巨臂。

然而，到了中世纪中后期，西欧在相对稳定之后带来了经济的发展，城市的兴起标志着社会形态，特别是经济形态的变革，人们的价值观产生了变化。在长时期抑制欲望型的宗教文化精神氛围中生活的人，自然有一种文化与人文取向上的求异心态。骑士文学中的自然人性的萌动便是一种标志，但这对自食其力，生机勃勃，在现实的生存需要上积极进取的市民和工商业者来讲，已远远不够。如果说骑士精神、骑士道德理想还难免有唯灵主义的虚幻与浪漫的话，新兴的市民意识则向唯实主义的现实利益和现实需要的层面发展。在这种发自人的生存与发展的自然需求面前，长期制约人的精神的道德理想和超现实的价值世界，显得有些缥缈和遥远，因而不足以抑制来自人的感性欲望的冲击。而对于当下的现实社会本身来讲，新经济形态的成长与壮大，社会结构的变化，成为一种不可抗拒的趋势。它要求现实中的人关注现实本身，而不是虚幻的彼岸世界，尽管关注现实也需要信仰去缓和与调节由过于僵硬的现实原则给人的心灵带来的压抑与紊乱。因此，新经济形态也需要这种新的市民意识为之助势生威，同时，它也是促进新市民意识增长的物质力量。所以，市民文学中表现出的唯实原则，是人的自我意识觉醒、个性主义兴起的标志，这在人文取向上与古希腊世俗人本意识相呼应。这种人文意识，无疑有对古希腊文化精神的继承，因为，像列那狐故事这样的以动物为描写对象的文学传统，本身是从古希腊伊索寓言发展而来的，当然其中也有西欧自身文化传统的延续。但所有这些都是一种疏离于基督教文化传统的人文取向，而这种人文取向恰好与文艺复兴初期人文主义精神相吻合。因而，中世纪市民文学是在有别于教会文学、英雄史诗、骑士文学的文化方向上指归于文艺复兴人文主义的。市民文学中那种嬉笑怒骂、蔑视崇高的讽刺风格，那种视狡诈为机智的道德观，那种高雅与粗俗倒置的审美情趣，在一定程度上表现出这种文学在道德上的失范、审美观上的变异，但又基于特定的人文根基，而且预示着新的价值观、文化观的兴起，并在文艺复兴人文主义文学中得到了发扬光大。列那狐形象所透射出的新"人"的观念，在日后的资产者身上得到了更充分地显现。

由此可见，中世纪欧洲的世俗文学，虽然相对于教会文学有明显的世俗性特征，但是，英雄史诗、骑士文学、市民文学又有各自不同的文化内涵和人文意蕴，它们在走向新时代的过程中，各有特定的人文指归，因而也有各自不同的历史作用与贡献。

此外，我们还可以看到，中世纪欧洲文学在总体上都是受主流文化——基督教文化影响与渗透的，在严格的意义上，没有纯粹的世俗文学，即使是市民文学也免不了受基督教文化精神的合理渗透。因此，从中世纪文化的基点上看，中世纪与文艺复兴是一段"延续的历史"。

第六节
延续性、包容性及多元共存

一、何以是"延续的历史"？

在这里我们用了"延续的历史"的字样，其目的是要概括本部分的主旨：在中世纪时期，古希腊—罗马文化和希伯来—基督教文化在互相对立中同存共生，在交互融合中为新的时代又孕育着一种新质的人文思想。对此，我们需要用一种历史的、辩证的眼光去加以体认。我们不妨重温以下几段名言。

日本当代人类学家岸根卓郎说：

>我们之所以有现在,是因为有过去。我们之所以有未来,是因为有现在。我们所有的过去,都是已经过去的现在,我们所有的未来,都是即将到来的现在。[1]

英国作家、评论家T·S·艾略特说:

>文学史的过去因现在而改变,正如现在为过去所指引。一种新艺术作品之产生,同时也就是以前的一切艺术作品之变态的再生。[2]

英国历史哲学家汤因比说:

>受到大肆宣扬的那些事吸引了我们的注意力,因为,它们处于生活的表面,而它们使我们的思想不能专注于比较迟缓的、无法直接感触到与无法衡量的运动,这些运动是隐藏在表面下一定深度上进行的。当然,千真万确的是,这些较为深层、较为迟缓的运动造就了历史,并在那些耸人听闻的事件时过境迁之后,在这些事件造成的心灵效应已缩小到它适当的比例的时候,正是它们在回忆中撑起了伟大的历史。[3]

以上几段富有哲理的言论,无不共同表达着一种辩证的思想:历史从来都是延续的。这恰恰是我国学界常常缺乏的一种思想,尤其是在西方中世纪文学与文化研究中表现得更明显。

中世纪虽然以基督教文化为主流,但相对于它的过去,这是一个在文化上走向多元化的历史阶段,就是基督教本身也是一种很有包容性的文化。既然是"多元化"的,我们就不能只看到基督教主流文化的"反动性"而无视其他文化现象存在着积极性与进步性的可能,何况基督教文化作为一种新质文化,它的产生本身有其历史的进步性,本身有积极的人文内涵;既然是"包容性"的,那么,基督教文化中所融汇的异质文化成分是有它积极的人文意义的。"多元化"和"包容性"是西方中世纪文化存在的客观事实,也是对"历史延续性"的一种具体说明。

---

1 岸根卓郎:《文明论》,第1页。
2 T·S·艾略特:《传统与个人才能》,见曹葆华译《现代诗化》,上海译文出版社1985年版,第112页。
3 汤因比:《历史哲学》,浙江人民出版社1988年版,第18页。

二、"包容性"与人文性

　　欧洲的中世纪，发端于野蛮状态下的日耳曼民族在征服以基督教为国教的希腊化罗马帝国的基础上建立起来的一系列蛮族国家。经过一系列的文化整合后，在这些国家中逐步形成了一种欧洲共有的文化，即基督教文化。在这一过程中，古希腊—罗马文化、希伯来文化和日耳曼文化共同构成了基督教文化的三大渊源。这体现了大文化源流意义上的包容性。除此之外，希伯来—基督教文学与文化的人本意识本身在深层次上也有包容性。

　　在本章的前几节中已经谈到，希伯来—基督教文化在其形成与发展过程中接纳了体现着理性精神的古希腊—罗马哲学。这种理性主要是指哲学认识论意义上的人的逻辑推理和思辨能力，也即人的知性能力。基督教正因为接纳了古希腊哲学的这种理性精神，才使其成为人类知性追求的理论体系，使基督教从原初单纯的信仰发展为人类文明史上最庞大的神学体系。这既说明基督教文化对异质的古希腊文化的包容性；也说明基督教作为一种信仰的理论，并非绝然排斥理性精神，因而有其人文性；还说明古希腊—罗马的人文传统经由通常被认为与之相对立的基督教文化延续到新时代，这是包容性所蕴含的一种人文指引。

　　如果说古希腊哲学是一种自然哲学，那么它的那种科学理性经由基督教得以延续。此外，基督教文化本身又有一种有别于希腊传统的科学思维方式与自然观。这种科学理性精神、科学思维方式和自然观，通过基督教并经由中世纪教会的大学予以催化与发扬光大，酿就了近现代西方社会的滚滚科学热潮。一向被认为"反科学"的基督教居然成了现代科学的温床，以对人的价值追寻、超现实追寻和终极关怀为宗旨的宗教信仰，居然与以对人的现实利益、现实意义和当下关怀为宗旨的理性科学植根于同一种文化土壤，这既说明了基督教对科学的包容性，也说明了基督教文化拥有人性气息。这是包容性所蕴含的又一种人文指引。

　　基督教在物质财富问题上表现的禁欲，亦有晚期古希腊—罗马的渊源，而且这种禁欲并不否定人与物质财富之间的人性联系（人创造物质财富的合生命原则），为控制物欲的无限膨胀而提出的禁欲主义本身是对人类生命存在的一种体恤与关怀，对人的生命之价值与意义的一种精神牵引与提升，这与教会的苦行主义不是同一回事。这从另一个层面说明了基督教对古希腊罗马的包容性，说明了基督教的禁欲意识在原欲和物质层面上对人性的抑制，又都是在理性和精神层面上对人性的提升与肯定，这同样是一种温情的人文关怀。这是包容性所蕴含的第三层人文指引。

我们说包容性中蕴含着人文指引，这无非是在归纳论述的逻辑顺序中表现出来的。其实，任何一种文化之包容性，都导源于此种文化深层的人文底蕴，愈合乎人性、愈有人文性，就愈具包容性。因此，具有很强的包容性的基督教文化传统，是有很强的人文性的，包容性基于这种文化的人文指引。

三、多元化与对峙共存

我们说中世纪欧洲文化与文学的多元化，只是与此前的古典文化相比较而言的，因此这种"多元化"并不表现为复杂错综的形态。在文化形态上，古希腊—罗马文化、日耳曼文化与希伯来—基督教文化在较短时期内的多元存在，经过整合、重构后形成了占主导地位的基督教文化，而与基督教文化相对的是世俗文化。世俗文化是在长时期与基督教文化的对峙中共存并互相渗透的。在世俗文化中，有与主流的基督教文化接近的骑士文学、英雄史诗，最突出地表现为与主流文化相对峙的是市民文学。

我们已经知道，基督教文学与文化无论具有何种程度的包容性，它都是一种相对于古希腊—罗马传统的异质文化，这集中地表现在它的文化内核的非原欲型或禁欲性上。而古希腊—罗马传统在文化内核上是原欲型或非禁欲性的。在中世纪，古希腊—罗马的原欲型文化传统主要存在于世俗文化与文学中，其中有古希腊—罗马传统在中世纪民间的延续，也有中世纪西欧各民族文化自身的积淀。基督教文化作为生发于人类本性中的理性层面的新质文化，在漫长的中世纪逐渐成熟壮大，并因其拥有新质的人文内涵成为对西方文化的一大贡献，成为西方现代文化不可或缺的一大源流。就是对中世纪的后继者文艺复兴来说，它也是一大精神宝库，因为，它不仅孕育了文艺复兴运动，而且为文艺复兴运动本身提供了精神养料（对此，本书将在第四章论述），而与主流文化相对的世俗文学，也直接成了文艺复兴人文主义的源头。可见，这种对峙中同生共存的异质文化，都以各自的人文精神指引着未来时代的文学与文化，以人为共同基点则是对峙文化共存互渗的人性依据。

但是，不管基督教文化有多大的包容性，不管它同古希腊文化和世俗文化与文学有多少契合性，也不管它对后继者文艺复兴提供了多少精神的、人文的养料，我们都无法否认它与古希腊—罗马传统和中世纪世俗文化有异质对立的一面，因而也不可否认它有与文艺复兴人文主义的对抗性品格，这在深层次上和本质上就是原欲与理性的对抗，这也就是文化传统之延续性中的非同一性。当我们看到了基督教文化对未来时代的人文指引的时候，又不可以简单化地把延续性作为同一性，那就会犯无视延续性一样性质的错误。当然，非同一性意味着多元的和对峙中的非同质文化在包容、整合之后形成了又一种新质文化。文艺复兴人文主义就是整合了古希腊—罗马人文传统和希伯来—基督教人文传统后的非同一性的新的人文观念，这正体现了文艺复兴时期人对自我理解上的新发展。这种包容性与整合，实际上是从中世纪晚期的但丁那里开始的。

第七节
从神圣观照世俗

但丁（1265—1321）被称为人文主义的先驱，"新时代最初一位诗人"，因为，他的创作表现了人文主义的思想倾向。但是，值得注意的是，他同时是"中世纪最后一位诗人"。而且，从我们所说的"延续的历史"的辩证眼光看，这"新时代"与"旧时代"并未断裂，它只能是新旧转换过程中的一种社会形态。"'新时代'意味着由于人文主义因素的产生，西欧的基督教文化传统自身结构内在地发生了相应的调整与转换，从而具备了促发和推动欧洲资本主义生长和发展的文化功能。"[1]所以，"新时代"本身包含着旧时代的成分，并不是刚萌生的新文化因素所能全部代表的。因此，这位"新时代"的最初一位诗人，其思想的基本构架是旧时代的，他只能站在旧时代的文化土壤上前瞻新时代的曙光。这里，这种旧时代的思想并不是完全没有历史意义的。旧思想是在与新思想融合以后指向新的时代的。所以，但丁作品中的"人"既与上帝保持着亲密的关系，同时又带有世俗的气息，这个"人"并不是我们通常

---

[1] 胡全生：《但丁与基督教文化》，《外国文学评论》1992年第3期。

说的"人文主义"形象,而是新旧两种文化的共同组合,而且,旧时代的成分比重颇大。这也是对但丁"两重性"的一种理解。[1]

一、探索灵魂得救之路

但丁年轻时确实是个性解放的倡导者。早年他熟读维吉尔、奥维德、阿拉斯等古代名家的作品,系统学习过诗学、修辞学、神学、算学和天文学等自然科学,这当然是他萌生人文主义思想的种子。值得注意的是,但丁生活时代的意大利,尤其是他的出生地佛罗伦萨,是个性主义、自由主义发展得较为充分的地方。"为了自己的个性、声誉和情欲,佛罗伦萨人简直不择手段,完全将中世纪的宗教戒律,道德规范抛在一边。"[2]世俗欲望之火,也烧烤着年轻的但丁。他9岁时爱上了同龄的女子贝亚德丽齐,若干年后,两人又在街上再次邂逅。但贝亚德丽齐24岁华年早逝。但丁对她爱得刻骨铭心,并以滔滔诗情发泄对她的爱慕与哀思,这就是他的诗集《新生》(1292)。早年,他还写诗赞颂过佛罗伦萨城60名美丽女子,诗名为《六十》。他也曾热衷于世俗党派之争和个人荣誉的追求。时下的世俗风气使年轻的但丁缺少对基督的崇敬,充满对欲望追逐之情。

然而,但丁对世俗欲望的追逐并未如愿。成年之后,爱情上的挫折,家庭生活的不幸,政治斗争上的屡遭失败,甚至受诬陷被流放,造成了他生命力的严重受压。这促使他重新审视人文主义和基督教文化,也重构着自己的文化人格。个人的磨难,使他感悟到了意大利民族和佛罗伦萨人所处的危机。"这种危机既来自日趋腐朽的罗马教廷,也潜伏着在意大利人毫无道德约束的情欲泛滥之中,但丁对意大利市民生活中人文主义倾向的批判,具有历史超前性。"[3]佛罗伦萨人和意大利人纵情享乐并导致你争我斗的现实,近乎是对人文主义生活原则的极端表演。"中世纪宗教禁欲主义戒律与教会制度自然应该破除,然而摒弃一切规范、个性主义的极度膨胀也会导致严重的社会危机。"[4]何况,基督教对人的原欲的制约,也有其合乎人的生存与发展之需要

---

1 参阅蒋承勇:《从神圣观照世俗》,《四川外语学院学报》2002年第2期。
2 胡全生:《但丁与基督教文化》。
3 胡全生:《但丁与基督教文化》。
4 胡全生:《但丁与基督教文化》。

的一面；宗教的伦理原则是有其人文性成分的，不应弃之一干二净。遭受人世磨难后的但丁，是在否定之否定的沉思后开始探索人类灵魂的拯救之路的，此时，他的文化选择之侧重点是在基督教而非人文主义，但人文主义依然是他对基督教文化选择的"过滤器"，而这"过滤器"的过滤原则是：有助于人朝善的方向提升。

二、探索人生的至善之路

人怎样朝至善的方向提升呢？这是集一生之思考于一炉的《神曲》所要探讨的核心问题。

《神曲》写诗人的一次奇特的幻游，隐寓的是人类灵魂拯救的主题。诗开篇的"黑暗的森林"象征诗人的人生迷误，象征意大利民族的迷误，也象征着人类之迷误。拦住诗人去路的一狮、一豹、一狼代表着野心、淫邪和贪欲。贪欲的狼是由"嫉妒"放出来的。在此，诗人以隐喻的方式告诉人们，野心、淫邪、贪欲与嫉妒四种丑恶的情欲，是人类走向光明的障碍，也是造成但丁时期意大利和佛罗伦萨人欲横流、恶行遍地的原因。

不过，但丁与基督教的"原罪论"不同，在他看来，丑恶的情欲并非人之本性。人的天然的本能欲望并不等于"恶"。他在《帝制论》中曾经说过，有生命的人本能地具有自然之爱欲（即本能欲望），与动物相比，人在这种自然之爱欲之外还有理性能力，"惟具有理解力的知觉，乃是人的特性。"[1]这种自然之爱欲一端联系着美，另一端联系着恶，因此有可能演变为丑恶的情欲，也可能成为真正的爱。应该让"理性"在"允从的门槛前有所警惕"，[2]也即由人的理智去看护自然欲望。"燃烧的爱是从必然性中产生的，但取舍的权力还在于你自己。"他还说："人类在这个原则里就取得了是功是过的依据，看他如何贮藏真正的爱或如何簸去邪恶的爱。""邪恶的爱"就是"丑恶"的情欲。在游历炼狱时，诗人与维吉尔讨论"爱"的问题。这里的"爱"也即本能欲望或自然之爱欲。诗中写道：

1　但丁：《帝制论》，见伍蠡甫等编《西方文论选》（上卷），上海译文出版社1979年版，第108页。
2　但丁：《神曲·炼狱篇》，上海译文出版社1984年版，第138—140页。

> 心灵生来就对爱是敏感的,
> 欢乐唤醒它,
> 使它活动起来,
> 它对一切令人喜悦的事起反应。

诗中还写道,这种"爱":

> 正如火由于它所具有的
> 本质向上行动,
> 它的本性就是上升,
> 上升到它的物质历时最久的地方。[1]

自然之爱上升到"历时最久的地方",就成了真正的爱,成为善,这里的关键是要由理智去引导。

按照中世纪中期基督教的教义,人生来就有罪,每个人只有克制本能欲望——因为这本身是邪恶的——才能达到赎罪的目的,并通过教会这一沟通人与上帝的桥梁,听从教职人员的指导,接受上帝的恩泽,使灵魂向善提升,最终获得拯救。然而,但丁则认为人自身的理智本身可以看护和引导本能欲望,无须教会的介入。所以,在诗人误入迷途,面临"丑恶的情欲"的威胁时,代表人的理性或人智的维吉尔,出来引导他游历了地狱和炼狱。在此,我们可以看到但丁文化人格中的古希腊取向。

不过,仅靠人智的力量是不够的,在人的灵魂走向至善至美的过程中,更重要的是信仰(爱)的引导。正如诗中维吉尔对但丁说:"理性在这点上见到的,我能够对你说,超过这一点那是信仰的事,还是等候贝亚德丽齐吧。"

贝亚德丽齐代表着信仰或爱。让贝亚德丽齐带领诗人游历天堂,表现了作者对基督教信仰的崇尚,也说明了人要达到完善必得有爱。贝亚德丽齐作为但丁初恋的对象,表现的是世俗之爱。但是,出现在但丁由炼狱通往净界,最后见到至上无形的上帝过程中的贝亚德丽齐,是圣母玛丽亚式的圣女,是至爱的象征。

代表人智的维吉尔带诗人游历地狱与炼狱,表明人能靠自己的理性辨别善

---

[1] 但丁:《神曲·炼狱篇》,第140页。

恶，抵御丑恶情欲的引诱而向上提升，但达不到至善的终极目标，而到达至善乃是最重要的。所以，除维吉尔之外，还要有代表至爱、代表信仰的贝亚德丽齐的引导。因此，如果维吉尔代表着哲学的范畴的话，那么，贝亚德丽齐代表着神学的范畴。哲学（人智）和神学（信仰）都很重要，但最高的、最重要的是信仰、爱和神学，它们比人智、理性更神圣。贝亚德丽齐就是在至高至善的境界观照人生的。事实上，但丁也正是从神圣的宗教境界观照世俗人生的。在他描述的"人"的灵魂里，理性、人智向神圣飞升，而神圣也因此贴近了人智、理性；但理性、人智最终还要仰仗信仰、爱的牵引才能使"人"到达至善之境。

三、"自然之爱"以"上帝之爱"为指归

贝亚德丽齐象征的是上帝之爱，但她的本体毕竟是但丁的世俗情人。作为世俗情人的贝亚德丽齐则代表着人的一种自然之爱，所以，贝亚德丽齐的象征具有双重含义。这种世俗与神圣的双重组合意味着什么呢？

如前所述，但丁认为，人的自然之爱是无所谓美丑的，关键在于人智的引导。但丁对贝亚德丽齐的爱，一开始是一种纯情的和朦胧的少男少女之爱，他成年之后，尤其是贝亚德丽齐早逝之后，这种感情很大程度上已上升为一种精神之爱。但不管怎么说，这是一种世俗男女之爱。从基督教的观点看，这种世俗情欲是邪恶的和应该禁止的。但丁却让其升华为圣母之爱，而且，还让贝亚德丽齐引导诗人游历天堂。这里，尽管这种世俗的情爱已蒙上了宗教的神圣面纱，但显然标志着诗人对这种世俗情爱的肯定，因而他对宗教禁欲主义并未采取绝然否定的态度。笔者认为，这并不仅仅因为贝亚德丽齐是诗人自己的初恋情人，他才表现出对她以及她所代表的世俗情爱的肯定，还因为诗人对自然爱欲本身是执肯定态度的。因为，既然自然之爱原本就不是恶，那么也谈不上否定与禁止，但不能因放纵而走向邪恶，这里就有一个爱的适度问题。但丁反对的是放任无度的纵欲主义。《神曲》在写到亚当形象时，就表达了这种观点。按基督教教义，亚当与夏娃受蛇之诱惑生出了欲望，然后偷食禁果，这"禁果"指的是性。但是，诗人认为，并非由于亚当与夏娃产生欲望而犯罪，而是由于欲望控制失度而犯罪。亚当对诗人曾说："使上帝大怒的真实原因……并非

那果子的美味引起这样的放逐,而是因为我超过了界线罢了。"[1]在《神曲》中但丁按照宗教的观点把犯有"奸淫罪"和好色者的人安置在地狱第二层里,任其灵魂在阴冷的雨雪中飘来飘去。其中有荒淫的尼尼微帝国王后塞拉密斯;有违背为丈夫守节的诺言而爱上伊尼斯亚的古希腊的狄多;有埃及女皇克丽奥巴德拉;有帕里斯、海伦和阿喀琉斯等。但是诗人在面对这些古代英雄与美人时,油然升腾起怜悯之情:

  在听到我老师历数古代英雄美人的名字以后,我心中生出怜悯,仿佛又迷惑起来。

特别是弗兰采斯加向他倾诉了她和保禄的爱情故事后,他竟然"因怜悯而昏晕,似乎我将濒于死亡,我倒下,如同一个尸首一样"。这表明诗人对世俗爱情的态度的矛盾性。他肯定爱的合理性,但又反对放纵爱欲,但怎样才是适度的呢?诗人无法明示。所以,对那些被宗教教义认为是"好色者"的"古代美人",诗人一概将其安置在地狱中,因而实际上也就意味着他认为他们在爱的问题上是失度的,但内心又给予了深深的同情,也表示出一种无奈,最终他还是认为要让理性守护爱欲。对贝亚德丽齐的自然之爱是低层次的,因此诗人必须在理性引导下,把对这种低层次的自然之爱升华为对圣母贝亚德丽齐的上帝之爱,即人类之爱,才能使灵魂抵达至善的境界,于是,世俗的爱情也就被升华为神圣的上帝之爱。这里,一方面,希腊式的爱欲得以向信仰的神圣境界升华,另一方面,基督教式的理性高压又被自然之爱所缓解。但世俗的自然之爱最终指归于神圣的上帝之爱。

四、人间审判隐匿于天国审判之中

  《神曲》采用中世纪幻游文学的形式,表达人类精神获救和惩罚的深邃主题。诗人的游历经过和游历的"三界结构",都是虚构的。这种虚构的内在原则和依据就是基督教的神学原理。"地狱"、"炼狱"和"天堂"是神学教义中有关天国审判的三个境界。基督教的宗旨是信仰上帝和基督,为此人要服服贴贴地接受上帝所确定的地位、身份,克制各种欲望,蔑视尘世的物质享乐,

---

1 但丁:《神曲·天堂篇》,第二十六篇。

以求灵魂的获救。在世界末日到来之际,所有的灵魂都在天国得到审判,有的上天堂,有的下地狱和炼狱。但丁就是按照这种宗教观念把当时的现实世界艺术地转换成宗教的世界的。特别是"地狱篇"里,但丁按照人们在现世犯罪的轻重,把不同的对象安置在九个不同的层面受各种痛苦的刑罚,罪孽越深重者,越在下层。但丁按照宗教观念,把生前贪色、贪吃、易怒和邪教徒的灵魂放在地狱受苦,特别把那些当下社会中作恶的人放在地狱的下层。如在第八层受罪的是淫荡和诱奸者、阿谀者、贪官污吏、买卖圣职者、伪君子、窃贼、劝人作恶者、挑拨离间者、伪造和诬告者以及罗马教皇等等。在第九层受罪的是谋杀族亲、卖主求荣、背信弃义、叛党叛国的一切叛徒。这里是永久的冰湖,受的是最严酷的惩罚。天国的审判,从来只是教义中所宣称的,而未见有现实中真正的兑现。但丁的《神曲》则似乎让这种审判成了现实,而且把那些现实中曾经或者正在作恶多端的罪人下到了为普通人所恐惧的地狱,真有让人大快人心之感。据说"地狱篇"尚未完稿之际,就有部分章节流传于民间,引起了读者的争相传阅。这说明,这种宗教式的"天国审判"其实是体现着现实中人的价值评判,尤其是但丁自己的价值评判。

  如前所述,但丁是一个有强烈的民族忧患意识的爱国主义者。他曾经致力于政治革新,建立政教分离的政治模式,借以改良社会,改变意大利那世风日下、人欲横流的局面。当时政治昏暗,皇帝与教皇、宫廷与教廷普遍腐败;他的故乡佛罗伦萨陷入分裂与内讧的僵局,他的社会改革理想和政治理想无法实现。但他始终执着地思考与探索着民族、国家及人类的出路,并把这种对现实的满腔忧愤之情注入了他的《神曲》。《神曲》对现实人生是非善恶的评判,乃但丁本人善恶观的体现。《神曲》之为当时人和后世人的高度评价,说明但丁的价值评判代表了人类的正义和善。因此,《神曲》从构架到基本精神,无疑是基督教观念的体现,但在置入了但丁自己新的文化价值观念之后,就成了一个与现实人生有亲和感与精神联系的新体系。因此,如果"天国审判"的审判者是上帝,那么《神曲》中的"上帝"就是但丁自己,而且这个"上帝"在代表了基督教的爱与信仰的同时,又代表了人间的爱与正义,或者说,这个"上帝"是中世纪晚期,文艺复兴初期新文化体系中的新"人"的形象,他是从中世纪基督教文化母体中脱胎而来的。

五、"从神圣观照世俗"的启示

人们通常用恩格斯所说的但丁是"中世纪最后一位诗人,新时代最初一位诗人"来高度评价但丁,而且立足点往往是"新时代最初一位诗人",因为这意味着他对中世纪的反叛,对文艺复兴人文主义的贡献,因而,但丁的"伟大"实际上也主要体现在"人文主义的先驱"上。笔者觉得,这样理解但丁当然不无道理,但却不见得全面而准确。

其实,恩格斯的评语指出了但丁的"两重性",而两重性在深层本质上意味着他的文化思想的包容性和历史延续性,以及他的思想对时代的总结性。但丁作为"新时代最初一位诗人"是伟大的,但作为"中世纪最后一位诗人"未必就是不伟大的。相反,在新旧时代交替、新旧文化体系转换时期,能够真正站在时代高度,承先并启后,瞻前又顾后的人才具有"总结性",也才是真正伟大或更伟大的。但丁就是这样的人。这一段历史上只有一个具有这种特殊意义的但丁,只有这样的人才是总结一个时代,开启一个时代的文化"巨人",也只有他才能领受恩格斯这样的评价。

正因为但丁思想的包容性、历史延续性和总结性,所以,他批判他所处的时代的基督教文化体系,但又不弃之一净;他倡导人文主义思想,但也不盲目认同,一味肯定。在他看来,教会对人的肉体与灵魂的双重压抑是有悖人性的,但早期人文主义一味地倡导个性自由又使他感到它缺少了基督教的理性约束意识,这会招致人欲放纵带来的社会混乱。承传于古希腊传统的人文主义自然有自己的人文性,但它在肯定人的"自然爱欲"的合理性的同时,又偏离了理性的轨道,因此,但丁在肯定其合理性的同时又强调理性对自然爱欲的"守护",并让其在理性引导下升华为至善至爱,使人由爱己走向博爱。基督之博爱固然因其是信仰而难免流于虚幻和空泛,但它对人类与人性的关爱所生的人文性却是古希腊式的人文精神无法涵盖和取代的,因而,它在当时是有现实伦理意义的,也是成熟时期的文艺复兴人文主义所吸纳的合理成分(如莎士比亚),乃至是近现代欧洲文化中的核心成分之一。《神曲》中人间审判与天国审判的同一性与正义性,恰恰也是因为那主持审判的"上帝"是双重人文意识的组合,是人化了的"上帝",是文化新旧交替时代的"人"!

人化了的"上帝"毕竟还是上帝。但丁批判宗教毕竟没有抛弃上帝的信仰，而是"批判完了之后，灵魂依然存在，对圣母还是像过去那样迷信"。[1]而且，他更多的还是以基督教本原意义上的上帝去评判教会和现实人生的。他无法割断与基督教文化的血脉联系，而是把它作为一种提升视野以便登高望远的基石，去审视现实和未来的时代。这对但丁是有意义的，对文化的革新与延续也是有意义的。因此，笔者认为，从神圣观照世俗的但丁是伟大的，也许是更伟大的。

第八节
中世纪对文艺复兴的人文指引

如果按照我们以往的看法，中世纪对文艺复兴有直接影响的是民间文化与文学；文艺复兴人文主义思想一方面来自重新发现的古希腊—罗马文化艺术，另一方面就是来自中世纪"积极"、"进步"的民间文化与文学，由此也标示了人文主义与基督教文化的绝然对立。通过以上的分析，笔者认为这种看法是有悖于历史发展规律，不符合历史事实的。

中世纪民间文化与文学确实为人文主义的成长提供了养料，但代表中世纪欧洲文化主流的基督教文化与文学并不与文艺复兴新文化绝然对立。从本章前面几节的阐释中可以看到，基督教文化在以下方面表现了对文艺复兴的人文指引。

第一，希伯来—基督教在形成过程中，直接地接纳了古希腊—罗马哲学，这种哲学经由基督教文化流传至文艺复兴时代，成为人文主义思想的一种来源。基督教文化在一定意义上起着前后承传的中介作用。

第二，古希腊—罗马的理性精神为希伯来基督教所接纳，以后影响文艺复兴时期欧洲的思想与文化。其中希腊的理性（人智）意识在基督教文化母体中一方面蕴育了一种严整的神学体系，另一方面又孕育了一种对上帝创造的世界之本原进行探索的精神，即自然哲学精神，它培育了中世纪人对自然进行探索的兴趣和科学精神。这种科学精神本身就是文艺复兴运动的催化剂，也是文艺复兴人文主义崇尚人智，反对神智的思想来源之一。

---

[1] 哈伊：《意大利文艺复兴时期的历史背景》，李玉成译，生活·读书·新知三联书店1988年版，第174页。

第三，古希腊—罗马晚期的伦理道德意义上的理性精神，强调生活的节制原则，与希伯来文化传统中的禁欲原则有相通之处。这种理性精神为基督教所接纳，成为中世纪禁欲理论的古希腊—罗马依据。它以宗教人本传统的途径传递到文艺复兴晚期的人文主义思想体系中。

第四，基督教文化中上帝创造人、创造自然世界的思想，造就了这种文化中"上帝→人→自然"的宇宙观，从而培育了中世纪人大胆探索自然，使其为我所用的科学精神。这种宇宙观也成了鼓励人从事科学研究的神学依据，催化了中世纪的科学研究之风。此外，基督教的"事实原则"促进了从文艺复兴开始的实证哲学和实验科学的兴起和发展。

科学在本质上是有人文性的。中世纪的科学精神和科学成就是文艺复兴的催化剂，也是人文主义思想的来源之一。

第五，基督教文化作为一种信仰体系，引导人放弃现实而追求彼岸世界，并要求人们服从上帝旨意，放弃自我努力，这固然有重神而轻人，使人的主体性萎缩的一面，尤其是教会把上帝推向人的对立面之后，更有其扼杀人性的反动性。但是，基督教作为宗教文化，是植根于人的理性本质的，它在抑制自然原欲的同时，把人提升到精神层面，使人成其为人，这是合人的理性本质的，因而，也有其人文性。人的生存与发展除了需要现实关怀之外，离不开价值关怀。基督教的这种价值关怀、超现实关怀是西方文化人文传统的另一支：宗教人本意识。它是文艺复兴后期的人文主义思想的来源之一。

由此可见，中世纪文化与文艺复兴文化并未断裂，相反，中世纪文化还为人文主义提供了人文养料；文艺复兴也并不拒斥基督教文化，相反，正是基督教文化的宗教人本精神使文艺复兴人文主义显得博大而深沉。这就是所谓的"人文指引"与"人文承传"。

第四章
延续的与非同一的历史：
文艺复兴对中世纪的人文
传承与变异

  中世纪为新时代的文化运动积蓄了文化能量，人们称这新的文化运动为"文艺复兴"。后人制作的"文艺复兴"这一标签把一条绵延的文化河道分为两截，而这种划分也不过只是在河道的两岸画上标记，河床本身并未因之中断。如果说有中断，那也仅仅是人们主观想象中的，而非客观的事实。当然，任何人描述的历史都是对历史的解释，因而都是主观的，从这个角度讲，不存在本源意义上的客观历史。但这并不意味着人们可以随意描述历史，而要求我们尊重历史，要有辩证的历史的眼光。从中世纪过来的历史河道固然不曾中断，这是一种历史的延续性，但是，文化历史河道在自然延展的过程中，河床愈来愈宽，河底越来越深，负载越来越大，因为它不断地接纳着涓涓细流乃至滚滚大江。在中世纪与文艺复兴的交接之处，从主流上看，就有着古希腊—罗马文化传统与希伯来—基督教文化传统这两股河道的融汇，兴许这里有"泾"与"渭"式的差异，而且交汇之时形成冲撞之势，卷起层层波澜和股股湍流，这才带来了所谓"文艺复兴"之波澜壮阔与蔚为壮观。如此的比喻，也许表意不够精当，缺少史学语言的理性意味，但这也许能把心意表述得更直观、更形象，甚至更准确全面。要证明这一点，还得作深入具体的阐释。

第一节
"人"如何被唤醒:文艺复兴的文化—心理成因

当中世纪的主流文化——基督教文化,尤其是宗教教义和教会为人们塑造了一个理性的、至上的上帝,并要人们追随他、服从他时,非主流文化以及世俗生活本身却悄悄地唤醒沉睡于人们心底的那个"人"。难怪,瑞士的著名史学家、文化学家雅各布·布克哈特称文艺复兴为"人"的发现的时代。那么,"人"是如何被发现和唤醒的呢?

一、宗教压抑与人性逆反

我们肯定基督教文化给文艺复兴时代带来了人文指引,从而说明中世纪和文艺复兴有历史延续性,这并不等于我们承认两者完全的同一性,并不等于无视基督教文化与文艺复兴文化之间的矛盾性、对立性与冲撞性。事物的对立性与统一性是随条件变化而变化的,对立性有它的绝对性,统一性则有它的相对性。不过,对立性、矛盾性又不能简单地理解为你死我活、水火不容的敌对状态。对立中常常隐含着同一性和统一性。作为两个时代的主流文化,基督教文化与文艺复兴人文主义文化(尤以早期为主)之间在特定时期是有其对立性和冲撞性的,然后才有文艺复兴的文化波澜。这种对立与冲撞的焦点是"人"的观念上的本质差异,即原欲与理性的分野。我们已经说过,希伯来—基督教文化的人文传统相对于古希腊—罗马传统是异质的。从这个意义上说,作为一种意识形态,希伯来—基督教文化毕竟强调以理性抑制人的自然情感与感性欲望,在人与上帝之间、原欲与理性之间,首先强调的是上帝和理性,而且,原欲被看成邪恶,人也是有"原罪"的,需要上帝的垂恩。所以,这种文化是以抑制人的主体性为前提的,它无疑有人性取向上的单维性、片面性,从而带有人性的压抑、失落,甚至异化。

说到宗教对人性的异化时,我们必须取谨慎态度。原因是,宗教对人有异化的成分,但通常人们把这种异化现象的存在完全归之于宗教本身,这是有失精当的。应该说,宗教的人本意识原本对被社会、被物所异化的人来讲有心理疏导和解放的功能,这也是宗教所拥有的人文情怀。但是,陈腐的教义以及解说宗教原著与教义的神职人员,乃至组织宗教活动的教会机构,总之,那些沟通上帝与人之间的中介,因其本身具有人的秉性,也即本身具有感性欲望因而有可能抛弃上帝而逃向撒旦一边,从而背叛宗教的原有宗旨,让宗教或者教会职能走向人文关怀的反面,成为人性扼杀的制造者。比如,教会和僧侣们为了某种自身的利益,曲解教义,把作为人的本质之对象化的上帝推向极端,成为人的异己力量,上帝就丧失了原有的人文性,而成为教会控制人、压制人性的工具。正如刘建军教授所说:"上帝作为至洁至圣的精神内涵——真、善、美的内涵,被歪曲成与至真、至善、至美相对立的'精神暴力'形式;活生生的人学体系被转换成了冷冰冰的神学体系。"[1]这和宗教本身对人的异化不是同一回事。这种现象在宗教史上是屡见不鲜的,也是招致教会内部自我争斗、引发宗教改革的重要原因。常言道,"物极必反"。基督教在人性取向上的单一性与片面性,并在漫长的中世纪一直以禁欲主义的方式制约着人,加之教会和神职人员既违背宗教原意,又违背自然人性的严厉压制,几百年后,到了中世纪的晚期自然要使深受压抑中的欧洲人厌弃上帝而去寻找人间的"上帝",也即失落了的人性的另一面,去寻找一种新的、合乎人性欲求的文化模式和生活模式。早期人文主义者不是高呼真正值得崇拜的是人自己而不是上帝吗?中世纪宗教内部的改革运动,不是接受来自教会内部和世俗社会的人性要求,让宗教世俗化,让上帝更贴近现实中的人的过程吗?可见,"人"的觉醒是与基督教本身对人性的悖逆成分以及教会对人性的压制有关的,长期的人性压抑必将带来人性的逆反。

二、"酒神精神"对人性的催化

当然,这种由宗教和教会给人造成的压抑所唤起的人们对自我人性的呼唤,主要还只是心理欲望上的,真正让他们感到这种"新人"之生活的,是灿烂、鲜活的古希腊—罗马文化,特别是文学与艺术。

古希腊—罗马文化与希伯来—基督教文化原本就有亲缘关系,然而,由于希伯来—基督教的文化内质决定了它是排斥古希腊—罗马的酒神精神的,因而只能接纳其日神精神的内容,因此,酒神精神在中世纪基督教世界中是极

---

[1] 刘建军:《演进的诗化人学》,东北师范大学出版社1998年版,第180页。

为匮乏的,而文艺复兴运动产生之时却成了人们心灵企盼的对象。所以,当公元1453年东罗马帝国首都拜占廷被土耳其攻陷,那里的大批学者携带古希腊文学与文化流入西欧时,当罗马城的废墟中发掘出大批古代艺术品时,人们似乎突然感到了一种心理的契合:他们企盼中的"人"就在古希腊—罗马文化艺术之中,这样一种"人"和生活方式古已有之!当人们把古希腊—罗马艺术中的"人"的生活图景与中世纪灰暗、压抑的生活图景相对照时,他们开始远离上帝、远离基督教和教会。古希腊的酒神之魂,注入了中世纪后期西欧人那人性乏瘠的心灵,恰如一针强心剂,唤醒了沉睡中的自然之"人"。正如莎士比亚所写的:

> 当我从那湮远的古代的纪年,
> 发现那绝代风流人物的写真,
> 艳色使得古老的歌咏也香艳,
> 颂赞着多情骑士与绝命佳人……
> 他们的赞美无非是预言。
> 我们这一代一切都预告着你。[1]

古希腊—罗马文化艺术不仅让人们看到了新"人"的生活前景,而且它也成了与宗教文化相抗衡,为社会的既得利益者维护新生活专利权的理论体系。存在决定意识,反过来,意识服务于现实存在。基督教有其庞大的理论体系并盘根错节于现实生活,不是强有力的理论就无法与之抗衡,新"人"的立足是极为困难的。在新的理论未形成之前,内涵丰富、理论严整的古希腊—罗马文化正好作为代用品。那些随着中世纪晚期工商业的发展而首先致富的资产者,是率先在封建领主和教会权势人物的眼皮底下过着撒旦一样生活的人。他们凭着自己的才智、狡猾和冒险精神,几乎也凭着对上帝的叛逆精神,一个个转眼间从乞丐成了富翁。这些充满欲望而又乐观进取的暴发户在古希腊—罗马文化中发现了自己的同时,也赶紧以这一文化理论来武装自己。正如布克哈特在讲到意大利文艺复兴时指出:"意大利人在14世纪以前并没有表现出对于古典文化的巨大而普遍的热情来,这需要一种市民生活的发展,而这种发展只是在当时的意大利才开始出现,前此是没有的。这就需要贵族和市民必须学会在平等的条

---

[1] 《莎士比亚全集》第11卷,人民文学出版社1978年版,第264页。

件下相处，而且必须产生这样一种感到需要文化并有时间和力量取得文化的社交世界。"[1]正是在这种情况下，古希腊—罗马文化中的酒神精神投合了市民和权贵的心理需要和社会需要，如久旱后的甘霖，给饥渴中的人的人性得以舒展，这种文化自身也获得了勃勃的生机。所以，古希腊—罗马文化无疑是吹醒中世纪后期沉睡中的人的一股强劲的东风。新"人"就这样在新老文化板块的撞击声中立地而起了。这个新时代，被冠之以"文艺复兴"也是名副其实的。

三、科学唤醒沉睡的理性

基督教文化接纳了古希腊自然哲学的科学理性，还在中世纪培育了科学精神并成为现代科学兴起的土壤与温床，这并不意味着中世纪社会是一个知性化的社会。基督教在总体上是信仰的思想体系，而且在根本上是以抑制人的知性意识和感性欲望为前提的。因此，弥漫在整个中世纪欧洲精神文化以及社会生活领域的，并不是科学理性和人的自由意志，而是蒙昧主义和上帝至上思想，人的理性在相当程度上处于沉睡状态。这种知性意义上的理性的沉睡与自然意义上的原欲的沉睡是相似的，都是中世纪人的主体性失落和萎缩的表现。正如英国科学技术史家亚·沃尔夫所说："中世纪对自然现象缺乏兴趣，漠视个人主张，其根源在于一种超自然的观念、一种向往来世的思想占据支配地位。与天国相比，尘世是微不足道的，今生充其量不过是对来世的准备。"[2]在这种观念支配下，上帝是强大的，人是渺小的，中世纪西方社会的人普遍缺少一种追求精神独立的意识，只觉得在上帝的怀抱里是既安全又满足的，既对自然世界的无穷奥秘缺少了解、缺少兴趣，也对自我的力量缺乏足够的认识。

中世纪晚期，在基督教文化母体中孕育出来的科学精神逐渐随着已有的科学成就对人们的刺激而扩散开来。科学的现实成就——诸如哥白尼发现新天体、哥伦布发现新大陆、约翰布里丹的运动冲力理论、布鲁洛的自然是永恒的宇宙说等，让人们透过宗教的迷雾看到宇宙的真面目。一些新的科学成就被应用于社会生活之后，大大地改变了人们的生活条件，促进了社会和经济的发

1　雅各布·布克哈特：《意大利文艺复兴时期的文化》，何新译，商务印书馆1981年版，第170页。
2　亚·沃尔夫：《十六十七世纪科学技术和哲学史》上卷，周昌忠等译，商务印书馆1984年版，第5页。

展,如当时的建筑业、造船业、军事领域有了新变化,经济体制和方式也有了变革。这又从另一个角度激发和助长了人们进行科学研究、开发自然和利用自然的积极性。所有这一切都说明了这样一个事实:科学研究的实践本身体现着人的知性意识的觉醒,而且,这种研究的成果使更多人在发现了自然宇宙的无穷奥秘的同时,又看到了人的理性的潜能与威力,人自己可以成为自然的主人,而无须只听从上帝的召唤,此外,人用自己的理性能力探索自然,本身是在证明自然的创造者上帝的伟大。显然,这是人的自我意识、主体性的觉醒。也就在这种情况下,培根喊出了"知识就是力量"的口号,表达的是知性之"人"觉醒后的自豪感。

第二节
原欲+人智:前期人文主义文学中"人"的内涵

一、醒来者何许"人"?

说到文艺复兴,不能不说人文主义。人文主义已被说得很俗很烂了。然而,正如我们已经引用过的黑格尔的名言所说:熟知未必真知。人文主义其实并没有被我们说清、说透、说准。

从本书的行文逻辑来看,此处要讲的人文主义,显然会有别于已被说烂了的那个"人文主义"。确实,我们不同意许多文学史、文化史中的"人文主义"概念。我们觉得,文艺复兴是长达约300年、广盖欧洲大陆的思想文化运动,一个"人文主义"焉能统领其整个思想体系?在这个问题上,笔者十分同意《西方人文主义传统》的作者阿伦·布洛克的观点:

> 文艺复兴已被用来作为欧洲现代史初期阶段,也就是从1350年到1600年这么一个广阔而又多样化的历史时期的标签,因此无法赋予它一个单一的特征。以前把文艺复兴时期的特征概括为人文主义,这已不再能为大家所接受。在这250年之间,欧洲发生了许多事情,不能把它们都称为人文主义。[1]

---

1 阿伦·布洛克:《西方人文主义传统》,董乐山译,生活·读书·新知三联书店1997年版,第7页。

不过，布洛克自己对人文主义的解说，又显得过于宽泛，而且没把它与古希腊—罗马传统联系起来，其含义的阶段性特征也不明晰。

人文主义之含义的差别，实质上就是"人"的理解上的差别。在文艺复兴不同的历史阶段，人们对"人"的理解也不一样，人文主义的内涵就有所不同。从上一节的论述中可以看出，文艺复兴运动中被唤醒的首先是自然欲望意义上的"人"，其次是理性意义上的"人"。这两者都连接着古希腊—罗马文化与文学的血脉，所以可以称之为古人的"复活"与文化之"复兴"。由此也可以看出，文化之核心是"人"，文化复活乃"人"之复活，"人"之复活必导致文化之复活。此处"理性的人"的"理性"不同于基督教文化中作为原始欲望之相对意义上的"理性"。前者主要指人智或人的知性能力、思辨能力；后者主要指社会学意义上的来自意识形态、政治、法律、道德等观念形态之社会约束力的理性，或者也是指心理学意义上的，与情感、本能相对的理智，人的清醒意识，因而，这种"理性"也包含着一种"理性生活原则"的含义。当然，与人智相对，基督教的"理性"还包含了"神智"，即"以神为本"的宗教信仰主义思想。可见，文艺复兴中醒来的理性的"人"的"理性"并不等于基督教文化中的"理性"。所以，我们上一节所讲的理性与原欲意义上的"人"，体现的是世俗人本意识，并以原欲为重心，它依然与基督教人本意识相对峙，各属于不同文化范畴。基于这种认识，认为文艺复兴人文主义者倡导以人权反神权、以人性反神性、以人为本反以神为本、以个性自由反禁欲主义等等，都是能成立的。也正是在这个意义上，文艺复兴人文主义与中世纪基督教文化才形成了冲撞之势；人文主义是古典文化传统的延续；人文主义是对基督教文化的反叛，它不仅反教会，而且有反宗教的倾向。这里，人智与神智（神性）、原欲与理性（禁欲）是两种文化体系冲撞的焦点。正由于人文主义对基督教文化及教会机构的反叛，才显示出文艺复兴运动的思想解放、个性解放和文化进步意义及社会变革意义，才显示出中世纪与文艺复兴的非同一性。也因此，笔者不同意一些学者在讲到文艺复兴与中世纪有承传关系时，就矫枉过正地否认文艺复兴人文主义与基督教文化的反叛性或对抗性。[1]这既不符合历史事实，也不符合文化演变之人性逻辑：合生命原则。讲到"对立"，笔者

---

[1] 汪义群：《欧洲文艺复兴人文主义"反宗教神学说"质疑》，《外国文学评论》1992年第2期。

要提醒人们，不要理解为你死我活的争斗，而要理解成相反相成，对峙而共生之辩证意义。[1]

不过，上述所讲的"人文主义"基本上只是文艺复兴早期的人文主义，是中世纪与文艺复兴非同一性意义上的人文主义，通常被我们许多人熟知的"人文主义"也属此基本范围。我们已经说过，近三百年的文艺复兴运动，无法用简单的"人文主义"所能概括。既然文艺复兴与中世纪在历史的非同一性外又有延续性的一面，那么，人文主义就不像上述讲的那样单纯，正因如此，我们说简单的"人文主义"无法统括文艺复兴，至于延续性意义上的"人文主义"，我们称之为文艺复兴后期的人文主义。当然，前期、后期只是一个相对的概念，在内容上并非绝然分隔，而是延续的；而且，由于文艺复兴运动地域宽广，不同的国家与民族的文艺复兴产生时间不一致，因此，"前期""后期"有时又近乎是地域上与文化传统上的差异。但是，为了论述之便，我们姑且视其为时间上的差异。

后期人文主义留待本章第三节分析，下面先说前期人文主义文学中"人"的具体表现。

二、"我同时爱她的肉体与灵魂"

在中世纪，灵魂之爱乃基督之爱、上帝之爱，有无可非议的崇高性。肉体之爱则有悖于理性，有悖于教义。这是两种文化观之间的根本差异。彼得拉克"我同时爱她的肉体与灵魂"一语标示了他对新的文化价值观念的选择，标示了他对"人"的新理解。

在中世纪，由于人们胸中必须装着上帝，个人的思想特别是情感世界是无足轻重的，因此人们往往回避个人的内心世界。到了中世纪晚期，个人心灵之门逐渐被打开。这方面，但丁是一个例子。他是中世纪第一位探索自己灵魂的人。[2]而到了文艺复兴之初，探索个人心灵，表现人性之丰富性，首先在意大利蔚然成风。雅各布·布克哈特说："文艺复兴于发现外部世界之外，由于它

---

1 参阅蒋承勇：《现代文化视野中的西方文学》，第73—74页。
2 雅各布·布克哈特：《意大利文艺复兴时期的文化》，第307页。

首先认识和揭示了丰满和完整的人性而取得了一项尤为伟大的成就。"[1]所以他称文艺复兴是"人的发现"的时代。彼得拉克就是这样的人性探索者的代表之一，是但丁的后继者。

文艺复兴"人的发现"，从核心的与主导的意义上讲，是感性或者原欲的"人"的发现。感性生命主要体现为男女之事，感性或原欲中最根本的是"性"，所以，中世纪的基督教，乃至一切成体系的文明社会的宗教，都首先从抑制性开始，把女人视作"魔鬼"。从这个角度看，《圣经·创世记》中，亚当与夏娃偷吃禁果而犯罪，隐喻的是性犯罪，而且成了人类的"原罪"，蛇就是性的隐喻（以蛇作为女阴或男根之隐喻，乃世界许多民族的文化现象）。因此，中世纪基督教文化对人的原欲的抑制，首先是男女性爱。同样因为这一点，文艺复兴人文主义对基督教文化的反叛，首先也是从反叛性爱问题上的禁欲主义开始的，对"人的发现"，也首先揭示性以及由此生发出来的情欲与爱。在这个问题上，最能说明问题的还是文艺复兴时期的艺术。"显然我们不能说波提切利、拉斐尔等人对女人人体的描绘完全出于感官的愉悦，出于肉体感性的需要，但对人体之美的赞颂则是十分明显的。在他们看来，赞美肉体就是赞美生命，赞美上帝创世之奇功。在这里没有任何邪秽的不健康的东西，因为人体之美（哪怕是女性裸体）给人的不是邪念的满足，而是生命的充实。"[2]这种肉体之爱、这种"生命的充实"的观念，显然与基督教教义相左。但是，当人们把人的肉体乃至性本身看成是上帝的造化、上帝赐予人的美与快乐时，一种重新解说教义，因而似乎并不背叛上帝和宗教的新的"人"的观念就产生了。这就是早期人文主义对肉体、性、爱情的一种神性理论依托，也是他们敢于那么大胆而真诚（犹如对上帝的虔诚）地表露对性爱的渴慕的根本原因。由此，我们就不难理解彼得拉克"我同时爱她的肉体与灵魂"这种在当时来说是石破天惊之语的缘由了。

弗朗西斯科·彼得拉克（1304—1374）是意大利人文主义的先驱。"如果说他够不上是第一个对人文学感兴趣的人，那么他却以一个伟大创新者的所有天资使人文主义有了生命。"[3]他曾勤奋地研究古典拉丁文，搜集散落于民间

---

1 雅各布·布克哈特：《意大利文艺复兴时期的文化》，第303页。
2 启良：《西方文化概论》，第368页。
3 阿伦·布洛克：《西方人文主义传统》，第21页。

的古典名著原稿。他的理论和思想一开始包含着双重矛盾：一方面，他研究和宣扬古典文化和民间文学，另一方面，他又不否定基督教，并力图使古典文化与基督教神启合一；一方面，他努力追求幸福和荣誉，另一方面，他又崇尚古希腊晚期斯多亚主义自我克制、清心寡欲的道德理想。他公开宣称，"我不想变成上帝，或者居住在永恒之中，或者把天地抱在怀里。属于人的那种光荣对我就够了。这是我祈求的一切，我自己是凡人，我要求凡人的幸福"。[1] "我要求凡人的幸福"成了后来人文主义者的一句格言。他在现实生活中确实追求着"凡人的幸福"。他出入于贵族、国王的宫廷，而后又久居教皇宫廷，成为教皇宠信，过着"人"的生活。他渴望荣誉，并为之奔波，曾在罗马元老院贵族议员的簇拥下接受"桂冠诗人"的称号，声誉达到了顶峰。他为拜占庭君主了解他而兴高采烈，为家乡出于纪念他而保护他出生的房子而激动不已。这都说明他已不执着于基督教的禁欲、谦和等生活准则，而倾心于快乐的凡人生活。他无愧于"第一个近代人"的称号。

彼得拉克的这种生活态度和人生准则，都基于他对"人"的现代性理解，这表现在两性关系上，就是"我同时爱她的肉体与灵魂"。

基督教蔑视性爱，连及爱情也在限制之列，所以，中世纪人忌谈性爱的感受。彼得拉克则坦开胸怀，追求并以诗歌赞颂爱情。作为热心于研究和倡导古希腊—罗马文化的人文主义者，彼得拉克无疑接受了希腊式的性爱观念，但是他的理解与艺术表达却是近代式的。古希腊—罗马文学对性爱的描写是大胆、直露的，特别是神话传说中所描写的性爱故事，性欲的渲泄的成分颇重，这既是文化传统使之然，也是时代的一种印记。因为神话所表达的毕竟是人类文明初期人的情感与欲望，这种性爱观如马克思、恩格斯和黑格尔所说，是古代型的。马克思认为，文明程度的不同，对爱情的态度与方式也不同。恩格斯认为，建立在生物性的性欲基础上的是"古代的爱"，而建立在爱情基础上的爱是"现代性爱"。黑格尔则更强调爱的双方的情感交流，这自然是"现代的爱"。彼得拉克比古希腊—罗马神话的创造者们接受了更多的文明的熏染，因而也是更"现代"的人。这种"文明"很大程度上是基督教文化。基督教是一种对人的原欲带有排斥性的文明范式，在基督教精神文化土壤中成长起来的彼

---

[1] 北京大学西语系资料组编：《从文艺复兴到十九世纪资产阶级文学家艺术家有关人道主义人性论选辑》，第11页。

得拉克尽管接纳了古希腊—罗马文化，并追求着"凡人的幸福"，但在深层意识中他是无法脱离基督之精神牵引的。他的"我同时爱她的肉体与灵魂"本身就表达了这种两重性。不过，对于他这样一个处于中世纪晚期的人来说，能够公然地把"肉体"和灵魂一起去爱，已经是很不容易了，这就是他的反传统文化和新"人"理解之所在。正因如此，他对男女之爱的描写与颂扬，虽坦率而又不可能是直露的肉体颂歌，而是对建立在生物性的性爱之上的爱情的描写，或者说，他描写的是朝精神和情感升华之后的性爱，即"现代的爱"。

这位文化上的"但丁的后继者"，在个人情感经历上也和但丁有相似之处。他23岁时在阿维尼家教堂与美貌的劳拉邂逅，便对她一见钟情。他永远保留着对她的渴慕之情，这种发自灵魂深处的爱成了他诗歌创作的动力和源泉。他的代表作《歌集》就是表达他对劳拉之爱恋的抒情诗集。正是通过这部诗集，彼得拉克"给人类留下了最富启发性的人类爱情和忧伤、狂喜和悲戚的表达方式"。[1]

我们先来看他的《爱神之箭射中了我的心房》：

美好的年，美好的月，美好的时辰，
美好的季节，美好的瞬间，美好的时光，
在这美丽的地方，在这宜人的村庄，
一和她的目光相遇，我只好束手就擒。

爱神的金箭射中了我的心房，
它深深地扎进了我的心里，
我尝到了这第一次爱情的滋味，
落进了痛苦却又甜蜜的情网。

一个动听的声音从我心房
不停地呼唤着夫人的芳名，
又是叹息，又是眼泪，又是渴望，

我用最美好的感情把她颂扬，

---

[1]《简明不列颠百科全书》第1卷，第712页。

只是为了她,不为任何别人,
我写下了这美好的诗章。[1]

这首诗抒写的是彼得拉克与劳拉邂逅时一见钟情的那种内心感受。"一和她的目光相遇,我只好束手就擒。"他沉入了爱的冲动和渴望之中,但又表达得十分温雅。爱使他感到了"痛苦",而痛苦中又有迷人的"甜蜜",于是他"又是叹息,又是眼泪,又是渴望"。"渴望"之情表达得清新而明朗,真挚而坦诚,这无疑是美好人性的自然流露。自然欲望与真挚情感浑然一体,对性爱的追求升华为一种美的追求。

彼得拉克对劳拉总是处在无奈的"渴望"之中,因而爱情对他来说总是和烦恼、忧伤、苦闷乃至折磨相伴,这种爱的真切之情,在他的《究竟什么是爱情的滋味》中表达得真实而又充分:

如果这就是爱情,天哪,究竟什么是它的滋味?
如果这不是爱情,那么,我的感叹又算什么?
如果它是善良的,为什么这么残酷地折磨我?
如果它是凶狠的,这折磨怎么又夹着甜蜜?

如果是自寻烦恼,我何必怨天尤人,暗自哭泣?
如果不是心甘情愿,伤心悲痛又为了什么?
啊,你生命与死亡,啊,你痛苦与欢乐,
为什么你们同一时间都驻扎在我的心里?

如果我是心甘情愿,就不必忧伤、苦闷。
如今好像在撑着一条破旧不堪的船,
在暴风雨中失去了船舵,毫无办法;
盛暑中我冷得发抖,严寒里我心中如焚;
我想知道这是怎么回事,又难准确地判断,
我究竟在追求什么,连自己也无法回答。[2]

---

[1] 黎华编:《世界爱情诗200首》,百花文艺出版社1989年版,第6页。
[2] 黎华编:《世界爱情诗200首》,第6页。

如此直接地、无所保留地抒写内心爱的"渴望"造成的痛苦，实质上是在真实地袒露人的内心隐秘和真实的自然天性。对于处在基督教文化环境中的彼得拉克来说，这是难能可贵的。

造成彼得拉克这种无奈之爱的"渴望"的，不仅仅是因为他的爱只是单向的，而且，劳拉作为有夫之妇，就使这种爱永远只是一种无望之爱。另外，彼得拉克与上帝的精神联系，也使他在内心深处对这种爱的欲望产生隐隐的罪感，这就不能不对此种欲望施以无奈的扼制。他在《我心中的隐秘》一书中，借圣·奥古斯丁之口指出：你与劳拉之恋"只会使你投入更坏的罪恶"。但彼得拉克却坦白地对奥古斯丁承认：他无法摆脱对劳拉的爱，而且说："我同时爱她的肉体与灵魂。"不能说一见钟情式的爱都是情欲之爱，主要是这种爱可以发展为情感之爱。彼得拉克与劳拉只有唯一的一次邂逅，此后，基于欲望的冲动并在扼制的、无奈的渴望中升华出了情感之爱。而在他的诗歌中，表达的主要是这种升华后的真挚的爱的情感。可谓是爱情之花植根于自然性爱的土壤，把肉体与灵魂融为一体。在中世纪禁欲主义的文化氛围中，这种爱与爱欲的表达，标示着自然人性之喷薄，新"人"的呱呱坠地，也为文学揭示人的真实的内心世界开了先河。

三、自然人性的舒展就是人间的快乐

如果说彼得拉克描写的人的自然情欲还笼罩着圣母玛丽亚的面纱的话，那么，他的后继者薄伽丘则干脆扯掉面纱，让其赤膊上阵，奔走于众所注目的大庭广众，还说：人欲是天然合理的！他对一切貌似崇高的东西予以纵情的嘲弄，以找回失落的自然人性，找回属于人自己的幸福与快乐。

文艺复兴人文主义的反禁欲主义，首先是从反性禁忌开始的，因为，基督教的禁欲主义对性爱的钳制是最严厉的。而在自然人性中，性爱是最恒久不变、最具生命活力的感性成分，它是使个体的人和作为类的人的生命得以延续的自然力量。因此，教会的悖逆人性首先就表现于在对两性之爱的精神重压上。中世纪晚期，人们的自然欲望之火经由长期在地下奔突，终于喷发出炽热的烈焰。薄伽丘就如这烈焰之喷射口，他要人们丢弃快乐天国的梦幻，去寻找人间的幸福。他要人们把关注于超现实世界的目光转向现实的人生，转向人自

身。这是对"人"的自我发现，是"人"的观念的重大转折。

在薄伽丘看来，男女之间的两性吸引、两性之爱是天然合理的，没有任何力量可以抗拒，因为它是上帝的造化，而不是什么"罪恶"的东西。他在《十日谈》第四天故事的开头曾说："谁要是想阻挡人类天性，那可得好好儿拿点本领出来呢，如果你非要跟它作对不可，那只怕不但枉费心机，到头来还要弄得头破血流。"这第四天讲的关于"绿鹅"的故事，则是对这一道理的形象而有力地说明。一个自出生至长到18岁都从未见过女人的青年男子，第一次遇见一群漂亮美丽的姑娘就被吸引住了，他问父亲说："这些是个什么东西。"父亲怕儿子为她们迷惑而走向邪恶，就回答说："快低下头，眼睛盯着地面，别去看她们，她们是祸水，她们的名字叫'绿鹅'。"而儿子却说："亲爱的爸爸，让我带一只绿鹅回去吧！"父亲这才恍然大悟，原来自然的力量要比宗教戒律有力得多。两性吸引，两性相爱，这纯属本能，属"天律"，硬要视其为恶，人为地去严加制裁，就悖逆了天律。教会的禁欲主义就是这样走向悖逆自然人性的境地的。

《十日谈》中描写了许多关于教会藏污纳垢、荒淫堕落，修女"不修"，教士"不教"的荒唐故事，这自然是反教会、反禁欲主义的有力篇章。不过，这些描写中，作者否定与抨击的并非教士、修女们荒唐行为的人性动因，甚至不是这些当事人的荒唐行为所要达到的目的本身，而是他们言行不一的伪善以及导致这种伪善的宗教教义。例如在第九天故事第二中写到，女修道院院长抓住了一个犯了奸情的修女，正要把她严办，不料那修女指出院长头上戴的是条裤子，不是头巾。女院长这才发现自己在匆忙中把情夫的内裤当头巾戴上了。于是，院长从此就为修女大开方便之门，这也等于遮了自己的丑，又为自己开了方便之门。与这个故事相仿，第一天故事第四中，小修士犯了戒律，被院长发觉，理应受到重罚。小修士使用巧计，使院长也犯了同样的过失，因之逃过责罚。这两个故事中，作者嘲笑与挖苦的是男女两个院长的伪善。因为，他们俩和年轻的男女修士一样，有着自然的欲望，而教规使他们的欲望长期抑制后变得伪善。因此，故事从肯定年轻修女与修士的行为中，肯定了自然人性的合理性，并以此揭示出禁欲主义本身是导致教会走向腐败的根由，僧侣的"堕落"也不是缘于他们的本性，而是缘于悖逆人性的教规。

由教会延及家庭，《十日谈》更多地描写了家庭中夫妻双方互相欺骗，另求所欢的故事。初看时难免让人觉得有些庸俗，但这些故事在人性依据上有其合理性。作者着力想说明的是，男女性爱不仅发于自然天性，而且是人间生活的幸福之源；尤其是夫妇之间，男欢女爱不是什么必须抑制的邪恶，而是互施快乐之途，相反，把它视为"恶"时才生出了许多是非。当然，《十日谈》为"快乐"而互相欺骗的故事，除了流于俗气之外，还有非道德化和纵欲主义的倾向，这和中世纪市民文学中的道德失范有明显相似之处，这种现象在新旧文化价值体系交替时期是必然会出现的。

用平常的眼光看，《十日谈》描写了许多批判歧视妇女、倡导男女平等的故事，因而它们都是有进步性的。值得注意的是，这些故事之具有反封建意义，并非出自作者反封建的自觉意识，也非出自阶级意识，而是出自人的自然天性，出自反禁欲主义的基本目的。在基督教文化世界里，人之有原罪，首先在于女人，因为人之祖先亚当与夏娃之堕落，是由于夏娃禁不起蛇（象征的是性）的诱惑，偷吃禁果，又给亚当吃（被认为是引诱亚当堕落），因此，女人是"祸水"，是"魔鬼"。所以，基督教教义中从来都是轻视和歧视女性的，除非她们成为圣母玛丽亚。而如果女性必须是圣母玛丽亚，必须是圣女，那么，实质上也就丧失或淡化了性别的意义。蔑视女性，将其斥之为"魔鬼"和推崇女性，将其尊之为圣母，都出自同一种心理，基于同一种人性观念，都是为了禁绝两性之欲。薄伽丘则认为，既然两性之爱是天然合理的，亚当与夏娃也就谈不上"堕落"和犯了"原罪"，女人也并非"祸水"或"魔鬼"，而是与男人一样有智慧、懂得爱的天造之物，甚至女人比男人更有智慧、品德更高贵，并且能使男人变得聪明。因此，《十日谈》中有不少故事是赞美妇女、赞美青年男女纯真之爱的。第四天故事第一讲了公主绮思梦达殉情的故事，赞颂了她善良、深情和勇敢坚强。第五天故事第一，写富家子弟西蒙在得到了一个美丽姑娘的爱之后，他那"顽石般的心给爱神的箭射穿了"，随即由一个愚钝木讷的人变为聪颖智慧、才华出众的绅士。第一天故事第五中机智伶俐的侯爵夫人，第八天故事第四中那位聪明、沉着、洁身自好的寡妇，都是备受作者赞赏的女性。薄伽丘从自然人性的角度赋予女性以新含义，改变了传统基督教的妇女观，也给男女平等提供了人性依据。

诚然，薄伽丘对人性的理解是过于狭隘的，因为他仅仅或者主要把两性之爱的实现视为人生之幸福与快乐，因而也主要从这一角度进行反教会、反禁欲主义。但是，他瞄准禁欲主义的要害，万箭齐发，也不失为一种有效的方法。特别可贵的是，他通过《十日谈》阐述了舒展的人性与人的幸福快乐之间的关系，让人们看到了幸福在人间，幸福在自身，而不在天国，不在上帝身上，从而找回了失落于中世纪基督教文化世界中的那个自然欲望意义上的"人"，这是有重大文化价值和历史意义的。

四、人智的提升与"人"的自由

薄伽丘向教会的禁欲主义索回失落的自然人性，把人们寻找幸福的眼光从天堂转到人间，转到人自己身上，这是文艺复兴"人的发现"的一个实例，无疑有其进步意义。但是，如果人对幸福的理解、对快乐的理解以及对自我的理解仅仅停留在自然人性的舒展上，尤其是像薄伽丘那样主要停留在两性欲望的实现与满足上，那么，人文主义的思想层次就显得太低了。人之为人，还有高贵的理性，人需要理性的提升。在这个问题上，法国人文主义作家拉伯雷对"人"的理解与把握显得更全面，他在看到自然人性的同时，又发现了人智对于人的意义，他笔下的"巨人"主要不是靠膨胀的自然欲望的推动，而是靠人智的牵引。他的人文观念，体现了文艺复兴人文主义思想的发展与深化。

拉伯雷（1493—1553）与薄伽丘的生活年代相距大约100年，他是在与薄伽丘很不相同的道路上走向人文主义的，于是就有他特有的人文主义观和对"人"的理解。

在拉伯雷生活的16世纪上半期的欧洲，文艺复兴已有了二百来年的积累，其情形已非彼得拉克、薄伽丘时代可比了。这种时间的差距和国别的不同，本身就意味着人文主义不可能是一个一成不变的概念。

16世纪初，欧洲的自然科学在中世纪中后期的基础上有了长足的发展，取得了惊人的成就，它已经让人们感受到了人自身能力的伟大，也即人智的力量，相对于彼得拉克与薄伽丘，这在新的层面上使人发现了自己。拉伯雷的人文观念的形成无疑与自然科学的发展有直接关系。

拉伯雷自己就是文艺复兴时代的一个"知识巨人"，一个百科全书式的人。他在数学、法学、天文、地理、植物、考古、音乐、哲学等方面都有较深的造诣，而且精通医学，医术高明。他先后出版过六种以上的医学著作，还开创了法国最早的人体解剖学。从他本人对知识和科学的崇尚就可以看到，他对人和世界所抱的态度，已绝然不同于基督教文化价值体系。他在代表作《巨人传》中表达的是一种新的"人"的观念。

《巨人传》描写了三代巨人离奇的故事。几百年来，欧洲人生活在基督教文化世界里，自甘渺小，仰视神圣而伟大的上帝。拉伯雷首次用"巨人"向神圣的信仰发起了攻击，表达了人的自豪与乐观。作品中，格朗古杰、卡冈都亚和庞大固埃祖孙三代巨人，个个都是食量过人、体格强健、力大无比，同时又热情澎湃、善于享受快乐的人。卡冈都亚一生下来就叫着"喝呀，喝呀！"一付无所顾忌的样子。他在巴黎圣母院撒一泡尿，顿时洪水滚滚，还把巴黎圣母院的巨钟摘下来当作马铃铛，吓得那些教士们战战兢兢，连气都不敢出。巨人的这种狂放不羁、目空一切的行为，冲破了传统的道德规范，实质上表达了人对自我的一种新理解：神圣与崇高不存在于人之外，而存在于人自身；一个发展完善的人本身就是神圣的；因而完善的人也是自由的。巨人的狂放不羁，表达了人要求摆脱种种精神束缚的那种自由意志。

巨人在外形上的庞大无疑仅仅是一种象征，它说明完善的人首先在自然体格上是完善的，还具有人的种种自然欲望，包括正常的男女之爱。这是对自然意义上的"人"的充分肯定，与文艺复兴初期人文主义对"人"的理解相似。此外，更重要的是人的精神的完善。精神的完善关键在于人智的开发，人智的开发关键在知识。人的自由、人的强大、人的力量主要生发于人的智慧。所以，《巨人传》在塑造巨人形象时，特别强调人智的开发。卡冈都亚出生之后，只知道喝、吃、睡，睡、吃、喝。这意味着他像动物，是不完善和不自由的人。在神学院攻读经院哲学长达30年，尽管《圣经》能倒背如流，但他却呆头呆脑，连话也讲不清楚。而在巴黎学习了人文科学并骑马习武后，身心得以全面发展，真正成了"巨人"，成为能体现自由意志的完善的人。显然，作者认为，人的完善和自由是可能的，那在于开发天赋的人智；人智的开发，在于拥有真正的知识；这真正的知识，就是当时的人文科学，而非宗教神学。所以，在这个意义上，作者认为人之本性非恶而趋善，因为人有可以开发并得以完善的人智，人智完善者必趋善。作品中描写了一个著名的理想社会：德廉美修道院。理想社会冠之以"德廉美"，其意指：此地的人是人智得以开发因而道德完美，人性完善的。正是在这个前提下，这里的人才可以"尔所欲为",即"你愿意干什么就干什么",包括自由的爱情享受。也只有由这样的人组成的"德廉美修道院",才是理想的社会,人间的天堂。德廉美修道院的人,"他们全都受到扎实的教育,无论男女没有一个不能读、写、唱、熟练地弹奏乐器,说五六种语言,并运用这些语言写诗写文章。从来没有见过比特来美(德廉美)修士更英勇、更知礼、马上步下更矫健、更精神、更活泼、更善于使用武器的骑士。也从来没有见过比特来美修女更纯洁、更可爱、更不使人气恼,对一切手工针线、全部正式女红更能干的妇女了"。"自由的人们,由于先天健壮,受过良好教育,来往交谈的都是些良朋益友,他们生来就有一种本能和倾向,推动他们趋善避恶,他们把这种本性叫作品德。"[1]有人智的开发,身心的健全,就有了人性的完善,也就有了德廉美修道院这样的人间天堂,因此,天堂不在彼岸,而在此岸;到达此岸天堂的道路,就是开发人智,人性的自我完善。所以,《巨人传》三代巨人都在追求知识、真理和正义,也就是追求自身完善和使人走向完善。与其说,德廉美修道院是在描写理想的社会,不如说是描写了理想的"人",表达了理想的"人"的观念。

薄伽丘把人的幸福与快乐归之于自然人性的舒展,而且主要归之于人的自然爱欲的实现,而拉伯雷则在更高、更广阔的视野中,提出了人性的全面舒展与完善的新"人"理想。作品最后以寻找"神瓶"为象征,进一步表达了这种理想。结尾处,庞大固埃等人在经历了千辛万苦之后,于"钟鸣岛"找到了"神瓶"。当他们看到神瓶时,只听见空中一个声音传来:"喝吧!"于是,他们在神瓶那里得到启示:"畅饮知识,畅饮真理,畅饮爱情。"小说从卡冈都亚一出世就大叫"喝",最后又在"喝"与"畅饮"中结束,这是不无含义的。三代巨人的经历,本质上是在探索知识与真理,"喝"与"畅饮"的也是知识与真理,还有爱情。显然,用知识武装头脑,人智得到开发的人,是拥有真理的人,同时也拥有爱情,自然爱欲得以合理实现。这样的人是完美的、善良的,也是自由的。因此,如果说薄伽丘的"人"所体现的更多地是自然原欲内涵的话,那么,拉伯雷的"人"的内涵则是"人智+原欲"。无疑,拉伯雷把"人"的观念推向了更广阔的天地,从而发展了文艺复兴人文主义思想。

此外,值得一提的是,拉伯雷强调以知识启迪人并使之走向完善,倡导探索真理,直接影响了18世纪启蒙思想,也是近代科学主义的先声。

---

[1] 拉伯雷:《巨人传》(上),成钰亭译,上海译文出版社1981年版,第202—208页。

古希腊神话中的"斯芬克斯之谜"说：人面狮身的妖怪斯芬克斯拦路作怪，要求过路者猜出他的谜语，猜不中者被吃了，猜中了，妖怪就死了。这谜语是：什么动物早上四条腿，下午两条腿，傍晚三条腿。过路的几乎无人猜得着，只有俄狄浦斯猜出来了，谜底是：人。斯芬克斯跳崖自杀了。

文艺复兴前期"原欲+人智"意义上的"人"，就像刚刚离开"上帝"的青春期的人，无穷的欲望伴随求知的好奇，充满活力而又莽莽撞撞，涉世不深而又自信骄傲，在坎坷的道路上，难免跌跌撞撞，道路曲曲折折。他需要深沉的理性和深度的思想的引导，才能到达目的地，因为他总体上只是一个为欲望驱使的"人"。文艺复兴人文主义的"人"如果只是停留在"青春期"的水平上，文艺复兴恐怕完全是另外一副样子。好在，历史给了他成熟的机会，进而使他到达了文艺复兴的终点。

第三节
原欲+人智+上帝：后期人文主义文学中"人"的内涵

一、后期人文主义的出现及其含义

由于前期人文主义在文化内质上主要承传于古希腊—罗马文化传统，因此，前期人文主义与基督教文化的冲突实际上是古希腊—罗马文化传统与希伯来—基督教文化传统之冲突。同样，从文化演变的人性逻辑（合生命原则）来看，既然古希腊—罗马文化与希伯来—基督教文化的冲突实质上是原欲、人智与理性、神智的冲突，其核心又是原欲与理性的冲突，那么，这种冲突的人性缘由，就是两种文化体系在人性取向上的单维性，因而，在文化之合生命原则的意义上，这种冲撞与对立并非你死我活，就像男人与女人，白天与黑夜，太阳与月亮，阴与阳等等，是相反相成的。而且，作为人文的与精神形态的存在物，古希腊—罗马文化传统也好，希伯来—基督教文化传统也罢，都有自身特有的人文情愫和人性指归，因此，从文化生态的自我调节功能上看，无论何种文化体系，当它在特定历史发展阶段趋向于悖逆人性时，就会在内力和外力的共同作用下，向对立面的文化体系表现出"亲和性"，朝合乎生命原则的方向进行自组织调整，从而使对立与冲撞中的文化体系"优势互补"，构成冲撞后的融合与互补之势。

中世纪与文艺复兴正是在这种意义上表现出更高层次上的历史延续性，人文主义的"人"的内涵也走向了成熟与丰满，人文主义拥有了新的含义。拥有新的含义的"人文主义"乃是笔者所说的"文艺复兴后期的人文主义"。

文艺复兴运动不仅反教会，而且含有反宗教的倾向，但这并不等于说它对宗教作了颠覆性、敌对性的否定和反抗（这种观点也是错误的），因为，宗教在本源上也拥有人文性。人文主义者是在基督教势力对欧洲社会的控制力无限膨胀，上帝所代表的理性力量被解释成至高无上的"神力"，从而违背初衷，走向反面，由人类生命存在之"保护神"演变成为制约人性的异己力量，对人类文明的发展产生阻力时，才打出"以人为本"的旗号的。他们所反对的"以神为本"的"神"，主要指被教会所异化了的那个"上帝"，而不是基督教原本意义上真善美和理性之代表的上帝，因而，其矛头指的往往是教会和那些伪善、堕落的僧侣们，所以，文艺复兴人文主义要反的并非原本意义上的基督教或《圣经》本身。"以人为本"的口号中的"人"当然是原欲与人智意义上的人，提出这一口号的真正目的是，要求上帝关怀人、体恤人，使人性得以发展，让上帝自己为人解除被异化和压在人身上的异化了的"上帝"。由此而论，文艺复兴实际上又是一个纯洁宗教，特别是纯洁教会、纯洁乃至圣化上帝本身的一项文化清理运动。文艺复兴后期的宗教改革运动就是最好的例证。西欧的宗教改革就教会机构内部而言正好比"清理门户"、扫除败类、纯化僧侣队伍、净化僧侣的灵魂，使之合上帝之愿；就宗教本身而言，是清除歧义，还上帝以本来面目。当然这种对宗教的"清理歧义"，同时又是结合现实中"以人为本"之要求，让宗教教义更贴近人生、更切合人的自然本性，也即更关怀人、更具有人文性的过程。路德和加尔文的宗教改革，"打破了天国理想与人间生活的截然对立，使虚幻遥远的彼岸世界建立在世俗的此岸"。[1]这不就是人文主义者要求"以人为本"的原初目的在现实中结出的果子吗？这不正是人文主义有反宗教倾向而又不在实质上否定宗教的一个具体解说吗？

而且，既然文艺复兴运动的根本目的是为了让人更好地生存与发展，人性更好地得到保护，那么，同样为了人的生存与发展，人文主义者也不可能都一概地在批判宗教时将希伯来—基督教文化中既有的人文性成分也排斥干净，文化生态本身所拥有的自律性也不会让文化的嬗变总是走单维度取向。而且，既

---

[1] 李秋零、田薇：《神光沐浴下的文化再生》，第395页。

然人创造宗教的原初动机是为了约束人的原始欲望，以保证人类社会有序地生存与延续，那么，由于宗教的批判者——人文主义者的深层文化心理结构中存在着"原宗教心理"，[1]他们在深层意识中就会自觉不自觉地对有助于人类生存与延续的宗教与理性有一种认同与选择的心理，他们的潜意识中对"上帝"有一种"剪不断、理还乱"的"恋母情结"，因而，他们的心理事实使他们在行动上无法做到"彻底地反宗教"。实际情形是，他们"在批判完了之后，灵魂依然存在，对圣母还是像过去那样迷信"。[2]有的人文主义者往往以原初形态的《圣经》去反对现实的基督教教义，路德和加尔文就是如此；许多人文主义者既有反宗教倾向，又是虔诚的基督徒，如但丁、彼德拉克、埃拉斯克等。正如布克哈特所说："一个奇怪的事实是：这个新文化的某些最热心的提倡者是最虔诚地敬上帝的人，乃至是禁欲主义者。"[3]这些都说明人文主义者并非与基督教绝然对立。实际的结果是，在他们批判宗教的过程中，又接纳了基督教文化中的人文性养料；或者也可以说，他们本身是在吸取了基督教文化养料的过程中成长为人文主义者的，也即他们原本就有"剪不断"的对"上帝"的"恋母情结"。所以，随着文艺复兴向纵深、向成熟的方向发展，基督教理性精神，特别是博爱思想，融入了早期人文主义的思想体系中，也即代表真善美和理性的上帝，融入了人文主义之中，使人文主义思想显得更丰富、更深邃，也更合人性、合文化发展之现实要求与客观规律。

原欲+人智+上帝=后期人文主义的"人"，也即后期人文主义的思想核心。这里，以博爱和节制为重点的道德理性意义上的"上帝"，使后期人文主义的"人"更富有道德责任感，更理智沉稳。

这种分析之客观合理性，我们可以在具体的文化和文学文本中得到证明。

二、对人文主义的重构

从彼得拉克、薄伽丘到拉伯雷，他们的创作对教会禁欲主义和蒙昧主义

---

1 马克思认为，人创造了宗教，而不是宗教创造了人。笔者将在宗教产生之前，或者一个人在接受宗教之前就已存在的促使人们创造宗教与接受宗教的原初心理，称之为"原宗教心理"。它实质上是人的理性本质必然追求信仰的秉性。现代社会中非信仰化宗教的普遍存在，与人的这种"原宗教心理"有关。
2 哈伊：《意大利文艺复兴时期的历史背景》，第174页。
3 雅各布·布克哈特：《意大利文艺复兴时期的文化》，第490页。

发起了有力地攻击。以他们的创作为代表，文艺复兴前期人文主义思想的核心内容表现为"原欲+人智"，其中所表现的"人"的观念在文化渊源上与古希腊—罗马传统保持着密切联系，从而标示出文艺复兴运动之古典文化的"复兴"，以及与中世纪基督教文化传统的冲撞。这也是我国学术界一直肯定文艺复兴人文主义具有反封建反教会进步意义的主要原因。

然而，16世纪末17世纪初西班牙的塞万提斯的创作，其人文内涵大大有别于前期人文主义作家。通常我们都认为，他的代表作《堂吉诃德》中的堂吉诃德是人文主义者的形象，是"文艺复兴时期人文主义作家心目中的理想人物"。[1]但是，笔者认为，这个人文主义者的"理想人物"身上表现出来的"人"的观念，主要并不倾向于古希腊—罗马文化传统，而是倾向于中世纪传统；在堂吉诃德身上，几乎没有前期人文主义作品中人物的那种对自然生命欲望的强烈追求和个性主义色彩。显然，如果以我国学术界往常普遍理解的"人文主义"概念（亦即本书所说的前期人文主义）去评判堂吉诃德，很难说他是一个人文主义者的形象。这一方面说明我们以往理解的"人文主义"过于狭隘，另一方面说明我们对《堂吉诃德》中的人文主义思想理解得不够准确。

我们通常还认为，作为一部讽刺小说，塞万提斯的《堂吉诃德》通过塑造堂吉诃德形象讽刺了当时在西班牙流行的骑士小说，并否定了过时了的封建骑士制度，因此，堂吉诃德作为一个荒唐可笑的骑士，本身就是被嘲讽的对象。笔者认为，这样看问题有些简单化，事实上，作者真正嘲笑的并非堂吉诃德。小说中存在着多重嘲讽视角，正是在这种多重嘲讽视角的变换中，重构着人文主义的内涵。[2]

（一）虚拟的讽刺视角

塞万提斯在《堂吉诃德》的前言中表明了他写这部作品是为了"攻击骑士小说"，其宗旨是"要把骑士小说那一套扫除干净"，所以，他在《堂吉诃德》中有意模仿骑士小说的叙事文体，从而产生了喜剧的效果。有的评论者认为，作者通过这种滑稽模仿，产生"滑稽、可笑、讽刺、荒诞的效果，就对骑

1　朱维之等主编：《外国文学史》（欧美卷），南开大学出版社1994年版，第95页。
2　参阅蒋承勇：《〈堂吉诃德〉的多重讽刺与人文意蕴的重构》，《外国文学评论》2001年第4期。

士小说规范的有效性和真实性提出质疑,并最终否定它"。[1]塞万提斯确实采用了美国叙事学理论家华莱士·马丁所说的"滑稽模仿"的方法,塑造了堂吉诃德这一喜剧人物,但却未必"最终否定它"。因为,这部小说事实上正是以骑士小说的叙事方法来构建故事和塑造人物的,在某种程度上是对骑士小说规范的"有效性"的一种认同。

作者也许对骑士小说的流行以及对这种文学形式无甚好感,但他在小说前言中宣称自己的创作宗旨是"攻击骑士小说",并要把它"扫除干净",这未必就表明了他的真实创作意图。"我们大可不必仅仅根据作者的自白去领会他创作的真正用意,这样做将使读者误入歧途。"[2]退一步说,即使塞万提斯果真有否定骑士小说的意思,那也只是一个无足轻重的追求目的,因为这部小说所拥有的丰富的内容、深刻的含义和它的深远的影响已经使它达到和拥有了比这重要得多的目的与意义。

华莱士·马丁指出:"滑稽模仿本质上是一种文体现象——对一位作者或文类的种种形式特点的夸张性模仿,其标志是文字上、结构上,或者主题上的不符。滑稽模仿夸大种种特征以使之显而易见。"[3]塞万提斯用骑士小说的叙述模式,并借助夸张的手法描写堂吉诃德的游侠经历,其中夸大的主要是堂吉诃德的主观动机与客观效果之间巨大的反差,使他的行为的荒唐性"显而易见",这样的骑士与骑士小说中那些被人誉之为"侠士"、"英雄"的骑士形象"不符",从而产生喜剧效果,这种喜剧效果中蕴含的是讽刺的意味。因此,"滑稽模仿属于讽刺这个大类"。所以,初看起来,堂吉诃德在小说中属于被讽刺的对象,而且讽刺首先来自作者本人,因为他在小说前言中已说明要"攻击骑士小说"。不过,就小说创作本身而言,这是一种虚拟的讽刺视角。所谓"虚拟的讽刺视角",也即表面的讽刺,被讽刺者并非作者真正的讽刺对象,而只是为了故事叙述的需要所作的一种假定性讽刺。

虚拟是必要的。小说完全要借助于堂吉诃德的"荒唐"去构建故事,如果他已不"荒唐"了,小说故事也就进行不下去了。诚如小说结尾时,堂吉诃德

---

[1] 饶道庆:《意义的重建:从过去到未来——〈堂吉诃德〉新论》,《外国文学评论》1992年第4期。

[2] Marianna, T. *Closure in the Novel.* Princeton: Princeton University Press, 1985, p.112.

[3] 华莱士·马丁:《当代叙事学》,伍晓明译,北京大学出版社1990年版,第226—227页。

在历经"磨难"后,被"白月骑士"骗回家中,并从此一病不起。临死前,他从骑士幻景中清醒过来,他说:"我从前成天成夜读骑士小说,读得神魂颠倒,现在才知道那些书都是胡说八道,只是悔之晚矣!"他还立下遗嘱,要唯一的亲人——他的外甥女必须嫁给未读过骑士小说的男人,否则就取消她的继承权。到此,作者让堂吉诃德立即死去了,因为,堂吉诃德不"荒唐"之后,故事中虚拟的骑士幻景就消失了,作者虚拟的讽刺视角也就不存在了,而写清醒后的堂吉诃德是毫无意义的。所以,如果没有从作者出发的这个虚拟讽刺视角,小说的叙述无法展开,主人公也不可能是一个可以让读者解闷的喜剧人物,一切的喜剧艺术效果也无从谈起。谁又能肯定地说,作者不是为了这种虚拟讽刺的需要而"虚拟"了一个"要攻击骑士小说"的宣言呢?其实,即使是作者真要"否定"骑士小说,也不影响我们对虚拟讽刺视角的界定,因为,小说中事实上存在着现实的讽刺视角,而作者在本质上确非真要嘲讽堂吉诃德本人。

(二)现实的讽刺视角

要塑造讽刺性人物,作者必须从讽刺视角去叙述喜剧性故事,但这并不等于作者真的在讽刺和否定这一人物。

当堂吉诃德庄严地宣称自己要"恢复骑士制度",还说"不恢复骑士道的盛世是个大错"时,读者们都明白,这正是他的"荒唐"之处。小说中除堂吉诃德之外的人物也都认为这是"荒唐"的奇想,无疑都报之以嘲笑之声。此时,讽刺的视角显然就由作者转向了作品里的现实中的人,以及任何时候的读者。这里,我们姑且不从接受美学的角度去谈读者的讽刺视角问题,对于堂吉诃德这一形象来说,真正的讽刺确实来自和他处于同一生活层面的现实中的人。正是在这种意义上,作者已站到了理解、同情并支持堂吉诃德的视角上。同样是在这个层面上,堂吉诃德从卑微的喜剧人物,变成了崇高的悲剧人物。讽刺视角的这种暗换是极有意思和耐人寻味的。

当作品的现实中的人物嘲笑堂吉诃德"恢复骑士道"的理想时,他们是拥有了某种优越感的,因为似乎只有他们是头脑清醒和识时务的。其实,从作品深层内涵和作者此时的视角来说,他们自己已成了嘲笑和抨击的对象。因为,在堂吉诃德的心目中,骑士道盛世是一种理想社会,那里没有邪恶,没有以强凌弱，而只有公道、正义和自由，所以，他要为之赴汤蹈火而在所不辞。这似乎是他的幻想，他也一直都生活在这种幻景之中，所以与现实发生冲突；有了这种冲突，才有喜剧性情节的推进，但悲剧的崇高也寓于其中。因为，当我们撇开堂吉诃德之理想社会实现的可能性，而就其合理性、正义性看问题时，他就成了一个不屈不挠为理想而献身的斗士，一个英雄。而这恰恰是作者以滑稽模仿法塑造这个人物所想达到的根本的和最高的目标。

（三）讽刺的讽刺

既然是"滑稽模仿"，那么，那些原本就属虚拟的成分的真实性与有效性是不重要甚至无关紧要的，重要的是作者真正想表达什么以及表达的效果如何。骑士制度固然是中世纪的昔日黄花，骑士道也不可能像堂吉诃德所想象的那样十分完美，然而，文学的虚构性与象征性原本要求我们不可以1+1=2式的真实求证，何况塞万提斯滑稽模仿中有甚多的虚拟与夸张，因此，堂吉诃德赞美骑士或"骑士道盛世"并不等于堂吉诃德真是要"恢复骑士制度"，以"维护封建制度"。实际上，作者无非借"骑士"和"骑士道盛世"这样的喻体，象征和隐喻某种价值理想和人文取向。堂吉诃德形象本身就是这样的喻体。当这种喻体所隐喻和象征的价值理想和人文取向是为作者所肯定的、合人的生命原则的和富有正义性的时候，喻体就有了崇高感。堂吉诃德的崇高感与悲剧性就是这样产生的，因为，通过他表达的是为作者所肯定的人文取向和"人"的观念。请看：

1. 堂吉诃德见一个15岁牧童被主人绑着挨打时便拔刀相救的故事，他那同情弱者的仁慈心怀表露无遗。

2. 堂吉诃德把风车当作凶恶的巨人，并与之博斗的故事，隐喻了他敢于与强敌抗争，为民除害的斗争精神。

3. 堂吉诃德路遇乘车的贵妇和护送的修士，误以为是蒙面"大盗"劫持了公主，便杀将过去，击败了"大盗"。这表现了他锄强扶弱的侠义心肠。

4. 堂吉诃德把囚犯当作受害的骑士去营救，还说"人是天生自由的，把自由的人当作奴隶未免残酷"，表达出他对自由平等的向往。

5. 堂吉诃德把酒店盛酒的皮袋当作恶棍的脑袋胡乱砍杀，足见他的嫉恶如仇，仗义勇为。

6. 堂吉诃德视锄暴安良、扶贫济弱为己任，他曾不断慨叹："世道人心一年不如一年，建立骑士道是为了扶助寡妇，救济孤儿和穷人。""老天爷特意叫我到这个世界上来实施我信奉的骑士道，履行我扶弱锄强的誓愿。"这里，堂吉诃德想建立的与其说是"骑士道"，不如说是《圣经》中耶稣描绘的末日审判后人人平等、自由幸福的彼岸天国。这虽然虚幻，但表达了人类最普遍、最美好、最崇高的理想。

当我们看到这些内容时，不禁要问，真正该讽刺的是堂吉诃德吗？不是，而是讽刺他的那个现实中的人。这便是"讽刺的讽刺"，或者说是"对讽刺者的讽刺"。此时，小说就从堂吉诃德的视角出发讽刺现实和现实中的人了。这是又一度讽刺视角的暗换。这种暗换也是十分耐人寻味的。

小说中描写的那个现实世界，与当时文艺复兴后期西班牙社会现实在本质上是对位同构的，因为作者正是以小说中描述的现实来暗喻西班牙社会现实的，由此也就使小说拥有了我们通常所说的现实主义因素。在此，我们想指出的是，从堂吉诃德的视角讽刺现实，正好体现了塞万提斯借堂吉诃德表达自己的新的人文主义理想，并对现实作出了某种程度的批评与否定的深层创作目的。

文艺复兴后期的欧洲，基督教的传统伦理观念和文化价值观念受到了现实欲望的冲击之后，"个性自由与解放又在相当大的范围与程度上导致了纵欲主义和享乐主义"。[1]正如布克哈特指出的那样，古希腊—罗马的个性主义，"对于人文主义者来说，它可能是正确的，特别是牵涉他们生活的放纵方面。对于其余的人来说，它或者可以说有些接近于正确，那就是在他们熟悉了古代文化之后，他们以对于历史上伟大人物的崇拜代替了圣洁——基督教的生活理想。所以我们能够理解：这很容易诱使他们把那些过错和恶行看作是无足轻重的事情，他们的英雄尽管有这样那样的过错和恶行但仍是伟大的"。[2]人们普遍以古代的英雄们为榜样，以人文主义的个性自由为生活准则，在反宗教禁欲主义的同时，也走向了道德上的混乱状态。此外，"在16至17世纪，欧洲人第一次拥有了整个地球的大片土地，他们本着强烈的好奇心和勃勃的野心，如现代人试图登上月球一样充满了占有欲。冒险与开发使他们拥有了各地的奢侈

1　Mckay, J. P., B. D. Hill and J. Buckler. *A History of Western Society*. Volume I. Boston: Bedford Books, 1987, p.490.

2　雅各布·布克哈特：《意大利文艺复兴时期的文化》，第423页。

品,从而大大提高了生活水平,也激发了欲望"。[1]因此,这既是充满激情与创造力的时代,也是一个欲望膨胀、充满贪婪、滋生邪恶的时代;既是人文主义对基督教传统文化高奏凯歌的时代,又是一个旧信仰解体、新信仰脆弱的道德失范的时代。面对这样一种局面,后期的人文主义者大多头脑更清醒、冷静,不再一味地信奉早期人文主义的准则,并对基督教文化作了重新的认识。如前所说,许多人文主义者一开始就未曾放弃对基督教的信仰,在人欲横流、道德失范的现实面前,他们往往又从基督教文化中寻找医治现实病痛的良药。塞万提斯正是在这种情况下,通过虚拟堂吉诃德形象,来追怀失落的信仰,表达新的人文主义理想的。

在堂吉诃德身上,我们看到的不是古希腊式个性坦露、原欲冲动的英雄,而是希伯来式充满忧患意识、满怀基督之爱的救世者。正因为如此,本书前面曾说,用以往的眼光看,堂吉诃德简直不含有人文主义思想。然而,这恰恰说明了塞万提斯作为后期人文主义作家,他拥有对人文主义重构之后的新的价值取向。

由此可见,讽刺视角的几度暗换,归根结底有赖于作者的人文取向。这种暗换的深刻意义也在此。

(四)桑丘:双向讽刺视角与人文取向的两重性

仅仅从堂吉诃德及其与现实的关系去看小说的人文意蕴是不够全面的。因为伴随堂吉诃德游历的还有桑丘。他和堂吉诃德是以一种对应关系出现的,因而,他在故事情节的发展中有举足轻重的作用,在讽刺功能与喜剧效果以及人文表征上都有其不可或缺性。

桑丘首先是作为堂吉诃德的对立面出现的,在本质上代表了与堂吉诃德相对的那个现实社会,因此,在总体上,他站在现实这一边,从讽刺的视角对堂吉诃德"荒唐"行为投以嘲笑的态度。这就形成了他们两人之间一幻一真、一虚一实、一愚一智、一热一冷,一个理想主义、一个现实主义的对立关系。从"滑稽模仿"的角度看,通过桑丘的头脑清醒与理智,去夸大堂吉诃德头脑的糊涂性与行为的荒唐性,使"滑稽模仿"意图指导下的骑士文体的故事叙事,得以层层推进与展开,同时又与原本的骑士小说拉开了距离。堂吉诃德把风车

---

[1] Mckay, J. P., B. D. Hill and J. Buckler. *A History of Western Society*. Volume I. Boston: Bedford Books, 1987, p.501.

当巨人时，桑丘明明劝堂吉诃德说，这不是巨人而是风车，他却不信；桑丘明明说前面来的是羊群，不是军队，堂吉诃德硬是把羊群当作军队，在那里乱冲乱杀，如此等等。在这种情形下，桑丘对堂吉诃德的荒唐无疑与他周围现实中的人一样，是投之以嘲弄的眼光的。有这位"智者"从中点拨，也使读者对堂吉诃德的荒唐性愈加心领神会，小说的讽刺性与喜剧性效果也因此增强。

桑丘对堂吉诃德的讽刺视角，同样有其人文取向。讽刺意味着讽刺者对讽刺对象的批评与否定。桑丘对堂吉诃德之讽刺与否定，是因为堂吉诃德是一个追怀过去又憧憬彼岸的理想主义和信仰主义者，而桑丘则是一个执着于现实利益、追求世俗享乐的现实主义和功利主义者。他跟随堂吉诃德出游，不是想锄强扶弱，伸张正义，"恢复骑士道盛世"，而是想当个"总督"之类，能谋个一官半职。与其说桑丘的形象代表了农民和私有者，不如说通过他表达了文艺复兴个性解放影响下产生的一种新的人生观、伦理观，表现了与基督教禁欲原则相左的生活态度，或者说，在精神实质上，这一形象表征着文艺复兴早期人文主义者的"人"的观念。他一切从现实原则出发，从自我需要出发，他是"原欲+人智"型的"人"的形象，其文化内质是古希腊—罗马式的，而非希伯来—基督教式的。显然，桑丘形象与堂吉诃德在人文取向上有迥然之异，这也就是他对堂吉诃德取讽刺视角的人文根据。

不过，桑丘并没有堂吉诃德那种对理想追求的坚定性，由此又带来了他在拥有对堂吉诃德的讽刺视角的同时，又隐含了自我讽刺视角。堂吉诃德从来不认为自己的所思、所言、所为是错的，所以他总是"一意孤行"，这实际上说明他的讽刺视角是单向的。桑丘固然不认可堂吉诃德的思想和行为，他追随堂吉诃德出游有自己的目的，不过，他钦佩堂吉诃德的那种百折不挠的精神，并被他的那种崇高理想所感动，于是才使他伴随堂吉诃德游侠到底。桑丘对堂吉诃德的"荒唐"行为是取嘲讽态度的，但对堂吉诃德的精神和品德是取肯定态度的。对桑丘来说这其中就暗含了一种自我讽刺视角，从而表现出他的讽刺视角的双向性。

桑丘形象讽刺视角的双向性，表明了作为一个有象征寓意的人物，他所体现的人文取向是具有双重性的。他既肯定并执着于现实原则，肯定人的自然欲求的合理性，追求个性的自由与解放，又不否定超现实原则，不否定对价值世界和理想世界的追求，当然侧重点在前者。所以，我们在桑丘形象身上既看不到前期人文主义作家笔下那种"人欲天然合理"、"想干什么就干什么"式的恣肆放纵的"人"的秉性，也与堂吉诃德理想主义的人文取向拉开了距离。

（五）堂吉诃德+桑丘=塞万提斯式"人文主义"

到此，我们不难看出，《堂吉诃德》作为一部杰出的讽刺小说，与一般同类性质的作品不同，它的讽刺视角不是单维的、单一的和始终不变的，而是多维的、多层次的和变换着的。这既是作者不同人文思想表达的一种需要，也表现出作者内在思想的矛盾性。

塞万提斯对文艺复兴后期的欧洲和西班牙普遍的道德危机与社会矛盾有自己清醒的认识。在他看来，把这种危机与矛盾归结于流行的骑士小说，显然过于简单化。同样，"把他创作《堂吉诃德》的意图归结于为了'扫除骑士小说'，也未免过于表面化"。[1]作者的根本用意和小说的客观意义在于对这种现实危机与矛盾作深层思考与分析，甚至对文艺复兴的结果与意义作冷静的思考与分析。在物质欲望刺激下，个性解放所致的道德失范和享乐主义，无疑是前期以原欲为核心的人文主义生活原则在现实中的一种极端化表现。中世纪教会的禁欲主义无疑应当解除，但个性主义的膨胀显然不符合人的理性本质。在这种矛盾的心态中，塞万提斯自然无法像前期人文主义作家那样乐观浪漫又激情澎湃，而是在冷静的沉思中重构着人文主义的思想内涵。当他无法超越现实看到更远的理想时，就只好回顾往昔，沉湎于那一轮夕阳残照之中，从而孕育出了不朽的《堂吉诃德》。他通过堂吉诃德这个以宗教人本主义为本质特征的"人"，对桑丘及其所代表的现实世界，对放纵原欲、个性膨胀的人文理想和社会现实状况作了善意的、温和的批评，也给予了一定的肯定。这种肯定，主要通过桑丘形象的塑造表现出来。作者对堂吉诃德和桑丘都执肯定性态度，但肯定的重心在堂吉诃德一边。桑丘讽刺视角的双重性，正是作者对这种原欲型人文主义的态度的矛盾性的表现；同样，小说讽刺视角的多重性和几度变换，也表明了作者人文取向上的矛盾性和多向性，而人文主义思想的重构也孕育其中。

由此，我们可以说，认为堂吉诃德就是一个人文主义者的形象，认为堂吉诃德代表了塞万提斯的人文主义思想，显然是不全面的。笔者认为，比较可靠而准确的说法应该是：

堂吉诃德+桑丘=塞万提斯式"人文主义"。

---

1 Colse, A. *Spanish Literature of Golden Age*. Manchester: Manchester University Press, 1995, p.156.

在这一点上，笔者非常同意海涅说的话：在《堂吉诃德》中，堂吉诃德和桑丘合在一起才是真正的主人公。

第四节
从世俗观照神圣

莎士比亚的出现，标志着文艺复兴这场戏演到了高潮，也预示着快要闭幕了。他代表了文艺复兴人文主义文学的最高峰。"只有荷马和但丁可以与他相提并论，但前两人描写的世界比较狭隘，而莎士比亚则天才地囊括了整个世界的自然与人。一言以蔽之，他是一个全人类诗人。"[1]作为这一时期最富有文化巨人特征的莎士比亚，不仅包容了文艺复兴这一时代，也包容了文艺复兴之前的中世纪，同时又开启了一个新的时代。如果说，文艺复兴确实如布克哈特所说的是一个"人的发现"的时代的话，[2]那么，只有到了莎士比亚的创作中，这个"人"才被发现得最全面、最丰富、最深刻，人文主义的内涵也才发展到了最完整的阶段。阿伦·布洛克说："从来没有比他（莎士比亚）的剧本更加全面地表现了人的状态了。"[3]之所以能够如此，一个重要原因是，莎士比亚作为一个人文主义者，他不仅对中世纪文化有深刻的认识，而且，对文艺复兴运动所创造的文化和现实以及人文主义本身作了深刻的分析、解剖与反思，因而，他有同时代人所不具备的那种宽广的包容性。这一点，与中世纪的总结性人物但丁有相似之处，所不同的是，但丁是从旧文化的基点前瞻人文主义的曙光，因而是"从神圣观照世俗"，而莎士比亚则是从人文主义文化的基点返顾旧文化的余晖，因而是"从世俗观照神圣"。两个文化巨人，两个重要的时代，可谓双峰并峙，前后呼应，成为文化与文学之奇观。

一、让自然欲望之花开放在"爱"的阳光下

莎士比亚无疑深受文艺复兴前期人文主义思想的影响，反对禁欲主义，肯

---

[1] Long, W. J. *English Literature*. London: Hardpress Publishing, 1991, p.154.
[2] 雅各布·布克哈特：《意大利文艺复兴时期的文化》，第302页。
[3] 阿伦·布洛克：《西方人文主义传统》，第60页。

定人的现世生活的意义,肯定人的自然欲望的合理性。然而,他几乎从来也不曾表现出"人欲天然合理"这种一味地肯定人的自然欲望的态度,而是主张让自然欲望接受人智的引导,并沐浴上帝之爱的阳光雨露,从而去其粗俗乃至野蛮与疯狂的成分,进而出落得圣洁而高雅,激情而节制,浪漫又美丽。

莎士比亚早期的诗歌与喜剧,一般被认为是体现人文主义理想的杰作,唱响了个性自由与解放的赞歌,表现出青年时期的莎士比亚在人文主义理想鼓舞下对人与世界的那种乐观与浪漫。但笔者认为,即使在这种情况下,莎士比亚对人的理解和他的人文观念也是大大有别于前期人文主义作家的。

在早期诗歌与喜剧中,莎士比亚笔下出现了被称之为人间的"伊甸园"的美丽世界。不过,它显然不是古希腊神话所描绘的爱的乐园。那里,青年男女之间充满了发自自然性爱的激情,这个世界也因此洋溢着生命与青春的气息,尽管时而有乌云蔽日,但美总是战胜恶,自然生命的激情总是展示出无限的美丽。何以如此呢?首先在于这个世界中的人每每是通达而明智的,能以自己的人智去辨别什么是偏狭、自私与谬误,然后,以宽厚与仁慈相待,让仁爱去消解一切的仇恨与怨愤,使世界变得美好。莎士比亚早期的抒情诗,男女之爱不可谓不热烈奔放,但总是热情而又理智。如早期的长诗《维纳斯与阿都尼斯》,写爱神维纳斯追求美貌猎手阿都尼斯的故事,显示了女性之爱的不可抗拒,但又不显得粗俗和过于外露。第二首长诗《鲁克丽丝受辱记》描写了热烈的爱,也歌颂了妇女的忠贞,热情与节制得到了统一。莎士比亚的十四行诗往往把爱情与友谊之花开放于人与人之间的和谐关系的土壤之上,尽现其美丽高洁。爱情与友谊相伴,本身说明了自然爱欲在崇高情感支撑下成为美丽的情感,其中闪现了理智和仁慈的光辉,透射出自然人性的美。这个世界中的人,固然冲破了社会的禁欲主义,但古希腊式的爱欲冲动与个性自由和基督教式的宽厚与博爱是交相辉映、水乳交融的。

早期的喜剧延续并拓展着抒情诗的主题,让爱的小夜曲变成了爱的交响曲。在喜剧中,爱情战胜偏见,爱情融化仇恨,爱情给人智慧,爱情给人勇气,但所有这些爱情,都以善良、无私、坚毅、忍耐、真诚、宽容等高尚的品质与情操为前提,因此,这种爱情是生发于世俗情感的,但又有超世俗的倾向,自然爱欲经理智与仁慈过滤后升华为美的情感。可以说,在莎士比亚的喜剧中,放纵的爱欲从来都是不被肯定的,如果说,薄伽丘们以"人欲天然合理"反禁欲主义，莎士比亚也以"爱情是天经地义的"来反禁欲主义，但莎士比亚同时又说："仁慈是人间的上帝。"[1]在他看来，离开了仁慈与理智，自然之爱必然走向爱欲的放纵，爱情之美也就消失了。

可见，人文主义者的莎士比亚，一开始就拥有宽广而深沉的胸襟，这是一种上帝式宽广，一种基督式的深沉。在莎士比亚早期的创作中，基督教文化的节制忍耐，在剔除了教会禁欲主义的极端成分之后，显示出了人文之温情，成为一种与古希腊、罗马文化互补的文化养料。显然，莎士比亚的人文主义思想，一开始就与基督教文化有亲缘关系。

二、让"仁厚"战胜"残暴"

在早期喜剧中，理智与慈仁不仅使爱情之花绽然开放，也使人所固有的偏执、狭隘与愚昧在不堪一击中纷纷缴械。在早期历史剧中，权力的巨大诱惑，刺激了潜伏于人的灵魂中的贪婪与邪恶，爱与仁慈的取胜已不是那么轻而易举，人间的乐园也就平添了诸多因互相争斗、倾轧、残杀带来的血腥与阴暗。当莎士比亚描述出人的这种贪婪与邪恶时，喜剧中的"爱"的世界顿时成了虚幻的浪漫和遥远的美丽。但对莎士比亚来说，他对人和世界的认识却因此变得深沉而深刻。

历史剧展示了英国封建社会由动乱纷争到中央集权的历史过程。作者虽然以理想、乐观的态度去描绘历史上群雄争霸、动荡不安的时代，表达了谴责僭主昏君，表彰贤明君主，反对封建割据，拥护中央集权的人文主义政治理想，但我们分明可以看到不断晃动的重重魔影，要不然，机智勇敢的亨利四世怎么会说"戴王冠的头颅是不能安于枕席的"呢？赤裸而残酷的权力之争使英雄变得贪婪凶狠，因此光凭宽厚仁慈是难以扼制膨胀着的野心的。因此，治乱安邦的君主须勇敢、机智、果断，还须狡诈、冷酷乃至残忍。如亨利四世，他凭借假装的德行和并非假装的才能夺取了王位，同时他凭借老练精明的政治手腕和勃勃的治国雄心与出众的才能，使国家在大贵族反叛时，能在短时间内得以平息，走向安定统一。在激烈的权力纷争的环境里，亨利四世无疑是有雄才大略的政治家，但在莎士比亚看来，他不是理想的君王，而只是一个有才干的野心

---

[1] 《莎士比亚全集》第3卷，朱生豪译，人民文学出版社1978年版，第76页。

家。因为，他虽有帝王之才，却缺少了帝王之德：仁慈、宽厚。亨利五世则是一种鲜明的对照。

亨利五世不像他的父亲亨利四世那样靠不正当的手段夺得王位，而是通过合法的继承权登上国王的宝座，这里，莎士比亚首先在道义上确立了亨利五世的王权的合法性，也确立了作为国王的他在道德上的合法性。他的治国才能比他父亲有过之而无不及，在道德上更是远在父亲之上。他虔信上帝，胸襟开阔，宽厚待人，从不居功自傲，处事公正严明，所以，上至王公，下至庶民，都对他奉若天人，敬若神明。莎士比亚对亨利五世道德上的描写显然是理想化的。在强权相争，贪欲攻心的情况下，仅有道德的感召力往往是无济于事的，而莎士比亚却说："在'仁厚'和'残暴'争夺王权时，总是那和颜悦色的'仁厚'最后把它赢到手。"（第二幕第六场）这实在是一种道德说教与安慰。不过，也正由此，我们可以看出，莎士比亚看到了并否定了权力诱发的贪欲及由贪欲导致的争斗，但他认为抑制贪欲和战胜邪恶主要仰仗仁慈宽厚的美德。莎士比亚希望人间的君王有上帝与耶稣的秉性，亨利四世与亨利五世的根本区别就在于前者不具有这种秉性，而后者具有。在他看来，理想的君王应是人间的上帝。这与其说表达了莎士比亚的政治理想，不如说表达了他关于"人"的理想。

很明显，早期历史剧和喜剧在道德理想上是基本一致的：在肯定人的现实欲望的合理性，肯定人自身力量与价值的同时，又仰望上帝的恩典，让基督之爱的灵光净化世态人心，让天国的理想出现在此岸世界。这无疑是莎士比亚的人文主义理想，然而，其中的基督教文化的气息是何其浓郁！这说明即使是莎士比亚早期的人文主义和"人"的观念，也无法与前期文艺复兴人文主义同日而语。

三、恶欲践踏了高贵的仁慈

理想毕竟是理想，终究无法取代严酷的现实。当莎士比亚从浪漫的梦幻中清醒过来时，他为我们描绘的是一幕幕恶欲践踏仁慈宽厚的逼真图画。那真是一个"颠倒混乱的时代"，一个失落了上帝的时代。

在莎士比亚的悲剧中，理想的君王仅仅成了哈姆莱特模糊记忆中的父王，而出现在现实中的则是克劳狄斯、李尔与麦克白之辈。克劳狄斯杀兄而霸其妻，专横于朝廷，炙手可热；李尔王居功自傲，丧失理智，最终被利欲熏心的女儿女婿们逐出宫门，沦为两足动物；麦克白用血腥的谋杀取得了王权，又以血腥的谋杀去巩固它，野心冲垮了理智的堤坝，吞噬了英雄的天良。这里，"残暴"和"仁厚"争夺王位时，分明是那猖狂的"残暴"轻而易举地把它赢到了手中。正如哈姆莱特所说："这贪污的人世，罪恶的镀金的手可以把公道推开不顾，暴徒的赃物往往成为枉法的贿赂。"[1]在这恶欲放纵的时代，"罪恶的匆匆"使世界变成了"荒芜不治的花园，长满了恶毒的莠草"。[2]莎士比亚早年的理想，已被现实的残酷击得粉碎，他的悲剧，正是人文主义理想破灭的写照，哈姆莱特也是人文主义理想幻灭时人们矛盾迷惘的精神状态的一种表征。[3]

特别值得我们注意的是，莎士比亚在悲剧中描写了人欲横流的现实，描写了一幕幕仁慈与宽厚遭践踏的惨剧后，总是在道义上留给人们些许安慰和缕缕希望，因为他依然相信：虽然"残暴"可以践踏"仁厚"，但"仁厚"最终仍将是胜利者，上帝依然站在善与正义一边，这世界还有末日审判的那一天。正如他早期喜剧与历史剧中人文主义理想的闪光点总落在基督式的仁慈、宽厚、博爱上一样，在悲剧中，仁慈、宽厚、博爱则成了映照灵魂善恶的是非明镜。哈姆莱特在现实中看到的是让"罪恶的匆匆"吞噬了理智的人，而原本的人，或者他的理想中的人，则是另一种情形：

> 人是一件了不起的杰作！多么高贵的理性！多么伟大的力量！多么优美的仪表！多么文雅的举动！在行为上多么像一个天神！宇宙的精华，万物的灵长！[4]

上述描写中的既可以说是哈姆莱特原来想象中的"人"，也是他"重整乾坤"后希望出现的"人"，也是莎士比亚自己关于"人"的一种理想。他无疑不是薄伽丘和拉伯雷理想中的"人"。上述这段著名的议论中讲的"人"，其文化血缘关系主要是基督教。这段文字告诉人们，人之所以是"一件了不起的

1　《莎士比亚全集》第9卷，人民文学出版社1979年版，第85页。
2　《莎士比亚全集》第9卷，第15页。
3　蒋承勇：《人类自身迷惘的艺术象征》，《上海师范大学学报》1995年第4期。
4　《莎士比亚全集》第9卷，第49页。

杰作"，是因为他是上帝创造的；正因为他是上帝的造物，而且如《圣经》所说是上帝照自己的模样造出的，所以才有"高贵的理性"、"伟大的力量"、"优美的仪表"、"高雅的举动"，才像"一个天使"，"一个天神"！上帝创造了自然之后，又创造了人，并把自然世界的一切都交给人去管理，而且在所有的造物中，只有人是按上帝的模样造出来的，人当然就成了"宇宙的精华、万物的灵长"。尤其是由于人有"高贵的理性"，它能看护灵魂，使其不受贪欲的侵蚀，从而沦为冲动的恶欲的奴隶。这"理性"无疑有上帝之神性的附着，意味着"节制"与明辨善恶。而现实中的人，理性的堤坝被私欲的洪水冲垮，从而走向了堕落。由此可见，莎士比亚要追寻的显然不是高呼"人欲天然合理"，然后"想干什么就干什么"的"人"，而是理性的，仁慈宽厚的"人"。哈姆莱特就是这种"人"的一个实例。尽管他犹豫甚至软弱，但在道德和具有"神性"这一点上，完全是一个理想的"人"。此外还有霍拉旭，《李尔王》中的考狄莉娅和爱德伽，以及人性复归后的李尔，再有《奥赛罗》中的苔丝德蒙娜，等等。他们均是符合上帝的人格理想与道德规范的理想的"人"，是上帝的"选民"，也是莎士比亚理想中的"人"。

在莎士比亚笔下，理想的"人"生活于其中的那个世界，本应是座"美好的框架"，是顶"壮丽的帐幕"，是一个"金黄色的火球点缀着的庄严的屋宇"。这俨然是上帝创造的伊甸园，或者可以说，莎士比亚要构建的现实中的伊甸园，它隐含了《圣经》中的乐园的原型。乐园理想的无法实现，是因为人自身的堕落和恶欲的放纵，这个世界也变成了"不毛的荒岬"，变成了"一堆污浊的瘴气的集合"。

总之，尽管莎士比亚看到了并描绘了"恶欲践踏仁厚"的现实，但他依然对世界抱有一线希望。因为，人借助上帝的道德力量，也即仁慈、宽厚、节制、博爱，终究能实现"扭转乾坤"的理想。如果说，这在悲剧中仅仅表现为宽厚、仁慈、博爱在道义上取得了胜利的话，那么，在晚期的传奇剧中，这种理想则几乎都变成了现实。

四、让人智与宽厚消解愚昧与邪恶

在悲剧中，莎士比亚一方面让道德理想的明镜映照人欲横流的浊世，展现了人性恶的各个侧面，在多重戏剧冲突中展示人的内心世界的丰富性与复杂性，由此，莎士比亚堪称西方文学史上第一个全面而深入地揭示人的心灵世界的广度与深度的作家，他被人们称为"体悟人类心灵的天才"。[1]另一方面，悲剧中善的力量每每处于劣势，抵挡不住邪恶势力的疯狂逼攻，这当然显示了恶势力的强大，说明放纵人的欲望，最后毁灭的将是人自己，进而说明节制、宽厚、博爱对于人类生存与发展的重要性。也正因为如此，在强大的恶势力面前，莎士比亚并不主张用以恶抗恶、以暴制暴的方式对待邪恶。这种思想在早期的喜剧和历史剧中，表现出对人和世界的描写过于理想和浪漫，在悲剧中则表现为善的力量的柔弱及由于柔弱造成的悲剧。可以说，莎士比亚一直都在思考人性的善与恶的矛盾，寻找解决矛盾的方法与途径。而到了晚年，他更强调仁慈、宽恕、忍让对恶的感化作用，并成为消解矛盾的必由之路。在此时的他看来，人既有难以抵挡的从恶的倾向，又有天然的向善的秉性；扼制邪恶并不是毁灭造恶的人本身，而是用善的力量，用爱去化解和消弭恶，使邪恶者弃恶从善，而不应在肉体与精神上毁灭作恶者。在晚期传奇剧中，和解、宽恕、博爱、道德感化成了基本主题。

莎士比亚对当时的人和社会的认识有其特定的文化视角。他从基督教的观念出发，认为人是上帝的造物，因而人有"神性"的附着，这表现为人有"高贵的理性"，因而是"宇宙的精华，万物的灵长"。"神性"、"理性"也即意味着人的善性，善性与人同在，因而善的力量最终将战胜邪恶。这是莎士比亚相信人类有美好未来的人性依据，是一种源于基督教文化的"神性论"，"神性论"在本质上依然属于人性的问题。但莎士比亚同时又看到了人之趋恶秉性。人在失去"神性"或理性制约时，在欲望的驱使下，"罪恶的匆匆"会使他走向邪恶的深渊。麦克白就是由一个雄才大略、忠君爱国的英雄，在欲望驱使下沦为杀人恶魔的。而且，即便是堕落之后，麦克白也并不十恶不赦，丧尽天良，因而才有内心深处的罪恶感和无尽的矛盾痛苦。所以，世界的美好，主要靠"神性"去制约趋恶的欲望，并用"神性"去拯救已经趋恶的人，使其弃恶从善，从而建立和谐的人与人之间的关系。因此，邪恶是存在的，而且是强大的，但又是可以抑制的，其法宝就是人之"神性"，也即人智与爱。

莎士比亚的传奇剧中不再像喜剧那样，凭着几个才智过人、道德崇高的人

1　Mckay, J. P., B. D. Hill and J. Buckler. *A History of Western Society*. Volume I, Boston: Bedford Books, 1987, p.498.

物就能够轻而易举地制服邪恶，建立人间乐园，而是要善良的人们经过种种磨难，与邪恶势力艰苦抗争之后才能取胜，而且往往是善良者的道德感化使邪恶者弃恶从善，双方握手言和，矛盾便得以解决。那一个个因嫉妒、贪欲、仇恨而造成分裂的家庭，在度过了严酷的冬季之后，最终在宽恕、悔悟的心境中破镜重圆，迎来了祥和欢乐的春天。如《辛白林》中，辛白林的固执、狭隘、刚愎自用、抱残守缺造成了年轻人的磨难，但在经过一系列的艰难曲折后，宽恕与和解战胜了渺小的仇恨、欺骗与纷争，辛白林在道德上被感化后，精神得以升华，迎来了和平欢乐的大团圆结局。《冬天的故事》中西西里国王里昂提斯的专横、武断、猜忌、残忍，使他几乎丧失理性，干出了种种恶行，使忠实的波力克希尼斯险遭杀身之祸，蒙受了16年的不白之冤。但波力克希尼斯宽厚仁慈，不记前仇，使里昂提斯回心转意，化解了多年的冤仇。

特别是被称为莎士比亚"诗的遗嘱"的《暴风雨》，更是以象征、寓言的手法，探讨人性的善恶问题，完整地表现这种道德理想的压轴之作。在这个剧本中，邪恶的势力不可谓不强大，安东尼奥篡夺了兄长普洛斯彼罗的爵位，勾结那不勒斯王将其父女流放到荒无人烟的孤岛上。12年后，当自己被一场暴风雨刮到荒岛之后，仍不忘争权夺利，唆使西巴斯辛去谋杀那不勒斯王，以图窃取权位。全剧可以说是贪欲驱使下的人争权夺势的斗争故事，这既是对当时人欲横流的现实的隐喻，也是对人性恶的深刻解剖。作为善的力量的代表的米兰公爵普洛斯彼罗，他在被弟弟篡夺权位并流落荒岛之后，依然心怀仁慈，对加害于他的恶人们充满同情："虽然他们给我这样大的迫害，使我痛心切齿，但是我宁愿压伏我的愤恨而听从我的高尚的理性的安排。"于是，他不记旧恨，既往不究，宽恕了所有的人，包括欲置他于死地而后快的卑劣的兄弟安东尼奥，表现出了宽厚仁慈的胸怀。

《暴风雨》作为莎士比亚一生带有总结性的作品，还通过普洛斯彼罗这一形象表达了更深一层的人文内涵。全剧不仅以他高贵的仁爱之心反照出低劣的灵魂，而且，还通过他对神秘的"魔法"的追求，隐喻了以人智的开启去消解愚昧与邪恶，使人的灵魂与精神得以提升，进而构建和谐的人际关系的美好理想。普洛斯彼罗孜孜不倦地追求魔法，并依靠魔法呼风唤雨、扬善惩恶，具有"超人"的威力。他的魔法，可以说是知识与科学的代名词。他说，"我这门学问真可说胜过世人称道的一切事业"。他埋头于书籍之中，还说"书斋便是我庞大的公国"，甚至"比一个公国更宝贵"。在这种苦苦的追求中，他掌握了威力无比的法术，救善人于危难之际，惩恶者于作恶之时。说普洛斯彼罗对魔法的执迷意味着他对科学的崇尚似乎有些过于现代化，但将其看作对知识的追求，对人智的崇尚却并不为过，而且是合乎文艺复兴之时代精神的。追求知识，意味着开启人智，消除愚昧，同时，在莎士比亚看来又是消除邪恶。因为，愚昧使人陷于偏执、狭隘，并且会诱使灵魂中的恶欲外现，而人智的开启使人明辨是非，避免偏执、狭隘，甚至抑制恶欲的冲动，使人变得宽厚仁慈。剧中的凯列班是魔鬼和妖巫所生的儿子。相对于普洛斯彼罗的知识与理性来说，凯列班象征着人的愚昧和恶欲；相对于象征美与善的爱丽儿，凯列班是丑与恶，是低级元素水和土。凯列班慑于主人普洛斯彼罗的法术之威力，也即人智与理性的威力，才不得不俯首称臣，但内心却暗骂普洛斯彼罗是"暴君"，总是怀恨于心，伺机报复，但是终未成功。这一方面说明崇尚知识、开启人智，是使人性趋善解决社会恶欲泛滥的重要途径，表达了莎士比亚对人与世界的理解和他的人文主义理想。另一方面又说明，邪恶对理性总是不甘屈服的，要消除邪恶是艰难的，乃至是不可能的。凯列班"天性中的顽劣改不过来"，总是伺机报复，普洛斯彼罗对他的"一切好心的努力全然白费"，说明人的邪恶在根本上消除的不可能性。因此，人所构成的这个世界总是与邪恶相伴的，也因如此，人不可丧失人智与理性，否则，恶欲将泛滥成灾以至毁灭人自己。人由于是上帝的造物因而必然有"神性"，有仁慈宽厚的品性和高贵的人智，因此，恶欲终将受到抑制并向理性"称臣"，人类之途尽管难免有艰辛曲折，但前景是美好的。所以，莎士比亚借剧中女主人公米兰达的口，说出了与"宇宙的精华、万物的灵长"相类的称美之语："人类是多么美丽！啊，新奇的世界，有这么出色的人物！"

莎士比亚对人的认识虽然不见十分科学、合理，但其深刻性是超出此前的人文主义作家的。尤其是，他的人文观念明显与基督教文化有血缘关系；他的仁慈、宽厚、节制、博爱，不以恶抗恶，等等，使他的胸怀拥有了基督的宽广与深沉；而他对人智与知识的崇尚，又显然与拉伯雷以及古希腊—罗马文化中崇尚人智（理性）的传统相连接，放纵原欲的传统则被基督教的节制原则所"过滤"后有选择地接纳于其思想中。因此，莎士比亚既沟通了人文主义与古希腊—罗马文化的联系，又延续了中世纪希伯来—基督教文化之血脉，他的创作是世俗人本意识与宗教人本意识相融合的典型范例。而且，他对基督教文化合理成分的接纳，主要是基于对文艺复兴后期人欲横流的社会现实的深刻认识，是基于对前期人文主义放纵自然欲望、个性解放这种对人的极端化理解的反思与反拨。于是，以肯定个人世俗欲望的合理性为起点的人文主义，到了莎士比亚这里，又融入了基督教人本意识，文艺复兴人文主义步入了新的境界。他的创作所表现的关于"人"的观念，也就有了很强的包融性。正如卢卡契所说：

> 莎士比亚从来不把这个过程(指中世纪与文艺复兴的交替)简单化为一种机械的"旧人"与"新人"之间的对立。他看到了世界走向胜利的人文主义倾向，同时也认识到这个新世界却促使人类道德的某些方面比较好的，与人民利益关系比较密切的家长制社会的崩溃。莎士比亚既看到了人文主义的胜利，同时也看到了这个正在前进中的世界将是个金钱统治的世界，压迫和剥削群众的世界，大力放纵个人主义，充满贪婪等等的一个世界……正由于莎士比亚敏锐的观察力，使他能创造出具有极大历史真实性和忠实性的历史戏剧。[1]

莎士比亚是在对现实及其发展的趋势，对个性解放的现实作深刻反思的基础上返观基督教文化的，因而他是从世俗人生的现实需要出发，是从现实中人的生命存在的价值与意义出发接纳与观照基督教文化的。在这个意义上，他站在了比但丁更高的历史起点上包容和总结了一个时代，而又预示着一个新的时代——一个崇尚知识和科学的新时代！

1　《莎士比亚评论汇编》（下册），中国社会科学出版社1979年版，第484页。

第五章
对人间"上帝"的追寻

经过文艺复兴文化洗礼后的17世纪,人们对彼岸世界的上帝失去了原有的崇敬与信赖;或者说,作为一种超现实的信仰,上帝在人的心目中的地位已没有先前那么稳固。因为,此时人们已逐步认识到,把人生的一切都交托给上帝,一切都听从上帝的安排,那是靠不住的。当然,当时人们对自我的理解和信赖也是有限的。莎士比亚的"犹豫",表现的正是对上帝的可靠性与人自身之可靠性的双重怀疑;他心中依然怀有的那个"上帝",已非原本基督教意义上的上帝。伴随着科学进步而来的急剧的社会变革,17世纪的欧洲人,自然有自己理解与需要的"上帝"。对上帝之理解的变化,实质即对"人"的理解的变化。古典主义就是映照着特定时期人们关于"上帝"与"人"的形象的新文学形态。

第一节
"王权崇拜"的文化—心理成因与人性依据

从总体趋向上看,17世纪的欧洲大陆是一个不断资本主义化的时代,但同时又是封建专制十分强盛的时代。这种社会形态典型地表现在法国。法国从1624年黎世留当上首相和1643年马扎兰当上首相至路易十四亲政之间的37年中,封建制度得到巩固,王权逐渐加强,建立了当时欧洲最强大的封建君主专制国家。封建贵族和资产阶级两雄对峙,王权则凌驾于两者之上,"作为表面上的调停人而暂时得到了对于两个阶级的某种独立性"。[1] "太阳王"路易

---
[1] 《马克思恩格斯选集》第4卷,人民出版社1972年版,第168页。

十四以"朕即国家"的姿态独揽大权。他凭着绝对的政治权威、雄厚的经济实力和稳定的社会环境开疆拓土,把法国历史推上了"伟大的世纪",也把欧洲封建专制推向了盛极的时期。"繁荣"的表象使专制制度拥有了合理性,使王权拥有了神圣性,国王成了人间"上帝",欧洲历史上的"王权崇拜"正出现在这一时期。到底是"王权崇拜"造就了欧洲封建专制的盛极还是专制王权的盛极酿就了"王权崇拜"现象?显然,两者应是互为因果的。在此,笔者将重点探讨"王权崇拜"的文化—心理成因及人性依据,由此,我们也就可以找到文学演变的人性依据。

一、对秩序的企盼与对理性的呼唤

学术界普遍承认,文艺复兴最大的贡献就是"人"的发现。尽管这个"人"在文艺复兴的不同历史阶段和不同国家有不同的含义,但相对于中世纪,这个"人"首先或主要是感性意义上的人。因此,文艺复兴给人带来了生命活力和自然欲望的解放,而这又直接冲击了传统的价值体系和道德理性规范。在中世纪,人们长期在基督教的纱幕下生活着,看不清自己原本的面目。而文艺复兴"在意大利,这层纱幕最先烟消云散;对于国家和这个世界上的一切事物做客观的处理和考虑成为可能的了。同时,主观方面也相应地强调表现它自己;人成了精神个体"。[1] "意大利开始具有充满个性的人物;施加于人类人格上的符咒被解除了;上千的人物各自以其特别的形态和服装出现在人们面前。"这个时代的人,具有强烈的实现个人欲望、实现个人价值的冲动。他们中不少人把人生当作丰盛的宴席,而不是痛苦的赎罪过程;当作无忧无虑的狂欢,而不是背负十字架的长途跋涉。在这样一个旧的价值体系遭冲击与破坏、新的价值体系尚未成型,旧的信仰开始动摇、新的信仰尚处于萌芽状态的时代,崇高与卑微、优雅与粗鄙、理智与情欲、深沉与浅陋、成熟与幼稚、文明与野蛮、天堂与地狱、善与恶、美与丑……是混淆交错、同存共生的。因此,这可以说是一个热情而又混乱、充满活力而又人欲横流的时代。理性规范的缺失,人的生命活力难免会以发财致富、享受现世欢乐、无节制的满足贪欲等极端利己主义的方式表现出来。许多的历史记载,包括像《十日谈》、《坎

---

[1] 雅各布·布克哈特:《意大利文艺复兴时期的文化》,第125、126页。

特伯雷故事集》、莎士比亚的悲剧等文学作品所描写的都说明，尽管上帝并没在人们的心目中完全消失，但它的地位已动摇，人们在挣脱了基督教禁欲主义的束缚后，欲望膨胀、道德失范、秩序混乱成为文艺复兴后期欧洲社会的一种普遍现象。正如布克哈特所说：

> 要是我们现在试图概括一下那个时代的意大利性格的主要特点，如我们从研究上层阶级的生活中所知道的，我们将得到如下的一些结果。这种性格的根本缺陷同时也就是构成它的伟大的一种条件，那就是极端个人主义。个人首先从内心里摆脱了一个国家的权威，这种权威事实上是专制的和非法的，而他所想的和所做的，不论是正确的还是错误的，在今天是称为叛逆罪。看到别人利己主义的胜利，驱使他用他自己的手来保卫他自己的权利。当他想要恢复他的内心的平衡时，由于他所进行的复仇，他坠入了魔鬼的手中。他的爱情大部分是为了满足欲望，转向于另外一个同样发展了的个性，就是说转向于他的邻人的妻子。在一切客观的事实、法律和无论哪一类约束面前，他保留着由他自己做主的感情，而在每一个个别事件上，则要看荣誉或利益、激情或算计、复仇或自制哪一个在他自己的心里占上风而独立地做出他的决定。[1]

这种社会现实也正如哲学家罗素所指出的那样，"文艺复兴的政治条件利于个人发展，然而不稳定；也和古希腊一样，不稳定和个性表露是密切相连的。有稳定的社会制度是必要的"。[2]

确实，在经历了文艺复兴二三百年解放而又混乱的文明洗礼，经历了连年的战乱之后，企盼秩序与稳定成为一种普遍的社会心理。在人的个性经过了长时间的多向度的、较充分的发展之后，需要有一种统一的理性规范予以约束，于是，社会的有序与稳定才成为可能。所以，对秩序与稳定的企盼实质上是对理性规范的呼唤。在中世纪，以上帝为代表的宗教道德理性在总体上规约着人的行为方式与价值指归，人的情感与欲望在相对匮乏的状态下，个性的发展是趋同性而非扩散性的，因而个人主义受到限制。但是，在文艺复兴之后，上帝

1　雅各布·布克哈特：《意大利文艺复兴时期的文化》，第445页。
2　罗素：《西方哲学史》（下册），第17页。

的地位动摇，基督教文化价值体系受到冲击的情况下，制约无穷的欲望和极端的个性主义，使社会步入有序状态的新的上帝在哪里呢？此时，人们的眼光从遥远的彼岸世界收了回来，投向了人间的现实世界。

二、"王权崇拜"：对上帝的依赖转向对人的依赖

在中世纪封建主义时代，现代意义上的高度集中统一的国家是不存在的，绝对的王权也是不存在的。那时，封建政体无论在理论上还是在实践上，都是以赏赐和持有采邑为基础的封主和封臣的制度。总的来说，采邑是世袭的封地，可是它并非专指土地而言，也可以是职务和地位，或者在桥头征收通行税的权利，甚至是铸造钱币，开辟市场和从中获利的权利。赏赐采邑的人，不管地位高低，均被称为封主或领主，接受采邑和只有采邑的人为封臣。一般说来，国王是最高的领主；直接隶属于国王的是大贵族；这些贵族通过分封自己的采邑，又有了自己的封臣（小贵族）。根据这一模式，除国王之外，每个封主同时又是别的封主的封臣。在这种政体下，封建社会实际上是高度的贵族专政。历史上王权与大贵族始终存在着矛盾冲突，国王却没有绝对的权威去制约和削弱贵族势力，因而，在政治上，此时不存在高度统一的国家，也不存在可以完全控制和行使国家权力的国王。因此，在这种封建主义政体下，"国家与国王的统一性权力名存实亡，而只有教会在展示着一个统一的基督教世界的前景，这就是一个接受教皇指导的皇帝统治下的基督教共和国"。[1]在这种情况下，民族与国家的利益受到外族的侵害时，小贵族和平民的利益受到大贵族的侵害时，即使是一个正义的国王也难以通过国家的力量去加以维护。而教会和教皇倒可以通过宗教的力量控制世俗王权，因而，在基督教势力强盛的封建主义时代，教会和上帝的力量在某种意义上胜于世俗政权。这正如美国历史学家伯恩斯和拉尔夫曾说的那样：

> 专制主义时代的重要性并不仅仅在于专制君主制的建立。它对国际关系所产生的影响具有更重要的意义。现代国家制度是在这个时代产生的。大约在罗马灭亡后将近一千年的时期里，现代意义的国家在拜占庭以西的欧洲几乎并不存在。诚然，英、法两国有着国王，但是

---

[1] 李秋零、田薇：《神光沐浴下的文化再生》，第196页。

接近中世纪末，他们和臣民的关系本质上仍然是领主和附庸的关系。他们享有所有权（dominium），但没有统治权。换句话说，他们对于组成他们采邑的土地有着最高的所有权；他们不一定对那些生活在他们土地上的人们有着最高的政治权威……在另外的意义上说，他们并不是统治者：他们并没有摆脱外来的控制。在理论上他们隶属于被认为西方基督教世界具有普遍的世俗权威的神圣罗马帝国。更重要的是他们是要对他们个人的行为负责；甚至他和他的臣民对教皇的精神权威的关系，也要由他负责。举例说来，教皇英诺森三世利用停止法国教权的手段，强迫法国的腓力·奥古斯都接回被他抛弃的妻子。同一个教皇强迫英国的约翰王承认英格兰和爱尔兰为教皇的采邑。[1]

王权只能隶属于教皇，这说明王权在上帝统治下的基督世界里的软弱性，说明了国家政权在教会势力面前的软弱性，也说明了国家意识、政治意识在宗教意识面前的软弱性。

西方有句名言：上帝做上帝的事，凯撒做凯撒的事。对这句名言可以有多种理解。笔者认为，它在一种层面上说明了经验世界与超验世界、信仰与理性之间的差异性。当人们都把拯救人类的希望寄托于上帝，把人生的希望寄托于彼岸世界时，他们自然就无心苦苦经营现世的社会，自然缺乏强烈的政治意识和国家意识。既然上帝已为包括国王在内的人们安排好了一切，那么，国王权力的大小也不过是国王个人的事，于世人无多大关系。因此，中世纪封建主义体制下人们对世俗王权的忽视、国家意识与政治意识的淡薄，实质上是人的主体意识、自我意识淡薄的一种表现，说明这是人依赖上帝而存在的时代。正是在这种意义上，专制主义、王权崇拜必须在人的自我意识进一步觉醒的时代才有可能出现，而且这将是一种历史的进步。

君主专制制度的兴起无疑有经济的、政治的、社会历史等复杂的原因，但从文化人类学的角度看，显然与人的自我认识的深化直接相关。从这种意义上看，重视王权，是人重视自我、人依赖自我的开始。欧洲君主专制制度是中世纪后期和文艺复兴时期开始逐步出现的，这恰恰是上帝的信仰开始动摇，基督教蒙在人身上的纱幕渐渐消退，人对自我的认识日渐清晰的时期。法国于

---

[1] 爱德华·伯恩斯等：《世界文明史》（第二卷），第292页。

11世纪初至15世纪中叶发展为一个民族君主制度国家。这时，杰出的国王有腓力·奥古斯都（1165—1223）、路易九世（1214—1270）和腓力四世（1268—1314）。英国君主制度的发展则从1066年征服者威廉的统治逐步开始，以后还有杰出的国王亨利二世（1133—1189）、亨利三世（1207—1272）、爱德华一世（1239—1307）、亨利七世（1457—1509）。英、法两个典型的封建国家，相继在"百年战争"和"玫瑰战争"前后（15世纪后半期）形成较稳固的君主专制制度。但是，这种制度的黄金时期则在文艺复兴之后的17世纪。

17世纪，在经历了文艺复兴的"解放"与"混乱"的冲击之后，人性狂欢的宴席已散，国家权威、国王的权力在普遍企求稳定、和平和秩序的欧洲人看来显得格外重要。这是一个"秩序和安全被认为比自由更重要的时代"。[1]谁能给人们一个有序而安全的现实社会呢？既然上帝无法解决尘世间人的许多问题，如若有一个能给人们带来当下的稳定与安全的来自此岸世界的"肉身的上帝"，那也是人们求之不得的事。

君主专制政体的一个突出特点是，国王作为一个民族与国家的代表，他享有绝对的权威，与过去的上帝相比，这种权威本身就是神圣的。因此，君主专制是一种高度集中的中央集权制度，是建立在牺牲个体民主自由基础上的政治制度。然而，正是这样一种专制制度，在欧洲历史上却有其特定的积极意义，并在特定的时期普遍地为民众所接受和拥护，这是因为它适应了特定时期人的生存与发展的需要。第一，在16、17世纪，王权作为民族的象征，在宗教改革运动中，为反对罗马教会的控制，保护民族的利益起了重要作用。第二，王权的强化、国家的统一，打破了封建领主之间割据分争的局面，为市民社会的工商业活动提供了方便。第三，王权的强化，为市民阶层同封建领主的斗争提供了支持，从而也得到了市民阶层的普遍拥护。第四，随着市民社会的壮大和商业市场的扩大，西欧各国展开了利益争夺，特别是新大陆发现之后，海上竞争更趋激烈，因之，王权的强化有助于国家与民族立于不败之地，社会各阶层也希望王权成为国家的轴心。可见，在一切都得依靠人自己去拯救的情况下，同样也是人的欲望既已被解放出来，上帝又奈何不了它的情况下，有一个高度权威的王权和国家制度去约束和规范，无论对于一个民族与国家还是其中的一个生命个体的生存与发展，均是十分必要的。在英国，15世纪末都铎王朝的第一

1　爱德华·伯恩斯等：《世界文明史》（第二卷），第291页。

个国王亨利七世建立第一个真正的专制政府时,"许多公民欢迎建立专制君主制度来代替无政府状态。中产阶级尤其希望得到一个统一的政府的保护"。[1]在法国,17世纪初路易十三统治下的专制政体,使法国成了欧洲的主要强国。路易十四则比当时任何别的君主更完善地体现了专制主义理想。"他认为国家的福利与他的个性密切相关……他用太阳作为他的官方纹章来表示他的信念,他认为犹如繁星从真正的太阳取得光辉和力量,法国从他身上汲取了光辉和力量。他亲自监督每个部门的工作,把大臣们看作只是服从他的命令的办事人员。总之,他遵循亨利四世和黎塞留的政策,在损害地方官吏利益的情况下巩固国家的权力,并且把贵族变成寄生虫。"[2]他的统治是专制的,但同时也是卓有成效和深受民众拥护的。

正是像亨利七世、路易十三、路易十四这样的专制君王,在上帝远离人间事务之际,承担起了拯救人类、造福民众的大业,给社会以理性与规范,给失去上帝之依托的人增添了一份安全感,人们在精神心理上将他们尊之为"人间的上帝"或"肉身的上帝"。因此,君主专制制度在17世纪普遍被接受和"王权崇拜"现象的存在,是有其文化—心理原因的。"王权崇拜"现象表明了在17世纪的西欧,人们已由中世纪时的对宗教理性的追求转向了对政治理性的追求,由对超现实世界的追求转向了对尘世现实世界的追求,由对上帝的依赖开始向对人自身的依赖过渡。

三、"王权崇拜"的人性依据

"王权崇拜"现象的形成,人由对上帝的依赖向对人自己的依赖的转换,无疑有政治、经济、社会、文化、宗教等多种原因,同时还有人性的原因,也即人自身的原因。

如前所述,在漫长的中世纪,君主在名义上是国家首脑,代表整个封建等级制度的最上层,但实际上却只能在自己直辖的领地行使主权,而名义上隶属于君主的贵族实际上都是独立的,君主不仅无权干预他们领地内的事物,而且还不断地遭到他们的反叛,所以在君主与贵族之间进行着连绵的战争。不仅如

---

[1] 爱德华·伯恩斯等:《世界文明史》(第二卷),第259、274页。
[2] 爱德华·伯恩斯等:《世界文明史》(第二卷),第259、274页。

此，君主实际上还受到教会的制约，而教皇则既统驭世俗领袖又管辖着教会的僧侣。"君权神授"和"政教合一"论是世俗国王必须服从教会和教皇的确凿的理论依据，从而使国家和国王的世俗统治成了教皇和教会的统治，而归根结蒂又是神对人的统治，而非人对人的统治。"根据封建的理论，任何统治者（即国王）没有权力制定法律，法律是习俗的和上帝的意志的产物。"而封建政府"被认为是法律统治的政府，不是人统治的政府"。"统治者必须按照人的法律和神的法律公正地进行统治。""任何统治者，无论地位多高，无权随心所欲地把个人的意志强加于他的臣民。"[1]这里，"人的法律"和"习俗的法律"无非就是一些封建等级礼俗，诸如君王无权干预领主的管辖范围之类，实际是对王权的一种限制，对王权的架空。而"神的法律"和"上帝的意志"也即教会与教皇的意志，国王尤其必须遵从。在这双重"法律"束缚下，国王行使王权时无法体现他个人的意志，这在今天看来或许是一种限制专制的"民主"手段，而在当时实则是"人"在政治领域的丧失，"人"在现世事务管理中主体意识的缺失。

在专制君主制形成的过程中，国王和国家奋力要摆脱的，除了大贵族势力之外，就是教会与教皇的势力。王权和国家势力强化的过程，就是国王个人意志强化的过程，实质上也可以说是"人"的意志的强化的过程。因此，君主专制的产生与强盛，"王权崇拜"的形成，是政治的人化或人化政治的发展过程。

理论家们通常都认为，在中世纪，"国家是上帝为纠正人类的罪恶而创造出来的"。"整个西欧应该成为在一个最高统治者领导下的统一的国家。在欧洲大陆的各地区可以有许多从属的国王和亲王，但只能有一个最高统治者行使最高司法权；他不是教皇就是神圣罗马帝国皇帝。"[2]到了中世纪晚期和文艺复兴时期，随着"人"的觉醒，人们的政治主体性增强，开始关注世俗王权的权威性和国家权威的重要性的问题。"14世纪欧洲民族国家的兴起，专制王权开始形成，一批维护君主权力的政治思想家开始试图论证国家王权的合理性与合法性。他们站在世俗统治者的立场上，积极主张改革教会或削弱教会的世俗统治权，捍卫国家利益，对教皇既驾驭世俗领袖又管辖教士的理论提出挑

---

1 爱德华·伯恩斯等：《世界文明史》（第二卷），第10页。
2 Myers, P. *The Middle Ages*. Boston: General Books, 1922, p.61.

战。"[1]但丁首先提出了王权独立、政教分离的政治主张。他在《论帝制》中指出，帝国统治的权力并非来自教会，而是来自社会秩序需要政府的自然律，自然律来自上帝的旨意。因此，皇权与教权都来自上帝，不应该互相干预对方的职权范围。但丁没有从人的角度去论证王权独立的合理性，而是从王权与教权均都体现上帝意志的角度，论证王权独立于神权，从而使世俗王权赋有独立性与神圣性，这实际上标志着王权人性化的开始。

  文艺复兴时期，世俗政治权威进一步摆脱宗教制约朝人性化的方向发展。在意大利，"像米兰、佛罗伦萨和威尼斯的一些国家统治者，否定国家的存在是为了宗教的目的。他们的国家是世俗性的。他们强调公民的责任、忠诚和关心公共福利。他们发展了一个强烈的信念，即国家的目的是为了促进它本身的利益"。[2]所谓国家的"本身的利益"也即人自己的利益。意大利的尼科洛·马基雅弗利（1469—1527）是文艺复兴时期最著名的政治哲学家，"没有任何一个人像他那样地推翻中世纪基本的政治观念、有限君主政府和政治的伦理基础。他第一个想象出国家的现代形式，认为它应该是一个完整主权和彻底独立的单位。"[3]他在《论李维》中提出了"宗教从属于国家利益"的观点。特别值得我们注意和重视的是，他的代表作《君主论》直接地从人性的角度论证国家与王权，把人性作为自己政治学说的理论基础。马基雅弗利是一位"尚实的政治理论家"，[4]他认为，作为君主，政治家必须把人性作为考察社会政治问题的出发点。他指出，国家得以产生，不是神的意志，也不是道德所至，而是根源于人性的邪恶。他认为人类最初和动物一样无组织、无国家，但由于人是自私的，总是在追求权力和财富的欲望中展开互相的争斗。为了防止这种争斗发展为无限制的互相残杀，维持正常的生活秩序，人们就自愿地联合起来，选举最勇敢的人担任领袖，并颁布约束邪恶的法律和刑罚，国家就产生了。所以，国家是由于人自己的需要而产生的，是由人的意志建立的，而不是神的意志。由此，马基雅弗利又强调，王权不但要高度集中，而且要有铁石心肠、善用手腕的人来担任国王，即"同时有狐狸和狮子的秉性"。在他看来，"人

---

1 李秋零、田薇：《神光沐浴下的文化再生》，第330页。
2 爱德华·伯恩斯等：《世界文明史》（第二卷），第125页。
3 爱德华·伯恩斯等：《世界文明史》（第二卷），第141页。
4 爱德华·伯恩斯等：《世界文明史》（第二卷），第142页。

类社会有两种争斗的途径。一种是通过法律手段，另一种是通过武力手段。前一种手段属于人类特有的方法，而后一种则是动物所有的方法。然而，对人类来说，由于前一种手段常常还解决不了人类的纷争问题，于是后一种手段就成为必要，所以，国王必须学会如何运用动物以及人类所特有的手段进行统治"。[1]由此，马基雅弗利认为，为了维护国家权力和安全，国王可以不择手段。马基雅弗利所揭示的人性恶，虽然并不完全具有真理性，但他从现实的人出发论述国家和国王的权威，揭示了国家与王权的人本属性，完成了政治理论上从神性到人性的重大转变，为君主专制的强盛提供了理论基础。

到了17世纪君主专制体制达到顶峰时期，理论家在系统而有说服力的理论著作中进一步阐述了君主专制思想，而且，当时的斯图亚特和波旁国王从这些理论著作中找到了自己所需的政策依据。对君主专制政府有极大鼓励作用的是英国人托马斯·霍布斯（1588—1679），他将国家主权学说发展到了顶峰，犹如法国的路易十四把君主专制政府发展到了顶峰。和马基雅弗利一样，他也从人性角度阐发自己的学说。他认为，人对人就像狼一样，没有友爱，没有公心，只有争夺和凶狠。人都在算计他们的邻居。同时，每个个体的人的生命是"孤独、穷困、卑鄙、粗野和短促的"，因此，为使每个个体不和全体作战，人们结成了群体，组成了文明社会，也即国家，并且各人都把自己的权利交给国家保存，国家也有了主权。因之，国王的权力应该是至高无上的，所有的国民都是臣民，都必须绝对服从国王。"人民放弃一切，为的是谋求安全这一最大的幸福。""国王有权实行专制统治——并不是因为上帝委派了他，而是人民给了他专制权力。"[2]

从文艺复兴君主专制理论到17世纪霍布斯的国家王权说，以及这一时期内君主制的政治实践，虽然都是当时特定历史条件下的思想产物和政治产物，都有其明显的历史局限性，但这种政治思想和政治制度一旦形成，特别是像法国路易十三、路易十四时期的专制政府给法兰西带来了持久的秩序与稳定，使法兰西成了当时欧洲最强盛的国家，证明了国家主权论的正确性，这就不可避免地助长了王权崇拜心理。并且演化为新的君权神授论。如前所述，几乎所有关于君主专制的理论，都力图论证王权对于神权的独立性，世俗的国王们也

---

[1] Machiavelli, N. *The Prince*. Chicago: Chicago University Press, 1985, p.63—64.
[2] 爱德华·伯恩斯等：《世界文明史》（第二卷），第291页。

为摆脱教会与教皇的控制作了不懈的努力，因而都是对"君权神授"论的极力排斥。像霍布斯这样的理论家，完全是从人性的、世俗的学理去阐发国王权力和地位的至高无上的。但是，政治实践过程中，王室和保皇势力为了给王权更为绝对的、至上的权威性与神圣性，便在国王头上加上一顶神圣的光环，认为王权来源于上帝，也即是上帝安排了世俗国王拥有至高无上的权力，而不是民众给予的，也不是教会和教皇给予的。这里的君权神授与中世纪的教会所说的"君权神授"是两码事。后者是要证明神权高于王权，上帝高于人，是神向人的下滑；而后者是借上帝来提高或强化王权，王权是完全独立于神权的，因此是人向神的提升，国王仍是人间的国王，或者说是"人间的上帝"、"肉身的上帝"。

这种社会思潮一方面助长了君主专制无限膨胀——其实也促使这种制度由极盛走向了极端的衰亡；另一方面又进一步助长了"王权崇拜"心理的扩大——其实这也同样在助长君主专制兴盛的同时将它推向了极端、推向了死亡的边缘。法国的波旁王朝就是典型的代表。"由于国王头上罩有神圣的火圈，与上帝同义，更由于人们将国王的权力视为自己的主权的让渡，所以他们并不认为王权的强大对自由构成什么伤害，反而认为是自由的保障，因而他们也像热爱自由一样地崇拜王权。"[1] "17世纪的法国人与其说是服从国王，不如说是服从王权；他们服从国王不是因为他们认为国王强大，而是因为他们相信国王仁慈合法……他们对服从有一种自由的爱好。"[2]这种王权崇拜心理也伴随着君主制的鼎盛，在路易十四时代达到了顶峰。当时，上至贵族大臣，下至平民乃至乡村农民，对"太阳王"路易十四都是顶礼膜拜的。

这种"王权崇拜"其实是将人神化，是公民个体性的丧失。但联系当时特定的时代，这被神化的毕竟是人自己，是人对自我拯救的一种乐观与自信，虽然其中不无盲目性，不过这种盲目又毕竟是对人自己的盲目，而非中世纪那样对神的盲目与麻木。因此，"王权崇拜"和君主专制是有人性依据的，是人性在政治领域的投射。

---

1 Allen, J. W. *History of Political Thought in the Sixteenth*. New York: Routledge, 1928, p.260.
2 Sabine, G. H. *A History of Political Theory*. New York: Thomson learning, 1961, p.114.

第二节
君主专制与古典主义文学的人性内涵

古典主义文学是17世纪欧洲君主专制社会的产物。法国是君主专制最典型也是最辉煌的国家,古典主义文学也在这个国家产生并达到高峰。君主专制使欧洲特别是法国社会走向了高度的集中、统一和理性的状态,法国成了当时欧洲文明的中心、社会稳定的基础。这种专制权势的威慑力借助"王权崇拜"的社会心理土壤,渗透到了精神文化的各个细胞,无论是文学还是艺术,无不烙上了专制政治的深深印记。"王权专制与文化艺术和文学交互影响。在法国,至上的统治者路易十四鼓励艺术家们把才能运用于展示王权的威力与伟大,从而也带来了文化艺术创作的繁荣。"[1]可以说,这种特有的政治体制和精神文化环境造就了特定的文学艺术,最典型的就是古典主义文学。

一、古典主义文学与人文主义文学之人学蕴含的区别与延伸

古典主义(Classism),顾名思义即崇尚古典,这"古典"指的是古希腊、古罗马,主要是古罗马。在"崇古"这一点上,与文艺复兴相仿,故古典主义又是人文主义在17世纪的延续。然而,古典主义文学对古代的崇尚与文艺复兴人文主义文学对古代的崇尚,除了前者侧重古罗马,后者侧重古希腊的差异之外,还有更实质性的区别:对"人"的理解上的区别。

虽然我们通常都把古希腊—罗马文学视为同一文化板块并相提并论,但是,当我们在承认了古罗马文学的基本精神是对古希腊的一种承继与延续这一事实后,实际上并不难发现古希腊文学艺术与古罗马文学艺术原本在文化品格、人文属性上也存在着差异。古希腊文学体现的是一种原欲型文化,表现了古希腊人崇尚个体生命价值的实现、追求自然欲望的满足和现世欢乐的民族性格与价值观念。这种个体本位的价值观虽然深深影响了被称为古希腊文学之"翻版"的古罗马文学,但是古罗马特有的民族性格也改造着具有很强渗透力的古希腊文化与文学。对此,我国学者徐葆耕先生有一段十分精辟的论述:

---

[1] Mckay, J. P., B. D. Hill and J. Buckler. *A History of Western Society*. Volume Ⅱ, Boston: Bedford Books, 1987, p.561.

古罗马是一个耕牧民族，具有上古农民与牧民的勤劳、勇敢、粗鄙和愚昧的性格特点，他们凭借自己的军事技术和社会团结力创造了横跨欧、亚、非三大洲的罗马大帝国。武力与政治上的辉煌业绩，严格的法律，集权的政治，牺牲与实践精神，对社会与国家之完美的追求，都不意味着文化上的繁荣，他们在征服了希腊后，却在文化上为被征服者所征服，成了希腊文化的直接继承者。希腊诸神几乎成了罗马神，但却大都改了名字。罗马人把自己视为特洛伊后裔，在维吉尔的史诗《伊尼德》中，渗透着一种与古希腊迥异的责任战胜爱情（也即欲望）的主题。对于力的崇拜，溶化成对武功显赫的帝王的崇拜（如凯撒大帝）和"霸道"意识，使古罗马文学具有一种比古希腊文学更庄严、崇高的气质。[1]

在这段文字中，徐葆耕认为"武力与政治上的辉煌业绩"，"对社会与国家之完美的追求"等，"都不意味着文化上的繁荣"，这一观点是值得商榷的，因为这一切也完全可以说是古罗马人的文化业绩，而且对后来的西方社会产生了深远影响。但是，徐葆耕对古罗马民族的性格，以及这种性格渗透了古罗马文学之后显现出的与古希腊文学之差别的分析，是相当准确的。由于民族性格的差异性，因此古罗马文学在淡化了古希腊文学的那种原欲意识和个体本位意识之后，又强化和凸显了王权意识、国家观念和政治热情。认清这种差别是很有必要的。

　　当我们暂时把既往对专制政治所抱的陈见放在一边，而看到它在特定历史时期所具有的进步性时，我们可以说，文艺复兴运动与16、17世纪的专制主义思潮都有思想解放的意义，它们都是与教会和神权统治相对抗的。如果说，文艺复兴运动主要在文化领域之内的话，那么，专制主义主要在政治领域之内。文化领域的反神权斗争也引发着政治领域的反神权斗争，因此，专制主义的政治社会思潮实质上也可以说是文艺复兴以人权反神权的思想文化运动在17世纪欧洲政治领域的延续，或者说是文艺复兴运动在17世纪西欧的政治领域结出的果实。也许正因为这一原因，文艺复兴人文主义文学和17世纪古典主义文学都把眼光投向了古代。但是，毕竟由于各自的目标与宗旨不同，因而各自在古希

1　徐葆耕：《西方文学：心灵的历史》，第41页。

腊与古罗马的选择上存在着差异。

　　文艺复兴作为一次思想文化解放运动，反教会的焦点是宗教禁欲主义，主要从个体生命存在的价值意义以及人的生活原则的角度反对宗教与教会的非人道性，具有强烈的个性主义色彩。文艺复兴所解放的"人"，主要是个体和感性（自然欲望）意义上的人。像莎士比亚这样的作家，他在肯定感性欲望意义的"人"的合理性的同时，仍然从宗教的道德理性中汲取合理成分，以丰富"人"的内涵；他所要探讨与解决的依然是人的世俗生活的原则与意义问题。所以，文艺复兴人文主义文学，尤其是早期的人文主义文学，主要肯定与接纳的是个性主义的古希腊文学和艺术，以这种文学艺术中那充满着原欲和自我扩展意识的艺术形象和人文意识对抗教会的禁欲主义，表达出人文主义者的生活理想和道德伦理原则，较少探讨政治制度的问题。莎士比亚的历史剧也不过是从理想的和现实生活的角度探讨仁慈的君王更好还是枭雄式的君王更好的问题，仍限于道德理想的范畴而未深入到政治理性、政治制度的范畴。显然，文艺复兴人文主义作家在政治理念上通常都不是"巨人"而是"矮子"。

　　与之相反，17世纪古典主义文学对"古典"的崇尚，倾向于古罗马，尤其是那体现罗马民族性格的国家、集权理念，并且热衷于表现政治意识。当我们把专制主义看成是文艺复兴运动在17世纪的政治领域的延伸、延续，或在政治领域里结出的另一果实时，我们就不难认识并理解作为专制主义之产物的古典主义文学，在侧重于崇尚古罗马文化与文学这一问题上的政治合理性与人性合理性。"法国的古典主义者对古罗马的崇拜其实是有着感情原因的。""他们把古罗马视为自己的祖先，而罗马帝国则是民族史上最大的骄傲。这种民族自豪感使他们那些以古代英雄故事为题材的悲剧获得了优美崇高的生命。"[1]这种"情感原因"无疑也是一种人性的联系，但这还只是浅层次的、非本质的。深层次的、实质性的原因是，古罗马在政治、国家、集权政府的创建方面的辉煌业绩，古罗马文化与文学中的那种强烈的王权意识、国家观念和政治热情，正好切合17世纪西欧专制君主强化专制政府的需要，也投合了"王权崇拜"时期广大民众对国家统一、民族强盛的心理期待。因此，作为专制主义产物的古典主义文学，以及那些能够为英明的国王和伟大的国家而献才献艺的文学艺术家，很自然地就把眼光投向了古罗马。即使他们描写的题材来自古希腊，也

1　徐葆耕：《西方文学：心灵的历史》，第156页。

以古罗马式的眼光，或者以能表现强烈的王权意识、国家观念和政治热情为目的，选取那些崇高而富有理性品格的英雄人物，并且把他们写成如布瓦洛所说的"论勇武天下无敌，论道德众美兼赅；纵然是在弱点上也显示出英雄气概"，他们一个个都是"伟大得像凯撒、亚历山大或路易"。[1]总之，即使来自古希腊的人物，也是具有罗马式性格的人。古典主义文学就是通过对古罗马或古罗马式风格与秉性的人物与题材的描写，通过对勇武、英明的王公贵族的歌颂，表达了一个时代、一个民族的人的政治热情与政治理性——而非宗教热情与宗教理性；这在更深层次上是表达了人对自我力量的肯定与颂扬——而非对神的歌颂。因此，如果说文艺复兴人文主义文学所肯定与颂扬的主要是自然欲望意义上的"人"的话，那么，古典主义文学所肯定与颂扬的主要是理性意义上的"人"。这里，"政治"无疑是"理性"的代名词，因而这个"理性"也就是政治理性，它也是作为"理性的动物"的人所特有的一种本性。正如亚里士多德说的"人是政治的动物"。从这个意义上讲，古典主义文学不是通过对古罗马的崇尚，歌颂了从神权束缚中解放出来的"人"自己吗？这不是对人文主义文学之"人"的解放主题的一种延伸吗？这不是从另一条道路、另一种意义上延续了文艺复兴运动吗？

二、公民义务、政治理性及人性缺失

从崇尚古典、表现政治主题的基点出发，古典主义文学往往以英勇非凡的王公贵族为主人公，特别注重描写气吞山河、感情与情节大起大落的重大英雄题材。英雄人物之伟大与崇高，主要就在于能够克制强烈的个人私欲而服从国王或国家的意志，承担起责任与义务。所以，主人公的内心冲突通常是在强烈的个人情感、欲望与家族的责任和国家义务之间展开，从而表现感情服从责任、个人欲望服从公民义务的主题，把国王与国家置于至上的位置。古典主义悲剧创始人、悲剧理论家高乃依（1606—1684）在《诗剧艺术论》中指出："悲剧的庄严，要求诗人描写一些重要的国家利益，一些比爱情更崇高更有男儿气概的激情，譬如，雄心壮志或血海深仇，使我们看到比情人之死更重大的

---

[1] 转引自柳鸣九、郑克鲁、张英伦：《法国文学史》（上），人民文学出版社1979年版，第180页。

不幸。""在悲剧中使用一点爱情是可以的,因为爱情往往有影响力,而且可以作为我所说的国家利益和重大激情的基础。但爱情必须属于次要地位,把首要地位让给它们。"[1]他的悲剧代表作《熙德》就很典型地表现了此种矛盾冲突。剧中罗德里克和施曼娜倾心相爱,但他们的父亲又互相结有深深的怨仇,因而他们各有为父复仇的家庭责任。于是,男女主人公在爱情与履行为父报仇的责任之间展开了内心冲突。罗德里克在被迫为父报仇而要去找情人的父亲决斗时,内心充满着强烈的感情与责任的矛盾冲突:

> 要成全爱情就得牺牲我的荣誉,
> 要替父亲复仇,就得放弃我的爱人。
> 一方面是高尚而严厉的责任,
> 一方面是可爱而专横的爱情!
> 复仇会引起她的怨恨和愤怒,
> 不复仇会引起她的蔑视。
> 复仇会失去我最甜蜜的希望,
> 不复仇会使我不配爱她。

罗德里克的痛苦就来自这种由感情与责任造成的行动与不行动之间的矛盾,这是一种永远找不出圆满结果的悖谬式双重否定。但罗德里克还是在让荣誉和责任战胜了爱情之后,杀死了施曼娜的父亲。后来,他还打败了入侵的敌人,为此立功成了"熙德"(英雄),这更激发了施曼娜对他的爱情。但罗德里克却是自己的杀父仇人,出于家庭责任,她必须请求国王将他处死。于是,施曼娜也陷入了同样的矛盾煎熬之中:

> 呀!对一个情人的心灵,
> 这是多么惨酷!
> 我越知道他功劳大,
> 我对他的爱情越有加,
> 但是,我的责任感永远高于一切,
> 无论我的爱情多么浓,

---

[1] 高乃依:《诗剧艺术论》,转引自《西方美学史资料选编》(上卷),第386页。

> 我也要请求判他死刑。

面对永远没有结果的矛盾，只有让拥有至上的和绝对权威的国王来调解，才能跳出悖谬的怪圈。遵照英明的国王的命令，罗德里克因曾经为国立功，可以免除处罚，最后，有情人终成眷属。

拉辛的悲剧《安德洛玛克》同样表现了责任、义务与感情、私欲的矛盾冲突，塑造了深明大义、以国家利益和公民义务为上的安德洛玛克形象。国家利益和公民义务至上是古典主义文学表现的基本内容。

古典主义文学崇尚理性，"理性"近乎是这种文学的代名词。拥有古典主义"立法者"称号的文艺理论家布瓦洛（1636—1711），在被称为古典主义的"艺术法典"的《诗的艺术》中规定了理性是文学创作的基本原则。他要求作家"爱理性吧，愿你的一切文采只凭理性获得价值和光芒"。[1]通常认为，17世纪是自然科学快速发展，科学理性盛行的时代，古典主义的"理性"与自然科学相联系，它直接来源于笛卡尔的"我思故我在"式的理性思想。其实，这样的理解是不够准确的。布瓦洛所讲的"理性"，"既有别于笛卡尔所指的作为科学推理的'理性'，更不是后来18世纪启蒙运动中作为资产阶级悟性的'理性'，而是君主专制政治所要求的道德规范"。[2]也即笔者所要说的"政治理性"。

18、19世纪是真正的理性主义时代。此时，自然科学的成就唤起了人们认识与改造社会的乐观情绪，科学主义（科学理性）渗透到了人文社会科学的各个领域，文学家也以科学理论、科学理性为工具进行创作，企图达到研究人和社会的目的。自然科学的成就鼓舞着他们立足现实、研究现实并面向未来（当然，浪漫主义作为具有反理性色彩的文学则是一种例外，本书在后面章节中另述）。17世纪专制主义时代的欧洲人，特别是那些王公贵族们，对自然科学之社会作用是认识不足的，因而也不太感兴趣。他们更多地沉湎于对古人的缅怀与崇拜之中，他们追怀着辉煌的古罗马时代。受牛顿等自然科学家以及笛卡尔的理性哲学的启发，人们认识到，既然自然世界是有规律有规则的，那么，由人组成的社会也应该是有秩序的。因此，自然科学也在一定程度上鼓舞着人们去建立统一、有序、集中的民族国家，而这与"王权崇拜"和专制主义思潮达

1　布瓦洛：《诗的艺术》，朱光潜译，人民文学出版社1959年版，第140页。
2　柳鸣九、郑克鲁、张英伦：《法国文学史》（中），第180页。

成默契。然而，自然科学对社会领域仅是一种比拟性的启迪，而非科学理性对政治思维、人文社会科学思维的一种弥漫性渗透。专制主义的政治理想和社会理想，也不过是古罗马模式而已。因此，17世纪在本质上是一个崇尚古典的时代，是文艺复兴思维方式和价值理想延伸与延续的时代。

与之相应，古典主义文学本身就是古希腊—罗马文化血脉的延续，它所崇尚的理性原则，主要的不仅不是当下的自然科学理性，而且主要也不是笛卡尔的理性原则（但我国学界通常都认为笛卡尔哲学是古典主义的哲学基础）。事实上笛卡尔是反对崇尚古代的，这倒更符合他作为自然科学哲学家的思想观念。"笛卡尔早就提出人类不断进步，反对崇拜古人的观点。他认为：'不应因古人之古而向他们屈膝：还不如说我们应被称为古人。世界今天比过去更古老，我们对事物有更多的经验。'"[1]在基本的价值观念上，笛卡尔与古典主义不一致。古典主义的文学理论和创作原则主要来自布瓦洛的理性，所以布瓦洛才被称为古典主义文学的"立法者"。但是，布瓦洛是一个古希腊—罗马文学的崇尚者，他的代表作《诗的艺术》虽然也受过笛卡尔哲学的影响，但它的基本思想是古典式的，它的直接思想来源是亚里士多德的《诗学》，尤其是古罗马诗人贺拉斯的《诗艺》。《诗艺》和《诗的艺术》，两个书名都十分相似。《诗的艺术》关于悲剧体裁的高雅风格、悲剧人物的悲壮与崇高、悲剧的"三一律"规则等，都来源于亚里士多德的《诗学》、贺拉斯的《诗艺》、朗吉弩斯的《论崇高》等著作。布瓦洛说"自己的成就都要归功于对古典的学习"。[2]而且我们还应看到，布瓦洛生活在古典主义悲剧代表性作家高乃依和拉辛之后，他的《诗的艺术》（1674）也是在《熙德》（1636）、《安德洛玛克》（1667）这样的古典主义悲剧代表作之后才写成的，因此，他的理论在很大程度上是悲剧创作的一种总结。其实，古典主义悲剧的奠基人、理论家高乃依的创作实践以及理论建树对古典主义的实际影响是很大的。他的代表作《熙德》于1636年上演时，笛卡尔的《方法论》（1637）还没有出版，他无从吸取笛卡尔唯理哲学的思想。他的古典主义悲剧论文《论悲剧》和《论三一律》在布瓦洛之前就对古典主义悲剧作了详尽系统的论述。而且，他的"理性"观点的直接来源是古希腊古罗马，特别是亚里士多德和贺拉斯。"在布瓦洛的

---

1 柳鸣九、郑克鲁、张英伦：《法国文学史》（中），第262页。
2 《朱光潜全集》（6），安徽教育出版社1990年版，第215页。

《诗艺》（即《诗的艺术》）里，在高乃依的《戏剧》（即《论悲剧》）里以及这时代其他文学理论著作里，我们不断地看到亚里士多德和贺拉斯的老话的复述。"[1]例如，高乃依的悲剧功用说"与亚里士多德的悲剧功用说有相同之处"；[2]他对亚里士多德的关于"四种悲剧说"以及关于悲剧题材问题"三一律问题"、"怜悯"、"恐惧"和"净化"等问题在继承的基础上有了发展，可以说，古典主义悲剧的基本问题，高乃依都已有所论述，这种影响无疑早于布瓦洛。所有这些都说明，古典主义固然不能说没有受自然科学和理性哲学的影响，但它崇尚的主要是古典文化与文学，它的文化内质是古罗马式的。它的"理性"原则在本质上是一种政治理念，我们称之为"政治理性"。在创作实践中，古典主义作家遵循着这种政治理性原则，塑造了一系列王公贵族和一切服从国王、一切服从国家利益的具有高度理性精神和责任观念的"公民"形象。公民义务与责任是古典主义理性原则——政治理性的集中表现。

在当时的历史条件下，"国家"被认为是民族和公民利益的代表，所以，公民们也不无盲目性地把一切服从国家意志，把一切权力交给国家视作一种"自由"。如霍布斯所说，"人民放弃一切为的是谋求安全这一最大的幸福"。[3]然而，在这专制主义的时代，国家的一切权力又属于至高无上的国王，用路易十四的话说就是"朕即国家"，"如果统治者变成了暴君，人民没有理由抱怨"。[4]因此，"公民义务"看起来是献给国家与民族的，而国家与民族又似乎与公民个体利益联系在一起，但实际上公民对国家与民族的献身完全被国王个人所接纳，国王则是可以随意处置作为个体的公民的，也可以完全按照他个人意志处置国家的生死安危——这是为这种制度所规定了的。因为"君主的权威来自上帝，人民的最高义务是消极地服从"。[5]所以，这种以"公民义务"方式表现出来的高度的政治理性，挤掉了作为个体的公民身上那鲜活的生命之灵性和丰满的主体意识，实质上也就丧失了个体公民的真正的自由。由此，对于个体的生命而言，这种政治理性显然也就与中世纪的宗教理性一样，是对人性的一种抑制，或者说，极端化的政治理性与极端化的宗教理性

---

1 《朱光潜全集》（6），第215页。
2 程孟超：《西方悲剧学说史》，中国人民大学出版社1994年版，第143页。
3 爱德华·伯恩斯等：《世界文明史》（第二卷），第291页。
4 爱德华·伯恩斯等：《世界文明史》（第二卷），第291页。
5 爱德华·伯恩斯等：《世界文明史》（第二卷），第290页。

一样，是对人的理性本质的一种扭曲，是人的理性本质的异化。黑格尔曾说："罗马世界的精神特点是抽象概念和死板法律的统治，是美和爽朗的道德生活的毁灭，作为直接的道德发源地的家庭遭到了轻视，个性一般遭到了牺牲，完全听从国家政权摆布，只能在服从抽象的法律中才能见到冰冷的尊严和知解力方面的满足。"[1]17世纪效法古罗马帝国建立起来的欧洲，特别是法国专制国家，以及古典主义文学中倡导的效法古罗马所表现出来而又较之古罗马帝国有过之而无不及的政治理性，实在是个体的"人"缺失的最好例证。

显然，古典主义文学中让我们看到的"人"，与中世纪文学中依赖上帝而存在的"人"在处境上有相似之处，这就是"王权崇拜"、追寻"肉身上帝"所导致的必然结果。值得庆幸的是，这"肉身的上帝"毕竟是人自己，而不是神，这是一种进步！

第三节
古典主义文学对浪漫主义文学的人文指引

我国学界一直认为古典主义文学是理性的文学，因而与后来的浪漫主义文学相对立。在欧洲文学史上，浪漫主义确实是在与古典主义的激烈斗争后才发展为独立的文艺思潮的。不过，尽管恪守理性原则是古典主义文学的一个基本特征，政治理性也无疑是古典主义文学特别是古典主义悲剧所显示的基本人文内涵，但这并不意味着古典主义文学对自然人性的全面否定和扼杀，也不意味着它与浪漫主义文学的绝然对立，相反，浪漫主义张扬自然人性的人文趋向，是从古典主义文学的母体中滥觞和孕育出来的。

一、古典主义悲剧：政治理性锤炼了自然欲望

布瓦洛是一位惯于从道德善恶的概念出发进行艺术之美丑判断的道德家。他否定爱情的道德意义，认为悲剧性的爱情是恶的象征。他在《诗的艺术》中说：

---
[1] 转引自徐葆耕：《西方文学：心灵的历史》，第41页。

> 须知英雄之爱常自恨不能解除，
> 因此爱不是美质，要把它写成短处。[1]
> ……
> 然而，我也并不像老道那么古板，
> 要从一切雅言里阉割掉恋爱美谈，
> 这样丰富的藻饰、舞台一概摒除，
> 连罗德里克、施曼娜也被诋为传播毒素。
> 最不正当的爱情经过雅洁的描写，
> 也不会在人心里引起欲念的奸邪。
> 狄多尽可以啼泣，卖弄她的风姿，
> 我一面寄予同情，一面还责她过失。[2]

布瓦洛不主张在悲剧中描写爱情，因为那是有伤风化的恶德败行。即使要写，也只能起一种"点缀"或"藻饰"的作用，而且必须经过净化。看来，布瓦洛尽管将爱情视为丑恶的东西并在悲剧中加以限制，但又与英雄们一样"常自恨不能解除"，说明他也觉得爱欲这种东西在客观上是存在的，而且即使加以限制，也无法将其"解除"，因而只能让其有限制地存在，有限制地在悲剧中加以描写。

高乃依总是把理性与爱欲的悲剧性冲突作为剧情的基础。在他看来，"在悲剧中使用一点爱情是可以的，因为爱情有影响力，而且可以作为我所说的国家利益和重大激情的基础。但爱情必须居于次要地位，把首要地位让给国家利益"。[3]高乃依虽然对自然爱欲不无贬抑，但他将它视为悲剧描写中不可或缺的一面。他从辩证的二元对立的角度看待理性与情感，要表现英雄人物高度的理性，就必须让理性与情感展开尖锐的冲突，通过冲突让理性战胜情感，从而展现气吞山河的英雄气概，展现英雄们献身国家的"重大爱情"。因此，表现"能够引起强烈的情欲，并表现出心灵中情欲的冲动（情感）与天职的法则或良知（理性）的要求形成对立的题材，乃是悲剧的基本特征"。而且，那种"激情与天性之间，或者责任与爱情之间的战斗占据着戏剧诗的最好的部

---

[1] 布瓦洛：《诗的艺术》，第101—102行。
[2] 布瓦洛：《诗的艺术》，第97—104行。
[3] 高乃依：《论悲剧》，转引自《西方美学史资料选编》（上卷），第385页。

分"。[1] 可以说，把理智尊为对狂热之辈的顶有力的武器，把情欲及其与理智的冲突作为表现理智和获得戏剧效果的基本工具，是古典主义悲剧的一个共同创作原则。高乃依、拉辛创作的悲剧，无不体现着这一原则。

这一原则显然是古典主义作家和理论家们从体现"政治理性"的高度制定出来的，其中，对人的情感与自然欲望在自觉或不自觉中是抱有偏见的。但是，恰恰是这种带有偏见的、高度政治化的创作，在肯定了公民义务和责任观念，表现了政治理性的同时，又使受到严厉挤压中的人的自然情欲通过与理性的激烈争斗焕发出强劲的生命活力。与古典主义规范把理性视为首位相反，就艺术本身而言，因其在本质上是"自然之子"，表现人的自然情感与欲望恰恰成了美感之源、生命之本。高乃依的《熙德》最终虽然让公民义务战胜了自然情感，而且为了达到这种目的，让国王来调和理性与情感之间的矛盾，而不表现情感原本有可能战胜理性（如美狄亚追随伊阿宋而背叛国家和父亲），我们姑且不说这种处理是否太牵强附会，但男女主人公的强烈的情感，他们对爱情的执着，也在理性之炉火的烧烤下变得坚不可摧，情感的火焰燃烧得炽热而纯青。这个剧本，离开了男女主人公的这种透入肺腑的理智与情感的矛盾冲突，也就不可能有动人的戏剧冲突，于是也就丧失了扣人心弦的艺术魅力。

由此可见，对自然人性的描写，依然是古典主义悲剧的基本内容，而且是这一艺术形式之生命力的真正所在。古典主义悲剧尽管由于专制政治的原因，把理性强调到了无以复加的地位，但艺术自身的规律使它依然有赖于在发掘自然人性中得以生存并成为欧洲文学史上一种特殊的文学形式；古典主义悲剧中那不断抵御理性强权的自然情感，无形中表达着人对自由情感的企求与盼望，与此后浪漫主义文学中炽烈的情感，构成了两种不同文学形式之间的人性纽带。

二、莫里哀喜剧：从崇尚古典到回归现实

崇尚古典是古典主义的一个本质特征。古典主义与后来的启蒙文学和浪漫主义斗争的矛盾焦点是崇尚古代还是立足现实表现"自然"。古典主义是以描写古人为基本内容和基本原则的，把古代文艺作品所体现的创作原则看作是任何时代都必须遵从和模仿的规范。在布瓦洛看来，只有古典的作品才是无法超

---

[1] 高乃依：《论悲剧》，转引自《西方美学史资料选编》（上卷），第385页。

越、永垂不朽的。古典主义者也讲表现"自然",但是,在他们看来,"古典就是自然,摹仿古典,就是运用人类心智所能找到的最好的手段,去把自然表现得更完美"。[1]英国古典主义者蒲柏也说"荷马就是自然","摹仿古人就是自然"。[2]许多古典主义作家与理论家都以学习古典为荣,并直言不讳地承认自己的创作得益于古代作家与作品。古典主义悲剧的杰出作家拉辛就在他的《伊菲革涅亚在奥里斯》一剧的序文中说:"我力求更紧密地追随欧里庇得斯。我要承认我的悲剧中最受赞赏的一些地方都要归功于他。我很愿意这样承认,特别是因为这些赞赏更坚定了我一向就有的对于古代作品的敬仰。我很高兴地从我们法国舞台上所产生的效果中看到,群众所赞赏的尽是我从荷马或欧里庇得斯那里摹仿来的。"[3]但是,古典主义的这种崇古原则,很快也遭到了反对。笛卡尔一开始就反对效仿古人。在17世纪后期和18世纪初,这种反对的声音越来越强,并酝酿成轰动当时文坛的"古今之争"。这场论战既标志着古典主义的衰落,也标志着新文学——启蒙文学、浪漫主义文学的滥觞。

莫里哀(1622—1673)的创作生涯主要在17世纪中后期,也是古典主义文学的后期。从严格意义上讲,莫里哀不是规范的古典主义作家,这首先可以从他对待古典的态度上看出来。莫里哀自然也和其他古典主义作家一样,歌颂国王,崇尚理性,而且也受古代作家的影响。比如说,作为喜剧作家,正像布瓦洛所说,"莫里哀是从普劳图斯和泰伦提乌斯那里学得他艺术的最精妙的东西"的;[4]他基本遵守"三一律",表现了他对理性规范和古典原则的接纳。但是,莫里哀与恪守古典原则的布瓦洛以及其他悲剧作家相比,已经很难说他是崇尚古典的古典主义作家了。

首先,莫里哀喜剧的题材都来自现实生活。在他的作品里,王公贵族不见了,代之以现实生活中的下层人物,如仆人、厨司、农民等。尤其是,喜剧通常是用来讽刺上述社会下层"小人物"的,而莫里哀则用来讽刺按古典主义惯例本该予以颂扬的贵族,"他把侯爵作为'今日喜剧的取笑对象',不管他们

---

1 朗生:《法国文学史》,转引自《朱光潜全集》(6),第215页。
2 蒲柏:《论批评》,转引自《朱光潜全集》(6),第215页。
3 《朱光潜全集》(6),第213页。
4 转引自:《朱光潜全集》(6),第215页。普劳图斯(前254—184左右),罗马著名喜剧家。泰伦提乌斯(前190—159左右),罗马著名喜剧家。

'地位有多高'，他都是'头一个一马当先对他们开火的人'"。[1]他的喜剧反映了当下的世态风尚，他关注的是当下的"自然"，而非古代的"自然"。所以夏尔·贝洛在《古今之比》中说，莫里哀"在喜剧中加上本世纪风俗如此生动的形象和如此鲜明的性格，因此演出时使人感到这好像不是喜剧，而是现实本身"。[2]这和摹仿古代的古典主义悲剧有明显的差别。

其次，莫里哀的喜剧热衷于从民间艺术中汲取营养。规范的古典主义一头扎在高雅的古典艺术之中，努力创造着崇高典雅的作品。布瓦洛要求诗人要"研究宫廷，认识城市"，这两者的重点依然是"宫廷"。"当时宫廷所喜爱的是伟大人物的伟大事迹，堂皇典丽的排场，灿烂耀眼的服装，表现上层阶级的文化教养，高贵的语言，优雅的笔调，有节制的适中的合礼的文雅风度，而这些正是当时文艺所表现的。当时法国宫廷在文化教养上贵妇人占优势，文艺沙龙大半是由她们主持的，作家和艺术家大半是由她们庇护的。稍涉粗洁、古怪离奇或缺乏斯文风雅的东西就会使她们震惊，一句漂亮话、一个优雅的姿态或一个色彩绚烂的场面也会使她们嫣然喜笑颜开。"[3]总之，表现宫廷贵族典雅的生活风尚，是古典主义文学的一种共同的艺术趣味。而在莫里哀的喜剧里，这种风雅的贵族生活不仅已被市井生活所取代，而且，这种"风雅"本身也成了讽刺的对象。"他本能地憎恨贵族和僧侣们在典雅外衣下掩盖着的堕落、谦恭外衣下掩盖着的奸滑和崇高外衣下掩盖着的卑鄙。"[4]在他的作品里，古典悲剧的那种悲壮和崇高已不复存在，代之以诙谐、逗趣，甚至卑劣和猥琐。这不能说仅仅是因为莫里哀写的是喜剧，而与他的艺术趣味和审美观念直接相关。所以，他喜欢从中世纪的民间闹剧中学习喜剧技巧，致使他的喜剧作品闹剧的成分很重，有的纯粹就是闹剧。如《斯加纳雷尔》、《逼婚》、《多情医生》、《打出来的医生》、《乔治·唐丹》等。莫里哀对民间艺术的重视，也构成了对规范的古典主义文学的超越，而与浪漫主义精神相吻合。

正是由于莫里哀关注现实，喜好民间艺术，因而他遭到了布瓦洛的指责：

---

1 柳鸣九、郑克鲁、张英伦：《法国文学史》（中），第219页。
2 柳鸣九、郑克鲁、张英伦：《法国文学史》（中），第219页。
3 《朱光潜全集》（6），第220页。
4 徐葆耕：《西方文学：心灵的历史》，第160页。

……过分做人民之友，把精辟的刻划
往往用来显示人物的憨皮笑脸，
为着演小丑，他就不顾斯文风雅，
恬不知耻地把泰伦提乌斯配上塔巴朗。[1]

布瓦洛的批评指责正好说明了莫里哀对古典主义确有叛离倾向。

三、莫里哀喜剧：公民义务的淡化与个体理性意识的觉醒

早期古典主义作家强调政治理性，并通过理性与情感的矛盾，以理性战胜情感来表现公民义务至上、王权与国家至上。莫里哀自然也有自己的理性原则，也表达拥护王权的思想，但他既不把政治理性绝对化，也不把公民义务与责任作为喜剧表达的主要内容；既不像布瓦洛等作家与理论家那样视情感欲望为恶与丑，也不像一些人文主义作家和浪漫主义作家那样一味地予以宣泄。在那政治强权把持文坛，作家们只有成为政治强权的奴婢才能得以生存的环境里，莫里哀似乎总是挂着古典主义的招牌，机智地"偷运"着与古典主义规范并不完全契合的"货物"，透露出对新事物、新思想的期待与向往。正如歌德所言："莫里哀与众不同，他的喜剧作品跨到了悲剧界限的边上，都写得很聪明，没有人有胆量去摹仿他。"[2]

莫里哀没有高贵的出身，没有显赫的门第。他从小在只够温饱的家庭生活，成人后迷上了戏剧，但只能成为一名低贱的喜剧演员，一个逗人嬉笑的艺人。而且，以后由于剧团经费上的不景气，他因债务而入狱，后来又过了12年的流浪生活。在剧团里，他集领班、演员、导演和编剧于一身。为了能在戏剧舞台上站住脚，他必须博得路易十四的青睐，因而他对古典主义的某些基本规范不得不表现出某种必要的"忠诚"。但他的平民意识和情感使他在心底里对贵族、宫廷和上层社会甚至专制政治有着本能的不满与反感。因此，他无法像高乃依和拉辛那样从高度的政治理性出发去赞颂国家责任与公民义务。相反，他在寻找着规范背后的自由、风雅背后的自然、政治理性背后的个体意识。

"莫里哀遵循的哲学是按正确的本性做事，即按理智和理性的准则行

---

[1] 引自《朱光潜全集》（6），第219页。塔巴朗是当时法国著名的小丑。
[2] 爱克曼：《歌德谈话录》，朱光潜译，人民文学出版社1978年版，第36页。

事"，[1]而不是盲目地按古典规范和政治理念行事，也不是听凭本能欲望行事，更不是听从神喻行事。所以，他的"理性"更接近笛卡尔所讲的人所特有的"纯粹的自然而然的理性"，这是一种"先天的与生俱来的良知良能"，"善于判断和辨别真伪的能力——这其实就是人们所说的良知或理性——在一切人之中生来就是平等的"。[2]这种"理性"也与18世纪启蒙哲学家的人的"自然理性"基本一致。正是基于这样一种理性观念，莫里哀的喜剧从古典主义悲剧那种对国家责任与公民义务的关注转向了对作为个体的人——从贵族、资产者到平民百姓——的自然理性的关注，从而拥有18、19世纪文学的那种个性主义色彩和民主主义特征。而且，如果说人文主义文学和浪漫主义文学以及部分启蒙文学的个性主义较多地表现为对情感和本能欲望的颂扬的话，那么，莫里哀喜剧的个性主义则是更强调对人智、人的自然理性之潜能的发挥。

莫里哀对上流贵族的嘲讽，主要针对他们的那种故作风雅的虚伪与矫揉造作，同时，对资产者攀附贵族、附庸风雅也作了辛辣的讽刺。《可笑的女才子》、《乔治·唐丹》、《贵人迷》等均属此类作品。在《可笑的女才子》中，贵族沙龙为了表现语言的"典雅"，把镜子说成"丰韵的顾问"，把椅子说成"谈话的舒适"，等等；为了表示爱情的"典雅"，硬让求爱者按照一套"程序"进行，能够熟练于这一套"典雅"礼仪的人就被视为高雅、有学问从而备受尊敬。其实这种夸饰与浮华与一个人的品德与学识本无多大联系，这种徒有其表的东西除了本身是虚伪的之外，还滋长着虚伪。《乔治·唐丹》、《贵人迷》中的资产者，一切向贵人们看齐，唯贵人的风雅是从。他们认为"荣誉和风雅只有他们才有，宁愿生下来少两个手指头，也不愿生下来不是伯爵，而是侯爵"。在莫里哀看来，贵族的卖弄"典雅"也好，资产者的附庸"风雅"也罢，都是自然人性的扭曲、个体理性的匮乏所致，因此，追逐貌似高雅的贵族生活方式实在是悖逆人性的事，应予摒弃。正是在这个意义上，《太太学堂》讽刺了教会修道院教育对人智的百害无益。也正是在这种意义上，莫里哀喜剧描写了大量的下层人物，而且他们在智慧上、品德上、情感上都常常高于上层人物，其原因就在于他们极少受所谓"规范"、"风雅"之类的侵蚀，因而保持了人性原有的纯真，尤其是保持了天赋的良智与理性。拥有

1　《朱光潜全集》（6），第205页。
2　《朱光潜全集》（6），第205页。

这种良知与理性，并恰当地运用它们，就能明是非、晓事理、辨真伪，一如《伪君子》中的桃丽娜，每每一眼看穿，一语中的。

　　《伪君子》是莫里哀的代表作，它告诉人们：虚伪生发于自然人性的扭曲；虚伪走向了极端，人性也就走向了邪恶。答尔丢夫的虚伪，远不同于一般贵族的那种卖弄风雅，因为他的所有虚伪都是为了通过欺骗他人，以达到损人利己甚至置人于死地的罪恶目的；他的虚伪行为的背后包藏了不可告人的祸心，所以称之为邪恶。借助这个人物，莫里哀一方面揭示了宗教理性走向极端之后对人性的危害，另一方面又说明了人的自然理性失去了对私欲的制控力，恶欲的冲动就使人性颓变为邪恶。并且，该剧还告诉人们，邪恶的东西借助虚伪的面具以高尚和高度的善的面目出现时，是极为危险的，人们的理智倘若稍有愚钝，就会祸不单行，家破人亡；因此，保持清醒的理性与良智，不让那些虚夸之物——如僵死的教条、盲目的信仰、虚浮的荣誉，等等——蒙蔽眼睛，才会有一双识别善恶的火眼金睛。剧中的奥尔恭就是一例。他的一切的错误就在于理智的隐退，导致鉴别力的丧失。理智的隐退使人愚不可及，是之谓也。

　　《吝啬鬼》一剧拥有很大的包容性，它可以代表性地说明莫里哀创作中所有关于物欲吞噬理性的罪恶。在莫里哀看来，阿巴公之恶，应归因于膨胀的物欲挤压了理智，抑或理智的缺失和麻木导致了物欲的膨胀。作者笔下那些资产者们的贪婪、奸诈、鄙劣、下流也归因于此。

　　莫里哀始终把理性与良知作为自然人性盈损的重要依据，他的喜剧在辛辣勇敢的讽刺中鞭笞理性缺失所致的邪恶的同时，又在一阵阵笑声中唤醒被貌似崇高的宗教理性和貌似合理的政治理性所麻醉的自然理性；让人们在笑声中告别人依附于神权与王权而且甘于个体意识失落的神化时代和专制社会，去迎接那个性解放与自由的新时代。他的喜剧塑造的是既不完全受宗教理性的制约，又不完全受政治理性的制约，具有个体理性意识和思想自主的"人"，表现出了启蒙文学与浪漫主义文学的理性主义和个性自由的特征。

第六章
"人"向"自然"的迈进

18世纪是思想革命的时代。科学与哲学的成就以及由此产生的新观念，驱散了笼罩在西方世界的迷信的浓雾，因而这种思想革命被称为"启蒙运动"。

18世纪也是政治和社会革命的时代。思想的革命，精神的启蒙，使人们对世俗王权的权威和教会的宇宙观产生怀疑，对现存的社会秩序的合理性产生怀疑；启蒙运动的理论昭示了政治暴政和教会特权的不合理性，催生了疾风暴雨式的政治革命和社会革命。

思想革命、社会革命和政治革命最终带来了人的解放。然而，无论是思想革命、社会革命还是政治革命的产生与实践，又都是以"人"的再一次觉醒、再一次发现为起点的。可以说，18世纪这个革命的时代，是继文艺复兴运动之后又一次"人"的解放的时代。作为启蒙运动之产物和一部分的启蒙文学，也就有了对"人"的观念的新的理解与表述。

第一节
理性主义与个性主义

在17世纪，人们把眼光从"彼岸的上帝"转向了"人间的上帝"，这虽然标志着人对自我的认识与认同的深化，是"人"的观念发展的进一步世俗化。但是，就个体的人而言，对王权的依附隐喻的是个性的弱化和缺失。"王权崇拜"后来伴随了一种对"人间上帝"的盲目性和自我的麻木性；走向极端的君主专制无视人的个体的价值，"国家"与"集体"也成了束缚个体自由的新枷锁。显然，把人间的国王当作上帝，把生命个体依附于专制政体是文艺复兴以来人的自由的得而复失，是文化与文明的又一重悖谬。17世纪末、18世纪前期的科学理性根本性地改变了人们的世界观，启蒙运动的"狂飚"唤醒了人们的心智，他们由"王权崇拜"走向了"自我崇拜"与个性主义。

一、君主专制的非人化倾向

从政治学、社会学的角度看，君主专制制度的产生与盛行，为西方现代国家制度的诞生奠定了基础。在秩序和安全比自由更重要的特殊时代，在"每个个人的生命是'孤独、穷困、卑鄙、粗野和短促'"的时代，"为了不使每个人和全体作战"，人们"起草一个契约，把他们的全部权力交给一个强大得足以保护他的臣民免受暴力的统治者"[1]是完全合理的。这种专制制度也就有其合人性、合人道的一面。然而，当人们由最初心甘情愿地向统治者臣服，从而丧失一切权力而向统治者屈服时，在国王们以"朕即国家"为由使自己成为专制暴君并凌驾于人民之上时，君主专制也就丧失了原有的合理性而走向人道、人性的反面，人们所崇拜并祈望给自己带来安全与幸福的"人间的上帝"，也就成了人性的扼杀者。马克思曾指出："专制制度的唯一原则就是轻视人类，使人不成其为人……哪里君主制的原则占优势，哪里的人就占少数；哪里君主制的原则是天经地义的，哪里就根本没有人了。"[2]这是对走向极端也走向衰弱时的封建专制制度的科学评判。

路易十四时代的法国君主制，是欧洲封建君主专制盛极的代表，也是"专制统治最完美的化身"。路易十四"比当时任何别的君主更完善地体现了专制主义的理想"。[3]君主专制在历史上是一种相对进步的社会政体，而路易十四政体则是最有代表性和最具有历史进步意义的，然而，即使是这样的专制政体也是以牺牲个体自由为代价的。正如法国史学家基佐在《欧洲文明史》中所说："没有一个绝对专制的政权受到过它的时代和国民如此充分地赞许，对国家及整个欧洲作出过更实在的功绩。然而，就因为这个政府只信奉绝对权力的唯一原则，建立在这一唯一基础上，它的衰落旋踵而至也是理所当然的。路易

1　爱德华·伯恩斯等：《世界文明史》（第二卷），第290页。
2　《马克思恩格斯全集》第1卷，第411页。
3　爱德华·伯恩斯等：《世界文明史》（第二卷），第273页。

十四统治下的法国所缺少的是独立的、自生自主的，也就是自发地采取行动和进行抵抗的政治性的社会组织和力量。法国旧时的有名有实的社会组织和制度不复存在，被路易十四彻底摧毁……在路易十四统治下，社会组织既缺乏权力，也没有自由。"[1]这个盛极一时的路易十四政府，恰恰是由于"只信奉绝对权力"而逐趋衰落，至于那走向衰落的路易十五、路易十六政府，更是专横有加，自由被剥夺殆尽。"这两位君主的政府，即使不是更专制，也至少比以往任何政府更武断。他们准许他们的大臣未经审判就把不忠于国王的嫌疑犯投入狱中；他们镇压那些不同意他们法令的法庭；他们发动耗资巨大的战争，为情妇和卑劣的宠臣的利益挥霍无度，把国家推到破产的边缘。如果说他们故意要使革命不可避免地发生的话，他们的这种做法是最好不过了。"[2]在路易十五、路易十六统治时期，人民已无自由可言，整个法国充满了恐怖。

　　君主专制在西方社会的出现有其政治、经济等方面的因素，而且，很大程度上也是人民自己的选择。但是，"王权崇拜"和对"人间上帝"的过分依赖，原来就伴随着自我意识的匮乏和麻木，许多哲人对此一开始就有深刻的洞察，而一旦这种政体走向极端成为非人政治时，人的自我意识会在一阵阵巨痛中普遍苏醒过来，开始重新审视这种政体，并形成猛烈的批判浪潮。

　　梅叶（1664—1729）是法国最早向封建制度发起进攻的启蒙思想家，他曾深刻地揭示了封建君主专制独裁的本性。他认为，现在的一切帝王都是暴君，那是因为他们为所欲为，把个人的意志当作国家的法律。他认为，即使是路易十四，也是一个无视个人生命价值的专制独裁。他认为"任何国王都没有像路易十四那样杀人众多，使人民流那么多的血，使寡妇孤儿流这样多的泪"。梅叶还把批判的笔端指向官吏、僧侣、贵族。在他看来，这些人和国王一起组成一伙公开的、"合法"的强盗，国王是头子，他们是帮凶和同伙。他还指出，无论是官吏还是僧侣，都善于阿谀奉承，献媚取宠。他们之所以如此，目的在于同暴君一道残酷地掠夺人民，骑在民众头上作威作福。因此，所有这些人都是些"嗜血的残酷的压迫者"，"是一群令人发指的暴徒"，是一伙灵魂肮脏、行为卑鄙、贪赃枉法、惨无人道的恶棍。可见，绝对的王权不仅不可能保证人的自由、安全与幸福，而且还是自由的敌人。

1　基佐：《欧洲文明史》，程洪逵等译，商务印书馆1998年版，第228页。
2　爱德华·伯恩斯等：《世界文明史》（第二卷），第275页。

孟德斯鸠在他的《论法的精神》中从法律的角度对封建制度的非人道性作了深刻的分析。他认为，专制制度是一种完全由君主一个人独断专横、无视法律的国家制度。在专制国家，"法律等于零"，个人的安全也就无从保护。因为法律以君主意志为转移，君主个人的言论就成了法律，即所谓"朕即法律"，"君主的意志一旦发出，就确定生效"，人们必得"绝对服从"。孟德斯鸠把专制君主称为"暴君"，他说，"暴君之所以有权力，正在于他能剥夺别人的生命"。[1]暴君可以任意把人处死，甚至权贵的头也有"随时被砍掉的危险"。在这种国家制度下，"人人都是奴隶"，是被人任意宰割的羔羊。"君主、廷臣以及若干个别人士，拥有全部财产，同时别的人都全体呻吟在极度贫困中。"[2]在巴黎，廷臣和显贵们过着寄生的生活，"为了一个人生活地舒服，必须有一百个人为他不停地劳动"。孟得斯鸠给人们指出了以人代法的专制制度的非人性本质。

卢梭认为，"人是生来自由的"，但在封建专制制度下，人又"无往而不在枷锁之中"。他认为封建专制制度是"使人类屈辱并使'人'这个名称丧失尊严的既罪恶而又荒谬的政府制度"。[3]专制权力与人类"自由"、"平等"的天性和自然权利根本不相容，因而按其性质来说是不合法的。他认为专制君主不仅不能给人民以安全和幸福，而且反而是灾难的制造者。他指出，"有人说，专制主可以为他的臣民确保国内太平。就算如此，但如果专制主的野心所引起的战争，如果专制主无餍的贪求，如果官吏的骚扰，这一切之危害，人民从这里面又能得到什么呢？监狱里的生活也很太平，难道这足以证明监狱里的生活很不错吗？"[4]卢梭认为，封建等级制度和封建特权把不平等发展到了顶点，这是人类的灾难。

狄德罗也对专制制度作了深刻的抨击。他指出，"在所有使人类遭受折磨的可怕的人中没有比暴君更残酷的了……他把臣民看作是一些不值钱的奴隶，一些低下卑贱的东西"。"在专制独裁的国家中，国家元首就是一切，而国家则算不了什么；一个狂夫的意志就是法律，而社会都没有自己的代表。"[5]所

1　Montesquieu. *The Spirit of the Laws* (volume one). Cambridge: Cambridge University Press, 1989, p.146.
2　Montesquieu. *The Spirit of the Laws* (volume one). p.160.
3　Montesquieu. *The Spirit of the Laws* (volume one). p.161.
4　卢梭：《社会契约论》，第15、116页。
5　转引自：《外国哲学史研究集刊》第3辑，上海人民出版社1980年版，第164页。

以，他在《拉摩的侄儿》中猛烈地抨击了这种制度："这是何种鬼制度，有些人吃厌了一切东西，而其他的人也有像他们一样紧急要求的胃口，像他们一样不断重来的饥饿，却没有东西放在牙齿底下。"[1]在狄德罗看来，这种非人化的封建专制制度应该予以推翻，所以，他积极投身于消灭封建专制制度的斗争。

在启蒙时代，封建专制制度成了启蒙思想家们抨击的众矢之的。他们的言论和思想，表达了人们要求从政治理性的迷雾中走出来，从"人间上帝"的强权中解放出来的强烈愿望，表达了在专制制度重压下人们对新的自由的热切企盼。

二、科学的昌盛与理性的张扬

在欧洲历史上，有两次前后呼应的思想革命运动，这就是文艺复兴和启蒙运动。文艺复兴是启蒙运动的前奏和序幕，启蒙运动是文艺复兴的发展与延续，也是更大规模、更深入人心的思想解放运动，它的反封建、反教会更强烈、全面而彻底，启蒙思想家和学者们比人文主义者更具革命的彻底性、坚定性与乐观态度。之所以如此，是因为启蒙思想家有了比人文主义者更强有力的思想武器：理性。因此，如果说启蒙运动是继文艺复兴运动之后又一次"人"的大发现，那么，它发现的主要是理性意义上的"人"，而文艺复兴发现的则主要是感性欲望意义上的"人"。

17、18世纪是科学的世纪。17世纪以来自然科学的发展"使上帝在信仰他的自然科学家那里所得到的待遇，比在任何地方所得到的都坏……在现代自然科学的历史中，上帝在他的保卫者那里的待遇，就像耶拿战役中的弗里德里希·威廉三世在他的将军和官佐们那里受到的待遇一样。在科学的猛攻之下，一个又一个部队放下了武器，一个又一个城堡投降，直到最后，自然界无限的领域被科学征服了，而且没有给造物主留下一点立足之地。牛顿还让上帝来作'第一次推动'，但是禁止他进一步干涉自己的太阳等……在一切领域中，情形都是如此……这和旧的上帝——天和地的创造者、万物的主宰，没有他就一根头发都不能从头上落下来——相距不知有多远！"[2]正是从科学的成就中，

1　转引自：《外国哲学史研究集刊》第3辑，第164页。
2　《马克思恩格斯全集》第20卷，第540—541页。

人类找到了精神的依托，从而对自己充满了信心，认为凭着自己的知性追求，可以认识自然、改造自然，创造出一个类似于天国的世界，人自己就是上帝。这是一种新的乐观主义精神。对此，达朗贝在他的《哲学原理》中作了描述：

> 自然科学一天天地积累起丰富的新材料。几何学扩展了自己的范畴，携带着火炬进入了与它最邻近的学科——物理学的各个领域。人们对世界的真实体系认识得更清楚了，表述得更完美了……一句话，从地球到世界，从天体到昆虫史，自然哲学的这些领域都发生了革命；几乎所有其他的知识也都呈现出新的面貌……一种新的哲学思维方式的发现和运用，伴随着这些发现而来的那种激情，以及宇宙的景象使我们的观念发生的某种升华，所有这些原因使人的头脑里产生了一种强烈的亢奋。这种亢奋有如一条河流冲决堤坝，在大自然中朝四面八方激流奋进，汹涌地扫荡挡住它去路的一切……于是，从世俗科学的原理到宗教启示的基础，从形而上学到鉴赏力问题，从音乐到道德，从神学家们的烦琐争辩到商业问题，从君王的法律到民众的法律，从自然法到任意法……这一切都受到了人们的讨论和分析，或者至少也都被人们所提到。人们头脑中的这种普遍的亢奋，其产物和余波使人们对某些问题有新的认识，而在另一些问题上则投下新的阴影，正像潮涨潮落会在岸边留下一些东西，同时冲走一些东西一样。[1]

自然科学的成就，给人们带来了自信，也激发了人们对科学理性的崇拜，而最根本的是促进了科学世界观的形成，使18世纪的哲学发展到了前所未有的高度。"18世纪科学的最高峰就是唯物主义，它是第一个自然哲学体系，是上述各门自然科学形成过程的产物"。[2]达朗贝称18世纪为"哲学的世纪"。也可以说，是科学与哲学的联姻，更新了人们关于世界的图案，也改变了人对自我的理解与认识。

在启蒙思想家看来，"理性"是哲学的同义语，因为他们认为哲学来自理性，哲学就是理性的实际运用，所以，18世纪也就是"理性的时代"。在此，"理性"主要是指与宗教信仰相对立的人的全部知性能力。狄德罗在《百科全

---

[1] 转引自卡西勒：《启蒙哲学》，顾伟民译，山东人民出版社1988年版，第44—45页。
[2] 《马克思恩格斯全集》第1卷，第657页。

书》的"理性"一条中指出，理性除了其他含义外，有两种含义是与宗教信仰相对而言的，即一是指"人类认识真理的自然能力"，一是指"人类的精神不靠信仰的光亮的帮助而能够达到一系列真理"。启蒙学者的理性主要就是在这两种含义上使用的。在他们看来，理性是一种"自然的光亮"。在启蒙运动中，他们就是用这种理性之光去启迪人类。在法国唯物主义者那里，理性占据了绝对地位。他们以哲学也即理性的名义去反对一切传统的观念和神圣权威。他们不承认任何权威和现存的一切，包括宗教、自然观、社会形式、国家制度都必须在"理性"的法庭面前受到最无情的审判。他们认为，封建专制制度和宗教神学束缚了人的头脑，扼杀了人的理性，使人长期处于愚昧无知状态，遭受痛苦和灾难，因此，必须从封建专制和宗教迷信的禁锢中解放出来，恢复理性的权威，用理性来判断一切，建立自由、平等、博爱的"理性王国"。可见，理性批判精神是18世纪启蒙运动的基本精神，理性是思想革命的一面旗帜，是一种前进的动力。正如德国哲学家卡西勒所说："当18世纪想用一个词来表述这种力量的特征时，就称之为'理性'。'理性'成了18世纪的汇聚点和中心，它表达了该世纪所追求并为之奋斗的一切，表达了该世纪所取得的一切成就。"[1]

三、张扬理性与个性主义

在18世纪启蒙时期，由于"理性"指的是人天然地拥有的全部知性能力，它可以帮助人不凭借任何外在的权威与力量去认识真理。所以，肯定理性的力量也就是在肯定个体的人的力量，张扬理性也就是在张扬人自己。显然，这是"人"的观念的新进展，是自文艺复兴思想文化解放运动以来人与上帝之关系的进一步调整。

文艺复兴时期，人的理性处于复苏阶段。人文主义思想家肯定人的世俗生活的合理性和必要性，这在一定程度上标志了人的理性的觉醒。但人文主义者崇尚的"人性"，更多的是人的感性经验层面的内容，尚有待于进一步在科学理念支撑下从哲学层面去阐发。宗教改革使上帝世俗化，也即上帝更富有人情意味，人类理性在现实生活中开始潜滋暗长，然而在那时，理性还尚未达到普

---

[1] 卡西勒：《启蒙哲学》，第3—4页。

遍自觉的程度。

理性的真正的自觉，是从16、17世纪开始的。正如黑格尔所说，真理的哲学，"是在16、17世纪才重新出现的"，[1]因为人类理性要想真正有自己的品格，则"在于在思维中自由地把握自己和自然，从而思维和理解那合理的现实，亦即本质，亦即普遍规律本身。因为这是我们的东西，是主观性。主观性自由地、独立地思维着，是不承认任何权威的"。[2]"自由地、独立地思维"便是理性的自觉，也是人的相对独立。弗兰西斯·培根（1561—1626）的"知识就是力量"的名言，其实也可以说成"理性就是力量"，说明人凭借自己的理性力量自立于上帝之外。在他看来，人类理性的出发点和目的就是面向自然、认识自然、驾驭自然。理性给人以自信，发现理性无异于发现了人的新的"自我"。勒内·笛卡尔（1596—1650）作为近代唯理论思想体系的创始人，将人的主体性及思维提到了至尊至上的地位。他认为理性是人的天赋，人所以异于禽兽，就在于人的理性秉赋。在他看来，人类几千年来获得的知识有许多错误，根本在于思维的错误。而思维的错误在于人屈从于种种外在形式的权威、习惯和偏见，而没有确立人自身的理性思维的权威，不能从心灵中的明晰观念出发。因此，只有从人的理性观念出发，才能获得真正的知识；人不必向上帝顶礼膜拜，把他看成真理的源泉，理性则是知识的独一无二的源泉。笛卡尔还把理性看作是天赋之物。他说，"那种正确地作判断和辨别真假的能力，实际上也就是我们称之为良知或理性的那种东西，是人人天然地均等的"，并且认为，"理性和良知，既然它是唯一使我们成为人并且使我们与禽兽有区别的东西，所以我很愿意认为它在每一个人身上都是完整的"。[3]笛卡尔视思维为人之实体，以鲜明的人的主体性代替传统哲学的神性，这无疑以人取代了神。

稍晚于笛卡尔的法国思想家帕斯卡（1623—1662），认为人的尊严在于思想，人就像一棵芦苇，在自然界也许是最脆弱的，一股气流，一滴水，也足以杀死他。但人是能思想的芦苇，纵使宇宙要粉碎他，人还是知道自己比杀死他

---

1 黑格尔：《哲学史讲演录》（第4卷），商务印书馆1978年版，第7页。
2 黑格尔：《哲学史讲演录》（第4卷），第7页。
3 笛卡尔：《方法论》，转引自《十六—十八世纪西欧各国哲学》，商务印书馆1975年版，第135页。

的东西更高贵，因为人有思想。"我应当求索我的尊严的地方，不是空间，而恰恰是我的思想之流。在自己的领地里，我不能有更多的收获；在某一空间里，世界包围了我，并且吞没了我，就像吞没一个纯粹的点一样；然而在思想里，我包围了世界。"[1]在帕斯卡看来，正是思想构成了人的存在，没有思想便没有人的存在；思想使我们崇高，思想使我们懂得尊敬自我。荷兰的斯宾诺莎（1632—1677）是笛卡尔思想的继承人之一，他特别强调理智对人生幸福的作用，认为医治理智的主要方法在于使人们获得一种正确的知识。"我们必须尽力寻求一种医治并且纯化理智的方法，使理智正确圆满地认识事物，不致错误。由于这一点人人都可以见到，我志在使一切科学都集中了一个目的或一个理想，就是达到最高的人生圆满境界。"[2]

总之，16、17世纪的思想家们无论在外在知识经验层面还是内在主体精神层面，都赋予了人的理性以十分突出的权威，充分肯定了人的主体能动性。然而，在16、17世纪，思想家们关于人的这种理论还不足以成为一种普遍被人接纳并运用于分析与批判现实存在的思想武器。文艺复兴之后，在经过了社会的激剧动荡与变革，"每个人的生命是'孤独、穷困、卑鄙、粗野和短促'"的[3]，上帝又远离他们的时代，在人们普遍企求社会的稳定、秩序与安全的时代，培根、笛卡尔以及牛顿等思想家与科学家的理性思维，启发人们重新认识世界的结构与秩序，鼓舞人们用人自己的力量去建立安全、稳定的社会与国家。正如霍布斯以人的理性原则和人的主体能动性理论为基础的国家学说那样，认为国家是人的产物而非神的产物，从人的本性出发阐发国家权力的来源。他认为在自然状态下人对人是狼，因而人们必须订立契约，放弃各自的自然权利，把它转交给君主或一些人的会议，从而产生国家，并由它来保证大家的安全。这种从人出发的国家观，应该说是以笛卡尔为代表的人的主体能动理论在政治理论和政治实践中的体现。由此产生的"王权崇拜"和君主专制政体，无疑是人的地位的提升，因而是有其合理性与进步意义的。但是，当人们主动把自己的自然权利交给所崇拜的国王与国家时，那绝大多数人的主体能动性随之也就消失了，这时的"人"仅剩下君主和少数权贵。所以，在封建专制

---

[1] S·汉姆普西耳：《理性的时代》，光明日报出版社1989年版，第95页。
[2] 斯宾诺莎：《知性改进论》，商务印书馆1986年版，第18页。
[3] 爱德华·伯恩斯等：《世界文明史》（第二卷），第290页。

政体下，人们把从彼岸上帝那里取回的"人"的自然权利，拱手交给了"肉身的上帝"和所谓的"国家"，作为个体的人依然处于对外在之物（上帝、君主或国家）的依赖状态。在精神文化上，由于宗教与封建王权依然紧密结合，基督教的价值观、世界观依然是束缚人的精神紧箍，所以，封建君主制社会条件下，作为个体的人依然是无安身立命之地的，即依然是"人"的缺失、自我缺失的时代。正是这种"缺失"，为启蒙运动留下了所要完成的任务。18世纪作为"理性的世纪"，实际上也就是全面地张扬自我的世纪，是个体的人进一步获得解放的世纪。在18世纪，理性成了判定一切存在合理与否的最高尺度，因此，恩格斯称之为"世界用头立地的时代"。[1]启蒙运动中，理性的触角伸向人类社会文化生活的方方面面，"宗教、自然观、社会、国家制度，一切都受到了最无情的批判；一切都必须在理性的法庭面前为自己的存在作辩护或者放弃存在的权利。思维着的悟性成了衡量一切的惟一尺度"。[2]因此，"那是一个拥有原理和世界观的时代，对人类自己的问题，诸如国家、宗教、道德、语言和整个宇宙的问题，充满信心。那是一个拥有哲学信条的时代……那是一个自由和独立思考的时代，特别是在法国，人们勇敢地发表自己的意见，无所畏惧地根据思考的原则推导出结论"。[3]总之，理性的进一步张扬，也就是人的进一步独立，生命个体更充分的自由。

不过，需要指出的是，18世纪的思想家们通过张扬理性，不仅进一步否定了彼岸上帝对于人的权威与意义，而且也否定了"人间上帝"和封建专制国家对于生命个体的权威与意义。因为，启蒙学者把宗教观、自然观、社会、国家制度等一切都用理性加以重新审视，一切都必须在理性法庭面前作出合理与否的鉴定，而"理性"所代表，或者说理性背后隐含的是现实中每一个单个的人，是独立于国家与社会的作为生命个体的人。他们张扬理性的最终结果是张扬了人的自我，是用理性伸张人权、自由、平等与博爱，因而理性不过是一种手段与武器而已。孟德斯鸠的法治理论，强调人类的法就是人类的理性。他在《论法的精神》（1748）中以"法"作为观察自然、社会和国家的根本原则，指出君主专制政府既无法律又无规范，一切都由单独一个人凭自己的意志为所

1　恩格斯：《反杜林论》，见《马克思恩格斯选集》第3卷，第56页。
2　《马克思恩格斯选集》第3卷，第56页。
3　梯利：《西方哲学史》，葛力译，商务印书馆2000年版，第421页。

欲为，无法体现与保证人的自由、公正与平等，为此，他主张英国式的君主立宪制。他认为，只有实行法制，才能保障公民的平等与自由的权利。所以，在孟德斯鸠那里，伸张"法"的理性，实际上是在维护个体的人的自然权利，在捍卫人的自由与独立。

伏尔泰以个人自由的捍卫者而著称。他强调"自然法权论"，认为"法律是自然的女儿"，"每一个精神健全的人心里都有自然法的概念"，它的基本原则是："这种法律既不在于使别人痛苦，也不在于以别人的痛苦使自己快乐。"[1]在他看来，自由是人人享有的一种自然权利，不应受到侵犯。他十分推崇英国"光荣革命"后确立的君主立宪制下人们享有的广泛的自由。他说，在英国，"所有的公民不能同样地有势力，却能同样地自由"。[2]这种自由的基本内容是人身自由、财产自由、言论自由、出版自由、信仰自由、选举自由、议会自由和劳动力买卖自由等。

卢梭强调通过契约的方法，来保证人的自由平等的主权。他赞同霍布斯的国家是通过社会契约由人民的自然权利中产生的观点，但决不同意建立起国家以后人民就丧失权利的观点。他认为，既然国家权力来自人民，而且只是为了保障所有个人的人身安全和财产而设置的，那么人民就不应该由于建立国家就使自己处于无权的地位，他们只不过是把自己的自然权利变成了约定的权利，否则，国家就会变成对人民实行专制的工具。所以，在他看来，正确的国家学说必须始终以人的自由权利作为基础，人民要是放弃了自己的自由，就是放弃了做人的资格，因此，应努力"寻找出一种结合的形式，使它能够以全部共同的力量来防御和保护每个结合者的人身和财富；并且由于这种结合而使每一个与全体相联合的人只不过是在服从自己本人，并且像以往一样地自由"。[3]也就是说，国家是人的政治能动性的创造物，所有个人通过社会契约，把自己的自然权利转化为整体即国家权力。为了避免这种权力转达化为奴役人的专制权威，人必须去支配与占有这个产物，这是人的更多的更重要的主体能动性的表现。正是这种主体能动性——人的高度的理性——使人保持充分的自由、自主和独立。

---

1 北京大学哲学系编译：《十八世纪法国哲学》，商务印书馆1979年版，第100页。
2 北京大学哲学系编译：《十八世纪法国哲学》，第103页。
3 卢梭：《爱弥儿》下卷，第20页。

总之，无论是孟德斯鸠的法治理论，伏尔泰的"自然法权论"，还是卢梭的"社会契约论"，概括言之，启蒙学者都从理性原则出发，剖析封建专制政体对个体的人的轻视和压制的实质，否定了对"人间上帝"的崇拜和"王权崇拜"，在伸张人类理性的口号与原则下，力图把人的个性与自我从封建专制和教会特权下解放出来，营造出了一股崇尚个人与自我的个性主义思潮。因此，18世纪的理性主义实质上是一种个性主义，它是文艺复兴时期原欲型人本主义的一种延伸和发展。文艺复兴时期的原欲型人本主义侧重于人的感性欲望，而18世纪的个性主义侧重于强调人的理智。正因此，人们说文艺复兴发现的是"感性的人"，而18世纪启蒙运动发现的是"理性的人"，这是有一定道理的。但无论是前者还是后者，它们都旨在张扬人的自我，崇尚个性，追求自由与解放，因而在广泛意义上都属"人本主义"范畴。然而，正如文艺复兴的人本主义在发展中走向世俗型与宗教型（理性型）相结合的人文主义一样，18世纪的个性主义也在发展过程走向理性与情感、世俗型与宗教型的双重取向，为19世纪的现实主义和浪漫主义的产生与发展提供了人文蕴含。

第二节
启蒙文学与"自然原则"

在这"世界以头脑立地"的"理性的世纪"，一切都被人们用理性原则重新审度，文学当然也不例外。17世纪古典主义文学虽然也以理性为最高原则，然而古典主义的"理性"强调的是秩序、规范、典雅、崇高。国家与王权，这在本质上是一种政治理性。18世纪普遍受人崇尚的"理性"是人的天然的知性能力，一种天然的法则。这两种理性不是同一回事。所以，启蒙作家中除了伏尔泰对古典主义还存有好感外，普遍都对其持有排斥的态度，他们选择的启蒙文学是一种新形态的文学。启蒙文学作为启蒙文化的一部分，它自然是张扬理性精神的一个窗口，然而，文学不同于哲学，它只对时代精神作艺术化的转达，而不是理性原则的直接的传声筒。理性的思想养料孕育的是文学中自由人性的灿烂之花。

一、理性与启蒙文学的自然原则

启蒙思想家之所以能把"理性"置于高于一切的位置,理性之所以有如此绝对的权威,那是因为理性原本就是一种"自然法则"。启蒙学者几乎都属于自然法学派,都以"自然法"为武器,从自然法权论出发批判封建专制制度。所谓"自然法",就是理智或理性法则。洛克说,"'理性'也就是自然法"。[1]凡是自然赋予的秉性就是神圣的。在此,"自然"是指固有的、本性的、天然的意思。理性的高贵不在于任何超自然的力量和神的作用,而在于自然本身的造化。因此,凡是遵循自然法则、合乎自然法则的存在,就是合乎理性和体现理性原则的,因而也是合乎人性的。现存的宗教价值观、封建专制制度都违背了自然法则,侵犯了人的"自然权利",因而是不符合理性原则的,必须进行改造甚至废除,建立合乎自由法则的新的价值体系和社会政体。可见,在这种意义上,自然法则和理性近乎同义。因此,"回到自然",保持事物的自然状态,往往成了启蒙思想家们对"理性王国"追求的一种理想境界,而在文学艺术中,"自然"成了启蒙文学的一种基本审美原则与理想。

狄德罗是启蒙文学中最有代表性的美学理论家,他的美学论文《画论》中第一句话就是:

> 大自然的产物没有一样是不得当的。[2]

他在《论戏剧诗》中又说:

> 诗人需要的是什么?是未经雕琢的自然,还是加工过的自然;是宁静的自然,还是动荡的自然?他喜欢纯静肃穆的白昼的美呢,还是狂风阵阵呼啸,远方传来低沉而连续的雷声,或闪电所照亮的上空黑夜的恐怖?他喜欢波平如镜的海景,还是汹涌的波涛?他喜欢宫殿的冷落静默,还是漫步在废墟之中……诗需要的是巨大的、野蛮的、粗犷的气魄。[3]

狄德罗的许多类似的话都告诉我们:文学与艺术要崇尚自然,摹仿自然。他还

---

[1] 洛克:《政府论》(下),叶启芳等译,商务印书馆1964年版,第6页。
[2] 《狄德罗美学论文选》,人民文学出版社1984年版,第363页。
[3] 《狄德罗美学论文选》,第206页。

说:"我要不倦地向法国人高呼:要真实!要自然!"[1]朱光潜先生说,狄德罗在论及新剧种的理想时,"把他的理想剧种和新古典主义的戏剧作了一个对比,只要自然,宁可粗野一点,决不要虚伪腐朽的'文明'。他把这种新剧种的性质量定为'市民的、家庭的'……他力劝作家们深入生活,'要住到乡下去,住到茅棚里去,访问左邻右舍,最好是瞧一瞧他们的床铺、饮食、房屋、衣服等等'"。[2]狄德罗讲的"自然"显然是与"文明"相对而言的。在他看来,越是自然的东西,越是保持了自然人性,因而也就越是合乎理性原则,因此,文学与艺术,越是表现自然状态的世界,才能越有艺术振撼力,才是更美的。狄德罗说:"一般说来,一个民族愈文明,愈彬彬有礼,他们的风尚就愈缺乏诗意;一切都由于温和化而失掉了力量。"因而,作家的创作只有在保持原始自然状态时才能"为艺术提供范本",[3]同理,艺术作品也只有描述与表现了世界之自然状态时才具有美感。启蒙文学力图体现"自然原则",其实也就是在描述自然状态的人,展示自然状态的人性,这在社会与政治理想上表达的是人的独立与个性自由。这无疑体现了启蒙理想和理性原则。

歌德也是启蒙主义美学的积极倡导者和实践者。他深受狄德罗和莱辛的影响。他认为文学艺术必须依照自然的规律,美就在自然之中。他说:"美就是自然规律的秘密的一种表现,如果自然不存在,则美也绝对不可能显示出来。"[4]

他主张艺术家循着自然的原则展现自然,"在每一个场合,好像都只有通过生活,自然才和艺术取得联系。所以经过了我种种思考和努力,我回到了我的老主意,那就是研究身内身外的自然,让自然绝对通行无阻,用热情的心情摹仿自然,并在这种摹仿中跟随自然"。[5]他在《少年维特之烦恼》中借男主人公之口说,只有自然能造就伟大的艺术家。艺术上的规定和社会上的规定一样,维护它们的话可以说上许多……但是,任何规定,不管你怎么说,都容易破坏对自然的真正感受,妨碍真诚地去表现它。努力研究身内身外的自然并"让自然绝对通行无阻"是歌德在文学创作上对自己提出的要求,因而,"自

---

1 狄德罗:《和罗华尔的谈话》,转引自《朱光潜全集》(6),第289页。
2 《朱光潜全集》(6),第290页。
3 狄德罗:《论戏剧诗》,《狄德罗美学论文选》,第205页。
4 《歌德艺术散论》,程代熙译,《光明日报》1962年6月28日。
5 歌德:《诗与真》,见《西方文论选》上卷,上海译文出版社1979年版,第447—448页。

然原则"是他在创作实践中遵循的重要原则之一。

17世纪的古典主义者也主张崇尚自然,布瓦洛曾说,"永远也不能和自然寸步相离",并教导人们要"好好地认识城市,好好地认识宫廷"。[1]但是,启蒙主义者和古典主义者对"自然"的理解是不一致的。朱光潜先生说:"新古典主义者所崇拜的'自然'是抽象化的'人性',是'方法化过的自然',是受过封建文化洗礼的自然。他们是把'自然'和'公式'或'妥贴得体'的概念联系在一起的。野蛮粗犷的东西不会被他们看作自然,路易十四的宫廷生活对他们才是最高级的自然。他们更醉心的是'文明'、'文雅'、'彬彬有礼'。自然只有在带上这些品格时才能引起他们的爱好和'摹仿'。启蒙学者之中只有伏尔泰在这点上还与新古典主义者气味相投。就卢梭和狄德罗等人来说,这种与'野蛮'相对立而与'文明'相结合的自然恰恰是不自然,也恰恰是他们深深厌恶的腐朽的封建宫廷的生活习俗。他们所号召的'回到自然'里面有一个涵义就是'回到原始生活'。他们是把自然和近代腐朽文化对应起来,为了要离开这种腐朽文化,所以要'回到自然'。"[2]

二、"自然原则"的人性内涵

显然,启蒙主义者倡导的"自然",是与"文明"相对立的人和事物的自然纯真状态;他们要求艺术家在创作中遵循"自然"的原则,也即要描摹与表现人与事物的自然本性和天然状况,这种自然本性和天然状况是"自然法"的体现,也是"理性原则"的体现。因此,在启蒙文学与美学的领域里,理性不只是哲学范畴的人的知性或理智,也不是17世纪笛卡尔的唯理论,而是一种体现人与自然之天然真相的内在法则,尤其是人的天然本性。这种"天然本性"既包括了人的天然的知性或理性能力,也包括天然的感性能力。因此,在许多启蒙作家看来,一切发自人的内在本性的真诚、纯朴的情感与自然欲望,也都是合乎自然法则、合乎理性原则的,因而也是合理的。"百科全书派"的拉美特利(1709—1751)针对宗教禁欲主义提出了"自然道德"。他认为禁欲主义是违反人性的,而与此对立的自然道德则是合乎人性的。"这是一种顺应自然

---

1 布瓦洛:《诗的艺术》,第55、57页。
2 《朱光潜全集》(6),第300页。

欲望的道德，它肯定人的情欲以及一切感官享乐的自然本性和道德性。"[1]狄德罗则提出按照自然情感而生活，认为"人的自然感情使人追求感官的快乐，追求自然欲望特别是男女两性结合的自然欲望的满足，能给人带来快乐和幸福"。[2]卢梭则更是一个感性主义者，他声称："可以从感情、感觉和心灵学到经验教训，学到理性靠心智活动所永远不能确定的真理，也是唯一能够为人类提供正确行动指导的真理……在18世纪中叶以后的启蒙运动第二阶段，卢梭的著作激励了一种感情的复活和对感情的崇拜。"[3]既然理性作为一种"自然法则"，它不仅仅指人的天然的知性与理智能力，也包括人的天然的感性能力与欲望，所以虽然人的情感等感性欲望"与批判理性这一信念的关系是复杂的和混乱的，但它却充实而不是否定了启蒙运动的另一条信念——对自由的信念"。[4]而在文学创作中，对合乎自然法则的情感与欲望的自然展示，才使文学对人性的展示更全面而丰富，才使文学获得了强劲的艺术感染力，启蒙文学也才与启蒙哲学有鲜明的区别，从而拥有了自己的生命力。正是在这种意义上，启蒙文学既是19世纪理性化的现实主义的先声，又是浪漫主义文学的滥觞。同样是在这种意义上，启蒙文学在题材、人物、语言和风格上面貌焕然一新，绝然不同于古典主义文学，成为一种张扬个性，人性普泛的新文学。

第三节
启蒙文学与"自然人"形象

启蒙作家通常都不苟同于古典主义狭隘的艺术视野与文学观念，让文学屈从于政治理性的权威，而是从"自然原则"出发，让文学从外在权威与规范的制约中解放出来，使之更贴近世俗生活，贴近民众，贴近人性。因之，启蒙文学在更富于人性意蕴的同时，也就进一步回归文学本身，获得了更丰富的文学主体性。

在启蒙作家看来，宫廷生活和贵族生活貌似文雅，其实是很不合自然的，

---

1 高九江：《启蒙推动下的欧洲文明》，华夏出版社2000年版，第224页。
2 高九江：《启蒙推动下的欧洲文明》，第224页。
3 阿伦·布洛克：《西方人文主义传统》，第98页。
4 阿伦·布洛克：《西方人文主义传统》，第98页。

也是缺少人性的，因而他们把目光转向了民间。在他们看来，貌似粗陋的民间生活是富有诗意的。对那些近乎原始状态的生活，狄德罗说："我不说这些是好风尚，可是我认为这些风尚是富有诗意的。"[1]这种粗陋甚至近乎野蛮的生活之所以有"诗意"，是因为它保持了人的原本状态，更富于人性的自然与活泼。所以，启蒙文学不同于古典主义文学，它不仅热衷于描写下层民众的日常生活，而且，作品中的主人公也往往是来自民间的普通平民。如"天真汉"、"波斯人"、"修女"、爱弥儿、圣普乐、汤姆·琼斯、拉摩的侄儿、少年维特等。尤其值得我们注意的是，启蒙文学通过一系列"自然人"形象的塑造，展露了人之自然天性，张扬了自由之人格。

一、"天真汉"式的自然人

伏尔泰《天真汉》里的"天真汉"是一个典型的"自然人"形象。天真汉是一个法国人，从小就流落在美洲一个印第安的部落——休隆人中。他在那里长大后被英国人俘虏来到欧洲的文明世界。按伏尔泰的说法，天真汉是一个"天真率直的人"，因为他"老是很天真地想说什么就说什么，想做什么就做什么"。[2]在他看来，一切虚伪撒谎都是违反天性的，就像抗拒自己的愿望是违反天性的一样。至于道德的问题无非是合乎天性与否的问题；一切合乎天性的事都是合乎道德的。因而他一开始就与欧洲的文明礼节格格不入。"他习惯于从事物的真正本质来观察和评价它们，从这种纯朴天真的意识来看，有许多东西都是不可理解的，仿佛是荒谬的、反常的。"[3]于是就产生了"自然人"与"文明人"之间的冲突。例如，他以为，男女双方情投意合，愿意结婚，这是无可非议、合乎"道德"的事，而且是恋人们自己的事。然而事实的规则是：他和圣·伊佛小姐彼此倾心相爱，却要由他们的家长来决定婚姻问题。从天真汉的道德习俗来看，"我想吃饭、打猎、睡觉的时候，从来不跟别人商量；我知道为了爱情的事，不妨征求对方的同意；但我既不是爱上我的叔叔，也不是爱上我的姑母，当然不用去请教他们"。然而，更糟糕的是，天真汉受

---

1 《狄德罗美学论文选》，第206页。
2 《天真汉》中的引文均引自傅雷的中译本，人民文学出版社1955年版。
3 阿尔培蒙诺夫：《伏尔泰评传》，作家出版社1958年版，第178页。

洗礼时，恰好是圣·伊佛小姐做的，她成了他的教母。按《圣经》的教义，教母同干儿子连握手都是犯了罪孽的，至于结婚，那更是大逆不道的事。在气愤之下，天真汉说："倘若你们拿洗礼做借口，不许我娶美丽的圣·伊佛小姐，那么，我宣布洗礼作废。"对天真汉的固执，人们努力用宗教的规矩规劝他，解释说，要是违反宗教习俗，将来是要堕入地狱的。天真汉听了觉得莫名其妙，可笑至极。他始终怀抱希望争取着与圣·伊佛小姐终成眷属，然而，在经历了种种磨难后希望实现在即时，圣·伊佛小姐被人摧残致死，美好纯真的自然之爱被文明社会所毁灭。小说告诉人们，"罪恶、庸俗的偏见、残酷、自私自利统治着那恶而悲惨的人间"，自然的人性难以舒展。作者通过对天真汉的遭遇的描写，无疑批判了封建专制制度和宗教势力，而这种批判是以自然人性为准绳和武器的。因此，小说通过天真汉这一"自然人"的描写，表达了对自然人性的肯定。

然而，伏尔泰肯定自然人性，并不同意卢梭式的让人回到原始状况，他不赞同卢梭关于自然人与文明对立的观点。他认为，现存的文明是悖逆人性的，但人并不能由此就离开文明而过一种动物式的生活，因为人毕竟是理性的动物。问题的关键在于：人需要一种更高级的、能够给人以充分自由，因而更合乎人性的文明，这种文明就是伏尔泰等启蒙学者所倡导的"理性的文明"。从这种意义出发，伏尔泰并没让天真汉始终处于"野蛮人"的阶段，尽管这种"野蛮人"是"粗鲁的好人"，他们比"文明的恶棍"要好得多。在《天真汉》中，天真汉在经受一系列不公平的遭遇之后，得到了新教徒——实际上是一位百科全书派的人——高尔同的教化，接受了新文明的熏陶，懂得了"真理自有光明，薪炭之火不足以烛照人心"，学会了用理性去思索，对古今的历史、哲学、文学作出了恰当的鉴别与订正。这个纯粹的自然人，终于转变为合乎理性的"自然人"——文明的新人。这种新的、理想的文明，相比于现实之封建文明，其根本差别在于前者有助于自然人性的生长——尽管这只是一种理想，而后者则扼杀自然人性。所以，经过新文明塑造后的"天真汉"依然不失为保持着天然人性的"自然人"。

伏尔泰的其他哲理小说，也塑造了与天真汉相类似的人物。《老实人》中的"老实人"其实差不多是"天真汉"的代名词，《查第格》中的查第格无非是生活于古代东方异国的"天真汉"。这些不同的故事，在本质上都演绎着一个基本相同的深层主题：倡导新的、合乎人性的文明。

二、"波斯人"式的"自然人"

孟德斯鸠的《波斯人信札》（1721）是波斯人郁斯贝克与朋友的通信集，作者借东方旅行家的眼光来分析批判悖逆自然法则、悖逆人性的专制社会。"就表面看来，这种批判好像出自文化水平较低的人们对文明国家中所发生的一切事情的愚昧无知。"[1]而这恰恰是作者的一种艺术预设，从而让郁斯贝克拥有了与文明社会相对立的"自然人"视界。

小说首先写的是东方波斯宫廷里的秘密生活，借此讨论了自由人及其天然情感的合法性问题。在东方专制暴政下，太监被强迫实行阉割以"永断欲念"，而这些人又因自己的不幸而变得残酷无道、憎恶人类，并把对自身倒霉生活的怨愤发泄到同样不幸的宫女的身上。小说描写了法吉玛、罗克桑娜、杰丽等一系列美丽的年轻妇女的不幸遭遇。"那些妇女都是充满了火与力，向往美满的生活、爱情和自由，认识到自己处境的可怕，但不得不过一种有辱她们做人的尊严的牛马生活。"[2]然而，正如罗克桑娜给郁斯贝克的信中所说："我能够在屈辱中生活，可是我一向是自由的，我用自然界的法则代替了您的法则，而且我的理智永远保持住独立。"在此，小说借郁斯贝克的视角，通过宫女之口，表达了人类情欲的天赋性与合法性，以及关于人的自由的一系列思想。

小说的重点部分是郁斯贝克由于胆敢"在朝廷中保持善良"并"将真情禀报皇上"而遭到政敌的诬陷，离开波斯来到法国后所写的信。此时，郁斯贝克与路易十四时期的法国社会形成了更鲜明的对立，因为郁斯贝克俨然成了人类自由的捍卫者的启蒙思想家——实际上是孟德斯鸠的代言人。小说通过郁斯贝克这个异国人——实际上是"自然人"——对法国18世纪初的宫廷生活、贵族生活、宗教生活作了全面的描述与评判。小说"假郁斯贝克的口吻表明任何君主政体都不可避免地会变为专制政体"。[3]即使是盛极一时的路易十四政府，

---

1 耿德里赫森：《孟德斯鸠论》，《译文》1955年2月号。
2 Spiro, M. E. *Western Literature and Human Nature*. Chicago, 1997, p.145.
3 耿德里赫森：《孟德斯鸠论》，《译文》1955年2月号。

也是违背人性、违背自然法则的非人道的政体。小说在第11至第14封信中用穴居人的寓言故事表达了"自然人"的社会理想。古老的穴居人自私自利,你争我夺,只关心个人的利益,互相残杀而近乎灭种,仅剩的两家与众不同,他们懂得爱人,富有人道精神和正义感,"个人利益永远包括在集体利益之中",而且他们懂得"对别人公平也是对自己仁慈"。这两家人通过幸福的婚姻繁衍起来,成了一个昌盛的社会。在这个社会里,人们相亲相爱,以正义待人,因而人人享有平等自由的权利,过着美满快乐的生活。这当然可以说是启蒙思想家所描绘和追求的"理性王国",而从"人"的角度看,是"自然人"理想的体现。

三、"修女"式的"自然人"

狄德罗《修女》(1760)中的修女苏珊是一个始终与宗教文明相对立的"自然人"。她生得聪颖美丽又充满生命活力。父母强迫她进了修道院,但她坚决不愿过这种摧残人性的生活,为此她进行了不懈的反抗。"自然创造了她是为了生活,社会却遵循反自然的偏见,要她像禁欲主义者那样弃绝所有天生的兴趣、期望的爱好。自然给她创造了自由,社会却遵循教会鼓吹的反自然道德,给她戴上了镣铐。姑娘提出反抗,坚持自己生活的幸福的天赋人权。"[1] 小说重点写的是苏珊的质朴、纯真、善良,对自由生活的渴望以及她同修道院幽禁生活的尖锐对立。在修道院里,修女们过着与世隔绝的生活。修道院的制度是极度扭曲人性的。向上帝忏悔,苦苦的自我虐待,严格遵守严酷的宗教戒律,这就是她们生活的全部内容。一个年轻的少女一走进修道院,等待她的是40年到50年的绝望和无穷无尽痛苦的生活,不到50岁就死去。在此之前,她们中有的就已精神错乱或心理变态。修道院制的违反自然人性通过苏珊这个宁死不从、渴求自由人的生活的"自然人"的角度得以揭示。相对于人们强迫她遵守的宗教文明,她是一个始终保持自然状态的"自然人"。小说从自然原则的角度肯定了人的自然欲望的天然合理性,自然人性是作者评判既有文明合理与否的基本尺度。

---

[1] 阿尔泰莫诺夫等:《十八世纪外国文学史》上卷,上海文艺出版社1958年版,第356—358页。

四、"汤姆·琼斯"式的"自然人"

亨利·菲尔丁（1707—1754）是18世纪英国杰出的小说家。虽然他不像上述法国作家那样同时又是哲学家和思想家，也不像法国作家那样坚守理性法则和自然法则，但是，他对真理、公平、自由的热烈向往，也使他的小说创作自觉不自觉中体现了一种类似于法国作家的"自然法则"，并塑造了"自然人"的形象。他说："我们写人性，也将先托出在乡村常见的一些普通的、单纯的人性以飨饿得发慌的读者，然后用宫廷、城市所提供的造作、罪恶等等法国式或意大利式的高级作料，加以清炒或红烧。我们相信，用这种方法一定能使读者愿意永远阅读下去。"[1]可见，菲尔丁看重的是自然状态的人性，并以此作为善与美加以歌颂。

《汤姆·琼斯》中的汤姆·琼斯天性善良，为人宽厚，豪爽侠义，情感真挚，富有人性而充满活力。他与精明、势利、诡计多端、伪善险恶的布力非形成鲜明对照。与同时期法国作家不同的是，菲尔丁在小说中着力强调的主要不是人的天赋权利和自由平等，而是人的天性的善良，而文明社会的染缸则使纯洁善良的天性变质，进而使人与人之间丧失天然的情感联系，充满尔虞我诈的冷酷争斗，因此，菲尔丁让汤姆·琼斯游历了一个充满私欲与邪恶的世界，遭受种种磨难，借以来考验他善良天性的坚定性，展示自然纯洁的人性美之光辉。

从传统道德的角度看，琼斯在男女情感上并非白玉无瑕。他对苏菲亚有真挚的爱，然而在流浪的途中，却几次在感情冲击下与其他女人发生两性关系。不过，作者在描写主人公的这类行为时，强调了人的自然欲望的现世性与实在性。如果从道德观角度看，这种行为表现了琼斯的道德缺陷，而从自然人性的角度看，却体现了"自然人"的真实性。而且，菲尔丁也不是借此宣扬时下流行于贵族阶层的"享乐崇拜"，与之相比，琼斯的行为则是更"道德"的。菲尔丁"虽然公然描写了自己主人公的'荒唐'，却从来不是为了色情本身而滥用色情……"[2]

---

1 《文艺理论译丛》1958年第1期，人民文学出版社出版。
2 Robertson, J. G. *A History of Western Literature*. New Haven, 1990, p.156.

第四节
"新人":另一种"自然人"形象

卢梭提出了"返归自然"的口号,他把自然与文明及社会对立起来,认为人的天性是美好而善良的,而现代文明腐蚀了它,使它逐渐变坏。他在《爱弥儿》中开篇第一句话就说:"出自造物主之手的东西,都是好的,而一到人手里,就变坏了。"[1]因此,在现代文明社会里,"这样的人,一个活得像个人样的自然人在哪里?在我们中间,这样的人已经不可能找到了"[2]。为此,他在批判了现代文明的反人性本质后,竭力倡导建立一种合乎自然人的社会文明,并热情呼唤着自然人——"新人"形象的出现。

一、天性善良的"新人"

卢梭崇尚自然,否定文明,把人类社会的罪恶归结于现有的社会制度和文明,但这并不等于说他就主张人应该回到原始状态去,而是在借此批判了现有文明之后,创造新文明。在他看来,既然现有的文明不适于"自然人"成长,那就要寻找新的途径。这种途径就是顺乎人的天性去培养"新人";通过这种途径培养出的"新人"也绝不是处于不懂事理的蒙昧状态的野蛮人,而是身心得以自然发展的、适应于新的社会的人。他在《爱弥儿》中说:

> 虽然我想把他(爱弥儿)培养成一个自然人,但不能因此就使他成为一个野蛮人,一定要把他赶到森林里去。我的目的是:只要他处在社会生活的漩流中,不至于被种种欲念或人的偏见拖进旋涡里去就行了;只要他能够用自己的眼睛去看,用他自己的心去想,而且,除了他自己的理智之外,不为其他的任何权威所控制就行了。[3]

《爱弥儿》就是一篇以顺应自然天性的方法培养"新人"的教育哲理小说。小说通过对虚构人物爱弥儿从出生到成长过程的描写,系统地阐述了作者的"自然教育"理论,表达了他关于"新人"的理想。

---
[1] 卢梭:《爱弥儿》上卷,第43页。
[2] 转引自朱学勤:《道德理想国的覆灭》,上海三联书店1994年版,第33页。
[3] 卢梭:《爱弥儿》上卷,第5页。

所谓的"自然教育",其核心内容是:儿童的成长教育必须遵循自然的要求,顺应人的自然本性。自然教育的目的是培养"自然人"——也即"新人"。在卢梭看来,法国的封建制度使人性染上不治之恶,因而要用"自然教育"的圣洁之水去浇灌儿童的天性之花,培养出"能保持人的本性"的自然人。爱弥儿就是在这种体现自然教育的环境里成长起来的。在儿童时期,他就被作为"儿童"而非成人看待,在一种自由的氛围中生活,因为"大自然希望儿童在成人以前就要像儿童的样子,如果我们打乱了这个秩序,我们就会造成一些早熟的果实,它们长得既不丰满又不甜美,而且很快就会腐烂"。[1]因此,爱弥儿的儿童的天性和自然欲望得到了充分的尊重。为了更适于爱弥儿自然地成长,他还被送到乡村大自然的纯朴环境中接受教育。在12—15岁的少年时期,卢梭认为是"到了工作、教育和学习的时期",也即智育和劳动教育时期。爱弥儿学习天文、地理、物理、几何等,还学习干农活。他学会了用知识去观察与分析,进而培养了发现和解决问题的能力,而劳动使他有了责任感。到了15岁后的青年期,卢梭认为这是人一生中"暴风雨和热情"的时期。此时,年轻人对外界的欲望已达到了"暴风雨"般的狂热程度,需要用道德准绳的约束力加以调节,指导他们处理好人与社会、人与人之间的关系。为此,在小说的第四卷,接受了大自然教育后的爱弥儿从乡村返回城市,又开始接受社会教育,进行道德的培养。为此,爱弥儿还用两年时间游历了欧洲诸多国家,学会了两三种语言。在这个过程中,他受到了良好的道德教育和爱情教育,他懂得了自爱与爱人,懂得了"爱是相互的,把自爱之心扩大到爱别人,自爱就可以成为美德。爱人类就是爱正义。生活要朴素,金钱买不到爱情,追求时髦反而毫无乐趣可言。排除他人而独享乐趣,反而会使乐趣化为乌有。只有同人家分享的快乐,才是真正的快乐"。[2]

爱弥儿这一人物是虚构的,这种自然教育的环境也是虚构的和理想化的,但是,正是通过这种理想化的虚构,表达了启蒙作家的代表人物卢梭的"新人"理想。在接受了那种自然教育之后,爱弥儿在20岁时就"长得体态匀称,身心两健,肌肉结实,手脚灵巧;他富于感情,富于理智,心地是十分仁慈和善良的;他有很好的品德,有很好的审美能力,既爱美又乐于善;他摆脱了种

---

[1] 卢梭:《爱弥儿》上卷,第84页。
[2] 吴岳添:《卢梭》,华夏出版社2002年版,第123页。

种酷烈的欲念的支配和偏见的束缚，他一切服从于理智的法则，他一切都倾听友谊的声音，他具有许多有用的本领，而且还通晓几种艺术"。[1]这就是卢梭塑造的和希望中的"新人"，也即"自然人"，尽管这种自然人是理想化的，但我们可以由此看到卢梭对"人"的理解和对人的期待。

二、对自然情感与美德的礼赞

男女之爱的观念，实质上是人之价值观的体现。文学作为"人学"，其中对男女两性之爱的描写，实际上体现着不同时代的人对自我的不同理解，爱情也因之成了古往今来的文学中最具人性意味的永恒主题之一。西方文学自古希腊—罗马文学、希伯来—基督教文学到人文主义文学、古典主义文学，在两性之爱描写上的此消彼长，恰好也是"人"的观念演变的晴雨表。

国内有学者指出："卢梭大胆地突破了古典主义的束缚，在《新爱洛伊丝》里把爱情放在首要的地位，使得读者们在经受古典主义的长期压抑之后，终于有了寄托感情的机会。"[2] "在法国文学史上，是卢梭的《新爱洛伊丝》第一个把爱情当作人类高尚情操来歌颂。"[3]《新爱洛伊丝》在爱情描写上的开创性意义，是为文学史家们所公认的，这也就意味着这部小说透过爱情描写表达了卢梭对"人"的一种理解与理想。

（一）怦然心动的自然之爱是美好的

《新爱洛伊丝》中的主人公朱莉和圣普乐，在当时完全属于两个不同的社会等级。朱莉是贵族家庭中高贵的小姐，圣普乐仅仅是她的家庭教师——一个第三等级公民，然而他们却倾心相爱了。他们当中，无论哪一方似乎都忘却了自己的社会身份，因而从情感萌发时的那种心境来说，他们仿佛生活在远古的伊甸乐园之中，而且既无需上帝的引导与教诲，也不需蛇的引诱，而纯粹出自两性之间天然的情感呼唤，就像发自幽幽深谷的天籁之音，一切是那么的自然，又是那么的纯净和圣洁。在卢梭看来，正是这种男女之爱，不合乎平民与

---

[1] 卢梭：《爱弥儿》上卷，第609页。
[2] 吴岳添：《卢梭》，第112页。
[3] 李平沤：《〈新爱洛伊丝〉译序》，见卢梭《新爱洛伊丝》，译林出版社1999年版，第5页。

贵族不能通婚的社会道德，却合乎天赋的"自然道德"。

也许，卢梭正是为了强调男女主人公之情爱的天然属性，强调这种天然之爱的合理性，所以，他精心设计的这个爱情故事，并不发生在华丽的巴黎，而是发生在瑞士那清新、自然、美丽的阿尔卑斯山麓的自然环境中。卢梭是法国文学史上"第一个把大自然的美丽风光写进小说"的作家。[1]确实，远离人烟的自然风光无时不在印证着相爱于其间的男女主人公情感的自然天成。"人的眼睛从未见过这么美的小树林，轻风从未吹拂过比这更绿的叶簇。""大地之所以装饰得这么美，是为了给你的幸福的情人做一张与他所钟爱的人和把他消磨得筋疲力尽的爱情相配的新床。"[2]就在朱莉家附近那静谧美丽的小树林里，朱莉给圣普乐的初恋之吻，表达了她对圣普乐的纯真的爱，叩响了圣普乐永难宁静的心扉：

> 当我感到……我的手在发抖，我的心在颤动……你玫瑰色的嘴唇……朱莉的嘴唇……在我的唇上使劲亲吻，你紧紧抱着我的身体！我一瞬间，竟如同进入仙境。[3]

这"仙境"无疑就是那浑然天成的世俗伊甸园，男女主人公的相爱也就是一种自然之音，这种爱似乎是不应该受任何人为之物阻隔的。正如圣普乐在此前给朱莉的信中曾说的那样："我认为，我们应当生活得很愉快，然而实际上我现在并不愉快。你口中所说的那些明智的话，是没有用的；大自然的声音比你讲的话有力量得多。当大自然的声音与心的声音相融合的时候，有什么办法去抵抗它们呢……大自然的威力表现在你的眼睛里；只有在你的眼睛里，它才是不可战胜的。"[4]圣普乐的话告诉我们，当朱莉因种种顾虑还不能坦然地表述自己也同样爱圣普乐时，她的眼睛已经自然而然地流露出了她内心的真实感情。这说明，他们之间的爱是发自内心的，因而是天然的，犹如自然现象，既天然合理，又不可抗拒。在卢梭看来，朱莉和圣普乐的爱顺应了自然的法则，他们的相爱，出于天然的需要。"真诚的结合是一切结合中最纯洁的"；[5]心心相

---

1 李平沤：《〈新爱洛伊丝〉译序》，见卢梭《新爱洛伊丝》，第5页。
2 卢梭：《新爱洛伊丝》卷一，书信十八，圣普乐致朱莉。
3 卢梭：《新爱洛伊丝》卷一，书信十四，圣普乐致朱莉。
4 卢梭：《新爱洛伊丝》卷一，书信十，圣普乐致朱莉。
5 阿尔泰莫诺夫等：《十八世纪外国文学史》上卷，第387页。

印，怦然心动的自然之爱是美好而圣洁的。

《新爱洛伊丝》的前三卷，主要就是描写朱莉和圣普乐之间的这种自然情感。作者以书信的形式，用抒情的笔调，尽情地抒写男女主人公不可抑止的爱之激情，在美化此种自然情感的同时，也就肯定了人的自然纯真之天性的美好与高贵，因而，这依然是他那"自然人"理想的一种表现。他唤醒人们去珍视、珍惜人类的这种美好的情感，也就是去珍爱人自己！卢梭通过抒写人的自然情感来肯定人类自身，说明值得人自己赞颂并引以为豪的，并不仅仅是人的理性，人之高贵不仅仅因为他的理性，还因其有美好的情感世界。《新爱洛伊丝》对男女主人公内心情感世界的细致入微的描写，把西方文学史对人的内心情感世界的开掘与描写推向了一个新阶段，也是对"人"的理解与描写的新发展。

（二）经受了"美德"锤炼的情感是高尚的

按照卢梭的理想与愿望，朱莉与圣普乐虽有社会等级的差别，但有天然的情感作基础，他们的结合本是顺理成章的，也是浑然天成的，而且，只有这种建立在自然情感基础上的结合才是合乎"自然道德"的，才是完美的结合。这无疑是卢梭关于家庭、婚姻的一种理想。

然而，卢梭的这种理想是生发于、并针对着现实存在的社会道德的，所以，小说的卷四至卷六着重写了这种"社会道德"对男女主人公自然情感的阻碍以及由此造成的悲剧。从社会学、历史学的角度看，这无疑指出了这种封建社会道德的有悖于人性。这就再度印证了卢梭的那句名言："出自造物主之手的东西，都是好的，而一到了人的手里，就变坏了。"从这个意义上看，男女主人公的悲剧是社会的悲剧，小说具有强烈的反封建意义。不过我们从人性开掘的角度去看，小说从卷四至卷六通过对男女主人公爱情悲剧的描写，在进一步展露他们内心情感世界之丰富与真切的同时，又深化了两性之爱的内涵的发掘。

在小说中，朱莉和圣普乐悲剧的直接制造者是朱莉的父亲德丹治男爵，他可以说是封建社会道德的象征。但是，小说的后半部，实际上并没有多少篇幅用于描写朱莉、圣普乐与德丹治的冲突，也没有着力于描写外部的社会偏见如何打击、压制男女主人公，主要描写的是男女主人公如何以"美德"控制情感，从而使情感在升华后变得高尚。

朱莉与圣普乐是在抛弃了社会道德的偏见后，遵循"自然道德"而倾心相爱的。然而，朱莉最终屈服于作为等级社会的道德偏见之代表的父亲——德丹治男爵。她遵从父命嫁给了俄国贵族沃尔玛，这是否意味着她对社会道德偏见的屈服呢？其实不尽然。等级偏见虽然使两颗相爱的心不得不承受外来的压力，但始终未能成为他们相爱的障碍。在朱莉的父母发现了他们的私情并严加阻止后，朱莉曾在给圣普乐的信中写道："唉！爱情使我属于你了，而在爱情的欢乐中，我唯一遗憾的是，我曾压制了如此甜蜜和正当的感情。天性啊，多情的天性！再行使你的一切权利，我将坚决抛弃那些压制天性的野蛮的道德。"[1]"压制天性的野蛮的道德"指的便是社会等级偏见。这种"社会道德"并没改变她对圣普乐的爱心，但她却不得不屈从父亲而嫁给沃尔玛。这里，朱莉是遵从了她信奉的一种"美德"，那就是对天然之家庭的维护，对自然血亲的孝道。她虽然认为自己与圣普乐的爱是自然合理的，但她同时也认为维持父女之亲情也是天然合理的。她对圣普乐说："亲爱的朋友，你要尊重这种温柔的爱心，你得到它的好处太多，所以不能恨它，要允许它一半用于亲人，一半用于恋人；血亲和友谊的权利，不能被爱情的权利所取代。你不要以为我为了跟随你，就永远抛弃我父母的家；你不要指望我会摆脱神圣的权威加在我身上的束缚。失去了我的母亲，这个损失已够惨痛，因此，我再也不能伤我父亲的心了……我再也不能使生我养我的人因我而死了……我绝不是一个没有心肝的人……我绝不让任何一个爱我的人伤心。"[2]朱莉虽然无法接受父亲的那种等级偏见，但她不能因为爱圣普乐而伤害父亲的感情，不能为了圣普乐而失去父亲，不能为了爱情而不尽孝道。为此，遵从父命并克制爱的激情，她认为是恪守一种"美德"。在卢梭看来，血缘之情与两性之情一样有其"自然道德"的根据；血缘之爱与两性之爱一样以人性为根基。因此，透过这种"美德"，我们可以看到卢梭的人伦道德观的浓郁的人性意味，表现的正是一种新的人学思想。

朱莉的"美德"更突出的还表现在她对家庭与婚姻的维护上。在和沃尔玛结婚后，她没有为了圣普乐而抛弃沃尔玛，没有为了与圣普乐的爱情而毁坏已有的家庭。她在尽妻子与母亲的天职中使自己达到了美德的至善境界。朱莉在屈从父命嫁给了沃尔玛以后，灵魂深处依然强烈地爱着圣普乐，而且不无情欲

---

[1] 卢梭：《新爱洛伊丝》卷四，书信十五，朱莉致圣普乐。
[2] 卢梭：《新爱洛伊丝》卷四，书信十五，朱莉致圣普乐。

的冲动，但她绝不愿让自己与圣普乐陷入"通奸"的淫欲放荡之中。她在给圣普乐的信中说："我还是像从前那样爱你，甚至比从前爱得更深，而且不因此而害羞。不过，我也不要因为思念你而忘记我是另外一个人的妻子。"[1]她曾匍伏在地，向上帝伸出恳求的手祈祷说："我需要你所喜欢的、而且只有你才能创造的善；我要爱你赐给我的丈夫，我要做一个忠实的人，因为这是在联系家庭和整个社会方面我应尽的第一个美德。凡是有利于你所建立的自然秩序的事，以及符合你赐与我的理性法则的事，我都尽力去做。"[2]朱莉把做忠实贤良的妻子与母亲作为应尽的天职和要遵循的美德，因为，只有这样才能维持自然的家庭秩序，而有了自然和谐的家庭秩序，才有自然和谐的社会秩序。卢梭通过朱莉的言行告诉我们：为了自然的家庭和社会秩序，必须以美德去克制情欲，让爱情服从美德。这不仅表达了卢梭关于"人"的理想，而且也表达了他关于社会的理想：社会的和谐基于家庭的和谐；家庭的和谐基于人的美德；人的美德可以克制情欲并使之升华，使爱情变得高尚。

圣普乐也同样具有这种"美德"。在他和朱莉相爱的最初，他就表现出克制情欲的"美德"。他在给朱莉的信中说："最大的幸福，是得到你的爱；世间没有，也不可能有与你的爱相等的东西。如果要在得到你的心和占有你的身之间作出选择，迷人的朱莉啊，我将毫不犹豫地选择得到你的心。不过，为什么要作这种令人痛苦的二者取一的选择呢？为什么要使大自然希望两者结合的东西变得互不相容呢？"[3]"我的情人，我认为我的爱情和它敬爱的人是同样完美的。由你迷人的美燃烧起来的欲念，将在你完美的心灵中熄灭。"[4]在朱莉与沃尔玛结婚之后，他又来到朱莉的家中当家庭教师。他和朱莉朝夕相处，情感冲动是自然而然的事。然而，当他看到朱莉的和谐的家庭生活，尤其是在她精心经营的伊甸园般的"爱丽舍"花园的美景感染下，激情抑住了，欲念消解了。"美德和人的灵性战胜了火热的爱情。啊！要想越过这个不可逾越的卫队，对她起非分之心，那怎么可能呢？我要怀着多大的愤慨的心情，才能压住这罪恶的和难以克制的情欲邪恶的冲动啊！对于这幅如此令人欣羡的天真的图

---

[1] 卢梭：《新爱洛伊丝》卷三，书信十八，朱莉致圣普乐。
[2] 卢梭：《新爱洛伊丝》卷三，书信十八，朱莉致圣普乐。
[3] 卢梭：《新爱洛伊丝》卷一，书信十，圣普乐致朱莉。
[4] 卢梭：《新爱洛伊丝》卷一，书信十，圣普乐致朱莉。

画,稍有亵渎之意,我就会惭愧得无地自容!我在心中回忆她在我走的时候对我说的话,然后又和她一起探索了她心向往之的未来。我观看这位慈祥的母亲擦她的孩子们额头上的汗,吻他们绯红的脸儿,让她慈爱的心尽情享受那出自天性的感情。单单'爱丽舍'这个名称,就足以纠正我想入非非的邪念,给我内心带来宁静,排除那诱人的情欲纷扰;它在某种程度上给我描绘了那个想出这个名称的人的内心。"[1]

朱莉和圣普乐都恪守着"美德",他们谁也没有成为情欲的奴隶;爱的小船在穿越了激情的急流险滩之后,驶入了宁静的港湾。他们的情爱永远限于精神的、心灵的范畴。朱莉在临终前给圣普乐的信中写道:"我的品德无瑕疵,我的爱情永远留在我的心里,我不后悔……美德虽使我们在世上分离,但将使我们在天上团聚。我怀着这美好的愿望死去。用我的生命换取永远爱你的权利而又不犯罪,那太好了;再说一次:能这样做,那太好了!"[2]他们的情感,在经受"美德"的考验后,依然保持原初的纯洁与美好,因此,我们不能不说:他们之间的爱的情感是高尚的。也因此,《新爱洛伊丝》在当时的欧洲尤其是法国风靡一时,并使许许多多的读者感动得流下眼泪。这种情感对小说中描写的当时法国巴黎的现实社会中,贵族男女一方面貌似恪守道德规范,另一方面在暗地里放纵情欲的现象,无疑是一种深刻的讽刺与批判。由此,卢梭从爱与美德的角度,否定了现实,表达了他关于"人"的理想和社会的理想。

(三)放纵原欲?情感至上?

显然,在《新爱洛伊丝》中,卢梭把抒写朱莉与圣普乐之间爱的情感作为中心内容,把男女主人公的爱情本身作为小说表现的对象,并肯定爱情本身的合理与高贵。这与古典主义文学抑制情感,在情感与理性的冲突中体现政治理性有明显差别。从这个意义上讲,卢梭的《新爱洛伊丝》是一部言情主义的小说,它开创了西方文学史上情感描写的先河。小说在肯定了人的情感的同时,又肯定了作为个体而存在的人的意义与价值,因而是"人"的观念的进一步世俗化。但是,由于《新爱洛伊丝》从"自然道德"的角度肯定男女自然情感之合理性的同时,又始终将情感囿于"美德"的框限之下,而且,自然情欲

1　卢梭:《新爱洛伊丝》卷四,书信十一,圣普乐致爱德华绅士。
2　卢梭:《新爱洛伊丝》卷六,书信十二,朱莉致圣普乐。

从未越"美德"规范之雷池一步。因此,卢梭虽然未把两性之自然情欲视为人之"原罪"——这与基督教文化与文学的人文观念有明显差别,但他绝不认为原欲的放纵是人之本性——这与古希腊文学与文艺复兴前期人文主义文学有明显差别。尤其是婚后的朱莉,总是把与圣普乐的爱恋视为"犯罪"。为此,她曾向上帝祈祷,求上帝保护她,让她免于受情欲的引诱而犯下"通奸"罪孽。她也终于借上帝之力,借美德之力,制约着情欲的冲动,在保持心灵宁静的同时维护了她自己以及圣普乐的名声。为了让圣普乐的感情有所寄托,更是为了使她自己与圣普乐免于陷入情欲的深渊,朱莉安排了圣普乐与她表妹结合的计划,这自然遭到了圣普乐的反对和责怪。朱莉解释说,我自然是"很爱你的",然而,"当我设想和你一起生活的快乐时,又担心会有些麻烦事来扰乱我们喜悦的心情,因此我才设想了一些令人愉快的巧妙方式来防止麻烦事的发展"。[1]临死前她对圣普乐说:"我敢说我的过去是光荣的,但谁能保证我的将来呢?也许,再和你相处一天,我可能就会犯罪!如果我今后一生都和你一起相处,其结果又如何呢?我时时都有危险,而自己却不知道。再也没有什么危险比我遇到的危险更大的了!"[2]可见,朱莉这位贤淑的妻子、慈爱的母亲的内心深处,在她那宁静文雅、恪守妻子与母亲的天职的另一面,时而有背离"美德"投向圣普乐的怀抱的欲望冲动,因而,她实际上常常处在情欲与理智的矛盾冲突之中,而"美德"(理智)总是战胜了情欲。

这种矛盾冲突,在圣普乐身上表现得更为激烈。虽然,他一开始就向朱莉表示,"如果要在得到你的心和占有你的身之间作出选择,迷人的朱莉啊,我将毫不犹豫地选择得到你的心"。但是,这并不等于说他一开始就熄灭了"占有你的身"的欲望之火,而是一开始就认为这是一种痛苦的抉择,因而他接着说:"为什么要作这种令人痛苦的二者取一的选择呢?为什么要使大自然希望两者结合的东西变得互不相容呢?"[3]这个问题,他不仅始终未曾找出答案,而且,始终困扰、折磨着他,使他处于情与欲分离的痛苦体验之中。小说中朱莉与圣普乐在美丽的湖中泛舟的一段故事,是写得分外动人的。斯塔尔夫人曾经这样评论这一情景:"在我们的回忆中,当我们想到汹涌的波涛、阴暗的乌云、受惊的鸟儿时,我们不会不想起圣普乐和朱丽在湖心荡舟,'最后一次心

---

1 卢梭:《新爱洛伊丝》卷六,书信八,德·沃尔玛夫人致圣普乐。
2 卢梭:《新爱洛伊丝》卷六,书信十二,朱莉致圣普乐。
3 卢梭:《新爱洛伊丝》卷一,书信十,圣普乐致朱莉。

心相印'的时候，最后一次在他的心中起伏的情操。"¹正是在这次激动人心的湖中泛舟过程中，圣普乐又一次体味着这种灵与肉分离的痛苦。他说，"我们的心是永远结合在一起的！我觉得，她死了或者不在我身边，我也许还能忍受；在我远远地离开她的那段期间，我的痛苦也没有现在这么大。在远远地离开她的时候，我虽然常常哀叹，但一想到有再见到她的希望，我心中的痛苦就减轻了；我总以为一见到她，我的痛苦就可以完全消失；我盼望，至少是不会像我现在这个样子。然而，我现在在她身边，看见她，接触她，和她谈话，爱她，亲近她，而且差一点儿就占有她，我却感到永远失却了她，这就是我生气，而且使我逐渐陷入失望的原因。我开始在心里反复考虑一些可产生严重后果的计划；我愈想愈激动，真想抱着她一起跳进波浪滔滔的湖水，在她怀中了此一生，永远结束我心中的痛苦"。²圣普乐的情欲冲动，虽然比朱莉更强烈、凶猛，然而，正是朱莉和他的朋友爱德华绅士的那种"美德"，使他在那"充满危险"的关头，摆脱情欲，步入"美德"的境界。然而，这毕竟是痛苦的。不过，他说，"痛苦的事情反使我有了抑制欲望和战胜诱惑的力量。当人们在经受磨难的时候，就没有什么欲望了；而你（朱莉）也曾经告诉过我如何采取抑制欲念的办法来消除它们。应当把爱情上遭到的巨大的不幸变成增益智慧的手段。我的心可以说是已经变成了控制我一切欲望的总机关；当我的心平静时，任何欲望也就没有了"。³其实，心灵的平静只是短时的，因为生命不止，欲望不止；欲望不止，也就永无心灵的恒久宁静，也就永无痛苦的尽头。因此，小说的作者只好让朱莉盛年夭亡来人为地结束她和圣普乐的爱情故事。倘若不是这样，那正如朱莉自己临死前所说："也许，再和你相处一天，我可能就会犯罪！"

可见，《新爱洛伊丝》所表现的爱情，因其始终伴随着灵与肉的冲突，因而也就始终包含着情与理的矛盾，而且，最终是理智（美德）驯服了情欲。所以，这部小说固然以情感为描写的中心，并把自然之爱视为人的天性，但并非情感至上，也非"唯情主义"，更非放纵情欲，而是在肯定情感之合理性的同

1　斯塔尔夫人：《论文学》，人民文学出版社1986年版，第299页。
2　卢梭：《新爱洛伊丝》卷四，书信十七，圣普乐致爱德华绅士。
3　卢梭：《新爱洛伊丝》卷六，书信七，圣普乐给朱莉的复信。

时，倡导情感与理智（美德）的和谐。因为，人的本性除了天然的情感之外，还有合乎自然法则的"美德"，这两者的谐调一致，才是理想的"人"，于是，也才有和谐、理想的社会。

三、《忏悔录》：塑造真实的"新人"

无论是《爱弥儿》还是《新爱洛伊丝》，卢梭都是从"自然原则"出发诗意地塑造了理想中的"新人"形象，构画出理想的社会，并与文明时代的人与社会形成鲜明对照，借此否定了现实的社会制度和文化体系。因而，这两部小说都是对《科学与艺术》、《论人类不平等的起源》、《社会契约论》等政治、哲学论文的诗性表达。但恰恰是卢梭这个钟表匠的儿子，这个从底层社会闯入巴黎思想界的平民，他的这种惊世骇俗的思想观点和社会批判，激怒了封建贵族和教会势力以及旧文化的捍卫者。他的小说《新爱洛伊丝》出版后被舆论界指责为伤风败俗的作品；他的《爱弥儿》出版后立即遭到查禁，并被大理院下令禁毁，而且还要逮捕他。启蒙运动阵营的狄德罗、伏尔泰等，也因学术观点上的分歧与卢梭发生冲突。一时间，卢梭被当作"疯子"、"野蛮人"而遭到来自四面八方的攻击与诋毁。他逃亡到瑞士、普鲁士均不被收留，只好到圣彼得岛藏身。一个呼唤纯洁的"自然人"和理想、和谐社会的人，在现实之中却如"丧家之犬"四处流窜，无家可归。卢梭用他的作品攻击这个使人异化的社会与文明，而自己却被这个社会与文明视为"异类"。难怪他要说："我很早就意识到，我天生就不是在这个世界上生活的。"他应该生活在"自然人"（"新人"）的世界里。他在生活中的悲剧命运，就是因为他把"应该"的人生理想，付之于实践。然而，即使是在铺天盖地的谩骂之声向他压来时，他依然坚守自己的信念，在颠沛流离的流亡生活中，怀着激愤的心情，写下了自传体小说《忏悔录》。在当时的情形下，卢梭写这部作品的目的一方面是向来自四方的对他的人身攻击予以回击，为自己的人格做辩护，另一方面是在这种辩护中继续阐发他关于"新人"以及社会的理想。他以一种惊世骇俗的"真实"，向公众坦露自己的灵魂世界。他在《忏悔录》的第一段就说："我要把一个人的真实面目赤裸裸地揭露在世人面前。这个人就是我。"[1]"世界上绝无仅有、也许永远不会再有的一幅完全依照本来面目和全部事实描绘出来的人像。"[2]这个"人像"并没有圣普乐、朱莉、爱弥儿那么完美，因为他不是理想世界中的"新人"，而是一个生活在现实中的真实的"新人"；而正因为这是一个真实的"新人"，所以他既有朱莉、圣普乐、爱弥儿那种"新人"的美好，又有来自生活本身的缺陷，但也绝不像当时有些人所攻击和诋毁的那样，是一个"野蛮人"或者"疯子"。

卢梭的难能可贵，在于他在《忏悔录》这部自传中不仅写自己的美与善，而且"依照本来的样子"坦露自己的丑与恶，"既没有隐瞒丝毫坏事，也没有增添任何好事……当时我是卑鄙龌龊的，就写我的卑鄙龌龊；当时我是善良忠厚、道德高尚的，就写我的善良忠厚和道德高尚"。[3]当然，从人类记忆准确性的角度讲，要完全做到"依照本来的样子"写出自己的人生经历，那是不可能的，因而有的人说卢梭对他的《忏悔录》"那么坦率地承认'事实'常常是冒出来的，按照现代学者的观点，是不精确的、歪曲的，或根本不存在的"。[4]但是，卢梭当时在四面遇敌，谩骂有加，以致无处容身的境况下，能够大胆地把自己行为中最见不得人、在他之前也从来没有人敢于公之于世的隐私都写了出来，让世人评说，正如哲学家休漠所说："他好像是这样一个人：这个人不仅剥掉了衣服，而且剥掉了皮肤，在这种情况下被赶出去和猛烈的狂风暴雨进行搏斗。"[5]这样惊世骇俗的"诚实"与"真实"，难道还不足以令人起敬吗？请看：他承认自己儿童时代就有偷窃人家物品的习惯，而且，后来还曾为了维护自己的面子，把自己偷了丝带的事转嫁到善良的女仆玛丽永身上；他承认和自己的监护人，被他称为"妈妈"的华伦夫人有长达14个年头的情人关系；还曾多次为肉欲所引诱，与多个女人有两性关系，他常常把自己渴慕女性的内心隐秘公然呈于读者之前：

> 当我想到她（华伦夫人）曾睡过我这张床的时候，我曾吻过我的

1　卢梭：《忏悔录》第一部，黎星译，人民文学出版社1982年版，第1页。
2　卢梭：《一个孤独的散步者的遐想》，湖南人民出版社1985年版，第73页。
3　卢梭：《忏悔录》第一部，第2页。
4　保罗·约翰逊：《知识分子》，杨正润等译，江苏人民出版社1999年版，第25页。
5　转引自罗素：《西方哲学史》（下册），第232页。

床多少次啊！当我想起我的窗帘、我的房里所有家具都是她的东西，她都用美丽的手摸过时，我又吻过这些东西多少次啊！甚至当我想起她曾经在我屋内的地板上走过，我有多少次匍伏在它上面啊！有时，当着她的面我也曾情不自禁地做出一些唯有在最激烈的爱情驱使下才会做出的不可思议的举动。有一天吃饭的时候，她把一块肉刚送到嘴里，我便大喊一声说上面有一根头发，她把那块肉吐到盘子里，我立即如获至宝地把它抓起来吞了下去。[1]

在写到"我"与葛莱芬小姐和加蕾小组一起在果园里摘樱桃时，卢梭袒露了当时他那不乏"调戏妇女"的内心隐秘：

> 我爬到树上，连枝带叶地一把把往下扔樱桃，她们则用樱桃核隔着树枝向我扔来。有一次，加蕾小组张开了她的围裙，向后仰着脑袋，拉好等着的架势，而我瞄得那样准，正好把一束樱桃扔到她的乳房上。当时我们是怎样哈哈大笑啊！我自己想：为什么我的嘴唇不是樱桃！要是把我的两片嘴唇也扔到那同样的地方，那该有多美啊！[2]

这种隐秘的情感与内心冲动，是男人们，尤其是"正人君子们"所不愿启齿的，卢梭却不无赞赏地抒写了出来。他还承认自己有手淫的习惯，"这种办法拯救了我这种性情的青年人，使他免于淫佚放荡的生活……这种恶习对于怕羞的人和胆小的人是非常方便的，而且对于那些想象力相当强的人还有一种很大吸引力；换句话说，就是他们可以随心所欲地去占有一切女性"。这里，卢梭不仅写出了自己手淫的习惯，还坦认了自己那"意淫"的欲念。他还把显然被人认为"可耻又可笑"的裸露癖也公之于众。年轻的卢梭曾在黑夜中游荡于偏僻街区，向妇女裸露自己的臀部。"在她们眼前展露我的臀部时，我从中获取了无法形容的愚蠢的愉悦。"显然，卢梭告诉了人们：他有变态的性心理。无须再多列举，看到这些，有的读者可能已经在心里骂卢梭"厚颜无耻"、"下流庸俗"了，而卢梭也许早就等待着这种骂声，但他还是敢于坦露自己的丑，以示自己的诚实与真实。

卢梭之所以敢于这么做，那是因为他不仅相信，他虽然有丑甚至恶，但他

1　卢梭：《忏悔录》第一部，第130页。
2　卢梭：《忏悔录》第一部，第168页。

依然是善多于恶，美多于丑，而且他还相信，他虽有丑或恶，他的本性是善的和美的，因此，善与美是他的天然本性，丑与恶乃社会给他的，罪不在他，而在社会，在所谓的"道德"与"文明"。

卢梭出生平民，有自然淳朴之天性，有善良的道德情操，有丰富的情感，有出色的才智，然而，在生活的染缸里，他沾染了不良的习性。例如，在儿童时代，是那受人虐待、不公正的生活环境，"使我染上了自己痛恨的恶习，诸如撒谎、怠惰、偷窃等等"。[1]"儿童第一步走向邪恶，大抵是由于他那善良的本性被人引入歧途的缘故。"[2]"我就这样学会了贪婪，隐瞒，作假，撒谎，最后还学会了偷东西——以前，我从来没有过这种念头，可是现在一有了这种念头，就再也改不掉了。力不从心，结果必然走上这条邪恶的道路。这就是为什么所有的奴仆都连偷带骗，个个学徒都连骗带偷。不过，后者处在与人平等，无忧无虑的状态，而所希望的又可以得到满足的话，那么，在他们逐渐成长的过程中，一定会丢掉不光彩的癖好。可惜我没有遇到那样有利的条件，所以未能收到良好的效果。"[3]尽管卢梭一生也未能改掉多年来形成的不良习气，如窃物癖，"直到现在，我有时还偷点我所心爱的小玩意儿"。但从《忏悔录》中完整地表现出来的"我"，依然是善多于恶、美胜于丑的正直的知识分子形象，一个与圣普乐、朱莉、爱弥儿同类型的高尚的人。

尤其值得注意的是，即使"我"身上的那些"缺陷"和"污点"，由于它们来源于社会而非人之天性，因此，它们在本质上往往又有人性美的隐隐之光。少年时代，他偷了主人家一条小丝带，在主人问起时，由于"太害怕丢脸"，"就不假思索地"把它推到了玛丽永身上了。正是这个在急迫之时"不假思索"地犯下的错误，后来使他"痛心到了极点"，"我从那里带上了难以磨灭的罪恶的回忆和难以忍受的良心谴责的沉重负担。这种负担过了40年还压在我的心头，我因此而感到的痛苦不但没有减轻，反而随着我的年龄的增加而加重了。谁相信一个小孩子所犯的过错竟会有那样可怕的后果呢？"卢梭为自己孩提时代所犯的错误忍受了40年之久的痛苦折磨，表明了他本性的善良，他那种对过失的深深的自责和勇于承认错误的悔改精神，正是表现了他向善趋善

---

1 卢梭：《忏悔录》第一部，第34页。
2 卢梭：《忏悔录》第一部，第36页。
3 卢梭：《忏悔录》第一部，第100页。

的天然本性。"我"虽有窃物的不良习气，但是，"我不但从来不像世人那样看重金钱……金钱金钱，烦恼的根源！我怕金钱，甚于我爱美酒"。[1]所以，他从来不偷窃金银财宝之类可以使人致富的东西，他偷的往往是一些精美的小物品。偷小物品固然不能成为"不算偷"的理由，但卢梭从人的自然本性的角度，说明了错误之中的人性合理性。"在他看来，人具有自己的本性，人的本性中包括了人的一切自然要求，如对自由的向往、对异性的追求、对精美物品的爱好，等等。""既然人在精美的物品面前不可能无动于衷，不，更应该有一种鉴赏家的热情，那么，出于这种不寻常的热情，要'自由支配那些小东西'又算得了什么过错呢？"[2]这样来解释他的偷物癖显然有强辩之嫌，但卢梭的真正用意不在于为自己的窃物癖开脱，而是要在这窃物癖之类的过错的背后寻找人之天性的内在动因，要说明"自由支配"精美的物品有天然的合理性。至于如何达到"自由支配"的愿望，无疑有道德问题和社会的公正公平与否的问题。在此，如果卢梭的观点存有偏颇的话，那就是他往往把发自人的自然天性、自然情感与自然欲望的东西当作善的与美的，而把抑制人的自然天性的社会文化与道德说成是不合理的。

　　出于同样的理论，卢梭在两性爱欲的描写中也常常申诉着人性之合理性。他同华伦夫人之间无疑被认为是不正当的男女关系，有关这方面的内容，卢梭已坦诚于读者眼前，而且，也受到了人们的指责与非难。然而，事实上，卢梭与华伦夫人之间的感情是极为复杂的。起码，就卢梭对华伦夫人的感情而言，并不像当时充满淫靡风气的上流社会那样，纯粹出于肉欲的享乐，而是出于对异性的天然的爱慕之情。从这个角度去看，或者当我们撇开他与她的年龄差异和地位等级差异，纯然从一个男人与一个女人的角度去看时，他对华伦夫人的感情是天真纯洁的、丰富热烈的、真挚经久的，因而也是天然合理的，我们不时地可以在他对她的那种爱中感受到这种自然情感的美。请看下面的描述：

> 　　我陶醉在和她同住的喜悦里，热烈地希望永远生活在她的身边，不论她在与不在，我始终把她看作是一位慈爱的母亲，一个可爱的姐姐，一个迷人的女友，除此之外，别无其他。我始终都是这样看

1　卢梭：《忏悔录》第一部，第41页。
2　柳鸣九：《〈忏悔录〉译本序》，见《忏悔录》第一部，第17页。

待她,总是这样,在任何时候,我思想中只有她一个人。她的形象时时刻刻占据着我的心头,因此也就没有给别人留下任何地方。对我说来,世界上只有她一个女人。她使我感受到的极其温柔的感情,不允许我的情欲有时间对别的女人而蠢动起来,这种感情对我是既保护了她本人,也保护了所有的女性。总而言之,我很老实,因为我爱她。关于这些事情,我交代得并不怎么清楚;至于我对她的依恋究竟属于什么性质,谁要怎么说就让他说去吧。[1]

若干年后,在长期远离华伦夫人的境况下,卢梭也曾与别的女人有过情感与欲望上的纠葛,但他依然没有改变对她的感情:

我始终怀念着她,并希望能再找到她,这不仅是为了自己的生活,更是由于自己心灵上的需要。我对她的依恋,并不妨碍我去爱别人;但这是另一种爱。别的女人都以姿色博得我的爱慕,一旦姿色消失,我的爱也就完了。妈妈尽管可能变得又老又不好看,但我对她的爱慕之情是不会因此减弱的。我这颗心最初是尊崇她的美,而现在已经完全转为尊崇她个人了。我爱她既不是出于义务感,也不是为了自身的利益,更不是由于方便的动机。我所以爱她,是因为我生来就是为了爱她。当我爱上别的女人的时候,坦白地说,我的心也会分散一些,想她的时间也少了,但是,我始终是以同样愉快的心情去想她的。而且,不管我是否正在爱着别的女人,每当我想到她的时候,总是觉得,只要和她不在一起,我就没有真正的幸福。[2]

卢梭与华伦夫人之关系的应受指责,主要在于他们没有合法的夫妻名分,却又有养子与养母的名分,但在情感上他对她始终保持这双重性。而这种"情人兼母亲"的双重情感,正如弗洛伊德所说的"恋母情结",导致了卢梭情感—心理上的变异,使他一方面无法在她身上完全实现男性自然欲望,另一方面又无法真正去爱另外的女人,而只是在她们身上弥补了在华伦夫人那里未曾得到的那份自然欲望。

当我占有了一个女人的时候,我的感官虽然安定了,但我的心却

---

[1] 卢梭:《忏悔录》第一部,第131—132页。
[2] 卢梭:《忏悔录》第一部,第185页。

依旧不能平静。在炽烈的肉欲的快感中，爱的需求在吞食着我。我有了一个温情的妈妈，一个亲爱的女友；但是我还需要有一个情妇。于是我就将一个想象中的情妇放在妈妈的位置上，为了哄骗自己，我千百次地变换她的形象。当我拥抱她的时候，如果意识到躺在自己怀里的是妈妈，即使我拥抱得同样有力，我的欲念也会熄灭；虽然我为妈妈的温存而落泪，我却享受不到快乐。[1]

应该说，卢梭把自己对华伦夫人的这份复杂情感，把其中的美与丑、善与恶表述得非常充分了。从中表现的他的这种"对女性的尊重、保护、温柔和体贴，犹如一股新鲜的春风，在18世纪充满淫靡风气的上流社会中是非常罕见的。那一群群道貌岸然的贵族与学者有几个人不喜欢耽于肉欲的享乐生活，他们有什么资格来嘲笑卢梭呢？"[2]

当然，无论是卢梭关于偷窃行为的描写，还是关于他与华伦夫人之情感的描述等，都难免会有人说他是在为自己辩护，自己美化自己。应该说，这种"美化"的成分是存在的。然而，笔者觉得这并不等于卢梭的不诚实和描写的不真实，也不能说卢梭这样写是为了抬高自己，问题的关键在于，卢梭写"我"的最终目的是写"人"，是通过"我"来说明人在本质上的善多于恶，说明人自己天性中存在着美与善，说明人本身是值得爱的，他是在为"人"辩解的！在此，笔者想起了拜伦对卢梭的一段议论：

> 狂放的卢梭，作茧自缚的人。
> 从此地开始他不幸的一生：
> 使情欲美化，而且雄辩地
> 把罪孽说得人们无法非议，
> 他是为世人的痛苦而说教的天才。[3]

卢梭在《忏悔录》中对"人"的理解、辩解与表述，我们难以完全认同，但他对理想的"人"的追求的执着与勇敢尤值得我们的肯定。正是由于卢梭在写《忏悔录》中表现出来的坦诚、大胆与勇敢，是基于对人本身的爱与自信，所

1　卢梭：《忏悔录》第一部，第271页。
2　徐葆耕：《西方文学：心灵的历史》，第177页。
3　拜伦：《恰尔德·哈洛尔德游记》，新文艺出版社1956年版，第146页。

以我们说，他在《忏悔录》中依然在表达"新人"的理想，而"我"则是一个真实的"新人"和"自然人"。

第五节
"自然人"形象的文化血脉探析

"自然人"是18世纪欧洲启蒙文学中最突出的人物形象，他概括和体现了这一时期的时代精神，集中代表了启蒙作家对"人"的理解与表述。因此，"自然人"形象是西方文学"人"的形象演变史上的一个环节，他不仅体现了这一时代的文化的基本特征，而且也流淌着西方传统文化的血液；他是西方人文传统在这文化大变革时代的文学中的结晶。

一、"自然人"形象与理性精神

"自然人"形象在不同的作家笔下无疑有不同的特点，但又有一个基本共性：他们通常都与各自所处的社会环境格格不入，与现实的文明体系有一种对抗与叛逆心理，从而在人性的价值取向上表现出对超然于现实的"自然人性"的追求。伏尔泰的"天真汉"的"天真"秉性，在于他保持了"自然人性"；孟德斯鸠的"波斯人"寻找的就是"自然人性"和合乎自然人性的文明；狄德罗的"修女"渴求"自由人"的生活，坚守的正是与修道院的宗教文明相对立的"自然人性"；卢梭笔下的"新人"无非是"自然人"的代名词，无论是爱弥儿、圣普乐、朱莉，还是《忏悔录》中的"我"，都是现实文明的"局外人"，都是保持了人的"自然本性"的"自然人"。

如本章第二节中所述，启蒙学者所说的"自然"指的是"天然的"、"本性的"和"固有的"意思，因此，"自然人性"也就是人的一种与生俱来、浑然天成的属性，它属于人本身的属性，而不需要人之外的力量去赋予、去造就。那么，这种"天然的属性"是什么呢？在启蒙学者看来，就是天然的"理性"。"理性"即"人类认识真理的自然能力"，这种能力使人类精神不靠信仰之光的帮助而能达到一系列的真理。按照基督教的教义，真理掌握在上帝手中，或者说，只有上帝才能把握宇宙的真理。既然人类自身拥有认识真理的能力——理性，那么，人也就无需依赖上帝而存在，人本身就是上帝。因此，启蒙思想家强调人的自然属性，是在肯定人的自在性与自主性，具有鲜明的无神论色彩；强调和肯定人的理性本质以及理性对真理的认识与把握能力，是在肯定人自身的主体力量与价值，把人从基督教信仰文化中解放出来，以人取代神，把人放在神的位置上，具有鲜明的反宗教倾向；强调和肯定"自然人"身上的"自然人性"的合理性，也就构成了对现实文明和社会之合理性的怀疑，具有明显的批判现实的倾向。

可见，"自然人"形象在人性取向上以理性为指归，以反基督教文化为主要目标，体现了18世纪欧洲那"以头立地"的理性主义时代的基本精神，因此，"自然人"也可称之为"理性的人"。只是，这里的"理性"既不同于希伯来—基督教文化与文学的"理性"，也不同于17世纪古典主义文学的"理性"。正是"理性"内涵的这种差异，表现了不同时代、不同文学对"人"的不同理解。

希伯来—基督教文化与文学的"理性"是与人的感性欲望相对而言的，指人对自身原始欲望的一种自我约束能力或理智能力，是伦理、道德意义上的理性，它往往表现为人的感性欲望的缺失和人的自然欲望与生命活力的压抑。古典主义文学中的"理性"则主要指人的"政治理性"，具体表现为个人对集体、民族、国家、王权的责任观念和公民义务，它体现了封建时代的专制意识，意味着个体的人的缺失。启蒙文化与文学中的"理性"主要指"人类认识真理的自然能力"，也即人天生固有的知性能力，它与基督教的神性相对，体现了人独立于、超然于上帝的主体力量。它与基督教文化有某种对抗性，是启蒙学者反宗教的锐利武器。

西方思想史与文化史发展到18世纪，真正把中世纪形成的人神关系颠倒过来的是启蒙学者。在我国的学界，人们常常认为人文主义是反宗教的，人神关系在文艺复兴时期就已经易位。实际上，文艺复兴时期的人文主义者几乎没有一个是无神论者，没有一个是真正把自己置于上帝的对立面的。他们对宗教和教会有反叛意识与倾向，但反叛的是教会所奉行的一整套生活方式和生活态度，矛头所指是基督教的道德观而非世界观，也不是上帝本身。所以，人文主义者对基督教有反叛性格，但他们一个个又都是虔诚的教徒。特别是，文艺复兴人文主义者发现的"人"，主要是感性欲望意义上的人，唯其如此，人文主义对宗教的反叛便主要是生活方式和道德伦理层面的，而非上帝本身，因而也不存在真正的人神易位，人取代神。启蒙运动无疑是文艺复兴运动的延续和深化，但这两者的本质差异在于：启蒙运动真正形成了人与神的对立与抗争；启蒙学者真正向上帝开战，因为他们发现了人可以取代神的依据——"理性"（人的知性能力）。"理性"也正好是他们反宗教的工具与武器。

在基督教教徒看来，人的原罪得之于祖先亚当与夏娃偷食智慧之果（也是知识之果、文明之果），人想超越上帝；偷食智慧之果后，人有了与上帝一样的知性能力，因之，人之恶在于人有了知性能力。在启蒙学者看来，知性能力是人天然的、固有的属性，因之，人与上帝对等；人之本性非善非恶，恶来自无知和蒙昧，来之于知性不彰。由此，我们看到了真正的人神对立、人神易位，也找到了启蒙学者崇尚知识、科学的人性根据，看到了启蒙文学的"自然人"在深层文化理路上与希伯来—基督教文化与文学传统的对立关系。

二、"自然人"形象的古希腊—罗马文化价值取向

"自然人"在"理性"问题上与希伯来—基督教文化传统的对立关系，正意味着它与古希腊—罗马文化传统的继承与延续关系。这并非想当然的简单臆测或类推，而是一种客观事实。

在本书的第二章中笔者曾经指出，我们强调古希腊—罗马文学是一种原欲型的文学，体现出"神—原欲—人"的三位一体，这并不意味着否认古希腊—罗马文化的理性内容，特别是古希腊哲学中的理性内容。古希腊的哲学从自然哲学发端，这种自然哲学一开始就热衷于追问世界本原，或探索其运动形式，极富理性精神。这种理性精神在古希腊的伯里克利时代得到了充分的发展。正如伊迪丝·汉密尔顿所说：

> 希腊人站起身来，理性开始它的统治。希腊人的一个最根本的事实是他们一定要运用自己的思维能力。古代的传教士告诉人们说："到此为止，不能再向前了。我们给思想制定了界限。"希腊人却说道："一切应该经过考察，经过质疑，对于思想，不能规定界限。"[1]

显然，古希腊人十分强调人的知性能力的运用与发挥，强调人在自然面前的思

---

[1] 伊迪丝·汉密尔顿：《希腊方式——通向西方文明的源流》，第20页。

考与探索，强调对知识的追求。在古希腊哲学史上，从巴门尼德、恩培多克勒到泰勒斯、毕达哥拉斯、赫拉克利特，再到亚里士多德、托勒密和苏格拉底，都把哲学和自然科学联系在一起，并由此扩大到对社会、人生诸问题的关注和系统阐发。苏格拉底还提出"美即知识"的名言，将知识公开标举为人生追求的目的。

古罗马人对自然的探索无多大兴趣，尤其不擅长于形而上的玄思，他们关心的是伦理和政治问题，特别重视法律，由此形成了一种法的理性精神。相对于古希腊人，古罗马人通过对法的追求，将自己的知性能力主要用之于现实社会规律的探索和社会知识的追求，而非用之于自然规律的探索，自然知识的追求。

但是，无论是古希腊人还是古罗马人，都表现出了对理性精神的崇尚，重视人的知性能力的发挥，重视知识的积累，而这一切都表现出他们对人的自我力量与能力的肯定。

希伯来—基督教文化思想虽然并不完全地与古希腊—罗马式的理性或哲学思想相对立，如前所述，基督教也在一定程度上汲取过古希腊的哲学，也即"理性"养料，然而，基督教作为一种信仰文化，它在本质上肯定上帝的真理性，否定人的知性力量和意义，因而与古希腊—罗马文化中的"理性"精神呈对立之势，而与启蒙文学的"理性"一脉相通。文艺复兴人文主义者发现的主要是感性欲望意义上的"人"，此时的"人"理性尚未觉醒，或者说，理性的力量还十分微弱。从17世纪开始，随着自然科学和哲学新成就的取得，古希腊—罗马的理性精神得以弘扬，"人"的发现逐步转向人的知性能力的发现。在科学理性的支撑下，人们开始抛开《圣经》，脱离上帝去解释自然和社会秩序。古希腊—罗马的理性精神，正是经由这一途径传递到18世纪启蒙学者的思想库存中的；启蒙文学中"自然人"身上的"理性"也主要在这一历史链条上延续了古希腊—罗马哲学文化的理性精神。

由此可见，人们通常说文艺复兴运动和启蒙运动是西方文化史上的两次思想解放运动，后者是前者的延续和发展，它们的思想源头都在古希腊。这虽然是有道理的，但却掩盖了这两次思想解放运动的文化差异。由于文艺复兴运动发现的主要是感性意义上的"人"，因此，人文主义者主要从古希腊—罗马的文学艺术中汲取原欲型文化思想以对抗教会的禁欲主义；而启蒙运动发现的主要是理性（知性）意义上的人，因此，启蒙学者主要从古希腊—罗马的哲学文化中汲取理性精神的养料以对抗教会的蒙昧主义，故而这一运动被称为"启蒙运动"；人文主义文学中的"人"和启蒙文学中的"人"在文化血脉上都通向古希腊—罗马传统，但又有不同的人性偏向。不仅如此，与人文主义文学相似，启蒙文学中的"人"在其核心内容上取向于古希腊—罗马文化之外，也包容了希伯来—基督教文化的人文血统。

三、"自然人"形象的希伯来—基督教文化价值取向

启蒙学者高举"理性"的大旗反教会，其首要目的是把探索与把握真理的权利从上帝那里取回后还给人自己，让人自己用天赋的知性能力去重新解说宇宙与社会，因此，他们与基督教乃至整个文明社会呈对抗性关系。如无神论者狄德罗，他从根本上否认了上帝的存在及其合理性，他认为上帝是没有的，"崇拜上帝无异于崇拜人的想象创造虚构物，或者简直是崇拜乌有的东西"；[1] 卢梭则把人放到神的位置上，认为神就是人自己。启蒙文学中的"自然人"也往往拥有启蒙学者的叛逆性格，因而通常与现实相对立，维护所信奉的"自然原则"，体现出一种理性批判精神。然而，无论是"自然人"形象还是启蒙作家本人，他们在否认上帝，否认既有文化与文明，否认现实社会制度的同时，都力图在解构了他们认为不合理的现实存在之后，以他们所信奉的"理性"去重构一种新的存在。在这种解构与重构的努力中，他们往往陷于文化选择的自相矛盾的尴尬：解构的对象常常又成了重构时被重新选用的对象。正如英国史学家丹尼斯·哈伊在评价人文主义学者时所说的那样："批判完了以后，灵魂仍然存在，对圣母还像过去那样迷信。"这当然不是说启蒙学者和"自然人"对宗教的反叛与人文主义者一样软弱，而是说这种"批判完了之后仍然迷信"式的自相矛盾，是一种普遍的文化心理。与其说这是一种自相矛盾的尴尬，不如说是一种对待传统文化所应有的辩证态度，因为正是这种文化心理，使人们看到了被否定、被批判、被解构的旧文化体系中必然隐含的合理的、新文化重构必不可少的文化基因。文艺复兴时期如此，启蒙运动时期亦然。

启蒙学者虽然有强烈的反宗教、反上帝的一面，然而，他们在批判了他们

---

[1] 转引自高九江：《启蒙推动下的欧洲文明》，第110页。

要批判的那个"上帝"之后，在否定了他们要否定的宗教教义之后，又不可避免地继续沿用这些"旧瓶"去装"新酒"。因为，"巧妇难为无米之炊"，新文化不可能一时间形成，重构新文化离不开旧的文化素材。何况，启蒙理性鼓舞与引导人们去探索自然，追求科学与知识，去解决当下的人的生存问题，却忽视了对人的终极意义和信仰的问题、伦理的与道德的问题的思考。这种轰轰烈烈的文化批判、文化启蒙背后的隐性的人文缺失，本身就会引发批判者的当下反思与检讨。启蒙学者的杰出代表伏尔泰一面说"第一个上帝是遇到了第一个傻瓜的第一个流氓所创造出来的"，另一面又说，"即使没有上帝，也必须捏造一个上帝出来"，还说："人如果否认神，必至于恣情纵欲，犯极大的罪恶，这岂不可怕？"所以，"我希望我的供应人，我的裁缝匠，我的仆人，我的妻子都来信仰上帝；我想，这时就很少有人来抢劫我和给我绿帽子戴了"。[1]孟德斯鸠也认为上帝是人想象出来的，他曾讽刺说，"有人说得妙，如果三角形也会创造一个神，它们一定给它们的神三条边"，[2]即"三位一体"。他认为，所谓神的"三位一体"是违背科学的无稽之谈。然而，他又认为宗教信仰有其现实的作用。他说："宗教是约束那些不惧怕人类法律的人的唯一的绳束，君王犹如狂放不羁的野马，而一条缰绳可以将其驯服。"他还说，"一个完全不相信宗教的君主，就像一只可怕的野兽"。[3]启蒙学者从科学的角度，在"真"的层面上否定了上帝和神学宇宙观，为人和人的理性确定了位置，随之，他们往往又从道德伦理的角度，从"善"的层面上肯定了上帝和基督教文化。"自然人"形象虽然都以理性精神去抗拒现实环境，否认现实存在的合理性，但是，他们往往在以独立的知性能力批判现实、批判宗教的同时，又伸张着基督教善的观念。他们强烈批判的通常是教会和教徒在违反本原意义上的宗教教义之后而表现出的伪善和背逆人性，这种批判的道德准则依然是基督教的善、仁慈、博爱。

在伏尔泰的《天真汉》中，原始人状态的"天真汉"保留着"纯真的自然人性"，他虽然比教会中的那些"文明的恶棍"要好，但毕竟只是知性未张、善恶不辨的"野蛮人"。他最后在新教徒高尔同的教化下，接受了启蒙教育，

---

[1] 转引自索柯洛夫：《伏尔泰》，上海人民出版社1960年版，第28页。
[2] Montesquieu. *The Spirit of the Laws* (volume two). p.590.
[3] Montesquieu. *The Spirit of the Laws* (volume two). p.592.

既掌握了人类的科学知识和新的哲学体系——知性得以启蒙，又能鉴别古今的历史、哲学、文学与宗教——经受传统文明与文化的熏陶与启迪，从而成为既保留了"纯真的自然人性"，拥有知性能力，又有善恶观念、仁慈博爱思想的"文明的新人"。从伦理道德观的角度看，"天真汉"式的"文明的新人"较之于教会中的"文明的恶棍"，根本的差别在于后者本身的行为背离了基督教的教义从而走向了"恶"。伏尔泰在《老实人》中全面地批判了"满目疮痍"的现实世界后，重构了一个理想中的"黄金国"。那里黄金满地，人人自由，人们"从早到晚敬爱上帝"，既没有人对人的迫害，也没有囚禁人的牢狱。即使就当时认识水平看，这个理想国既不科学也不合乎现实人的理性逻辑，但它是一个道德理想国，是爱的伊甸园，它合乎"自然人"的道德逻辑，而这种道德理性来自基督教博爱、趋善的思想。

启蒙文学"自然人"形象与基督教文化的亲缘关系，表现得最明显的是卢梭的小说。笔者将着重通过对卢梭小说的分析来说明这一问题。

第六节 "新人"形象的文化包容性

如文艺复兴晚期的人文主义作家莎士比亚、塞万提斯等与早期人文主义者薄伽丘、拉伯雷等有迥然不同的人文主义理想，卢梭较之伏尔泰、孟德斯鸠和狄德罗等启蒙作家，在启蒙理想的理解与追求上也有鲜明的差别，卢梭与伏尔泰为首的启蒙阵营决裂也与此有关。为此，有人认为卢梭不属于启蒙思想家。关于卢梭属不属于启蒙思想家，本书无意于多费笔墨，而就本书所集中论述的"自然人"形象和"理性"原则而言，都属于启蒙作家。至于卢梭与伏尔泰等在文化思想上的分歧，我们姑且看作卢梭作为启蒙作家的独特个性。

一、启蒙哲人与基督教情结

在理性批判精神方面，卢梭无疑与伏尔泰等启蒙思想家同属一个阵营，而且，他从理性原则出发，几乎否定了整个的西方文明，对传统文化表现出比伏尔泰等更为激进、强烈的对抗情绪。然而，在对待基督教的态度上，他又比伏尔泰、狄德罗等暧昧得多。他没有像狄德罗那样强烈地批判宗教，而只是反对所谓的"坏宗教"，甚至他不能容忍狄德罗式的无神论。就其基本的启蒙原则和理性精神而言，卢梭立足于现世社会的改造，有着强烈而鲜明的世俗精神，他是一个启蒙哲人，而非一个教徒，故而他也一直受到教会和教士们的攻击；就其所抱的宗教态度和基督教文化价值取向而论，他俨然怀有一颗教士之心，有割不断的宗教情结，故而他又一直为启蒙哲人所排斥。正如他在《信仰自由》中说，"在信仰宗教的人当中，他是无神论者，而在无神论者中，他又是信仰宗教的人"。[1]卢梭就是这样一个"两面人"。说他是启蒙哲人，似乎无可非议，他本该如此；说他同时是一个教士，似乎令人难以接受：以理性反宗教的启蒙思想家，怎么可以是一个有教士之情怀的人呢？其实，如前所述，这种双向式文化尴尬，并不足为奇，而是文化演变史上题中应有之义。笔者则认为，这"教士的卢梭"，在文化学理的辨析中，更耐人寻味。

卢梭一生中改信过旧教，后又皈依新教，他始终未曾放弃过宗教信仰。早在他10岁的时候，当大人们要他在当钟表匠、律师或牧师之间作出选择时，他坦然地说："我喜欢做牧师，我觉得传道说教很有意思。"[2]青年时期，他曾在华伦夫人的资助下入神学院学习一年，改奉天主教，此时，他差一点成为一名专职牧师。在巴黎苦斗成名之后，他带着第二篇著名论文《论人类不平等的起源和基础》来到日内瓦：

> 一到日内瓦……我决心公开地重奉祖先的宗教。我和百科全书派人们的往来，远没有动摇我的信仰，反而使我的信心由于我对论争与派系的天然憎恶而更加坚定了。我对人与宇宙的研究，处处都给我指出那主宰着人与宇宙的终极原因与智慧。几年以来，我致力于研读《圣经》，特别是福音书，早就使我鄙视最不配了解耶稣基督的人们给予耶稣基督的那些卑劣而愚昧的解释。[3]

10年之后，卢梭已进入老年。他总结与狄德罗等人的论争，觉得根本的分歧在于他信仰基督教，而狄德罗等是无神论者。他说：

1　卢梭：《爱弥儿》下卷，第381页。
2　卢梭：《忏悔录》第一部，第484页。
3　卢梭：《忏悔录》第二部，第484—485页。

宗教的狂信尽管是容易导致血腥和残酷的行为，但不失为一种强烈的热情，它能鼓舞人心，使人把死亡不看在眼里，赋予人以巨大的动力，只要好好地加以引导，就能产生种种崇高的德行。反之，不相信宗教，以及一般的好辩的哲学风气，却在斫丧人的生命，使人的心灵变得十分脆弱，把所有的热情都倾注于低级的利益和卑贱的自身，一点一点地败坏整个社会的真正基础；因为个人利益一致的地方是这样的稀少，所以不能同它们互相冲突的利益保持平衡。

无神论之所以不造成流血的行为，并不是由于爱好和平，而是由于对善漠不关心……哲学家的漠不关心的态度，同专制制度统治下的国家的宁静是相像的，那是死亡的宁静，它甚至比战争的破坏性还大……

从理论上说，哲学给人类造成的好处，没有一样是宗教不能够更好地造成的；反之，在宗教给人类造成的好处中，有许多好处却是哲学所不能造成的……

基督教已经使各国政府没有那么好杀了……这种改变，不是文化的结果，因为在文化灿烂的地方，人道并没有受到更大的尊重，这一点，根据雅典人、埃及人、罗马皇帝以及中国人的残酷行为，就可以得到证明……

哲学家，你那些道德的法则的确是很漂亮的，不过，请你告诉我，它得到了谁的承认。你别那样转弯拐角地，请直截了当地告诉我，你用什么东西代替道德法则？[1]

可以说，卢梭一生都伴随着一种缠绵的宗教情绪，一生都未曾改变他的一颗"教士之心"。读他的著作，我们可以感受到浓浓的宗教情绪，可以触摸到一颗充满救赎热情的教徒的心灵。他的《忏悔录》以沉重的宗教情怀为"人"而忏悔，把读者也带入一种准宗教式的现世赎罪心理状态。正如卢梭的同时代人塔列朗（Tallyrand）谈到读《忏悔录》的感受时所说："当人们阅读卢梭的时候，都确信自己也沉入了忏悔状态。"[2]勿庸置疑，卢梭的思想是受基督教文化深深浸染的。美国学者肯尼迪·罗舍在卢梭思想核心观点与《圣经·使徒

1　卢梭：《爱弥儿》下卷，第455—456页。
2　转引自朱学勤：《道德理想国的覆灭》，第14页。

传》之间寻找出渊源关系，曾列表如下：[1]

圣　　经	卢　　梭
1.《使徒书》第八十八	1. 文明引起道德败落
2.《使徒书》第三十九、四十一、四十二、四十三、九十	2. 人类远古曾有黄金时代
3.《使徒书》第八十八、九十	3. 财产权问题
4.《使徒书》第七、八、十四、四十一	4. 市民世俗社会及其影响
5.《使徒书》第九十四	5. 人的天性善良
6.《使徒书》第八十八	6. 理性不可靠，唯感性、信念可靠

像卢梭这样有浓厚宗教意识的人，难怪在当时会不见容于启蒙阵营。他为什么会有如此深的宗教情感呢？

二、"先验理性"与"天赋良知"

启蒙作家都崇尚理性，但各自理解的"理性"又存有差异，也许正是这种微妙的差异，体现了各自不同的文化价值取向，并成为启蒙阵营两向分化——卢梭与伏尔泰等人的分裂——的深层文化原因。诚如国内学者朱学勤所指出：

> 18世纪是理性时代。但是深入推敲不久，就会发现当时有两种理性的声音在时分时合，暗中争斗。一是从帕斯卡到笛卡尔的法国先验理性，一是从培根到洛克的英国经验理性。前者的口号是"我思故我在"、"怀疑一切"，是一种内视、演绎、否定性理性；后者的口号是"知识就是力量"，是一种外视、归纳、肯定性理性。前者跟宗教近，离世俗远，反映出未经宗教改革洗礼的国家其知识分子的精神特点；后者距宗教远，离世俗近，反映出经历清教革命后的国家其知识分子的精神特点。两种理性之并存，恰如古希腊理性时代柏拉图之先验理性与亚里士多德的经验理性之分野。[2]

两种"理性的声音"汇成启蒙时代的最强音，让我们看到了启蒙理性之主导性

1　转引自朱学勤：《道德理想国的覆灭》，第16页。
2　朱学勤：《道德理想国的覆灭》，第25页。

文化价值取向——古希腊—罗马文化价值取向。但这两种声音的差异，却又暗含了文化价值取向的细微分野。

卢梭显然是先验理性的代表。卢梭的"理性"与伏尔泰等人的"理性"尽管都属于启蒙哲学范畴，但是，在先验理性而不是经验理性这一节点上，卢梭联结着宗教，从而使他的理论一只脚跨入了近代，另一只脚还深陷在中世纪的文化土壤。他的"理性"除了同伏尔泰等人的"理性"一样强调"天然的"、"人类认识真理的自然能力"（即知性能力）之外，还特别强调宗教与道德意义上人的"天赋良知"。这种"天赋良知"存在于人的"自然状态"，或人类历史的"零度状态"。他倡导"返归自然"，也就是要让人回归或保持这种天赋的善良天性。卢梭认为，"人类从自然状态走向文明状态的那些道路已经被人遗忘和遗失"，所以，要认真研究人类的这种"自然状态"。然而，"研究过社会基础的哲学家们，都认为有追溯到自然状态的必要，但没有一个人曾经追溯到这种状态"。[1]他的研究，恰好填补了这一空白。然而，卢梭所谓的人类历史的"零度状态"或"自然状态"，实质上不过是基督教所向往的伊甸乐园或彼岸天国的境界，"天赋良知"也即天国圣火和上帝所拥有的善。因此，他希望人类社会"返归自然"，实际上并不是人们通常所理解的那样，让人类社会返归到茹毛饮血的原始社会，而是让人类社会在精神道德上走向善的境界，让人性摆脱文明的污染从而保持纯洁的"天赋良知"。而且，卢梭坚信人类可以在现实世界中建立天国般的理想社会。正是在这个意义上，卢梭把人自己当作神，把上帝的善赋予了人自身，把上帝之城与世俗之城调了个位，把彼岸世界拉到了此岸世界，把天国拉到了人间。所以，卢梭对宗教的最大的反叛就是否定了上帝而肯定了人自己，并且把人当作上帝；然而，卢梭与宗教的最紧密的联系在于他把基督教的宗教道德理想作为世俗理想。因而，在卢梭这里，"启蒙"主要不是像伏尔泰等人那样用科学与知识去照亮蒙昧之心，而是用上帝之善去拨开文明罩在人的"天赋良知"之上的污垢，让"理性"与"良知"重见天日。因此，卢梭所理解的"人"不仅有"人类认识真理的自然能力"，而且还有上帝般的善良天性。于是，他笔下的"新人"形象，除了以天然的知性能力批判当下存在之外，往往更追求道德上的崇高境界，表现出一种高尚的"美德"，从而使这些形象也像卢梭本人一样，赋有教士的秉性。

---

[1] 卢梭：《论人类不平等的起源和基础》，商务印书馆1982年版，第72—73页。

三、"新人"形象与教士秉性

卢梭笔下的"新人"形象,隶属于启蒙文学的"自然人"形象,因而他们和"自然人"形象一样都有理性秉赋和自然人性。然而,由于卢梭在崇尚启蒙主义的理性精神的同时,又与同启蒙理性在文化价值取向上相左的希伯来—基督教文化有千丝万缕的联系,也就决定了他笔下的"新人"形象的文化血液里流淌着更多希伯来—基督教文化因子,由此也就显示出卢梭作为启蒙作家对"人"和社会理想的独特理解。

如果说,伏尔泰认为人之恶在于蒙昧无知,因而需要伸张理性(人的知性),进而需要启蒙、需要追求科学与知识,认为文明、进步会将人类引向善的境界的话,那么,卢梭则认为人之恶在于社会与文明,因而要用人的理性(知性)去解构传统文明进而重建新文明,而这种新的文明的最高境界就是使人的道德达到至善境界,使人的天性保持纯真状态,用他的话说就是:"返归自然。"因此,如果说伏尔泰为代表的启蒙作家把知性昌明的程度作为衡量理想人格的主要尺度的话,那么,卢梭则把道德水准看作衡量理想人格的主要尺度。所以,"新人"作为卢梭勾画的理想的"人",比伏尔泰等塑造的"自然人"更富有"道德"理性意识,而这种"道德"在文化属性上,主要取向于希伯来—基督教的宗教道德。

基督教认为,人性本恶,而善存在于上帝身上;卢梭认为个体的人是善的,恶在社会与文明,因此,人自身就是上帝。卢梭说:"人心中的自然状态就是历史的零度状态,人心中的良知,就是天国的圣火。它被文明压抑,湮湮待熄。"[1]因此,如果说伏尔泰等启蒙作家要"启迪"与"照亮"的主要是人的"知性"的话,那么,卢梭所要"启迪"与"照亮"的主要是人的"德性"或道德良知。在此,卢梭对基督教的反叛性在于:他把上帝所拥有的道德之善赋予人自身,也就是在道德上把人放到了上帝的位置上,这比伏尔泰等启蒙思想家在对待宗教问题上还多了一层人神易位——道德意义上的人神易位。然而,卢梭要人去遵循的道德准则,在根本上又是宗教道德,他要把彼岸的至善天国建立在人间,他要走的是宗教道德世俗化的道路;所谓的"历史的零度状态"、"返归自然",都不过是伊甸园式的道德理想国在现世的重现。在此,

---

1 朱学勤:《道德理想国的覆灭》,第31页。

卢梭又是一个宗教道德理想的现世实践者：他企图把信仰世界和价值世界的理想在世俗世界中付诸实施，也就是把彼岸世界置于此岸世界，这是两个世界的易位。这比伏尔泰等启蒙思想家更贴近了上帝而疏离了现实的人。这是卢梭塑造"新人"形象的宗教文化思想基础。以这样一种文化思想为基点，"新人"形象作为卢梭勾画出来的理想的"人"，自然比伏尔泰等塑造的"自然人"更富于道德意识，更贴近于希伯来—基督教的文化土壤。

卢梭在理论上把社会和文明视作人之原罪的承载体，个体的人则拥有了上帝的善，拥有了神性，但人要真正趋善成圣，却要经过道德之炼狱的洗礼。个体的人必须经过"美德"对人性的考验，由人而圣。这也许就是卢梭对"启蒙"的另一种独特理解。卢梭借"新人"形象表达了他关于"人"的理想，进而也表达社会的理想，从而为人们昭示了由人而神的圣化之路，而这圣化之路则近乎是教士之路，于是，"新人"们也几乎如卢梭本人一样富有教士秉性。

（一）赎罪与忏悔意识

如前所述，卢梭的《忏悔录》有一种浓重的忏悔和赎罪意识，其实这种忏悔和救赎意识在《爱弥儿》、《新爱洛伊丝》等作品中同样存在。忏悔和救赎心理出现的前提是感到自己有罪。卢梭笔下的"新人"形象一个个都有沉重的罪的包袱和深深的忏悔心理。在此，卢梭人性善的理论表现出了与实践的脱节。尽管卢梭赋予了"人"以上帝之善性，但现实社会之恶对个体的人的侵蚀是无时无刻的；尽管一个趋善之人凭着天然的良知抵御这种侵蚀，但恶在人性上的附着仍难于幸免。因而，恶在每个人的心灵中的存在，只是程度不同而已。人性受污染的过程，就像从自然状态（至善状态）开始的人类，在走向文明的过程中沾染恶的过程，人类"文明社会发展史"就是"人类的疾病史"。[1]因此如果说，基督教认为人性本恶因而人必须向上帝忏悔，用现世赎罪而获救的话，那么，卢梭则认为，人性本善，人本身有神性，但人必须认识到人性有被污染的可能与必然，因而仍需救赎，只不过这是一种道德上的自我救赎。人一开始时（自然状态时）是上帝，并不等于人最终能保持神性、保持"天赋良知"，因而人依旧可能是有罪的，罪感就由此而生，赎罪的理由也在于此。所以，无论是卢梭本人还是他笔下的"新人"形象，都自觉不自觉地感

1　卢梭：《论人类不平等的起源和基础》，第63、79页。

到心头驮负着罪的包袱，战战兢兢地仰望着至上的道德上帝，向他忏悔，祈求赎罪，并向他靠拢，力求趋善成圣。在这个意义上，卢梭的心目中，上帝依然是存在的，无非这个"上帝"已不是基督教中的上帝，而是他创造和敬奉的道德上帝——即人的"天赋良知"，人性之善。正如他借朱莉之口所说："我侍奉的上帝是仁慈的上帝，他像父亲一样；最使我感动的是他的善心。"[1]这也就决定了他有圣徒般深沉的宗教情感、心理与意识。

在《忏悔录》中卢梭首先认为"我"是天性善良、生来无罪的，所以他敢于大胆坦露自己的心灵世界，敢于"剥掉了衣服，而且剥掉了皮肤"让人们看，然而，他又因为自己毕竟有那么多的过失甚至恶——尽管他认为这不是他本人之罪——因而在自我坦露中始终伴随着罪感和救赎之心。《新爱洛伊丝》中虽然圣普乐和朱莉认为他们的感情是发自人的自然天性的纯洁之爱，但又自始至终伴随着一种深深的罪感。圣普乐一开始向朱莉表白自己对她的爱，就说自己是在犯罪——爱一个纯洁的少女是有罪的！他说：

> 在这个世界上，还有比我的处境更可怕的事情吗？我心里当然明白这是犯罪的，但我没有办法不犯这个罪。罪过和悔恨搅乱了我的心，我不知道我今后的命运如何，只好忧心忡忡，听凭命运的安排：既抱着得到宽恕的希望，又怀着受到惩罚的恐惧。[2]

圣普乐一开始就为自己的"罪"而"忧心忡忡"，在寻求并得到爱的欢乐的同时，悔恨、祈求宽恕、恐惧也紧紧相随。这俨然是一个中世纪神父的心态。与之相仿，朱莉在接到圣普乐关于爱的表白之后，一方面自己也坠入爱河不能自拔，另一方面也为自己的"罪"而深感恐惧，她给圣普乐的第一封正式的复信就作了如此表白：

> 我一步一步地陷入一个邪恶的勾引人布置的圈套；我已无法停止，来到可怕的深渊的边缘了。你这个狡猾的人！你之所以这么胆大妄为，不是因为你爱我，而是因为你已看出了我爱你……
> 我事事小心，防止那极大危害的感情的发展。我没有抵抗能力，一心想保护我不受攻击；你的追求，欺骗了我脆弱的警惕心。我曾经

1　卢梭：《新爱洛伊丝》卷六，书信八，德·沃尔玛夫人来信。
2　卢梭：《新爱洛伊丝》卷一，书信二，圣普乐致朱莉。

无数次跪在我父母面前向他们诉说我有罪的心里话……从开头第一步起，我就感觉到我是在走向深渊……[1]

尽管事实上小说把男女主人公的爱情抒写得圣洁而美丽，尽管男女主人公也曾无数次地在心里为自己的情感之合理性辩护，但终也摆脱不了那份罪恶感，终也免不了那忏悔与赎罪之情，因而也就在心里始终忧心忡忡地供奉着至善的上帝。

（二）禁欲意识

"禁欲意识"不等于教会的禁欲主义。作为一种宗教道德，禁欲意识原本是有其合理性与人文性的。我们也暂且从这样的价值定位去评析卢梭小说的禁欲意识。

卢梭自然不是一个禁欲主义者，但显然也不是一个奉行古希腊式和文艺复兴早期人文主义式"放纵自然原欲"观点的人，倒是一个遵循基督教道德规范、富有禁欲意识的教士式作家。

从基督教的角度看，人的自然欲望集中表现为物欲与性欲，人对这两种欲望都必须予以抑制。人的生存需要有物质条件作保障，对此，基督教似乎也是承认的，因此，它并不一概杜绝人的物质需求，而只要求人满足于生存所需的基本物质限度，反对放纵物欲和贪婪攫取。从这个角度出发，物质生活上的勤俭、朴素是一种"美德"，甚至轻视财富也被认为是一种"美德"。卢梭笔下的"新人"差不多都是恪守这种"美德"的。

爱弥儿是按照"自然教育"的原则培育出来的"新人"，他从来就恪守着节俭朴素的生活原则，和他所处的纯朴的环境谐调一致。朱莉出身贵族，但她一直过着朴朴素素的生活。在她家里，任何一样东西都是"把美观和实用结合在一起的，而且，在实用方面，并不局限于使人得到益处，它还包括给人以淳厚和朴素的享受，使人从隐居、劳动和恬淡的生活中得到乐趣，并使喜爱这种生活的人保持一个圣洁的灵魂和一颗不受欲望干扰的自由的心"。[2]作为贵妇人，朱莉却"兢兢业业地治家"，与仆人们一起劳动，那伊甸园般的"爱丽

1　卢梭：《新爱洛伊丝》卷一，书信四，朱莉致圣普乐。
2　卢梭：《新爱洛伊丝》卷四，书信十一，圣普乐致爱德华绅士。

舍"¹田园，就是由她一手操持而成的。和她一起生活在这一环境中的人，几乎也都是勤俭、淳厚、朴素的。显然，这是过于理想化的，然而却表达出了"新人"的生活准则。《忏悔录》中的"我"则是一个现实中的"新人"，因而他显得更真实，但在物质欲望中体现的道德意识与爱弥儿等大致相仿。"我"出身贫贱。他懂得，钱可以保持一个人的独立，因而它是生活中必需之物，但他只是把它作为"保持自由的一种工具"，因而他只是"牢牢掌握自己占有了的金钱，不贪求没有到手的金钱"。²"我从来不像世人那样看重金钱，甚于也从来不曾把金钱看作多么方便的东西……金钱金钱，烦恼的根源！我怕金钱，甚于我爱美酒。"³他把淳朴自然视为自己贫贱生活中最可宝贵的财富，深信在自己的"布衣"之下比"廷臣的绣金衣服"下面更有"灵魂"和"力量"。

在男女性爱的问题上，我们更可以看到"新人"形象的基督教式禁欲意识。朱莉与圣普乐的关系，一直限于"情"的范畴，可以说是一种纯真的两性之爱，是自然人性的真实流露。然而，即便是这种纯真的情爱，男女主人公尚且视之为"犯罪"。至于他们各自内心萌动的"欲"的企求，那更是一种羞于表白的"罪恶"，他们的"美德"，似乎就是在对这种"情欲"的抑制中表现出来的。正如爱德华绅士给圣普乐的信中所指出的那样：

> 你的情欲，尽管曾经在一个很长的时期内使你成了它的奴隶，但它却使你成了一个有德行的人。这是你的光荣……你是否知道是什么原因使你永远爱美德吗？那是因为在你的眼里，它好像就是个能充分代表它的可敬的女人的样子；要这样一个形象不引起你的兴趣，那是很难的。不过，你岂能单单为了她而爱美德；朱莉靠她自己的力量达到至善，难道你就不能像她那样靠你自己的力量达到至美吗？⁴

克制欲望，达到至善，这是朱莉和圣普乐都身体力行地去做了，而且做到了的，他们也就由此完成了由人而神的圣化之路。在18世纪巴黎那世风日下，连

---

1 "爱丽舍"：希腊神话故事中的天堂，理想中的乐土。
2 卢梭：《忏悔录》第一部，第43页。
3 卢梭：《忏悔录》第一部，第41页。
4 卢梭：《新爱洛伊丝》卷五，爱德华绅士来信。

许多神职人员都抵抗不住世俗情欲的诱惑的社会环境中，朱莉和圣普乐无疑是超凡脱俗得惊人的，他们实在是匡正民风民俗的崭新的"新人"。然而，他们的这种"美德"显然多半得自基督教的禁欲意识，他们的骨子里头甚至有被文艺复兴时期人文主义者所批判过的禁欲主义成分。我们不妨来看一段"新人"关于女人的评价：

> 女人啊！女人！你们是世上的珍珠，同时又是害人的祸水，大自然把你们装扮得那么美丽，为的是让你们来折磨我们，谁冒犯你们，谁就要受到惩罚；谁害怕你们，你们就纠缠谁，不论对你们是爱还是恨，我们都是要遭殃的。不论是追求你们还是躲避你们，我们都是要吃苦头的……你们长得很俊，让人一看就着迷，就产生怜爱之心；你们是活生生的人，同时又是不可思议的幻影；你们是害人的深渊，同时又是令人魂销的温柔乡！啊，美丽的女人，你们比你们周围的一切都更令人害怕；谁相信你们骗人的文静样子，谁就要倒霉！兴风作浪，危害人类的人，正是你们。[1]

> 除非一个美丽的女人是天使，否则她的丈夫将成为人类当中最痛苦的人；再说，即使她是一个天使，她怎能不使他时时刻刻都处在敌人的包围之中呢？如果说极其丑陋的相貌不是那么令人厌恶的话，我倒是宁可选极其丑陋的女人而不选极其美丽的女人的；因为，用不着过多久的时间，丈夫就会觉得美或丑是无所谓的，美人会招来麻烦，而丑陋的人反而会带来好处。不过如果丑得令人讨厌的话，那就最糟糕不过了；讨厌的感觉不仅不会消失，而且会不断增加，以至最后变成怨恨的。这样的婚姻无异于地狱，娶了这样的女人，还不如死了好。[2]

以上两段引文也许并不太有普遍性意义，但它们把女人视作"祸水"，这无疑和教会对女人的贬斥有相同之处，表达的是对女性，实则是对情欲的一种由恐惧而至禁忌的心理。此种禁欲主义的思想表现，只能说明卢梭过于迷恋中世纪的宗教道德文化，而离"启蒙"甚远了。

---

[1] 卢梭：《新爱洛伊丝》卷五，书信七，圣普乐给朱莉的复信。
[2] 卢梭：《爱弥儿》上卷，第617—618页。

从上述这些事实分析中可以看到,卢梭笔下的"新人"形象尽管与伏尔泰等启蒙作家笔下的"自然人"形象有相通之处,但在文化渊源上,却拥有更多的希伯来—基督教文化血统。

(三)博爱意识

卢梭希望人类社会回复到"自然状态",也就是让天国的理想在现实中实现,让彼岸爱的世界在此岸的地平线上出现。在这种情况下,卢梭自己就像一个上帝,超然于芸芸众生之上,悲天悯人,广施仁爱,构想着理想的社会。他把天国的圣火播向人间,希望充满邪恶的世界燃起道德革命的熊熊烈火,让人类社会在圣火中涅槃,但这个理想始终也只像基督教圣徒们所期待的末日审判后的上帝之城一样未曾实现,倒是在他的创作中,给我们勾勒出了这种天国般的理想世界。

卢梭是受了法国12世纪爱洛伊丝和阿贝拉的故事启发而写下《新爱洛伊丝》的。发生在12世纪的是一个凄惋动人的爱情悲剧,在这个故事中,男女真挚之爱旁边,站立着人性中的嫉妒、仇恨、报复和残忍。在西方文学史上,对人性中此种阴暗面予以揭露的小说比比皆是。卢梭深切地同情爱洛伊丝与阿贝拉的遭遇,在他描写的故事里,除了男女两性之间的真挚之爱,还有人与人之间那基督般的广博之爱。圣普乐与俄国贵族德·沃尔玛在通常意义上互为情敌,但他们从没嫉妒与仇恨之情(这原本就是上帝所不允许的),有的只是宽恕与爱。沃尔玛在与朱莉结婚之后,就是因为知道朱莉与圣普乐彼此相思相爱而又不能朝夕相处,才主动邀请圣普乐到自己家中当家庭教师的;圣普乐对沃尔玛不仅从不嫉恨,而且在相处过程中友谊有加。朱莉对父亲阻止她与圣普乐相爱并要她嫁给沃尔玛,在感情上痛苦不堪,却并不因此迁怒父亲,更无通常的"反抗"之举。婚后的朱莉依然爱着圣普乐,但她在以"美德"克制自己情感的同时,又在与沃尔玛相敬如宾、齐眉举案中表现出对丈夫的忠诚与宽容。沃尔玛不信宗教,而朱莉则是虔诚的基督徒,两个信仰对立的人,互相以一种巨大的爱与宽容而免去了所有思想与感情上的冲突。朱莉的表妹克莱尔是一个和朱莉一样心地仁慈、富有同情心的大善人。她也深爱着圣普乐,但她在与圣普乐的交往中,始终矜持自重,没有丝毫与朱莉争风吃醋的行为与动机。在圣普乐和朱莉的周围,不论是平民还是贵族,也差不多都是这种充满爱心的人,读者几乎看不到通常所说的"阶级对立"。我们并不是说西方文学中不存在这种道德高尚的人，也不是说当下的生活中就不存在充满爱心的人，而是要说，像这样个个仁慈，人人讲爱的普爱世界，是难以寻觅的，在文学作品中也是少见的。这种普爱世界，正是卢梭道德理想在文学作品中的一种表述与寄托，是他那圣徒般的博爱理想的艺术抒发。他在《忏悔录》中如此表述他塑造朱莉、克莱尔和圣普乐的内心动机：

> 我把我心头的两个偶像——爱情与友谊想象成为最动人的形象。我又着急地用我一向崇拜的女性所具有的一切风姿，把这些形象装饰起来。我想象出两个女朋友而不是两个男朋友，因为两个女人之间的友谊的例子，唯其比较罕见，也就越发可爱。我赋予她们以两个相似的、却又不同的性格；两个不算完美、却又合乎我的口味的面容；这两个面容又以仁慈、多情而更加容光焕发。我让她们一个是棕发，另一个是金发，一个活泼，另一个温柔，一个明智，另一个软弱；但是软弱得那么动人，似乎更是见其贤德。我为两个创造出一个情人，而另一个女人又是这个情人的温柔多情的朋友，甚至还要超出朋友的程度；但是我不容许产生争风、吃醋、吵闹等事情，因为任何令人不快的情感都要我费很大的气力才能想象出来，也因为我不愿以任何贬低天性的东西使这幅笑容可掬的图画黯然失色。我爱上了我这两个模特儿，我便尽可能使我自己和那个情人兼朋友一致起乐；不过我把他写成亲切的、年少的，另外金发的女人就是朱莉，棕发的女人就是她的表妹克莱尔，情人就是圣普乐。再加上我觉得我自己具有的许多美德和缺点。[1]

按卢梭自己的表白，这三个人物都是按他的愿望、理想而"想象"成那个样子的，圣普乐则是按他自己的样子想象出来的。卢梭通过这样一些人物的"想象"与"创造"，表达了他在世俗人间建立道德理想国的愿望：人人保持天赋良知，人人善良仁爱，就有良好的社会秩序，天国的理想世界就会在世间出现。在卢梭这里，所谓启蒙学者希望建立的"理性王国"，其实就是一个宗教式的普爱世界。这样的描写，不可能出自一个彻底与基督教决裂的人，而只能

---

[1] 卢梭：《忏悔录》第二部，第531—532页。

出自卢梭这样拥有基督情怀的人。

四、"新人"形象与感性世界

卢梭与伏尔泰等启蒙作家的思想分歧,除了因他有教士秉性因而有深深的宗教情结之外,另一个重要原因是他对人的感性冲动的肯定。虽然拉美特里、狄德罗、孟德斯鸠等启蒙作家对人的感性欲望也有所肯定,但他们中没有人像卢梭那样崇尚人的感性世界,以至于卢梭被人称之为18世纪这个理性主义时代中的感性主义者。

诚然,笔者不同意把卢梭称之为18世纪文学中的"唯情主义者"。因为,如前所述,卢梭是一个具有教士秉性的作家,他的宗教情结和道德意识,不可能让他把文学创作作为自然欲望的宣泄口;他笔下的"新人"形象从来都是在"美德"的制约下趋向人格高尚、仁爱善良的,情欲往往在"美德"的锤炼下升华为高尚而美丽的情感。在这个意义上,卢梭从来也不曾脱离过启蒙理性的阵营。但是,在启蒙作家中,没有哪一位作家像卢梭一样在文学创作中向人们敞开了那么宽阔的感性世界之门。可以说,卢梭的小说无论在当下还是在后世,之所以比其他启蒙作家的作品更感人、更有艺术魅力因而也拥有更多的读者,就是因为他的作品拥有了更丰富的人的感性冲动,以及在这种感性欲望与"美德"制约之间的冲突中展现出来的更丰富的人的心理—情感世界。所以,卢梭无疑又是18世纪启蒙作家中的感性主义、主情主义者,由此又表现出他对启蒙理性的疏离倾向。

在卢梭看来,"自然状态"的人是完美的,因为他保留了上帝般的善——天赋良知;而"自然状态"的人近于天然的感性冲动,因而,感性冲动也是人的理性的题中应有之义。所以,卢梭的"理性",除了人的知性能力之外,还包含着感性能力。卢梭曾说,"人之所以不伤害同类,并不是因为他是一个有理性的生物,而是因为他是一个有感觉的生物"。[1] 既然如此,人的感性欲望也是一种善。这里,卢梭对人的理解又一度与基督教产生叛离,而又与古希腊—罗马文学的原欲型人本传统沟通了血脉。他的小说《新爱洛伊丝》、《忏悔录》中,不管"美德"制约如何有力,不管男女主人公在"美德"的引导下道

---

[1] 卢梭:《论人类不平等的起源和基础》,第68页。

德如何高尚，但那隐隐欲现的感性欲望，那不可扼制的情感冲动以及由此表现出来的人的生命活力，充溢在小说的字里行间；感情的奔突像地下的熔岩，大有一触即发、一泻千里之势，无非是教士秉性的卢梭始终不肯打开感情之河的闸门，不肯启动欲望火山的喷吐口而已。因此，他为人们描绘了"新人"们丰富的、充满张力的感性世界，又始终让其处在引而不发、显而不明的状态。但是，这个世界的存在已是不容怀疑、不可否定的事实。当时的读者由此看到了人的丰富的情感世界，感悟到了自然欲望之善与合理性，助长了个性解放、情感自由的思潮，也因此引发了18世纪末19世纪初欧洲文学中的主情主义的感伤主义和浪漫主义文学思潮。

通过上述分析我们可以看到，卢梭塑造"自然人"——"新人"形象，既具有伏尔泰等启蒙作家塑造的"自然人"形象的"理性"意识，同时又有自身特有的文化秉赋。卢梭本人文化人格的多面性，造就了他的"新人"形象文化血缘的复杂性与包容性。这也就意味着西方文学发展到18世纪卢梭的时代，"两希"文化河流在对峙交汇后走向了更深入的融合。

第七节
让"人"贴近世俗的生活

从但丁到莎士比亚、卢梭，这一路过来，是"人"不断从神的阴影里走出来，渐显其自然本原的过程，是人的主体性提升的过程，同时也是神或上帝不断世俗化的过程。然而，无论是但丁的"从神圣观照世俗"，还是莎士比亚的"从世俗观照神圣"，抑或是卢梭的"返归自然"，都依然表现出"人"在上帝的无形威慑下的那种无奈的虔诚，因此，在歌德之前，"人"对"自然"的追寻总显得谨小慎微乃至战战兢兢，"人"的内涵的表述未能进入较宽广的天地。歌德则在上述作家的基础上，"用艺术和审美的方式为人们展示了新的'人学体系'的内涵及其基本构成规律"，[1]更有力地推动了"人"向自然和自我的迈进，"人"的内涵的表述也进入了一个更广阔的天地。

---

1 刘建军：《演进的诗化人学》，第252页。

一、"完全的人"和"世俗的人"

以往我们在评论歌德时，往往引用恩格斯的那段对歌德的著名论段："在他心中经常进行着天才的诗人和法兰克福市议员的谨慎的儿子、可敬的魏玛枢密顾问之间的斗争；前者厌恶周围环境的鄙俗气，而后者却不得不对这种鄙俗气妥协、迁就。因此，歌德有时非常伟大，有时极为渺小；有时是叛逆的、爱嘲笑的、鄙视世界的天才，有时则是谨小慎微、事事知足、胸襟狭隘的庸人。"[1]恩格斯从阶级分析的角度，指出了歌德身上的"鄙俗气"和妥协性同他的阶级出身的必然联系，也从社会政治学的角度指出了歌德在政治上的软弱性、矛盾性和局限性。这无疑是正确的。然而，当我们换一种角度，从文化史的眼光，从人摆脱宗教神性的束缚而追寻自我的解放和发展的角度看，歌德身上的这种多重性、矛盾性又恰恰是他为摆脱精神束缚，追求人生的多重体验，追求自我人格全面发展，追求人性自由的必然结果。歌德不是一个阶级论者，而只是一个人性论者。这种人性论观念从文化史的发展角度看，是文艺复兴式人的解放、个性自由思想的延续与发展，体现着18世纪的理性启蒙精神，因此，它在特定的历史时期是进步的和有积极意义的。对歌德来说，笔者以为，恰恰是他对人性的这种多重理解，对自我人格之全面性的追求，显示了他在"人"的观念的理解上对但丁、莎士比亚和卢梭等前辈作家的超越。

歌德同时代诗人伟兰（Wieland，1733—1813）认为，歌德"是人性中之至人"，还说，"歌德之所以常被人误解，因为很少人能够有概念了解如此这么一个人"。[2]那么，何以是"人性中之至人"呢？德国传记作家比学斯基解释说，伟兰的"人性中之至人"指的是歌德"人性之完全"；"歌德从一切的人性中皆禀赋得一分，是人类之最人性的……所以，曾经接近过他的人都说，从未见过这样完全的人"。[3]拿破仑称歌德是"一个真正的人"，[4]歌德之所以能成为人性发展上的"完全的人"和"真正的人"，就是因为他能够独立地依据他

---

1 《马克思恩格斯全集》第4卷，第256页。
2 比学斯基：《歌德论》，见《宗白华美学文学译文集》，北京大学出版社1982年版，第67页。
3 比学斯基：《歌德论》，见《宗白华美学文学译文集》，第67页。
4 刘易士：《歌德的生平与创作》，转引自《外国文学教学参考资料》，福建人民出版社1980年版，第571页。

理解的"人"和人生题旨去生活，其间，既要挣脱宗教规范的约束，全身心地投身世俗生活，体验世俗生活的欢乐与悲苦，也要摆脱世俗生活本身的束缚，让自己浸泡在庸俗乃至"鄙俗"之中，等到体味到此种"鄙俗"之后才转而投身新的人生体验。无怪乎，作为一个人，歌德的一生，显得如此多姿多彩：

（一）他青年时期参与狂飙突进运动，狂热地追求情感自由与个性解放。

（二）1775年歌德脱离狂飙突进运动，在魏玛公国当上枢密院顾问和部长，主管公国的文化教育、财政经济、军事、林业，1782年又被任命为宰相。

（三）1786年，歌德化名为画家缪勒来到意大利。在两年中，他遍游意大利名城，如佛罗伦萨、威尼斯、那不勒斯、罗马等，欣赏并钻研古代罗马和文艺复兴时的艺术。

（四）也是在1775—1786年这10年魏玛的官场生活中，歌德开始从事自然科学研究，对解剖学、矿物学、骨学、光学、色彩学、植物学、地球形成等都有研究。根据这些研究，以后他出版过《植物变态学》、《色彩学》等自然科学著作。他在自然科学研究中形成的进化论思想，使达尔文也承认歌德是他的学说的先驱。

（五）歌德一生的文学创作长达60余年，涉及的艺术体裁有诗歌、散文、小说、戏剧、传说、游记、文学与美学论文等多种形式，凡所能运用的艺术表现形式与手段，他都尝试了，生活中所能表达的领域与内容，他几乎都表现了。

（六）歌德15岁（1764年）时爱上了友人的妹妹、比他年长的格莱卿；23岁（1772年）爱上了夏绿蒂·布甫，并差点儿因失恋而自杀；26岁（1775年）与法兰克福大银行家的女儿李丽订婚，旋即结婚；27岁（1776年）在魏玛公国与比他大七岁的官中女官斯泰因夫人相爱，他们的感情保持了10多年之久；39岁（1788年）时与制花女工维尔乌斯同居（于1805年补行婚礼）。除了上述十分确定的情感生活之外，歌德还有多次时间长短不一的爱情活动，直至年迈的晚年，歌德仍在恋爱……

总之，歌德的一生，从外在的生活到内在的思想、情感、心理的体验都是十分丰富、复杂而完整的。歌德是按着自然原则而不是按阶级分争、社会革命的原则去面对并投身生活的；他要让自然人性顺着生活的河流去观赏两岸的风光，进而体验人性的欢乐与悲苦，展示人性的方方面面。因此，歌德的人格展现就显得无限丰富而自然。正如比学斯基所说，歌德的人生"从容自然的像一朵花的展开，像种子成熟，树杆上升，绿叶成盖"。[1]让人性如此自然地去展示，这是怎样的一种人的自由观？显然，歌德是要让自己，同时也是让人在一种既无宗教压抑、又无阶级分争的"自然"氛围中自由地展示人性。看来，歌德在人生观上总是得不到恩格斯的肯定，这是必然的。因此，尽管歌德像一个全能的文化巨人，恩格斯还是说："歌德过于全能，他是过于积极的性格，而且是过于入世的，不能像席勒似的逃向康德的理想去避免鄙陋……他的气质，他的力量，他的整个精神倾向，都把他推向实际生活。"[2]歌德很入世以至于媚俗，在此，恩格斯对歌德的批评是有道理的。问题是，歌德原来就没有想回避即便是"鄙陋"的现实，因为他要追寻的是人性完整、丰满而自由的人——一个世俗的人，而且他也成了这样一个人。歌德是沿着启蒙学者倡导的"自然人"的方向让"人"走向了自我之本源而疏离了神。歌德是文艺复兴时期出现的思想文化"巨人"。不过，他这个"巨人"除了在求知的胸怀与气度，在拥有的思想与知识深广度上与文艺复兴时的"巨人"相似之外，还拥有与文艺复兴"巨人"所不具备的秉性：他更关注人的自然生命欲望的实现，更关注世俗生活并直接去体验世俗生活。他本人就是一个永不满足的浮士德。

二、实现生命的自然欲望

在永不满足的追求与体验中，歌德成了"完全的人"和"过于全能"的人，而推动他去永不满足地追求与体验的内在动力，就是他那不可遏止的自然情感与生命欲望。歌德追寻"完全的人"的过程，实质上就是追求自然，表现自然天性，实现自然生命欲望的过程。因为，只有最大限度地实现人的生命欲望，才能获得对人生的最丰富多样的体验，才能成为"完全的人"和"真正的人"。

生命的自然欲望与生俱来，人皆如此。歌德之所以在他的生命旅程中表现

1　比学斯基：《歌德论》，见《宗白华美学文学译文集》，第71页。
2　《马克思恩格斯全集》第4卷，第256页。

出了与众不同的强烈的生命意识与情感欲望,根本原因在于他对人的感性欲望的不同的看法,也即对"人"的不同理解。

歌德的世界观与人文观无疑受法国启蒙思想家的影响,特别是受卢梭的影响。青年歌德是德国狂飙突进运动的主要成员。这时的他赞同卢梭"返归自然"的口号,主张"自然"、"个性解放",歌颂"天才"和"力量"。德国狂飙突进运动受法国启蒙思想的影响,但歌德与法国启蒙思想家的一个很大不同之处是:歌德在"自然"的理解上更倾向于人的感性欲望,因而他的热情多于理智;法国启蒙思想家则更倾向于把"自然"看作道德上的人性之善,因而更富有理性意识。即使是强调情感抒发的卢梭,也总是让人的善性或"美德"去驯服情感的烈马,不使其越道德规范之雷池。正是在这种差异中我们可以看到,在"人"的问题上,歌德比卢梭更亲近于古希腊式的原欲,而更疏离于希伯来—基督教式的"原恶",歌德及其笔下的人物也更显得激情、狂放与世俗化,而卢梭本人及其笔下的人物则更温情、明智与道德化。卢梭可以为自己的行为与"过失"写出一本厚厚的《忏悔录》,歌德就不会这么做,因为,对他来说,所有的行为与"过失"都是人的生命体验题中应有之义。卢梭认为人性本善,善就善在"天赋良知",恶是外来的,因此,他对自然原欲总是谨小慎微,时时担心它会引人走向邪恶;歌德也认为人性本善,但他觉得人除了有向善的本性外,人的自然原欲是推人向善的动力,虽然它同时也有造恶之可能,但它本身并非恶,它能在人的善性的引导下转化为造善。所以,在歌德看来,人的自然原欲本身并不是恶,而恰恰是生命之源。

歌德几乎一生都在追寻一种自然本真的生活,他也差不多都是凭自然感性的生命冲动去体验自我和世界的。"他从大学时代就不安心于书斋,学法律、学植物学、写诗、旅游、做官、研究炼金术和颜色学,一生恋爱无数次,正儿八经、见诸文字的至少有八次,年近70还给女人写含情脉脉的诗。"[1]这种凭生命欲望而生活的方式,使歌德成了人生体验丰富、人格丰满的"完全的人",也使他成了一个激情而善感的人。他的小说《少年维特之烦恼》,是他自己强烈情感和感性欲望的自然流露。维特的故事是歌德自己亲身经历的,这次爱情的刻骨铭心使歌德近于疯狂,而被夏绿蒂拒绝后他陷入了绝望的痛苦之中。只是他没有像维特那样在绝望中难以自拔而自杀,而是借小说的创作渲泄

1　徐葆耕:《西方文学:心灵的历史》,第193页。

了压抑着的欲望与强烈的情感——他的许多诗歌，几乎都是那强烈的情感体验的一种渲泄与抒发——然后，他又在新的生活、新的体验中找到情感与欲望的新的寄托。这也就使他一生都全身心地游历于纷繁扰怀的世俗浊流中，正如歌德少年时的友人雅各比所说："歌德是个被神魔占有者，他没有能够自由自主的行动。"[1]这里的"神魔"即感性欲望，这里的"自由自主"即理性意志。雅各比的话证明歌德是一个随感性欲望行事，向往个性自由的人。当然，这样说并不意味着歌德是一个欲望放纵者，而是指他是一个有强烈的情感欲望，并不断去体验的人，而在现实的环境中，他又常常有理性与感性欲望之矛盾。比如，他在得知夏绿蒂已订婚后，不得不扼制自我的情感与欲望，在痛苦与绝望中慢慢走出。诸如此种情形，造成了他一生中不断出现的灵与肉、理智与情感的矛盾，因此，他的不断的追求生命欲望之幸福与欢乐的体验，也就始终伴随着不断的绝望与痛苦的折磨，而这又恰恰是歌德所甘愿承受的。对此，传记作家比学斯基有十分深刻的分析：

> 只有像这样一个个性结构的人在老年时可以说：他命中注定连续地经历这样深刻的苦与乐，每一次皆几乎可以致他以死命。
>
> 还有一层使他的一切幸福皆不能美满的，就是每一种需求达到满足时他立即再往前追求着其他新鲜的。这种向前进展的欲望固然是一班不肯庸俗自足的人所同具的。不过在他这种情感禀赋里格外觉得强烈深挚。所以他一生很像浮士德，在生活进程中获得苦痛与欢乐，但没有一个时辰可以使他真正满足。
>
> ……他的诗歌已经都是他黑暗的潜意识的表现，他的生活更是如此。固然他很早就想努力战胜他本能冲动的暧昧，引导他的生活达到一定的方向，但效果甚微。等到他以后达到这目的时，他的引导的功用也仅限于消极地排除一切扰乱，这是适合于他生活轨道的。[2]

另一位传记作家艾米尔·路德维希也这样评析歌德的性格：

> 既感情丰富又十分理智，既疯狂又智慧超群，既凶恶阴险又幼稚

1　转引自比学斯基：《歌德论》，见《宗白华美学文学译文集》，第71页。
2　比学斯基：《歌德论》，见《宗白华美学文学译文集》，第70—71页。

天真，既过于自信又逆来顺受。在他身上有多么错综复杂而又不可遏止的情感！[1]

所有这一切都说明，无论歌德是"完全的人"还是痛苦与欢乐的人，抑或是情感—心理复杂的人，都与他不可遏止的感性欲望分不开。因为正是这种自然欲望推动着他并造就了他完全而复杂的人格，正是他那张扬人的生命意志和自然欲望的人文观念，才使他的创作表达出了超越前辈和同时代作家的"人"的观念。

三、一个"满足于永不满足"的人

《浮士德》是歌德的代表作，是近代西方文学史上具有总结性意义的经典之作。歌德用60年时间吐其心志凝成此作，他既借浮士德抒写了个人的人生体验，又通过浮士德描述了欧洲近代人的心路历程。正是由于这部不朽之作，歌德被称为"时代精神的伟大代表"，《浮士德》可谓是欧洲"近代人的圣经"。[2]

（一）浮士德与自然欲望

中世纪的夜，中世纪的书斋。年逾50的饱学之士浮士德博士，在狭窄的书斋里长期研究中世纪的"四大学科"：哲学、医学、法律和神学，可到头来都毫不见聪明半点，产生了无尽的厌烦与苦闷：

如今，唉！哲学、
法学和医学，
遗憾还有神学，
我全已努力钻研。
可到头来仍是个傻瓜，
并未比当初聪明半点！
枉称硕士甚至博士，
转眼快到十年，
牵着学生们的鼻子，

1　艾米尔·路德维希：《歌德传》，天津人民出版社1988年版，第169页。
2　宗白华：《美学与意境》，人民出版社1987年版，第66页。

> 左右东西原地打转——
> 最后却发现一片茫然。
> 我因此真叫忧心如焚,
> ……
> 我既无产业也无金钱,
> 也没有荣耀没有盛名;
> 这么活下去啊连狗也不肯![1]

浮士德意识到了他长期苦苦研究的学问不过是"咬文嚼字胡扯蛋",使人"历尽艰辛却仍未把真理找到"。僵死的中世纪"学问"与现实生活相脱离;长时期地闭门研究这种僵死的"学问",不仅使研究者远离活生生的自然的世界,而且,这种生活成了窒息自然生命的杀手。对此,浮士德不禁自问:

> 这高耸的墙壁和格格书架,
> 不正是些逼得我窒息的灰土?
> 这塞得满满一屋的破烂家什,
> 不正是腐烂发霉的尘垢污物?
> 要我在这样的地方实现理想?[2]
> 唉!难道我仍要困守牢狱……
> 你的心在胸中闷得可怕?
> 为什么一种难言的痛楚
> 会把你所有的生机扼杀?
> 上帝创造生气勃勃的自然,原本让人类生存其间;
> 可你却将它远离,来亲近烟雾、腐臭和死尸骨架。[3]

可见,浮士德在书斋生活中感受到的焦虑与苦闷,乃出自长期地远离现实生活,出自生机勃勃的生命本原的被压抑,出自自然欲望的不能实现。然而,他的痛苦与忧烦,正意味着他个体生命意识的觉醒,意味着他有强烈的发自生命本原的欲望。也正是在这种时候,浮士德意识到了自我生命的卑微和既有生活

---

1 歌德:《浮士德》,杨武能译,安徽文艺出版社1998年版,第20—21页。
2 歌德:《浮士德》,第35页。
3 歌德:《浮士德》,第22—23页。

方式的无意义：

> 我不像神啊，我深有体会！
> 我像蚯蚓，只知翻拱泥灰，
> 我以尘垢为食，苟延性命；
> 被路人一踩，便葬身土堆。[1]

早先，浮士德还以为自己是"神的化身"，"与永恒的真理近在咫尺"，[2]现在，他明白了原来自己的生命是如此的卑微，生活是如此的无意义，从而顿觉生命欲望的无法满足。此时，他想到了用服毒自杀来结束这无意义的生活。开始渴望死亡，由现世的诅咒者成了死亡的歌颂者：

> 要勇敢地直奔那窄窄的入口，
> 尽管那儿是烈火熊熊的地狱；
> 坦然而坚决地迈出这一步，
> 不怕铤而走险，滑进空虚……
> 让我开怀畅饮这最后的一口，
> 欣喜地迎接即将到来的黎明！[3]

浮士德之"渴望死"，不是因为他万念俱灰，无欲无求，恰恰相反，是因为他在意识到既有生活的无意义时生命欲望的骤然觉醒与萌动，因为他依然充满着对新的生命、新的生活的好奇与渴望。他把死亡当作生命的新的旅程的开始，他要在新的世界里实现他对生命的新的期盼：

> 我向往新岸，当新的一天来临。
> 一辆火焰车鼓着轻盈的羽翼，
> 朝我冉冉飞来！我已感到，
> 准备循着新的轨道冲入太空，
> 那儿的气氛清新，活动单纯。[4]

所以"渴望死"，是浮士德对新生活的企盼，是对生命存在的不满足。

1　歌德：《浮士德》，第35页。
2　歌德：《浮士德》，第33页。
3　歌德：《浮士德》，第37—38页。
4　歌德：《浮士德》，第36—37页。

然而，正当浮士德义无反顾地决定走向死亡、走向新的世界的时候，窗外传来了复活节的钟声和天使们的美妙歌声。从天使的歌声中带来的无疑是基督的旨意：只有历经尘世的磨难，人们才可以沐浴圣恩，进入永恒的彼岸世界。这当然只是基督教教义的一种劝人忍耐的说教。对浮士德来说，这种听起来像福音的说教并不能使他回心转意："我纵听见福音，却缺少虔信……从意境中传来美好的讯息，我却没有勇气向那儿奔进。"[1]是天使的歌声勾起了他对童年生活的美好回忆：

> 这歌声宣告青春的欢乐嬉戏，
> 还有春之祭的自由幸福光景；
> 回忆唤起了我童年的情感，
> 使我悬崖收脚，不再轻生。
> 继续唱吧，甜美的天国之歌！
> 我热泪涌流，世上又有我生存！[2]

在此，"童年的情感"让浮士德弃死恋生，是耐人寻味的。童年象征着人的原初阶段和生命的自然本真状态。在歌德这里，这种自然本真状态不是卢梭所说的"天赋良知"，"人性本善"，而是无拘无束的自然欲望。这种自然欲望是生命的本真状态，它驱动着人去不断地追求满足，在追求中体验人生，创造人生。所以，以"童年的情感"让浮士德放弃自杀，表现了歌德肯定人的自然欲望，并视其为人的生命本原的思想，又意味着歌德肯定了人的感性世界的重要性。

浮士德从"城门前"熙熙攘攘的现实生活中回到书斋后，一方面他的心"豁然开朗"，"希望的蓓蕾重新绽开……又开始渴望，渴望生命的溪流、源泉！"[3]另一方面，他又"再无满足的快感涌出胸膛"，"重又忍受焦渴"，[4]重起"渴望死，痛恨生"[5]的念头。此时，让浮士德放弃死亡念头的是靡非斯托，具体说，是靡非斯托许给的满足他自然欲望的承诺。靡非斯托知道浮士德

1　歌德：《浮士德》，第40页。
2　歌德：《浮士德》，第39页。
3　歌德：《浮士德》，第62页。
4　歌德：《浮士德》，第62页。
5　歌德：《浮士德》，第81页。

胸中充满欲念,便企图以满足他的这种欲念从而使他沉湎于感性欲望的享受中,且以此为赌注赢得浮士德的灵魂。浮士德答应靡非斯托的要求,并愿意跟随他去实现种种欲望:

> 让我们在感官的深渊里,
> 去解燃烧的情欲的饥渴!
> 请在神秘莫测的魔罩中,
> 立刻准备好奇迹一个个![1]

当然,浮士德去实现自然欲望,并非仅仅为了满足感官的享乐,而是在实现自然欲望的过程中体验欢乐,同时也体验痛苦,在体验欢乐与痛苦的过程中,感受生命的自由、人生的成功与失败,实现人生的意义与价值。浮士德说:

> 听着,这儿讲的并非什么享乐。
> 而是要陶醉于最痛苦的体验,
> 还有由爱生恨,由厌倦生活跃。
> 我胸中对知识的饥渴感已治愈,
> 不会对任何的痛苦关闭封锁。
> 整个人类注定要承受的一切,
> 我都渴望在灵魂深处体验感觉,
> 用我的精神去攫取至高、至深,
> 在我的心上堆积全人类的苦乐,
> 把我的自我扩展成人类的自我,
> 哪怕最后也同样地失败、沦落。[2]

由此可见,在浮士德这里,感性世界是人的本真世界,自然欲望是生命的起点和动力,因此,人应该如儿童般从自然生命的起点开始,在自然欲望的推动下去感受与体验生命的痛苦欢乐,去实现完整的人生。这就是浮士德既接纳儿童又接纳靡非斯托的根本原因。在这个意义上,我们可以说,让浮士德弃死恋生的真正内容是被基督教视为"原恶"的人的自然欲望。生命不息、欲望不止,

---

[1] 歌德:《浮士德》,第90页。
[2] 歌德:《浮士德》,第90—91页。

承认自然欲望就是承认生命本身。由此我们也可以看到，在歌德的理解中，自然欲望不管向善还是向恶，都是人之生命的本原，只有自然欲望的存在并不断地运动，才构成了生命的运动，才有人的存在与生命的意义。因此，自然欲望、感性世界，是歌德理解的"人"的核心，因而他笔下的"人"显然疏离了希伯来—基督教文化而亲近于古希腊—罗马文化。

（二）浮士德与扩张的"自我"

既然自然原欲是人的生命本源，生命的运动凭着自然原欲的力量来推动，那么，实现自然原欲的过程，就是获得生命的欢乐与痛苦的过程，更是个体生命的自由意志外现与实验的过程。在这个过程中，人本身就成了目的；每一个人就成了自主自在的独立个体。这是《浮士德》中体现得相当分明的关于"人"的观念。这种观念与斯宾诺莎和康德的理论有密切联系。

海涅称歌德是"诗的斯宾诺莎"。歌德自己说："与我思维方法影响的思想家是斯宾诺莎……就我所知者之中，最与我之思想一致者，要数Spinozu（斯宾诺莎）之《伦理学》罢。"[1]斯宾诺莎认为自然界是一切事物的统一的基础，从而否定了超自然的上帝的存在，而且还否定了上帝的人格、天意天命、外在自由意志和意图对人的作用。"斯宾诺莎的基本思想是将自由和奴役这两个概念区分开来，他的独特的自由概念包含着思维力量的积极运用：一个自由的人，就是一个积极的、自决的、思维着的人，自由的范式就是由内在决定的意志导出不言而喻的真理。"[2]斯宾诺莎说，自由就在于"将（一个人的）所有欲望和反感整合成为一种协调的行为方式，一种发展他自身的理解力，一种发挥他的能动力量的行为方式"。[3]所以，斯宾诺莎关于人的自由的观念中，突出的是人的自主、自在和能动性。

康德可谓是在人的精神世界里勇敢不懈地探索的"浮士德"。正是他对人的内心宇宙之复杂奥秘的倾心探索，深深地吸引着歌德，因为歌德本人就是一个性格复杂而"完全的人"。对此，康德从未加以理会，歌德则说："康德从

1　歌德：《诗与真》，上海乐华图书公司1933年版，第134页。
2　史蒂文·卢克斯：《个人主义》，阎克文译，江苏人民出版社2001年版，第50页。
3　*Proceedings of the British Academy.* XLVI, 1960, p.213.

未注意到我，我却走着与康德相似的道路。"[1]

康德提出了"人是目的"而不是工具的观点。他认为，"每个理性人的意志都是普遍立法的意志"；[2]人的自由意志不是由外在规律决定的"他律"，而是由道德意志自己来决定的"自律"。在他看来，只是作为手段的人，是他人或自己内外自然的奴隶；没有真正意义上的自主与自由，也就不会有根本意义上的主体能动性。世界上没有人会心甘情愿地作他人和自然的奴隶，这就证明人终究是以人本身作为目的的，他决不会放弃这一本质。自觉理解到这一点的人就有了自我意识，才是按人的本性行动的人，才成其为人。受康德思想的影响，歌德自己就是一个按人的本性行动的人，他笔下的浮士德以自然欲望的意志为推动力，更是一个按本性行动的人。

对浮士德来说，他既不会按上帝的安排、上帝的意志行事，也不会一味听从靡非斯托的安排沉湎于肉欲享受，他是一个完全独立的人，一个充满自我意识的人。在他看来，只存在现实的此岸世界，而没有超现实的彼岸世界；既不会有上帝来拯救他，也不必担心地狱会给他惩罚。他曾经说：

> 彼岸世界我不大在意，
> 你先把这个世界砸烂，
> 随后才能有一个新的……
> 在将来，在另一个世界，
> 人们是不是也爱也恨；
> 是不是也分上下尊卑，
> 对此我一点也不再感兴趣。[3]

因此，就近代西方文学中的人神关系而言，浮士德身上表现了一种更充分的"人"的解放与自由。他既不像哈姆莱特那样犹如一个刚刚离开"上帝妈妈"的稚童，迷惘与恐惧地彷徨于充满荆棘的人生道路上，也不像卢梭笔下的圣普乐和朱莉，让充满神性的"美德"捆住双脚，以至于欲行却难。浮士德则像一只挣脱囚笼腾空而起的山鹰，俯瞰着世间的一切，贪婪地饱览着人世之苦与乐

1　转引自徐葆耕：《西方文学：心灵的历史》，第192页。
2　转引自史蒂文·卢克斯：《个人主义》，第51页。
3　歌德：《浮士德》，第85页。

的胜景。他说：

> 让我们投身时间的洪流！
> 让我们卷入事件的旋涡！
> 任痛苦和享乐相互交替，
> 任成功与厌烦彼此混合，
> 真正的男子汉只能是
> 不断活动，不断拼搏。[1]

浮士德的目标就是不断地去体验，永不满足地去追逐生活的浊流。他和魔鬼打赌与其说要的是满足，不如说是意志的自由。一个拥有自由意志的人，才会是永不满足的人。

浮士德虽然是一个纯粹的世俗主义者，然而，由于他是在自然欲望驱动下凭生命之自由意志去追求与体验现实生活，体验人类精神的，所以，他的追求和行动，主观动机上通常都无世俗功利意义上的远大目标，也无道德明确意义上的造恶与制善的选择——尽管靡非斯托帮助他总是为了引他造恶。因此，浮士德纯粹是一个自我主义者。浮士德与玛格莉特（又译甘泪卿）的爱情经历，完全是他在爱欲驱动下的情感体验与满足，而在客观上却造成了无辜的玛格莉特的毁灭。他到宫廷为皇帝服务，并非出自什么政治变革、拯救黎民于水深火热之中，而是寻找一种人类精神的体验。他为一个摇摇欲坠、毫无正义可言的王朝服务，其行为本身亦无正义与邪恶可言，而只能竭尽曲意奉行之能事，尽量满足皇帝与大臣们的享乐欲望，沉湎于纸醉金迷、声色犬马之中。这种宫廷生活的享乐没使浮士德感到满足，却实现了他又一种世俗欲望的体验。

移山填海，修造座座村落与片片良田的事业生活，浮士德说出了"你真美啊，请停留一下"的满足之语，因而他常常被人们认为是为民造福，建立理想社会，从"小我"走向"大我"乃至"无我"境界的为民造福的"英雄"式人物。其实，浮士德移山填海的事业生活，依然是他从"小我"的角度去体验世俗生活，领略人类精神所作出的个人选择。如果在他心目中有什么"大我"，那也不过是他要体验的人类精神的方方面面而已。因此，他由"小我"走向了所谓的"大我"，那就是在永不满足的追求中体验了世俗生活的各种感受，成

---

[1] 歌德：《浮士德》，第90页。

了一个"完全的人"和自由的人而已。所以，他的"智慧的最后结论"是：

> 只有每天争取自由和生存者，
> 才配享受自由和生存。[1]

这里的"自由"不是人在世俗权威面前的人身自由，而是哲学意义上的人的生命意志的自由，个体的人的精神独立与自主。拥有这种"自由"的人，能每天不满足地去体验，同时也是永不满足地去开拓。显然，这"智慧的结论"展现的是浮士德那无限扩张着的自我意识。"自我"的扩张导致了个体本位或个人主义，而这正体现了从传统文明中觉醒过来的欧洲近代人的一个人格侧面。

需要指出的是，个体本位或个人主义并不等于利己主义。近代西方社会以个人为本位，强调的是个人主义。个人主义是政治哲学或社会哲学范畴的概念，它与集体主义相对。道德范畴的利己主义与利他主义相对。在西方政治哲学和社会学的概念中，个人主义或个体本位指每一个体都有独立的人格和自由的意志，同时每一个体都应对自己的行为负责；社会的利益建立在个体利益的基础之上（而非一味强调集体、国家而消融个人），并且以个体利益为前提，是个体决定社会而非社会决定个体。个体本位是西方政治理论的逻辑起点，亦为它终点。因此，个体本位或个人主义与强调个人利益至上、自私自利不是同一回事。浮士德的"自我"扩张，是典型的西方式的个体本位或个人主义。而作为文学形象，如此狂放地张扬个体本位、放纵自我，在近代西方文学史上还是第一个。因此可以说，歌德通过永不满足的浮士德倾吐了欧洲近代人个性解放的心声，传达了初露端倪的19世纪欧洲社会的时代精神。这种个人主义以后又在19世纪浪漫主义文学中发扬光大。

（三）浮士德：神性与魔性的双重组合

众所周知，浮士德的故事是西方传说中早已有之的。在中世纪后期最初的浮士德传说中，浮士德为了得到世俗的快乐和权力，将自己的灵魂卖给了魔鬼。在文艺复兴剧作家马洛的《浮士德博士的悲剧》中，浮士德在魔鬼的引导下，享受了24年纵情声色的世俗生活，然后把灵魂交给了魔鬼。可以说，歌德之前的浮士德，都是耽于享乐而坠入地狱的人物。说明人完全是受自然欲望支

---

[1] 歌德：《浮士德》，第670页。

配的，只满足于低层次的感官享受。歌德对这一传说则反其义而用之。在他的笔下，浮士德把灵魂抵押给魔鬼，利用魔鬼的力量体验了人生的欢乐与悲伤，最后却被上帝拯救，灵魂归于上帝，从而说明人有永不满足的自然欲望，但人的本性决定了他不会满足于暂时的享乐。在"天上的序幕"中，上帝之所以敢于跟魔鬼打赌，是因为上帝相信他创造的人不会背离自己神圣的本源和目标；而魔鬼这"否定的精灵"则认为人会满足于纯粹而有限的世俗享乐，从而背离自己的本性。在诗剧的第二次赌赛中，浮士德敢于同靡非斯托打赌，是因为他坚信魔鬼永远不能使自己在理智上满足于暂时的快乐，魔鬼的任何魔法都不会改变人的本源和目标。浮士德最后的结局证明了他以及上帝的看法是正确的。这说明，浮士德虽然以自然欲望为动力不断去体验世俗生活和实现自我，但他并非盲目地和麻木地受导于自然本能，而是在受自然欲望之强力的推动的同时，又受理智的牵引。也正是这种理性意识，使浮士德在每一次满足享乐后又沉浸于痛苦的自责之中，在经过灵魂的激烈搏斗之后，走出精神困境，进入新的境界。浮士德自己也一开始就清醒地意识到他心灵深处的双重自我：

> 我的胸中，唉！藏着两个灵魂，
> 一个要与另一个各奔东西；
> 一个要沉溺于粗鄙的爱欲里，
> 用吸盘把尘世紧紧地抱住；
> 另一个却拼命地想挣脱凡尘，
> 飞升到崇高的净土。
> 哦，要是在天地之间的空中，
> 有精灵在进行统治和操纵；
> 那就请从金色暮云里降落，
> 带我去开始绚丽的新生活！[1]

浮士德纵身于"新生活"，就是既"把尘世紧紧地抱住"，又拼命地"挣脱凡尘"。强烈的自然欲望往往使他易于接受魔鬼的诱惑，不顾一切地追求尘世的享乐，破坏、造恶也在所不惜，他身上就时而显露出魔性特征。但如上帝所

---

[1] 歌德：《浮士德》，第56页。

说:"善良人在追求中纵然迷惘,却终将意识到有一条正途。"[1]浮士德之所以是"善良人",是因为他作为上帝的创造物,在拥有魔性的同时又拥有神性,因而他总是在享受了凡尘的欢乐后飞升而向更高的境界。神性与魔性构成了浮士德心灵深处两股"各奔东西"的牵引力,也播下了他永难排解的心灵冲突的种子。

这更高的境界是什么呢?"智慧的结论"告诉我们,它就是"自由"。这"自由"就是纵情享受人生而又永不满足于短暂的世俗享乐。既满足自然欲望又不丧失理性约束,这两者的和谐统一,也即灵与肉、理性与原欲的统一,就使人进入了更高的理想境界,也即"自由"的境界,如果能保持这两者的和谐统一,那么,客观上和道德上的造善与制恶是无所谓的,因为,这种人性的和谐,在根本上是"合人的生命原则"的,因而在终极意义上,是对人的一种善。因此,浮士德最终认可了这样一种人生的最高目标,在感到满足后灵魂归属于上帝。这说明上帝并不要求人们只生活在宗教式的精神生活中,放弃尘世去追寻彼岸世界,而是认可了灵肉统一、世俗与信仰统一的世俗人生。可见,这个"上帝"也已不是原本基督教中的上帝了,而是歌德心目中富有人性的近代人的"上帝"。此外,剧中的"上帝"认可这样一种和谐统一的自由人生,而这种人生本身需要人不断地在现实生活中理智地把握好灵与肉、理性与原欲的关系,因而这又是一种永无止境的追求。正如康德所揭示的,人的自然欲求与社会道德律令二者处于永恒的矛盾之中,道德的崇高永远是在扼制自然欲望中实现的,因而,灵与肉、理性与原欲的统一、人的完全而恒久的自由永远只是一种可望而不可及的理想。所以,浮士德满足于这种自由的境界,实际上意味着永远的不满足,或者说,他"满足于永不满足"。从他与魔鬼的赌赛来说,他是一个胜利者,这是一个喜剧,因为他感到满足了;而从他目标的实现来说,他依然处在不满足和永远无法满足之中,是一个悲剧。这就是他所体验到的心灵的双向逆反,这其实也就是人性的悖谬,人的永恒矛盾。

四、走向新的境界

歌德用毕生的精力探索并塑就了浮士德,浮士德也概括了歌德一生的生活体验。

---

[1] 歌德:《浮士德》,第18页。

歌德接受了卢梭"返归自然"的思想，并延续着这一思想路线进一步疏离了宗教世界而投向世俗生活的怀抱，而且在自己的生活中顺应自然生命的意志，在广泛体验世俗生活的过程中充分地展示了自我个性。

浮士德是一个在自然欲望推动下不断追寻新的生活体验，不断追求自我生命价值、个体本位和原欲型的人物形象，在他身上，复活着古希腊、文艺复兴前期世俗人本思想。他那永无止境的世俗化的追求精神，体现了从信仰时代的宗教阴影中走出来的近代欧洲人的精神特质；他那扩张的自我和强烈的自由意志，预示了个体本位、个人主义的近代欧洲新价值观念的形成，预示了一个充满探索与创造欲、充满自由精神与个体意识的时代的来临。正是在这种意义上，浮士德可说是欧洲近代人的典型，《浮士德》表述了一种新的"人"的观念，歌德把西方文学中"人"的观念的探索与理解推向了一个新的阶段，他还预告了一场更为张扬个性、放纵自我的浪漫主义文学思潮的即将来临。

不过，浮士德身上虽然涌动着古希腊—罗马式的原欲型世俗人本意识，但他毕竟无法完全涤净其精神血液中的希伯来—基督教文化基因。因之，浮士德对世俗生活的追求，并不一味地在自然原欲的驱动下走向原欲放纵式的绝对"自由"，而是在理性意识的牵引与制约下不断地向"善"的境界提升。正如歌德自己所说："浮士德身上有一种活力，使他日益高尚和纯洁化，到临死，他就获得了上界永恒之爱的拯救。"[1]这种"活力"乃浮士德自己所说的"神性"。代表自然原欲的"魔性"在"神性"的牵引下，使浮士德的行动在可能造恶的同时，更趋向于制善，而在这个过程中，浮士德的内心深处也就始终存在着原欲与理性、善与恶、灵与肉、社会道德律令与自然欲求之间的矛盾冲突，存在着"两个灵魂"的反向运动。他要追求的最高境界就是这矛盾双方的和谐统一——自由的境界。因此，浮士德的个人追求始终散发着浓厚的道德意识，这种道德意识的文化血脉是与希伯来—基督教人本传统相联结的。可见，到了歌德的时代，基督教作为一种世界观已逐步从人们的心目中隐去，这是启蒙运动带来的"人"的"自然"化的功绩；但作为一种具有人文性的价值观，基督教依然存活于现实的文化土壤之中。浮士德心灵深处永难排解的善与恶的矛盾，正体现了欧洲近代人在强调张扬自我、重视个体的人的生命价值和创造性的同时，又表现出对人的道德理想的追寻，这预示了近代西方文化中富有博

---

[1] 爱克曼：《歌德谈话录》，第244页。

爱精神的"人道主义"思想的基本成型。由此也说明，到了歌德的时代，正如"人"的观念的演变一样，古希腊—罗马与希伯来—基督教这两种人本传统的冲突与融合，也已走上了一个新的境界。

第七章
"人"向感性世界的迈进

"18世纪后半期，西方世界的政治历史发生了意义深远的变革。"[1]

"法国革命后的一个世纪是一个剧烈和巨大变革的时期。和这个世纪相比，以前时期里的人们的生活方式所经历的激烈变化和一向受人们尊奉的传统所遭受的破坏程度是前所未有的。层出不穷的发明如此迅速地加快了生活的节奏，它们会使莱奥纳尔多·达芬奇和艾萨克·牛顿感到吃惊……现代人的生活具有空前的复杂性和多样性。新的政治思想和社会思想多得眼花缭乱。整个时代是一个不断变化的时代，各种倾向互相冲突，人们对社会问题存在着尖锐的分歧。"[2]

法国大革命及革命之后动荡的欧洲社会现实，使人们在"眼花缭乱"之余，内心世界受到了强烈的震荡。复杂而多元的浪漫主义文化思潮，正是西方人精神—心理的一种投射。浪漫主义文学则以艺术的方式描摹了特定时代西方人激荡、亢奋而又敏感、纤弱的心灵世界，从而使西方文学在人的内宇宙的展示上走向了前所未有的深阔的境界，"人"的形象的塑造、人文思想的开掘也进入了新的天地。

---

1 爱德华·伯恩斯等：《世界文明史》（第三卷），第7页。
2 爱德华·伯恩斯等：《世界文明史》（第三卷），第45页。

第一节
思想的变革与"人"的再发现

法国大革命可谓是启蒙运动的果实,浪漫主义文化思潮可谓是法国大革命的产物,也是启蒙运动的一种延伸(虽然它同时也是对启蒙运动的反拨),这三者在精神文化上有割不断的联系。然而,法国大革命与启蒙运动在"人"的观念的演变上到底起了什么样的影响呢?这个在政治、思想、文化等方面都处于急剧动荡的时代,人所处的是一种什么样的精神文化环境呢?

一、法国大革命与"自由主义"

法国大革命是西方社会乃至人类历史上具有划时代意义的政治与社会大变革,这种意义不仅仅在于革命运动本身,还在于它在政治、经济、文化等方面留下的深刻而深远的影响。"任何曾经那么彻底地震撼了社会基础的运动,决不会不留下一连串重大的成果而在历史上销声匿迹的。它的影响震荡着19世纪绝大部分年代而且在西方世界的许多国家里都能感觉到。"[1]它给西方的精神文化也带来了巨大的冲击。

启蒙思想家认为,所有的人原先都处于绝对自由和平等的自然状态,因而人人应享有自由、平等的权利。"自由"及以其为前提的"平等"、"博爱"是法国大革命中鼓舞人心的口号和旗帜,"自由"和"民主"是法国大革命的思想理论成因。"自由"是当时人们追求的理想,而且,"正是这种自由理想使法国革命成为现实"。[2]这场高擎自由大旗的革命,在西方世界空前广泛地宣扬与传播了关于人类自由的思想,它不仅已深入人心,而且在革命之后产生了实际的影响与作用。"1800年和1850年之间断断续续发生的无数起义和所谓的革命中,背后的推动力正是这种崭新的对自由的热情追求。首先是西班牙人在1808年反对约瑟夫·波拿巴的起义。随即是1820年到1831年之间,在希腊、意大利、西班牙、法国、比利时和波兰等国发生了一场可以说是真正的流行性的革命骚乱。最后,发生在1848年的那些革命运动与1789年法国的动乱也绝非

---

1 爱德华·伯恩斯等:《世界文明史》(第三卷),第41页。
2 Norman, H. *A Social History of the French Revolution*. Toronto: Routledge, 1993, p.215.

毫无联系。因为它们中的大多数都受同样的民族主义热忱和相似的政治自由理想所鼓舞。"[1]

此外，特别值得我们注意的是，法国大革命用革命的手段摧毁了封建制度，开辟了西方资本主义发展的新时代。法国大革命首先"沉重地打击了专制君主制度。此后，很少再有哪个国王敢于宣称拥有无限的权力。尽管在1814年一个波旁王朝复辟，登上了法国的王位，但是他不敢随心所欲地自称为他的统治是神的意志。其次，法国革命摧毁了大部分腐朽的封建主义残余，包括农奴制和贵族们的封建特权。行会也被废除了，而且再也不可能恢复"。[2]因此，以法国大革命为标志，西方传统的社会结构被打碎了，资本主义社会秩序的建立，使人获得了一定程度的解放和相对的新自由。如果这种自由主要体现在政治上的话，那么，大革命所带来的新旧社会结构与秩序的交替，也使西方的文化价值标准、人的生存方式相应改变，人在精神—心理与文化人格上也获得了相应的自由感。

诚然，法国大革命的过程未必都体现了自由的原则，革命后建立的社会新秩序也不完全体现自由的原则，但这并不影响自由思想的广泛传播。确实，"拿破仑声称他同情某些自由思想，但是他所建立的政府形式和任何自由理想都不相符。他的真正目的，如果谈得上和革命工作有关的话，是能维持满足民族伟大感和他自己军事野心的那些革命成就……如果把自由解释为个人权利神圣不可侵犯，他对这种自由丝毫不感兴趣。事实上，他宣称法国人民需要的不是自由，而是平等"。[3]由于革命者本身思想的复杂性——拿破仑尚且如此，因此，就出现了两种情形：一是革命的过程中某些行为无自由可言乃至违背自由原则。在革命的第二阶段，暴力过火使之成了"恐怖统治时期"。二是革命后建立的社会秩序未必体现自由原则。资本主义社会秩序一开始就不是一种符合自由理想的制度。正如恩格斯一针见血地揭示的那样，"当法国革命把理性的社会和这个理性的国家实现了的时候，新制度就表明，不论它较之旧制度如何合理，都决不是绝对合乎理性的"。[4]"理性的社会"应该是体现自由原则的社会，但它实际上并非绝对合乎自由原则。面对第一种情形，当时很快招来

1　爱德华·伯恩斯等：《世界文明史》（第三卷），第42页。
2　爱德华·伯恩斯等：《世界文明史》（第三卷），第42页。
3　爱德华·伯恩斯等：《世界文明史》（第三卷），第46页。
4　恩格斯：《反杜林论》，见《马克思恩格斯选集》第3卷，第297页。

了一些人对革命暴力过火行为甚至整个革命的反感，但这并不一定对自由思想表示反感，相反，他们恰恰是用自由思想去反对革命暴力的过失的。"所有对法国革命的暴力行为感到震惊的人都从启蒙时代的理性主义、唯物主义和个人主义出发对革命加以指责。"[1]这说明启蒙时代的自由思想在19世纪已成为评判社会变革和暴力行为的标准。同样出于这一原因，面对革命后出现的与自由原则"并非绝对合乎"的社会秩序，许多人也是以自由原则加以评判的，并在否定与批判这种社会秩序的同时继续追求自由的理想。英国的拜伦和雪莱是这方面的典型。

所以，不管大革命本身的行为和革命后建立的政府如何缺少自由的成分因而与初始的"自由理想"有多大距离，但革命本身使自由成了此后人们普遍追求的人生与社会理想，新的秩序也毕竟把人从旧秩序的束缚中解放出来从而获得了相对的自由，尤其是，自由的思潮一经广泛传播，毕竟已覆水难收，它的种子已在人们的心灵里生根发芽。因此，法国大革命时代以及此后的西方世界，是一个自由观念空前深入人心的时代，是一个"自由主义"思想盛行的时代。正是在这个自由主义的时代，才产生了思想多元的浪漫主义文化思潮，而且这一思潮的本质特征就是崇尚与追求自由。表现在文学上，正如雨果所说，"浪漫主义……只不过是文学上的自由主义而已"，其目的"只求带给国家一种自由，即艺术的自由或思想的自由"。[2]在这种意义上，浪漫主义思潮是时代精神的晴雨表。

二、从"自由主义"到"自我主义"

由此可见，浪漫主义的"自由"观念是脱胎自启蒙运动和法国大革命的，然而，它在不同的文化环境和政治环境里所拥有的内涵及人文走向是有差别的。

在启蒙思想家那里，"自由"意味着人在自然法则下享有的天赋的生存权利，在人文走向上它集中表现为维护个人在社会秩序中的平等境遇与民主权利，所以，它往往和"平等"、"博爱"联结在一起，因而它特别富有政治人

---

1 Norman, H. *A Social History of the French Revolution*. Toronto: Routledge, 1993, p.196.
2 转引自郑克鲁主编：《外国文学史》（上），高等教育出版社1999年版，第152页。

文性。浪漫主义的"自由"除了上述的含义之外，更强调作为个体生命存在的人的精神人格从现实文化与文明的羁绊中挣脱出来，在人文走向上它集中表现为维护个人自我意志的自由，因而它更富于文化人文性。正如罗素所说，"浪漫主义运动从本质上讲目的在于把人的人格从社会习俗和社会道德的束缚中解放出来"。[1]显然，前者的"自由"侧重于人与社会政治制度的抗争；后者的"自由"侧重于人与现存文明的抗争；前者偏重于向外，后者偏重于向内。浪漫主义思潮的这种"自由"观，集中地体现在当时的唯心主义哲学中。

德国的古典哲学家康德（1724—1804）关于人的自由的理论，对浪漫主义思潮产生了重大影响。他的哲学理论的基本出发点是主观与自我，他的这种看似"唯心主义"的哲学，事实上在西方哲学史上把人的主体性提到了一个新的高度。它体现了西方人在挣脱了宗教的束缚之后对人和自我的认识走向了新境界，因此，在西方近代文化思想史和哲学史上被认为是"哥白尼式的革命"。[2]康德认为，只有自由的人的选择才能决定一切，任何外在的或更高的法则都不能主宰人，人的尊严在于获得理性的自由。"他把人的整个主体能动性划分为认识理性和实践理性两大层次。他认为，认识最多只能把握自然的规律即必然性，达不到自由，因为自然的必然性是同人的自由等等对立的，但是人在道德上却可以不受外物和自己肉体物欲的摆布而按照自己的自由意志来思想和行动。"[3]康德指出，人的主体性的最高点就是意志自由，当然，这种"意志自由"是受规律制约的，因而并不是不着边际的为所欲为。但这"规律"并不是来自外物或肉体等的自然规律，即相对于人的自由意志而言的"他律"，而是由人的主观道德意志决定的"自律"。因此，他认为按道德意志去思想与行动的人，是有自我意识的人，并且是真正的人，是作为自由的存在物的人。康德关于人的这种自由观，突出了人的主体能动性和自我意志，相对于启蒙时代的唯物主义哲学，更强调了人的自我在外在物面前的超然性，这显然是一种提升人的主体精神力量、见物更见人的自由观。

康德的后继者费希特（1762—1814）的哲学的基本出发点是"自我"。他认为现实只是人的一种制造，世上万物均由"自我"推演出来，一切都依赖

1　罗素：《西方哲学史》，马元德译，商务印书馆1997年版，第224页。
2　杨适：《中西人论的冲突》，第133页。
3　杨适：《中西人论的冲突》，第133页。

"自我"，而客观世界则是"非我"，这个"非我"又是"自我"创造的。"自我"产生"非我"，"主观"产生"客观"，思想决定存在。"费希特把一切实在建立在自我上。既然自我是万物，外界就没有什么东西，即没有在一个独立的心外的物体意义上那样的自在之物。"[1]对于"自我"而言，"世界是实现人类目的的手段"。"自我作为自我活动的存在物，需要一个对立的世界，在那里它能够奋斗，能够意识到自己及其自由，能够得到自由。它要求一个按照规律来安排的世界，一个严格被决定的世界，以便使自由的自我依赖于这种规律来实现它的目的。"[2]在人的自我的问题上，费希特比康德有过之而无不及，他把"自我"推到了至上的地步。

谢林（1775—1854）热衷于以"心灵"来解释世界，这"心灵"实质上就是康德与费希特所谓的"自我"。"谢林创立了所谓'同一哲学'，他认为事物如能被认识，则必须主体和客体之间绝对同一，这就意味着思想和存在、物质和精神、主体和客体之间的无差别境界，这就是所谓的'绝对'。"[3]从这种"绝对同一"出发，"谢林以为自然为可见的精神，精神为不可见的自然"。[4]"所有这些自然的产物，都由一个有创造力的精神结合在一起；自然的各个部分都能促进整体，人是这个整体的最高产物，在整体中其目的是实现自我意识。"[5]谢林不仅赋予世界以生命和精神，而且把"心灵"或"精神"的世界看作实在的世界，表现出他对自由人格和自我精神意识的高度推崇。

黑格尔（1770—1831）也是德国唯心主义哲学家的重要代表，他认为精神或心灵是至高无上的，人是自在的和自为的，在自在和自为的意义上，人才是绝对自由的和无限的。当然，黑格尔对19世纪西方社会思潮影响更大的还在于他的理性精神，而这种理性精神并不受浪漫主义者推崇。

德国古典哲学对浪漫主义思潮有着决定性影响，也可以说这种主观唯心主义哲学观点正好体现了这一思潮精神本质上的特征。它十分强调人的主观的作用，把主观精神提高到派生物质世界的地位，强调人是自在自为的、绝对的、自由的。它从精神独立的角度突出人的自我力量和自我的无限自由。它在人的

---

1 梯利：《西方哲学史》，第481页。
2 梯利：《西方哲学史》，第482页。
3 余匡复：《德国文学史》，上海外语教育出版社1991年版，第248页。
4 梯利：《西方哲学史》，第493页。
5 梯利：《西方哲学史》，第495页。

自由观念上是对启蒙运动和法国大革命时期自由思想的一种继承。然而，启蒙哲学是从外在自然法则的角度肯定每一生命个体的独一无二性，并由此断定人的生存权力是神圣不可侵犯的，个体人的生命应该受到尊重，人是自由的。而浪漫主义的唯心哲学不仅肯定了人的神圣的生存权利，而且在此基础上让个体的人的精神自我超然于外在世界之上，成为自为之存在，并能派生客观外在的自在之存在，从而拥有了绝对的、无限的自由。这里，德国古典哲学对人的自我精神力量及人的自由度显然是过于扩大的，然而，它恰恰由此发展了启蒙时代唯物主义哲学家和法国大革命时期的自由思想，进一步提升了个体的人的地位，从而酿就了浪漫主义思潮的"自我主义"，也把西方人的眼光从启蒙运动和大革命时代对外部世界的关注，转向了由内而外，特别是对内部世界的关注。浪漫主义文学的主观性和个人主义无疑以此为哲学根由；浪漫主义文化思潮的思想多元化与复杂性，19世纪西方世界反传统、反社会习俗、反整个西方文明的个性主义乃至悲观主义文化思想，也无疑与此有精神联系。正如罗素所说："自我中心的热情一旦放任，就不易叫它服从社会的需要。基督教多少算是做了对'自我'的驯服，但经济上、政治上和思想上的种种原因刺激了对教会的反抗，而浪漫主义运动把这种反抗带入道德领域。由于这运动鼓励一个新的狂纵不法的自我，以致不能有社会的协作，于是让它的门徒面临无政府状态或独裁政治的抉择。自我主义起初让人们指望从别人得到一种父母般的温情；但是，他们一发现别人有别人的自我，感到愤慨，求温情的欲望落空了，便转而成为憎恨和凶恶。"[1]罗素的归纳不仅指出了浪漫主义时代"自我主义"的客观存在与影响的普泛性，而且还指出了由它带来的种种复杂多样的积极与消极思想倾向。浪漫主义的"自我"反抗的是西方现存的文明，因而，其"自由"思想也拥有了更广泛的内涵。

三、从"理性主义"到"感性主义"

如前所述，启蒙时代也是崇尚"自我"的，并以此来否定神权与专制王权对人的制约，提倡个性解放。但这里的"自我"侧重于人的理性的自我，"自我"对现实的反抗倾向于用人的天然智性能力对外在政治与宗教权威的对抗，

---

[1] 罗素：《西方哲学史》（下册），第224页。

从而使个人获得人身的和思想的自由，获得一种新的宇宙观、人生观，使人在智性能力和政治权力上获得解放。然而，浪漫主义运动中的"自我"则在前者的基础上提升为精神主体的自我，尤其是感性意义上的自我，使人的精神人格和心灵世界（包括潜意识内容）获得外现与解放。因此，如果说浪漫主义文化思潮对启蒙主义文化思潮在继承延续基础上又有反拨的话，那么，这种反拨集中表现在对启蒙运动及其前后相当长一段时期内在西方世界普遍崇尚和盛行的"理性主义"的批判上，而且，这种批判还从对启蒙哲学的反拨扩展到对现有西方文明的全面反叛。在这方面，浪漫主义与卢梭的思想血脉相贯通，而卢梭也因此与启蒙阵营的其他成员有了深刻的分歧与不可调和的矛盾。

在思想渊源上，启蒙哲学承接的是17世纪笛卡尔和培根的理性主义传统。17、18世纪的西方社会是理性的世纪。但"理性"是一个历史的概念，笔者在本书的写作过程中，对这一词的运用一直是小心谨慎，细加辨析的。仔细推敲，17、18世纪的理性因其精神源头之别，大致有两种走向。一是从帕斯卡到笛卡尔的法国本土先验理性；一是从培根到洛克的英国经验理性。前者的口号是"我思故我在"、"怀疑一切"，是一种内视、演绎、否定性的理性；后者的口号是"知识就是力量"，是一种外视、归纳、肯定性的理性。前者离宗教近，离世俗远，反映出未经宗教改革洗礼的国家的知识分子之精神特点；后者离宗教远，离世俗近，反映出经历清教革命后的国家的知识分子之精神特点。18世纪法国的启蒙哲学家，无疑都受这两种哲学传统的影响，但是，他们中除卢梭之外，大多侧重于经验理性。

17、18世纪的西方世界也是科学的世纪。对此，本书在第六章第一节的"科学的昌盛与理性的张扬"中作了较详细的论述。科学的兴盛，使人们进一步认识了自我的力量——人的理性的力量，也激发了人们对科学理性的崇拜。启蒙思想家——尤其是侧重于经验理性的哲学家——更是以科学理性作为自己的哲学支撑，把理性置于绝对的地位，并以理性的名义去批判一切传统的观念和神圣的权威。科学—理性在唯物主义哲学中明里暗里是互为一体的，理性主义助长了科学崇拜与科学主义思想，科学主义壮大了理性主义声望。在西方社会中，科学主义和理性主义从17、18世纪到19世纪上半叶，一直处于急速膨胀的状态，理性的"自我"的极度张扬在18世纪西方形成了文化上富有理性色彩的个性主义，从而导致启蒙时代人们在人性的理解与把握上的偏颇：感性被理性所遮蔽。这实际上意味着人在内在本性上的异化——人的理性本性与感性本性的相互疏离。

然而，就在这种科学主义和理性主义日渐高涨的时候，"早在十八世纪七十年代，一场新的反叛已在聚集力量，特别是在德国。它的目标是针对启蒙运动的理性主义。狂飙运动的年轻人谴责理性主义把感性的自发性、人的个性、天才的灵感从属于冷冰冰的古典主义理性化规则和不自然的趣味"。[1]其实，这种反叛更早的是卢梭，而且他是来自启蒙哲学阵营。

卢梭虽然既肯定科学的功绩，也尊重理性，但对之并不狂热。使他获得很高名声的论文《论科学与艺术》是从自然人性出发论述了科学与文明在推动了社会进步的同时，又污染了人性并使之走向异化。他提出的关于"自然"与"文明"的对立，实则是人的"感性"与"理性"的对立。他还由此进一步提出了人向自然的回归，向感性的回归，从而显示出他与理性主义的抵触和同启蒙阵营的疏离。卢梭的思想渊源与伏尔泰、狄德罗等理性主义哲学家不同，他的精神入口处不是从培根到洛克的英国经验理性，而是从帕斯卡到笛卡尔的法国先验理性，乃至与古希腊、基督教的思想传统和中世纪的神证论也血脉相通（在本书第六章第六节笔者专门论述过卢梭文化人格中的基督教情绪以及他的小说的基督教文化血脉）。正当启蒙学者们用科学与理性向封建专制，特别是宗教神学猛烈攻击并取得节节胜利的时候，在人们对科学与理性顶礼膜拜的时候，卢梭则开始了对"理性"的指控。正如我国学者朱学勤所指出的：

> 启蒙时代是与感性决裂的时代，是理性高扬的时代。代表这一片面趋向的一个典型事件，就是伏尔泰营垒中的拉美特里所推出的《人是机器》一书。当理性刚刚抬头时，它确实给人提供了一个解放的新起点。但是，当理性走向工具理性的片面发展，理性的工具属性转成终极目的时，人又面临着一个被物化、或被处理为物的危险。法国启蒙运动唯物主义粗鄙化的弊端，后来受到了有力批判。问题在于，卢梭出现以前，能够与这种片面理性相对抗的思想体系只能来自宗教生活中的价值理性因素，来自宗教思维的感性主义特征，而这一感性主义特征又与蒙昧主义紧紧地纠葛在一起。因此，在卢梭出现以前，价

---

[1] 阿伦·布洛克：《西方人文主义传统》，第111—112页。

值理性对工具理性的对抗，始终处于尴尬地位、软弱地位。工具理性面对来自宗教的诘难，永远可以高视阔步，片面发展。

卢梭的出现，结束了价值理性的尴尬和软弱……卢梭的挑战，是一次全新的挑战。当理性只能在与宗教对抗中展现自己时，它张开美丽的彩屏，永远有理由拒绝回答来自感性世界的诘难，永远不会暴露彩屏后面丑陋的一面。当理性遭遇卢梭挑战时，它就得低下高仰的头颅，正视对面的敌手了。它没有理由拒绝由卢梭带来的——来自理性数轴另一端的负值体验。在这种时候，卢梭理论的世俗性完全抵消了工具理性的世俗性优越感。它必须低头打量面前的对手，这一对手与它拥有同样世俗的合法性；它必须低头打量它本身发展的悖论：理性从解放人开始，却通过对感性的遮蔽，给人性重新戴上了枷锁，它自己也随之走向了理性的非理性存在。[1]

卢梭对启蒙理性的挑战是勇敢的，但其结局是悲剧性的。在科学与理性如日中天的18世纪，他那阐发人的感性世界的理论无法压过理性主义的喧嚣，在他活着的时候，这种理论所受到的指责乃至谩骂之声远多于肯定与赞赏。然而，他的理论毕竟击中了理性主义的要害，因而，尽管理性主义一直到19世纪上半期仍然势头强劲，但对理性主义的反叛之声也很快在卢梭身后逐浪而起。卢梭在人性理论上拨转了从17世纪开始单向度地朝理性维度发掘与发展的方向，开始了力图使人的理性本性与感性本性二元发展的努力。前面提到的德国狂飙突进运动，正是从卢梭的感性理论中获得思想动力的；德国的古典哲学对人的主观精神的强调，对人的内在"自我"的推崇，也与卢梭的理论血脉相承；整个浪漫主义思潮的主观主义倾向，正是卢梭理论的精神产物。事实上，到了浪漫主义文学那里，卢梭推崇感性的理论，已发展成为一种感性主义、主情主义的文化倾向。这固然像18世纪启蒙时代的理性主义一样也有失偏颇，然而，这种感性主义文化思潮与文学运动，却开始了西方文化与文学史上人性内向化理解与把握的新时代，文学对人的内宇宙的开拓也由此走入了空前深广的天地。在这个意义上，卢梭无愧于"浪漫主义之父"的称号，他的一半是属于浪漫主义的！

卡尔·马克思说："一切属于人的感性世界的彻底解放，是社会解放的真

---

[1] 朱学勤：《道德理想国的覆灭》，第40页。

正起点。"从这个意义上讲，由卢梭崇尚感性理论滥觞出来的热衷于发掘人的感性世界的浪漫主义文学，在西方文化与文明史上具有里程碑的意义，它是对人的又一次发现——感性世界的发现。由此，我们是否应该从西方文化发展史的角度，对浪漫主义文学有不同于现实主义文学的新的理解与评价呢？

四、人对文明的疏离

上述所讲的感性主义对理性主义的反抗，主要是在哲学层面上指出了浪漫主义思想与启蒙思想的对立——在感性与理性上的对立性，也即在人的内在本性把握与理解上的不同取向。其实，18世纪的理性主义远不止表现在启蒙哲学领域，或者说，"理性"或"理性主义"并不是启蒙哲学所能完全包容的。文化或文明与自然相对。从广义的角度讲，理性代表的是与自然相对而言的文化与文明的世界，它与人的自然本性相对；感性代表人的自然本性，它与文明与文化相对。文化与文明作为一种外在于人的客观存在，是人自己创造的，因而，它是合乎人的生命存在与发展之需要的，也是合人的生命原则的。但是人作为一种就其本源而言的"自然之子"，其自然感性之本性对文化又有本能的排斥之冲动——因为文化与文明在本质上是理性化的，是对人的自然属性的一种限制，因而文化与文明又有背离生命、背离人的自然本性，与人的感性本性相冲突的一面。这就是文明与文化的悖谬。所以，浪漫主义对"理性"的反抗，在普遍的和广泛的意义上，尤其在它的实际表现上，是个体的人对传统文化和现存文明的反叛。对此，我们仍然得从卢梭谈起。

众所周知，卢梭"返归自然"的口号，对浪漫主义文学与文化思想产生了深远的影响。然而，他是针对人的何种层面与意义提出这一著名口号的呢？

西方文化中关于人的善与恶，深受基督教的影响。基督教文化认为人性本恶，因为人类的祖先犯有"原罪"，因而人类之恶与罪在人自身。卢梭则认为，"人天生来是善的，让种种制度把人弄恶了"，[1]因此，人所有的不幸都源自科学、宗教、道德、文学和艺术等构建起来的文化与文明。在此，文化与文明（包括社会）成了罪与恶的承载体，而个人则被释放了。因此，人内心深处与生俱来的"自然状态"，就是历史的零度状态，就是天赋良知，就是善的

---

[1] 转引自罗素：《西方哲学史》（下册），第228页。

火种；人返回到这种"自然状态"，就是回到了善的状态。摆脱文明的浸染，洗刷文明在心灵中留下的污垢"返归自然"，人就摆脱了恶而走向了善，宗教所描述的彼岸的天国就可以在人间出现。所以，与卢梭对人的感性世界的维护一脉相通，感性既然是人的自然本性，让其自然而然地展示出来，这原本就是一种善，而理性却要制约它、玷污它，这理性就应予否定；同理，文化与文明破坏了人性之"自然状态"使之走向恶，这文化与文明是有罪的。由此，卢梭提出了反对文化与文明（包括社会制度），"返归自然"的主张，把人置于同文明疏离甚至对立的位置。这在当时的一些启蒙哲学家看来，实在有些大逆不道。"有史以来，人们控诉不平等、不正义，一般总是与文化层中的某一侧面相连，例如财产制、分配制、文化资源的不公正配置等。无论是批判的武器、武器的批判，从来没有触动过这一文化层的根本合法性。只有卢梭迈出了这一步。卢梭不是把不平等与财产制、分配制相连，而是把不平等与产生财产制、分配制的文化堆积层之'地基'——即伏尔泰所言的人类理性的进步、培根和洛克所言的人类知识的增长——相连，发动了一场釜底抽薪的批判。"[1]卢梭这种史无前例的叛逆理论，向西方文化史呈上了一个崭新的"人"的观念，把人提到了高于外在自然物的地位，也将他个人的人生之路引向了悲剧性结局。"卢梭跨出这一步，不仅意味着与启蒙运动的公开分裂，而且意味着他与数千年文明积累的决裂。他成了文明社会的自我放逐者，他即此奠定了一生颠沛流离不得其所的悲惨命运。"[2]

然而，卢梭提出的抗拒文明、返归自然这一看似"倒退"的叛逆理论，恰恰投合了18世纪末19世纪初西方人普遍对法国大革命及革命后的社会现实不满的心理与情绪。当时，自由主义者觉得资本主义新秩序并没使人获得真正的自由与平等；保守主义者感到革命暴力使个人生命危若垒卵，人的生命是渺小的，无自由可言；大革命催化了民族沙文主义，即使在法国大革命中，"启蒙哲学家们所提倡的世界主义和和平主义被遗忘得一干二净"，从而滋长了"民族优越感和种族仇恨观念"，[3]此后国与国的战争使西方世界限于动乱不安之中。如此等等，各种思想和情绪汇同，新旧交替时代旧的文化价值体系

---

1 朱学勤：《道德理想国的覆灭》，第36页。
2 朱学勤：《道德理想国的覆灭》，第37页。
3 爱德华·伯恩斯等：《世界文明史》（第三卷），第43页。

走向解体，新的文化价值体系又未形成，在这种价值观念"真空"状态下人们产生的无依托感、无归属感，使人们很自然地产生了对现有社会和文化与文明的怀疑、不满和抵触情绪。这种复杂的心态与卢梭的反文明、回归自然的理论一拍即合，或者说，卢梭的理论给此时的西方人摆脱空虚、恐慌、不满与反抗等各种心理，并追寻新的寄托——革命的、自由的，和平安定的以及宗教安慰的理想——提供了精神和思想的依据，于是，人们在一个动荡不安的现实存在中，让个体的人有了生存的安全感、独立感和自由感。因此，在18世纪末19世纪初，以各种不同的方式对抗现有文化与文明，寻找个人的精神寄托成了西方世界的一种普遍的社会思潮，也是浪漫主义运动的一个突出的精神文化特征。"浪漫主义可谓是西方文化史上第一次大规模的人对文化与文明的自觉疏离与反叛。"[1]这种疏离与反叛在本质上是人对来自文化与文明之异化现象的反抗，是人对精神独立与精神自由的追寻。文化与文明的悖谬性决定了它们作为一种理性的存在物，有可能随着人类的不断进步而成为人的对立面，成为对人构成异化的非理性存在。马克斯·韦伯说："理性化的非理性存在，是文明社会的症结所在。"[2]从这个意义上说，卢梭及后来的浪漫主义者对文明的反叛，是击中了现代文明的病根的。我们是否同样应由此对浪漫主义文学作出不同于现实主义的新的评判呢？

五、小结

经过启蒙运动的思想大解放和法国大革命疾风暴雨式的社会政治斗争的洗礼，西方世界可以说真正进入到了"现代性"阶段。以笔者之见，从思想文化的角度看，这里所说的"现代性"并不像通常史书所说的仅仅以资本主义的确立与巩固为标志，而是以思想的自由化与多元化、人的个性的丰富性与多样性、人的精神—心灵世界的复杂性与外显性为标志。浪漫主义文化思潮是在启蒙精神的指导下对传统文化与文明的全面评判与审视，从而自由与解放带来了人性更自由的展露。归根结底，"现代性"以人的新的解放为标志，因而，浪漫主义时期可以说是西方思想文化史上继文艺复兴之后又一次"人"的发现的

1　George, B. *French Philosophies of Romantic Period*. Baltimore: Kessinger Publishing, 1994, p.217.
2　转引自朱学勤：《道德理想国的覆灭》，第41页。

时期，而且在文化血脉上与文艺复兴运动"人"的发现有相承与相通之处——在文化内核上都是古希腊—罗马原欲型人本传统的延续与发展。浪漫主义文学则总体上对人的感性世界作了新的拓展，从而表现出对启蒙理性与传统文化与文明的反叛。浪漫主义文学在自由精神的鼓舞下，张扬个性，塑造了充满扩张欲望的"自我"，表达了现代人要求摆脱传统与文明束缚的强烈的个人主义愿望，使"人"的形象拥有了更丰富的内涵和鲜明的主体意识。

正是由于此时西方文化思想上有较高的自由度，因而浪漫主义文学对"人"的理解与开掘上也是多元化的，实际上并不局限于人的感性世界，况且，就是对感性世界本身的理解与表述也是各有侧重、纷纭多姿的。这一点，在不同倾向、不同地区与国家的浪漫主义文学实践中表现得更为充分而明显。

第二节
于"颓废"中寻觅另一个"自我"

德国是西方浪漫主义思潮的发源地。就对待启蒙运动特别是法国大革命的态度而言，德国浪漫主义者是典型地执反对态度的，其中当然体现了一种政治态度，德国浪漫主义文学也因此被认为是"反动的"和"消极的"。加之，德国浪漫主义文学普遍表现出对现实社会秩序的不满，对中世纪基督教社会秩序的留恋与向往，流露出悲观与颓唐的思想情绪，因而被认为是"病态"的和"颓废"的文学，是19世纪西方文学中的一股"浊流"。然而，如果我们淡化了对德国浪漫主义文学的政治评判，那么，在这种"颓废的"和"病态的"文学背后，我们又可以发掘出什么样的人文内涵呢？

一、在现实的无奈中退守内心

德国浪漫主义者对法国大革命一开始就抱敌视态度，对革命后的社会秩序也表示不满，这并不仅仅出于政治上的原因，还有文化态度和民族情感上的原因。在文化思想上，18世纪的法国在西方世界中属于强势国家，但德国文化人对此抱有抵触情绪。"狂飙突进运动"是德国浪漫主义的先声。狂飙突进运动中的青年作家们对法国启蒙哲学是排斥的，这集中表现在对理性主义的否定上。他们把启蒙哲学"冷冰冰"的理性主义"看成是法国的文化霸权,这就在这些浪漫主义先驱者的怒火上增添了不满,他们本来就不愿意让自己的国家被迫处在劣势的地位"。[1]18世纪末19世纪初的德国在政治经济上处于明显的弱势。拿破仑时期德国的部分领土被法国占领,整个国家处于法国势力的威慑之下。这在民族情感上招致德国人对法国的不满,对大革命与法国式"自由"思想的不满,对大革命的暴力过火更是感到恐惧与抵制。他们对民族独立却有一种强烈的渴望。然而,当时德国四分五裂、国势衰微的现实,无法使他们实现民族自由与独立的理想,但这并不能泯灭他们内心对这种"自由"的渴望。因此,"德国浪漫主义者无论在法国的政治强权和理性主义的文化强权面前,都深感不满又无可奈何",[2]正是在这种双重矛盾中他们在总体趋向上退守内心,寻找精神的自由。他们在一种压抑、恐惧、迷乱与无奈中营造着一个精神的世界。无怪乎,德国浪漫主义呈示的是一颗"扭曲的"、"病态的"灵魂。

德国浪漫主义文学"病态"与"颓废"的特征,确实是一种客观存在。勃兰兑斯曾将德国浪漫主义称为"病院":

> 德国的浪漫主义病院里又收容了一些多么古怪的人物啊!一个患肺病的兄弟教徒,带有亢奋的情欲和亢奋的神秘——诺瓦利斯。一个玩世不恭的忧郁病患者,带有病态的天主教倾向——我指的是蒂克。一个在创作上软弱无能的天才,论天才他有反抗的冲动,论无能则属于向外部权威屈服——韦里德里希·施莱格尔,一个被监视的梦想家,沉溺于半疯狂的鸦片幻境中,如霍夫曼。一个愚妄的神秘主义者,如维尔纳,以及一个天才的自杀者,如克莱斯特。[3]

这里的"病人"当然不是指像诺瓦利斯这样在生理上患病的人,而是精神、心理、情感上"病态"的人。这种"病态"主要表现在他们作品中的怪诞、梦幻、疯狂、神秘、恐怖、悲观、厌世等等精神状态上。对此,文学史上通常给予较多指责。指出并批评这种"病态"是必要的,也是合乎事实的。然而,

---

[1] 阿伦·布洛克:《西方人文主义传统》,第112页。
[2] Drabble, S. M. *The Oxford Companion to English Literature*. London: Oxford University Press, 1985, p.842.
[3] 勃兰兑斯:《十九世纪文学主流》(第二分册),刘半九译,人民文学出版社1997年版,第8页。

笔者认为，我们应该看到，德国浪漫主义文学恰恰在这种"病态"与"颓废"中曲折地表达着一种自我扩张的欲望与个性自由的理想。因此，对浪漫主义文学的新认识，重要的是要在这"病态"与"颓废"的表征背后找出特定的人文内容。

二、在歌颂死亡与黑夜中体悟生命与自我

诺瓦利斯（1772—1801）是德国早期浪漫主义文学的代表之一，也是典型的"病态"、"颓废"的诗人。诺瓦利斯是法国大革命和自由思想的竭力反对者。他的政论文《基督教还是欧罗巴》（1826）指出，宗教改革前的欧洲是和谐统一的，宗教改革后的新教带来了自由思想，自由思想又使世界走向分裂，因此，应该恢复中世纪时期的欧洲社会秩序。他认为宗教是国家的基础，宗法制的中古世界是理想的社会。诺瓦利斯曾这样写道：

> 当欧罗巴还是一片基督教大陆、还是一个未分裂的基督教世界的时候，那些日子是美好的、光明的……教会的贤明的首脑理所当然地反对牺牲宗教意识而冒昧地培养人类的禀赋，反对科学领域里不合时宜的危险的发现。所以，他禁止大胆的科学家们公开宣称地球是一个微不足道的行星；因为他非常清楚，人们如果不看重自己的家宅和地上的祖国，那么就会对天上的故里和他们的同族也丧失敬意，他们如果宁愿以有限的知识代替无限的信仰，那么就会习惯于蔑视所有伟大神奇的事物，并视之为僵死的立法而已。[1]

从政治、历史角度看，诺瓦利斯的观点显然是消极的、颓废的乃至反动的，表现出了德国早期浪漫主义者普遍存在的那种对现代科学、对启蒙哲学的理性主义以及资本主义新秩序的不满情绪。但是，这种情绪所体现的不只是政治态度问题——但在当时这种革命的时代，这种情绪很容易被认为是政治态度问题——还有文化态度和观念的问题。政治态度和文化态度是不应该混为一谈的。在特定时期被认为是正确的政治观点，从人类文化的角度看未必是正确的，反之亦然。毋庸置疑，诺瓦利斯站在基督教的立场敌视和反对现代科学，

---

[1] 转引自勃兰兑斯：《十九世纪文学主流》（第二分册），第197页。

显然在历史观上是消极和保守乃至反动的，今天我们依然无法对之表示赞同。历史上若没有科学的进步，没有科学对迷信的宣战并取得胜利，就没有人类社会的今天，也没有今天的西方文明与文化。但是，如果针对18世纪末19世纪初西方社会中人们头脑里的科学主义、理性主义过于膨胀，人们对科学与理性的崇拜取代了对上帝的崇拜的现象，针对人们凭借科学而对自我力量盲目乐观的现象，那么，诺瓦利斯的言论显然是对这种现象的一种批判。比如，他对理性主义的启蒙哲学在批判传统文化与文明中表现出来的片面性是执批评态度的。他说，"人们把现代思维的产物称为哲学，并用它包括一切反对旧秩序的事物"。[1]这里，他显然对启蒙哲学的理性主义扩张表示反对。"启蒙运动和科学主义在摧毁教会统治与蒙昧主义的同时，传统文化价值观念的失落无疑使人的精神产生空虚感与无依托感。"[2]这类似于后来尼采所说的"上帝死了"时人们的信仰失落感。在此，诺瓦利斯的思想代表了精神与信仰追寻者的焦虑与恐慌。他说："现代无信仰的历史是令人触目惊心的，是了解近代一切怪现象的钥匙。"[3]我们不能不说，启蒙运动的理性主义和近代科学主义在推动西方社会走向进步的同时，又因其客观上存在着在理性与科学指向上的片面性，因而带有负面性，这正是从卢梭到德国狂飙突进青年和浪漫主义者所要"反叛"的。也正是从这种意义上，诺瓦利斯那些在政治观、历史观上确有"反动"与"消极"、"颓废"的思想，在文化观上却未必没有合理性。他向往中世纪基督教时代的欧洲，固然在历史观上是复古倒退甚至是反动的，但针对18世纪末19世纪初那战争与动乱的时代，中世纪曾有的统一与宁静以及基督博爱给人的精神安抚，无疑使人有一种稳定感、安全感和道德与精神上的归属感，而这正是大革命后的西方社会所缺乏的，也是科学与理性所无法给予的。因此，诺瓦利斯的理论中隐含着对灵魂的与精神的"人"的追求，代表了当时一部分文化人对人的"自我"与本性的另一种理解与关注。当然，宗教文化固然可以充实人的精神世界，可以与科学理性文化形成对立互补之势，但如果因此就让时代倒退到中世纪去，那是不可取的，这正是诺瓦利斯理论的谬误之所在。

---

1 勃兰兑斯：《十九世纪文学主流》（第二分册），第198页。

2 Abrams, M. H. *A Glossary of Literary Terms*. Fortworth: Harcourt Brace Jovanovich College Publishers, 1993, p.122—129.

3 勃兰兑斯：《十九世纪文学主流》（第二分册），第199页。

值得注意的是，尽管诺瓦利斯如此推崇基督教世界的欧洲，但他却决不是一个有高度自制力和清心寡欲的基督徒，而是一个执着于世俗生活、执着于个体生命之现实意义，一个"内心燃烧着最炽烈的感情"的人，"最深层、最放纵的感情就是他的原则"。[1]可见，诺瓦利斯身上似乎存在着一种令人费解的自我矛盾现象：他是宗教的和信仰主义的，又是世俗的和现实主义的。与他对科学与理性的排斥相一致，诺瓦利斯以心灵体悟的先验式宗教感悟思维，抵斥智性推理的经验式理性思维。然而，他所要体悟的又不是冥冥中冰冷的、神秘的信仰世界，而是现实中的人的炽热、真实的感性世界；他通过对这感性世界的真实体认，从而感受生命的存在、自我的存在乃至生命的意义。由此我们似乎可以看出，诺瓦利斯赞颂基督教世界，但并没有以宗教理性去抵斥人的感性世界，而是用宗教式的先验感悟去体认被当时的科学与理性遮掩了的人的感性世界，因而，他的观念在本质上又是非宗教、非信仰的，而是世俗的、感性的。由此，我们找到了更准确地认识诺瓦利斯的一个突破口。

海涅称诺瓦利斯为"死亡诗人"。确实，他的诗作致力于歌颂"死亡"与"黑夜"，因此人们也很容易地就将他对基督教世界的歌颂与向往联系在一起，称他为"病态的"、"颓废的"诗人。笔者以为，这样去认识诺瓦利斯未免显得简单化——海涅亦同样如此。其实，从体悟感性世界的角度去看，诺瓦利斯的"死亡"与"黑夜"是别有一番人文意味的。

《夜的颂歌》（1800）可谓是使诺瓦利斯获得"死亡"与"黑夜"诗人"桂冠"的代表性作品。它是作者为悼念早逝的恋人苏菲·封·库恩而作的。诺瓦利斯爱上苏菲时，她只有12岁，而在15岁时，她因患肺痨死去。苏菲的去世，使诺瓦利斯痛不欲生。在《夜的颂歌》中，他把由爱而生的痛苦转变为对死的渴望与夜的歌颂。在作品的第一章里，他这样写道：

> 我转而沉入神圣的、不可言传的、神秘的夜。世界在远方，仿佛陷进了深邃的墓穴：它的处所荒凉而孤寂。胸口吹拂着深沉的忧伤……黑魆魆的夜呀，你可曾在我们身上找到一种欢乐呢？……从你的手里，从罂粟花束上滴下了珍贵的香油。你展开了心灵的沉重的翅翼……我感到光亮是多么可怜而幼稚啊！白昼的告别是多么可喜可

---

[1] 勃兰兑斯：《十九世纪文学主流》（第二分册），第180页。

庆啊……夜在我们身上打开的千百万只眼睛,我们觉得比那些灿烂的群星更其神圣。它们比那无数星体中最苍白的一颗看得更远;它们不需要光,就能看透一个热恋的心灵的底层,心灵上面充满了说不出来的逸乐。赞美世界的女王,赞美神圣世界的崇高的宣告者,赞美极乐之爱的守护神吧!她把你送给了我,温柔的情人,夜的可爱的太阳。现在我醒了,因为我是你的,也是我的:你向我宣告夜活了,你使我变成了人。用精神的炽焰焚化我的肉体吧,我好更轻快,更亲切地和你结合在一起,永远过着新婚之夜。[1]

诺瓦利斯描写的"夜",不是通常万籁俱静、一片漆黑令人恐怖的夜,而是一个潜伏和充盈着生命欲望的冲动,"不需要光"却又比白昼更透亮的令人充满"逸乐"的夜,此乃作者幻想的、憧憬的心灵之夜。在这样的"夜"里,万物隐退,白昼里沉睡的"自我"醒了,仿佛是"夜"把"我"赋予了肉身。在此,自我的感觉是如此超常的清晰,于是,这"夜"就像"在我们身上打开的千百万只眼睛,我们觉得比那些灿烂的群星更其神圣",我们借此"就能看透一个热恋的心灵的底层",随之,心灵里产生了难以言说的"逸乐"。在如此的境界中"永远过着新婚之夜",这是在白昼中难以感受到的爱的体验、自我的体验、生命的体验。所以,诺瓦利斯描写"黑夜",歌颂"黑夜",并不是在歌颂夜之死寂、黑暗与恐怖,而是在借夜之黑暗去突出心灵对生之欢悦的体悟,并通过这种体悟去感受生命和自我的存在。这是一种对生命的执着。

由此我们再联系到诺瓦利斯对"死亡"的歌颂,又可以看到他描写的"死亡"背后强烈的生之欲望。他在《夜的颂歌》中写道:

我漫游进死亡,
那天,每一种痛苦都会成为
激动的喜悦。
一瞬间,我自由了,
沉醉在爱的源头。
无限的生命;在我心中有力地生长。
……啊,耗尽我吧,我的爱侣,

---

[1] 转引自勃兰兑斯:《十九世纪文学主流》(第二分册),第189页。

> 我要最猛烈地去沉睡和爱。
> 我想到了死亡更新万物的潮水，
> 我的血液，
> 变成柔软的香脂和苍天，
> 因为生活于白昼之时，
> 我充满体会和勇气，
> 当黑夜降临，
> 我死于神灵之火。

一如借黑夜去突出自我对生命的感悟，这里，诺瓦利斯也是借"死亡"对生命的威胁，"死亡"对人的心灵引起的恐惧与震颤，去更强烈、真切地感悟生命的存在。"我"步入"死亡"后产生的"无限的生命"。在"死亡"中"猛烈地去沉睡和爱"，表达的正是在生之时难以感受的强烈的生命冲动和爱的体验。

总之，在"黑夜"中洞悉光明，在"死亡"中感悟生命，在极度的痛苦中体悟深沉的爱，这就是所谓"死亡诗人"和"黑夜诗人"诺瓦利斯的诗所致力于追求的境界。当我们联想到中世纪的厌世主义者抛弃现世的生命欢乐，追寻死后天国的永恒的极乐时，我们分明可以看到诺瓦利斯对人的个体生命有执着之爱。正是由于对生命的强烈之爱，导致了他对死亡的极度恐惧；为了消除这种恐惧，于是他赞美死亡，赞美黑夜，赞美疾病！在所有的这些赞美中，永远深藏着一颗炽烈而怪异的心灵，一个感性而内倾的"自我"。

三、自我的二重化

霍夫曼（1776—1822）的"病态"或"颓废"在于他总是以怪异的眼光观察人的心灵，并在作品中热衷于描写神秘、怪诞、阴森、恐怖而又不乏滑稽感的形象。"这个一心一意观察自己心境、观察别人荒诞行径的人，对自然很少感觉。"在日常生活中，他有与常人不一样的"过分敏感、过分紧张的神经"。[1] 他常常把酒当作兴奋剂，"每逢在酒精的影响下，他会突然看见黑暗中闪现着磷火，或者看见一个小妖精从地板里钻出来，或者看见他自己周围是

1　勃兰兑斯：《十九世纪文学主流》（第二分册），第163页。

一些鬼怪和狞恶的形体,以各种古怪装扮出没无常"。"他的许多灵感,许多幻想,那些开始只是出自想象,后来越来越认真的错觉,大都得之于酒。"[1]他对人与世界的这种怪异的观察,我们可以从他的日记中看到:

  一八〇四——从四时到十时在新俱乐部饮比肖夫酒。傍晚极度兴奋。这种加香料的烈酒刺激所有神经。突然想到死亡和离魂。
  一八〇九——在六日的舞会上突发奇想。我通过一个万花筒设想着我的自我——在我周围活动的一切形体都是一些自我,他们的所为和所不为都使我烦恼。
  一八一〇——为什么我睡着、醒着都常常想到疯狂呢?[2]

  由于霍夫曼这种怪异的心理气质,他总是为一种神秘的恐怖感所折磨,甚至害怕自己生活中出现离魂及各种狞恶形象,以至他的"整个生活溶化成为情绪"。由此,他观察人,也总是关注人的情绪和心理状态,把人生分解为各种情绪:"浪漫的宗教情绪;紧张到使我经常多生疯狂思想的、兴奋的情绪;幽默的愤慨情绪;音乐般的激昂情绪;荒诞的情绪;发展到极端浪漫、极端反复无常的最愤慨的情绪;坦白地说吧,还有莫名其妙的恶劣情绪,非常兴奋、但像诗一样纯洁、十分舒适、粗鄙、嘲讽、紧张而又乖张的情绪,以及十分颓废、异样而又糟糕的不热情、不高昂的情绪。"[3]霍夫曼从自己这种怪异的心理气质出发进行文学创作,"按照自己的模型创造了他的主要人物",[4]"把自己对于鬼怪的恐怖也传达给他所创造的人物了",[5]以至于人们称他为"鬼怪霍夫曼"。

  "鬼怪霍夫曼"的小说创作典型地表现了德国浪漫派文学的特色。他的作品往往借助离奇的想象,描写怪诞的情节,塑造神秘古怪的人物,展现幻想与现实交融的世界。正是在这种离奇怪诞的描写中,展示了人的双重自我以及由自我冲突而生的心理张力。

  《金罐》(1814)是霍夫曼早期的作品,它描写了一个童话般离奇的故

---

1 勃兰兑斯:《十九世纪文学主流》(第二分册),第163页。
2 转引自勃兰兑斯:《十九世纪文学主流》(第二分册),第163页。
3 勃兰兑斯:《十九世纪文学主流》(第二分册),第172页。
4 勃兰兑斯:《十九世纪文学主流》(第二分册),第172页。
5 勃兰兑斯:《十九世纪文学主流》(第二分册),第164页。

事。大学生安泽尔穆斯是一个童心未泯、充满纯真诗情的人。一次出游,他发现了会跳舞会说话的小黄蛇,其实她们是城里的档案保管员的女儿。档案保管员原本也是蛇,由于犯有过失,上天为惩罚他,使他变成了人,如果三个女儿找到了大学生那样富有纯真诗情的人做丈夫,他就会重新恢复蛇形。三条黄色小蛇变成了三个美丽的姑娘,其中蓝眼睛小蛇变成了美丽的塞尔彭蒂娜,她爱上了大学生,他也向她表示了爱情。在保管员家里,大学生发现了一只会给人带来幸福的金罐,在上面能看到各种各样人的形象,它是日后蓝眼睛小蛇的嫁妆。但是,这个金罐后来被一个妖婆偷走了。这个妖婆有一面魔镜,人如果看了它一眼,就会立即从幻想世界回到现实世界。大学生由于看了它,就失了纯真的诗情,并从美丽的幻想世界回到庸俗的现实世界,他原来爱的由蓝眼睛小蛇变的美丽姑娘,成了大学副校长的俗不可耐的女儿维洛尼卡。妖婆还借用魔法将大学生囚禁在一个水晶瓶中,这里与他曾经拥有过的诗意的幻想世界截然相反,他感到窒息难受。最后,档案保管员战胜了妖婆夺回了金罐。大学生与塞尔彭蒂娜结了婚。后来,档案保管员一家移居到一个小岛上,在金罐的保护下,他们过着充满诗意的幸福生活。

　　从《金罐》的显层意义上看,故事对世俗世界和超世俗世界作了对照描写,并明显地肯定了充满诗意的超世俗世界,否定了庸俗、丑恶的世俗世界,因而小说具有批判现实的意味。从隐层意义上看,《金罐》又揭示了人内心深处的幻想与现实、世俗与信仰、无限与有限、精神与物质、灵与肉等多重矛盾,以及由此而产生的人的自我的分裂。大学生安泽尔穆斯生活在客观的现实世界里,体验到了生活在世俗之中的平庸的"自我",幻想又使他陶醉于充满诗意的超世俗的世界,体验着保留了纯真童心的"自我"。妖婆的魔镜似乎是两个世界的中介,使他时而生活在平庸的现实中,时而又生活在纯真的幻想世界中,处在双重自我的矛盾中,因此,对立的世俗世界与超世俗世界恰恰是安泽尔穆斯双重自我的外化。正如歌德笔下的浮士德,内心深处隐藏着不同走向的双重"自我","一个要与另一个各奔东西"。不同的是,歌德描写人物的双重自我,完全隐身于人物的内心世界,并通过内心矛盾冲突展示出来;霍夫曼则把这内心世界的两个自我借助于离奇的想象、怪诞的情节外现于两个不同的世界,从而使人的双重自我呈分裂的状态。小说中的档案保管员也是一个双重身份的人:白天是保管员,是人,夜晚是一条蛇,因而,他白天奉公守法,过着严谨而规范的官场生活，晚上则放纵自我，过着无拘无束的自由生活。这实际上也表现了档案保管员自我的双向分裂：不满足现实的平庸生活，又无法挣脱它；既向往满足欲望的自由生活，又无法真正进入这种生活境界。其实，这是人的内心世界普遍存在的双重自我。

霍夫曼小说中最能表现这种自我分裂的作品是他的《魔鬼的万灵药水》（1815—1816），它也是霍夫曼的代表作。小说以第一人称叙述了修道士梅达杜斯的奇遇。梅达杜斯16岁就开始当修道士，他有才华而又生性懦弱。他禁不住诱惑喝了修道院里珍藏了多年的魔鬼万灵药水，从此就魔鬼缠身成了一个纵情享乐充满邪恶的人。对尘世欢乐的渴望使他逃离了修道院。他狂热地爱上了罗马男爵的女儿奥莱丽，又与奥莱丽的继母偷情。他为了纵情享受感官的快乐而不惜杀人灭口，犯下多桩杀人命案，似乎这一切都是受欲望支配不由自主地做出的。他说："我的自我，由于成为一种残酷而任性的偶然的现场，被分解成奇形怪状的形体，便无止无休地漂浮在意外事端的海上，那些事端像汹涌的波涛一样冲击着我。我再也找不到我自己了！"案发的他被投入禁狱。在迷惘与恐惧中，他仿佛听见被他所杀的人死前的呼叫声，他自己也分裂成两个梅达杜斯：一个被宣判死刑，另一个则被释放。一切都似乎发生在梦幻中，他不知道自己到底做过哪些事。不久，他被释放了，因为有一个长得与他十分相像的疯疯癫癫的修道士出来自首，承认自己是真正的凶手。在他正准备与奥莱丽举行婚礼之际，替他服刑的他的化身坐在囚车上从旁边经过，他良心发现，恨不能立即扼死自己的另一个"自我"，于是，罪犯的"自我"与新郎的"自我"展开了搏斗，在精神极度狂乱之中，他刺了新娘奥莱丽一刀。事后，他隐居于罗马的一座修道院开始忏悔和修行。后来，他回到家乡，正要主持奥莱丽的出家仪式时，他的化身、那个疯修道士又出现了，并且杀死了奥莱丽。从此，梅达杜斯潜心修行，直到奥莱丽被害周年纪念日，死于修道院。

小说借"魔鬼的万灵药水"把处于平静中的梅达杜斯推向欲火焚烧而又自我矛盾的情境之中。小说又用相貌酷似梅达杜斯的"疯修道士"把真正的梅达杜斯的自我从空间与时间上分成两半，使梅达杜斯处于人格分裂、找不到完整自我的精神狂乱之中。正如他自己所说："我是我表面上的那个人，我表面上却不是我真正的自己；我认为我自己是一个解不开的谜，我竟同我的自我发生了龃龉！"人物的自我分裂，不仅使霍夫曼的小说充满了心理张力，而且还增添了怪诞与神秘的色彩，这是德国浪漫主义文学的突出特征。

启蒙哲学从宗教的蒙昧主义中解放出了人的理性的自我，却又通过对理性的过分强调而蒙蔽了感性的自我，遮蔽了人的心灵与情感的多姿多彩和矛盾冲突。启蒙思想家在张扬了人的理性思维与感知能力的同时，忽略了人的感性与直觉的体悟能力；在肯定了理性自我的同一性与稳定性的同时，忽略了感性自我的差异性与多变性。浪漫主义特别是德国浪漫派所张扬的恰恰是启蒙思想家、文学家所忽略的感性的自我与心灵的世界，从而展示了多变的、不稳定的和具有非理性色彩的自我，进而从另一侧面展示了人性的丰富性。

被勃兰兑斯称之为"精神病院"的德国浪漫派，从诺瓦利斯、蒂克、施莱格尔、霍夫曼、沙米索、维尔纳到克莱斯特，都是内心敏感，善于体悟人的情绪与心理状态，热衷于描写离奇怪诞充满神秘色彩事物的作家。他们对人的感性自我的关注远远胜过对理性自我的张扬。他们热衷于表现的怪诞、梦幻、疯狂、神秘、恐怖等等，恰恰是人的理性的触角所难以指涉的感性内容。诺瓦利斯用"黑夜"、"死亡"以及相伴而来的巨大的痛苦与恐惧，去强有力地表现对爱与生命的渴望，其间隐藏着一个被压抑而又力图扩张的自我。霍夫曼如此关切人的自我并总是表现双重的、分裂的自我，标示着他对人的内心和感性世界的关注。理性主义所理解的自我是完整同一而稳定的，然而事实上这只不过是显意识层面的自我而已。人的感觉是不稳定的，人的深层意识对自我的体认可能是自相矛盾的，这就导致了自我的双重性、多重性与自我分裂。霍夫曼的小说通过梦幻、错觉、疯狂等，把被理性主义遗忘了的人性的感性内容以一种不稳定、不完整的形态显示出来，同时也把人物的深层意识通过双重或多重"自我"的矛盾冲突展示出来。因此，霍夫曼等德国浪漫派作家对人的双重自我的关注，正说明了他们对人自身的关注，特别是对人的感性世界、深层心理的关注。可见，无论是诺瓦利斯还是霍夫曼，虽然他们与宗教、神秘主义有着密切联系，但宗教与神秘主义并没有使他们变得愚昧守旧，而是使他们步入了启蒙作家与思想家所极少涉足的人的深层心理与感性世界，他们使"人"更贴近了精神的自我。

第三节
于"自然"中寻觅另一个"自我"

虽然,英国浪漫主义文学也免不了有德国浪漫主义文学的那种"病态"、"颓废"和"消极"、"反动",不过,相比之下,在英国浪漫主义文学中,这类因素要比德国浪漫主义文学少得多。这似乎是因为此时的英国作家普遍地流连于自然的美景中,从而多少减轻了精神与心理上的焦虑与颓唐。很显然,对自然的关爱与崇尚,是英国浪漫主义的突出特征,为此,勃兰兑斯称英国浪漫主义为"自然主义",而且认为这与英国的民族气质与精神有关。而从人文属性的角度看,英国浪漫主义文学与自然的密切关系,既显示了它在"人"的理解上的独特性,也体现了它与德国浪漫主义文学在人文取向上的某种内在联系。

一、"自然"与人性的感性层面

就英国浪漫主义文学而言,"自然"一词主要指的是我们通常所说的"大自然","它主要包括山川、湖泊、河流、大海、乡村景色、田园风光和异国美景等,它与人类社会,特别是与现代文明形成鲜明对照"。[1]它既有别于启蒙哲学家们所讲的"自然",又有内在的前后承接关系。

启蒙哲学家强调的"自然",是指"自然法则"意义上的人和事物所固有的天然属性与纯真状态,它与现存的文明有某种对立的意义。然而,他们强调的"自然法则"又有理性法则的意思,所以洛克认为"理性"也就是"自然法"。[2]在启蒙思想家看来,凡是合乎自然法则的现实存在都是合理的,于是,自然法则成了他们批判现实宗教制度和封建专制的武器。因此,在许多启蒙思想家那里,自然法则与理性原则近乎同义,所以,启蒙思潮高涨的18世纪被称为"理性的世纪"。

当然,"理性原则"并不仅仅指哲学范畴的人的知性或理智。从人的角度看,合乎理性原则,亦即合乎自然法则的人的天然本性,这里的"理性"并

---

1 Long, W. J. *English Literature*. London: Hardpress Publishing, 1991, p.305.
2 洛克:《政府论》(下),第6页。

不仅限于人的天然的知性或理智能力，也包括天然的感性能力。因此，人的与生俱来的自然情感与欲望也是合乎理性原则的人的天然本性内容（参阅本书第六章第二节"'自然原则'的人性内涵"）。所以，在大部分启蒙思想家那里，人的理性与情感、欲望等感性层面的内容，都属于人的天然本性的范畴。不过，尽管在理论上启蒙哲学家在强调理性的同时也不否定人的感性内容，但除了卢梭之外，他们实际上强调的主要还是与感性相对意义上的理性，在18世纪启蒙文化思潮中所倡导和遵循的"理性原则"，主要内涵也是理性层面的"人"。

我们已经反复提及的卢梭，他后来之所以与启蒙阵营的其他盟友分道扬镳，其中一个重要原因，就是他对人的感情世界的推崇走到了"感性主义"的境地，以至于近乎与理性主义的启蒙思想主流相对立。卢梭"返归自然"的思想，固然有理性原则作为内在的支撑，但这里的"自然"在哲学内涵上更强调人的感性层面，在历史逻辑上更强调人的原初状态（历史的"零度状态"），在物质层面上主要描写与文明相对的大自然的原本状态。正是在这种历史逻辑和人文渊源上，卢梭成了主情主义的浪漫派文学的先驱，特别是迷恋大自然的英国"自然浪漫派"文学的始祖。

从争取人的自由与解放的角度讲，欧洲浪漫主义文学思潮是对18世纪启蒙文化运动的继承与发展，但从浪漫主义文学对人的感性世界的格外关注，并以之对抗"理性主义"的角度看，它又表现出了对启蒙思想的某种反叛。英国浪漫主义文学崇尚"自然"，正是这种反叛意识的表现。英国浪漫主义作家崇尚的"自然"，并非启蒙哲学家的"自然法则"，主要是卢梭"返归自然"意义上的原始状态的大自然。在人性蕴藉上，这种"自然"观的深层表达的是对自然纯真的人性的崇尚，是对被理性与文明压制下的人的自然情感与欲望的追寻，所偏重的是人性的感性层面。在争取人的自由与解放的意义上，英国浪漫主义与启蒙运动在"自然"这一向度上共同张扬着人的天然权利与自主性，但在"自然"的不同人文取向上又互成反叛。英国浪漫主义是卢梭"感性主义"的信徒，自然又成了启蒙运动之"理性主义"的叛逆。"浪漫主义对进步与理性的批判导致了现代审美文化的诞生。"[1]

1　Calinescu, M. *Faces of Modernity*. Bloomington: Indiana University Press, 1977, p.264.

二、在自然中感悟来自天堂的回音

一提起华兹华斯（1770—1850），人们就会想起"湖畔诗人"和歌颂自然的诗。华兹华斯是英国早期浪漫主义诗人的代表，也是英国"自然主义"诗歌的代表。"由于他自己对一切外在的自然现象天生具有特殊的感受力，因此禁不住要大声疾呼：'大自然啊！大自然啊！'以此作为他的口号。"[1]因此，他被称为"自然诗人"。"华兹华斯是有史以来的文学中最伟大的自然诗人。"[2]

在华兹华斯那里，"自然"主要是指"与城市相对的乡村。在城市生活中，人们忘记了他们生活所依赖的土地。他们已经不再真正认识它；他们记得田地和森林的一般外貌，但不记得自然生活的细节，不记得那些微笑的、清醒的、光荣的和可怕的景象的不同变化"。[3]城市的生活与现代的文明已使人丧失了对自然的敏感，以至于大多数人说不出各种森林树木和牧场花卉的名字，不知道云彩疾急飘过，薄雾从山上伸起，牛群羊群的动作对天气的变化预示着什么，华兹华斯却依然珍藏着一颗感应自然的灵敏之心。"华兹华斯从他童年时期在坎伯兰山中玩耍的时候起，便早已知道所有这些征兆了。他对一年四季中英国自然界的各种变化都有亲切的理解；他天生能够将他所看见和感受的东西予以重现，而且在重现以前对它们作一番深刻的思考——他在对于自己的作为有充分认识的情况下，适合于实现那个'不安眠的灵魂'查特顿和那个比他更有天赋的农民诗人彭斯所开始的诗歌革命运动。"[4]华兹华斯从小就有一种对大自然的敏感，并在孤独的生活境遇中养成了与大自然交流的习惯，自然成了滋养他心灵成长的温床，自然也是他精神与情感的寄托与归宿。"他喜欢独处，但和大自然在一起，他从不感到孤独。"[5]"华兹华斯将自然看成自己的精神家园，将自己的道德情感与自然的外在形象相联系，正像他在《丁登寺》中所表达的一样，无论何种时间，在何种情况下，回想起自己曾经有过的与

---

1 勃兰兑斯：《十九世纪文学主流》（第四分册），徐式谷等译，第40页。
2 Long, W. J. *English Literature*. London: Hardpress Publishing, 1991, p.382.
3 勃兰兑斯：《十九世纪文学主流》（第四分册），第40页。
4 勃兰兑斯：《十九世纪文学主流》（第四分册），第40—41页。
5 Long, W. J. *English Literature*. London: Hardpress Publishing, 1991, p.378.

自然的交往，都能有一种归家的感觉。"[1]他对自然的无限崇拜之情，达到了宗教化的程度，因而有人称他的这种感情为"宗教化的自然之爱"（religious love of nature）。而在这"宗教化的自然之爱"的背后，寄寓着华兹华斯对纯真人性的沉思与追寻。

华兹华斯的自然观深受卢梭"返归自然"思想的影响。卢梭崇尚作为物质形态的大自然，在他的小说中，迷恋与歌颂大自然的精彩片段屡屡出现，这在华兹华斯的诗歌中得到了大力的弘扬。更深深地影响华兹华斯的是卢梭关于让人性回归自然状态的思想。卢梭倡导让人类回到"历史的零度状态"，其实并不是说让人类社会回到原始的蒙昧阶段，而主要是强调让现代人的精神与心灵从文明的异化状态中挣脱出来，还其人性之纯真与自然。作为启蒙作家，卢梭这是在呼唤人性的自由与解放，是关于人的另一种意义上的启蒙。华兹华斯则在这一层面上接受了卢梭关于"文明"与"自然"对立的思想。

华兹华斯显然不接纳资本主义的工业文明，他认为这种所谓的文明使人迷失了自我。他认为，"城市生活及其烦嚣已经使人忘却自然，人也已经因此受到惩罚；无尽无休的社会交往消磨了人的精力和才能，损害了人心感受纯朴印象的灵敏性。"[2]他在与柯勒律治合著的《抒情歌谣集》的序言中，明确表示了他对资本主义工业文明的厌恶，认为只有远离工业文明的乡村才是纯洁和富有诗意的。他说，乡村人"交际的范围狭小而又没有变化，很少受到上流社会虚荣心的影响，他们表达感情和看法单纯而不矫揉造作"。[3]所以，这些乡村人就是处于自然状态的人，因而是人性不被异化的人。因此，诗歌应当描写那些处于自然状态的"事件"与"情节"，"诗的主要目的"，是表达"单纯状态之下"的人的"基本情感"。他说：

> 最重要的是从这些事件和情境中真实地而非虚浮地探索我们的天性的根本规律——主要是关于我们在心情振奋的时候如何把各种观念联系起来的方式，这样就使这些事件和情境显得富有趣味。我们通常选择微贱的田园生活作题材，因为在这种生活里，我们的各种基本情

---

1 苏文菁：《华兹华斯诗学》，社会科学文献出版社2000年版，第24页。
2 勃兰兑斯：《十九世纪文学主流》（第四分册），第42页。
3 华兹华斯：《〈抒情歌谣集〉序言》，曹葆华译，见刘若端编《十九世纪英国诗人论诗》，人民文学出版社1984年版，第5页。

感共同存在于一种更单纯的状态之下，因此能让我们更确切地对它们加以思考，更有力地把它们表达出来；因为田园生活的各种习俗是从这些基本情感萌芽的，并且由于田园工作的必要性，这些习俗更容易为人了解，更能持久；最后，因为这种生活里，人们的热情是与自然的美而永久的形式合而为一的。[1]

在此，华兹华斯高度肯定了远离城市喧嚣的乡间生活与自然风光，并将其作为诗歌描写的主要对象。他的诗歌也大量描写田园生活和抒发对自然风光的赞美之情，他这样做的目的是以此与工业文明形成对照甚至对抗，更深一层的是借此寻找并讴歌"单纯状态之下"的人的"基本情感"，也即未被异化状态的纯净的人性。华兹华斯可以说是一位名副其实的"卢梭主义"者。

华兹华斯又是一位深受泛神论思想影响的诗人，这使他在自然与人性的理解和艺术表述上又超越了卢梭。

各种不同类型的有神论，都强调神与万物的分离。如基督教有神论就认为，宇宙万物都是由上帝创造的，上帝超然于万物之上，并主宰着万物，人与自然均受制于上帝，而在人与自然之间，人又是高于自然的，因为上帝先造了人，然后造了自然万物以供人类驱使，因而人与自然并非平等关系，也无法合二而一。《圣经·旧约》的创世记第一章第二十八节中有明确的论述：

  主祝福我们。主告诉我们要生存、要繁殖、满盈世界，征服自然，并统治包括天堂中的鸟、水中的鱼等所有的动物。

可见，从基督教的观点看，上帝和人、自然的关系呈"神→人→自然"的自上而下的、直线性的关系，人与自然也是"人→自然"式的单向式征服与被征服、统治与被统治的关系。基督教的自然观对西方人征服自然，研究与开发自然提供了神性的依据，助长了人们对自然的掠夺式观念的形成。

泛神论则强调上帝与宇宙的同一性，认为上帝存在于他所创造的万事万物之中，万事万物皆有神。在泛神论的代表斯宾诺莎的哲学体系中，"上帝和宇宙是等同的，或者和他的属性是等同的"。[2]"因此，上帝或自然至少既是物

---

[1] 华兹华斯：《〈抒情歌谣集〉序言》，曹葆华译，见刘若端编《十九世纪英国诗人论诗》，第5页。

[2] 梯利：《西方哲学史》，第343页。

体又是精神。"[1]既然上帝并非超然于人类与自然的具有独立人格与意识的实体，他"没有理智和感情，也没有意志"，[2]而是与他的创造物同在的，每一种上帝的创造物都与上帝一样拥有神性，那么，不仅人与人之间像基督教所说的那样是平等的，因而应该互爱，而且，人还应该爱自然界的万事万物，因为，"上帝⟵⟶人⟵⟶自然"并非自上而下的单向式线性关系，而是浑然一体的互相依存的三位一体关系；人与自然也就是"人⟵⟶自然"式的对等、互存的自然和谐型关系，人与自然是可以互相呼应、合二而一的。

　　本书在第三章第二节的"基督教与科学理性"中曾指出，基督教的自然观、宇宙观推动了西方近代科学的发展，看似非科学的宗教理性却催化了科学理性，使18世纪成了"理性的世纪"。正是这种由科学理性造就的现代文明以及理性主义对感情世界的挤压，又使人们感到了这种理性文明给人带来的压抑与束缚。为了解决这种由文明的异化带来的痛苦，华兹华斯从泛神论中得到启悟，让人回归自然，隐匿于田园，在天人合一的境界中使人性获得一种审美式的自由，自然式的舒展。

　　华兹华斯总是怀揣着一颗纯真的童心，在大自然的怀抱中沉思、静听，等待着捕捉纯然的人性之美。"阅读他的诗，会让我们重返依稀、美丽的童年岁月。"[3]让我们顺着他对自然的静思冥想，再一次去聆听那布谷鸟的叫声吧！

　　　　快乐的新来者啊！我已听见了，
　　　　我听见你了，多么欢欣！
　　　　布谷鸟儿啊，我称呼你为鸟，
　　　　或只是一个飘忽的声音？

　　　　我静卧在青草地上，
　　　　倾听你呼唤的双音，
　　　　越过一座山岗，又一座山岗，
　　　　它仿佛那么遥远，又那么贴近。

1　梯利：《西方哲学史》，第332页。
2　梯利：《西方哲学史》，第343页。
3　Long, W. J. *English Literature*. London: Hardpress Publishing, 1991, p.382.

虽然你只向山谷倾诉，
关于阳光照耀，花枝掩映；
而你啊，却为我描述
那如梦年华的童话。

三倍的欢迎啊，春天的骄子！
对于我，你不只是一只鸟，
而是一个无形的精灵，一种神秘，一个乐音。

当我还是学童的日子，
就谛听过同样的鸟鸣；
那叫声让我投出千百道视线，
向草丛，向林间，向茫茫苍穹。

为了寻觅你，我时常穿过树林，
越过绿色的田野，
你是一种爱，一种希望，
永不可见，但仍被追求。

如今我还能偃卧在草原，
静听你的音乐，
直到我心底悠悠再现
往昔金色的岁月。

幸福的鸟儿啊，是你的乐音，
使我们这片天下，
变得仙境一般神奇，
那才是适宜于你的家园！

华兹华斯的《致布谷鸟》传达出了诗人对自然的细腻而独特的感受，给人们描摹了人与自然亲和交融的似真如梦的佳境。

阳春三月，山谷幽幽，绿枝掩映，芳草萋萋，布谷鸟的叫声隐隐地从绿树丛中飘然而至，悠悠回荡在融融的阳光下寂静的山涧。诗人没去描写那有形的布谷鸟，而是沉醉于如梦的幻景去追寻飘忽不定的鸟鸣。正是这无形的和灵化了的鸟鸣，给人们编织出了一个"如梦年华的童话"，让人回忆起金色的童年岁月。

在华兹华斯看来，童年是成人的父亲，他希望人永远保留着童年的天性。他曾在一首短诗中这样写道：

> 我的心跳荡，每当我目睹
> 彩虹横贯天宇；
> 我生命开始时，是这样，
> 我长大成人了，是这样，
> 但愿我老了，也还是这样，
> 否则不如死去！
> 婴孩本是成年的父亲；
> 因而今后的岁月，我可以希望
> 贯穿着对自然的虔敬。[1]

华兹华斯尊崇儿童，显然与尊崇自然相通，而尊崇自然又与尊崇天然纯真的人性相通。在他看来，"童年的纯真天性的存在是人生幸福的源泉"。[2]按基督教的说法，人类原本生活在伊甸园中，那时，园中的一切都未受文明的熏染，生活于其中的人也就像儿童一样保存着天然本性。亚当与夏娃偷食禁果意味着文明人类的开端和人性的"堕落"，所以，上帝把人类的祖先赶出了伊甸园，伊甸园永远成了人类可望而不可归的家园。伊甸园是与人类文明相对的"自然状态"，或者说它是人类追寻的自然人性的理想国。在华兹华斯看来，"人在出生之前就有灵魂存在，而且是在天国中领受上帝的圣恩，对于人来说，那是一种至圣完美的'前存在'，那里才是人类永恒的家园"。[3]既然只有上帝所

---

1 转引自勃兰兑斯：《十九世纪文学主流》（第四分册），第44—45页。
2 Long, W. J. *English Literature*. London: Hardpress Publishing, 1991, p.384.
3 苏文菁：《华兹华斯诗学》，第57页。

在的世界才是至圣完美的"自然"的世界,那么,刚刚接受上帝的圣恩来到人间,纯然的天性尚未被成年人类的"文明"所改变,因而,在追寻人的自然天性的意义上,儿童无疑更贴近于上帝,更近于"自然",儿童也当然成了成年人的父亲,儿童便是"自然"的对等物,天然人性的象征。无怪乎,在华兹华斯的诗歌中,如此频繁地出现了儿童的形象以及对儿童的讴歌。

《致布谷鸟》通过鸟的啼鸣勾起人们对金色童年的回忆,人们在心底悠悠再现往昔金色的岁月的同时,顿然也如处身于如梦的幻境,心灵得以净化,情感之泉砰然开启,汩汩而出的是天然人性之清流,在超然俗世、人性回归的意义上,人与自然融为一体。诗人描绘的如梦的幻景,不只是"如梦年华的童话",而且是上帝之神光普照的伊甸乐园,在此,人性、自然、神性达到了高度的统一。

然而,这毕竟是一个"伊甸园式"的家园,是可望而不可归的,因而,诗的字里行间又透出了一缕缕淡淡的哀怨与忧伤。那是来自诗人沉积于心底的关于文明与现实之思的无奈,那里透出了追寻自然人性的艰辛。然而,"金色的岁月"毕竟伴随那份清澈的情感珍藏在心底,那是"一种爱,一种希望,永不可见,但仍被追求"。天然人性的伊甸乐园虽然永不可及,但它永远是人们尊崇与追求的精神家园。

《致布谷鸟》很有代表性地表达了华兹华斯神性普泛、上帝与宇宙万物同一的泛神论思想,也让我们看到了他的人性的至高追求,因此可以说,华兹华斯对人性的追寻从人的世俗感性为起点,又以超然于世俗的宗教化理性为终点。这是一种更高意义上的回归,是人的感性与理性的矛盾与对立中的统一。

三、在自然中感悟生命的永恒

济慈(1795—1821)继承华兹华斯的自然诗风,但又以自己对自然的独具的感悟能力,创作了别有诗意的自然诗歌,从而"构成了英国自然主义最令人赞叹的发展阶段之一"。[1]他的诗歌也成了"英国自然主义最美丽的花朵"。[2]

如果说华兹华斯习惯于在自然中沉思冥想,感应自然,与自然交流,进而

---

1 勃兰兑斯:《十九世纪文学主流》(第四分册),第166页。
2 George, B. *Main Currents in Nineteenth Century Literature*. New York: Yale University Press, 1960, p.120.

在物我交融中捕捉自然人性美的话，那么，济慈则习惯于在自然中静观默察，感悟大自然生命纤维的律动，进而把握生命存在之真，捕捉在自然中隐藏的永恒生命之美。

作为一位诗人，济慈对理论观念和理论思维并不感兴趣，他注重于对生活的感觉与领悟。他曾在给友人的信中说："我要的是一种感觉而不是思维的生活！"[1]说来也怪，在味觉、嗅觉、听觉、视觉等所有感觉功能中，"济慈在所有这一切感觉领域都有极敏锐的禀赋"。[2]"他生来具有若干特殊的禀赋，这些禀赋结合在一起并达到充分发展的地步，就构成了感知与再现一切自然美的登峰造极的能力。"[3]所以，和华兹华斯一样，济慈也不接纳工业文明，这不仅使他投向自然的怀抱，而且还使他走向了"唯美主义"。他认为，现实是丑的，只有想象所及的艺术才是美的，"被想象视为'美'而捕捉住的东西必定是'真'"，[4]美就是真理，追求艺术就是追求真理。他是一个"美的崇拜者"[5]，他的"唯美主义"艺术追求，其实就是对人性自由的一种追求，是感性主义、自我主义的另一种表现。而作为一个"感觉主义"者，济慈对"真"与"美"的感悟与把握，更关注于人与自然的生命之真、生命之美，由此，他可以称得上"生命诗人"。然而，恰恰是这样一位热衷于捕捉生命之真与生命之美的诗人，却天不假年，正当26岁之春华之年就夭折了。而且，就是在他短短的有生之年中，久久伴随的不治之症——肺痨，又给他带来了无尽的痛苦和生命短暂的忧惧。也许，正是由于感受到了生命的短暂与宝贵，他才在承受了人世的诸多痛苦的同时，又倾注于对自然之生命及生命之永恒与美的捕捉与讴歌。

特殊的生命体验，特殊的审美观加上特殊的感觉禀赋，使济慈拥有了对自然物的特殊的美的感悟能力。于是，在他看来，美是无时无处不在的，不仅辽阔的大海、雄伟的高山、新艳的百花是美的，即便是人们平时不在意的小生物也同样是美的，那是因为其中蕴含着生命。大自然的这种生命现象是无所不在的，也是永恒的，美也就是无所不在的和永恒的。这是一种由泛神论思想延伸

---

1 勃兰兑斯：《十九世纪文学主流》（第四分册），第167页。
2 勃兰兑斯：《十九世纪文学主流》（第四分册），第167页。
3 勃兰兑斯：《十九世纪文学主流》（第四分册），第168页。
4 勃兰兑斯：《十九世纪文学主流》（第四分册），第167页。
5 Long, W. J. *English Literature*. London: Hardpress Publishing, 1991, p.481.

出来的泛生命思想。他的诗,"能反映大自然纤细的生命颤动"[1],对此,我们仅从他的那首《蚱蜢与蟋蟀》的短诗中就可以得到领悟。

1816年隆冬的一天,济慈在朋友家做客,忽然,从火炉边传来蟋蟀的叫声,这引发了他对生命的感悟:

> 大地的诗歌永不间断:
> 在冬天孤寂的黄昏,当严霜寒冰
> 带来一片宁静,从火炉那儿传来
> 蟋蟀的歌声,在热烘烘的温暖里,
> 让昏昏欲睡的人宛如坠入梦境,
> 听见蚱蜢的歌声飘自青山之外。

听到蟋蟀的叫声,济慈感悟到了生命之无处不在。这首短诗告诉人们,即使在尖冰封冻的隆冬岁月,大自然依然是充满活力的,大地的诗歌永不间断。对于肺痨病人济慈来说,当他感悟到了自然之生命的永存永在时,或许会有自我生命易逝的忧伤。然而,也许是因为诗人将个体的自我生命与大自然的永恒生命融合在一起了,因而,诗中丝毫未曾透露出这种忧伤之情,有的则是对生命的坚定信念。这种信念,在他的《秋颂》一诗中体现得更为明显。

《秋颂》(1819)可谓是大地生命之交响曲。然而,人们也许不知,写作此诗时的济慈已经处在肺痨的晚期,他饱尝了疾病带来的诸多痛苦,也自知不会久留于人世了。并且,他在病痛中惊讶地发现,"人的心竟能够包藏和忍受这样多的痛苦!难道我生于人世就是为了来忍受这种痛苦的吗!"[2]尽管有如此无奈的人生感受,但他依然保持着对生命的乐观。那是1819年深秋的一个傍晚,害怕寒冷的痨病患者济慈来到暖融融的夕阳下的田野。此刻,诗人未曾有秋风萧瑟的悲秋之凄切,而是感受到了夕阳余辉下的温暖和深秋田野的丰盈。在他眼里,金色的秋景比葱翠的春色更宜人,更富有生机、活力和生命的美。于是,他写下了著名的《秋颂》:

1　Long, W. J. *English Literature*. London: Hardpress Publishing, 1991, p.418.
2　勃兰兑斯:《十九世纪文学主流》(第四分册),第164页。

1

雾气洋溢、果实圆熟的秋，
你和成熟的太阳成为友伴；
你们密谋用累累的珠球
缀满茅屋檐下的葡萄藤蔓；
使屋前的老树背负着苹果，
让熟味透进果实的心中，[1]
使葫芦胀大，鼓起了榛子壳，
好塞进甜核；又为了蜜蜂
一次一次开放过迟的花朵，
使它们以为日子将永远暖和，
因为夏季早填满它们的粘巢。[2]

2

谁不经常看见你伴着谷仓？
在田野里也可以把你找到，
你有时随意坐在打麦场上，
让发丝随着簸谷的风轻飘；
有时候，为罂粟花香所沉迷，
你倒卧在收割一半的田垄，
让镰刀歇在下一畦的花旁；
或者，像拾穗人越过小溪，
你昂首背着谷袋，投下倒影，[3]
或者就在榨果架下坐几点钟，
你耐心瞧着徐徐滴下的酒浆。

1　意思是果实已经熟透了。译者注。
2　粘巢，即蜂房。这句是说夏季采蜜已很充足。以上第一节写农家周围果实满枝、鲜花不败的秋景。译者注。
3　这里诗人把秋拟人化，仿佛一位长发老农，在田野、谷场、小溪到处投下身影。译者注。

3

> 呵，春日的歌哪里去了？但不要
> 想这些吧，你也有你的音乐——
> 当波状的云把将逝的一天映照，
> 以胭红抹上残梗散碎的田野，
> 这时呵，河柳下的一群小飞虫
> 就同奏哀音，它们忽而飞高，
> 忽而下落，随着微风的起灭；
> 篱下的蟋蟀在歌唱；在园中
> 红胸的知更鸟就群起呼哨；
> 而群羊在山圈里高声咩叫；
> 丛飞的燕子在天空呢喃不歇。[1]

这是一曲大自然的歌颂！诗人先是用白描手法描绘了大自然的蓬勃生机，让人感受到的不是萧条的秋天，而是成熟的秋季，在大自然的阳光雨露下，大地结下了累累硕果。接着，诗人又用拟人手法，让秋神带着你走遍成熟的大地，让你饱览丰收的美景，分享丰收的喜悦。你看到的晶莹的葡萄，透红的苹果，饱胀的葫芦，笑开的野花；成群的蜜蜂，飞舞的燕子，唱歌的红胸知更鸟。这是充满生机的秋景，是生命的交响曲，她足以同春天媲美！所以，最后诗人发出了"呵，春日的歌哪里去了？但不要想这些吧，你也有你的音乐"的感慨。

　　如果冥冥中有永恒的彼岸乐土，尘世生命的短暂便不足以让人忧愁与痛苦。然而，济慈是一个入世的诗人，他并不相信人有灵魂并且可以进入天堂，因而，他不向彼岸寻求生命永在的天堂，而在俗世追求生命的永恒。然而他又是一个"出世"的诗人。因为，现实的文明使他感到失望，只有超然于现实，超然于文明，在艺术的世界里才有真正的美与真理，所以，他以超然的姿态，以审美的眼光，在自然中寻找生命之美。于是，他歌颂自然，因为那里将是他个体生命的寄寓之所。我们在济慈的诗作中看到的是一个独立地去感受生活、自然与生命的世俗中的"人"，又是一个抵御文明污染，人性自由舒展的"人"。

1　《济慈诗选》，朱维基译，上海译文出版社1983年版。

四、在自然中寄托人性自由的理想

雪莱（1792—1822）的许多著名抒情诗都是描写风、云、山、鸟等自然物景的，"来自狂风、乌云、日落等等的自然之灵魂充溢着雪莱的心灵"。[1]他也是华兹华斯开创的"自然主义"诗人的代表。

如果说，济慈善于以敏锐的感觉去捕捉自然中的生命律动并揭示其中的美的话，那么，雪莱则善于凭借他奇特而丰富的想象去感受自然中蕴藏的无穷力量，并以满腔的激情，借自然抒发人性自由的理想；如果说济慈面对自然生命之永恒时，尽管依然执着，但对自我生命之短暂总不免有无奈与感伤的话，雪莱则在面对大自然的宏大气势时不仅无所畏惧，而且将自然之无穷威力想象成人自身之力，为之唱响激情的颂歌。"他想象自己与各种天体交往以为乐，他为了那些天体的美和生命而心旷神怡，就像有些人会由于毋忘我花和玫瑰的美而陶醉入迷。"[2]华兹华斯想在自然中找到人的失落了的那丝丝缕缕的纯真天性，济慈想在自然中追寻永恒生命之美，雪莱则试图在自然中伸展人类自我的无穷力量，寻找人性自由舒展的广阔空间。《西风颂》是雪莱最著名的抒情诗之一。这首诗的创作灵感就来自对大自然无穷威力的感受。这天，诗人在佛罗伦萨附近的阿诺河畔的森林里散步。突如其来的暴风雨以摧枯拉朽之势撼动着森林乃至大地。雪莱对此兴奋不已，他又一次感受到了自然的威力与美，于是发出了热烈的欢呼：

> 啊，狂暴的西风，你是秋的呼吸，
> 你无形地莅临时，残叶们纷纷逃亡，
> 像回避巫师的成群鬼魂：
> 黑的，惨红的，铅灰的，或者惜黄，
> 患瘟疫而死样的一大群。啊，你，
> 送飞翔的种籽到它们的冬床，
> 它们躺在那儿，又暗、又冷、又低，
> 一个个都像尸体埋于墓中，
> 直到你那蔚蓝色的阳春姐妹凯旋归家，

1　Long, W. J. *English Literature*. London: Hardpress Publishing, 1991, p.410.
2　勃兰兑斯：《十九世纪文学主流》（第四分册），第281页。

> 吹响她的号角，唤醒了大地的迷梦，
> 驱羊群们地驱使蓓蕾儿吐馨，
> 使漫山遍野铺上了姹紫嫣红；
> 你围绕上下四方，奔放的精灵，
> 是破坏者，又是保护者；听呀，听！

诗人一方面写出了磅礴的风横扫一切的摧枯拉朽之势，另一方面又写出了它来之时"像蓓蕾吐馨"，使大地"姹紫嫣红"的无穷生命力。我们似乎可以想象到西风的形象又如诗人呼唤的无限扩张的新"人"形象，急切地希望摧毁束缚人性的旧文明，创造给人以自由的新文明。为此，伴随西风的"呼吸"，这个"人"从灵魂深处发出了呼唤：

> 向你苦苦求告：啊，快使我高扬，
> 像一片树叶、一朵云、一阵浪涛！
> 我碰上人生的荆棘，鲜血直淌！
> 时光的重负困住我，把我压倒，
> 我太像你了：难驯、迅速而骄傲。
> 把我当作你的琴，当作那树丛，
> 纵使我的叶子凋落又有何妨？
> 你怒吼咆哮的雄浑交响乐中，
> 将有树林和我的深沉的歌唱，
> 我们将唱出秋声，婉转而忧愁。
> 精灵呀，让我变成你，猛烈、刚强！
> 把我僵死的思想驱散在宇宙，
> 像一片片的枯叶，以鼓舞新生；
> 请听从我这个诗篇中的符咒，
> 把我的话传播给全世界的人，
> 犹如从不灭的炉中吹出火花！
> 请向未醒的大地，借我的嘴唇，
> 像号角般吹出一声声预言吧！

> 如果冬天来了，春天还会远吗？[1]

诗人在《西风颂》中表达了一种强烈的革命意识。"他的嘴唇将传出千年盛世的福音，他的话语将完成救世的伟业。"[2]就社会变革而论，这种革命意识无疑带有政治意味，而就文化变革而论，则具有人文意味。雪莱显然与华兹华斯、济慈等诗人一样，试图在回归自然中消解人与文明的矛盾。而作为无神论者的雪莱，清醒地意识到人在自然、社会乃至整个文明面前的独立性，意识到了人的个体应享有的自由权利，上帝也好，君主也好，甚至自然也罢，都不应成为奴役人的至高权威。人与人乃至万物都是平等自由的。所以，雪莱追求着自由、平等、博爱的大同世界的理想，为此，人们称他为"空想社会主义者"。这种思想在他的《解放了的普罗米修斯》中表现得十分明显。正是这种理想的牵引，雪莱笔下的这个"人"，不仅接纳磅礴宏大的自然，自信人的力量的伟大，充分显示出经历了启蒙运动之后从旧文化中挣脱出来的"人"的主体精神和乐观态度，其间有不断追求中的浮士德的身影，而且，他还以基督式广博的胸怀，去播撒爱的种子，传达光明与希望的信息，去创造爱和自由的世界。对此，我们不妨去听诗人对"云雀"的赞歌：

> 你好！欢乐的精灵！
> 你何尝是鸟？
> 从悠悠的天庭，
> 倾吐你的怀抱，
> 你不费思索，而吟唱出歌声曼妙。
> ……你嘹亮的歌喉，
> 响彻普天之下，
> 像从一朵孤云后边，
> 月儿把清辉流洒，
> 幽暗的夜空于是荡漾着万顷光华。[3]

1　引自《雪莱抒情诗选》，杨熙龄译，上海译文出版社1981年版。
2　陆建德：《破碎思想体系的残编》，北京大学出版社2001年版，第33页。
3　雪莱：《云雀歌》，见《雪莱抒情诗选》。

这云雀也像华兹华斯的布谷鸟，是无形的精灵，但它的声音不来自树丛，而来自"悠悠的天庭"；它不只让你勾起对"如梦年华的童话"的回忆，还要向人间播散"爱"的"清辉"，要带欢乐与希望给它的同类。"云雀"的心灵之博大，可以容纳整个自然。

由雪莱笔下的"西风"、"云雀"、普罗米修斯等形象勾勒出来的"人"的形象，他不仅张扬着一个激情、向上的自我，追寻着个性的自由与解放，而且总是以一种昂扬的斗志，叱咤风云的气势，为自由与解放而抗争，同时又有博大的爱的胸怀。从这个"人"的形象身上，我们可以看到古希腊式的普罗米修斯与希伯来式的耶稣基督的结合。

第四节
"超人"精神的先导

从社会政治的角度上看，启蒙运动引发了法国大革命，法国大革命塑造了拿破仑。从文化变革的意义上看，启蒙运动孕育了浪漫主义运动，浪漫主义运动以拜伦的出现标志着它的高峰。拿破仑凝结了欧洲资产阶级革命的理想及其结果，拜伦把启蒙运动以来对旧文化的批判推向了高潮。这两个人物似乎是没什么可比性的，然而，当拜伦死的时候，法国的许多报纸上讲：本世纪的两大伟人拿破仑和拜伦几乎同时弃世了。[1]当时的英国历史学家卡莱尔也总是"把拜伦和拿破仑相提并论"。[2]其实，从文化变革的角度看，拜伦确实堪称精神文化领域里横扫一切的拿破仑，他展示了一种关于"人"的新观念，他描绘了现代"超人"的原型。

一、心理秉性与文化人格的非道德倾向

罗素在评价拜伦与卢梭时指出了两者的深刻区别："卢梭赞赏美德，只要是纯朴的美德，而拜伦赞赏罪恶，只要是霹雳雷火般的罪恶。"[3] "赞赏罪

1　罗素：《西方哲学史》（下册），第300页。
2　罗素：《西方哲学史》（下册），第300页。
3　罗素：《西方哲学史》（下册），第303页。

恶",这不仅是拜伦与卢梭的区别,也可以说是拜伦与自启蒙运动到他那个时代所有文化人的区别。

乔治·戈登·拜伦(1788—1824),贵族出身,其独特的经历构建了他独特的文化—心理结构,我们似乎有必要特别把握拜伦的以下三种心理秉性。

1. 家族气质与激情、放纵、狂暴的心理秉性

拜伦的祖父约翰·拜伦是海军上将,人称"天不怕地不怕的拜伦",经历过无数艰难险阻。

拜伦的叔叔性格古怪,"被人唤作'魔鬼勋爵'",这个家族的气质在他身上"以最恶劣的形式表现了出来"。[1]他生活放荡又喜欢争斗,曾被判杀人罪,当地的人怕见他就像怕见麻疯病人一样。"他的武器从不离身,每个口袋里都装着一支枪。"[2]

拜伦的父亲曾作为近卫军军官服役美洲,他英俊潇洒,年轻时被人们称为"疯狂的拜伦老兄"。"他曾经勾引卡马森侯爵的妻子和他私奔到美洲,在她的丈夫和她离婚后同她结婚,花光了她的全部钱财,并肆意虐待她,使得她婚后没几年就抱恨死去。以后,拜伦上尉带着女儿奥古丝塔返回英国,从纯粹改善处境出发,又同一位富有的苏格兰女盖特的继承人凯瑟琳·戈登小姐结婚,从而使她成了迄今还享有世界声誉的诗人的母亲。刚一举行婚礼,拜伦上尉就开始挥霍他第二个妻子的财产。在一年的时间里,他便把二万四千镑财产花得只剩下三千镑。"[3]拜伦3岁时,他父亲离家出走,后死于他乡,届时已身无分文。

拜伦的母亲是"热情的和神经质的"[4],她的家族史上,"企图自杀或下毒谋害他人者不乏其人"。[5]她的祖先"第一代是溺水死的,第二代是被害死的,第三、四代因杀人被绞死。凯瑟琳的血液里带有疯狂暴虐的因素。丈夫出走后,这种因素被激发了,她时而把跛足拜伦视同掌上明珠,时而又抄起菜盘

---

1 勃兰兑斯:《十九世纪文学主流》(第四分册),第315页。
2 安德烈·莫洛亚:《拜伦情史》,沈大力、董纯译,中国文联出版社2001年版,第11、12页。
3 勃兰兑斯:《十九世纪文学主流》(第四分册),第314页。
4 Long, W. J. *English Literature*. London: Hardpress Publishing, 1991, p.466.
5 勃兰兑斯:《十九世纪文学主流》(第四分册),第315页。

向拜伦头上掷去"。[1]

由此可见,"难以控制的激情是拜伦双亲身上全都具有的特点,只是在表现方式和强弱程度上有所不同而已"。[2]这种家族气质,无论从先天遗传的角度,还是后天影响的角度,都使拜伦本人也带上激情、狂放、任性的心理秉性。"诗人的血管里流有狂暴的血液"。[3]

2. 先天的跛足与自卑、自尊、仇恨、反抗的心理秉性

据说是因为拜伦出生时发生的医疗事故,使拜伦带有先天的跛足残疾。拜伦与他的父辈们一样,相貌英俊,但他偏偏又是个瘸子。人们常常这么议论:这孩子多么漂亮啊!可惜是个瘸子!同学们常常对他的跛足投之以冷嘲热讽,连他任性的母亲也常常骂他"小瘸鬼"。从心理学的角度看,人的某种生理缺陷被长期强化后,会造成后天心理的缺陷。原本自尊心极强、性情狂暴的拜伦,常常会因遭人议论、讽刺而造成极大的心理痛苦,激起强烈的反抗与仇恨,心底里则又极度的自卑、压抑与忧郁,这无疑又会强化他狂暴的性格。自卑、反抗、报复、仇恨,常常使他有自杀与杀人的愿望。"从七岁起,他就在衣袋内揣上了儿童手枪。"[4]以后,和他的叔父"魔鬼拜伦"相仿,他常常身带手枪——尽管那是玩具枪,却在潜意识中体验犯罪的快感。

可见,跛足的缺陷促使他形成了强烈的自尊—自卑、反抗、仇恨、狂暴、忧郁等心理秉性。

3. 爱情生活的不加拘束与"自然人"心理秉性

拜伦自称有一百多个情人,"天下女人一张嘴,从南吻到北",这似乎是一种调侃式的自嘲。但事实上,拜伦一生确与众多的淑媛靓女有柔情蜜意的浪漫。"从诗人少年时代初恋的玛丽·恰沃斯到最后表示愿意陪他一同去支持希腊民族独立斗争的黛莱莎·基齐奥里,中间有缠人的卡洛丽娜·朗勃,放浪的奥克斯弗尔夫人;腼腆的金发少妇弗朗切丝,跟他有一夜之欢的克莱尔·克

---

1 徐葆耕:《西方文学:心灵的历史》,第243页。
2 勃兰兑斯:《十九世纪文学主流》(第四分册),第315页。
3 勃兰兑斯:《十九世纪文学主流》(第四分册),第316页。
4 安德烈·莫洛亚:《拜伦情史》,第12页。

莱赫蒙；威尼斯商人之妻玛丽亚和有天后朱诺般身段的玛嘉丽塔。"[1]其实，还应该包括他的同父异母的姐姐奥古丝塔。从世俗的眼光看，拜伦与众多的女性有说不清道不明的瓜葛，他无疑是一个风流的"唐璜"，乃至多情的"恶魔"。不过，就拜伦自己来说，他如此地放纵，一方面有一种罪感，一方面又将它看成自然而然的事，而且，"拜伦每爱上一个女人，就荒唐地希望遇到一颗美丽的心灵"，[2]似乎他的行为是合情合理的。尤其是他与同父异母的姐姐奥古丝塔的爱，更让人不可思议。这显然是违反了人类古老戒律的乱伦行为，然而，在深感罪恶的同时，"拜伦又从中感受到强烈刺激的乐趣"。[3]至死，他仍然觉得奥古丝塔是他交往过的女人中他最心爱的一个。难怪，他写给奥古丝塔的诗被莫洛亚称为是他的作品中"最美丽的篇章"：

> 我不出声，
> 也不书写，
> 我不低唤你的名字。
> 这爱情里有罪孽，
> 这名字里有痛苦。
> 我脸颊上
> 那滴滚烫的泪水，
> 让我恍见沉埋心底的
> 思想的深……[4]

我们似乎可以看到，尽管有天大的罪恶——他与奥古丝塔之爱的罪恶就已经是惊人的大事——拜伦仍要去追觅与罪感与痛苦相伴的那份幸福与甜蜜，而且他几乎把这一切的追求看成是自然而然的。

由此可见，拜伦在情爱生活上，颇有古希腊人的遗风——追逐情欲而不视之为"恶"。在这个意义上，拜伦将自己"放逐"回"自然"，从而拥有了远离文明的"自然人"心理秉性。

1　沈大力、董纯：《〈拜伦情史〉译者序》。
2　安德烈·莫洛亚：《拜伦情史》，第131页。
3　安德烈·莫洛亚：《拜伦情史》，第56页。
4　转引自安德烈·莫洛亚：《拜伦情史》，第70页。

拜伦的以上三大心理秉性，是互相关联、互相制约的，它们共同作用从而决定着他在文化人格取向上走向了非道德化倾向。

激情、放纵与"自然人"心理秉性，使他采取了无拘无束，甚至情场游戏式的情感生活方式，形成自然式的情爱与古老的道德文明之间的对抗。由此，拜伦自己在深深的罪感中吮吸着甜蜜的同时，传统的道德则投之以"情魔"与"唐璜"的骂名。

自尊、反抗、狂暴等心理秉性使他追慕拿破仑式的英雄，憎恶一切压制人性的外在权威和社会制度。他孤高自傲，又同情柔弱者，支持弱小民族争取自由独立，反抗暴君，又崇尚个人主义和无政府主义。

反抗与"自然人"心理秉性使他性格率真，进而蔑视虚伪的道德，尤其与英国贵族上流社会的道德标准格格不入，所以他成了贵族阶级的叛逆者，成了这个阶级的眼中钉。

仇恨、狂暴、孤傲的心理秉性使他在反抗强权，企求人类之爱的同时，又在孤独无助时产生极端的恨，陷入极度的悲观与绝望。

总之，特殊的心理秉性影响着拜伦文化人格的构成，他以"自然人"的率真，去狂暴地撞击有坚硬外壳的现代文明，以至于没有任何一个浪漫主义诗人为了人性的解放对现代文明作了如此全面、深广、彻底的否定。他单枪匹马，冒着枪林弹雨，怀揣一颗率真的心，向"文明社会"发起了猛烈的攻击。当那些"文明"的面具被他刺得千疮百孔、丑态百出时，他就成了"文明"的"恶魔"。因此，拜伦在文化人格上的非道德倾向，实则是反文明倾向。拜伦在追求人性的自由与解放，他在寻求一种全新的"人"，那就是"拜伦式的英雄"。应该说他自己就是此种"英雄"！

二、"拜伦式英雄"与"超人"原型

文学史上著名的"拜伦式英雄"，其孤傲、反抗、愤世嫉俗的性格特征是为人熟知的。当我们把拜伦及其"拜伦式英雄"放到西方文化史，特别是人文观念演变史的长河去看时，笔者总觉得他们并不是一般意义上的个人反抗的英雄，而是代表着一种极富反传统意义的人的价值理想与新"人"的观念，并且总让人联想到尼采及"超人"。

(一)"成为你自己"——"自我"内涵的扩延

谈到浪漫主义是"自然主义",拜伦似乎并非是最典型的,但他的创作中同样有对大自然的精彩描写,其间流露出诗人的崇拜之情,甚至可以说,拜伦及"拜伦式英雄"们极少爱人类并赞美人类,赞美最多的却是自然,极端时赞美他那心爱的宠物狗。不过,与其他浪漫主义诗人不同,拜伦描写大自然常常是伴随着主人公的孤独,让自然成为孤独中的人与之交流的对象,自然成了主人公的伙伴,抑或是孤独者的避难所。由于孤独者每每是一个激情澎湃的反抗者,大自然狂烈与宏伟的壮景兴许更能渲泄他胸中的郁愤与孤独感,所以,拜伦最喜欢描写的自然景象是滔滔的大海、滚滚的大江或巍巍的山峦。因此,在拜伦这里,自然的广袤衬出了人物的孤世独立,自然的宏伟乃至狂野衬出了人物不可扼止的强烈激情与生命意志。作家的不同,似乎自然的性格也变了,这恰恰是不同作家的自然描写中不同的人文追求。

"拜伦式英雄"往往在与世决裂后,漂泊于自然山水之间。恰尔德·哈洛尔德就是不愿屈服于那个"吵吵嚷嚷,拥挤而杂沓的人群",而宁愿在大海与山川之间游荡:

> 独个儿徘徊在悬岩和瀑布旁边,
> 这并不孤独;而只是跟妩媚的大自然谈心,
> ……
> 没有人来爱我们,也无人值得爱恋,
> 作为一个不倦息的人世的过客。[1]

哈洛尔德说能与"大自然谈心",因而"这并不孤独",其实不然。由于"没有人来爱我们","也无人值得爱恋",却又不肯曲意逢迎,那只能忍受孤独,与自然为伴。他自知是一个"最不适合与人群为伍的人",因为他做不到"随声附和……决不肯让他的思想屈服于他自己所反对的一切而随波逐流"。[2]好在,使他感到自豪的是,他没有"奉承过那恶臭的气息",未曾向他的偶像屈膝下拜,没有装着一副笑脸去应酬周旋,也未曾对庸众的喧嚣随声

---

[1] 拜伦:《恰尔德·哈洛尔德游记》,第二章第二十五、二十六节,杨熙龄译,上海文艺出版社1959年版。

[2] 勃兰兑斯:《十九世纪文学主流》(第四分册),第362页。

附和。

"成为你自己！你现在所做的一切，所想的一切，所追求的一切，都不是你自己。""你应当成为你之为你者。""成为你之为你者！""成为你自己：这一呼吁只被少数人听信，并且只是对于这少数人中的极少数人才是多余的。"[1]这是尼采在他不同时期的作品中，一再发出的同一呼吁。这也是尼采对真实的"自我"与个人主义的呼吁。"成为你自己"，就是要找回真实的"自我"。寻找"自我"，张扬个性，这是浪漫主义文学的共同人文追求。然而，不同的是，尼采要寻找的"自我"，不是通常浪漫主义者所寻找的普遍人性意义上的"自我"，而是"极少数"强力意志者——即超人式的"自我"。"在尼采那里，真实的'自我'有两层含义。在较低的层次上，它是指隐藏在潜意识之中的个人的生命本能，种种无意识的欲望、情绪、情感和体验。在较高层次上便是精神性的'自我'，它是个人自我创造的产物。"[2]通常浪漫主义者所寻找的"自我"大致上就是尼采所说的"较低层次"的"自我"，他们主要追求人的感性内容的回归、实现与外现。因而本书此前也将其归之于感性层面的人性内容。"较高层次"上的"自我"是精神性的，是生命意志对自我的一种创造与超越。在这个意义上，"自我"不是一种先验的先在，而是在行动中赋予生命的新的意义。于是，"成为你自己"就要居高临下于你的生命，做自我生命的主人，不惜将生命作孤注一掷的牺牲，进而在其中创造新的意义。因而，"成为你自己"要甘于承受孤独与痛苦，用生命本身的力量战胜痛苦，用生命的蓬勃战胜人生的悲剧。实际上，尼采"较高层次"的"自我"是超人式强力意志的体现。所以，尼采认为，"成为你自己"，只是极少数人才有可能的。

"拜伦式英雄"是近乎这"极少数人"的，他们当然有尼采所说的较低层次的"自我"——这与其他浪漫主义诗人描述的"自我"类同；然而他们还有"较高层次"上的"自我"，这表现在"拜伦式英雄"的"哲学化灵魂"中。孤独中的"拜伦式英雄"并不希望以自我放逐式的漂泊去企求获救，也不希望通过政治的与社会的有形反抗改变孤寂的境遇，而是要通过承受孤独及其痛苦去体悟生命的意义。所以，他们在遭逢命运多舛时诅咒人类，倍感人的悲哀

---

[1] 转引自周国平：《尼采——在世纪的转折点上》，上海人民出版社1986年版，第143页。
[2] 周国平：《尼采——在世纪的转折点上》，第141页。

与世界的悲哀，表现出"悲观情绪"，但依然傲然独立，不同生活妥协。诗剧《曼弗雷德》中的曼弗雷德，明知死神即将降临，却不愿意通过接受忏悔使灵魂超入天国，也不愿意将灵魂卖给魔鬼而获生。"曼弗雷德像他'活着的那样'独自死了：不肯借神力到天国去，也不肯随魔鬼到地狱去。""反叛着宇宙间任何东西的'自我'——执拗的意志力量，是这个性格的魅力所在。"[1]这与同样追求自我的浮士德有了天壤之别，这差别的本质在于：曼弗雷德最终的行动选择，依然是为了"自我"的确证，而不是别的目标，他在主动地选择自我中创造了"自我"，赋予了"自我"新的意义，他的悲剧式的反叛体现了"超人式"的强力意志。因为"在尼采看来，真正的强者不求自我保存，而求强力，为强力而不惜将生命孤注一掷"。[2]

可见，同样是崇尚"自然"，在自然中寻找自我，拜伦与其他浪漫主义诗人赋予"自然"与"自我"的人文意义是不同的。

（二）"生成之无罪"——善恶观的颠覆

歌德笔下的浮士德是一个充满自然原欲的人，而且，正是来自这无穷生命欲望的内在张力——常常表现为"恶"的驱动，使他不断地去追求生命的意义，成为一个"满足于永不满足"的人，从而显示出他的不断扩张的"自我"。然而浮士德的矛盾在于：无穷的生命欲求必须受制于外在的社会道德律令，这种道德律令要求他在善与恶的天平上保持平衡，这最终导致"自我"的分裂——灵魂朝向天堂飞升与向地狱沉落两个方向运动。浮士德就永远处于无穷的自然欲求与不可违抗的道德律令的困惑中。

拜伦笔下的"拜伦式英雄"的自然原欲在"超人式"的强力意志牵引下，一个劲地往社会道德律令的相反方向飞奔，致使善恶的天平倾斜，他们也就被公众道德指责为无道德的"恶魔"，一个个如《海盗》中的康拉德：

> 他遗留下一个名字，
> 给后来千秋万世，
> 只有一种美德，
> 却有一千种罪恶。

1　王化学：《〈曼弗雷德〉与"世界悲哀"》，《外国文学评论》1989年第3期。
2　周国平：《尼采——在世纪的转折点上》，第89页。

然而，即使如此，这些"海盗式"的"英雄"们虽不无罪感，却一方面自我承受起罪责，承受起公众道德的指责，另一方面又我行我素，至死不悔，真可谓：明知行有罪，偏要复行之。这里，曼弗雷德依然是极好的例证。

饱学多识的领主曼弗雷德孤世独立且内心痛苦不堪，就因为年轻时犯了乱伦罪：他与自己的妹妹爱丝塔蒂相爱，致使后者死亡，成了乱伦的牺牲品。罪感与痛苦同爱丝塔蒂的影子始终伴随着他。他自知自己罪孽深重，但依然渴求这罪恶的爱。他清楚地意识到："我们不该那样爱而却彼此相爱着。"他的痛苦主要不是来自罪感与悔恨，而是来自这罪恶造成了他永远失去所爱的人。既然他有深深的罪感，那他就应该为此忏悔，并且不再有这种罪恶的情感。然而事实是：他虽有罪感，却依然渴望这种爱，他活着的唯一愿望是能见着她，他不顾一切寻求的仍然是对她的爱！因而在他的深层意识中，他并无真正的、自觉的罪感，如果说有，那只不过是公众道德压给他的，他也并不愿意接受。曼弗雷德的骨子里头是一个非道德主义者。这与拜伦自己相似，也许他写此剧正好是为了表明他的非道德观点，表明他对自己的同父异母的姐姐奥古丝塔的爱！

如何理解曼弗雷德及拜伦的此种执拗乃至"厚颜无耻"？合适的解释是尼采的"生成之无罪"。

尼采对西方以基督教为核心的传统道德作了彻底的否定。他的这种否定，"最主要的论据来自自然，这就是'生成之无罪'的观念。自然和生命本身是非道德的，万物都属于永恒生存着的自然之'全'，无善恶可言。'万物以永恒之泉水受洗而圣化，超于善恶之外；善恶只不过是掠影，是阴翳，是流云'"。[1] 由此而论，与生俱来的人的原始欲望，在自然生成的意义上是无所谓善恶的。而且，在尼采看来，生命原是一股快乐之泉，自然原欲的冲动本不可遏止，而传统的基督教道德则与生命为敌，把人类的这种生命的快乐看成是罪恶，使人类始终背着犯罪的恐惧，导致了生命力的衰弱进而走向颓废。于是，他以"生成之无罪"否定了传统道德的根据，也就否定了道德对生命的意义。当然，尼采并不主张放纵情欲，而且他知道，"道德生活是人的生活不可缺少的坐标体系，人不能不对自己的行为作出道德评价和道德批评，这样人才能对自己怀有一种信心，这种信心是人作为人而不是像动物那样生活所必需

---

[1] 周国平：《尼采——在世纪的转折点上》，第209页。

的"。[1]所以，他否定旧道德，其目的是为了使人们摆脱罪感，把人从扼制生命的道德桎梏中解放出来，"赤裸昂然于太阳之前"[2]，富有活力而且快乐地生活着。他说："我们必须摆脱道德，以便能够道德地生活。""只有生成之无罪才给我们以最大的勇气和最大的自由。"[3]而"要道德地生活"，则必须从自然与生命出发制定一种新道德，"我们必须扬弃道德，以便贯彻我的道德意志，在我们毁坏了道德之后，我们愿意成为道德性的继承人"。[4]可见，尼采的非道德主义，并非无道德，而是要在否定旧道德之后创立一种以自然与生命为核心的新道德。"尼采用自然和生命取代道德，然后又把自然和生命为新的道德原则，向基督教道德发动了猛烈攻击。"[5]我们暂且不说尼采的新道德原则是否"道德"，但他毕竟让后人对重新审视生活和自我提供了新视野，而且其动机是道德的和善的。

可以肯定，尼采的"生成之无罪"及其新的道德原则，就是在今天，我们也依然是无法为曼弗雷德、康拉德等"拜伦式英雄"以及拜伦本人的乱伦行为开脱并洗清罪恶的。然而，这并不是笔者费如此多的笔墨说这番道理的目的。拜伦作品中的乱伦之爱虽有好几处，但这也不过是拜伦作品中情爱描写的极端化的例子。就形而上的生活道德逻辑来看，这种爱绝对是违反人类天律的恶与犯罪。然而，从形而下的文化、哲学和人文意蕴的意义上看，拜伦屡屡描写乱伦的罪恶故事，其意义是不能不细加寻思的。由这种极端例子推延到"拜伦式英雄"不无放纵的对情与欲的追逐，再推延到他们生活态度与方式的天马行空、我行我素，从不与世俗陋习和伪善道德妥协，这其中无不表现出人性的自然本真状态，无不表现出他们对传统道德文明的否定，因而也就无不带有尼采及其"超人"的非道德倾向。由此可见，这些"恶魔式"的"拜伦式英雄"对西方传统的道德是有颠覆性意义的。

（三）"伟大的蔑视者是伟大的敬慕者"——爱与憎的交混

"超人"哲学一开始就是一种个人主义哲学，它强调个体生命的创造与超

---

1 周国平：《尼采——在世纪的转折点上》，第215页。
2 转引自周国平：《尼采——在世纪的转折点上》，第215页。
3 转引自周国平：《尼采——在世纪的转折点上》，第216页。
4 转引自周国平：《尼采——在世纪的转折点上》，第216页。
5 周国平：《尼采——在世纪的转折点上》，第217页。

越，就是要让"自我"充分显示甚至扩张，"成为你自己"，同时又超越他人，显示个性。然而，因为每个个体的生命意志强弱程度是不一样的，即使是人人都能超越自己，世界充满了色彩与活力，但事实上也不可能人人都成为太阳。因此，"超人"总是"极少数人"，他们难免总要与"众人"相对，成为高高在上的主人。所以，尼采式的"超人"观念和个人主义，虽有发展人的个性的一面，但又常常被误解为排斥社会、蔑视群众。

  我们不敢说尼采的理论客观上没有这种负面成分，但尼采的本意并非如此。在理论与文化逻辑上，尼采作为一位文化哲人，是出于让人的生命从旧道德文明的束缚中解放出来才提出"超人"理论，并以"超人"为新人的人格理想鼓舞人们去争取文化意义上的人的自由与解放的。他的"超人"理论的比照对象，自然也就是沉浸于旧道德染缸的"众人"。如果他在抨击旧道德时难免流露出对"众人"的批评甚至蔑视，那不能因此就认为他反人类乃至仇视人类。如果尼采对"众人"有"蔑视"，那也是出于对人类的爱与关怀，因而这是一种"伟大的蔑视，爱的蔑视，对最蔑视者其实最爱"。[1]正如鲁迅所说的"哀其不幸，怒其不争"。尼采曾说："我爱人类，而当我克制住这种欲望时，就最是如此。"[2]尼采是怀着对"类"的意义上的人、大写意义上的"人"的高度的爱与崇敬，渴望与追寻着更完美、强健的"人"的形象，因而对人的生存现状不满——正如鲁迅对现实国民性的不满——所以他不得不说：人啊，你们目前这样也算是人么？在这"伟大的蔑视"背后难道不是暗含了对人的"伟大的敬慕"么？这同样可以用之于解释他描绘的"超人"的离群索居与傲视一切。

  当然，我们不能简单地以此去解释拜伦及"拜伦式英雄"的"恶魔"式的愤世嫉俗，但两者也绝非无相似之处："拜伦式英雄"宁死也不肯屈服于他们鄙夷的社会，特别是英国那恶臭熏天的上流社会，是为了维护自己作为"人"的人格。他们珍爱自己作为"人"的人格，其实是对"人"的一种爱心。

  拜伦在悲观绝望时常常厌恶人世，在孤独激愤凄凉中"为颂扬自己的爱犬而不惜咒骂全人类，同时立下遗嘱（后来取消了），希望自己死后和他唯一的

---

[1] 尼采：《查拉图斯特拉如是说》："市场的苍蝇"，转引自周国平《尼采——在世纪的转折点上》，第242页。

[2] 《尼采全集》第12卷，第321页，转引自周国平《尼采——在世纪的转折点上》，第243页。

朋友这条狗埋葬在一起"。[1]其实这只能证明他彼时彼境的凄戚至极。他对下层工人和被压迫民族的人民寄予无限同情，为了他们的解放不惜牺牲自己的一切。他笔下的强盗们虽然有时杀人成性，不无邪恶，但骨子里总是激荡着火一样的爱与深深的同情心。例如，《异教徒》中的主人公威尼斯人骄傲任性，目空一切，报复心之重到了残忍的地步，但他又光明磊落，以至于宁愿自己去忍受最野蛮的酷刑，也不愿去杀死一个正在熟睡的仇敌。在《莱拉》、《柯林斯的围攻》中，我们可以看到主人公对希腊人民的深深的爱与同情，对人间苦难的同情。

"拜伦式英雄"往往对心爱的女人表现出猛烈而不顾一切的爱。《海盗》中的康拉德杀戮成性，仇恨人类，然而他对梅朵拉的爱却是如此真诚、深挚而美丽。此类的爱几乎发生在每一个"拜伦式英雄"身上。其实，在这孤独的世上，这种爱外化出的是他们作为"人"之爱的情愫，代表了他们追求的人性美的理想。正如勃兰兑斯所说，拜伦在作品中表现出的自我，"却代表了普遍的人性；它的忧愁和希望正是全人类的忧愁和希望"。[2]

拜伦作品中的"海盗"与"恶魔"式人物的故事，之所以读来动人心魄，主要也是因为这些人物身上潜在而巨烈的爱恨情感。因此，表面上这些人物是如此地愤世、厌世甚至恨人类，其实是因为他们太爱人类了，爱之至极就会对丑的普遍存在痛心疾首，诅咒便由此而生，但骨子里是爱之太深了。爱之弥深，恨之弥深。无论是尼采和"超人"，抑或拜伦与"拜伦式英雄"，这种以"恨"表现的爱是对人类本体的、深度的爱。

三、"一个彻底的浪漫主义者"

"指归在行动，立意在反抗。"鲁迅的话点出了拜伦作为一位民族解放运动斗士的精神特征。他是19世纪以至此后为自由与解放而斗争的人们的一面旗帜。拜伦去世后在欧洲大陆出现了"拜伦热"，诗人们把能像拜伦一样为反压迫、争自由而献身视为最高的荣誉。这在欧洲文学史上是罕有的。拜伦用自己的行动及诗歌作品与被压迫者在感情上紧密地联结在了一起。从社会政治革命

1　勃兰兑斯：《十九世纪文学主流》（第四分册），第324—325页。
2　勃兰兑斯：《十九世纪文学主流》（第四分册），第371页。

和民族运动的层面上看,拜伦的意义是被人们充分认识的,尤其在我国。

在英国浪漫主义文学史上,拜伦的创作在对大自然的描绘上也许不如华兹华斯和济慈那样精细优雅,在诗歌艺术上也没有太多的独创性的贡献。然而,浪漫主义的诗歌作为"强烈感情的自然流露",就感情的强烈性而言,似乎只有拜伦的创作才是名副其实的,而此前的诗人都只不过是一条条涓涓的细流、弯弯的小河,到了拜伦这里则汇成了奔腾的大江或波浪滔天的大海。对此,勃兰兑斯作过激情的描绘:

> 在拜伦的诗歌里,河水汹涌翻腾,浪花如千堆白雪,轰隆隆的咆哮声奏出了一首直冲云霄的乐曲;在那奔腾的怒涛当中,形成一个又一个湍急的漩涡,它们撕碎着自身以及阻挡着它们去路的一切,最后,它们的侵蚀甚至把坚硬如铁的岩石也从底里掏空。[1]

毫无疑问,拜伦代表英国乃至欧洲浪漫主义文学史上的高峰。正如罗素所说,"最著名的浪漫主义者大概要算拜伦"。[2]

从西方文化史的角度看,拜伦同样是一条奔腾的大河,一座高耸入云的山峦。他激情回荡的诗作,犹如阵阵狂飙,卷起汪洋大海中的滔天波浪。"融合成一个彻底浪漫主义者的各种要素,他无一不备,如造反、抗拒、蔑视常规、轻率、高尚的行为等。"[3]他实可谓是欧洲精神文化界叱咤风云、驰骋疆场的拿破仑。他引发着我们恒久的人文沉思与冥想:

——拜伦描绘的"自我"以其强烈的超越精神与生命意志,括新了欧洲近代自文艺复兴运动以来文化人所追寻的人的"自我"的内涵,这是一个从西方传统文化土壤中成长起来而又傲然屹立于传统文化之上的更为高大强健的"自我"。他没有哈姆莱特的犹豫软弱,也不似浮士德那样想扩张又前顾后盼困惑重重,而是像尼采笔下的"超人"负重向前。

——拜伦通过一系列"拜伦式英雄"的形象把个性自由与解放的个人主义思潮推向了新阶段。那些离群索居的个人奋斗者在维护人格独立与尊严的抗争中丰盈了"自我",张扬了个性,证明了个体生命的价值与意义,标示了个人

1　勃兰兑斯:《十九世纪文学主流》(第四分册),第456页。
2　罗素:《西方的智慧》,温锡增译,商务印书馆1999年版,第233页。
3　罗素:《西方的智慧》,第233页。

对于社会的神圣性。然而他们的过失甚至罪恶以及由此而生的痛苦乃至绝望，也向人们标示了个性自由的相对性，放纵的自由乃是"自我"的地狱！

拜伦及"拜伦式英雄"身上表现出的非道德倾向，意味着拜伦对西方传统文明之价值体系的整体性怀疑与反叛——因为道德是文化与文明的核心，实际上拜伦的反叛也是超出道德领域而波及了整个文化与文明。拜伦故然不可能像尼采那样自觉地在否定旧道德时又试图去重建新道德——实际上尼采也未必重建得出来，但他笔下的人物似乎都崇尚古希腊的酒神精神，希望耽留在古希腊那没有罪感的世界。他通过这一系列人物展示了带有古希腊原欲型内涵的人的价值观，这些人物也就被旧道德公众逼入了孤独之境。这种在道德与文化上的强烈的反叛，才是拜伦被斥之为"恶魔"的根本文化根由，而这恰恰是拜伦具有的最深刻的文化意义。

——拜伦与"拜伦式英雄"是远离公众的，有时是极端个人主义的，但他们是爱人类的，这种爱既有普罗米修斯式的急切，也有耶稣基督式的深层。

至此，我们可以说，拜伦在文化意义上是可以与社会政治意义上的拿破仑相媲美的；拿破仑带来了政治自由的欧洲的新时代，拜伦则描绘了文化上的新"人"形象。这个新"人"形象以后被尼采进一步培育，进而走向了现代。难怪哲学家罗素在他的《西方哲学史》中讲述拜伦时多次提及尼采，他指出：

> 尼采对拜伦始终是非常同情的。有时候拜伦也偶而比较接近尼采的观点。伟大人物在尼采看来像神一样；在拜伦看来，通常是和他自己在战斗的泰坦。不过有时候他也描绘出一个和"查拉图斯特拉"不无相似的贤人——"海盗"。[1]

笔者认为，就两位伟人的精神联系的事实而论，罗素讲的"偶而"、"有时候"应该改为"常常"才是。我们可以这么说：拜伦是尼采的精神先导，"拜伦式英雄"是"超人"的原型！

---

[1] 罗素：《西方哲学史》（下册），第299页。

第五节
在神圣与世俗之间

法国浪漫主义文学的产生晚于德国与英国，而且是在这两个国家浪漫主义文学的影响下发展起来的。但是，由于法国是18世纪末19世纪初的欧洲中政治动荡最激烈的国家，因此，法国浪漫主义既少有德国式的"颓废"，也不似英国式的回归自然的宁静与欢欣，而主要是由剧烈的社会变革所致的对激情、狂放与自由的向往，还有常常被我国学界轻视、忽视和漠视的对宗教的依恋。

一、关于法国大革命的人文沉思

法国大革命是18世纪启蒙思想结出的果实。启蒙思想家自由、平等、博爱的思想是大革命的口号、旗帜和武器。值得我们注意的是，18世纪启蒙运动的自由思想，并不仅仅影响了政治革命，同时也影响宗教革命。或者也可以说，法国大革命既是政治革命，也是宗教革命（或宗教改革）。对以宗教作为文化之主体与核心内容的欧洲国家，宗教革命又意味着文化革命。因此，从思想文化的角度看，法国大革命实质上是一场精神革命，其灵魂是"自由"。这种自由观念在政治思想领域里延伸为"平等"，尊重个人权利；在宗教领域里则延伸为"博爱"，信仰自由与宗教宽容；在道德领域里则延伸为情感自由。

从宗教革命的角度看，大革命中教会财产大部分被革命派收归国有，而且教会的内部事务和教规甚至宗教仪式都受到干预与冲击。"启蒙哲学家的理论唤起了人们对被称之为'独断宗教'的基督教，特别是天主教的不满甚至仇恨。"[1]国民议会通过的《人权宣言》称："明确规定宗教方面的思想及言论自由是人的一项权利。宣言第十条写道：'任何人不得因所持见解，即使是有关宗教的见解，而受到干扰，只要表示上述见解不致破坏法律程序。'"[2]《人权宣言》对这样一种权利的肯定，无疑激起了教会的反抗。教皇认为，"这种自由'是邪恶的、愚蠢的权利，只会破坏人的理性'。这充分表明两个

---

1 George, B. *French Philosophies of Romantic Period*. Baltimore: Kessinger Publishing, 1994, p.21.
2 勃兰兑斯：《十九世纪文学主流》（第三分册），张道真译，第7页。

阵营的相对立场"。[1]在这对抗的过程中，"教会纠集了它的一切势力作拼死的斗争，但却注定要被击败。革命不断前进，先是犹犹豫豫，接着是咄咄逼人，然后变得不可抗拒，最后便陶醉在胜利之中"。[2]宗教革命的意义无疑是文化革命，因此，它推进了人的精神自由，"从宗教权威被打倒的那一刻起，一切领域里的权威的魔力就都消失了。代替它的是自由、斗争和博爱这个口号"。[3]

然而，正是由于宗教是西方文化的核心，因此，欧洲历史上的每一次宗教改革，都只是推动了宗教内部的改良，而无法把宗教从文化土壤中连根拔除，渗入人们血液中的宗教文化基因，依然会燃烧起他们的宗教激情。况且，大革命的血光与杀气，着实也使人们感到后怕与惊恐。所以，"在恐怖统治时期过去之后，它所产生的恐惧和羞耻情绪使许多法国人的心转向王政和罗马；同样地，对宗教的残酷迫害也引起了对教会和教士的强烈同情"。[4]尤其是那些底层民众，他们往往很难理解并接受启蒙思想家的理论，因而也难以从灵魂深处进行宗教自由的精神变革，因此，"革命派人士却怎么也不理解，广大群众都愚昧无知，他们被灌输了多少世纪以来一代代传下来的思想感情；他们对革命派的呼吁没有反应，对革命派的暴力行动感到惊恐；出于旧的习惯势力，他们准备一有机会就重新投到教士的怀抱中去"。[5]

正是由于宗教情结在人们心灵深处的根深蒂固，正是由于革命本身的一些行为同自由与博爱原则的并非一致，导致了革命的暴风雨过后人们感到了宗教的温馨感和秩序感。何况，经过革命血与火的洗礼之后，宗教本身也变得宽容与仁慈了。比如，为了恢复教会威望，教会把革命派的自由原则也吸收到宗教当中，以它的名义来吸引支持者，与此同时也扩大了自己的思想内涵。"以自由的名义发出呼吁，为教会赢得了许多支持者；一些有原则的人，在执政府当权期间怀有憎恶情绪，受到这种呼吁的影响，在帝国时期由于教皇受到苛刻的待遇，增加了对教会的同情。"[6]出于革命的动乱后对秩序的一种渴求，人们

1　勃兰兑斯：《十九世纪文学主流》（第三分册），第7页。
2　勃兰兑斯：《十九世纪文学主流》（第三分册），第6页。
3　勃兰兑斯：《十九世纪文学主流》（第三分册），第22页。
4　Dickinson, L. *Revolution and Reaction in Modern France*. London: George Allen, 1927, p.33.
5　勃兰兑斯：《十九世纪文学主流》（第三分册），第31页。
6　Dickinson, L. *Revolution and Reaction in Modern France*. London: George Allen, 1927, p.33.

也对宗教产生亲和感，有的干脆把宗教看作是"一种维护秩序的警察"。认为"宗教是每一个社会的结合力量，尤其是能使政治社会结合收紧。……它是整个人类社会家庭和国家自然而然又不可缺少的结合力量。——宗教给社会带来秩序，因为它让人知道权力和责任从何而来"。[1]所以，大革命的动乱过后，在一种追恋秩序的心理氛围中，宗教在一定阶层中又受到了拥护甚至赞美。

然而，大革命拨散出去的自由思想的种子，也同样在革命后法国的精神土壤中生根开花结果，向往自由的热情，在19世纪的法国经久不能平静。即便是无怨地反自由的教会，不也唱起了"自由宗教"的歌声来了吗？可见，"自由"催化了传统文化的变革，改变着人们的人文观念。法国浪漫主义文学正是这种政治、宗教、文化变革从人文的层面上释放出的袅袅回音。

二、人性之美来自上帝？

弗兰索瓦—勒内·夏多布里昂（1768—1848）显然是大革命后追恋宗教的权威与秩序的思想情绪在文学中的最好表达者。法国的浪漫主义文学正是从他这里开始的，而且代表的是面向过去而不是面向未来的浪漫主义。

夏多布里昂开始是自由思想的拥护者，但在大革命之后一度要求恢复基督教生活的氛围中，他放弃了18世纪启蒙思想，开始信仰天主教并为之辩护。他的《基督教真谛》（1801）的发表，正"投合了拿破仑恢复天主教的意图，因此得到了拿破仑的赏识，也顺应了法国社会迫切要求恢复宗教生活的愿望，因而引起强烈反响"。[2]《基督教真谛》认为，基督教是现有的宗教中最富有诗意的、最富有人性的、最有利于自由与文艺的宗教。一切美好的东西都来自上帝，基督教是美好的，所以它来自上帝，因而人们抛弃基督教是错误的。"《基督教真谛》通过对历代遗迹的描绘、对坟墓废墟人生无常的沉思，给浪漫主义注入了灵感。"[3]

在用理论的方式论证了基督教是世界上最美、最富有诗意的宗教后，夏多布里昂又以他的中篇小说《阿达拉》进一步来论证基督教的美与魅力。小说以

---

[1] 勃兰兑斯：《十九世纪文学主流》（第三分册），第71页。
[2] 李赋宁总主编，彭克巽主编：《欧洲文学史》第2卷，商务印书馆2001年版，第91页。
[3] 李赋宁总主编，彭克巽主编：《欧洲文学史》第2卷，第93页。

18世纪初北美印第安原始部落为背景，描写酋长的女儿阿达拉爱上了异教徒夏克达斯，然而为了维护自己对基督教的信仰而服毒自杀。夏克达斯在极度的悲痛之中答应阿达拉，改信了基督教。在自然的情欲之爱与理性的基督之爱的冲突中，基督之爱战胜了情欲之爱，人性之美归之于上帝之美。按本书的行文逻辑看，这是宗教人本意识战胜了世俗原欲人本意识，理性战胜了情欲，世俗的人提升为天使与上帝。

其实，这种结论与结局似乎是夏多布里昂的一厢情愿。在小说极为简单的爱情故事的描写中，最动人的是男女主人公在那狂烈的爱之激情以及神秘、蛮荒的原始森林。在爱与宗教的冲突中，阿达拉那如密西西比河的波滔一样汹涌狂野的情感，是她母亲生前的宗教许诺所无法阻拦的。所以，在经过激烈的内心博斗之后，爱的强力推动她投向了夏克达斯的怀抱。他们顷刻间陶醉在爱的狂欢中，贪饮着爱的魔泉。那狂野神秘的原始森林正是男女主人公狂放的原欲之爱的象征。然而，当她沉醉在极度的幸福之中时，那一声霹雳，电光一闪，划破了夜空，也惊醒了潜伏在阿达拉心底的宗教意识。她在深感罪恶、灾难与恐惧的情况下，为了上帝而吞下了毒药。在此，小说也告诉人们，夏多布里昂要反复论证的基督教的美与魅力，其实与来自人的天性的自然之爱——那种与北美原始森林一样狂野而自然的力——是宗教的力量所难以匹敌的。因此，小说似乎在客观上与作者的原意相违，它告诉我们：真正的美在人自身，自然的人性原来就是美的。

恰恰是夏多布里昂对违反宗教的狂野人性的描写，以及对与之相应的异国蛮荒原始森林的描写，给法国后来的浪漫主义者提供了创作灵感和表达自由与激情的可资借鉴之路。正如传记作家安德烈·莫洛亚所说的，《阿达拉》的出版表明，"在一个重大事件接连发生，英雄伟人纷纷涌现的年代，文学终于来描写高尚感情了"。[1]

三、激情与狂放的"自我"

司汤达、梅里美和乔治·桑在政治、宗教与道德观念上显然与夏多布里昂各属对立的阵营，但他们创作中的那种激情与狂放，又与夏多布里昂有精神的联系。

---

[1] 安德烈·莫洛亚：《夏多布里昂传》，浙江文艺出版社1998年版，第112页。

自由的观念每每导致精神的反叛和文化观念上的反传统。司汤达、梅里美和乔治·桑都以不同的方式表达着这种自由观念。如果说，法国浪漫主义的先驱夏多布里昂总是在传统与自由之间矛盾徘徊的话，那么，1830年以后登上法国文坛的司汤达、梅里美和乔治·桑等作家，则是大胆恣肆地在自由的口号下反传统，他们抛弃基督教文化的精神束缚，尽情地表达着人的狂放的激情与自然的人性。

（一）"热爱战争与热爱女人"

在我国，司汤达一直被认为是"现实主义"作家的代表。诚然，从社会批判、政治批判的意义上讲，他的创作确实不无"批判现实主义"的特征。然而，但凡文学都具有社会批判的意义，拜伦的许多作品如《唐璜》不也照样有强烈的政治批判与社会批判意义吗？我们不想在本书中讨论此类问题，但笔者认为，从人文传承、"人"的观念的表述的角度看，司汤达的小说所表达的是自由、激情的浪漫主义精神。

与夏多布里昂相反，司汤达灵魂中缺乏对宗教的敬意，他是一个无神论者。在道德观上，"他是一个直言不讳的享乐主义者"，并且，"他是一个独立的、独创的、性情热烈的人，他把我行我素作为幸福的第一条件"。[1]在这方面，司汤达不无拜伦式的反传统、反社会气质。在司汤达笔下，那些主人公尽管没有"拜伦式英雄"的孤傲厌世和恶魔式的强悍，但那独立不羁、自我扩张的秉性，却道出了19世纪浪漫主义人物的共同气息。

勃兰兑斯认为司汤达崇尚"热情"，这种"热情"包括两方面内容："热爱战争与热爱女人"[2]，对司汤达来说，这只是一种基本热情的两种表现。这两种热情最能体现男性特征和人的原始野性。司汤达作品中的人物，正是凭借这种男性化的原始野性的力量，产生了一种特有的浪漫式阳刚之美，透出了人物强烈的自我意识与反传统的叛逆精神。

司汤达的小说，无论是长篇还是短篇，无不表现男女主人公对爱情的狂烈的、一往无前的追求，而且，这种追求常有违反常理与传统道德规范的特征。于连对德·瑞那夫人的爱和对玛特儿小姐的爱，不无夏多布里昂笔下那发生在

---

[1] 勃兰兑斯：《十九世纪文学主流》（第五分册），李宗杰译，第250页。
[2] 勃兰兑斯：《十九世纪文学主流》（第五分册），第254页。

原始森林中的狂野之爱的特点。此外,《巴玛修道院》中的法布里斯、《卡斯特卢的女修道院院长》中的虞耳、《法尼娜·法尼尼》中的法尼娜·法尼尼等等,也都表现为"爱的疯狂"与"疯狂的爱",都有不可抗拒的、忘我的、脱俗的特点,表现出了拜伦式对传统世俗道德的反抗。

在"热爱战争"的情感里,延续着大革命时期热血沸腾的政治激情。这种"政治激情"在司汤达的作品中既可以表现为对驰骋疆场的战争生活的描写(如《巴玛修道院》中法布里斯的从军生活),也可以表现为对爱情与政治的矛盾冲突(如《法尼娜·法尼尼》中的彼耶卢),还可以表现为人物的强烈的政治意识和政治敏感(如《红与黑》中的于连)。司汤达描写的在政治激情驱动下的人物,同样拥有对激情追求的不可抗拒和忘我的特点。

总之,司汤达小说就是在"热爱战争"与"热爱女人"这两种热情的描写中,表现了显明的时代精神:自由与反传统。他笔下的人物也由此表现出强烈的自我意识和主体精神,他们除了被激情驱使下义无反顾地去追寻自己理想的目标,去达到自我目的之外,似乎别无他求;而正是在这种追求中,表现出一种自然生命意志强烈外现与张扬的欲望,这是一种典型的浪漫主义式的个性自由和自我表现。所以,从人文观念的表达和"人"的形象塑造的角度看,司汤达是浪漫主义的,而非现实主义的。

(二)"热衷于原始的赤裸的强力"

梅里美是以"克拉拉·加最尔"这样一个西班牙贵妇人的假名登上文坛的,这当然不能说他就特别衷情于西班牙,但似乎也意味着他对异国情调题材的热衷。在这一方面上,梅里美也同夏多布里昂相似:喜欢描写蛮荒原始的环境和狂野的人物性格。"作为一个地地道道的浪漫主义者,他认为作者的主要任务在于,不加粉饰地表现各个不同时代和不同国度的习俗和道德,把那个时代所谓的'地方色彩'清晰而强烈地展示出来。因此,他把自己幻化为各种不同文明阶段的、各个不同国度里的居民。他想象自己是一个摩尔人、一个黑人、一个南美洲人、一个伊黎利亚人、一个吉普赛人、一个哥萨克人。"[1]梅里美当然无法了解这么一些不同国度的风土人情,但他喜欢在想象里漫游这些国度。实际上,他也并不把自己封闭在现实的生活里,他对现实的文化与所谓

---

1 勃兰兑斯:《十九世纪文学主流》(第五分册),第303—304页。

的风雅感到厌恶，而"对中世纪农民战争的野蛮十分感兴趣"，"作为考古学家和历史学家，他检验了碑铭文物、建筑、装饰和兵器，研究一般文人一窍不通的各种语言的文献和手稿"。所以，"他熟悉十四世纪的西班牙和十七世纪的俄国，正如他熟悉古代的法兰西和古代的罗马一样"。[1]正是在这样一种文化背景上，他描写与现实社会绝然不同的生活，"热衷于原始的赤裸的强力"，[2]描写最狂放、最大胆的人物，从而表达一种与现实全然不同的人文观念，同流行的习俗与道德观念形成对立与挑战。于是，梅里美也就比司汤达更具有反传统、非道德化倾向，他笔下的人物更接近于"恶魔式"的"拜伦式英雄"。

梅里美著名的中篇小说《嘉尔曼》（1845），描写的是西班牙塞维利亚城的一个烟厂的女工嘉尔曼，不愿受制于男人而被杀死的故事。嘉尔曼是一个聪明、漂亮、任性、独立不羁的吉普赛女郎。她的外在形象就透出了一种桀骜与野性：

> 她美丽无比……她的眼睛虽然有点斜视，却大得可爱……她身上的每个缺点几乎都兼备一个优点，两相对照，优点比缺点也许更突出。这是一种奇异美，野性美，她的脸乍一看令人吃惊，但叫你难以忘怀。尤其是那双眼睛，有一种既勾魂又凶野的神色，在任何别人的眼里是无法找到的。[3]

这一段肖像描写也可谓是"勾魂"式的，它把嘉尔曼的恶与美的内在性格披露了出来。从传统道德的角度看，嘉尔曼身上有邪恶的特点：偷窃、斗殴、诈骗、走私、出卖色相。生活放荡不羁。她眼睛里那"凶野的神色"正是她凶残性格的外现：有一次她和一个女工吵架，一怒之下就用切烟刀在对方脸上刻上一个"X"形。嘉尔曼同时又是一个真诚、坦率、豪爽、意志刚强、不自私的人。她性格中最主要的特点是坚持个人的绝对自由，既不受男人的约束，也不受法律、道德的制约。作者把她写成一个远离现实的非文明、非道德的人，从而把人性的自然原始状态赤裸地坦露出来。然而，作者又不是把她放在无人烟的原始森林那纯自然的环境中，也就是说，作者不是让她"回归自然"从而

1　勃兰兑斯：《十九世纪文学主流》（第五分册），第304页。
2　勃兰兑斯：《十九世纪文学主流》（第五分册），第304页。
3　《嘉尔曼——梅里美中短篇小说选》，杨松河等译，译林出版社2000年版。

与自然和谐一致，而是让她回归文明，与文明构成冲突，进而展示原始人性的冲动与强力。就现实文明与道德而言，嘉尔曼的行为是惊世骇俗的乃至是邪恶的，因为这种"犯罪"行为不仅殃及他人，也毁灭了自己，因而文明向原始野性发出警告：绝对的自由是人的地狱。但是，就审美的与人性自由的角度而言，嘉尔曼绝对自由的追求披露了文明压抑下人的原始欲望，而且它猛烈地冲击了现实文明的虚伪与罪恶，揭示了文明与道德的非人性特性，揭示了文明与人性的潜在矛盾。人们借嘉尔曼渲泄了被文明困扰着的情感与欲望，在审美的层面上获得了人性的自由与美感。从人文传统的角度看，《嘉尔曼》传达了典型的浪漫主义式的人性自由精神，展示了一个自然原始意义上的"人"的形象。梅里美的创作中到处活跃着一个个性极度张扬的自然奔放的"自我"。

（三）爱情自由而非性的自由

笔者把司汤达、梅里美和乔治·桑放在一起，是因为这三位作家在狂烈情感的描写上，在对社会文明习俗的藐视上是何等的"气味相投"，在浪漫主义的"自由"风骨上是何等的如出一辙！作为一名现实的作家，乔治·桑没有嘉尔曼的凶野而只有母性的温柔，但就纯真坦诚的心灵而言，她却有几分像生活中的嘉尔曼！在她的"血管里流着波希米亚人和皇族的血液……在她的灵魂深处，她却天真无邪，漠不动心而又热情洋溢，心肠温柔，而且热切地接受一切新鲜事物"。[1] "在热情奔放这方面，在不加抗拒地屈从于蔑视清规戒律的情感这方面，她是浪漫主义的。"[2] 正是乔治·桑热衷于爱的情感描写而且又让这种情感无视社会习俗与道德规约，她也就被守旧贵族们视为"魔女"，而这种"魔"性恰恰标示了她是典型的浪漫主义者。

乔治·桑的个人生活是备受关注的。她和丈夫缪塞分手之后，曾和肖邦等多个男人一起生活，为此她被认为是一个生活作风不规矩的人。"人们经常地把她说成一个必然带来不幸的女人，一个寻找新鲜肉体的女妖。"[3] 她的作品主要也都是写爱情与离异的故事，然而，这些作品中透出的却是既热情洋溢而又纯洁高尚的灵魂。之所以能如此，是因为乔治·桑的小说总是在寻找一种

1　勃兰兑斯：《十九世纪文学主流》（第五分册），第137页。
2　勃兰兑斯：《十九世纪文学主流》（第五分册），第172—173页。
3　安德烈·莫洛亚：《乔治·桑传》，郎维忠等译，浙江文艺出版社1998年版，第195页。

"用美好的感情和思想使我们升华并赋予我们力量的爱情",她认为这种爱情"才能算是一种高尚的坦荡;而使我们自私自利,胆小怯弱,使我们流于盲目本能的下流行为的爱情,应该是一种邪恶的情欲"。[1]乔治·桑在她的作品中从未把爱情理解为一种性感的冲动并加以赞美,相反,当婚姻处于这种仅仅是"性感的冲动"的"爱"时,乔治·桑认为这种婚姻就应该结束。她在小说《雅克》中借雅克之口说:

> 有一些男子按照东方的方式,行若无事地杀死了不忠实的妻子,因为他们把妻子看作合法财产。另一些向自己的情敌挑战,把他杀死或者把他排挤出,然后向他们宣称热爱着的女人要求亲吻或爱抚。这些都是夫妻之爱中十分平常的过程。在我看来,猪猡之间的动情也没有比这样的爱情更下流,更粗野了。[2]

显然,在乔治·桑看来,真正的爱情是由性爱升华而成为爱欲、思想、理性相交融的一种高尚情感,她对这种情感的描写表现的是对心灵与情感自由的追求,而非对性自由的追求。正如马克思所说,"没有爱情的婚姻是不道德的",乔治·桑追求的正是一种合道德的爱情理想。

然而,正是乔治·桑对爱情的这种描写与追求,在1830年前后尽管弥漫着自由精神的法国乃至欧洲,她依然被认为是不道德的人,而她又不愿意屈从道德而去赞美"猪猡式"的爱情。因此,她作品中描写的爱情就始终与社会习俗构成不可调和的冲突,因而总难免有几分浪漫式的"魔"性。乔治·桑通过一系列爱情故事的描写,从情感自由的角度张扬了人性与自我,展现了充满激情又独立不羁的"人"。

四、欲火对圣洁誓言的背叛

维克多·雨果(1802—1885)是法国浪漫主义的旗帜,在人文思想上,他对整个法国浪漫派具有很大的包容性。虽然,他既没有夏多布里昂的那种对宗教的极端的赞美,也没有司汤达、梅里美和乔治·桑那种对自然情感的"恶魔

---

1 乔治·桑:《贺拉斯》,转引自勃兰兑斯《十九世纪文学主流》(第五分册),第168页。
2 乔治·桑:《雅克》,转引自勃兰兑斯《十九世纪文学主流》(第五分册),第169页。

式"追求，不过，他同时也不无对基督的敬仰，不无对自然情感的顾恋。也许，正是他对这两者的调和与包容，才使他显得激情而又平和，博大而深沉，是伟人，又是平凡的人。

《巴黎圣母院》（1831）出版时的雨果，是一个不过30来岁却已声名大振的年轻人。其实，在这前后，作为法国浪漫派的一面旗帜，雨果是一个在文学上反传统、求自由的激进分子。他的《克伦威尔》及其《序言》、《欧那尼》都表达了青年浪漫主义者的高度自由主义热情。"浪漫主义，说到底是文学上的自由主义。"这就是那时候雨果的名言。然而，以他的出身和文化背景，雨果不可能成为司汤达、梅里美和拜伦式的具有非道德倾向的自由主义和浪漫主义者，相反，他总是以一种道德主义者的面貌出现在文坛上，从而弱化了作为浪漫主义者的某些鲜明特征。

其实，雨果本人对自由情感的追求之强烈，并不亚于司汤达、梅里美甚至乔治·桑，可以说他是一个既多情而又不断追求欲望满足的人。与他相爱了50年之久的雨果的情人朱丽叶在他的晚年还痛惜地说："他疯狂地追逐新鲜的肉体。"[1]《巴黎圣母院》出版时的雨果正当盛年，已经历了这种情爱追求的体验，而这种体验正好有助于他站在比他早年崇拜过的夏多布里昂更高的层面上去审视宗教对人的"宿命"，所以他才能在《巴黎圣母院》中塑造出"在欲火与贞洁的誓言之间痛苦地挣扎的克洛德·弗罗洛"，而这个克洛德·弗罗洛身上，"就有维克多·雨果的影子"。[2]

《巴黎圣母院》描写的可以说是一场"雨果式"的为争夺吉普赛女郎埃斯梅拉达的多角恋爱。从表面的故事情节看，众星捧月，三雄争艳，埃斯梅拉达是小说的中心人物。其实，从故事情节的动力源和小说的深层主题看，中心人物应该是克洛德·弗罗洛。从小说情节的表层结构看，似乎是几个男人追逐着埃斯梅拉达，但从深层结构看，埃斯梅拉达的五次遭难，均由克洛德·弗罗洛操纵，他的行为推动了小说情节之轮的不断滚动。他之所以如此行为，则源于他对埃斯梅拉达的一腔情欲。如果说小说描写的真可谓是一个多角恋爱故事，那么，围绕着埃斯梅拉达的几个男性人物，唯有克洛德才是最真实的。埃斯梅

---

[1] 让—路易·塔博尔：《超人首先是人——纪念维克多·雨果诞辰200周年》，法国《费加罗杂志》2002年1月5日，转引自《参考消息》2002年1月8日。
[2] 安德烈·莫洛亚：《雨果传》，周国珍译，浙江文艺出版社1998年版，第238页。

拉达不过是雨果浪漫式的美的理想化身而已；敲钟人卡西莫多是极度夸张的浪漫式形象；弗比斯队长是一个平淡的符号式人物；克洛德则形神兼备，血肉丰满，究其原因，在于作者揭开了他作为一个处在神圣职位上献身上帝的人的理智与情欲冲突的真实心理内幕。

埃斯梅拉达固然是美的象征，勃兰兑斯认为她是"象征野性美的女性"，[1]而对于一个同样正当盛年而又长期远离女性的克洛德来讲，这个充满活力和野性的美丽女郎，近乎是自然情欲的象征。所以，在他第一次看到埃斯梅拉达跳舞之后，他的心就像遭了雷击似的震撼不已。他也企图像以往一样通过斋戒、祷告，借助上帝的力量把燃起的情欲之火扑灭。然而他做不到，在经受了难以想象的痛苦折磨之后，他终于准备背弃上帝而向魔鬼屈服了。对克洛德来说，作出这个抉择同样是痛苦的，但他在所不惜。他曾向埃斯梅拉达哭诉说：

> 我的心是怎样一颗心呀！我是怎样逃避真理，怎样使自己感到绝望！我是个学者，却辱没了科学；我是个绅士，却败坏了自己的名声；我是个神甫，却把弥撒书当作淫欲的枕头，向上帝的脸吐唾沫！这一切都是为了你呀，狐狸精！为了能更快乐地在你的地狱里沉沦！[2]

圣洁的誓言被情欲背叛了！为了情欲，克洛德宁愿在"地狱里沉沦"，这足见自然情欲力量之强大。年轻的雨果对一个副主教作如此的描写，在当时来说也够反传统了。而且，尽管克洛德后来走向了邪恶，但在此之前，他对埃斯梅拉达的爱与欲，都还不能说是一种罪恶。这一人物给读者的心灵震撼和真实感，恰恰在于他对埃斯梅拉达真实的、人性化的爱欲：

> 我呢，我爱你，啊，这是千真万确的。我内心如同烈火焚烧，但外表上什么也看不出。啊，姑娘，无论黑夜白天，无论黑夜白天都是如此，这难道不值得一点怜悯吗？这是一种无论黑夜白天都占据我心头的爱情，我告诉你，这是一种苦刑啊。啊，我太受罪了，我可怜的孩子！这是值得同情的事啊，我担保。你看我在温柔地向你说话呢，我很希望你不再那样害怕我。总而言之，一个男子爱上一个女人并不是他的过

---

[1] 勃兰兑斯：《十九世纪文学主流》（第五分册），第24页。
[2] 雨果：《巴黎圣母院》，陈敬容译，人民文学出版社1982年版，第424页。

错。啊，我的上帝！怎么，你就永远不能原谅我吗？你还在恨我！那么，完结哪！就是这个使我变得凶狠，你看，就是这个使我变得可怕的！你看都不看我一眼！当我站在这里向你说话，并且在我俩走向永恒的边界旁战栗的时候，你或许正在想别的事，不过千万别对我提起那个军官。[1]唉！我要向你下跪了，啊呀，我要吻你脚下的泥土了，不是吻你的脚，那样你是不愿意的。我要哭得像个小孩子，我要从胸中掏出，不是我的话，而是掏出我的肺腑，为了告诉你我爱你。一切全都没有，都没用！可是在你的心里你有的只是慈悲和柔情，你全身发生最美丽最温柔的光芒，你是多么崇高、善良、慈悲、可爱。哎，你单单对我一个人这样冷漠无情。啊，怎样的命运呀！[2]

谁能说克洛德的这番表白是虚假的呢？在这一点上，被埃斯梅拉达深爱着的太阳神般的弗比斯是无法同他相比的。谁能说克洛德作为一个男人就不该有这种爱欲呢？谁能说他的爱欲就是邪恶呢？当然，基督教教义会认为是邪恶的。这正是雨果所要揭示的教义的悖逆人性。所以，人们在深深同情克洛德之余，无疑要对宗教教规和宗教生活的合理性产生质疑。然而，雨果最终毕竟让克洛德走向了邪恶，成了美的毁灭者，而且自己也走向了毁灭。这似乎在说明，自然之爱欲有其天然之美与善，然而狂烈的爱欲旁边就伴随着丑与恶。这是人的一种无法摆脱的"宿命"！

"宿命"两字在《巴黎圣母院》里，是由一个曾经生活在圣母院的"痛苦的灵魂"刻在大院角落的石头上的。其实，雨果自己也类似于这种痛苦的灵魂。他从青年时代起就苦苦思考着人类的"宿命"。他歌颂人的伟大与美，但又觉得人的心灵是黑暗之源，"世界最无情的深渊是人心"[3]，上帝创造的这个世界永远是有缺陷的。他在信条诗《影子之口所言种种》中曾这样说：

　　上帝创造的人类只是难以估量之才。
　　他使人类容颜美丽，开朗可爱，
　　但须有缺陷；不然，便将同上帝一样光彩，

1　指埃斯梅拉达至死爱着的卫队长弗比斯。引者注。
2　雨果：《巴黎圣母院》，第423—424页。
3　安德烈·莫洛亚：《雨果传》，第595页。

> 人类和造物主若不能按高下分辨，
> 这种隐藏在无限之中的尽善尽美
> 将和上帝混为一谈，
> 那么世上万物将借助自身的光辉灿烂，
> 回归到上帝一身，而不复出现。
> 先知在自然界沉思，神圣的大自然，
> 啊，多么深奥：为了存在，须有缺陷！……[1]

"为了存在，须有缺陷"；有存在，必有缺陷，因为上帝创造这个世界必须与他自己有区别，要是万物等于上帝本身，他就没必要创造世界，他的存在也失去了意义。这种区别就在于世界有上帝也有物质，而物质就是邪恶，因此，世界存在着邪恶。"邪恶就是物质。在上帝创造的人身上都能同时找到上帝和物质，即上帝和邪恶。"[2]在人的身上，"物质"和"邪恶"就来自人自身的情欲。"物质好像是挂在理想身上的一块石头，把'神灵引向动物，把天使引向半人半兽的森林之神'。这就是情欲具有双重性质的原因，在人身上，它是兽性的标志，但它也产生理想的爱情——圣化了的放荡。"[3]可见，情欲的实现并不一定走向邪恶，而可能是"圣化了的放荡"。在《巴黎圣母院》中，克洛德·弗罗洛为了情欲而走向了邪恶与毁灭。在《笑面人》中，纯洁的格温普兰看到裸体的熟睡的约西安娜时，深感"充满了肉体的诱惑，是促使人性中阴暗面得以表露的引诱力。夏娃比亚当更危险……一种令人心猿意马的狂喜，其结果是兽性战胜了人的本身……"[4]格温普兰成了情欲的俘虏。这是《笑面人》中富有人性的描绘。在《海上劳工》中，吉里亚特则在战胜了情欲之后走向了圣洁与伟大。他一直暗恋着黛露西娜，按照约定，他找回沉入大海的轮机，就可以娶她为妻。然而在大海上经受了九死一生的与大自然搏斗的磨难终于找回机器时，他发现黛露西娜已另有所爱。吉里亚特选择牺牲自己，让黛露西娜与她的情人结婚，自己则做他们的证婚人。吉里亚特的选择说明了情欲也是可以战胜的，其间需要的是一种广博的爱。

1　雨果：《静观集》，转引自安德烈·莫洛亚《雨果传》，第516页。
2　安德烈·莫洛亚：《雨果传》，第516页。
3　安德烈·莫洛亚：《雨果传》，第517页。
4　安德烈·莫洛亚：《雨果传》，第607页。

关于情欲的描写，是雨果的小说最具人情味和人性意蕴的内容之一，也使他的创作更具浪漫主义特征。然而，雨果对人类"宿命"和人之善恶的思考，不可能只停留在情欲的思考上。他认为世界有缺陷，丑就在美的旁边，在"文明的鼎盛时期"，人类自己也会"人为地把人间变成地狱并使人类与生俱来的幸运遭受不可避免的灾祸"[1]。要改变这一切，任何的法律制裁，一切的暴力手段，只会助长仇恨并滋长邪恶，而只有像《悲惨世界》中的冉·阿让、米里哀大主教，《九三年》中的郭文等人那样的仁慈、博爱，才能化解仇恨，使人类走向神圣，走向伟大。而且，在雨果看来，世界虽有缺陷，人有神与兽的两重性，若施之以仁爱，人就会在循环的阶梯中向上帝飞升，"并在天界的深处和上帝融为一体"，[2] 世界的缺陷也会因此而减少。因此，雨果呼唤人们：

> 希望吧！希望吧！希望吧，可怜的人们！
> 没有无尽的苦难，没有不治的顽疾，
> 也没有永恒的地狱！[3]

为此，雨果还要人们相信："善良必将胜利，上帝终将是胜利者。这就是雨果哲学。"[4] 或者也就是冉·阿让哲学。

雨果是一个伟人，是文坛"超人"。这兴许是因为他以基督式的广博之爱去同情弱者，抵制邪恶，并把这种博大的思想与崇高的情感贯注于他的作品之中，向世人呈献了动人心魄的优秀作品。在这个意义上，雨果为西方文化史留下的是一个吸取了基督教文化传统之精华的理性型的"人"的形象，这个"人"是宗教人本意识的"传人"。然而，正如让—路易·塔博尔所说的，"超人首先是人"。在雨果的作品中，那高高在上，怜悯着、沉思着、施爱着的"人"固然崇高、神圣、伟大，但作为浪漫主义者的雨果，他还描写了处于"欲火与贞洁誓言之间痛苦挣扎"的"人"，这种"人"更体现了真实的雨果——作为人的雨果的本性，也更合乎浪漫主义者雨果的本色。因此，如果说前面那个博爱崇高的"人"更接近于上帝的话，那么，这苦苦挣扎着的"人"

---

1 雨果：《悲惨世界》"作者序"，人民文学出版社1978年版。
2 安德烈·莫洛亚：《雨果传》，第517页。
3 雨果：《静观集》，转引自安德烈·莫洛亚《雨果传》，第518页。
4 安德烈·莫洛亚：《雨果传》，第518页。

更接近于世俗的、有"缺陷"的人,因而他更真实,更富有审美价值。这两个"人"的结合,才是雨果创作为我们呈示的完整的"人"。

说雨果"超人首先是人",是指雨果是超人同时又是人。同样,雨果创作中的博爱崇高的"人"同时包容了那个更富于人性意味的"人",这大概可以说就是雨果创作之人文包容性了。唯其如此,才显出了雨果真正的博大与深沉。

第七章 "人"向感性世界的迈进

第八章
"人"向理性世界的退守

经过18世纪的思想启蒙，19世纪的欧洲在思想文化上结束了基督教一元统治的局面而走向了自由化和多元化阶段。浪漫主义和现实主义这两种在文学精神上近乎对立的文学思潮，差不多是在相同的时空里发展的，但在总体声势和最终结局上，现实主义取代了浪漫主义，占据了19世纪欧洲文坛的主导地位，并延伸到了20世纪。

尽管浪漫主义与现实主义有某种对立性，但它们都是启蒙运动的产儿，因而都追求人的自由与完善，只是，它们各自是沿着启蒙思想的不同人文脉络延伸过来的，对人的"自由"与"完善"的理解、把握以及追寻的道路上，有着明显的分野。因而，当现实主义最终在欧洲文坛上取代了浪漫主义时，也就意味着西方文学"人"的观念又发展到了新阶段。

第一节
上帝的退隐与人的困惑

自文艺复兴起，欧洲人就开始了对上帝的不停的排斥。到了科学空前繁荣的19世纪，人更自信自傲了，上帝也对人失望了。

人到底是否需要上帝？

一、科学与现实主义文学观念

浪漫主义从卢梭的感性主义那里获取灵感与精神养分，发扬壮大之后又在整体上构成了与启蒙哲学的反叛。然而，启蒙哲学最主要的精神是张扬理性，崇尚科学，卢梭本人也是不排斥理性的，理性毕竟是18世纪的最强音。而且，理性与科学几乎在18世纪轰毁了宗教世界观之后，阔步地走向了19世纪。因此，尽管浪漫主义不无先见地预感到了人偏于理性与科学的不良后果，但是，由于理性本身所拥有的人文性，启蒙运动也进一步昭示了这种人文性，人们对它的崇尚无疑有增无减。在这种理性精神鼓舞下，19世纪的科学取得了比18世纪更辉煌的成就；或者说，18世纪的理性启蒙之花，在19世纪结出了科学的丰硕之果。"同以往所有时期相比，1830到1914年这段时期，标志着科学发展的顶峰。"[1]而且，科学与技术相结合加速了财富的创造，给人们带来了生存实惠。所以，科学成了人们心目中给人以力量的新的上帝，理性也自然被认为是人之为人、人之高贵强大的根本属性。较之18世纪，对理性的崇拜有增而无减，甚至达到了"理性崇拜"的地步。科学史家曾经为我们描绘过19世纪人类科学与理性的壮美图画：

> 19世纪的最初25年，此时以工业革命为转机，人类社会已经天光大亮了。这个时代，资本主义高度发展。与成熟的资本主义社会相伴随的经济危机，开始周期袭来。在打破了过去僵化的世界观之后，科学研究也开辟了新的领域。新的发明和新的发现接连不断地涌现出来，19世纪建设科学文明的篇章就由此展开……从而出现了科学的黄金时代。非欧几里德几何学的诞生，能量守恒定律的确立，电报通讯技术的飞速发展。……以铁为原料、以煤为动力的大工业取得了巨大发展。达尔文的《物种起源》像一发巨型炮弹炸开，把进化思想带进了哲学、艺术、政治、宗教、社会以及其他一切领域。19世纪下半叶，近代欧洲的政治发生了非常大的变化，80年代，自由资本主义开始进入垄断资本主义时代，这是近代史上一个转折时期，卡特尔和托拉斯全面发展。革命性的动力——电能的出现和应用，电动力开始代替蒸汽动力，这是生产中的革命变革。与此同时，19世纪的风格是，科学家——工程师——商人，而不是17、18世纪的科学家——数学家——哲学家的风格了。[2]

---

1 爱德华·伯恩斯等：《世界文明史》（第三卷），第282页。
2 汤浅光朝：《科学文化史年表》，科学普及出版社1984年版，第70—99页。

这幅19世纪的科学图画告诉我们：在西方人的精神文化上，19世纪是一个科学取代上帝的时代，是一个理性崇拜的时代，是西方理性主义文化发展到了高峰的时代。此时，人们更坚定了三个信念：人是理性的动物；人凭借科学与理性可以把握自然的规律与世界的秩序；人可以征服自然、改造社会。对科学的崇拜，使人们对科学的理解不仅仅限于科学本身，而是用科学的方法去研究一切问题。英国科学史家丹皮尔曾指出：

> 在19世纪的上半期，科学就已经开始影响人类的其他活动与哲学了。排除情感的科学研究方法，把观察、逻辑推理与实验有效地结合起来的科学方法，在其他学科中，也极合用。到19世纪的中叶，人们就开始认识到这种趋势。[1]

科学的这种影响在19世纪的欧洲形成了一种与其他世纪明显不同的普遍风气：任何其他学科，唯有运用科学的方法才令人信服。正如赫尔姆霍茨所说："绝对地无条件地尊重事实，抱着忠诚的态度来搜集事实，对表面现象表示相当的怀疑，在一切情况下都努力探讨因果关系并假定其存在，这一切都是本世纪与以前几个世纪不同的地方。"[2] 不仅如此，19世纪的许多人还以借助理性思维和科学方法，建立一门科学并相应有一整套严密的概念、定理、范式予以支持，这被认为是一种非常荣耀的事，为此，人们称这是一个"思想体系的时代"[3]。恩格斯也对当时的这种现实深有感触地说："在当时人们是动不动就要建立体系的，谁不建立体系就不配生活在19世纪。"[4]

正是这样一种区别于以前世纪的精神文化风气，影响着文学的发展，熏陶出了巴尔扎克、福楼拜、左拉等一批写实主义倾向的作家。巴尔扎克就是用动物学、解剖学等自然科学方法去从事文学创作的，正是动物学的"统一图案说"帮助他构建了《人间喜剧》的社会结构图，正是科学思维启发他把文学创作看成研究社会与历史的写实主义理念。左拉几乎在相同的文化思想路线上追随着巴尔扎克且又作出了独特的贡献。福楼拜则是借用医学科学的方法，更冷静细致地解剖

1　W·C·丹皮尔：《科学史及其与哲学和宗教的关系》，李珩译，广西师范大学出版社2001年版，第262页。

2　Helmholtz. *Popular Lecture on Scientific Subjects.* London, 1873, p.33.

3　阿金编：《思想体系的时代》，光明日报出版社1989年版，第2页。

4　《马克思恩格斯选集》第4卷，第212页。

人的心灵。其他的现实主义作家如狄更斯、托尔斯泰、陀思妥耶夫斯基等现实主义大师，尽管不像巴尔扎克、左拉和福楼拜那样直接运用自然科学进行文学创作，但他们创作中的写实原则，无不与科学理性精神血脉相联。

也许读者要问：你这里讲的科学、理性对现实主义的影响，不过是在创作方法、艺术思维方式和审美观上的影响而已，这些都是艺术理念上的问题，而不属于人文观念上的事，对现实主义文学中"人"的观念无甚关联。其实不然。且不说艺术理念原本就要影响文学创作中的人文观念的表达，就是艺术理念本身，也是由作家的人文观念和人文追求决定的。或者也可以说，正由于现实主义作家有一种延续自启蒙理性的人文观念，才会接纳科学的方法与观念去从事他们的文学创作；正是由于接纳了科学方法，现实主义文学才形成了普遍遵循的"真实"、"写实"理念；正是这种"真实"、"写实"理念，才会有现实主义文学对人的灵魂的空前真实、细致的剖析，才会出现与浪漫主义文学不同的"人"的观念与"人"的形象。如果说源自启蒙哲学之先验理性，重灵感与感性的浪漫主义文学的理念对"人"形象的塑造起一种扩张与外现作用的话，那么，源自启蒙哲学之经验理性，重分析与理智的现实主义文学理念对"人"的形象的塑造起一种收缩与内敛的作用，而这都直接或间接地影响着19世纪现实主义文学"人"的观念的表述。

二、上帝消隐的时代，人性趋恶？

科学对19世纪现实主义文学的影响，表现在更深层次上，是它驱逐了上帝之后带来的人文震撼。

在19世纪与20世纪之交，尼采发出了振聋发聩的惊呼："上帝死了"！这一声惊呼告诉人们：以基督教为核心的西方传统文化价值体系崩毁了。

那么，上帝是怎么死去的？他的死给人类带来的后果是什么？

文艺复兴时代，人文主义者虽然并不反对上帝，但他们以人的感性抗拒上帝对人性的压抑，以人智向上帝索要人的独立性。他们在向上帝标示自身价值与意义时，就意味着人同上帝开始疏离。到了17世纪，笛卡尔的"我思故我在"和培根的"知识就是力量"的口号，实际上是用人的智性能力向上帝标示人的强大，认为人自己就有上帝一般的智慧，因而可以知道上帝才能知道的事——世界的奥秘，这种理念推动了科学的快速发展。18世纪科学的发展，进一步增强了人的信心，也增强了对上帝的傲慢，人们开始以科学为武器攻击上帝存在的合理性，一种没有人格化上帝存在的新的宇宙观和世界观开始形成。再到19世纪，科学走向了前所未有的繁荣，它不仅给人类创造了极大的财富，导致人们对它的热烈追求，而且更重要的是，科学使人们确立了新的世界观、人生观和历史观。人们认为有了科学，人可以做一切上帝能做的事，人们把科学当作上帝来崇拜，实际上，科学成了上帝，人也就走到了上帝的位置上，人把上帝给驱逐了。或者说，在人类不再需要上帝之后，上帝也撒手而走了。所以，如果说"上帝死了"的话，那也正如尼采所说的：他是被人杀死的！而且，尽管尼采在19世纪末报告了上帝之死的消息，但这不是一种预告，而是一种对"已死"之实的报告。19世纪就已经是一个上帝退隐的时代。

就这样，从文艺复兴到19世纪的几百年里，西方的所有世俗学说，几乎都在竭尽能事驱赶上帝，改变人与上帝的关系，正如鲍姆所描绘的那样：

> 从宗教改革以来到现在为止的上帝观念史，宛如一份地震仪的记录，所记录的是许多诞生、死亡，以及一次大震撼的事迹。在这段时期，人们把那么多的注意力放在这个大震撼上，竟至很容易忘掉欧洲所具有的创生新神的能力，或赋予上帝新特征的能力，或必要时把旧特征重新加以组合的能力。上述的新神，包括十八世纪自然神论"缺席者"式的神、十九世纪内在演化式的神。这两种神大大不同于"正统的"、超越而全能的上帝。不过，记录在地震仪上最引起纷扰的是宗教大动乱，还是较近的所谓"上帝之死"。尼采所预言的这件事情，不仅仅是意味着一个神的死亡，还意味着所有神祇的死亡。这件事情代表着欧洲思想朝着宗教的怀疑主义与宗教的无所谓心态发展之趋向，这趋向从十七世纪以来就很强烈，后来更是加速发展。这个趋向的最终产物在今天仍具体可见，就是西方文明世界有史以来最世俗化的社会。[1]

这里所说的"最世俗化的社会"就是上帝退隐的社会，这个社会从19世纪甚至更早一些时候就开始了。

---

1 F·L·鲍姆：《西方近代思想史》，联经出版社公司1988年版，第122页。

上帝退隐了，西方人实现了多少代人为之奋斗的共同目标。然而，上帝退隐了，魔鬼却肆无忌惮了。这是人的灾难，这是人类文明的悖谬。

人在自然属性上是感性的动物，进入了文明社会之后，才成了理性的动物，然而其动物性的一面——原始欲望依然存在，它会导致人产生自私、贪婪、好斗等劣根性。因此，进入文明社会后的人，必须凭借自己创造的文明，如国家权力、世俗道德、宗教规范等等，来约束原始本能，以维持正常的人与人、人与社会的关系。宗教在道德的意义上起到了国家权力和世俗道德规范所起不到的作用。上帝设置的天堂与地狱的境界，其实是道德上给所有俗世贱民与权贵、弱者与强者、贫民与富人平等的道德天平，因为在上帝面前，谁也逃脱不了末日的审判，贪婪自私者无论在俗世处于什么位置，都只能因自己的罪恶而进不了天堂。因此，上帝的存在，对世俗的人来说，无疑从道德的角度扼制贪欲的膨胀，扼制邪恶的滋长，也就制止了魔鬼的横行。"在上帝之光的普照下，人人平等，无高低贵贱之分。末日审判时，谁进天堂，谁进地狱，一切均取决于人们自身的善恶行为。身后的归宿决定了人们的价值取向。权贵们为了身后的理想去处，不得不对自己的贪婪之心有所收敛。"[1]所以，"上帝的意义，在于人的有限性，在于人需要爱护、怜悯和救赎，在于人的灵魂在爱与恨、贪婪与满足之间需要平衡，受伤的心需要慰藉和温暖。上帝是一种光，一分温暖，一线希望，一块精神馅饼"。[2]而上帝退隐之后，就意味着他设置的天堂和地狱都不存在了，宗教道德不再对人的善恶起规范作用，对处于19世纪的西方人来说，个性自由、自由竞争，人可以"想干什么就干什么"了。一个在道德领域里上帝退隐的时代，必定是一个恶欲横行的时代。这就是19世纪自由资本主义时代。

资本主义的诞生是人类历史上的一场社会变革，它打碎了固定的传统社会结构，改变了人的生存处境，也改变了人的原有的价值观念。"从1770年到1870年左右是自由市场经济的全盛时期。自由贸易、自由竞争、自由签订合同在理论上几乎是所有国家中商业买卖所崇拜的金犊。"[3]在这个自由资本主义时期，"资本——自由流动的资本，现在开始成为社会的动力，因而也就成为

---

1 启良：《西方文化概论》，第150页。
2 启良：《西方文化概论》，第132页。
3 爱德华·伯恩斯等：《世界文明史》（第三卷），第103页。"金犊"指金钱崇拜。

个人欲望的对象……于是，对金钱的追求，为金钱的斗争，以及大工商业中对金钱的运用，成了这一时期主要的社会特征"。[1]所以，在这种情形下，一方面，对个体的人来讲，启蒙思想家的人的自由与解放实际上并未实现也无法实现，"个人自由完全是一种虚幻的东西"[2]；另一方面，在自由竞争条件下，"个性自由"往往引导人们无限制地追求个人利益，满足对财富的欲望。在后一种意义上，资本主义社会使人的无限发展成为一种可能，但是，在强烈的竞争观念支配下，欲望驱使人们想尽办法超过竞争对手，于是，每个人都为自己的利益、自己的成功而奋斗。在这个社会里，人不再是自身的目的，人成了他人的工具，"人被人所利用，这表现了作为资本主义制度基础的人的价值体系"。[3]"对一个人超过其他人的强调，严重地堵塞了爱自己邻人的可能性。"[4]总之，由于资本主义的出现，"人的群体关系恶化，个人从家长式的专制中'摆脱'出来，却付出了放弃群体联系这个代价。人们互相失去了道德义务感和情感特征，从而变得靠单一的经济利益来维持。所有的人际关系都基于物质利益"。[5]因此，"19世纪的社会性格本质上是竞争、囤积、剥削、权威、侵略和自私"。[6]所以，物欲崇拜和自由竞争条件下的个性自由，使传统的以基督教为核心的价值体系遭践踏，这是一个上帝远离人世的时代。这个向来靠天堂、地狱、上帝等制约人的行为、扼制人的恶欲冲动的西方社会，一旦既有的道德规约逐渐丧失，那将是一个什么样的情形？这是"一个一切人反对一切人"，"他人成为自己的地狱"的社会。

在此，笔者要引出一个发人深思的问题：启蒙运动昌明了人的理性，繁荣了科学，激活了人的个性，改变了社会结构，这无疑是文明的进步，然而，当科学在思想领域里动摇了上帝在人们心目中的地位时，当激活了的个性为了个体生存而无视上帝的规约时，当科学给人以力量和自信进而成了人们崇拜的上帝，而这个上帝又对世俗中的人在道德上无动于衷也无能为力时，人到底是趋

---

1 勃兰兑斯：《十九世纪文学主流》（第五分册），第1—2页。
2 埃里希·弗洛姆：《健全的社会》，欧阳谦译，中国文联出版公司1988年版，第86页。
3 埃里希·弗洛姆：《健全的社会》，第93页。
4 罗洛·梅：《人寻找自己》，冯川、陈刚译，贵州人民出版社1991年版，第34页。
5 艾凯：《世界范围内的反现代化思潮》，张信译，贵州人民出版社1991年版，第76页。
6 埃里希·弗洛姆：《健全的社会》，第97页。

善还是趋恶的呢？人们还应该一个劲儿地倡导个性自由与解放吗？这大致上也可以说是19世纪现实主义作家普遍关注与忧虑的问题。现实主义作家也就是在这种情况下，热衷于描写人性中的恶并借此守护着人的心灵的纯洁，追寻着使人性完善和趋善的方法与途径的。请看：

巴尔扎克在他的《人间喜剧》中"把新生的资本力量、灵魂的统治者——金钱作为他伟大史诗的主人公"。[1]他警告人们，恶欲和利己主义已成为这个世界的动力。他的小说，展示了人类善良天性是如何在金钱的诱惑下向地狱沉落的。他还在《高老头》中借高老头之口发出了"这个世界不是要灭亡了吗"的惊呼。

福楼拜在他的小说中揭示了情欲正如"魔鬼"一样潜伏于人的灵魂深处，人的行动不可抗拒地受其控制。由此，他也产生了对世界的悲哀与厌恶。

萨克雷热衷于揭露身居高位的人的丑恶，展示金钱对人的心灵的侵蚀。"他跟维多利亚女王时代早期的大多数作家一样，倾向于对人类的邪恶进行自负的说教。"[2]

列夫·托尔斯泰描写了俄国社会由封建主义向资本主义转型时期人的心灵状况。他通过对人类作反复细致的研究发现了人类自身存在的恶本能。"没有任何一个人像托尔斯泰那样目睹并感受到了发自尘世的情欲。"[3]他的小说给人们指出：人本身的情欲与邪恶是孳生社会罪恶的根源。

陀思妥耶夫斯基一生都处于对人类天性之恶的无休止的发掘之中，他告诉人们："恶在人身上隐藏得要比那些社会主义者兼医生所估计的要深得多，在任何制度下也避免不了恶，人的灵魂永远是那个样，反常现象和罪孽主要来自灵魂本身。"[4]他的小说告诉人们，由于人自身存在着永恒之恶，因而人永远成不了人文主义者想象的"巨人"，而是"虱子"。

……

不必再多列举了，现实主义作家似乎个个都像有"嗜恶癖"，以展示人之恶为快。其实不然。确实，他们不像浪漫主义者那样一味地张扬个性自由，也

1　勃兰兑斯：《十九世纪文学主流》（第五分册），第2页。
2　Robertson, J. G. *A History of English Literature*. London: Norwood Editions, 1996, p.240.
3　斯蒂芬·茨威格：《作为宗教思想家和社会思想家的托尔斯泰》，见陈燊编《欧美作家论列夫·托尔斯泰》，中国社会科学出版社1983年版，第456页。
4　转引自米·赫拉普钦科：《艺术家托尔斯泰》，上海译文出版社1987年版，第495页。

极少抒写人性美的颂歌，更多的是披露人性之恶。因为，在他们看来，在上帝不管人类道德事务的时代，个性的自由将会激活人的恶欲，19世纪的欧洲现实已然如此。然而，他们披露恶是为了消除恶进而保持天然人性之善与美，因而在追求人性之善上，他们与浪漫主义者是大致相仿的。然而，恰恰是现实主义作家的这种"嗜恶癖"，使他们的小说展示了那个上帝退隐时代的人性真实之状况，于是，他们的创作也拥有了警世意义。18世纪爱尔兰文学史、思想史学者伯克的一段话颇发人深思：

> 人们能够享受自由的程度取决于他们是否愿意对自己的欲望套上道德的枷锁；取决于他们对正义之爱是否胜过他们的贪婪；取决于他们正常周全的判断力是否胜过他们的虚荣和放肆；取决于他们要听的智者和仁者的忠告而不是奸佞的谄媚。除非有一种对意志和欲望的约束力，否则社会就无法存在。内在的约束力越弱，外在的约束力就越强。事物命定的性质就是如此，不知克制者不得自由。他们的激情铸就了他们的镣铐。[1]

三、上帝不死的灵魂……

巴尔扎克在意识到这个世界将是以恶欲和利己主义为动力时，借高老头之口发出了"这个世界不是要灭亡了吗"的惊呼，此刻，他虽有痛苦中的无奈，却并非对之默认，任凭恶欲的泛滥，而是企求着对人与世界的拯救。

其实，自由资本主义一方面在恶欲横流中完成着原始积累进而不断地走向"繁荣"，另一方面，人们也日益感受到人和世界都出了毛病，这世界需要拯救。然而，能"拯救"人和世界的上帝已撒手而去，"从来就没有神仙王帝，要创造人类的幸福，全靠我们自己！"人自己拯救自己！这实在是人的自我的一种觉醒。这既可以说是启蒙的结果，也可以说是现实教育的结果。19世纪是思想空前自由的时代，思想的自由说明了人的自由与解放。出于拯救世界和人自己的需要，除了自然科学之外，种种新的理论与学说纷纷登场：大卫·李嘉图的经济学理论，马尔萨斯的人的理论，圣西门、傅立叶、欧文的空想社会主

---

[1] 转引自陆建德：《破碎思想体系的残编》，第195页。

义，边沁的功利主义，孔德的实证哲学以及马克思的科学社会主义等等。总之，"从1814到1848年……有过数量相当可观的自由思潮和著作……从1848至1914年，尽管地图的重新调整仍朝着一个自由统一的意大利和一个统一的德意志的方向行进，而精神和政治上适应人类新的知识和新的物质力量的过程却开始了一个新的时期。一股强大的新的社会、宗教和政治思想闯入了普通欧洲人的心里"。[1]

现实主义作家们怀着与各类学科领域的思想者们近乎相同的心态思考着人与世界的问题，同时，又以文学艺术家特有的人文期待，探讨着人性之善恶的问题。如前所述，他们中不少人借用了科学理性的方法去分析并表现人与世界的现状，但科学虽然能帮他们理性地分析人与社会，却并不能帮他们解决人的道德、情感与心理的问题，也不能帮助他们找到使人完善趋善的途径与方法，所以，他们常常陷入悲观主义之中。因为，在关于人自身的善恶问题上，科学认为人是"理性的动物"，正是人的这种智性意义上的理性能力引导人们通过科学的途径了解、把握并征服自然，在这个过程中，人创造出的科技文明造福了人类。人的这种理性能力虽然也能使自己意识到人的理性之可贵，进而凭借这种理性去制约"动物性"（即人的原始欲望），但是，实际上，就人类整体而言，特别是在自由资本主义时代物欲的强刺激下，人的自身的智性能力难以把握与约束个性自由条件下的感性欲望。正如19世纪自由资本主义时代的欧洲现实那样，也正如现实主义作家在创作中所描写的那样，社会到处恶欲横流，利己主义成了世界的动力。巴尔扎克也就无奈地发出了"世界不是要灭亡了吗"的疑虑与惊呼。正是在这种情况下，现实主义作家每每陷入了悲观主义的境地。

我国学界似乎对悲观主义总是持否定的态度，不是把它看作"没落阶级情绪"就是看作"颓废的人生观"，总把乐观主义看作是积极向上的人生观。其实，这是一种偏于浅薄的鸵鸟式人生哲学。事实上，悲观并不等于绝望，反倒是盲目的乐观最终会走向绝望。悲观地看待人生，看待世界，反倒可以激活人的生命力，变悲观为乐观。在人的善恶问题上，基督教文化认为人性本恶，即人有原罪，但是基督教的人生观和世界观却并不是悲观主义的，那是因为，上

---

[1] 赫·乔·韦尔斯：《世界史纲》（下卷），吴文藻、谢冰心等译，广西师范大学出版社2001年版，第832—833页。

帝可以惩恶扬善，人世可以通过世俗的道德实践涤去罪恶。所以，由于上帝的存在，人类的发展必定是一个最终走向善的过程，未来是天堂般光明的。基督教文化对人性原恶的这种逻辑预设，深深地影响着西方文化史上人性恶的观点，正是这种悲观主义的人性恶论，在西方的政治学说、国家学说中催化出了权力制衡和比较健全的民主制度。在自由资本主义时代，资本主义发展处于初级阶段，其制度并不健全，尚不属于"比较健全的民主制度"。在这种时候，恶欲横流是自然之事，对此，作为偏重于人文思考的作家们，就难免对人与世界的认识偏向于关注于恶，并且接受人性本恶论，从而产生悲观情绪。然而，悲观并非绝望，他们正是在人性恶的忧虑中寻找着人性改造的良方。只是，上帝已撒手而去，人自身的理智能力又是有限的。这说明，人事实上是离不开上帝的。好在，上帝虽然"驾鹤归去"，但他的灵魂却还在，那就是他的博爱理论：要爱人，四海之内皆兄弟；同情弱者，不以暴力抗恶；人要在道德上自我完善（而非上帝拯救）……这种理论可以说是19世纪现实主义作家普遍信奉的，也即我们通常说的"人道主义"理论的核心。由此我们似乎可以弄清，为什么"人道主义"会在19世纪现实主义文学中成为主导思想。

四、扩张的"人"与内敛的"人"

当一些浪漫主义作家热衷于个性自由、放纵情感、让个体的人一味地扩张"自我"的时候，现实主义作家则不无忧惧地问：个性的一味放纵与实现果真能把人引向自由境界吗？

浪漫主义文学和现实主义文学都植根于启蒙思想的文化土壤，因而可以说都是启蒙运动的精神文化产儿。但是，浪漫主义者认为启蒙思想家过于强调人的理性，使人的感性欲望受到了冷落甚至压制，现代文明也因其对科学理性、功利主义的强调成了自然人性的对立物。浪漫主义者从卢梭的"返归自然"的口号中得到了人文启迪。卢梭认为，人类社会的恶不在人自身，而在于人自己创造的现存文明。"出自造物主之手的东西，都是好的，而一到了人手里，就变坏了。"[1]所以，他希望在否定之否定的意义上，让人类回到"历史的零度状态"，也即"返归自然"，而"返归自然"、回到"历史的零度状态"，就

---

1 卢梭：《爱弥儿》上卷，第43页。

是让人的自然感性欲望摆脱文明束缚得以舒展。浪漫主义者深得卢梭"返归自然"思想之精义，他们认为人的天性是美好的，恶在人性之外，在社会和现代文明之中。所以，他们反抗现实，抗拒现代文明，在自然与中世纪的宁静境界中保持人性的纯真、自由与美好。他们把与生俱来的人的感性欲望作为天然的善予以肯定。所以，浪漫主义文学中凸显了一个偏于感性、独立不羁甚至极度扩张的"人"的形象，从而把文艺复兴以来的个性解放与个人主义思潮推向了高潮，体现了自由思想深入人心，自由资本主义条件下西方人积极进取、不断扩张的精神状态。

现实主义作家也不接纳现有的文明，追求人性的完善与完美，然而，与浪漫主义者把恶归之于外在世界的看法不同，他们往往把现实存在的恶归之于人自身，不同程度上都是"性恶论"或"人性趋恶论"者。

在西方思想文化史上，除少数人之外，绝大多数思想家都是"性恶论"或"人性趋恶论"者，这显然与基督教的原罪说影响有关。但从近代以后，性恶说得到了科学的而非宗教的确证：人与生俱来拥有动物的感性欲望，如果说人有"原恶"，那么它源自这种动物性，感性欲望决定了人的自私性。马基雅维里认为人与人是狼。霍布斯认为人对人就像狼一样，处于战争状态。拉美特利从他的感性主义人性论出发，认为人生的幸福就是自然感官欲望的满足，因此人总是追求个人物质利益。爱尔维修认为肉体感性的快乐是人真正的快乐，因此，人作为一个生物，天生追求快乐，避免痛苦，这就决定了人的自私本性。亚当·斯密认为人人都只关心自己的利益而不惜侵害他人。霍尔巴赫指出，人的本性是趋乐避苦和自爱，所以，"利益或对于幸福的欲求就是人的一切行动的唯一动力"[1]。康德更明确地指出了人性存在着恶，"大自然的历史是由善开始的，因为它是上帝的作品；自由的历史则是由恶开始的，因为它是人的作品"。[2]

说人性中有恶或趋恶，并不等于人必然地成为恶，人就是魔鬼。正如康德所说，"历史从恶开始并非意味着人类社会的演进就是一个恶化的过程；恶的发展只是人类的自私本能，历史的辩证法表明，恰恰是人性之恶把整个人类历史推向善；人类的进步，就正是以人性的恶为前提和条件的，以战争、流血为

---

[1] 霍尔巴赫：《自然的体系》（下卷），商务印书馆1977年版，第273页。
[2] 康德：《历史理性批判文集》，商务印书馆1990年版，第68页。

代价的，以竞争、贪婪、巧取豪夺为方式的"。[1]几乎所有那些承认人性恶的西方思想家，都承认人同时是善的，人是趋善的，因为人有理性。承认人之恶并非认同恶，而是唤起人对恶的警惕并予以制约。康德说："我们称之为善的东西必须是每个具有理性的人心目中渴望的对象，而我们称之为恶的东西则必须是每一常人的眼中所讨厌的对象。"[2]马尔萨斯也指出："恶之存在于世，并不是为了引起绝望，而是要增强活力。我们不应该逆来顺受地屈从于恶，而应该竭力避免恶。全力使自己以及自己影响所及的人们脱离邪恶。"[3]在基督教时代，人性恶的结论促使人们信仰上帝，而在上帝缺席的时代，人性恶的逻辑预设让人们去唤醒自己的理性，拨开蒙在理性眼睛上的纱幕，去正视、监视人性的恶欲。启蒙思想家大多都做了这方面的工作，如果说卢梭是一个例外，那么卢梭在强调人的感性的同时，也并非无视理性。

现实主义作家们基本上都从上述人性思路和人文传统上分析、研究并展示人与社会的恶。所以，他们并不是要宣扬恶，而是要制止恶，与浪漫主义者一样是为了保持人性纯洁，使人性趋善，让人性不受金钱侵蚀。他们既然看到了人性有恶、人的自然欲望可能滋生恶，也就不像浪漫主义作家那样一味地强调个性自由，张扬"自我"，而是力图寻找一种有效的方法扼制它，所以他们又相信人性趋善，实际上也就是相信人的理性的力量。"博爱"理论、"人道主义"就是他们找到的最有效的方法，也是他们对人的理性、人的善和趋善的一种理想。

正因为如此，现实主义文学中展现的"人"的形象，是精力充沛的恶欲的"人"与胸怀博大的基督式"人"的双重组合，而且这两者总是处于无休止的冲突、争斗之中。当然，这种冲突、争斗的激烈程度在不同作家的创作中是有差异的，而理性的"人"对恶欲的"人"的制约是总体基调。可见，就像19世纪现实主义文学的一大精神遗产——"人道主义"是"两希"人本传统的产物一样，19世纪现实主义文学中的"人"，也是这双重文化传统的产物。

---

[1] 启良：《西方文化概论》，第108页。
[2] 康德：《实践理性批判》，转引自莫特玛·阿德勒、查尔斯·范多伦编《西方思想宝库》，中国广播电视出版社1991年版，第559页。
[3] 马尔萨斯：《人口论》，转引自《西方思想宝库》，第560页。

第二节
对原始情欲的崇拜与恐惧

勃兰兑斯把巴尔扎克称为浪漫主义者，而泰纳则称其为"自然主义"（即现实主义）者。从本书着力阐释的"人"的观念来看，巴尔扎克无疑是现实主义者，不过，他是一位富于浪漫主义激情的现实主义大师。这种"激情"不仅仅由于他本人拥有蓬勃的欲望和沸腾的热血，更主要的是，他不无赞美地描写了人生角斗场上那些为无穷欲望所驱使的人的一往无前的"献身"精神，为人类的一段悲壮的精神蜕变唱了"一曲无尽的挽歌"。

一、科学思维与文学文本对历史文本的认同

19世纪西方现实主义文学首先在法国形成并出现第一次高峰（第二次高峰在19世纪后期的俄国），巴尔扎克则是现实主义的一面旗帜，他是这一文学流派之本质特征的主要代表人物，而他的创作风格与19世纪的科学主义思潮有直接关系，这也就意味着19世纪现实主义文学与科学的密切联系。19世纪现实主义文学的本质特征和基本理念是"写实"，要求文学客观地反映当下的真实生活。由于这一文学流派在文学体裁上主要是小说，因而，这种真实观也主要通过小说表现出来。

欧洲小说作为叙事文学，其最远古的祖先应该是史诗。欧洲古代的史诗和中世纪的史诗，都以过去的历史或传说（这种传说通常也是由真实的历史故事流传过来的）为主要内容。史诗的创作者不论是群体的（口头流传）还是个人的（文字整理者），都以历史事实为依据。因此，在严格的意义上，史诗记载的是历史。

中世纪的骑士传奇虽是韵文诗，但作为一种新的叙事文体，故事性很强，其中虽有真人真事的故事成分，但虚构成分颇多。传奇在英语中称"romancer"，它由"romance"演变而来，意为"奇情异想的"和"浪漫的"意思，因此，传奇与后来的小说"fiction"或"novel"更为接近，因为"fiction"原意也是"虚构之事"、"捏造的故事"的意思，与"true"（真

实）相对，"novel"的原意则为"新颖的、新奇的"意思。这说明欧洲的小说从开始界定为"小说"时起，就以创作者个人经验之真为本意，而非以史诗式的群体认可的史实之真为本意。

可见，从史诗、传奇到小说的发展过程，是历史文本向文学文本演变的过程，是真实向虚构演变的过程。这种演变，一开始是不受人欢迎的，那种"传奇般的"、"浪漫的"、"虚构的"故事被认为是没有价值的。一直到18世纪，笛福的小说还因其虚构性而遭受批评与否定，只是笛福并不予理睬。当然，"虚构"不是胡编乱造，而要符合生活真实，所以，"翻开笛福的小说，我们发现笛福几乎在每一部小说的序言中都不厌其烦地反复强调他所叙述的故事的真实性"。[1]当然，这种"真实性"主要是指现实生活中人的个人体验之真实，而非史诗式的历史真实。笛福"让个体经验成为备受关注的焦点，首次让文学创作稳稳地落在人们实际的生活世界这一坚实的土地上"。[2]"当笛福开始写作虚构故事时，他对当时占据统治地位的批评理论几乎未予理睬，这种理论一直采用传统的情节；[3]与之相反，他只依照自己顺乎自然得到的主人公下一步可能如何行动的感觉来安排他的叙述。在此过程中，笛福始创了虚构故事中一种重要的新倾向……笛福之后，理查逊和菲尔丁以其相互殊异的方式继续了这种应该变成小说通例的努力，即非传统情节的运用——或是完全虚构的，或是部分以当代事件为基础的。"[4]可见，即使是18世纪英国现实主义小说时代，被人们冠之以"现实主义"的这一类小说，也是以强调"虚构"与个人体验之真为本意，也即仍然处于历史文本向文学文本推进的努力之中。到了19世纪，科学主义思想的影响则导致了欧洲小说的反向运动：由文学文本向历史文本的推进。当然，这是一种否定之否基础上向更高层次的发展。巴尔扎克是一典型例子。

在《人间喜剧》的前言里，巴尔扎克宣称要写一部关于人的自然史，之所以产生这个计划，他自己说，"这个意思的起因是人类和动物的一次比较"。[5]也

1　殷企平、高奋、童燕萍：《英国小说批评史》，上海外语教育出版社2001年版，第17页。
2　殷企平、高奋、童燕萍：《英国小说批评史》，第18页。
3　"传统的情节"指史诗式的历史真实故事，引者注。
4　伊恩·P·瓦特：《小说的兴起》，高原、董红钧译，生活·读书·新知三联书店1992年版，第8页。
5　巴尔扎克：《〈人间喜剧〉前言》，陈占元译，见伍蠡甫等编《西方文论选》（下卷），上海译文出版社1979年版，第164页。

就是说，这个计划的灵感来自自然科学，具体地说是动物学。他说：

> 当我重读斯维登堡、圣马丹……等从事钻研科学与无限的关系的神秘主义作家的多么不可思议的作品，和莱布尼兹、布封、查尔·波奈……等自然科学方面最优异的天才的著作的时候，我在莱布尼兹的原子论、布封的有机分子微粒论、尼特海姆的营养力说、在1760年写过《动物之繁殖与植物同》的思想颇为奇葩的查尔·波奈的孕藏学说里面，找到了以《统一图案》作为根据的"我为我"这个伟大法则的基本观念。[1]

特别是动物学中的"统一图案说"，对《人间喜剧》的创作构想有直接的启发：

> 这种学说在尚未引起上述论争很久以前，已经深入我心，我会注意到，在这一点上，社会和自然相似。社会不是按照人类展开活动的环境，把人类陶冶成无数不同的人，如同动物之有千殊万类么？士兵、工人、行政人员、律师、有闲者、科学家、政治家、商人、水手、诗人、穷人、教士之间的差异，虽然比较难于辨别，却和把狼、狮子、驴、乌鸦、鲨鱼、海豹、绵羊区别开来的差异，都是同样巨大的。因此，古往今来，如同有动物类别一样，也有过社会类别，而且将来还有。布封想写一部书讲述全体动物，他完成了一部卓越的著作，我们不是也该替社会写一部这类的作品么？[2]

正是动物学的"统一图案说"，启发巴尔扎克把人类社会也像动物一样分门别类地加以研究。运用"分类整理法"，巴尔扎克把《人间喜剧》分为"风俗研究"、"分析研究"和"哲学研究"三大类。而且，在"风俗研究"中，根据不同人物的生活环境，分为不同的生活"场景"，就像动物中的不同物种生存于不同的自然环境中一样。这些"场景"是："私人生活场景"、"外省生活场景"、"巴黎生活场景"、"政治生活场景"、"军事生活场景"和"乡村

---

[1] 巴尔扎克：《〈人间喜剧〉前言》，陈占元译，见伍蠡甫等编《西方文论选》（下卷），第164页。
[2] 巴尔扎克：《〈人间喜剧〉前言》，陈占元译，见伍蠡甫等编《西方文论选》（下卷），第165页。

生活场景"。不同的人就生活于人类不同的生态区划中。正如巴尔扎克自己所说："我的作品有它的地理，正如它有它的谱系和它的家族，它的场所和它的物产，它的人物和它的事件一样；正如它有它的盾徽，有它的贵族和军民，有它的手艺者和农民，有它的政治家和花花公子，有它的军队一样，总之，有它的整个社会就是！"[1]自然科学给巴尔扎克以宏大的气魄，构画出了《人间喜剧》这壮观的人类生活图画。在这一幅图画中，囊括了这个时代社会中形形色色的人物，然后，巴尔扎克用科学实验的方法对他们进行着细致客观的分析研究。

在对这些人物作具体的"分析"研究中，巴尔扎克采用的也是自然科学实验式的方法与态度。这方面，他除了直接受自然科学影响之外，还间接地从实证哲学那里受到启发。实证哲学的代表孔德"强调实证科学的任务是通过观察和实验，研究现象界的'事实'，从其中找出规律。所谓规律只是休谟所说的'事实'或现象之间并存和承续的关系。事物的本质以及内在的因果关系都是不可知的、毋庸深究的。他在科学系统之中添上了一门'社会学'，但是社会学也还是要用自然科学方法去研究"。[2]巴尔扎克就是按孔德所说的那样用"观察"和"实验"的方法进行他的文学创作的。"他曾埋头调整风俗，了解人的举动，细细观察人的外貌和声音的变化。"[3]他重视生活事实，就像科学家重视实验数据一样，像史学家重视历史事实一样。他说："我对于经久的、日常的、隐秘或明显的事实，个人生活行为，它们的起因和它们的原则的重视，同到现在为止历史家对各民族公共生活的重视一样。"[4]正是这种科学的研究方法，使巴尔扎克的创作成了社会"风俗史"和"人的自然史"，他笔下的法国社会成了"它的历史"，他自己则成了"站得住脚的社会史家"[5]，"一位考古学家、建筑学家、裁剪师、装裱师、生理学家和公证人"[6]。

当然，不管巴尔扎克在《人间喜剧》中如何用科学的方法去真实地展示"包罗万象"的历史画卷，都仍然离不开文学的虚构与想象，因此，《人间喜

1　伍蠡甫等编：《西方文论选》（下卷），第176页。
2　《朱光潜全集》（7），安徽教育出版社1991年版，第401页。
3　伍蠡甫等编：《西方文论选》（下卷），第175页。
4　伍蠡甫等编：《西方文论选》（下卷），第175页。
5　王秋荣编：《巴尔扎克论文学》，中国社会科学出版社1987年版，第188页。
6　王秋荣编：《巴尔扎克论文学》，第104页。

剧》依然只是文学文本，而不是历史文本，更不是19世纪上半期法国社会本身。然而，从西方小说发展史的角度看，巴尔扎克在自然科学思维的影响下，努力使小说所描写的生活如现实生活那样自然而然，努力使所展示的文学世界合乎生活本身的因果律，这种努力使文学创作同科学研究和历史研究相贴近，于是一种科学化的历史意识在文学创作中得以渗透，文学文本对历史文本趋向认同。

文学文本对历史文本的认同，看起来无非是文学的历史意识强化的问题，对文学自身来讲，似乎还意味着文学主体性的失落和文学自我的异化。其实并不那么简单。从西方文学发展的角度看，发生于巴尔扎克和他所代表的现实主义潮流的这一变化，有其更深的艺术与人文的意味。

其一，历史文本向文学文本的推进，使巴尔扎克小说凸显了一个"真"字，这在西方文学史上把文学的求真意识推向了新高峰。在这求"真"的背后，隐藏的是经历了启蒙运动后，从基督教世界观的束缚中摆脱出来的人的自信与乐观。把文学作为科学来认识，也就是人可以通过文学认识与把握纷繁复杂的社会，就像人可以凭借理性征服自然与社会，因而，其中体现了此时人的自信与乐观。所以，在现实主义文学的这种求"真"的追求中，真正凸显的是"人"，是人的自我意识在文学创作过程和文学文本中的强化。

其二，古往今来不管何种形态的文学，都因其富有真实性而赢得其生命力。这种"真"可以是形而上的，也可以是形而下的。也许，巴尔扎克与其他现实主义同盟者所讲的"真"，更多的是形而下的，但是，正是这种对文学之"真"的追求，使巴尔扎克以上帝般洞察一切的慧眼，以科学家般非道德化的态度，直逼人类灵魂深处，透视潜伏着的人的原始力量在物质引诱下凶猛地向外奔突，演出了一幕幕人性坠落与毁灭的惨剧，把人的情欲的力量写得惊心动魄！他的小说从而获得了新的人文性。他的小说因其具有真实性，而非浪漫式奇情异想甚至是"捏造"的故事（fiction），从而赢得了这个时代人的青睐，这不仅把小说创作，特别是长篇小说创作推向了高峰，走向了成熟，而且还使文学的真实理念在西方文学思想和审美观念中得以沉积，成为对文学和小说价值评判和审美评判的重要标准。虽然后来批评家们对巴尔扎克式的现实主义的形而下之"真"产生非议，到了20世纪的现代主义走向了形而上之"真"，但毕竟没离开"真"字。西方文学这种对真的普遍的、自觉的和理性的追求，是从巴尔扎克和以他为代表的19世纪现实主义文学开始的。因此，巴尔扎克及其所代表的19世纪现实主义文学历史意识的强化且成为文学自身的一种自觉意识，从文学史意义上看，这为文学注入了生命力，而非文学主体性的失落和文学的异化。

二、金钱取代上帝

巴尔扎克所处的自由资本主义时代是金钱拜物教的时代。此时，金钱正以前所未有的威慑力作用于人，它成了这时主宰一切的上帝，大多数人忙于财富的创造以证明自身的价值。正如F·杰姆逊所说："金钱是一种新的历史经验，一种新的社会形式，它产生一种独特的压力和焦虑，引出了新的灾难和欢乐，在资本主义市场经济获得充分发展以前，还没有任何东西可以与它产生的作用相比。"[1]上帝退隐之后，金钱对人的诱惑力如此之大，人的欲望就无限地膨胀，人的心离开上帝而跟着金钱跑之后，邪恶就快速滋长了，人的善良天性就被欲望吞噬了。正如马克思所说："人的心是很奇怪的东西，特别是当人们把心放在钱袋里的时候。"[2]

在《欧也妮·葛朗台》中，葛朗台老头一生只恋着金钱，从来是认钱不认人。侄儿查理为父亲的破产自杀而哭得死去活来，他居然说："这年轻人（指查理）是个无用之辈，在他心里的是死人，不是钱。"在葛朗台看来，查理应该伤心的不是父亲的死，而是他不仅从此成了一贫如洗的破落子弟，而且还得为死去的父亲负四百多法郎的债。人死是小事，失去财富是大事。妻子要自杀，葛朗台原本无所谓，而一想到这会使他失去大笔遗产，心理就发慌。他临死时最依恋的不是女儿，而是将由女儿继承的那笔财产，并吩咐女儿要好好代为管理，等到她也灵魂升天后到天国与他交账。葛朗台把爱奉献给了金钱，而把冷漠无情留给了自己，并通过自己又施予他人。于是，他手里的财产剧增，他成了索漠城经济上的主人，也成了家庭中的绝对权威。高老头的女儿们领受了父亲的金钱后抛弃父亲，踩着父亲的尸体登上了巴黎上流社会的高层。拉斯蒂涅的成长是一个不断受金钱腐蚀而人性丧失的过程，在经过人性与物性的反

1　F·杰姆逊：《后现代主义与文化理论》，陕西师范大学出版社1987年版，第49页。
2　《马克思恩格斯全集》第23卷，第255页。

复较量后，流尽了年轻人最后那点同情的、人性的和神圣的眼泪，成了所向披靡的强者，建构他的"英雄"性格骨架的是对金钱权位的无穷欲望，而不是人类高尚的情操。伏脱冷惯于谋财害命，不怕弄脏双手，他以毒攻毒，大刀阔斧地杀入芸芸众生，掠取金钱，最后大功告成，上升为暴发户。而像高老头这样在发了横财后忘不了一缕发自人性的温情者，则成了饿死荒郊的野狗；像包赛昂夫人那样企图寻找发自内心的丝丝恋情，则身价一跌再跌，从辉煌的社交界王后沦落为乡村"弃妇"；像欧也妮那样痴心地保持"童贞"，却孤独地处身于人性与情感的荒漠之中，成了虽生犹死的金钱看护人；纽沁根在金钱的战争中，用无数人的尸骨垒起了他银行家的高楼大厦；里西安出卖灵魂而得以平步青云；大卫为保持灵魂的纯洁却身败名裂，锒铛入狱。……

上述种种都告诉人们，谁能尽快地将灵魂交出去，把金钱的上帝请进来，谁就能尽早地成为"英雄"。巴尔扎克的这些描写应该说不无艺术夸张的成分，但这恰如通过放大镜观察微生物，巴尔扎克在这艺术性的集中和夸张中把握了金钱时代人性被物化的本质特征，而且，他的小说还以一种象征隐喻的模式表述了人类生存与发展中的悖谬现象：历史的进步是靠财富的创造来推动的，而创造财富的过程必然伴随着人性的失落；为金钱所点燃的情欲驱动着人们去疯狂、忘我地积聚财富，而情欲之火又烤干了人性的脉脉温情，也耗尽了追求者自身的精力与生命；人类在与物质世界的不懈斗争中不断征服自然，创造物质文明，而与之抗衡的对象又不断吞噬着人类，使人沦为物的奴隶。在人类发展进程的"对物的依赖"阶段尤其如此，这是人类文明发展所要付出的沉重代价。

由此，我们也可以看到，在巴尔扎克的小说中，金钱取代上帝，人们把心放在钱袋里，而不是放在上帝那里，正如马克思所说："人的心是很奇怪的东西，特别是当人们把心放在钱袋里的时候。"[1]这奇怪就在于，人性中的善被挤走了，留下的是恶欲。于是，社会成了个人私欲的竞技场，人类的恶欲展现出了巨大的驱动力。这样的描写是不无超时代意义的。这种描写是基于巴尔扎克对人类历史发展以及人自身的创造力与破坏力的深刻认识与把握的。泰纳在《巴尔扎克论》中是这样评述巴尔扎克的世界观的："世界是什么？什么是它的动力？在自然主义者巴尔扎克的眼里，情欲和利己主义是世界的动力。它

1　《马克思恩格斯全集》第23卷，第255页。

们往往以优雅的姿态出现,伪善把它们的真实面目隐蔽起来,浅薄借用动听的名词将它们装潢起来。但是归根到底,十个行动有九个是发自利己观念。对此,一点也不值得奇怪,因为,在这个极为混乱的世界里,每个人相信的是他自己,这个世界里的'动物'不断地想的是如何保护自己,如何使自己生存下去。这些'动物'维持着这个人类,……这就是为什么巴尔扎克把社会看作利己主义竞技场的原因。"[1]泰纳对巴尔扎克的这一评述是十分准确的。在"对物的依赖"阶段,人们在以占有财富的多寡作为人的价值标准的观念驱使下,"完全埋头于财富的创造与和平的竞争",[2]金钱与财富对人的心灵产生了前所未有的刺激作用,人类的私欲也就焕发了前所未有的生机,这是资本主义自由竞争阶段的必然现象。但是这种新的价值观念却严重践踏了平等、博爱的信条,毁坏了西方社会延续了几个世纪的传统道德体系。强有力的私欲驱使人们创造财富,推动着历史的发展,在自由资本主义这个血与火的历史阶段,私欲虽在道德伦理观上以恶的形式出现,但它却成了历史发展的杠杆。正如恩格斯所说,自私有制产生以来,人的私欲就成为历史发展的杠杆。[3]也如黑格尔所说:"假如没有情欲,世界上一切伟大的事物都不会得到成功。"[4]对恶作出此种自觉的认识,是19世纪以来的人才能做到的,从历史发展的眼光看,是不无现代意义的。作为19世纪上半叶的现实主义作家,巴尔扎克也以自己的方式对恶与私欲作出了类似的理解,并以艺术的方式加以表述。

巴尔扎克看到,历史的发展是不可抗拒的,而历史的发展却以私欲为动力,那么恶的存在就有其历史合理性:既然把魔鬼当上帝的"英雄"是社会的强者,卑劣的私欲可以推动历史的进程,人类社会不过是个人私欲的竞技场,私欲就有其存在的价值。所以,巴尔扎克的小说对"英雄"、对金钱与私欲之魔力暗暗地给予了赞美,这意味着对人类恶、人的私欲的肯定。巴尔扎克并不认为人性原本就是恶的,而认为现今这个腐化堕落成风的社会中,"纯洁善良是存在不了几天的";既然私欲是行为动机的内驱力,达到欲望高峰的人就是时代的"英雄",恶可以雄踞善的神圣宝座,人们也就犹如飞蛾扑灯,从恶

---

[1] 泰纳:《巴尔扎克论》,鲍文蔚译,《文艺理论译丛》第二期,人民出版社1957年版。
[2] 马克思:《路易·波拿巴的雾月十八日》,《马克思恩格斯选集》第1卷,第604页。
[3] 《马克思恩格斯全集》第21卷,第330—331页。
[4] 黑格尔:《历史哲学》,商务印书馆1936年版,第62页。该译本中的"热情"应译为"情欲"。

如流，善良天性的失落是必然的。拉斯蒂涅原本不是那么纯洁善良吗？然而，金钱、权力的诱惑勾起了他强烈的欲望，经过内心深处善与恶的搏斗，恶占据了他的整个心灵。于是，他宁肯听从魔鬼的使唤走向罪恶的深渊，也不愿为了上帝，为了那点可怜的人性之善而熄灭情欲之火。他最后对大学生皮安训说："朋友，你能克制欲望，就走你平凡的路吧！我是入了地狱而且还得留在地狱。"他决定以恶为武器，与社会拼一拼，那非凡的气概，恰如视死如归的古罗马斗士！巴尔扎克的性恶论，并不源于基督教。他认为："人性非恶也非善，人生出来只有本能和能力；与卢梭所说的相反，社会不仅没有败坏人心，反而使人趋于完善、使人变得更好；可是利欲却同时过分地发展他的不良倾向。"[1]所以，巴尔扎克认为人性趋恶，趋恶之动力在于私欲；这种趋恶倾向在金钱时代表现出前所未有的不可抗拒性。可见，巴尔扎克小说所表现的性恶论，体现了对文艺复兴以来关于人的观念的新认识。

三、"挽歌"一曲为谁唱？

从阶级分析的眼光看，巴尔扎克的世界观是矛盾的。他出身中小资产阶级，因而常常站在本阶级的立场观察与分析社会。但他同时又有很浓重的封建贵族意识。他追求贵族式的虚荣，渴慕上流社会的奢侈生活，不断地追逐贵妇人。1871年他还参加了保王党，成了一个正统派。巴尔扎克对王权与宗教的这种态度，从历史观上看是不无"反动"的，但他这样做是基于自己一贯的人性逻辑，是出于对抑恶扬善的理想的追求。他这样做"既非出于夏多布里昂式的虔诚热情，也不似警觉的珠尔玛所指责的那样出于向上爬的野心，而是因为他觉得合法的君主制是最能为人们所接受的制度"[2]，因为社会需要一种更为人道的、能维持社会秩序的制度，在他看来当时只能采用君主制，而天主教则可以扼制人的欲望，改善社会的道德。所以，巴尔扎克拥护王权和宗教，是出于一种实用的需要，而并非真正的政治与宗教的信仰，其实在他心底里对这两者是怀着矛盾心态的：即不完全信仰，又无更好的选择。他说过："天主教教义

---

1 巴尔扎克：《〈人间喜剧〉前言》，转引自《外国文学教学参考资料》（四），福建人民出版社1982年版，第272页。
2 安德烈·莫洛亚：《巴尔扎克传》，艾珉、俞芷倩译，浙江文艺出版社1998年版，第490页。

是一套自欺欺人的假话。"[1]所以，正如当时与巴尔扎克观点和立场绝然相反的阿兰对巴尔扎克所说的那样："他虽然拥护王权和教权，但是对两者都不相信。"[2]安德烈·莫洛亚也说："的确，从信仰的绝对意义上讲，他对两者都不相信，但是他相信它们的实用价值。巴尔扎克珍视传统、家庭、君主制，因为这些都是既成的事实，也因为其中蕴藏着民族的生命力。"[3]这里的"传统"主要指宗教，"家庭"是指家庭美德（如高老头的父爱），而"君主制"里包含了尚未被金钱吞蚀的温文尔雅的贵族。作为一个科学主义的信奉者，他的世界观不可能还是基督徒式的，这无需多言，但作为一种文化传统，他却认为基督教中有"民族的生命力"，那就是道德伦理意义上的人与人之温情，基督式的仁慈与爱，这体现了人性之善。在他看来，除了君主制的制约外，这是扼止情欲的一剂良药。安德烈·莫洛亚说：

> 不过，这位教化人的作家认为教会可以维护道德和社会的真理。为了弄清这位不信教者对宗教的作用持何种看法，需要回顾一下他所描绘的社会，那是一个金钱主宰一切，弱肉强食，黑白颠倒，是非不分的社会。"一八四〇年的法国是什么状况呢？那是个人欲横流，没有爱国心，没有良心，政权软弱无力的国家……"面对飞扬跋扈的邪恶，天主教建立了一套"阻止人类滑向堕落的完整体系"。头脑清醒的巴尔扎克不认为天主教教义具有绝对价值；而是看中了天主教那些崇高而丰富的神话故事。因为人类除去神话之外还能接受什么呢？"要全民族都去研究康德是不可能的。"对于民众来说，信仰和习俗要比研究和论证更有实际意义。[4]

莫洛亚的话说得好极了！我们不要过高地去要求一位文学家而非政治理论家的巴尔扎克，他在对恶的困惑之余能如此地去企求保护人性之善，已是难能可贵而崇高了。正是从这种意义上，我们应换一种思路去理解巴尔扎克小说对资产阶级王权、贵族和宗教的描写。

1　Saintsbury, G. *History of French Novel*. London: Macmillan, 1985, p.340.
2　转引自安德烈·莫洛亚：《巴尔扎克传》，第491页。
3　安德烈·莫洛亚：《巴尔扎克传》，第491页。
4　安德烈·莫洛亚：《巴尔扎克传》，第493页。

在《人间喜剧》中，巴尔扎克历史地描写了贵族阶级在资产阶级咄咄逼人的攻势面前必将退出政治舞台的历史命运，又对资产阶级的生命力不无赞美，但是他的同情依然在贵族阶级一边。不管怎么说，对资产阶级野心家、暴发户的谴责多于赞美，对贵族阶级的同情多于批评。正如恩格斯在《致玛·哈克奈斯》中所说："巴尔扎克在政治上是一个正统派；他的伟大作品是对上流社会必然崩溃的一曲无尽的挽歌；他的全部同情都在注定要灭亡的那个阶级方面。但是，尽管如此，当他让他所深切同情的那些贵族势力行动的时候，他的嘲笑是空前尖刻的，他的讽刺是空前辛辣的。"[1]恩格斯从社会学、历史学的角度，用阶级分析方法对巴尔扎克的世界观和他的创作的思想作出如此评价，无疑是客观正确的。巴尔扎克对没落的贵族阶级的同情说明他的政治思想和社会思想是落后的甚至是反动的。然而，巴尔扎克是一位文学家，他的世界观和阶级观念，他的政治理想和社会理想固然会制约他的创作，因而他的小说也不能不具有社会学、政治学和历史学的价值。但是，文学创作毕竟不是对社会和人作纯政治学、社会学、历史学的考察，而是一种审美评价；文学作为人学，它也不是对人作单一的阶级分析。文学除了表现一般社会的政治内容之外，还以象征隐喻的方式，"将世俗生活神话化"，从而"揭示人类之天性和人类共有的心理及玄学之本原"[2]。因此，从文化人类学和艺术的神话诗学的角度看，巴尔扎克对贵族形象和资产阶级野心家与暴发户形象的描写，还寄予了作者对人类生命本体的深层思索，因而也隐含了深层文化意蕴。

巴尔扎克看到，处在"对物的依赖"阶段，人的私欲和人类的恶以空前凶猛的姿态驱动着人的行为，人的理性和人性的善缺乏抗争力。在他的小说中，人的私欲和人类的恶体现得最为充分的往往是那些资产阶级暴发户和野心家，所以作者对他们不无赞美又强烈谴责，既有历史的认同又对之深感恐惧。而人的理性和人类的善体现得最为充分的则往往是贵族形象，他们显得"高雅"而"人道"，因而作者对他们不无批评又寄予深切的同情，对他们既有历史的否定又有割不断的依恋之情。从文学的神话隐喻特性上看，资产阶级暴发户和野心家形象是人的私欲和人类恶的象征，贵族形象是人的理性和人类善的象征，

---

1 《马克思恩格斯全集》第4卷，第463页。
2 叶·莫·梅列金斯基：《神话的诗学》，魏庆征译，商务印书馆1990年版，第3页。

因此，作者对资产阶级人物形象的矛盾心态，便是对私欲和恶的矛盾心理的表现，对贵族形象的同情与惋惜便是对人性善的依恋。巴尔扎克虽然对私欲与恶有认同甚或赞美，但他毕竟不愿意看到一个私欲和恶统治下的人类世界；而私欲和恶又有其不可抗拒的生命力，人类理性和善的失落也成必然之势，他的忧思与恐惧就油然而生。巴尔扎克对历史的观察是有其深刻的一面的，他在小说中揭示了人性的失落和人的物化，实际上就是马克思所说的资本主义社会人的异化的现象。面对这一历史现象，马克思提出了无产阶级革命的理论，对人类发展前景的展望是社会主义与共产主义，而巴尔扎克则借小说抒写了自己为人类天性的失落而发以满腔忧情，他恐惧"恶"横行的社会的到来，对人类前途感到悲观与失望，他的矛盾的文化人格也决定了他在无可奈何之际，仍割不断对传统文化价值观念的怀恋——希望失落的人性复归。他的小说对贵族人物的惋惜，确实可以认为是对贵族阶级的同情。因为，历史的发展造就了人类文明的进步，但新的文明注定以人性的失落为代价，并且将要成为人类进步的新枷锁，每逢此时，人类就萌发出思古之幽情，希望回归到旧时代。但从深层文化意蕴上看，巴尔扎克通过这些象征理性和善的贵族形象等，寄托了基督式的博爱理想，寄托了他对人性复归的一线希望。所以，巴尔扎克的那"一曲无尽的挽歌"，不仅是唱给当时没落了的贵族阶级的，而且是唱给被异化、人性失落的人类自身的。这种对人性善的呼唤与眷恋使巴尔扎克描绘的"遍地腐化堕落的"世界透出了一线光明。作为一种社会政治理想，巴尔扎克的愿望显然是远离马克思主义理论的，但作为文学家，他对人类的思考与审美观却是深刻的。

总之，在巴尔扎克的灵魂深处和作品的底层，汩汩流动着一股宗教的潜流，那是因为他熟知世界的恶，但他又深信人性固有的善。因此，在《人间喜剧》中，巴尔扎克对人性失落、人性趋恶表现出深深的忧虑，同时也表现了他在科学主义时代仍企图用上帝留下的精神遗产——博爱思想拯救被金钱炙烤着的灵魂的善良愿望，那股宗教热情其实是他对人类之爱的一腔热情。巴尔扎克在无奈中对旧文化传统这一抹残阳有着深深的眷恋！

第三节
造神"英雄"的灵魂革命

列夫·托尔斯泰（1828—1910）是19世纪欧洲继巴尔扎克之后的又一位伟大的现实主义文学家。他处在俄国社会由农奴制向资本主义转型的时代。旧秩序的急剧崩毁，给那些"多少世纪来生活在骇人听闻的黑暗、贫困、卑贱、污秽、轻蔑、欺凌……之中的"[1]农民带来了新的苦难。托尔斯泰为这个社会深重的罪孽感到无比的焦虑与不安。他怀着对人类生存的无比真诚，毕生苦苦追索着消除人世罪恶的方法与途径，为苦难中的人们祈求着彼岸的天国在尘世降临。他仿若一个现世的耶稣，也像一个活着的堂吉诃德！

一、一个非基督的基督徒

托尔斯泰祷告说："主啊，给我一种信仰罢，让我帮助他人找到它。"[2]

托尔斯泰的行为很像一个虔诚的基督徒，他有自己心中的"上帝"，但那不是通常所说的基督徒的上帝。他是一个带着深深的怀疑去不断地挖掘现存的宗教、国家和社会秩序赖以存在的基础的人。为此，他的一些著作引起了官方政府和宗教机构的不满而被查禁，他被至圣宗教院开除出教。当托尔斯泰说："主啊，给我一种信仰罢"时，那个"主"，绝不是当下教会所宣扬的上帝，所以，他企求的"一种信仰"，并不是世俗社会中被人们接受的那个基督教信仰，而是他所追求和信奉的另一种信仰。为此，他的灵魂不得安宁，总是苦苦追索着他自己的信仰和上帝，而且要"帮助他人找到它"，因为现实的人需要用它去摆脱苦难。

托尔斯泰对宗教的观点深受卢梭的影响。作为启蒙思想家，卢梭无疑是科学的倡导者，但他同时又不否定在道德的层面上宗教对人的生活的重要性。英国作家约翰·普拉姆茨（John Plamenatz）在他的《论思想》中这样评述道：

---

[1] 转引自刘倩：《托尔斯泰创作中的哲学思想》，《国外文学》1990年第3、4期。
[2] 斯蒂芬·茨威格：《作为宗教思想家和社会思想家的托尔斯泰》，见陈燊编《欧美作家论列夫·托尔斯泰》，第458页。

> 宗教不仅给人们提供品行端正的附加推动力，或使他们在共同的信仰中能做到有福同享，有难同当，和睦相处，亲密无间，而且也使人们认识到自己在世界的地位，使生活更有意义。卢梭相信，这是科学所做不到的，尽管他并不否认科学的进步。他并不像他自称的那样是科学的敌人；他承认科学摧毁了有害的偏见和迷信。卢梭谈到宗教时曾竭力指出，人们对宗教的需要高于对科学的需要，它决不会因科学的发展而削弱，虽然科学的发展会使人们不容易发现自己对宗教的需要，也不知如何来满足这种需要，这就是那些为理性感到骄傲而抛弃信仰的人的不幸。[1]

可见，卢梭不像有些启蒙学者那样过于崇拜科学和理性而否定宗教对世俗生活的道德意义。"卢梭特别吸引托尔斯泰之处正是他对宗教的重视中所包含的反启蒙运动倾向。"[2]托尔斯泰觉得人"是在两个世界生活，一个是物质世界，要用科学来作解释；一个是人类世界，要用宗教信仰来作'生活指导'"。[3]所以，托尔斯泰猛烈地抨击现实中的教会，并不意味着他否定了宗教对生活中人的意义；同理，他不否定宗教，并不意味着他是一个合乎传统教义教规的虔诚基督徒。他是一个从世俗生活出发而非教会的教规出发去理解宗教的人。他在1855年3月的日记中写道：

> 昨天，一次关于上帝与信仰的谈话，使我产生了一个我愿终生为之奋斗的伟大辉煌的念头；要建立适合当代人类发展的新宗教，消除掉教条和神秘主义，但仍然是基督的宗教——一种现实的宗教，不许诺来世极乐而提倡现世幸福。[4]

"不许诺来世极乐而提倡现世幸福"，这俨然在根本上颠覆了原来的宗教！托尔斯泰所信仰的完全是世俗化的道德宗教。人是不能没有信仰的，自然科学

1　约翰·普拉姆茨：《论思想》，杨恒达译，第87页，转引自《欧美作家论列夫·托尔斯泰》，第279页。
2　E·B·格林伍德：《托尔斯泰和宗教》，杨恒达译，见《欧美作家论列夫·托尔斯泰》，第275页。
3　E·B·格林伍德：《托尔斯泰和宗教》，第291页。
4　《列夫·托尔斯泰日记·一八五五年》，见《托尔斯泰文集》第十七卷，人民文学出版社1991年版，第198页。

不能代表和代替信仰，而现实教会所倡导的基督教，在托尔斯泰看来是引人走向罪恶的东西，所以他要否定并抛弃它。为此，他精心研究《福音书》原文，重新阐释其精义。他发现了他的第一项任务：阐明《福音书》的真正意义，向他人传播这种"'一个新的人生观，而不是神秘学说'的基督教"。[1] 请读者特别注意，是"新的人生观"，而非"神秘学说"的基督教。托尔斯泰对此投入了极大的热情，把建立这种新宗教、寻找新人生观看作一种辉煌而神圣的事业，这同耶稣基督的事业没多大差别，但他只是一个非基督的基督徒。"他把自己看作'从摩西、弥赛亚、孔子、早期希腊人、佛陀、苏格拉底到帕斯卡、斯宾诺莎、费尔巴哈以及所有默默无闻的知识分子'的使徒和继承人"，但是，"他们从不相信任何教义，而是真诚地按照生命的意义去思考和说话。"[2] 他的事业是通过他的新宗教——爱他人，不以暴力抗恶等——在人的灵魂深处发生革命，消除人心灵中的恶和社会中的恶。在他的作品中，爱、灵魂、上帝几乎是同一种意思。或者说，上帝就是爱，灵魂就是上帝本身。

说到底，托尔斯泰这个非基督的基督徒，想通过宗教革命进而展开道德上的革命，然后，"将这人世变成神圣的基督王国"，也就是让天国的理想在尘世实现。他的心是善良而真诚的，他的理想也可谓是崇高的，但这种"新宗教"在现实的恶面前，又是脆弱的。他一生的实践证明了他是一个堂吉诃德。我们不妨从他的创作中去领悟这一点。

二、对灵魂自我完善的自信与乐观

托尔斯泰从青少年开始，就努力追求人格的完美、道德的自我完善。"人生的目的是什么？"他认为："人生的目的在于使人类得到全面发展。"[3] "人类生存的目的是尽一切可能使一切存在的事物得到最全面的发展。"[4] 他从研究自我心理出发研究人类共同的心灵奥秘，从人类本体的思考与研究延伸到对社会问题的研究。在他看来，人之所以要走道德自我完善的道路，是因为人本身不完美，社会的不完美起因于人自身的不完美。每个人身上

1 　E·B·格林伍德：《托尔斯泰和宗教》，第459页。
2 　保罗·约翰逊：《知识分子》，杨正润等译，江苏人民出版社1999年版，第115页。
3 　《列夫·托尔斯泰日记·一八四七年》，见《托尔斯泰文集》第十七卷，第6页。
4 　《列夫·托尔斯泰日记·一八四七年》，见《托尔斯泰文集》第十七卷，第5页。

都有一个"肉体的自我",它引发出人的自私、情欲、虚荣、伪善等;"每个人灵魂中都有恶的根子"。[1]"肉体"的人追求物质的和情欲的满足,追求个人的幸福与快乐,人类之恶也由此而生,人的完善就需要有上帝的约束,也即"灵魂的自我"的约束。所以,托尔斯泰认为:"自由是相对的,对于物质人是自由的,而对于上帝人是不自由的。"[2]正是这种在上帝或"灵魂"制约下的"不自由",才使人臻于完善,人类社会也有了走向完善的可能。青年时期的托尔斯泰在追求自我完善的过程中,总是存在着"灵魂"与"肉体"的激烈冲突,他也由此加深了对人的心灵奥秘的了解。他在日记中写道:

> 看到生活的无聊——罪恶的一面,真使我毛骨悚然。我不能理解,它怎么会吸引我。当我诚心诚意地祈求上帝接纳我的时候,我感觉不到肉体的存在,我只是一个灵魂。可是肉体——生活的无聊一面又占了上风,还不到一小时,我几乎是有意识地听到了罪恶、虚荣、生活的无聊一面的呼声。我知道这呼声来自何处,知道它会葬送我的幸福,我挣扎,但还是依从了它……[3]

> 无论怎样研究自己我都觉得,在我身上占上风的是三种坏的欲望,即好赌、好色、好虚荣。我早已确信,德行,甚至最高的德行,都在于没有坏的癖好。因此,只要我真的把在我身上占上风的这些癖好除去,哪怕一点点,我都可以勇敢地说,我变好了……[4]

> 我真心诚意想成为一个好人,但我年轻,我有多种情欲,当我追求美好的东西时,我茕茕一身,十分孤单。每当我企图表现出构成我最真诚的希望的那一切,即我要成为一个道德高尚的人,我得到的是轻蔑和嘲笑;而当我只要迷恋于卑劣的情欲,别人便来称赞我,鼓励我。虚荣、权欲、自私、淫欲、骄傲、愤怒、报复——所有这一切,都被尊敬……[5]

---

1 《列夫·托尔斯泰日记·一八五一年》,见《托尔斯泰文集》第十七卷,第14页。
2 《列夫·托尔斯泰日记·一八五一年》,见《托尔斯泰文集》第十七卷,第24页。
3 《列夫·托尔斯泰日记·一八五一年》,见《托尔斯泰文集》第十七卷,第18页。
4 《列夫·托尔斯泰日记·一八五一年》,见《托尔斯泰文集》第十七卷,第26页。
5 列夫·托尔斯泰:《忏悔录》,冯增义译,见《外国文学教学参考资料》(五),福建人民出版社1982年版,第355—356页。

从许多资料中可以看到,类似这种"灵魂"与"肉体"的搏斗,在托尔斯泰一生的生活中都存在着,而青年时代表现得最为强烈。他一方面认为,放纵"肉体"的欲求,会使人堕落,因此必须尽力克制它;另一方面他又从自己和他人身上感悟到它是一种神秘的、潜在的和强大的力量,常常要冲破"灵魂"也即理性的束缚而放浪形骸,为此,他感到苦恼与困惑。实际上,托尔斯泰的这种感悟,是他对以后被人们称之为人的"非理性"的最初体察;他此时的苦恼与困惑便是他对传统理性主义文化的怀疑与动摇,也是他以后急剧增长的精神危机的萌芽。这说明,托尔斯泰早期的文化人格结构中已经蕴含了现代文化基因。只是,像他这样一个执着地追求道德自我完善的人,传统的理性主义文化观念在他的文化人格结构中还占主导地位,他对人和世界的看法自然难以摆脱传统的羁绊。他认为:"人的肉体和灵魂对幸福的追求是了解生命奥秘的唯一途径。当灵魂的追求与肉体的追求发生冲突的时候,灵魂的追求应该占上风,因为灵魂是不朽的,正如灵魂获得的幸福是不朽的一样。取得幸福是灵魂发展的过程。灵魂的缺陷是被败坏了的高尚的追求。"[1]可见,早期的托尔斯泰在洞察了人心的黑暗面和人的非理性力量时,始终坚信"灵魂"、上帝和理性的力量可以使人走向自我完善,人类最终是可以获救的。他还说:"人类的使命是力求道德的改进,而这种改进是容易的、可能的、永久的。"[2]青年时期的托尔斯泰像既接受魔鬼的诱惑,又始终抵制魔鬼的诱惑而自强不息的浮士德。

正是基于这样一种认识,这种两重性的文化人格结构,使托尔斯泰早期的作品一方面充满乐观情调,那些主要人物形象往往能够自己主宰内心"灵魂"与"肉体"的冲撞,顺利地实现自我完善,成为灵魂健全的人,另一方面又隐隐地透出了对人的深层"肉体"欲求的忧虑。《战争与和平》是这方面的代表作。这是一部历史小说,但作者在1853年的日记中谈到该小说的创作原则时指出:"每一个历史事实必须从人的角度进行解释,而避免历史的陈词滥调。"[3]因此,无论是历史人物还是虚构人物,作者都以道德标准代替政治、历史的标准予以评判,而这种道德标准实质上就是人如何主宰内心"灵魂"与

---

1 《列夫·托尔斯泰日记·一八五三年》,见《托尔斯泰文集》第十七卷,第44页。
2 列夫·托尔斯泰:《青年》,转引自《托尔斯泰研究》,陕西人民出版社1985年版,第23页。
3 转引自米·赫拉普钦科:《艺术家托尔斯泰》,第89页。

"肉体"的冲突的问题。"肉体"欲望的自由放任，将导致人的行为上的自私、纵欲、虚伪、虚荣等等，从而使他失去与他人、国家、民族和人民的联系；反之，约束"肉体"欲望，会使一个人显得无私、真诚、善良、朴实，使他不只为个人谋幸福，能够爱人，保持与人民、国家与民族的血肉联系。小说中的库拉金公爵和爱伦、阿那托尔等，都是"灵魂有缺陷"、"肉体"欲求占上风的人，而安德烈、彼尔和娜塔莎等则是"灵魂"占上风的人。库拉金公爵的"肉体"欲求主要表现为物欲的膨胀，"一切以自己为中心"。作者曾这样剖析："随着环境、随着他和人们的接触，他心中经常地形成各种计划或打算，他自己从来没有弄明白这些打算和计划，但它们组成了他的整个生活兴趣……他遇见了有权势的人就本能地阿谀他，和他亲近，说出他自己需要的东西。"他趁人之危窃取别竺豪夫伯爵传授遗产的遗嘱，还强拉遗产继承人彼尔同自己的女儿爱伦结合。追逐名利是他整个生活的兴趣。这种私欲驱使人把自己降到了只知物质追求的动物的位置。他的女儿爱伦则是只求感官刺激的情欲的动物。在她看来，"任何一种宗教事务只是在满足人类愿望的时候，维持一定的仪式"。她的"灵魂"已被"肉体"挤出身外，成了天然的利己主义的代表。阿那托尔也是自我中心的享乐主义者。这类人只知道本能地满足欲望的冲动，只是为"肉体"而活着，他们的存在本身就是罪恶，更谈不上对他人、对国家与民族会有什么益处。

安德烈才华出众，善于解剖自己，探求生命的意义，显示出完美人格与道德追求者的基本特征。他身为贵族，但能跳出"蛊惑的圈子"，寻找自我的真正价值。开始，他是带着强烈的荣誉感，做着"英雄梦"走上战场的。在托尔斯泰看来，刻意追求个人荣誉，其实是一种虚荣心的表现，而"虚荣心是希望自己感到满意"[1]，这仍然与"肉体"的欲望——私欲——相联系，不属于真正的"灵魂"的追求。因此，安德烈还不算是道德完善的人。在奥斯特里战场上中弹倒地后，从空旷难测的天空的崇高中，他领悟了个人和荣誉的渺小，从而走向了为他人、为人民而活着的更高境界。在临死之前，他在《福音书》中找到了"幸福的源泉"：爱一切人。于是，他也就体会到了"灵魂追求的幸福"。彼尔的"灵魂"与"肉体"的冲突之苦远胜于安德烈。他向往有理想有道德的生活，却混迹于花花公子们的行列酗酒纵乐；他懊悔自己的行为放荡，

1　《列夫·托尔斯泰日记·一八五三年》，见《托尔斯泰文集》第十七卷，第44页。

却又不自觉地去过那"熟悉的放纵生活";他明明不爱放荡的爱伦,却又在"虚伪的爱情"掩护下与之结合,顺从了"肉体"的诱惑。他一度迷失在"肉体"与"灵魂"冲突的十字路口,在痛苦与失望中难以自拔。后来,共济会的博爱教父使他的灵魂得到了洗涤,在拿破仑的俘虏营里又受到农民士兵普拉东的影响后皈依了上帝,最终走上了和谐地追求个人幸福与他人幸福的道路。娜塔莎与爱伦相反,虽然她也一度受肉欲的诱惑,抛弃安德烈而企图与花花公子朵罗豪夫私奔,但最终经受住了"灵魂"与"肉体"冲突的考验,成了内心和谐的贤妻良母。

《战争与和平》通过库拉金、爱伦和阿那托尔等"灵魂"堕落者的否定,以及对安德烈、彼尔和娜塔莎等"灵魂"健全者的肯定,高扬了理性主义的文化精神。然而,堕落者如此迷恋于物欲和情欲,即使道德自我完善者,如彼尔和娜塔莎,也会出现"肉体"之迷误,需要经过内心的博斗才能挣脱欲望的羁绊,说明人与自身"肉体"欲求的斗争虽然最终能取胜,但又有其艰巨性,人类在自我完善的道路上仍有误入歧途的危险。这实际上是托尔斯泰对人的原始情欲之神秘力量体悟后产生的隐隐的忧虑。

三、对灵魂自我完善的忧虑与迷惘

《战争与和平》完成后的1869年9月,托尔斯泰因事途经阿尔扎玛斯,深夜,在肮脏的旅馆中他首次体验到了忧虑与死亡的恐怖。此后,这种"阿尔扎玛斯的恐怖"频繁地向他袭来,打破了先前宁静的心境。这预示了他精神危机的到来。他说:"在六十年代里,'婚后生活'挽救了他免于'灰心失望',如果不是结婚生活,他对生活的看法在那个时候就已经可能发生剧变。"[1]显然,这种危机因素早已在托尔斯泰身上存在。当然,把精神危机的出现与否完全和婚姻生活联系在一起是不妥当的。托尔斯泰处在俄国社会政治与文化的转型期,特别是六七十年代社会变化加剧,他的危机感的产生与加剧是很自然的。"阿尔扎玛斯的恐怖"的出现,实际上是托尔斯泰对社会急剧变革和文化裂变来临时焦灼不安的心理表征,也是他自身文化人格结构发生变异时躁动不宁的心理表征。1869年夏,托尔斯泰对叔本华的哲学产生了兴趣,这

---

[1] 贝奇柯夫:《托尔斯泰评传》,人民文学出版社1981年版,第390页。

无疑加深了他对人类心灵、人类本体的了解与把握，从而也加深了他对旧文化传统、对自己以前理解的人生意义的怀疑。"读叔本华的东西，了解圣经和佛教，都只能更助长托尔斯泰身上那种由于一切旧生活方式急剧'破灭'的时代而引起的悲观主义心情。"[1]叔本华是像尼采那样预示了20世纪精神危机的文化先哲，他的意志主义哲学摇撼了自苏格拉底以来构筑了数千年的理性主义文化大厦，使现代文化开始了向非理性主义的转折。在他看来，人的本质是意志而不是理性；理性只不过是外表，犹如地狱的外壳层，在它的内部还深埋着意志这个内核。由外表观之，似乎是人的意志、欲望受人的理性的引导、支配，而实际上理性只不过是意志的向导。人从心灵到肉体最终是由他的意志、欲望所推动的，而且世界的本质也是意志。托尔斯泰是个坚定不移地独立思考与探索的人，他不会轻率地接受任何一种未经自己研究与思索的理论，因此，他对与自己的文化价值观念不完全一致的意志主义哲学，也不会轻易肯定和接受。但是，当叔本华的意志论中关于人的非理性的阐述正好帮助他看清并解释"肉体"欲求的奥秘时，他不能不感到由衷的喜悦，不能不视叔本华为知音。他对自己以前"灵魂与肉体的追求相冲突时，灵魂应占上风"的观点也开始怀疑。因为正如叔本华所说，人的肉体和灵魂最终是由意志、欲望所推动的。"灵魂"到底能否制约"肉体"呢？他的困惑与恐惧就由此而生了。他一方面更深入地看到了"肉体"欲望的不可抗拒性，另一方面又无法完全抛弃理性主义的价值观念从而肯定这种欲望的合理性。事实上，托尔斯泰在否定叔本华的同时又接受了叔本华，他的文化人格结构中也就更多地产生了现代主义文化基因。正如英国学者亨利·杰弗德所说："托尔斯泰从阅读叔本华著作中得到支持，他已区别理智推论出的客观必然性向意识显示出无可怀疑的自由的本质。"[2]苏联学者贝奇柯夫也认为："托尔斯泰否定了（叔本华）那些学说，但不曾完全否定：在他对'肉的'、'物质'生活的断然谴责中，就包含了那一类（即叔本华等）思想家的某些论证成分在内。他害怕死，害怕自己肉体上的毁灭，这种念头就无可避免地产生了悲观主义心情。"[3]《安娜·卡列尼娜》（以下简称《安娜》）正是托尔斯泰的文化人格结构出现新的变异，精神上产生危机感和悲观主义情绪时的代表作。

1 贝奇柯夫：《托尔斯泰评传》，第392—393页。
2 Jiefud, H. *The Thinker Leo Tolstoy*. Cambrige, 1982, p.85.
3 贝奇柯夫：《托尔斯泰评传》，第393页。

《安娜》的悲观情调、死亡意识、焦灼不安的人物心态，其精神内质恰好是"阿尔扎玛斯的恐怖"的艺术外化。在小说的最初构思中，安娜是一个堕落的女人。显然，作者原先心目中的安娜是一个否定性人物，她是《战争与和平》中爱伦式人物的重现。确实，《安娜》中的安娜在情欲和性意识方面更甚于爱伦，但作者又赋予她爱伦所不具备的令人同情的和美的因素。这种变化正显示了精神文化危机中的托尔斯泰的内心矛盾与困惑，显示了他文化价值观念的变化。安娜嫁给比她大二十岁的"机器人"卡列宁，尤其是，卡列宁伪善、自私、过于理性化而生命意识匮乏，在情感与心灵上不是一个健全的人。相反，安娜真诚、善良、富有激情，生命力强盛。如果按照托尔斯泰以前的价值标准去要求，安娜在面临这种不公平的境遇时，必须让"灵魂"去控制"肉体"并占上风，也即由理性制约。若此，安娜必须忍受甚至无视卡列宁的伪善和毫无生机，像奥勃朗斯基的妻子道莉那样，听任丈夫生活上的荒唐放纵，恪尽妻子与母亲的责任。然而，托尔斯泰自己似乎也感到这样要求安娜是残酷的，不合情理的，他已经无法再像以前那样相信理性的力量，但又不能完全抛弃传统文化压在他心口的沉重十字架。所以，在小说中，他没让安娜服从"灵魂"的准则，而是带着矛盾、恐惧甚至犯罪似的心情，不无肯定地描写安娜对情欲、对个人幸福的热烈追求。安娜身上那蓬勃的生命力和强烈的性意识，以不可扼止之势泄露了出来，并且在与同样充满生命活力和追求个人幸福的渥伦斯基邂逅相遇之后，感情的波涛以一泻千里之势奔腾而下。她拒绝丈夫的劝说，反抗丈夫的阻挠，冲破社会舆论的压制，公开与渥伦斯基一起生活。她一方面不顾一切地追求个人的爱情与幸福，另一方面心底又时时升腾起"犯罪"的恐惧，随着时间的推移，她的罪恶感、恐惧感、危机感愈演愈烈。这种内心的恐惧决定了她对爱的追求的脆弱，这种脆弱又是导致她精神分裂与走向死亡的内在原因。她的死亡本身是一种矛盾，一种迷惘，一种困惑。似乎谁也无法解说安娜到底应该服从"肉体"还是"灵魂"，谁也分不清神秘的非理性力量到底是善的还是恶的，所以，"伸冤在我，我必报应"，只有神秘的上帝才能解开这神秘的"斯芬克斯之谜"。

　　在安娜的灵魂冲突中，我们可以看到作者对"肉体"与"灵魂"的矛盾与困惑以及对生命的意义、人的价值难于解说而生的焦虑。小说中列文的精神危机同样说明了这一点。

四、脱离情欲的王国

在完成了《安娜》后的70年代末80年代初,托尔斯泰经过一段最艰苦的精神探索,心灵的冲突渐趋平静,他找到了新的上帝,从而对"肉体"的人施之以更严厉的否定。在他极度悲观的时候,他认为:"生活是不存在的,是罪恶,转化为空无是生活唯一的幸福。"[1]这种"罪恶"的根源在于人有一个充满情欲的肉体,它使人"更喜欢黑暗而不是光明",[2]"肉体生活是罪恶和谎言。因而肉体生活的消灭便是幸福"。[3]在写作《安娜》时,他对"肉体"的看法是矛盾的,此时为了摆脱矛盾和恐惧,他干脆彻底否定了"肉体",同时又抬出新的上帝来保持心灵的平衡。他在《福音书》中找到了"真正的基督教",他说,"上帝就是生命"。[4]这个上帝不是以前那个爱的化身的上帝,而是境界更高、内涵更丰富的新上帝,也即体现了"托尔斯泰主义"全部精神的上帝,它除了爱之外,还包含了仇敌间的互相宽恕,"勿以暴力抗恶"等,找到了新上帝后,托尔斯泰终于摆脱了精神危机,他说:

> 我恢复了一种意志的信仰,这种意志使我诞生并对我抱有希望;我恢复了我生活的唯一目的是要我成为更好一些,即生活得和这种意志相一致;我恢复到我能够从全人类在我所不了解的远古时代制定的指导原则中找到这一意志的表现,也就是我恢复了对上帝的信仰,对道德完善,对表现了生活意义的传统的信仰。区别仅仅在于:以前这一切是不自觉地被接受的,而现在我知道,如果没有这一切我便不能活下去……这样,生命的力量在我身上复苏了,我重新开始生活。[5]

从此以后,托尔斯泰似乎不再为"肉体"的善与恶困扰,也不再为人生的目的与意义固执。他的创作也不再有危机时期那明显的矛盾、恐惧与焦虑,虽然不少主要人物也往往由堕落走向道德自我完善,但心中只有对上帝的深深忏悔,

---

1 列夫·托尔斯泰:《忏悔录》,见《外国文学教学参考资料》(五),第371页。
2 列夫·托尔斯泰:《忏悔录》,见《外国文学教学参考资料》(五),第380页。
3 列夫·托尔斯泰:《忏悔录》,见《外国文学教学参考资料》(五),第371页。
4 列夫·托尔斯泰:《忏悔录》,见《外国文学教学参考资料》(五),第386页。
5 列夫·托尔斯泰:《忏悔录》,见《外国文学教学参考资料》(五),第386—387页。

而没有怀疑与反抗的表现，说明堕落只是"灵魂"的迷误，而不像安娜那样意识到是"犯罪"却仍要继续"犯罪"，尽管她内心不无矛盾与痛苦。

《复活》是托尔斯泰精神危机平息后的代表作，它集中表现了晚年的托尔斯泰政治的、文化的思想观念。男主人公聂赫留多夫因"灵魂"受"肉体"的诱惑，即"动物的人"战胜了"精神的人"，犯下了诱奸玛丝洛娃的罪恶。十年之后，他发现了自己灵魂中的丑恶，为此展开了深深的自我忏悔，"灵魂"恢复了对"肉体"的控制。为了杜绝一切"肉体"欲求，他开始过禁欲的生活，他放弃财产，并要求随玛丝洛娃流放西伯利亚。此时他对玛丝洛娃产生的是一种抽取"肉体"欲望的圣洁的"爱"。最后，他在《福音书》中找到了关于生命意义的最后答案：要永远地爱人和宽恕人，在上帝面前永远承认自己有罪。人类生活的唯一意义在于按《福音书》规定的真理的原则行事：不杀人、不动怒、不奸淫、不起誓，有人打你右脸，你还给左脸让他打，要爱你的仇敌。认识到这一切，聂赫留多夫"复活"了。女主人公玛丝洛娃也殊途同归，在上帝的"爱"的感召下获得了新生。这里，托尔斯泰把"肉体"毫无疑问地贬为人自身的罪恶之源，同时也是社会罪恶之源，所以，人应该抛弃"肉体"的各种欲望，追求"灵魂"的健全与幸福，这才是真正有意义的人的生活。如果人人心中都发生"灵魂的革命"，社会也就完美无缺，彼岸天国也就在尘世出现了。这是托尔斯泰的美好理想。在这种理想指导下创作的《复活》自然不会有《安娜》那样的恐怖与焦灼。不过，这只是表面现象而已。

《复活》中托尔斯泰对人的"肉体"的无情否定，对上帝的虔诚，对人生意义、人类前途的理想描绘，看起来他的文化人格结构已完全转向传统的理性主义和人文主义文化，其实不然，在对人的"肉体"以及由此引发出来的社会之恶的看法上，托尔斯泰与叔本华的观点在本质上依然是相似甚至相同的。叔本华认为人的意志即欲求，欲求即痛苦；欲求永无满足，痛苦也绵绵无尽期，生命便是痛苦，人类永远摆脱不了痛苦的阴影。要解脱人生之不幸，唯一办法是实行禁欲。首先是自愿的、彻底地不近女色，不要性满足；其次是自愿的、人为地造成贫困、苦行，以便生活的甜蜜不刺激意志，使欲望之火无从点燃。用一句话说，就是从根本上否定"肉体"的人。托尔斯泰也认为："如果你能抛弃七情六欲，于生活一无所求，不希罕人世间的任何幸福和享受，对人世间的事漠然视之，那么生或死在你就会是一样了，你将死得庄严而安详。""假如一个人脱离了情欲的王国,他就像接触到永恒的生活……上帝首先是爱,上帝又是当一个人消灭了欲念从而消除掉罪孽时所出现的一种合乎戒律的精神……脱离了欲念和淫欲的整个王国以后,我们在自己心里感觉到的是静穆和安宁。"[1]这里,托尔斯泰也在根本上否定了"肉体",要人们过简朴、苦行的生活。《复活》十分彻底地表达了这种观念。我们不能绝对地说托尔斯泰的这种文化价值观念全受胎于叔本华的思想,但两者的相似甚至相同之处是显而易见的。托尔斯泰在《忏悔录》中关于"生活是不存在的,是罪恶"的观点的表述,直接转引了叔本华的话,随后他又自己作出"生活是罪恶和毫无意义"[2]的结论。他还说:"生活是毫无意义的罪恶,这是不容怀疑的,我对自己说,但我曾经生活过,现在还活着,整个人类也曾经生活过,现在还活着。怎么一回事呢?它可以不必存在,为什么要存在呢?难道只有我和叔本华这样聪明,理解了生活的荒谬和罪恶吗?""谁也不会妨碍我们和叔本华一起去否定生活。"[3]可见,托尔斯泰在得出人的"肉体"是罪恶和人生无意义的结论时,始终在叔本华的理论中得到支持并一定程度上受其影响。这并不是说托尔斯泰对人与生活的否定性认识直接来自叔本华的理论,因而,没有叔本华也就没有如今的托尔斯泰。其实,托尔斯泰对人的认识根本上来自他自己对人的深刻的研究,他和叔本华无非是殊途同归而已。当然,作为后来者的托尔斯泰,他曾经以叔本华为自己思考的参照并一定程度上受其影响那是自然的事。同样的道理,托尔斯泰对人的否定性认识也不直接来源于基督教,虽然他晚年虔诚信仰基督教。托尔斯泰已在更深、更高的层次上把握了人的心灵,这正是他对传统文化价值观念的超越之表现。

托尔斯泰与叔本华及之后的尼采的不同之处在于,他头脑中的理性主义传统文化意识更为根深蒂固,所以他在发现了人本身的罪恶和人类的罪恶也即非理性因素时,痛苦与恐惧也更甚。他一方面无法回避自己所发现的事实,但另一方面在情感上和理智上又不太愿意接受和承认这个事实,因为他把人看得过于人文主义式地理想化了,所以,他既极度地悲观、恐惧,以至于在一段时期内随时有自杀的念头,又不肯陷于这种悲观主义的绝境中。于是,他寻寻

---

1 转引自卢那察尔斯基:《论文学》,人民文学出版社1978年版,第280—281页。
2 列夫·托尔斯泰:《忏悔录》,见《外国文学教学参考资料》(五),第380页。
3 列夫·托尔斯泰:《忏悔录》,见《外国文学教学参考资料》(五),第375页。

觅觅，终于找到了期盼中的新的上帝，借以安抚那遭受重创的心灵，给自己行将死亡的旧文化机体注射了强心针。我们也可以说这是一种"精神吸毒"。他的精神虽是"复活"了，但他的心灵深处的悲观绝望的病根并未清除也无法清除。贝奇柯夫说过："实际讲来，对宗教的醉心正是他悲观主义和极端失望心理的表现。"[1]在现实的生活中，托尔斯泰并不能做到像聂赫留多夫那样，在上帝的感召下走向心灵的净化与宁静，在临死前的1905年5月，他在日记中写道：我"为什么活在这个混乱、复杂、疯狂、恶毒的世界上？"[2]正是托尔斯泰这种难以排遣的悲观与焦虑，导致了他最终离家出走，带着困惑和绝望继续追寻他幻觉中的新的上帝。

托尔斯泰是一个苦苦造"神"的精神英雄，他自己也近乎是一个神。只是，他所造的那个"上帝"对人的原始欲望的制约，对社会邪恶的惩治远远没有宗教法制时代基督教原本的上帝那么有力。然而，那个上帝已经永远地无法找回了。正如，尼采已宣告：上帝已经死了。

第四节
"上帝"就在人的身旁？

在欧洲，资本主义发展最早的是英国，到了19世纪，英国这个"日不落帝国"一方面是工业文明的高度繁荣，另一面是人称"饥饿的时代"。在充满压迫与掠夺的生存环境中，传道的价值观念受到了强烈的冲击，人的心理与情感世界发生着空前剧变。这是人的精神需要寄托与慰藉的时代。查尔斯·狄更斯（1812—1870）这个从饥饿的人群中成长起来的现实主义作家，却有他对这个世界的独特理解，他恨这个世界，却深爱着这个世界里的人。因为，在他看来，人是生而为善并且永远趋善的。

一、儿童的纯真与基督的博爱

巴尔扎克在生活优越的家庭中度过了童年与少年生活，而青年时期则在为

---

1 贝奇柯夫：《托尔斯泰评传》，第393页。
2 《托尔斯泰文集》，第357页。

了成功、荣誉、金钱与地位的努力与渴望中经受着贫困的煎熬，强烈地对金钱的欲望成了他创作的动力，也成了他作品描写的主题。狄更斯少年时期就过着贫困屈辱的生活，但他磨难虽多却童心不泯，这种童心又促使他接纳伟大的基督之爱。

狄更斯的童年生活是愉快而美好的，但以后很快笼罩上了阴影。1817年到1822年，是狄更斯5岁到10岁的阶段。此时，他们一家住在英国南部风景优美的港口查塔姆，家里的经济境况良好。他和姐姐们能上学读书，在家里还可以看一些文艺书籍，还常常听老祖母讲故事。查塔姆的生活，是留在狄更斯脑海里最美好的童年岁月。1822年底，狄更斯一家迁居伦敦，他的家境也从此一蹶不振，债务日增。由于付不起房租，他们住进了伦敦郊区的贫民窟。父母亲为了生存，试着办了一所私立学校，结果没有成功，还负了一大堆债。1824年，父亲因无力偿还债务而被捕入狱，他的一家人也住进了监狱。狄更斯失去了上学的机会，以后还不得已在一家鞋油厂当童工。白天，他为了挣钱维持生计而干着苦力活，晚上，他又到监狱去看望父母弟妹。这是一段缺乏欢乐，忍受屈辱的生活。这种经历与体验在他心灵中留下的印痕是非常深刻的，可以说，这是一种心灵的创伤，它永久地烙在了他的记忆中。成年以后，狄更斯极少和人谈及自己这段痛苦而又深感屈辱的童年生活，包括自己的妻子。这实际上恰恰是他对这段生活耿耿于怀的一种反向表现。正如英国评论家乔治·杰生所指出的，"我们知道这段记忆是如何深深地引起了这位成功作家的怨恨"。[1]

应该说，欢乐美好与辛酸屈辱这两段童年生活体验对狄更斯具有同样重要的意义。后一段生活的辛酸与屈辱反衬出了前一段生活的欢乐与美好，也激起了他对人性的美和善、对人类生活的幸福与光明的向往。前一段生活体现着人性的美与善，后一段生活使他看到了人性的丑与恶，而经历了丑与恶的考验后的他，依然保持着对美与善的美好情感，并且把这种体现着童真、体现着美的自然人性的童年生活作为人生的理想。这就是狄更斯与其他作家很不同的人性认识。

成年后的狄更斯是一个人道主义者。他的人道主义思想是建立在《圣经》的基础上的，虽然狄更斯并不是一个基督徒。促使狄更斯的思想与基督教结缘的则是"儿童"，也即人性的自然纯真以及美与善。在《圣经》中，

---

[1] Jesin, G. *The Study of Charles Dickens*. New York, 1974, p.18.

儿童被看作是善的象征，自然纯真的儿童与天堂的圣者是可以同日而语的。耶稣说："让小孩子到我这里来，不要禁止他们，因为在天国的，正是这样的人。"[1] "在心志上不要作小孩子，然而在恶事上要作婴孩，在心志上总要作大人。"[2]《圣经》认为保留了童心也即保留了善与爱。狄更斯人道理想的核心是倡导爱与善，他希望人们永葆童心之天真无邪，从而使邪恶的世界变得光明而美好。他在遗嘱中劝他的孩子们说："除非你返老还童，否则，你不能进入天堂。"[3]狄更斯把美好的童年神圣化和伦理化了，因而童年或儿童成了他心目中美与善的象征。

狄更斯对儿童的崇尚，除了与自身的童年经历、与《圣经》有关外，还受19世纪初的英国浪漫主义诗人的影响。评论家奥伦·格兰特认为，狄更斯关于儿童的观念，是"从英国浪漫主义诗歌中继承来的，这种观念表达了成年人的忧虑"。[4]确实，狄更斯关于儿童的观念同华兹华斯、柯勒律治、布莱克等十分相似。华兹华斯十分崇拜天真无邪的童心，认为孩子的伟大灵性高于成人，认为孩子具有上帝的神圣本性，因而对儿童充满虔敬之心。至于狄更斯与布莱克，"虽然我们没有根据说狄更斯曾经读过布莱克的《天真与经验之歌》，但是，他的小说和布莱克的诗在儿童问题上是十分相似的。布莱克把儿童作为人的自然的、自由的和天然的生命力来歌颂"。[5]狄更斯把儿童作为人性善的象征，认为童性与神性相通，人若都能保持儿童的天真与善良，爱的理想就能得以实现。儿童的纯真与善良→基督之爱→宗教人本主义，这是狄更斯从精神意识到情感心理的三个层面，这是一个分层次的"三位一体"。

崇尚童真、把儿童神圣化，使狄更斯永久地依恋着自己的童年生活（从另一个角度讲又是自己的童年生活促使他崇尚童真并把儿童神圣化），又使狄更斯在深层的精神心理上永保留着纯真的童性，他的意识深处有一种"割不断，理还乱"的"儿童情结"。这又使他的创作心理原型带上了儿童的特征。他总是用儿童的心理，用儿童的眼光去描写生活。正如安·莫洛亚所说的那样："我们要记住，这些五光十色的景象是通过一个小孩子的眼睛来观察的，也就

---

1 《新约全书·马太福音》，第19章第14节。
2 《新约全书·马太福音》，第14章第20节。
3 Gelant, A. *On Charles Dickens.* Columbia University Press, 1984, p.95.
4 Gelant, A. *On Charles Dickens.* Columbia University Press, 1984, p.35.
5 Gelant, A. *On Charles Dickens.* Columbia University Press, 1984, p.95.

是说,是通过一个富于新鲜感的、变形的镜头来观察的……狄更斯始终保持着这样一个两重性特点:他见多识广,却又以儿童的眼光看事物。"[1]英国作家雷克斯·华纳也说:"狄更斯的世界是巨大的世界。他像一个孩子观察一座陌生城市一样地观察着这个巨大的世界……他所看到的亮光比一般人所看到的更为强烈,他所看到的阴影比一般人所看到的更为巨大。"[2]

正是这种儿童的纯真、善良与基督式广博之爱的结合,使狄更斯总是用善与爱这一平面镜去反照现实生活,因而他的小说广泛地展现了资本主义文明背后的邪恶和现实中人的不平等以及弱小者的苦难,相比之下却难于透视人的灵魂深处的善恶之情的盘根错节,也难以提示社会矛盾内容的错综复杂。

二、善恶有报、好坏分明的道德评判

狄更斯看到现实社会制约和扼杀了人类的天性,愚蠢和残酷的枷锁使人性扭曲,但他又相信人性在本质上是善的,它最终能摆脱重重羁绊从而完善起来。他对人性的这种信念是从不动摇的,他是一个乐观主义者。这表现了狄更斯天性的善良。他就是以这种近乎儿童的天真去看这个世界的,因而总以为光明多于黑暗,光明总可取代黑暗。这正是永葆童心又仁慈善良的狄更斯的天真可爱之处。然而,也正是狄更斯的这种简单、平面的道德评判,使他在对人与社会的认识上远远落后于同时代的欧洲现实主义作家。狄更斯自己就像他的早期小说《匹克威克外传》中那位善良的匹克威克先生一样,认识不到时代的变迁,觉察不到他们以往遵循的思想、道德和宗教原则已经遭到破坏,觉察不到传统的价值体系已经日趋崩溃。与之相反,巴尔扎克、托尔斯泰和陀思妥耶夫斯基等人则已感觉到了由于时代的变迁所造成的人与社会的变化。"托尔斯泰和陀思妥耶夫斯基等很早就注意到了他们身边所发生的变化。现代小说之所以能够得到发展(托尔斯泰和陀思妥耶夫斯基对俄罗斯的现代小说,哈代对英国的现代小说的发展作出了贡献),原因只是由于作家以及社会中日益增多的人们开始对作为社会基础的宗教和哲学的信条产生了怀疑。"[3]当同时代的这些

---

1 安·莫洛亚:《狄更斯评传》,上海译文出版社1986年版,第12页。
2 《狄更斯评论集》,上海译文出版社1981年版,第168页。
3 雷克斯·华纳:《谈狄更斯》,见《狄更斯评论集》,第162页。

作家已经为"文化地震"的来临焦灼不安时，善良的狄更斯怀着儿童的天真与浪漫，做着善必然战胜恶的童话式美梦。所以，他的小说结构也往往是童话结构模式的翻版：要么是从"贫儿"到"王子"式的，要么是从"灰姑娘"到"王后"或从"丑小鸭"到"白天鹅"式的。《雾都孤儿》中的奥利弗·崔斯特，一出生就不知父亲是谁，母亲也很快离开了人世，从此他就生活在充满罪恶与愚昧的济贫院。在棺材店里，他受尽了老板娘和同伴们的欺凌。逃往伦敦之后，他又陷入了贼窟，被强迫加入盗窃集团。但他那善良的本性使他陷污泥而不染，他也因此苦尽甘来，得到好报。他不仅被勃朗罗收为养子，而且还和心爱的罗斯喜结良缘。至于那些作恶多端的人，也都得到了报应。凶狠贪婪的济贫院主本布普和妻子最后破产并沦落到济贫院，尝到了当年奥利弗的苦楚；歹徒蒙克斯最后暴死狱中；盗窃头目费金也受到了法律的制裁。这个结局非常明晰地表达了善恶有报的童话式寓意。在这方面，《大卫·科波菲尔》更为典型。孤儿大卫，小时候受尽继父和同母异父的姐姐的虐待，财产被人侵吞。十几岁当了童工，为了摆脱屈辱而无望的生活，他逃离火坑，来到贝西姨婆家。心地善良的贝西小姐送大卫上学，他和艾妮斯结下深刻友谊。不久，贝西小姐受希普的坑害而破产，大卫也被迫独立谋生。他从律师事务所的小办事员到报馆记者，后来成了名作家，在社会上拥有了地位，最后与少年时代的好友艾妮斯结为夫妇，一切都有了美满结局。小说中所有的好人也都得到了好报，如密考伯夫妇、贝西小姐等；所有的坏人都得到了惩罚，如史朵夫、希普等。《小杜丽》的结构是典型的从"灰姑娘"到"王后"的模式。小杜丽是在监狱中长大的，14岁开始做工。这个纤弱苍白的小女孩心地善良，早熟老成，富有自我牺牲精神，在受尽磨难之后，她找到了美好的归属。她的心灵是那么超凡脱俗的美，她是美与善的完美体现。《艰难时世》中的西丝的经历则是典型的从"丑小鸭"到"白天鹅"的模式。由于她是马戏团小丑的女儿，自然被葛雷梗看成是不屑与之为伍的人，他曾经为女儿与儿子同她在一起玩而大为恼火。然而，恰恰是这个被人歧视的西丝才是最富有人性与人情，因而也是心灵最美的人。正是她，拯救了置身于精神荒漠中的露易莎和陷于困境中的汤姆，还在灵魂上感化了葛雷梗。

　　狄更斯的小说情节通常是曲折多变的，但好人不管怎样遭难受辱，最终都有好结局，"贫儿"总要成为"王子"，"灰姑娘"总要成为"王后"，"丑小鸭"也总要成为"白天鹅"；而坏人不管怎样猖獗得势，最终都将受到惩罚。因而他的小说在深层结构上大都是由悲到喜，善恶有报的童话模式。这种大团圆的结局合乎狄更斯的乐观主义思维方式，也外化出了他儿童式的天真与浪漫。这种结构模式既是狄更斯基督教人本主义思想的体现，也是他儿童式心理原型投射的结果。

狄更斯小说中的儿童形象是颇为人称道的。与成人形象的塑造一样，这些儿童形象也是富有童话色彩的。在他的笔下，出身贫寒的儿童，每每天性善良，面对的是饥饿、贫困，还有恶人与他作对，就像童话中的正面主人公总要碰到女巫、妖魔的捉弄一样。这些不幸的儿童历经磨难，却秉性不移。他们总是一心向善，并永远保存着善良的天性。《雾都孤儿》中的奥利弗、《老古玩店》中的小耐儿、《尼古拉斯·尼古贝尔》中的尼古拉斯、《艰难时世》中的西丝、《小杜丽》中的小杜丽、《大卫·科波菲尔》中的大卫、《双城记》中的露西，等等。对这些人物，作者往往一开始就把他们安置在"善"的模型中，所以他们走到任何地方，经受任何磨难，都代表着善。他们身上表达了作者对人性善的坚定信念与美好理想。正是这种信念与理想，使这些人物成了抽象观念的象征。大卫生性是善的，那么，不管是处在何种恶劣的环境中，也不管与什么样的恶人在一起，他始终保持着善的本性，永远是人性善的代表，他的性格几乎从童年到成年都是一贯不变的。特别突出的是小耐儿、西丝、小杜丽、露西等女性形象，她们纯洁无瑕，多情而忠实，不管处于多么不公平的境遇，始终是那么纯真和善良。她们几乎不是来自生活和存在于生活之中的人，而是从天上飘然而来的天使，是一群专事行善的精灵。她们是狄更斯在生活中失落的，而在心灵中永存的理想的女性。他总是沉湎于自己的想象并在理想中追寻与塑造这类形象，所以，他笔下出现的大多是这么一种童话的境界与天使似的女性形象。

同这些"善"的人物形象相对，狄更斯小说中常常又有一些代表"恶"的人物，这类"恶"的代表人物，也往往是观念的化身，他们的性格特征也不以环境与时间为转移。狄更斯小说中的人物由于被抽象化以后，通常是善恶好坏格外分明。好人永远行善，坏人总是作恶，直到被道德感化为止。这正是童话人物的模式，也恰恰合乎了儿童的心理特征和儿童的期待视野。他笔下的"人"就显得平面化了。

三、仇恨催化仇恨，仁爱化解仇恨

狄更斯小说大多写当时的生活，但也有写历史题材的，其中最有代表性的是《双城记》（1859），这是他的博爱之镜对历史的一次观照，但观照历史是为了警示现实中的人。

狄更斯是一个反暴力的道德主义者，当他在目睹了英国社会贫富悬殊日盛，贫困受压者不满、反抗情绪急增的情况下，唯恐由此引发法国大革命这样的暴力动乱。为此，他企图通过《双城记》探讨法国大革命暴力恐怖产生的原因，并从道德的角度作出评判，以警示现实中的英国人。

狄更斯从博爱的道德立场出发，集中通过埃弗里蒙德侯爵及其家族成员的骄奢淫逸、专横残暴、冷酷傲慢写出了贵族对民众犯下的罪恶，说明了法国大革命产生的原因：贵族统治者对民众的野蛮凶残，激起了民众的复仇反抗。

小说描写的更多的是复仇者的反抗，也即革命本身。小说告诉我们，民众因遭受野蛮压迫而奋起反抗，固然有其正义性，然而暴力手段本身却无正义性，它只是一种因仇恨而起的报复。尤其是盲目和麻木的杀人，制造暴力恐怖，更是一种非理性的行为，它无法消除邪恶反而会加剧人与人的仇恨，进而使人的行为更趋邪恶。

从善恶的道德理论角度看法国大革命，我们可以说这场革命确有将道德理想付诸革命的特点。法国大革命的理论来自卢梭的政治学说。卢梭认为，人类之恶不在人本身，而在人之外的社会。就人与上帝的关系来说，因为人本身是善的，无需上帝的拯救，人自己就是上帝。人神易位之后，世俗世界的事可以由人自己来安排，基督教的天国理想可以通过人自己对邪恶的此岸文明结构的颠覆得以实现。既然现存的文明和国家制度是不合理的和邪恶的，那么颠覆它之后重建一个，这一行动是正义的和善的。这种颠覆性的革命是"光明"与"黑暗"、"正义"与"邪恶"、"美德"与"罪恶"的斗争，对抗的双方就是"道德的选民"与"道德的弃民"之间的战争。[1] 传统基督教的善恶之争为上帝与人之争，在卢梭的理论中则成了人与人之争，这也就是我们所说的"上帝退隐"后的人的处境。从这种理论出发，颠覆现有社会结构就被认为（或自

---

[1] 朱学勤：《道德理想国的覆灭》，第2页。

认为）是代表正义和善的，而维护现有社会制度的就是邪恶的和非正义的。所以，革命者怀着重建道德理想国的激情和道德自信，对一切阻止革命者施之以暴力，于是"恶亦杀人，善亦杀人。从道德救人，到道德杀人"。[1]正如罗伯斯庇尔所说：

> 没有美德的恐怖是邪恶的，
> 没有恐怖的美德是软弱的。[2]

历史地看问题，法国大革命的恐怖及其过失，与这种道德崇高的鼓动直接相关。暴力一旦有了道德后盾，行为的过失和恐怖就在所难免了。"恐怖一旦踩稳道德的基石，那就是一场道德灾变，恐怖手段百无禁忌，可以为所欲为了。道德嗜血，而且嗜之不愧，赖于此；恐怖本身不恐怖，不引起恐怖者内心的心理崩溃，赖于此！"[3]反对革命者由于精神道德上的"邪恶"，就必须在肉体上摧毁之。我们无意于把任何暴力都归于上述的道德恐怖，但法国大革命的暴力，尽管不无历史的进步性，但其麻木性、盲目性和过失性的存在是既有其理论逻辑的依据，又有历史事实的依据的。狄更斯小说中革命者追杀流亡者的疯狂，广场上断头机工作的繁忙景像，是不无历史根据的。从牧月法令通过到热月政变，不到50天的时间，仅巴黎一地就处死1376人，平均每周196人，杀人最多时每天50人[4]，处死者中属于原特权等级者逐渐减少，6月只占16.5%，7月更降到5%，其余均为资产阶级、下层群众、军人、官员，其中下层群众高达40%！[5]因此，狄更斯对法国大革命的批评是有其合理性的。

狄更斯在小说中关键的还不是对革命过失的批评，而是道德上的善恶评判。从他的道德立场来看，既然人性本善，行恶者是良知的一时迷误，那么，就不能就此在肉体上毁灭之，而应在道德上感化之，使其人性之善得彰，即使一时遭到邪恶势力的迫害，也不应以暴抗暴。马奈特医生曾无辜被投入巴士底狱18年，出狱后对仇敌的后代达奈不计旧恶，还为营救他而四处奔走，并蒙受

1　朱学勤：《道德理想国的覆灭》，第257页。
2　王养冲、陈崇武编译：《罗伯斯庇尔选集》，华东师范大学出版社1989年版，第235页。
3　朱学勤：《道德理想国的覆灭》，第256页。
4　Dickinson, L. *Revolution and Reaction in Modern France*. London: George Allen, 1927, p.33.
5　转引自张芝联主编：《法国通史》，北京大学出版社1989年版，第190页。

指责。他还将女儿露茜许配给他,表现出宽大与仁爱。卡屯深爱着露茜,但他宁愿为了成全达奈和露茜的婚姻而代他上断头台,从而打破了革命者追杀、复仇的计划。狄更斯通过马奈特医生、卡屯等人表达了以爱化解仇恨,以牺牲自己求得人与人之间的和谐的道德理想。可以说,狄更斯的博爱哲学,既否定了贵族统治者的制恶行为,也否定了革命者的暴力复仇行为,小说所表达的这一道德理想,对历史上法国大革命的道德杀人、以善杀人,从肉体上摧毁制恶者的"道德崇高"意识也是一种善意的批评。

狄更斯的以爱化解仇恨、道德感化等,对人与世界的理解与把握固然有儿童般的天真,相比于法国大革命的道德革命的偏激及由此导致的非道德化行为,倒是显得更富于人性意味。这真可谓是一种美丽而可爱的天真!

第五节
"人"的定位的困惑

在叙述方式上,陀思妥耶夫斯基(1821—1881)的小说是复调的或多声部的,这已是人们对陀氏小产在艺术上的独特性的一种共识。那么,形成陀氏小说这种复调性的深层文化动因是什么呢?

19世纪中后期的俄国,封建专制政体趋于瓦解,资本主义生产关系急剧上升,社会处于转型时期。新旧价值观念的尖锐冲突,使一直沉睡于"黑暗王国"中的俄国人顿时感到梦醒的痛苦和迷惘。一些文化精英在为国家与民族的兴衰存亡而寻寻觅觅,思考着"俄国啊,你将奔向何方"、"谁之罪"、"怎么办"等一系列问题。在他们之中,一直处于贫病交集的困境里饱尝人间辛酸的陀思妥耶夫斯基,敏感地触摸到了从睡梦中惊醒的俄国社会的精神脉搏的紊乱和心跳的失常。他苦苦地追寻着"我是谁"、"人是什么"等问题,企图在人自身上寻找出社会黑暗的原因与俄国解放的出路。他的小说给人们抖露了潜藏于骚动不宁、惶惶不安的心灵中的各种隐秘,尤其是因自我丧失、人性异化、信仰失落、灵魂无所依托所致的痛苦与焦虑。而当他发现人的本性中存在着如此复杂的内容,人的内心世界是如此难以捉摸和黑暗时,他愈感到回答"人是什么"的问题的困难,从而陷入到"人"的定位的迷惘与困惑之中。

一、人是"虫"？

　　陀思妥耶夫斯基作为一位杰出的现实主义作家，他在自己的小说中真实而深刻地揭露了沙皇俄国社会的黑暗与反动，描绘了下层贫民备受压迫的现实图画。他的处女作《穷人》尤其明显地表现了这方面的成就。因此，别林斯基当时看了这部小说后，惊喜地称陀思妥耶夫斯基为果戈理的后继者，把他列入了"自然派"作家的行列。小说的主人公杰弗什金也被别林斯基认为是果戈理笔下的阿卡基·阿卡基耶维奇式的"小人物"形象。确实，《穷人》通过善良诚实的杰弗什金饱受蹂躏的凄惨遭遇的描写，揭示了俄国社会中贫穷的"小人物"的悲剧，寄托了作者对下层劳动人民的人道主义同情，具有深刻的社会批判意义。但是，小说的深刻性远不止于此。作为处女作，《穷人》中蕴含了属于陀思妥耶夫斯基而不属于果戈理的那种文化的与美学的基因，也即超越了果戈理，超越了"自然派"的因素。这集中地表现在杰弗什金这一人物形象的描绘上。杰弗什金不仅仅是"小人物"悲剧命运的真实写照，同时也是新旧社会转型时期人的内心痛苦的表述者，是人的生存状态与人的命运的一种象征，其中隐喻着作者对人的生命本体的哲理思考，具有深层的文化哲学意蕴。

　　杰弗什金心地善良，安分守己，终年辛勤劳作。他以真诚之心尊重别人，爱别人，也企盼着别人爱他尊重他，把他当人看。然而，他贫贱的处境，使他在周围的世界中丧失了人的尊严。别人总是不给他尊重不给他爱，不把他当人看，视其为"破抹布"。久而久之，他也怀疑起自己来了，觉得自己真不像一个人，从而讨厌自己，自卑自贱。但内心他又觉得自己是善良的，自己应该是一个人，而一受到外界的凌辱，他重又怀疑自己，深感受辱的痛苦与恐惧，终日惶惶不安。杰弗什金倾心地爱上了孤苦伶仃的邻居瓦莲卡，但在周围的人看来，如此贫贱的他是不配去爱瓦莲卡的。当别人嘲笑他对瓦莲卡的爱时，他感到自卑，害怕得不敢去看她。一开始他就自知得不到瓦莲卡，但在内心深处依然不变初衷，愿意为瓦莲卡牺牲一切。杰弗什金似乎在对瓦莲卡的诚心的爱中找到了作为人的自我，因而也得到了一点安慰。但是，最后他还是失去了瓦莲卡。事实证实了他是不配去爱瓦莲卡的，尽管瓦莲卡同样是一个被压迫被侮辱的人。这个不明白"我是什么"的孤独者企图通过爱别人来证明自我的无可奈何之举也失败了。他在这人群里永远被看作"破抹布"，永远是异类。他想使自己成为人，但现实证明他不是人；他明明心里在说"我是人"，却又明明在说"我不是人"。在这人与非人的心灵冲突中他感到痛苦与绝望。

陀思妥耶夫斯基立足于描述杰弗什金唯唯诺诺、怯懦无能、自卑自贱、惶惶不安的精神与心理状态，使之显出了一副"虫"相。杰弗什金自己虽然还不曾像陀氏以后的小说《罪与罚》中的拉斯柯尔尼科夫那样说出"我是虱子"、"人是虱子"的话，但他已隐隐地感觉到自己是"虫"，"破抹布"也即"虫"的代名词。他害怕被当作"破抹布"，也就是害怕成为"虫"。杰弗什金的灵魂深处已隐藏了"人"的自我与"虫"的自我的矛盾冲突，他心灵的痛苦与绝望也正来自这双重自我的不断争斗。他时时感悟到"虫"的自我的存在，但总不愿意接受它，总想维护"人"的自我。他曾为自己的善心不泯、人格犹存而骄傲。他虽然穷，但他说"我有良心和思想"，"我的一块面包也是我自己的，是劳力挣来的"。然而，在那不把人当人看的冷漠世界里，愈是像他这样良心犹存的人，就愈备受压迫和侮辱；他愈是怀着成为人的真诚之心去做人，反而愈使他丧失人的权利和尊严，从而沦为"虫"。越是保持善良天性和遵奉人道原则的人，对社会越不具有破坏力；而越是对社会不具有破坏力的人，就往往越不被社会当人看。这是非人的世界里人的一种悖谬现象。陀思妥耶夫斯基正是深入这种悖谬现象中去写杰弗什金的矛盾、痛苦与绝望的，也是从人的这种悖谬处境中提出"我是谁"、"人是什么"的疑问的。

因此，如果说果戈理式的"小人物"主要是向生存环境、向社会提出"我为什么贫困"、"我为什么受压迫"、"我在这社会上有何位置"之类的问题的话，那么，陀思妥耶夫斯基笔下的杰弗什金是在此基础上进而向自己也即向人自身提出"我是谁"、"我对于他人是什么"、"人是什么"的问题。正是从这种意义上说，《穷人》具有耐人寻味的象征性和哲理性。陀思妥耶夫斯基已把"人"的问题从形而下提升到了形而上。这种象征性、哲理性的内容，是当时盛赞《穷人》的别林斯基所不曾领悟到的。为此，陀思妥耶夫斯基在接受了这位杰出批评家的赞誉后又感到不满。因为，他不明白"为什么这篇小说的哲学主旨却未能被接受"。[1]这种象征性与哲理性是体现非"果戈理式"而更"陀思妥耶夫斯基式"的因素。这种因素在陀氏以后的创作中还在不断增长并走向成熟。如果说《穷人》对杰弗什金内心矛盾与疑虑的描写只是陀氏小说对

---

[1] 尤·谢列兹涅夫：《陀思妥耶夫斯基传》，黑龙江人民出版社1992年版，第45页。

"人"的提问和寻找的开端的话，那么，此后的小说则大大深化和拓展了这一主题。人的"虫"相以及对自我的怀疑在一系列人物身上愈见深重，人物内心的矛盾与痛苦也不断加剧。而且，为了使人摆脱"虫"相，他们不惜使自己现出"兽"相。

二、人是"兽"？

从人物形象的精神延续和演化的角度看，《双重人格》中的高略特金是《穷人》中杰弗什金在一个新的阶段中的发展。高略特金继续着杰弗什金身上的善良温顺、贫穷低贱、怯懦自卑、唯唯诺诺和惶恐不安的"虫"相。不过，他发觉了自己被人当"抹布"后，在深感屈辱与痛苦的同时，并不只是停留在是"虫"还是"人"的自我矛盾中，而是向往着想象中的另一个自我。这个自我胆大包天、为所欲为，拍马奉承、投机取巧，不择手段、毫无廉耻。高略特金的这种现象，表现出了他内心深处那种杰弗什金所不具备的反叛心理，是对"虫"的自我的一种审视与否定——既然保持人的善良天性和遵奉人道原则反而使人沦落为"虫"，不如干脆抛弃人道，为所欲为。这个向往中的为所欲为的自我给高略特金带来了在现实中人格失落的心理补偿。这个为所欲为的自我既视人为非人，恣意践踏人性，它本身也就成为非人而显出"兽"相。如果人是这样的话，还成其为人吗？所以，高略特金对它感到异常恐惧。他向往这个"兽"相的自我而又不敢接受它，而不接受它就意味着要接受"虫"相的自我，这同样使他恐惧。人是"虫"吗？人是"兽"吗？抑或依然是人？似乎都是，又都不是，那到底是什么呢？高略特金陷入了困境。他感到矛盾、痛苦和绝望，于是他发疯了。

高略特金虽然在"虫"的自我与"兽"的自我之间摇摆不定，无所适从，但从他的内心深处的自我期待看，"兽"相的自我对他更具有诱惑力，因为这个自我毕竟可以使他免受人格丧失的屈辱。陀思妥耶夫斯基对"兽"相的自我的描写也是颇具笔力的。表面上看，这个自我并不代表作者本人的观点，而是作品中一个独立的声音，实际上在深层情感意蕴上却不无作者的倾向性。在对这个"兽"相的自我的出色描写中，表现出陀思妥耶夫斯基对具有破坏性作用的人类自身的野性本能和极端利己主义秉性的深刻洞察。他的《地下室手记》，继续并深化着《双重人格》中的"虫"与"兽"的矛盾，而且，主人公"地下人"身上的"兽"的自我更显得强悍有力。在他的想象中，人似乎在不断地向"一种二足直立的生物"演变，因此，他不惜"让世界毁灭"，以维护个人的生存权利。到了《罪与罚》中，"兽"相的自我从想象中走向了现实。

  《罪与罚》中的拉斯柯尔尼科夫本属"虫"类，用他自己的话讲就是"平凡的人"，这种人仅是"虱子"和"蟑螂"。不过，拉斯柯尔尼科夫同样不愿承认和接受这个"虫"相的自我，而想象和寻找着"不平凡的人"的自我，实质上就是高略特金亦已向往的那个为所欲为的"兽"相的自我。拉斯柯尔尼科夫旁征博引，为这个"兽"相的自我创造了一套不无说服力的"理论"，让其戴上了"英雄"的桂冠。他以为，"平凡的人"只是"不平凡的人"的工具，"不平凡的人"则是世界的主宰；"不平凡的人"为了达到自己的目的可以不择手段，无所不为，甚至杀死那些"平凡的人"。拉斯柯尔尼科夫为了证明自己不是"虱子"而是"英雄"，就杀死了放高利贷的老太婆。但是，事后那"平凡的人"的自我又从人性的角度竭力否定了"不平凡的人"的自我的合理性。从此，两个自我陷入了无休止的争辩和搏斗之中。每逢"平凡的人"的自我发起进攻时，另一个自我又出来辩护：杀死一个可恶的老太婆并不能认为是犯罪，拿破仑也会这样做的，这比起"在巴黎大屠杀，忘记在埃及的一支军队，在莫斯科远征中糟蹋五十五万多条人命"的事来是微不足道的。经过反复的较量，"不平凡的人"的自我低头了，拉斯柯尔尼科夫主动投案自首了。表面看来这是"平凡的人"的胜利，人性善的胜利，但实际上那个为所欲为的"兽"相的自我并没真正屈服，它比陀氏以前小说中的同类型自我更具体、更鲜明，也更强有力。它在卢仁和斯维里加洛夫的印证下，更具有雄辩的说服力和不可否定性。《罪与罚》关于"人是什么"的探讨，也比以前的小说更具有形而上的哲理思辨色彩。

三、人是"上帝"？

  在总结性的《卡拉马佐夫兄弟》中，"兽"相的自我愈显恣肆狂放的特征，而且呈放射状向卡拉马佐夫父子身上渗透，又以各种不同的表现形态归总于"卡拉马佐夫气质"。在这部作品中，以往"虫"相的自我与"兽"相的自我的冲突，演化为"上帝"的自我与"兽"相的自我的冲突，冲突的实质依然是"我是什么"、"人是什么"的问题。

小说中的老卡拉马佐夫年轻时用不择手段的卑劣方法,从一个贫贱的食客一跃而成为拥有十余万财产的地主。他几次结婚都是为了夺取他人的财产。为了一个风尘女子,他不顾人伦道德,竟与儿子争风吃醋。在他身上集中体现了人的情欲、贪婪、冷酷、卑鄙等等阴暗面。老卡拉马佐夫与疯女人的私生子斯麦尔佳科夫是个仆人,他怯懦自卑,但内心阴暗歹毒,品格低下。他无视一切道德原则为所欲为,为了钱财杀死了生父。他是《罪与罚》中拉斯柯尔尼科夫"兽"相自我的现实化。阿辽沙是这一家族中唯一心灵纯洁、富有博爱和牺牲精神的"圣者"。他宣扬并忠于驯良、忍让、爱一切人的基督教精神,理智与情欲在他身上得到了和谐统一。他的人格是上帝化了的,在他的心灵深处,"上帝"的自我占据了绝对支配一切的地位。小说的中心人物伊凡和德米特里则是处于"兽"相的人与"上帝"的人之间的形象,他们身上的自我趋于双向分裂。伊凡是一个无神论者,不承认上帝的存在。他认为:"既然上帝并不存在,那么一切都可以为所欲为。"他在现实生活中找出确凿的根据来说明这一点。他比拉斯柯尔尼科夫更坚定地信奉"为所欲为"原则,"兽"性的自我在他身上也更强悍有力。他虽不曾像拉斯柯尔尼科夫那样用行动去证实自己属于"兽"性的人——因为在他看来,这是用不着证明了的,但他对父亲与德米特里的争斗听之任之。而且,他的关于"兽"性的人的理论强有力地影响了斯麦尔佳科夫的杀父行动,一定程度上,他是斯麦尔佳科夫走向犯罪的教唆犯。但是,另一方面,他又同情被为所欲为者残害的弱者,尤其痛恨虐杀儿童的残忍行为。他因同情人类的苦难而苦苦地寻找着人类的美好理想。从这一点上看,他是因为找不到理想才倾向于"兽"的自我的,在心灵深处仍依恋着善良纯洁的"上帝"式自我。伊凡表面上对"兽"的自我推崇备至,而在心灵的最深处却矛盾重重。他曾对阿辽沙说:"我并非不相信上帝,你要懂得这一点;我是不相信上帝创造的世界,上帝的世界,而且也不同意接受!"这足见他心灵中矛盾和痛苦之深。伊凡的哥哥德米特里,一方面有像父亲一样的寡廉鲜耻,自私贪婪,有一个"兽"的自我;另一方面又有弟弟阿辽沙那样的仁爱圣洁的"上帝"式自我。因而,他一方面为所欲为,追求欲望的满足,生性粗暴残忍,不顾一切地与父亲争夺格鲁申卡;另一方面又良心尚存,真诚地去同情和帮助受辱者。他说,"尽管我下贱卑劣……然而上帝啊,我到底也是你的儿子","不要以为我是披着军官制服的禽兽,终日饮酒荒唐,我差不多一直想这个,想着受辱的人"。德米特里同样是一个找不到自我,内心充满痛苦的人。

卡拉马佐夫父子的矛盾归根结底是"上帝"的自我与"兽"的自我的矛盾,这个家族中的5个主要成员分别是这两个自我的不同形态的表现,同时也是陀思妥耶夫斯基以前的小说中众多人物的不同变体。老卡拉马佐夫代表着病态、畸形地发展的"兽"性的人。斯麦尔佳科夫代表着"虫"相的人蜕变为"兽"性的人,在他身上,实现了高略特金向往过但未曾付诸实践的那个"兽"性的自我,也体现着拉斯柯尔尼科夫身上"不平凡的"自我的延续。因而,从人物的演变与延续角度看,斯麦尔佳科夫既是高略特金、"地下人"等人物的变体,也是拉斯柯尔尼科夫的变体。伊凡和德米特里代表着具有"上帝"式自我和"兽"性自我的人的双向演变,伊凡始终不承认上帝,于是向"兽"的人发展;德米特里皈依了上帝,灵魂最后"复活",于是向"上帝"式的人发展。阿辽沙作为这个家族中唯一真正保持"上帝"式自我的"圣者",他和老卡拉马佐夫分别代表着"上帝"式的人和"兽"性的人的两极。整个家族和陀氏全部小说中的众多人物的人格追求取向都以阿辽沙"上帝"式自我为指归。

根据陀思妥耶夫斯基的创作初衷,他写《卡拉马佐夫兄弟》是要把多年探索而未得到解决的"我是谁"、"人是什么"的问题作一明确的回答。他希望人不是"虫",也不是"兽",而是"上帝"。正是从这种善良的愿望出发,他在《卡拉马佐夫兄弟》中延续性、总结性地呈现了以往小说中主要人物的精神特征,而且众多的人物都以阿辽沙这一"上帝"式的人物为指归。于是,"我是谁"、"人是什么"的问题似乎也总结性地表述为:人不是"虫"、不是"兽",而是"上帝"。从小说的结局看,阿辽沙对他周围的世界起了影响,一些人物在他的道德感化下,也都纷纷灵魂"复活",人格趋向于"上帝"式的自我。因此,人与"虫"、人与"兽"的心理冲突在指归于"上帝"后解决了,这些人物的灵魂痛苦也从此消退了。陀思妥耶夫斯基如此回答"人是什么"的问题,如此煞费苦心地安排小说人物的人性归属,难怪后人要指责他"消极"甚至是"反动"的。不过,陀思妥耶夫斯基果真认为"人是上帝"?果真认为他小说中的人物都能归属于阿辽沙的"上帝"的人?回答显然是否定的。从小说的实际描写来看，我们完全有理由认为作者对《卡拉马佐夫兄弟》的结局安排以及"人是上帝"的回答，是有悖于他自己内心真实的一种无可奈何之举。在卡拉马佐夫家族的5个主要人物形象中，最圣洁高尚的阿辽沙其实是最惨白无力的形象，最卑劣无耻的老卡拉马佐夫和斯麦尔佳科夫是最真实可信的形象。伊凡关于"兽"性的人的种种议论也是富有说服力的，陀思妥耶夫斯基自己也这么认为。这个家族的5个主要成员作为人的不同侧面的自我的象征，实际上各自依旧以自己的声音在互相争辩，不曾屈从于"上帝"式的阿辽沙。这些各自独立的声音中，"兽"性的人的声音最冷酷也最有力；"虫"相的人的声音最痛苦最绵绵不断；"上帝"式的人的声音最神圣却最微弱。因此，在《卡拉马佐夫兄弟》中乃至陀氏所有的小说中，"我是谁"、"人是什么"的问题实际上并没有得到肯定明确的回答，陀思妥耶夫斯基也无法作出肯定明确的回答。他自己在这一问题上一直都是自我矛盾的，即使到了他创作晚期的70年代，依旧陷于矛盾困惑中难以自拔。他一会儿说："人只要不丧失在世界上生活的能力，他们是可以成为美好的和幸福的。我不愿意也不能相信恶是人的一种正常状态。"一会儿说："隐匿在人类之中的恶远比包治百病的社会主义者所想象的要深刻得多，任何一种社会制度都无法避免恶……"[1]陀思妥耶夫斯基自己在人性认识上的矛盾性，也就使他在创作中难以准确回答"人"的问题。他的任何时期的小说中那些具有不同自我的人物形象的客观存在和无法走向统一的指归，正说明了陀思妥耶夫斯基在"人"的定位问题上的迷惘和困惑。

四、在"困惑"的背后……

陀思妥耶夫斯基"人"的定位的困惑，在具体作品中则表现为人物自我定位的困惑，而人物自我定位的困惑又展示了人被异化，新旧价值观念冲突造成的人的焦虑与迷惘。

与侧重于表现金钱对人的异化的巴尔扎克和狄更斯等西欧作家不同，处在资本主义势力入侵，而封建专制又尚未寿终正寝的"黑暗王国"中的陀思妥耶

---

[1] 陀思妥耶夫斯基1876年和1877年《作家日记》，转引自《外国文学教学参考资料》（五），第239—240页。

夫斯基，他在自己的小说中表现人的异化具有两重性，即金钱和权力对人的异化。而在金钱对人的异化的描写上，以往的作家大多表现占有金钱财富、追逐金钱财富者人性的扭曲，人成了"物"的奴隶。如，巴尔扎克的葛朗台、拉斯蒂涅，狄更斯的董贝等。与之相似，在权力对人的异化的描写上，以往的作家大都表现拥有权力者和追求权位者人性的变异，人成了权力的奴隶。如，莎士比亚的李尔王，托尔斯泰的卡列宁，司汤达的瑞那市长等。而陀思妥耶夫斯基则表现占有金钱、权力者与丧失金钱、权力者的双向异化。"兽"性的人因追逐和占有金钱与权力而走向异化，以致无法自我定位；"虫"相的人由于金钱的匮乏和地位的低下成了人的异类，同样无法自我定位。尤其具有现代意味的是，以往的作家侧重于描述人被异化的过程以及被异化者的外部行动，而陀思妥耶夫斯基则关注于面临和遭受异化的人的内心痛苦与恐惧。

卡夫卡的小说《变形记》通过格里高尔的变形揭示了人被异化的事实。"我是谁？""我是一只甲壳虫。""人是甲壳虫。"小说通过对格里高尔的心理描述，展示了现代人深感人性异化的痛苦。他虽是虫的外形，但有人的心灵。而虫的外形隔绝了他与人的沟通，最终在孤独绝望中悄然死去。陀思妥耶夫斯基小说中"虫"相的人物在外形上依然是人，但他们内心有着被沦为"虫"的无穷恐惧。他们千方百计地想使自己成为人，但总是无法使自己定位于人。他们刚一开口说"我是人"，心灵深处的另一个自我马上说"我是虫"。他们每每在惶惶不安中寻找希望，甚至不惜使自己成为"兽"，而"兽"的自我向他们靠拢时，又害怕成为"兽"。"我是谁"、"人是什么"的问题无休止地撞击着他们的心灵，使他们深感困惑与焦灼。他们虽无虫的外形，却无法真正与他人沟通，于是又痛感世界的冷漠与人生凄凉。陀思妥耶夫斯基笔下的异化者总是陷于心灵的惶恐与痛苦之中，他们的精神气质酷似"卡夫卡式"人物。所不同的是，"卡夫卡式"的人物已确认自己成了异类，内心充满绝望，而"陀思妥耶夫斯基式"的人物感悟到自己成了异类，但还未确证，还企图获救，因而还尚留一丝希望。所以，"陀思妥耶夫斯基式"的人物是具有现代色彩的，但还保留着传统的胎记。陀氏对人的异化的认识已远比同时代的作家来得深刻，他的小说表现的人的异化形态蕴含了浓厚的现代文化意味。

陀思妥耶夫斯基小说中处于迷惘困惑中无法自我定位的人物的互相争辩，既表现出作者对传统文化价值观念的怀疑与依恋，也表现出作者对新的文化价值观念的忧虑与认同。这是一种极为复杂而矛盾的文化心态，这也是新旧社会转型时期的时代特征和人们普遍的文化心理状态。"虫"相的人尊崇的是人道的原则，体现着人性的美，代表着传统的希伯来—基督教人本主义价值观念。然而，他们在"兽"性的人的逼迫下沦落为"虫"，意味着传统价值观念所面临的严重危机。小说中的人物对"虫"相的自我的矛盾心态，正体现了作者对传统价值观念的怀疑。"兽"性的人尊崇的是为所欲为的极端个人主义原则，体现着人的个性的绝对自由，代表了正在崛起的新的价值观念。然而，他之沦落为"兽"，显示出了人性的阴暗与丑恶，表现出了对人类自身生存与发展的巨大破坏性。正是由于"兽"性的人的出现和存在，才使人沦为"虫"，人类社会才变得那么冷酷，才充满了危机。如果说，人类社会将是"兽"性的人的一统天下的话，那么，这将是一幅怎样可怕的情景呢？卡拉马佐夫父子的争斗与残杀，以及"宗教大法官"统治下的那个社会便是很好的说明。《罪与罚》中拉斯柯尔尼科夫最后做的那个怪诞的梦，更是人类可怕前景的象征和预言：

> ……所有的村镇，所有的城市和民族都染上这种疾病而疯狂了。他们惊恐万状，但彼此都不了解，每个人都认为只有他自己拥有真理，而在看别人的时候又非常苦恼，捶着自己的胸膛，哭泣，伤心欲绝。他们不知道应该评价什么人和怎么评价，对什么是善，什么是恶，也得不到一致的看法。他们不知道应该评判谁有罪，判谁无罪。人们出于毫无意义的仇恨，互相残杀。他们集成大军，互相攻打，但军队还在途中行军就自相残杀起来，队伍溃散了，军人互相火拼，互相砍杀，你咬我，我咬你，你吃我，我吃你。……[1]

这个"梦"的世界，就是"兽"性的人横行的世界。在那里，美丑颠倒，是非混乱，个性的绝对自由使人性阴暗与丑恶的一面坦露无遗，人蜕变成了"兽"。这个"梦"固然是荒诞的，但它象征了上帝失落、价值观念变换后的未来人类世界，它也预告了即将到来的20世纪战乱、噩梦的欧洲社会。这个"梦"既表现出陀思妥耶夫斯基对人性阴暗面的深刻洞察，也表现出他对"兽"性的人、人性的恶以及人类前景的深深忧虑。这种忧虑颇似当代英国小说家戈尔丁在《蝇王》中表露的对人性黑暗的忧虑。陀思妥耶夫斯基对"兽"

---

[1] 陀思妥耶夫斯基：《罪与罚》，朱海观等译，人民文学出版社1991年版，第724页。

性的人的着力描写，表明了他对人性恶的正视，也表明了他对亦已存在的新价值观念无奈中的认同。在内心深处，他不愿意接受它，不愿意接受"兽"性人的世界，正如伊凡不愿接受"上帝创造的世界"一样。由此可见，陀氏对"兽"性的人始终是认同与忧虑交混的。这种矛盾又使他对上帝恋恋不舍。事实上，他从来也不曾割断过对上帝、对传统价值体系的依恋之情。"上帝"式的人的文化内质就是人道原则、人性善的象征，在这一点上，与"虫"相的人相同。尽管"上帝"式的人在小说中是惨白无力的，但毕竟给人以安慰，给人以安全感。只是陀思妥耶夫斯基塑造"上帝"式的人的时候，难道不知道他仍将沦为"虫"吗？这正是陀思妥耶夫斯基的困惑。所以，陀思妥耶夫斯基小说中人物自我定位的困难和叙述方式的复调性，其深层文化内因是现代价值观念冲击所引起的传统文化板块的裂变。从这个意义上说，陀氏小说既有传统文化的胎记，又蕴含了比托尔斯泰、巴尔扎克等现实主义作家更丰富的现代文化基因。陀思妥耶夫斯基为西方文学"人"的观念的发展，为沟通19世纪文学与20世纪文学"人"的观念的联系作出了重大贡献。

第六节
对原始情欲的悲观与冷漠

福楼拜，一个独身主义者，一个冷漠的悲观主义者。他憎恨人间的丑恶，逃避尘世的喧闹，悄然隐居乡间，藏身于艺术的象牙之塔中，寻寻觅觅，度过了孤独而寂寞的一生。面对那充满缺陷的世界与人生，他不惊惶，不恐惧，不哀天号地，也不指望拯救，似乎上帝并不存在，似乎一切原本就如此。他的小说在对生活作现实主义的无情解剖与批判时，并不描绘令人振奋的理想的光环，主人公几乎都是难以自救的失败者。福楼拜自己说："我的性格本身就有缺陷，寻找的还永久是缺陷。"[1]在他那里，往昔的理想主义已失去曾有的辉煌，只剩下一堆没有充分燃烧的灰烬。于是，常常有人责备：福楼拜小说的悲观主义、虚无主义色彩太浓重了。确实，他悲观，他冷漠。不过，他也执着——一种从冷漠中透出的执着。他厌恶甚至逃避丑恶的现实，然而，他又无声地背负起来自生活与心灵的痛苦与焦灼，默默地进行着"由美而抵于真理的

---
[1] 李健吾：《福楼拜评传》，湖南人民出版社1980年版，第12页。

不断的寻求"；"他用人生给自己编织了一件苦衣，时时擦破他的皮肤"[1]，去完成他艰难的跋涉。福楼拜的文化人格不同于巴尔扎克，也不同于托尔斯泰，因为，他比他们更少了一份对传统文化母体的心理眷恋，从而更走向了现代。

一、人是被欲望牵着走的"瞎子"

> 小姑娘到了热天，
> 想情郎想得心酸。[2]
> ……

当爱玛瞒着丈夫，与赖昂在卢昂城的一家小旅馆沉湎于"爱"的欢乐中时，一个瞎子乞丐在她的身边唱起了这首小曲。那凄婉的歌声，震颤了爱玛的心灵，扰乱了她的心境，顿时，她如坠地狱，心底油然升腾起莫名的恐惧……

奇怪的是，在爱玛弥留之际，门外又传来了瞎子乞丐的歌声：

> ……
> 这一天起了大风，
> 她的裙带失了踪。[3]

闻声，昏死中的爱玛如一具触电的尸首，陡然坐了起来，睁大眼睛，发出疯狂、绝望的狞笑，仿佛看见乞丐正站在永恒的黑暗里吓唬她。一阵痉挛之后，她咽气了。她的悲剧中透出了人生的悲苦与凄冷。那幽灵一样的"瞎子"，其实就是爱玛，就是人自己！福楼拜在《包法利夫人》中，表述了他对人和人生的深刻领悟，所以他说："爱玛，就是我！"

福楼拜的悲观厌世思想，是从物质的和肉身的人的非永恒性以及人的本质的虚无中得出的，这是他对人的生命本体意义的追寻。福楼拜对生命意义的这种深层体悟，发端于他青少年时代的生活。他自幼就感受着病弱之躯的种种痛苦。他一直患有一种神秘而奇怪的脑系病。他的作为医生并且颇有名气的父亲，却对自己儿子的病束手无策。一直到23岁，这种病依然折磨着福楼拜。

1　李健吾：《福楼拜评传》，第57页。
2　福楼拜：《包法利夫人》，李健吾译，浙江文艺出版社1992年版，第248页。
3　福楼拜：《包法利夫人》，第302页。以下出自该译本的引文均不再注。

他的父亲在绝望之际，为他挖好了坟穴，只是福楼拜并没过早地死去。但是，这种由疾病带来的肉体的与精神的痛苦，引发了他对人和人生的独特的体验。他说："然而我自己，因为脑系病，却得到了不少的经验。"[1]这种经验，就是对肉身的人的虚无与痛苦的体悟，对生命意义的怀疑："虚无如何侵入而占有我们！才一落地，腐烂就上了你的身体；结局人生不过是它与我们的一场永战，而且越来越占优势，直到临了死亡。"[2]

另外一点促使福楼拜去体悟生命之虚无与痛苦的是他儿时亲眼目睹的那一幕幕有关病人的痛苦与死亡的惨景。他家的隔壁是医院的病房与解剖室，那里面的情景，深深地印入了他的记忆。他在回忆中说：

市立医院的解剖学教室正对着我们的花院。有多少次同我妹妹，我爬上花架，悬在葡萄当中，好奇地望着罗列的尸身！太阳射在上面；苍蝇翱翔在花上，在我们的头上，落到那边，飞回来，又嗡嗡地响着！[3]

尸首是光的，躺在床上，从他的伤口依然沁出血来；脸是可怕地皱缩着，眼睛睁开了，转向加尔细亚那面；尸首的无光而郁暗的视线逼下来，他的牙也响了起来；嘴巴半张着，好些大肉蝇子，嗡嗡地，一直落在他的牙上；颊上的血凝结住，有五六个蝇子胶在里面也飞不开；同时皮肤灰白，指甲惨白，臂与膝盖也有伤口。[4]

我们看见死者，在可怕的恐怖之中的死者。但是一层厚厚的雾立即上升，好些时候阻住我们往清楚看：他的肚子啃烂了，胸和臂是一层无光的白色；往近里走，马上看出这种白色是无数的蛆虫，贪婪地啃着。[5]

这一幅幅人生凄惨可怕的图画，也像咀虫吞啮着福楼拜稚嫩的心灵，使他的心罩上了浓重的灰暗与忧愁，从而形成了他悲观、虚无与厌世的人生观和世界观。

---

[1] 李健吾：《福楼拜评传》，第29页。
[2] 李健吾：《福楼拜评传》，第27页。
[3] 李健吾：《福楼拜评传》，第23页。
[4] 李健吾：《福楼拜评传》，第24页。
[5] 李健吾：《福楼拜评传》，第24页。

很自然地，福楼拜"所看到的往往是事物相反的一面，看到孩童，脑中立刻浮现老人；看到摇篮便想到墓场；面对大夫不由得联想到他的骸骨；看到幸福，则引发我的悲思；看到悲伤的事情，则产生事不关己的心情"。[1] 这是一颗何等冷漠的灵魂！

福楼拜对生命、人和人生的把握与认识的路线是十分清楚的：物质的、肉身的东西是不能永恒的，而人是物质的、肉身的，因此人和生命是瞬息的；人生的过程就是走向衰朽、死亡的过程，因而人生是痛苦的、无意义的和不值得依恋的；凡是由物质和肉身引发出的幸福是短暂的，并且最终将带来痛苦与不幸；因此人生的过程本质上是痛苦与不幸，生命在终极意义上是虚无。正因如此，福楼拜认为："不幸人人相同，逃不脱物质的条例。"[2] 既然人人逃不脱物质的条例，而人的存在首先又是物质的，因而，福楼拜又认为，"人不自由。我没有自由选择"。[3] "你，自由，一落地，你就承有一切父母的疾苦；一生下，你就收到所有罪恶的种子，甚至于你的愚蠢、你评判自己、人生与环境的标准。"[4] 所以，人从生到死，不过是"命运"手中的玩物。他说："至于我的宿命观，你见怪也罢，反正结在我的深处。我确然信之。我否认个体的自由，因为我不觉得我自由；至于人类，你只要念念历史，就看得出来它不总是朝企望的方向进行。"[5] 福楼拜从人的物质属性的基点出发寻找人类生命的意义与价值，对人类的总体价值作出了否定性结论。

在这个基础上，福楼拜又主张人要顺乎所面对的现实生存环境，"接受事物本来的面目"，[6] 不必苦苦追求欲望的满足及由此而来的"幸福"。他说："决不要想望幸福，这要招魔鬼来的，因为这种观念就是他造出来的，好叫人类吃苦。天堂的概念比起地狱的概念，其实更加地狱。幸福的假设，比起永生苦难的假设更加惨苦，因为我们命里注定了达不到。"[7] 所以，他告诫人们：

1　厨川白村：《西洋近代文学史》，商务印书馆1945年版，第30页。
2　李健吾：《福楼拜评传》，第37页。
3　李健吾：《福楼拜评传》，第39页。
4　李健吾：《福楼拜评传》，第40页。
5　李健吾：《福楼拜评传》，第39页。
6　李健吾：《福楼拜评传》，第39页。
7　李健吾：《福楼拜评传》，第43页。

"幸福是一个债主,借你一刻钟的欢悦,叫你付上一船的不幸。"[1]然而,负有沉重肉身的芸芸众生,常常不能领悟自身的这种悲剧性"宿命",不能洞察物质的、肉身的自我的局限性,因而无法超越与抵御种种来自物质和肉身的欲望,一味沉湎于物质的与肉身的"幸福"的无穷追逐与满足之中,成了一个浪迹于苦难尘世的四处碰壁的"瞎子"。《包法利夫人》正是福楼拜的这一人生价值观念的艺术形式的表达。

福楼拜自己说,爱玛是"一个接近女性的女主角,一个通常所见的女人"。[2]也就是,爱玛是一个具有通常人的生命活力,同时也激荡着种种欲望的人,是芸芸众生中一个物质的、肉身的人。她的种种欲望,激发了她对生活的无穷想象与渴望,具体表现为对"爱"与"幸福"的追求。这种"爱"与"幸福"虽然不无心灵的、精神的因素,但其主体与原发动因是肉身的和情欲的。她向往"爱"与"幸福",而在她的现实生存环境中却不存在,于是,她不接受这个环境,不承认这个现实,不满足于她和包法利医生的那种平板、枯燥、乏味的生活。她对现实具有叛离心态。其实,她所想象的"幸福"不过是福楼拜所说的"属于虚伪的诗"[3],也即由肉身欲望激发并借助幻想营造出来的传奇世界。她明明生活在现实的环境,欲望却盲目地把她引升到传奇的世界。她一味地听凭欲望的驱使,试图让"爱"永远充满疯狂的激情,甚至认为"爱"就是激情,"幸福"的快乐也是实实在在的,理想的情人也是实实在在的。既然如此,人的使命在于不断去寻找这种"爱"与"幸福",不断去享受快乐。每当找到这种快乐时,她兴奋不已,生活也进一步被虚化和诗化了。在她第一次与罗道耳夫幽会时,小说是这样描写她的激动与忘乎所以的:

> 我有了一个情人!一个情人!
> 她一想到这上头,就心花怒放,好像刹那间又返老还童了一样。她想不到的那种神仙欢愉,那种风月乐趣,终于到来。她走进一个只有热情、销魂、酩酊的神奇世界。周围一望无涯的碧空,感情的极峰在心头明光闪闪,而日常生活只在遥远、低洼、阴霾的山隙出现。

爱玛在与罗道耳夫的偷情中感受到了人生的"幸福",找到了她向往中的

---

[1] 李健吾:《福楼拜评传》,第43页。
[2] 李健吾:《福楼拜评传》,第99页。
[3] 李健吾:《福楼拜评传》,第99页。

"爱"。当罗道耳夫背叛她后，爱玛又在赖昂那里找回了一度失落的"爱"，同样沉湎于"幸福"与快乐的自我陶醉中。与以前不同的是，爱玛在反复地体验了"爱"与"幸福"后，也渐渐感觉到这种激情之"爱"的非永恒性。她和赖昂相处一久，"他们太相熟了，颠鸾倒凤，并不又惊又喜，欢好百倍。她腻味他，正如他厌倦她。爱玛又在通奸中间发现婚姻的平淡无奇了"。时间告诉她，婚姻和奸淫同样地平板、乏味、现实，或者说，奸淫里并没有她要找的永久的"爱"与"幸福"。可是，爱玛在感悟到"爱"的非永恒性，并感到失望之时，却没有意识到这是人的物质性所决定的，因而又寄希望于通过变换爱的对象，通过无止境的寻找使"爱"成为永恒，这就决定了她的寻求永远是盲目的，等候她的也永远是失败与失望。在爱的对象一个个离她而去时，爱玛的幻想最终破灭了，她从五彩缤纷的传奇世界飘落到切切实实、无法回避的现实世界。于是，她大梦初醒：原来"爱"并非永恒，"幸福"也不存在。实质上，爱玛追求"幸福"的过程，正是不断失败、走向痛苦与绝望的过程。但她并没意识到这点，只是让肉身的欲望牵着鼻子往前走，她一直是一个"瞎子"。爱玛最后说："谁也不要怪罪。"因为，一切在于：她自己是一个"瞎子"。

二、追求灵魂的美丽

既然建立在肉欲之上的"幸福"是不可求的，那么，人就应该让灵魂去克制肉身的欲望，寻找精神的、心灵的"美丽"，寻找灵魂的幸福。"人生最高的努力是跳出物质的困惑。"[1]同理，爱的追求应该跳出肉欲的困扰。"如果人生有点儿意义，意义不一定就在做爱。还有比这美丽的，就是我们的精神活动。"[2]这是福楼拜在人的"灵"与"肉"之间找到的新的答案。他的独身主义生活方式中不能不说有追求精神的、崇高的爱的动因，然而，困难的是人首先是在物质的与肉身的基础上存在的，"我们不能离开物质而生存，如果灵魂不能全然驾驭物质，物质却有力量影响灵魂"，[3]"我们不过靠着事物的外在

1　李健吾：《福楼拜评传》，第41页。
2　李健吾：《福楼拜评传》，第41页。
3　李健吾：《福楼拜评传》，第37页。

生存……我敢说物质（身体）比气质（道德）重要"。[1]灵魂、精神无法离开肉身而存在，也无法彻底抵御肉欲的诱惑，这是生命存在的奥秘。彻底否定肉身与肉欲，也就等于否定了生命本身，等于只承认死亡。这实在是令人两难的尴尬！"灵"与"肉"较量的结果常常是："灵魂想出来做帝王，不料反被臣民羁绊住。这两个绝对背道而驰的境界……只要一点点嫌隙，势必车仰马翻，永生于一种不和谐的挣扎。"[2]生活中的福楼拜自己，也曾处于"灵"与"肉"矛盾的尴尬之中。他不结婚，却又不断地爱；他企图保持爱的纯洁与美丽，却又追求肉欲的满足与刺激；他热恋着高莱女士，却又极少与她见面，还拒绝了她的结婚请求。福楼拜"爱"的矛盾与困惑，既有对肉欲的恐惧，又有对爱的崇高、纯洁和精神、灵魂之"美丽"的忧虑。这种"爱"的矛盾与困惑的情感、心理外化为文学，就是他的《情感教育》。

《情感教育》的主人公弗雷德利克和爱玛相仿，在经历了三次"爱"的曲折后走向了精神的幻灭。不过，弗雷德利克的"爱"与爱玛所追求的"爱"有天壤之别。如果说爱玛沉湎于永不餍足的肉欲之爱的话，那么，弗雷德利克则鄙视这种肉欲之爱而追求心灵的、精神的爱，寻找灵魂的"美丽"。在那次从巴黎返回故乡的海上旅行中，年方十五的翩翩少年弗雷德利克与他以后倾心爱恋的阿尔努夫人邂逅。留在他记忆中的阿尔努夫人是一个超凡脱俗的圣女。作者是这样描绘弗雷德利克第一次见到阿尔努夫人以及他的内心感受的：

> 突然，他仿佛看见一个圣灵出现了。
>
> 她独自坐在板凳当中，或者说，至少他没有看到其他任何人，因为她的眼睛使他眼花缭乱……
>
> 她头戴宽边草帽，背后几条玫瑰色飘带随风飘拂着。黑色的头带，绕过一双浓眉梢，压得低低的，仿佛特别精心地贴在她的鹅蛋脸上。一件圆点子花的浅色细布连衣裙，铺撒开来，形成无数褶裥。她正在绣什么东西；笔直的鼻梁，下巴，整个身躯，都清晰地映在蔚蓝色天空的背景上。
>
> ……
>
> 他平生没见过像她那样光亮的褐色的皮肤，也没有见过像她那样

---

[1] 李健吾：《福楼拜评传》，第39页。
[2] 李健吾：《福楼拜评传》，第37页。

富有诱惑力的身段,更没见过她那样能透过阳光的纤纤玉指。他惊讶地端详着她的针线筐,仿佛在看一件什么宝贝。她姓甚名谁,家住何方,生活得怎样,经历如何,一连串问题涌上心灵。他希望能看一看她卧室的摆设,见一见她穿过的所有衣裙,结识一下她交往的人。然而,由于被一种更为深沉的欲望所支配,由于一种折磨人的巨大的好奇心占了上风,肉体上占有的欲望反而消失了。[1]

这些描写中,透出了弗雷德利克最初对阿尔努夫人的爱的情感。这种爱不能说没有情欲的成分,但情欲很快升华为情感的、心灵的爱,而且以后他们一直保存着这种爱的纯真,从而显示出他们情感与心灵的"美丽"。他爱她,至真至诚,但不求任何报答;他爱她,至深至切,却没有海誓山盟的表白;他爱她,如痴如狂,却永远只停留在精神与心灵的交流之中。也像最初见面时一样,在以后与阿尔努夫人的交往中,弗雷德利克也曾有过欲望的萌动与肉体上占有的想象,但每逢见到阿尔努夫人时,他的情感瞬即净化了,连直接表达爱的勇气也丧失了。小说曾写道:"弗雷德利克对阿尔努太太的了解越多(也许正因为如此),反而越比从前胆怯。每天早上,他都发誓这回要放大胆子,可是,由于一种难以克服的害臊心理,每天依然如故。此外,他没有任何榜样可借鉴,因为这一个女人不同于一般。凭借幻想的力量,他早把她置于凡人之外。每当她在身旁,他就觉得自己活在世上微不足道,远不如那些从她剪刀上掉下来的细碎绸子有意义。"弗雷德利克把对阿尔努夫人的爱作为情感的与精神的"美丽"去精心地爱护她。然而,这个切切实实肉身的弗雷德利克,虽然有精神的"美丽",有纯洁情感的自慰,但情欲的冲动并没因此而消解,他的人格结构趋于双向分裂状态。一方面是"灵"的自我在与阿尔努夫人相爱,另一方面,"肉"的自我则轻而易举地使他接受了萝莎妮和唐布罗士夫人。他在这两个女人身上得到了情欲的满足。他和她们两人的"爱"是爱玛式的肉欲之爱。弗雷德利克在与这两个女人谈情说爱时,俨然是一个风月老手,显得胆大妄为,放荡不羁,情感的崇高、精神的"美丽"是不存在的。初时,他也渴望这种肉欲之爱,并把它视为"难以言喻的幸福",但是,这种幸福实现了之后,他也不觉得愉快。这又更促使他珍视对阿尔努夫人的这份圣洁的情感,从中找到了

---

[1] 福楼拜:《情感教育》,冯汉津、陈宗宝译,人民文学出版社1981版,第6—7页。以下出自该译本的引文均不再注。

在萝莎妮与唐布罗士夫人那里不曾有的精神自慰,甚至从中感受到了人生与生命的"美丽"。令人悲伤的是,阿尔努夫人留给他的这种"美丽"最终又成了幻影。那是在27年之后,经过种种人生的曲折,弗雷德利克依然眷恋着昔日的阿尔努夫人。此时的阿尔努夫人,丈夫去世,孑然一身。这天晚上,阿尔努夫人意外地出现在弗雷德利克门前。他们彼此激动不已,在热烈的拥抱之后,互诉衷肠。弗雷德利克说,从前,"如果我们彼此相属,我们本来会多么幸福啊!"果真会如此吗?阿尔努夫人脱掉帽子,在灯光照射下,弗雷德利克看见了她的满头白发!他顿时如遭当胸一击,但竭力掩饰了这种内心的震颤。她对他说,"我恨不得使你快乐"。闻此言,弗雷德利克以为她是来为他献身的,他内心产生了"一阵强烈、疯狂、热切的欲望冲动",可是,随即"他感到一种难以言喻的心情,一种厌恶,一种乱伦的恐怖……使他不敢逞其所欲"。在异常惊讶之后,阿尔努夫人像母亲一样吻别弗雷德利克,还剪给他一绺白发,说:"留下它吧!永别了!"这一绺白发对弗雷德利克来说是残酷无情的,它意味着毁灭、死亡与空无,它像一堆白骨!福楼拜从人的本体的角度,说明了灵魂的和精神的幸福与"美丽"亦是不存在的,非永恒的,因为灵魂与精神的东西不能脱离肉身的与物质的载体而存在。"我要的是无限里的美丽,我寻见的只是怀疑。"[1]

三、生命与痛苦同在

物质的、肉身的幸福和灵魂的、精神的"美丽"在现实的人生中都不可求,都不存在,那么,苦难的人类要获得生存的宁静,就得割舍诸多尘世的欲求:物质的、肉欲的、情爱的、荣誉的、权势的……要超越物质,归根结底要超越尘世,进入宗教的境界。福楼拜的一生,也做着这种超越尘世的努力。他厌弃现实,回避生活,克制欲望,过着苦行主义的生活。他说:"我有一个非常过分的欲望,可是我从来没有给它们一个满足。"[2]他与世无争,把艺术作为自己的宗教,企图借此忘却尘世的烦恼,得到人生的闲静。他还说:"人生如此丑恶,唯一忍受的方法是躲开。要想躲开,你唯有生活于艺术,唯有由美

---

1 李健吾:《福楼拜评传》,第42页。
2 李健吾:《福楼拜评传》,第48页。

丽抵于真理的不断的寻求。"[1]他又说,"我过着一种牧师的生活,我仅仅缺少道袍而已"。[2]确实,在常人眼里,福楼拜的生活方式是古怪的,似乎也清静安宁,其实这只是表面现象而已。他的内心深处,并没有也无法真正与尘世的物质现实和欲望绝缘,他要消除原本"非常过分的欲望"是何等困难。他自己说:"再也没有比我纷扰、忧苦、激动、涂炭的了。我没有连着两天或者两点钟在同样的情境之中。"[3]尘缘难以割舍,欲望无法消解,理性意识又如此敏锐地予以领悟,于是就有福楼拜灵魂深处的绵绵痛苦。这是人的痛苦。在此,我们又看到了一个双向分裂的福楼拜——双向分裂的人,他恰似《圣安东尼的诱惑》中的安东尼。

安东尼是公元3世纪埃及的一名修士。30年前,他不顾母亲和情人的苦苦挽留,抛家离乡,当了隐修院的修士。在漫长的隐修生活中,他"苦修苦练,功德完满"[4],信徒众多,德高望重。像他这样的高僧,总该有一个无欲无求的宁静心境了吧,其实不然。进隐修院后,他从没忘却尘世的生活。他向往着当语法学家、哲学家、天文学家,得到人们的崇敬;他想象着从军参战,建立功勋,辉煌于众人之上;他憧憬着拥有金钱,获得为所欲为的自由;他也想象过妻贤子孝,得享天伦的乐趣。安东尼一直凡心不死,他的修士的显赫功德,是在不断地克制与消除来自尘世的诱惑中取得的。30年后,正当功德完满之际,他抚今追昔,肉心反而更添了骚动与不安。他的那一系列怪诞的梦,正好泄露了他意识深处无尽的欲望与痛苦。

太阳西沉,安东尼经过一天的劳作,闭目冥想,深感修行生活的苦闷。进入梦乡之后,魔鬼开始对他施行种种诱惑。首先,他梦见,"大块红色的朝肉,硕大的鱼,带羽的鸟,带毛的兽,几乎和人体同色的水果。雪白的冰块和淡紫色的水壶交相辉映"。这勾起了安东尼巨大的食欲。接着,他梦见自己拥有"大量的钻石、红宝石、蓝宝石,带有帝王肖像的大金像喷水池涌出的泉水,一起往外喷流,竟在地上形成了一座小山丘"。他的财物占有欲剧烈地膨胀,"我要去那里亲自领略成堆的金子被我踩得往下沉的滋味。我要把双臂

---

[1] 李健吾:《福楼拜评传》,第57页。
[2] 李健吾:《福楼拜评传》,第36页。
[3] 李健吾:《福楼拜评传》,第56页。
[4] 福楼拜:《圣安东尼的诱惑》,刘方译,人民文学出版社1987年版,第4页。以下出自该译本的引文均不再注。

伸进金子堆里，就像伸进粮食口袋一样。我要用金币擦脸，我要睡在金子上面！"继而，他又梦见美艳的示巴女王来向他求爱："倘若你把手指放到我的肩上，你血脉里便仿佛燃起了火。你占有我身体最小的部分都会比征服一个帝国更加快活。把你的嘴唇伸过来吧！我的亲吻有如香甜的水果，会在你的心田里溶化！啊！你会怎样在我的云鬓里忘情，怎样吮吸我的酥胸，怎样为我的四肢惊喜得发呆，怎样为我的眸子激动，怎样在我的怀里天旋地转呀！……"示巴女王的诱惑激起了安东尼强烈的情欲，但他同时也在胸前划起了十字。食欲、财欲、情欲等都是修士应当禁绝的，但安东尼的梦却折射出他心灵深处欲望的冲动，说明他在外表的宁静、圣洁里，隐藏着因灵与肉冲突而带来的痛苦与焦虑。所以，安东尼外表的平静与虔诚，不免有几分失真与伪善，尽管这是出于无奈。正如他的弟子希拉瑞昂当着他的面所指责的："伪君子！沉溺于孤独是为了更痛快地纵欲！你戒肉，戒酒，不去浴室，不用奴仆，谢绝荣誉；然而你纵情想象筵宴、香料、裸体女人和喝彩的群众。你的节操只是更巧妙的腐化，你蔑视尘世是说明你憎恨它而又无力反对它。"这一番话，颇为合乎安东尼的内心真实。消解欲望，是何等地困难！福楼拜通过对安东尼一夜的焦虑与痛苦的描写，不仅披露了自己的内心体验，而且也提示了人的真实的生存状态：生命存在，欲望不止；生命与欲望同在，生命与痛苦、焦虑同在。

四、"安然投入漆黑的巨壑"

从《包法利夫人》、《情感教育》和《圣安东尼的诱惑》中我们可以看出，福楼拜的悲观主义思想比巴尔扎克和托尔斯泰要深重得多，也说明了他的文化观念更走向了现代。巴尔扎克与托尔斯泰都体悟到了人性的趋恶性，因而对人失去了人文主义的乐观。但他们又眷恋过去，对人性的复归仍存有一线希望，这正是他们对旧文化价值体系的依恋，也体现了他们在关于人的文化价值观念上的两重性。福楼拜认为人性非恶亦非善，人的悲剧在于无法超越自己的肉体的和物质的属性。人的肉身是生命的载体，来自肉身的欲望正是生命存在的标志。放纵欲望，便是加速生命消耗的进程，也就加速了生命的毁灭；克制欲望，寻求精神和灵魂对物质的超越，根本上又扼制了生命，于是又引来了无穷的痛苦。因此，生命以及人类在本体意义上是痛苦与虚无的，上帝也好，人自身的理性也罢，都无法使人获救。福楼拜对人类的总体价值产生了怀疑甚至否定。他的悲观主义不是基于基督教的"原罪说"，而是基于对人类生命本体的深层把握，他的关于生命的痛苦与虚无的观念，接近于叔本华的悲观主义理论。叔本华认为，人的本质就是意志，意志即欲求，欲求即痛苦；痛苦是生命本质的和不可避免的东西，人生是一种迷误；意志好像一个勇猛刚强的瞎子，因为它是不可遏止的冲动，是一切欲望的根源，但它是盲目的。福楼拜和叔本华所认为的人的痛苦，都基于人自身的欲望，也即生命本身。显然，福楼拜的文化人格远离了近代基督教—人本主义文化价值体系而近于现代非理性主义文化。从这个意义上说，福楼拜的《包法利夫人》、《情感教育》等小说都不只是从一般婚姻道德意义上描写爱情故事的，《圣安东尼的诱惑》也不只是表现一般的反宗教主题，而都是从文化哲学的高度阐释人类生命本体的价值与意义。这种对人与社会的认识与把握方式也是具有现代意味的。

第七节
人是生物？

一、"具有思想意识的人已死去"？

卡西尔认为，人是能运用符号去创造文化的动物，文化则是人的符号活动的"产品"，文化无非是人的外化与对象化，"作为一个整体的人类文化，可以称作人不断解放自身的历程"。[1]因此，特定时期的文化，必然投射了特定时期关于人与世界的价值观念和总体认识。文学是人学，它作为构成文化的一个组成部分，不仅植根于特定的文化土壤，而且以人的价值观念的演变为自身演变的重要动力源。特定时期的文学中必然潜隐着该时期的文化的投影，因此新旧文学思潮的更迭，必然也表现为文化观念的嬗变，新旧文学之间必然存在着文化时差，从这个意义上看，左拉走上自然主义的创作道路，是有其文化动因的，他的创作与他的前辈现实主义作家的创作之间，必然存在着一种文化时差。

在近代文明史上，自然科学的发展不断拓宽了人对自然与社会认识的视

---
1 恩斯特·卡西尔：《人论》，第288页。

野，也改变着人对自身本质属性的看法。19世纪是自然科学以前所未有的重大成就大踏步地推动文明与文化进程的时代。其中，1859年问世的达尔文的《物种起源》，是欧洲科学史、文化史上的一部划时代的著作，它在近代以来欧洲传统文化的"板块"上轰开了一道深长的裂缝。"这本书注定了要彻底改变人对于人自己的观念。在达尔文之前，人由于存在着所谓的灵魂而被排除在动物王国之外。但进化论却使人成了大自然的一部分，成了动物世界的一个成员。这个激进的观点的被接受，就意味着对人的研究可以沿着自然主义路线去进行了。人成了科学研究的对象，除了他的更复杂性之外，跟其他生命形式没有什么区别。"[1]达尔文的进化论以及在这一理论影响下发展起来的生物学、生理学等自然科学，改变着19世纪后期欧洲社会的精神文化气候，左拉正是在这种文化背景中形成其有悖于传统观念的新文化价值意识，从而走上自然主义的创作道路的。

左拉是一位富有创新精神的作家，他崇拜巴尔扎克和雨果，但又为自己生于巴尔扎克和雨果之后而感到生不逢时。他的那种力求创新的个人意志时时警告着他：要超越巴尔扎克，而"不能像巴尔扎克那样"[2]。为此，左拉努力寻找一种能足以"向巴尔扎克挑战"[3]并击败巴尔扎克的方法。这种方法首先来自达尔文等人的遗传学、生理学理论。1864年，法文版的达尔文著作在法国出版后，"左拉如饥似渴地阅读过"[4]。达尔文认为，人是由动物进化而来的，人和动物在生物性这一层面上存在着共同性，生物性是人的自然属性，人类永远无法摆脱这种自然属性。这种理论深深触动了左拉，他曾经"被看作是生命化身的遗传学所激动"[5]，"生物的人"的观念也由此开始形成。他曾经构想出撰写一个关于"科学或哲学的诗作的三部曲"的计划。[6]达尔文是促使左拉的文化观念产生根本性变化的自然科学家。此后，左拉"又读勒图尔诺医生的《情感生理学》。1865年，克洛德·贝尔纳的《实验医学导论》出版

---

[1] 卡尔温·斯·华尔：《弗洛伊德心理学入门》，新美国文库出版社1979年英文版，第5—6页。

[2] 阿尔芒·拉努：《左拉》，黄河出版社1985年版，第140页。

[3] 阿尔芒·拉努：《左拉》，第145页。

[4] 阿尔芒·拉努：《左拉》，第142页。

[5] 阿尔芒·拉努：《左拉》，第145页。

[6] M·乔斯弗逊：《左拉和他的时代》，纽约，1958年英文版，第71—72页。

……左拉如获至宝地读过这部书。……不仅遗传学为他的小说里的人物提供了必要的联系，而且科学也为他提供了新的表现方法"[1]。在1868年到1869年两年间，他又仔细研读过吕卡斯医生的《自然遗传论》，并作过详尽的摘录。吕卡斯认为："人是大自然的缩影，研究人就是研究自然。在社会方面，遗传牵涉到所有制，政治方面牵涉到主权，世俗方面牵涉到财产。遗传是法制、力量、事实。"[2]左拉一度将吕卡斯的遗传理论看作科学真理，并用来研究人和社会。除自然科学外，当时流行的实证哲学也深深影响着左拉"生物的人"的观念的形成。孔德的实证主义理论是左拉自然主义理论的哲学基础。孔德把社会现象解释为生理现象。他认为，"社会的流通有如动物的血液循环。整个社会像人的机体一样，存在着不同的部分、不同的器官的互相关联的关系。正因如此，如果某一器官腐烂了，其他许多器官将受到感染，于是，非常复杂的并发症将随之出现"[3]。孔德的这种思想当时遭到严厉的谴责，"然而，左拉却选中了他的这种思想"[4]，而且，以后他还根据这种思想绘制了一个关于人和社会的世系分支图，他的《卢贡·马卡尔家族》就是以这个世系分支图为结构基础的。[5]泰纳的艺术哲学也为左拉自然主义理论提供了理论依据。泰纳的理论是以生物学作为结构框架的，左拉无疑通过泰纳的理论加强了他在人的问题的认识上与生理学的联系。总之，在自然科学与哲学的冲击下，左拉形成了对人与世界的新的价值观念和总体认识，传统的那个理性的、社会的、抽象的人在左拉头脑中成了"生物的人"。他认为，"在所有人的身上都有人的兽性的根子，正如人人身上有疾病的根子一样"。[6]"具有思想意识的人已经死去，我们的整个领域将被生物的人所占有。"[7]左拉的这种说法不免有些言过其实和极端化。其实，社会的、理性的人在左拉的观念中还是客观存在的，他所说的"具有思想意识的人已经死去"，只不过是当他拨开传统理性主义文化的迷

1　阿尔芒·拉努：《左拉》，第142页。
2　转引自《上海师范大学学报》1989年第3期。
3　阿尔芒·拉努：《左拉》，第143页。
4　阿尔芒·拉努：《左拉》，第143页。
5　阿尔芒·拉努：《左拉》，第144页。
6　左拉：《戏剧中的自然主义》，见伍蠡甫、胡经之主编《西方文艺理论名著选编》（中），北京大学出版社1986年版，第203页。
7　阿尔芒·拉努：《左拉》，第178页。

雾，惊异地发现那个崭新的"生物的人"时产生的一种情感化的表述而已。当然这也说明他在情感上和理智上对"生物的人"给予了高度的关注，一个"新人"形象凸显在他的脑海中，而传统文化所描述的那个关于"人"的神话，在他的心目中已经支离破碎、模糊不清了。这标志着左拉的精神世界中新的文化观念的形成。

二、把人还原为生物

显然，在文化观念上，左拉超越了前辈作家巴尔扎克和雨果等。对左拉来说，文学创作就是对人做实验，作家就是医生，而且他认为："作为生物学的人已经进入了文学，并且是那么强而有力。"[1]在创作中，左拉虽然并不对人作纯生理的研究，事实上也无法真正做到这一点，但往往把生理研究与社会研究结合在一起。因此，他的小说在描写人时，生理与遗传因素常常和社会因素结合在一起，从而展示第二帝国时代法国社会的真实风貌。但是，生理学和遗传学始终是他研究人和社会的切入点和基本方法，"生物的人"也始终是他描写的中心。他是从"生物的人"这一透视点放射开去看人与环境、人与社会、人与人之间的关系，分析社会对人的作用的。因此，他的创作在文化价值观念上不无反传统倾向。

左拉在《卢贡·马卡尔家族》中要写的是"第二帝国时期一个家族的自然史和社会史"。这里，"自然史"的研究是"社会史"研究的起点、方法和贯穿始终的主线。1869年，左拉在给出版商拉克多瓦提交的关于《卢贡·马卡尔家族》的写作计划中表明了他写这部巨著的基本设想：第一，研究一个家族的血统和环境的问题，逐步探索同父所生的几个孩子由于杂交和特殊的生活经历而形成的不同的情欲与性格，总之，以生理学上的新发现为线索，到人的高尚品行和巨大罪恶得以形成的生活的深层，去开掘人类惊心动魄的戏剧。第二，研究整个第二帝国时代，从政变起到今天；通过典型的人物展示这个社会，描写英雄和罪人；通过描写各种事实和情感，通过描绘千万种风俗和事件发生的细枝末节，来展现这个社会。从左拉的这个基本设想中可以看出，他描写人的前提是：人是生物。他在小说中要展示的就是生物意义上的人怎样互相联系、互相争斗，并形成一个具有生物性联系的社会，这个社会又怎样制约这些人。

---

[1] 阿尔芒·拉努：《左拉》，第178页。

不管左拉的这种设想与观念是否正确合理，事实上左拉是以此作为其创作指导思想的。不管左拉能否不折不扣地按这一指导思想进行创作，但我们确实可以从他的小说中看到这样一个无法回避的事实：他笔下的中心人物基本上没有偏离他预先设计的家族血统图中的既定位置，这些人物大多具有明显的生理学特征；他描写的人的生存状况和社会结构是以自然性、生物性为内在基础的，这个"内在基础"就是他要寻找的"现实的内部隐藏的基础"[1]。

《卢贡·马卡尔家族》中的主要人物都是阿戴拉意德·福格两次结婚所生的。福格患有精神病，她与健康的卢贡结婚所生的后代中多数是健康的，但有的因遗传从而患有精神病。福格在卢贡死后与神经不正常、酗酒成性的私货贩子马卡尔同居后所生的后代，都因父母双方的不健康而患有各种先天性疾病。显然，两大家族的成员都是按遗传规律繁衍开来的，而且卢贡家族的后代中有的是金融家、医生、政治家等，成了上流社会的成员，而马卡尔家族的后代则多数是工人、农民、店员、妓女等，成了下层社会的成员。两大家族的后代在社会关系中的不同处境和结局虽然有其社会的原因，但作者充分强调了遗传因素的作用。这样的描写符合左拉的指导思想与创新原则，也体现出了"生物的人"的观念。两大家族中的主要人物形象，虽然不能不具有社会的、理性的特征，但"生物的人"的特征使他们获得了新的文化的与审美的意义。《娜娜》中的娜娜可以说是情欲的象征符号，在她身上，左拉集中剖析了作为"生物的人"所具有的原始本能——性本能。性本能作为人的一种生物属性，是人类得以生存与繁衍的永恒能量，就其自然形态而论，无所谓善恶美丑，但在特定的社会群体、社会环境中，就获得了伦理道德的含义。左拉正是从自然的、生物学的角度出发，通过娜娜及其周围的人揭示性本能在社会群体中的具体表现形态，在这种表现形态中又显示出人的精神品格与道德风貌。这样一种表现方法，在当时无疑是惊世骇俗的。小说第一章中，左拉紧扣着人物的性意识、性心理去描写娜娜那非同寻常的首次登场：

> 娜娜是裸体的。她凭着十分的大胆，赤裸裸地出现在舞台上。她对于自己能够主宰一切的肉之魔力，有十分的把握。她披着一块细纱，然而，她的圆肩，她那耸着玫瑰色的乳尖的健壮的双乳，她那诱

---

[1] 《外国文学参考资料》(19—20世纪部分)下册，高等教育出版社1958年版，第789页。

惑地摆来摆去的宽大的双臂，和她整个的肉体，事实上，在她所披着的薄薄一层织品之下，那白的像水沫似的整个皮肤任何一部分都可以揣想得出，都可以看得见。……她举起两只胳臂，她腋下金黄色的腋毛，在脚灯的照耀下，台下也都看得见。……从她身上，飞出一道色欲的光波，就和冲动的兽类身上所发出来的一样，这个光波在散布，并且越来越强烈，充满了整个剧场。[1]

当娜娜这个原始本能的象征符号出现在舞台上时，观众的反应如何呢？作者有这样一段描述：

> 台下没有掌声，没有一个人在笑。男人们往前紧倾着身子看：一个个露出郑重其事的面孔，和受了猛烈刺激的五官，嘴里都有……点发痒，有一点干燥。似乎有一阵风吹过去似的，一阵轻柔又轻柔的风，风里带着一种神秘的威胁。忽然间，发现站在台上的这个女人，像一个跳跃不定的孩子，她没有一处不暗示人兴起急渴的念头，她给人带到性的妄想，她把欲的不可知之世界的大门，给人们打开了。[2]

台上台下的两种情景给人们揭示的几乎是纯生理的人与人之间的互相吸引，这两幅图景中的人存在状态几乎完全是一种生物性的自然状态。观众们以娜娜为圆心，在她发出的"性磁力"作用下，形成一个向心圆。整部小说所展示的人物关系，也就是这样一个向心圆型结构形态。使这个向心圆得以稳态存在并发展的主要是"生物的人"所具有的那种性吸引力。莫法伯爵、舒阿尔侯爵、银行家史坦那、公子哥儿乔治和他的哥哥菲力浦、戏子丰当及其朋友普鲁里叶尔等等，这些所谓的"社会名流"、"上等人"轮番追逐娜娜，个个都想将娜娜占为己有。正如左拉所归纳的："一群公狗跟在一只母狗后面，而母狗毫无热情，并且嘲弄着跟在它后面的公狗们。男性的欲念成了使得世界不得安宁的巨大力量。在他们眼里，世界上只有供他们玩弄的女人和他们一心追求的荣誉与地位。"[3]这里的"男人们"显然只能是特指的那些所谓的"上等人"，在他们对娜娜的生物性追逐过程中，充分展示了其卑下的道德风貌，也披露了畸

---

1 左拉：《娜娜》，焦菊隐译，安徽人民出版社1982年版，第32—33页。
2 左拉：《娜娜》，焦菊隐译，第32—33页。以下出自该译本的引文均不再注。
3 左拉：《娜娜》，第32—33页。

形社会中人的变态的精神心理与情感世界，小说也因此获得了强烈批判第二帝国时期法国社会的现实意义，但这都是在剖析人的性本能及其在特定社会关系中的表现形态的过程中得以实现的。所以，《娜娜》的整个描写中弥漫着性意识，主要人物形象的突出特征是生物本能的强烈冲突，小说为我们描绘的也是一个生物形态的人类社会——虽然其中不乏深刻的社会意义。

在《德莱丝·拉甘》、《人面兽心》和《土地》中，左拉通过德莱丝·拉甘、雅克·朗蒂埃、塞瓦丽娜、弗安等人物的描写，集中解剖了情欲驱使下人与人之间的争斗与残杀。在这些人物身上，左拉形象地给"生物性的人的好斗和性欲以适当的位置"[1]。《萌芽》是一部描写工人斗争的优秀小说，它的社会意义之深刻，是左拉小说中少有的。但我们不能不看到，即使这样的小说，作者也没有改变从"生物的人"的角度描写人这一创作原则。在这种生物过滤镜的透视下，工人的行为方式是受生理因素支配的，他们的反抗，是生存竞争的生物规律的必然。小说告诉人们，为了物种的生存和延续，较强的必然吃掉较弱的，强大的人民吞噬弱小的资产阶级。在工人们的日常生活中，生物的性本能成为男女关系的内在纽带。主人公艾蒂安身上留有马卡尔家族中酗酒的遗传基因，这种生物基因使他的行为常常具有破坏性。这类描写当然有损于工人的形象，更谈不上合乎马克思主义的社会学思想，但我们不能由此忽视其中的新文化意识。《崩溃》是一部以描写战争本来面目为宗旨的小说，但左拉是用生物学观念去观察与分析战争的，因此他揭示的"战争本来面目"，也具有特殊的含义。我们可以从他描写的战争场面中看到这一点。

> 您可以想象我们所在的是一个什么地方，是一个糟透了的洞窟，一个真正的漏斗，四周都是树木，那些普鲁士猪猡可以四脚爬近，使我们注意不到他们的偷袭……那时，刚七点钟，炮弹落到我们的饭锅里。真是混帐透顶！不容迟疑，我们马上跳向枪架。直到十一点钟，真的！我们以为给他们以沉重的打击了……可是，您应该知道，我们并不是一支五千人的队伍，而那些猪猡倒不少，并且继续不断地袭来。我，我在一个小丘的荆棘丛后边卧着，我看见正面、左边和右边，哦！爬出真正的蚁群，一行一行的黑蚂蚁，当您以为没有了，可

---

[1] 阿尔芒·拉努：《左拉》，第245页。

是它们还有，还继续爬来。这不是要说长官的坏话。可我们大家都认为我们的长官都是没头脑的金丝雀，他们要我们拥塞在这样的蜂窝里，远离友军，使我们被敌人压倒而无人来援助我们……城市大概被占领了，我们转移到一座山上，我想，这就是他们所说的盖斯贝尔吧。到了那里，我们隐蔽在一个官堡里；把那些猪猡杀了那么多！他们从上往下跳，看着他们大头朝下倒下去，的确很有趣的……[1]

在左拉的笔下，战争中的人是生物性的，战争也带有生物界那种盲目的互相残杀的意味。由此，他对人类战争的作用也得出了独特的看法："战争是可诅咒的，然而它就是生命。在大千世界中，任何事的诞生、成长和发展无不经过斗争。为使大千世界永远存在下去，必须吃掉别人，或者被别人吃掉。"[2]《崩溃》中表达的正是这种物种竞争思想指导下的战争观。正如法国小说家都德所指出的："《崩溃》不仅是一部小说，而且是一部关于战争的哲学著作。它研究人类最强烈的本能的暴露。"[3]

我们如此强调左拉小说中人的生物性和"生物的人"，并不是无视他的创作的社会性和在社会批判上所取得的现实主义成就，也不意味着对他的这种生物性的人的描写大加赞美，而是想强调指出：左拉小说中的"人"的形象确实是生物性的，这是否认不了的客观历史现象，左拉确实"不同于巴尔扎克，因为他要在他的作品里阐明生理因素的作用"[4]。文学是人学，左拉小说所展示的"人"既是社会性的，也是生物性的，而且首先是生物性的。人类不管进入何种文明的社会，人的生物性永远是人性的一部分。正如左拉在小说《人面兽心》中所说的那样，"人们有了火车跑得更快了，也更聪明了……但是，野兽终归是野兽,无论人们发明什么样的机器都无济于事，人类之中仍然还有人面兽心的东西"[5]。左拉小说中生物性的"人"的形象的描写，正是他对"人"的文化观念的艺术形式的表述。

---

1 左拉:《崩溃》，人民文学出版社1959年版，第46页。
2 阿尔芒·拉努:《左拉》，第255页。
3 阿尔芒·拉努:《左拉》，第259页。
4 让·弗莱维勒:《左拉》，新文艺出版社1957年版，第40页。
5 阿尔芒·拉努:《左拉》，第345页。

三、在西方文化的链条上

左拉小说对生物的人的描写,当时曾引起了许多读者和批评家的谴责与攻击,他们把左拉的小说视为"腐败文学",骂左拉是"一个热衷于色情描写的疯人",一个"淫秽作家"[1]。而左拉却不以为然。在文学作品中到底怎样写人的生物属性,人的生物属性是否可作为文学表现的对象,诸如此类的问题是可以有不同看法的。但是,左拉在文学创作中对人的生物性的格外关注,我们不能简单地斥之为"淫秽"、"伪科学",也不能只从现实主义文学观念出发,简单地把这种描写看成是对文学的社会性的削弱,将其列为左拉创作的"局限性"或"消极因素"就万事大吉了。而应站在历史发展的高度,充分看到这种貌似"消极因素"的文学现象里蕴含的新文化因素,而且这种客观存在的新文化因素不会因为人为地贴上"消极"的标签后就走向消亡,它会不以人的意志为转移地影响后世的文学,成为连接文学史的过去、现在与未来的中间环节。

左拉小说中"生物的人"的出现,标志着自古希腊到19世纪中期欧洲文学中关于"人"的神话的陨落,标志着20世纪流行于西方社会的非理性主义文化观念的萌芽。在古希腊太阳神阿波罗的神殿上有一句名言:认识你自己。古希腊的文学中记录了童年时期的人类对自己的认识。古希腊神话中的神和英雄们,实际上就是原始初民自我形象的幻化投射。神和英雄放纵原欲,追求自由的个性,因为他们把原欲和自由都看成是人自身的属性,而不是动物的属性,并且原欲和自由需要借助人的理性和智慧才能得以实现。因此古希腊神话与史诗中所揭示的"人"是一个高于动物的崇高形象。神话与史诗所具有的那种乐观与浪漫,正是离开了自然的母腹,摆脱了动物习性后的原始初民的自豪感的体现。中世纪基督教文化背景下的文学,"人"的形象实际上被上帝所取代了,而上帝在本质上是人的理性的异化形态。基督教把人的原欲看作是"原罪",人性就等于理性,而理性便是上帝。中世纪宗教文学中"人"的形象是理性的抽象符号,由于他远离了动物,因而显得崇高而又空洞,神圣而又不现实。文艺复兴人文主义文学中的"人",既呼唤高贵的理性,又寻找失落了的自然属性——原欲,但原欲来到眼前时却又不敢正视,"原罪"的宗教阴影笼

---

[1] 阿尔芒·拉努:《左拉》,第133页。

罩在他们的心头。与其说他们是"巨人",不如说他们像一个儿童离开了上帝后,充满了焦虑、恐惧与迷惘,步履蹒跚地走向"魔鬼"横行、前途险恶、渺茫的道路。哈姆莱特便是最突出的典型。18世纪的浮士德深感自身存在着恶欲的冲动,但又坚信善与理性的力量。在他一生不断追求生命价值的过程中,理性与善终究战胜了原欲与恶,"人"永远不会丧失高贵的理性而变得"比禽兽还要禽兽"。浪漫主义者雨果虽然让恶站在善的旁边,让丑靠着美,让理性与原欲处于同一平面,但他最终仍然让象征美与理性的埃斯梅拉达冉·阿让取代了一切融善与恶于一体的人。巴尔扎克虽然已感染了自然科学的精神,但对人的本质的认识依然囿于传统的价值规范中。他虽在朦胧中感悟到人的原欲的难以扼制,这种原欲在环境的刺激下会使人从恶如流,对此,他感到恐惧与迷惘,但对人又抱有浪漫的幻想。当他借高老头之口喊出"人类将要灭亡"的惊呼时,其实又深信人并非动物,人的高贵理性在一时迷失后终将复归。总之,从古希腊到19世纪中期,在欧洲文学长河中,人们对自身的自然属性虽不时地有所觉察,"人"的形象也几经变幻,但始终在理性光环的映照下,具有向上帝般圣洁的神话世界飞升的趋向。这种关于"人"的神话,在以非理性主义为文化内核的西方现代主义文学中已宣告破灭。左拉的创作则是这种"人"的神话破灭的先声。他有幸处在进化论等自然科学和哲学迅速发展的19世纪下半期,这种精神文化气候,使他在巴尔扎克等前辈作家们关于人的探索的基础上向前迈进了一大步。他的创作把"人"的形象从理性主义的神圣殿堂中拉回到了生物的世界中。左拉当时备受攻击,不为许多读者和批评家所接受,其原因正在于他的创作中出现了一反常例的"生物的人"以及由此造成的文化时差。我们当然应当看到左拉对"生物的人"的描写中存在的非道德化倾向,也要看到他的创作所达到的现实主义高度及其为欧洲19世纪现实主义文学所作出的贡献,但我们更应看到他创作中存在的那种文化时差。因为正是这种文化时差,表明了他的创作对传统理性主义文化的反拨和对现代非理性主义文化的催化。事实上我们无法否认左拉创作中的新文化观念对20世纪文学产生过深刻影响。这种影响不仅仅是指现代派文学对性本能、性心理、"恋母情结"、白痴、虐待狂、偏执狂、荒诞主题、病态精神、酒精中毒、色情狂的描写都和左拉的创作有渊源关系,更重要的是,左拉小说中表现的"'生物的人'这种思想,在他之后进入了世界各国的小说创作";[1]这种"生物的人"的观念突破了理性主义文学对人的描写的既有领域,扩展到了人的生理性区域。这种科学主义的认识路线和弗洛伊德与荣格的心理学是相关联的,他们是被同一条文化纽带所串联的。"生物的人"虽不同于现代主义文学热衷描写的"非理性的人",但已超越传统理性主义文化范畴而步入非理性主义文化的门槛了。显然,左拉是传统理性主义文化与现代非理性主义文化链条上的中间环节,他的创作在文化观念上所具有的现实主义和现代主义两重性,正是他开创的自然主义文学思潮所具有的独特的文学与文化的价值之所在。

第八节
在灵魂质拷的背后

科学驱逐了神学意义上的上帝,张扬了人智意义上的人的理性,改变了人们的世界观,使西方人在探索、把握和征服自然的旅程中节节胜利。他们看到了为人所主宰的世界的美好前景,他们感到人自己就是上帝。由此,他们又觉得,人类社会的事务也可以由自己凭借理性来安排,在自然和社会面前,人就是上帝。

然而,神学的人格化的上帝被驱逐后,人获得的解放不只是智性意义上的理性,还有感性意义上的原欲。既然上帝已离人类而去,既然他设计的天堂与地狱并不存在——那已被科学证明是子虚乌有,那么,张扬人的个性、追求世俗幸福吧,这不是一个自由竞争的时代吗?人人无须为上帝而活着,无须有天堂与地狱的禁忌,只须为自己而活着,为当下的幸福而活着,这就是个性的解放与自由。而更大的解放与自由还在于:上帝对人的尘世行为之善恶的"监控"撤离了,人可以"想干什么就干什么"了;人的心灵的善恶只有人自己知道,人的行为的善恶只有他人知道。就人的生物性而言,强力或强权就是公理。当一种社会制度——特别是自由资本主义制度——对强者和强权者缺乏必要的和有力的制约时,自由的人将有弱肉强食的无休止的争斗,传统的善与恶的观念就混淆了。所以,在神学的上帝退隐的时代,人除了需要理性地重构社会制度之外,还需要道德理性的规约。正因为处在这样一个上帝退隐的时代,

---
[1] 阿尔芒·拉努:《左拉》,第345页。

现实主义作家们在看到了现实中人的动物性的一面——原始情欲——空前张扬恣肆时，一方面在期待着制度的规约，更多的则是探寻着道德的规约。他们觉得人需要一个道德上的"上帝"，它就是博爱；人的灵魂里没有这个"上帝"时，人性就走向邪恶。现实主义作家总是通过他们的创作追寻着这个"上帝"，并无休止地质拷着人类的灵魂：接纳"上帝"，还是接纳邪恶？

巴尔扎克的性恶论并非认为人生来本恶，而是认为外在的物——主要是金钱——会激发人的无穷情欲从而走向邪恶。巴尔扎克对这种情欲与恶的态度是矛盾的：既有否定与恐惧，又有肯定甚至赞美。他着重描写情欲驱使下的人在走向邪恶的过程中灵魂的动荡与焦灼，他描述了金钱时代人类天性的蜕变史，这也就是他自己要描绘的"人情风俗自然史"的核心内容。

托尔斯泰认为，人固有的情欲是一种无法排解的恶，它与人的良知（善）永远处于冲突之中。人需要通过内心灵魂与道德上的"革命"才可走向自我完善。他着重描写的是人的心灵善恶冲突的痛苦过程，因而正如别林斯基所说，他的作品表现了一种"心灵的辩证法"。

狄更斯认为人性本善，但社会的道德偏见、不合理的制度使一部分人的善良天性蒙受污损，于是带来了人间的悲苦与罪恶。所以，只要在道德上涤洗人的心灵，人性之善就得以复归，世界就成了美丽的天堂。他着重描写的是天性善良者遭受磨难和人性受污者迷途知返的过程。他作品中的人物并不陷于善与恶、理智与情欲的激烈冲突之中，因为"上帝"就在他们身边，只要能爱、抛弃偏执，人就可获得拯救，无需遭受灵魂善恶争斗之剧痛。

陀思妥耶夫斯基认为恶永恒地存在于人类灵魂的最深处，因为人性中总是潜伏着一个伺机外现的"兽性的人"，他总是极端地利己，具有攻击性，由此带来了人与人的互相残杀，造成了人类的极大破坏性。因此，陀思妥耶夫斯基也力图创造一个道德的"上帝"，去控制"兽性的人"，但道德的"上帝"的声音在"兽性的人"的一片嘈杂声中显得十分微弱。陀氏的小说预言了人类将是"一切人反对一切人"的战争的社会，预言了一个非理性时代的到来。

福楼拜认为灵魂依托肉体而存在，而人的肉体是一种物质存在，物质的存在是有限的、非永恒的，因此，追求肉体欲望的满足并非真正的幸福。由于灵魂必须依托物质的肉体而存在，因此，灵魂的幸福与永恒是不存在的。然而，生命存在，欲望不止，于是生命与痛苦和焦虑同在，人生是凄戚而悲苦的，人必须去承受它，除此，别无选择。

左拉从科学的角度解剖人的生物性，认定生物性是人的必然存在。他把在此之前的作家们苦苦追问的人的原始欲望的恶，从生物学的角度作出了确证与解释，从而也指出了人类永恒的破坏性就存在于人自身。他从生物学的角度指出了人性的恶，并强调了人的理性规约的必要性。

现实主义文学中普遍展开了道德善恶的灵魂质拷，表现了人的原欲与理性的冲突。现实主义作家大都从人的自然原欲会滋生邪恶的角度持性恶论或人性趋恶论观点，其实这两者常常是难以严格区别的。在理性与原欲之冲突的描写上，他们强调理性对原欲的贬抑与限制，并由此对人物作出道德评价。正是出于这一原因，现实主义作家一方面崇尚科学理性，强调用人智意义上的人的理性去研究人与社会，另一方面又崇尚基督教传统文化中宗教人本意识意义上的理性，也即道德"上帝"，并以之去规约人的行为，扼制自然原欲，不使人性滑向邪恶。因此，现实主义作家的"理性"是希伯来—基督教人本传统的延续，同时又有西方近代科学理性的渗透。这样一种理性意识，不把人的自然原欲简单地视作人的原恶，而是强调对其作道德规约，使之与人的原欲达成相对意义上的调和，这就比传统的宗教理性更富有生命意蕴与现代意味，从而避免了文艺复兴人本主义和浪漫主义"自我"曾有的那种个人主义偏颇。在这种人文内涵基础上形成的"人道主义"，并不对人作简单的善恶划分，而是对"类"的意义上的人的生命存在给予了普遍的尊重、重视与同情，因而"人道主义"无论对感性意义上的人和理性意义上的人都给予了高度的同情与尊重，它比以往的世俗人本主义和宗教人本主义有了更大的包容性。现实主义作家也正是在这种意义上表达了既理性化又更富有人性内蕴的"人"的观念。在这些"人"身上，既有强烈的自然欲望和生命意识，追求着人性自由和解放，又始终受制于理性规约，灵魂深处蕴积着因灵与肉、善与恶的冲突而生的心理张力。

现实主义作家以非人格化的道德"上帝"去规约人，表现的是人自己拯救自己的世俗式拯救意识。但是，在人欲横流的自由资本主义时代，这个"上帝"对人的制约力量显得十分微弱，而被激活了的人的欲望就如巴尔扎克小说所描写的那样强悍而有力，托尔斯泰为之感到忧虑与困惑，陀思妥耶夫斯基也为之深感恐惧。他们作品中表现的人的惶恐与焦虑，表征了"上帝死了"，道德"上帝"难以帮助人类料理世俗事务,更深重的信仰危机时代即将到来。福楼拜式的悲观、冷漠与执着,预示着一种新的人生观、世界观、价值观的兴起。现实主义作家在对传统理性主义文化价值观念的承接与怀疑中走向了新的时代。

第八章 "人"向理性世界的退守

第九章
上帝的失落与对新的上帝的追寻

说20世纪的"西方文学精神代表着一个断裂的世纪",这是不无道理的,因为,"这个世纪里的西方文学与以前任何时代都形成了强烈的反差,或者不如说形成了尖锐的冲突"。[1]当然,"断裂"肯定不是指一折为二的断绝,而是某种程度或意义上的间断性、不和谐性。从历史发展的延续性角度看,在"断裂"的深层,又有文化内质上的血缘联系,从而构成了新旧文化冲撞后的融合、变革中的延续。

第一节
断裂与传承

20世纪的西方文学,是由传统向现代转型并走向新的繁荣的时代。这一时期,西方社会进入了垄断资本主义阶段,资本主义在这些国家获得了进一步的发展。十月革命、两次世界大战、席卷欧美的经济危机、五花八门的社会思潮,使西方社会处于动荡不安之中,人们的精神文化意识发生急剧变化。在这种历史背景下,西方文学出现了流派林立错综、思潮更迭频繁的多元化复杂化局面,任何一种文学流派都无法像以前那样雄霸某一时期某一国家或地区的整个文坛。但是,从宏观角度看,20世纪的西方文坛上存在着现代主义和现实主义两大主流,其中又以现代主义的影响更大。现代主义是一种具有"反传统"倾向的文学,它表现了西方传统文学在新时代的转型与创新;20世纪现实主义

---
[1] 易丹:《断裂的世纪:论西方现代文学精神》,第18页。

是西方传统文学——主要是19世纪现实主义文学——在新时代的延伸,但因其深受西方现代文化思潮和现代主义文学的影响而表现出了与传统现实主义之间的明显差异,显示出现实主义在20世纪的深化与拓展。从本质上看,现代主义和现实主义都是对传统文学的继承与发展,而且,在20世纪复杂多变的社会条件下,这两大文学主流无论在人文观念、美学思想和艺术技巧上都不是泾渭分明、相互对立的,而是既互相撞击又彼此交融,呈"你中有我,我中有你"之势。

20世纪西方文学是生长在现代非理性主义文化思潮的精神土壤中的,这种文化思潮酝酿于19世纪欧洲自由资本主义发展的历史过程中,在西方社会进入垄断资本主义后的19世纪末20世纪初普遍流行。它是对西方近代理性主义文化价值体系的反动,也是对整个资本主义现代文明的不满与反抗,其中凝结着现代人对自身的价值与命运的深刻思考。

20世纪西方垄断资本主义是19世纪自由资本主义合规律的发展,它们在本质上具有同一性与延续性。在垄断资本主义阶段,"19世纪习以为常的那些资本主义剥削方式差不多被淘汰,但是这并不能掩盖一个事实,即19世纪和20世纪的资本主义奠定在一个原则之上:人把人作为工具"。[1]随着时代的发展,人们不仅比以前更清楚地认识到了启蒙思想家那人性自由、人人平等的理想的虚幻性,而且,事实使人们看到,建立在私有制基础上的现代资本主义社会,不仅存在着不同社会集团的目的、权力、利益的矛盾与冲突,而且还把人的全部私欲、恶或内心的阴暗面激发出来,疯狂地追求自我的满足。人的这种"自由"追求常常是冲动的、进攻性的,它不仅表现为暴力行为,而且还表现为各种思想、情绪、意志等非理性对抗的特征。从19世纪开始的"一切人反对一切人"的争夺演化为20世纪"国对国的战争"说明,人类自己追求和建立起来的"理性王国"陷入了可怕的非理性境地。"人道主义价值和希伯来—基督教价值,特别是其中个人的价值,因野蛮主义的恶性膨胀而受到了践踏。"[2]"这个世界已对人文主义传统的价值观表现出十分凶残和冷漠。"[3]这是资本主义"理性王国"从19世纪到20世纪合规律的发展,这种非理性也是资本主义的本

---

[1] 埃里希·弗洛姆:《健全的社会》,第91页。
[2] 罗洛·梅:《人寻找自己》,第35页。
[3] 阿伦·布洛克:《西方人文主义传统》,第266页。

质特征在同一性和延续性基础上于新的历史条件下的进一步发展。19世纪浪漫主义和现实主义时代人们深感忧虑和恐惧的人性的邪恶及其破坏力,被20世纪的两次世界大战所充分地证实。因此,如果说19世纪上半期人们对人的理性力量、人性善的力量仅仅表示怀疑的话,到了20世纪,则变成了普遍的失望甚至绝望。

  西方现当代的自然科学成就,也强化了人们的非理性意识,加深了人对自我力量评价时的悲观与失望。诚然,西方近代科学的发展,对于人们改造自然,洞察宇宙万物之本质,对于人们建立科学理性,破除宗教蒙昧主义,都起到了巨大作用。但是,科学并非万能,科学的发展无法完全解决人生的价值和意义问题;科学理论无法为人们提供人生价值判断的尺度。人不能根据科学事实去爱、去恨,从而解决精神的、情感的、道德的和信仰的种种矛盾和需求问题,因为人是具有灵魂和精神的动物。"科学的了不起的成功所依靠的方法,只能应用于那种可以毫不含糊地观察和精确地测量的现象。而艺术和人文学的传统对象——信仰、价值观、感情、对艺术的各种反应、人类经验的暧昧模糊性以及社会相互作用的复杂性——都不是容易地可以用这种方法来研究的。"[1]现代西方科学的发展,不仅没有解决人的信仰、价值观和精神、情感需求问题,相反还加重了这方面的危机感。现代心理学让人看到了隐藏在理性外壳后面的本能冲动,使人洞察了潜意识那一片"黑暗世界";生物学的"自然选择"击碎了启蒙学者的"人生而平等"的自然法则,也击碎了"自由、平等、博爱"的人道主义理想,使资本主义的"自由竞争"失去了传统道德原则的制约而走向了尔虞我诈、为所欲为、巧取豪夺。可见科学加深了人对自身内心宇宙复杂性的认识,科学理性摧毁了基督教宇宙观,也破坏了传统的基督教文化价值体系,所谓"上帝死了"的根本含义也就在此。然而,科学却不能代替上帝为人类安排好世俗事务,尤其不能抚慰屡遭重创的心灵;人自己的理性也不能使人类理智地把握自己,解决生存的危难,科学与理性崇拜的幻象也破灭了。因此,如果科学和理性在19世纪曾经成为人们信奉的新上帝的话,那么,现在这个新上帝也将走向死亡了。

  "上帝"死了,也即旧的文化价值体系崩溃了,而新的文化价值体系却没成型。一个没有上帝的世界,是人为所欲为的世界;一个理性主义理想破灭的

---

[1] 阿伦·布洛克:《西方人文主义传统》,第250页。

时代，是非理性生长的时代。非理性主义思潮就是在这样的情形下蔓延开来的。"上帝"死了，却没有救活人自己，人类似乎到了在劫难逃的世界末日，于是，一种比19世纪更深重的恐惧、焦虑、痛苦乃至绝望的情绪弥漫了20世纪西方社会。"20世纪的精神病比19世纪更为严重，尽管20世纪资本主义出现了物质的兴盛。"[1]

事实上，"物质的兴盛"，也是催化非理性思潮，加重人的危机意识和异化感的重要因素。20世纪的西方社会由原先的生产型转化为消费型，人们饱享着一个多世纪以来疯狂地向自然索取物质财富所获得的丰硕成果，社会的物质文明不断向前发展，然而，人的物化现象不仅未能消除，反而显得变本加厉，并呈现出新的形态。在消费型社会中，作为消费者的个人必须依靠金钱而存在，因而金钱依然是上帝。在现代资本主义经济联合体中，生产者不仅是机器的奴隶，而且是强大经济体的奴隶；机器不仅取代了人的肢体，而且取代了人的大脑，这意味着人不再是世界的主体。几个世纪以来，西方人在科学理性的鼓舞与指引下，对自然施行强取豪夺，科学技术的新成就不断助长并实现向自然索取的欲望，但是，到了20世纪，自然也投之以空前的报复。正如日本当代文化人类学家岸根卓郎所说："人类自笛卡尔以来不断追求'无神物质科学'，直至今天，其结果，使现代科学技术取得了长足进步，甚至造出了核武器，然而，与此同时，'地理灭亡的危机'却愈加深刻化、现实化，对人类来说，幸福反而显得更加遥远了。"[2]心对物的疯狂追求从深层上表现出非理性特征；人自己创造的物质文明在有形无形中支配着人，这种支配又表现出神秘的非理性特征，文明成了人的对立面，使人变为非人——即人的主体性丧失、人的不存在、人化为虚无。在这种生存环境下，西方人深感人在自然和物质面前的渺小与软弱。人被物排挤了，人把地球送上了绞架，自己也就陷入了生存危机之中，所以，西方现代资本主义的物质文明给人们带来了更深重的异化感和危机感，也使人们更真切地领悟到了人类生存与发展中的非理性和荒诞感。

在20世纪这种新的精神文化氛围里，西方文学的人文观念表现出了与传统文学的重大差异。无论是现代主义还是现实主义倾向的文学，都更注重对人的内心世界作形而上学的探索，并往往以荒诞的形式加以表现，而20世纪西方文

---

[1] 埃里希·弗洛姆：《健全的社会》，第101页。
[2] 岸根卓郎：《文明论》，第96、158页。

学，特别是现代主义倾向的文学，则把传统文学业已表现的理智与情感、理性与本能欲望、灵与肉、善与恶等二元对立的母题推向深入甚至走向极端。

第二节
死亡与疯狂

一、"人"之死

　　基督教告诉人们，上帝创造了人。其实，上帝是人创造的，上帝也即人自己，"上帝死了"之后，"人"也就要死去了。当然，上帝是无所谓死不死的，"上帝"之死意味着传统理性主义价值体系的崩溃，对上帝之死的惊恐无非是价值体系崩溃，人的精神无所寄托时西方人的一种心理与情绪的外化。"上帝"死后的"人"之死，意味着西方人精神心理的空虚与死亡感。艾略特的《荒原》（1922）是这种精神状态的反映。

　　20世纪初叶，科学技术的成就大大加速了西方工业文明的步伐。大规模的机器生产，汽车、飞机、轮船、电话、电报、留声机、电影等相继问世，使人的生存环境和生活内容以及整个世界的面貌都发生了变化。在不长的时间里，新式的交通工具便可让人们从遥远的异国返回故乡；在电影院里，新闻纪录片可以向人们栩栩如生地展示发生在地球另一端的生动景象。这样一来，世界似乎大大地缩小了，而人的视野则扩大了，感官能力得到了延伸。于是，新的世界意识取代了传统时空观念，现代大都市、机器文明、富裕的物质生活、对新事物的崇拜，成了此时的时代特征。许多的西方人为这给人们带来新奇、满足与希望的世界而兴奋不已。他们正处在把科学当上帝崇拜的时期。1908年宣布诞生的未来主义，正是许多西方人此种精神状态的表述。未来主义者如一个初次进入未来世界游乐场的儿童，对一切的新奇都感到兴奋不已。未来主义者透过机械文明的多棱镜来观察世界，对机器文明的强力崇拜不已，而且，把机器文明的强力同人类暴力视为一物，把科学、技术同战争、暴力视为对等。在未来主义的宣言者马里奈蒂的《未来主义的创立和宣言》（1908）中，大都市、大工厂、火车、飞机、轮船、汽车等，都跟力量、勇敢、冒险、拳头、耳光、战争、爆炸等交织在一起给予讴歌。未来主义这个精神亢奋的孩子是把鞭炮与炸弹一块儿点着火玩的。接着而来的第一次世界大战，鞭炮与炸弹一起爆炸，西方人看到了爆炸后的惨景，感到惊愕与恐惧。他们中有不少人开始重新审视这个新奇的世界了，科学与现代文明成了他们审视甚至否定的对象。

托马斯·斯特尔那斯·艾略特（1888—1965）就像一个从爆炸的惨剧中惊醒过来的成年人，他对这千奇百怪的世界感到恐慌。未来主义者宣布了"时间与空间已于昨天死亡"[1]后，像当初一些闻知"上帝死了"的人们，为之欢呼雀跃，因为时间与空间的死亡意味着速度与变化，他们崇拜的就是科学与技术带来的速度与力量。然而，在艾略特看来，上帝之死也好，时间与空间之亡也罢，都意味着混乱乃至精神的死亡，传统的文化体系随着上帝与时空的死亡而崩塌了，世界的价值根基动摇了。第一次世界大战的爆发更证明了这个失去传统价值体系的新奇世界是十分可怕的，因为，当人们沉浸于新世界的盲目与天真的欢乐时，当人们失去了自己的精神生命赖以存活的文化之根——未来主义者们把一切的传统从现代的"轮船"扔掉时，他们的精神就成了一片"荒原"，他们也就成了"空心人"。艾略特的《荒原》以诗歌形式表征了第一次世界大战后精神濒于"死亡"的西方人。

诗的第一章《死者葬仪》显示的是弥漫于荒原中的死亡意识：

> 四月是最残忍的一个月，荒地上
> 长着丁香，把回忆和欲望
> 掺合在一起，让春雨
> 催促那些迟钝的根芽。
> 冬天使我们温暖，大地
> 给助人遗忘的雪覆盖着，又叫
> 枯干的球根提供少许生命。[2]

诗人用对比的手法，通过"荒原人"对春天和冬天的反常心态写出了他们灵魂深处的死亡感。艾略特创作此诗深受神话人类学家弗雷泽的著作《金枝》的影

---

[1] 马里奈蒂：《未来主义的创立和宣言》，吴正仪译，见柳鸣九主编《未来主义、超现实主义、魔幻现实主义》，中国社会科学出版社1987年版，第47页。
[2] T·S·艾略特：《荒原》，赵萝蕤译，中国工人出版社1995年版，第1页。

响。弗雷泽在《金枝》中指出，原始初民庆贺丰收的仪式图腾的是生殖之神，因为，大自然四季的更替直接与生殖神的生死相联系。当生殖神性能力遭损伤或死亡时，大地就一片干涸荒芜，万物丧失了生机，这是萧条的冬季；当生殖神复活时，大地重新复苏，万物生机勃发，这就是春季。四月是春回大地的时节，这本该是为生殖神的复活而欢舞的庆典之际，如乔叟的《坎特伯雷故事》的序诗第一句："四月里的阵雨最为甜蜜"，乔叟所要表达的是朝圣者在春天洗涤了灵魂的罪恶之后获得新生的欢乐。然而，"荒原人"则觉得这是一个"死者的葬礼"。所以，这是"最残忍的一个月"，是生命难以存活的时节。"荒地"、"枯干的球根"、"乱石块"、"破碎的偶像"、无水的"焦石"等等，都构成了死亡对生命的无情的压制。虽然，丁香在荒地的乱石间艰难又顽强地长出，但死亡已成为诗的基调。然后，诗人又用现代城市伦敦来从另外的角度加重"荒原"的颓败与荒芜，加重死亡景象的沉重。这是一座虚幻之城，"在冬日破晓时的黄雾下"，被"死亡毁坏了"的"荒原人"，如行尸走肉，冷漠地飘行在街上，不见动情的欢喜与痛苦，只有永恒而莫名的叹息。那给人希望与安慰的教堂也只传来"阴沉的一声"，而且总是这样，这让人想到世界末日的钟声。在这样死寂的氛围中，末日到来后，相继的是死亡与荒芜。"去年你种在花园里的尸首"又能开出什么样的花朵呢？况且还有"忽来严霜捣坏了它的花床"。荒地上虽然也会蕴育生命，但这贫瘠而缺水的土地上，生命的存活是一种残酷。

在借助种种意象强化了死亡的浓重与生命的残酷的同时，为了使"死亡"与人的心灵枯竭更好地相吻合，诗人反复借用神话隐喻与象征呈示"荒原人"的生存状态与精神状态。诗人引用《特利斯坦和绮索尔德》忠贞的爱情故事，对比地写出"荒原人"情感的匮乏。风信子传递了爱的信息，然而，"等我们来"时一切都已过晚，"你的臂膊抱满，你的头发湿漉"，"荒原人"刚从波涛汹涌的情欲之河归来。那"荒凉而空虚"的"大海"呈示的是"荒原人"情感世界的枯竭。诸如此类的还有古时候狄多女王的恣意寻欢作乐，女打字员与男青年"总算完事了，完事了就好"的有欲无情的动物式交配，埃及女王的放纵无度。情感枯竭的危害不仅仅导致道德精神的衰颓，更有甚者是情欲泛滥带来的灭顶之灾。《水里的死亡》写出了人欲横流带来的毁灭性灾难。水为生命之源，正如欲望为人的生命之本一样，然而欲望泛为横流之水，则是死亡之水，一如自由的极致是毁灭。诗人认为精神枯竭的"荒原人"需要宗教的净火去冶炼。也许，像未来主义者那样把传统从灵魂中挤去了的"荒原人"，可望获救的是从被抛弃的传统中找回生命之水。在这种意义上，那"根在抓紧"，"荒地"上长出了"丁香"；那"芽"会发出，"花园里的尸首""今年会开花"！

艾略特的诗歌创作展示了第一次世界大战后西方人苦闷、空虚、幻灭的精神状态。尼采在上个世纪末宣布"上帝死了"，这对大多数生活于现实中的人来说仅是一种预言，虽感震撼，在现实中却似乎无从确证。第一次世界大战不仅在物质上摧毁了欧洲，而且从精神上摧毁了人们心中的上帝。战争带来的空前的毁灭性破坏，既证明了上帝的不存在，也证明了科学的非人道性。人们对科学与理性的怀疑，对传统道德文化的失望，对大规模现代战争的恐惧，对经济危机的担忧，对现代社会中人的异化的焦虑等等，使西方人的精神世界陷于危机与混乱之中。艾略特在自己的诗歌中一方面象征性地表现了西方人的精神危机，指出了战争与物欲是造成世界荒原的主要根源，另一方面又努力寻找脱离荒原，使人类精神获救的途径。因此，他的《荒原》描写人的精神的死亡，同时又在寻找着精神的复活。生紧随着死之后，在死中孕育着生，在"荒地上长着丁香"。不过，他给人们找回的生命之水是古老的传统文化，特别是宗教。在他看来，世界之所以变为荒原，恰恰是因为上帝在人们心灵中的缺席，是因为人的精神与心灵之水的枯竭，是现代人与传统文化的隔绝。那些未来主义者们，以科技文明代替上帝，把传统皆尽轰毁，这便招致了世界的荒芜与心之水的枯竭。所以，回归传统，找回上帝，是使荒原复苏的必由之路。在《荒原》中，作者运用"死而复生"、"寻找圣杯"和"耶稣复活"三个神话故事，作了回归传统的文化实验。在艾略特的另一作品《灰星期三》（1930）中，诗人宣扬的是基督教教义和人的原罪、悔罪思想，认为人类只有皈依宗教才能获救。他的长篇组诗《四个四重奏》（1935—1941）主张在宁静中与上帝沟通，放弃自我，才能得到上帝的拯救，表现出虔诚的天主教思想。艾略特从反传统开始，最后回归了传统。当然，这是一种更高意义上的回归。我们无法要求面对荒原的他不对传统有所留恋，只是，传统果真能给现代人以生命之水吗？"尸首"里果真能开出花儿来吗？

让我们去听听"垮掉的一代"金斯堡在荒原上疯狂的"嚎叫"，或许能得到别种启示。

二、"人"之狂

如果说，未来主义者的"狂叫"还多少是理智清醒的，他们知道自己要什么和不要什么，尽管其中不无盲目，那么，金斯堡的"嚎叫"则是一种歇斯底里的麻木，它告诉的是"一无所有"，因为金斯堡们似乎什么也没有，也不知该要什么，说到底，他们的"狂"亦即"人"之死、心之空，一如《荒原》中的"荒原人"。

"垮掉的一代"是第二次世界大战后在美国的年轻人中出现的一个文学流派。颇有意味的是，这些年轻人在否定传统上的"狂"和未来主义者十分相似。不过，未来主义否定传统是因为认可现代文明，"垮掉的一代"则否定传统也否定现代文明。前者是一种充满希望与激情的"狂"，后者是一种充满绝望与愤怒的"狂"。就其心灵世界来说，他们都是"空心"的"荒原人"。所以，当金斯堡的《嚎叫》（1955）问世时，这部作品被人们誉为"50年代的《荒原》"，而这两部作品却相距30年，期间还隔了第二次世界大战。

"垮掉的一代"是怎么"垮掉"的呢？他们是在两次世界大战后那缺少爱和稳定性的压抑而混乱的时代里，深感无能为力又无可奈何时垮掉的。二次大战后的美国，一方面，人们生活在战争的梦魇之中，而另一方面，作为战胜国的美国，对外炫耀军事力量的强大，挥舞着原子武器，充当世界的宪兵；对内制造共产主义恐怖，施行高压政策，一些人对现代军事技术在现代战争中的威力深信不疑且崇拜有加，一如未来主义者对工业文明的崇拜。这种崇拜的背后照样潜伏着非理性的盲目，隐藏着信仰的危机与精神的空虚。对于战争与核武器恐怖深感不满的青年一代，一方面感到这个社会的价值观和安全感的丧失，另一方面又找不到寄托——他们似乎已确证"荒地"上是长不出"丁香"的，"尸首"里是开不出花朵的，所以，他们也就不能像艾略特那样希望在传统中找安慰，在他们看来，那似乎已离他们十分遥远因而无法追回了。于是他们唯一的办法就是在反一切文化、一切道德规范的自我作贱式的疯狂中寻找解脱。这是一种精神吸毒。金斯堡在《嚎叫》中这样描绘这些人：

> 我看到这一代精英毁于疯狂,
>
> 他们饥饿、歇斯底里、赤裸着身子,
>
> 在黎明时拖着沉重的身躯,
>
> 穿过黑人区街巷、寻找疯狂的吸毒机会。
>
> ……
>
> 他们在低级旅馆内吞火,
>
> 或在天堂里饮松节油、死;
>
> 或者夜夜让躯壳任受炼狱火烧,
>
> 都为的是追求梦幻、毒品、醒着的噩梦,
>
> 酒精、性、无穷的寻欢作乐。[1]

与艾略特笔下"荒原人"的冷漠不同,"垮掉"的人们既沉沦又激昂,既逃避又反抗,在反抗中自毁,以自毁表示反抗。他们不等待死地之"丁香",而只是绝望式的、疯狂的、荒诞的、发泄式的反抗。如果说,艾略特面对荒原时想到了上帝的复归与拯救,那么,金斯堡则走向了酒神崇拜,那就是原始形态充分暴露的迷醉、狂欢和极时行乐。酒神在宗教的意义上是由原欲而生的恶,即与上帝相对的魔鬼,与精神相对的肉欲。赤裸的原欲状态的人自然是灵魂离体、精神死亡的人。因此,以酒神精神对抗疯狂世界的金斯堡们,他们的心也许空得比"荒原人"更一无所有,死得比"荒原人"更彻底,然而,这疯狂反抗的背后却比"荒原人"有了更强烈的企求,虽然这种企求不如"荒原人"企求"丁香"花开那么明确,而只不过是一种无望与渺茫。

显然,艾略特在传统中并未给人们找回生命之水,尤其是,他并没有找到可引导人类走出荒原的上帝。不过,"垮掉的一代"以及20世纪后期许多的西方人,也并没希望过去的上帝活过来。第二次世界大战后西方人的精神荒原似乎在扩大,心灵也像"垮掉的一代"一样死得更彻底,但对荒原的抗拒却更强烈,对拯救的期待也更急切。"垮掉的一代"虽然精神无所依托,但依然反抗着,追寻着。只要还在抗争与追寻,就会有希望。对此,我们在20世纪西方文学的其他流派中,可以得到证明。

---

[1] 金斯堡:《嚎叫》,郑敏译,见郑克鲁等编《外国现代派作品选》(三),人民文学出版社1984年版,第529—530页。

第三节
堕落与悲哀

一、人是"蝇王"？

19世纪现实主义作家往往把恶看作局部的人们人性堕落的结果。20世纪的作家则往往从群体的意义上审视人在本体意义上的善与恶，描述现代人的存在状况。

卢梭和许多浪漫主义作家都认为未受文明污染的自然纯真状态的人性是美好的。华兹华斯还把儿童看作成人之父，因为他们更贴近上帝，因而是善的。狄更斯常常把儿童写成纯真的天使，希望人们永葆童心之天真无邪，他把儿童作为善与美的象征。而在20世纪的许多作家心目中，人性已经变黑、变恶了，这是人之善的失落。戈尔丁就是这样一位作家。

威廉·杰拉尔德·戈尔丁（1911—1993）是当代英国著名小说家，他的小说创作由于"运用清晰的现实主义叙述技巧和各种各样神话去阐明人类在当今世界的状况"而荣获1983年的诺贝尔文学奖。戈尔丁的小说总体上属于哲理小说，"他把自己对人类生存问题的研究与思考都通过小说加以表达"。[1]由于他把社会的种种罪恶都归之于"人心的黑暗"、人性的恶，因而在他的小说中往往有明显的悲观情绪。

戈尔丁的代表作《蝇王》（1954）的故事发生在一个荒凉的孤岛上。在一次未来的原子战争中，英国一架正在疏散儿童的飞机被炸弹击中，被迫降落在一个荒岛上。此时，成年人已全部死去，飞机上幸存的这群男孩最大的12岁，最小的仅6岁，他们必须自己料理自己。孩子们在沙滩上召开临时会议，以民主选举方式推出拉尔夫为他们的领袖，由皮吉和西蒙作他的助手。他们还规定了平时开会的地点，召集会议时以螺号声为信号，开会时发言的人必须持有这个螺号，螺号也就成了理性行为的象征。

拉尔夫是海员的儿子，有较多的航海知识。他指挥伙伴们取枯枝干柴，在岛上燃起烟火，希望过往的船只发现他们，救他们回家。孩子们轮流值班，守

---

[1] Hyness, S. *Willian Golding*. Columbia, 1964, p.75.

着火堆，使之彻夜不灭。一次，值勤的孩子被杰克拉去游泳，致使烟火灭了，恰好此时有一轮船经过，却未发现他们，因此他们失去了一次难得的机会。

这座孤岛风景秀丽，野果丰盛。孩子们刚到时，仿佛到了童话世界一样兴奋不已。阳光下的沙滩和海水由他们尽情地玩耍。但是，夜幕降临之后，孩子们随之产生的是没有理性的恐惧。他们面对漆黑的夜景疑神疑鬼，在幻觉中似乎看见海里、岛上出现了各种怪物，深夜里发出阵阵怪叫，有的孩子在睡梦中发出惊恐的叫喊声、啼哭声。他们当中，皮吉是不相信鬼神的人，而西蒙喜欢思索鬼怪的问题，认为鬼怪可能是人自身。拉尔夫想方设法给孩子们作种种解释，以消除他们的惧怕心理，而杰克则利用孩子们的恐惧心理，想把他们拉入他的"部落"中，出去打猎，但遭到了拉尔夫和皮吉的反对。就这样，孩子们分裂成了两派：一派以杰克为首，他们用有色泥土涂在脸上，掩盖了本来面目和自我意识，他们手执木头制成的长矛，自称是猎人；另一派以拉尔夫为首，他们固守文明的信条，始终维持山顶的烟火。杰克为人专制蛮横，野心勃勃，后来成了孩子们的真正首领，猎人派的队伍越来越庞大，而拉尔夫一派总共只剩四个人。

在远离孤岛的某个地方，正发生着一场原子大战，一个伞兵的尸体掉在孤岛的山顶上，孩子们发现了他，都以为是一头"野兽"，他们感到十分恐怖。一次，杰克为首的孩子们捕获了一头野猪，他们把猪头砍下，把猪血涂在自己身上，把猪头挂在一根木竿上，高高树立在山顶，作为敬献给那个"野兽"的祭品。他们还仿效原始部落的风俗习惯举行祭祀仪式，一边围着死猪跳舞，一边高喊着"杀死这只猪"、"切断它的喉咙"、"把它打坏"等。这时，拉尔夫向杰克他们发问："是要法律和得救，还是要打猎与破坏？"[1]杰克认为要打猎，要获得肉食，他借助自己的威力和美味的猪肉引诱了大多数孩子。善良的西蒙是最后一个下山的人，他发现山顶上的那个"野兽"其实是伞兵的腐烂了的尸体，他割断了勾挂尸体的绳索，尸体随风飘入了大海。他还发现献祭的猪头上叮满了无数的苍蝇，看着看着，"蝇王"就在他眼前出现了，它张开那黑糊糊的大嘴告知西蒙：它便是孩子们所害怕的那个"野兽"，也是它使世界变得如今那样丑恶，它是万恶之王。见此景象，西蒙惊恐万状，丧魂落魄似的

---

[1] 威廉·戈尔丁：《蝇王》，龚志成译，上海译文出版社1985年版，第105页。以下出自该译本的引文均不再注。

奔向伙伴们，想向他们述说所见之事。而此时正好暴风雨来了，雷声隆隆，空中电光闪闪，孩子们十分惊慌。在杰克的提议下，他们借跳舞来壮胆，在混乱中他们错把惊慌地向他们跑来的西蒙当作野猪活活打死。暴风雨过后，拉尔夫和皮吉在发现尸体时才知道被打死的是西蒙，由于自己也参与了打杀行动，他们内心悔恨不已。

杰克为首的打猎的人们又捕获了野猪，但没有火种，难以将猪肉烤熟。在杰克的带领下，他们趁着黑夜，先偷走了皮吉的眼镜，使他看不清东西，接着便偷走了火种。拉尔夫和皮吉去找杰克讨还眼镜，却遭到他手下人的袭击，皮吉被石头打中，滚落悬崖而丧生。杰克还要除掉拉尔夫。在寡不敌众的情况下，拉尔夫只得藏身于树林中。杰克一伙就纵火焚烧树林，企图烧死拉尔夫。于是，整个孤岛成了一片火海。正是这场大火，引来了路过这里的英国巡洋舰。一个军官来到岛上，使拉尔夫获救，他和猎人们之间的冲突也了结了。但拉尔夫此时回首往事，感到失去了真诚的朋友，而且也和杰克等人一样，已失去了人的天真无邪，深深地意识到了人心的黑暗，禁不住痛哭流涕。这是他来小岛后的第一次尽情哭泣。前来营救的海兵不忍目睹孩子们的惨象，只把视线转向他们那只漂亮的战舰。

《蝇王》是一部探索人性问题的哲理小说。戈尔丁所处的是第二次世界大战前后那个动荡的西方社会。他亲身经历了二次大战，深感世界和社会中存在着严重的缺陷。他觉得人类是痛苦的，其原因在于人类天性的不完美；人的天性中存在着恶，恶是一个普遍的规律，"人制造恶犹如蜜蜂酿蜜"一样。戈尔丁企图通过小说来表达他对人类与社会研究的哲理问题，"人心邪恶"、"人心黑暗"，也就成了他的作品的基本主题，《蝇王》探讨的正是这一问题。所以这部小说和英国文学史上同类题材的小说大相径庭。传统的小说描写青年人遭到沉船或被弃在孤岛上，为的是描写他们能够发挥人的潜能应付各种困难而得以生存。这类作品中最有代表性的是英国当代作家R·M·巴兰担的《珊瑚岛》（1857）。这部小说也描写一群儿童流落在荒岛上，但他们能和睦相处，休戚与共，一切都十分美好，显示出人性中善良的和向上的天性。对此，戈尔丁深表怀疑，于是，在《蝇王》中有意和《珊瑚岛》唱反调。《蝇王》所描写的故事虽然和《珊瑚岛》相似，并且带有模仿的痕迹，但通过这个富有神话色彩的故事，戈尔丁阐明的是：邪恶是人的天性，它之所以潜而不露，是由于受文明的约束，人不能离开文明，一旦离开了，人生中的邪恶就会暴露无遗，酿造出种种恶果。

小说所描写的这群男孩中，最突出的是拉尔夫、皮吉、西蒙和杰克，善与恶的主题就是通过他们之间的矛盾冲突集中地表现出来的。

12岁的拉尔夫是这群孩子中年龄最大的。他性情开朗，为人和气，会团结人。他父亲是海军军官，因而他也懂得不少航海知识。作为孩子们的首领，他总是以民主的方式行使自己的权利，为全体孩子的生存而尽自己的职责。在困居荒岛的情况下，他坚信他们是会得救的。他带领孩子们搭起窝棚抵御风雨，燃起烟火以寻求救援的船只。当他和杰克在维持烟火与打猎食肉的问题上一再发生冲突时，他始终坚持要维持烟火。烟火不仅仅是求救的信号，而且还是文明的象征。所以，拉尔夫是一个人类文明和理性的捍卫者。

拉尔夫一心要维护文明和人性的善，但处在远离文明的荒岛上，他自身天性中的恶也逐渐地得到暴露。比如他也参与了打杀西蒙的狂乱行动，他也顶不住"猎人"们那猪肉香味的引诱；最后，他也和杰克他们一样，丧失了人的天真，践踏了他一向维护的文明。他在和杰克为首的"猎人"的冲突中频频失利，他的周围只剩皮吉、西蒙等三个人，最后，皮吉和西蒙相继被杰克他们害死，他只身一人落荒而逃，并且险遭杀害。所以，他是一个悲剧性的人物。这个悲剧告诉人们：人类的理性力量是微弱的，在文明和野蛮、善与恶之间，文明敌不过野蛮，善敌不过恶；人性是很复杂的，既有恶的一面，也有善的一面，这就是为什么一个人有时行善、有时作恶的原因。

皮吉在小说中是以拉尔夫的助手的角色出现的。他身体矮胖，人称"猪崽子"，他还患有气喘病。虽然他在身体素质上有先天不足，但聪明、理智，是这个群体的智囊。他提议要拉尔夫用象征理性的海螺声召开全体会议，并使拉尔夫选为领袖；他经常提醒拉尔夫，要冷静，不要犯错，在这座荒岛上，只有他最清楚错误会导致什么样的后果；他明白世界是不以人的意志为转移的，人们只能努力去改造它；在孩子们差不多都为夜晚所恐惧，为传闻中的"野兽"所惊扰时，他坚信世上没有鬼魂；他的眼镜，在太阳下为孩子们取来了火苗，带来了生的希望；火是文明的象征，他坚定地支持拉尔夫维护烟火，反对杰克一伙人的野蛮行为。所以，皮吉实际上代表了人格化了的理智的声音，是科学和文明的化身，同时也因此成了杰克天性中恶的死敌。在这野蛮与恶占优势的荒岛上，皮吉每每成为孩子们的笑料，他们不仅不听他真诚理智的劝告，而且反而嘲笑他。最后杰克一伙"猎人"用石头将他砸得脑浆迸裂。人类的智慧与文明最后也被人性的黑暗所扼杀。

西蒙这一人物，作者虽然着墨不多，但也十分重要，他具有更深一层的含义，用作者的话讲，他是一个圣人，神秘主义者，有洞察力的人。他身体瘦弱，患有癫痫症，平时少言寡语，羞怯腼腆，好沉思默想，性情有些古怪，但他敢于正视黑暗。刚来到荒岛上时，他就乐于帮助别的孩子们采摘野果，搭建窝棚。他喜欢一人独处，东游西荡，思索各种问题。他常去的地方是一块林间的空地，这是他的"圣地"，但以后却成了杰克和打猎队放置猪头，向"野兽"献祭的地方。正是在这块圣地上，他发现了"蝇王"，并遭到了"蝇王"的奚落和嘲弄。在"蝇王"那里，他了解了孩子们所恐惧的"野兽"就是它，使世界变得如此丑恶的也是它。西蒙此时不顾自己癫痫病的突发，冒着雷雨跑下山去，把所了解的真情告诉孩子们，但被杰克一伙当作"野兽"活活打死。西蒙是一个宗教式的人物，他身上那种宗教的神秘色彩，可以使我们联想到基督教中的耶稣。当自己被犹大出卖时，耶稣仍然从容不迫。西蒙想把真理告诉人们，却被人们乱棍打死，这正是圣人们的共同下场，原因则在于人性的黑暗。

与上述三人相对立的是杰克。他生性高傲，专横野蛮，而且野心勃勃。刚一上岛，他就觉得自己是当然的岛上首领，而民主选举却推拉尔夫为首，但他依旧目空一切，总想超越拉尔夫，夺取领导权。他不愿执行拉尔夫维持烟火、寻求获救机会的命令，一心只想拉一伙人组成自己的野蛮"部落"去打猎，满足他心底的那种野性的杀戮欲。他命令孩子们浑身涂上有色泥土和猪血，跳狂乱的舞蹈，显示人性中非理性的力量。他仇视皮吉，先是打碎皮吉一片眼镜，后来又带人偷去剩下的一片，把火种占为己有，最后还杀了皮吉，连拉尔夫也不愿放过，企图将他活活烧死。在杰克身上，凝聚着人性丑恶的多种侧面：仇视文明，崇尚野性，专制独裁，嗜血成性。他就是作者潜心研究、深入描绘的那个无所不在、作孽多端的人性恶的化身。

小说所写的以上述四人为代表的善恶双方的斗争，其结果，代表善的一方不是惨遭杀害，就是最终天真泯灭；而代表恶的一方则不可一世地雄霸于整个荒岛，人性本恶的主题也就有了充分的表现。作者描绘的这个神话般的故事，在其表层叙述结构下面，蕴含了深刻的道德内涵；在其虚幻的艺术结构中，寄寓了作者对现实世界的深刻的哲理思考；孩子们在荒岛上的经历，仿佛使我们看到了20世纪欧洲社会的缩影。在第二次世界大战中，法西斯罪恶势力肆无忌惮地践踏真理和正义，许多无辜者在战争中丧生，历代先哲们所追求的自由、民主与博爱的理想，被残酷的现实击得粉碎，人类自己创造的文明却成了异己的力量，摧残人类自身。"在戈尔丁看来，这正是人性恶带来的恶果。"[1]因此，他在《蝇王》中借荒岛故事表现了20世纪那荒谬动乱的社会现实；借孩童的世界再现了20世纪的成人世界。这对我们认识人类的过去，思考人类的未来是有深远意义和特殊价值的。

戈尔丁对人性问题的探讨固然是建立在对20世纪欧洲社会的深刻研究之上的，但是，他对现实的感受不无主观性。《蝇王》中正义的和善的力量最终敌不过恶的力量，悲观主义色彩是很明显的。不过，戈尔丁并不是绝对的悲观厌世者，他没有把人写成自己的地狱，也没有把整个人类看成暗无天日的苦海。戈尔丁的意图只是想在人本身的缺陷中寻找社会制度的根源，借此"使人了解自己的本性"。他认为恶是可以认识的，所以，戈尔丁在强调人性恶的同时，并不赞成恶，他赞扬的正好是恶的反面。在小说中，他一方面不屈从于邪恶和人的阴暗的心理；另一方面又具有怜悯同情之心，敢于正视现实。在他看来，人的高贵之处就是敢于正视现实，而不是对罪恶熟视无睹。以拉尔夫为代表的一方虽然处于寡不敌众的劣势，但始终坚持要为维持烟火、为集体的得救而斗争。拉尔夫最后因发现人的天性的泯灭、人心的黑暗而号啕大哭，体现出作者对人类文明和人性之善的维护与渴求。戈尔丁通过小说要说明的并不是人非善必恶，而是人应该而且必须有自知之明。人的最大不幸就是不了解自己，而且不想去了解人天性中的阴暗。西蒙所看到的猪头就是"蝇王"，它是使杰克和他的猎手们变成凶手的那种神秘力量的外化物，也是人性恶的外在实体。《蝇王》就是要我们去认识我们自己，提醒我们要用文明去抑制人类天性中的恶，使人类不沦为"蝇王"。戈尔丁告诉人们：文明与理性，是人类自我拯救的必由之路。

---

[1] Hyness, S. *Willian Golding.* Columbia, 1964, p.164.

二、人是"盘缠在一起的毒蛇"？

如果说，戈尔丁是从哲学的角度探究人性之恶的话，那么，法国的弗朗索瓦·莫里亚克（1885—1970）则是从宗教的角度探究人的"罪恶的心灵世界"的。他是一位天主教小说家，又是一位心理小说家。莫里亚克小说创作中较有代表性的作品是《给麻疯病人的吻》（1922）、《黛累丝·德斯盖鲁》（1927）、《黑夜的终止》（1933）和《盘缠在一起的毒蛇》（1932）。

《给麻疯病人的吻》描写了一对年轻人的爱情悲剧。女主人公诺埃米出生于一个破落的家庭，家境贫寒、性格懦弱，但纯真善良，而且美貌出众。她所处的生活圈内，人们满脑子金钱观念。她在父母的安排下，嫁给了她根本不爱的财主的儿子佩罗埃尔。佩罗埃尔忠厚善良，但外貌丑陋，自卑而敏感。他深知自己配不上诺埃米，诺埃米也不爱自己，但他内心又深爱着诺埃米。他每日面对自己所爱却又无法得到这种爱，内心有着难以排解的矛盾与痛苦。为摆脱痛苦，也是为了让妻子得到解脱，他只身出走，希望妻子将自己忘掉，但未能成功。最后他选择了自我毁灭的办法。弥留之际，他却领悟到：他毁灭后又怎能让被爱的一方领受自己的那一份真挚的爱呢？领悟了这一点后，不久他就离开了人世。诺埃米为丈夫高尚的行为与心灵所感动，她感到："对死者的忠诚将是她微小的荣耀，并且这也是她逃避不了的命运。"从此，她一直过着守寡的生活。

为了深入开掘人物情感—心理世界，作者在这部小说中将男女主人公置于爱而不能的处境中，充分地展开心灵的冲突，收到了很好的艺术效果。这里，莫里亚克并不像巴尔扎克等作家那样要致力于揭露与批判金钱给人们带来的悲剧，而是通过爱情本身的悲剧揭示了人们难以摆脱的"命运"悲剧。显然，作者是从宗教的观念出发认识并构思这一悲剧的。男女主人公被"命运"强拉在一起，两颗心灵疲惫地挣扎着，互相感受到对方的存在却不能表达或接受各自的爱，同时又要竭力地维持着这种累己累人的尴尬处境；双方都认为自己"有罪"，所以各自都曾为对方做出自我牺牲。他们的心灵中都尚存着上帝的那种"爱"，其中渗透了作者的宗教理想。

《黛累丝·德斯盖鲁》和《黑夜的终止》是两个中篇小说，发表时间相隔

6年,但情节上互相关联,属于姐妹篇。前一部作品写的是主人公黛累丝的爱情悲剧。她从小就智力出众、正视现实,当同伴们还沉浸在白雪般纯洁的童年梦幻中时,她就清醒地看出了人们都在使别人痛苦中寻觅乐趣。她向来自修道院的女伴安娜揭示了"把德行和无知混为一谈"的骗局,感慨地说:"你呀,亲爱的,你不了解生活。"之后她和贝尔纳结婚,原以为从此找到了生活的避难所,却不料丈夫是个自私而傲慢的家伙,她很快对他产生了厌恶感,并发展到企图毒死丈夫的地步,事情败露后被拘禁受审。她丈夫居然出庭作证,说黛累丝无罪,于是法院免于起诉。获释后,她被贝尔纳囚禁起来,过着坟墓般的生活。后一部小说写的是15年后的事。这时,黛累丝的女儿玛丽长大成人,要与一个叫乔治的青年结婚,但出乎意料的是乔治竟爱上了玛丽的母亲黛累丝。从未体验过真正爱情的黛累丝为了女儿的幸福,克制自己的感情,并放弃了全部财产,然而还是受到了女儿的厌弃。最后她只能在"黑夜"的痛苦生活中等待着死亡的降临。

莫里亚克在这两部小说中描写的黛累丝是一个在"坟墓"中活着并挣扎着的女性,作者力图要诉说的是人性被物化、扭曲后所造成的爱情悲剧。黛累丝是一个充满活力、追求"人"的生活的人,然而,她的丈夫及其家庭成员却都受财产欲支配,他们对这种充满物欲追求而丧失人的灵魂、情感的生活感到十分满足。而在黛累丝看来,他们都是些废物,都是行尸走肉。她要寻找"人"的生活,于是她要行动——杀死贝尔纳,但这行动把她推向了活坟墓。之后,她的情感被女儿的情人乔治唤醒,在她做出了巨大的自我牺牲之后,得到的依然是"地狱"。小说告诉我们:在这充满异化的社会中,人要寻找到精神寄托只有皈依上帝。小说的批判意义是十分强烈的,但悲观色彩也十分浓重。在艺术上,这两部小说善于运用内心独白和内心分析来剖析人物,往往通过主人公的心灵来反映整个阶层、阶级乃至社会中各类人的精神面貌。

《盘缠在一起的毒蛇》是莫里亚克的代表作之一。小说以19世纪末20世纪初的波尔多市为背景,描写了主人公路易和他的妻子儿女们为财产继承权问题而展开的矛盾冲突的故事。路易是一个牧民的儿子,年幼时父亲去世,由母亲抚养长大。他童年时体弱多病,性格孤僻,但胸怀大志,学习用功,总是怀着满腔的热情希望以后能考上大学,不过这个愿望并没实现。1883年8月,他结识了财主半多代什的女儿伊莎,并很快与她结了婚。婚后不久,路易了解到伊莎婚前曾有过一位男友，从此他认定伊莎并不爱他，并在心底产生了怨恨。在不到30岁时，路易成了一个小有名气的律师。他精明能干，在从事律师事务的同时，还经营股票生意，成了当地的百万富翁。随着财产的增加，他对金钱的爱也越来越深，并且越来越啬冷酷，他像一个将军负责守卫最后一道防线一样，死守着自己的每一份财产。他对妻子与子女们始终怀有戒备之心，认为他们都企图夺取他的财产，他无论如何都不能容忍自己活着的时候让财产丧失在妻子儿女们的手中。他的儿子贝尔、女儿热娜埃夫、外孙女婿都对他怀有敌意。他卧病在床时，家人都不去关心他。路易感到他虽然拥有万贯家产，但"喝不上一杯凉白开水"，他的家人们都等待着他一命呜呼之后分享他的家产。于是他决计要报复他们，那就是剥夺子女们的财产继承权。他仇视子女们，把自己看成是盘缠在一起的毒蛇。一天深夜，他听到全家的人暗地里在谋划着如何对付他，顿时他明白了，盘缠在一起的毒蛇原来并不在自己身上，而已经游出他的身外，它们就是自己的子女们。他决定将财产转给他的私生子罗贝尔。不久，妻子伊莎去世，他在妻子的遗物中发现她是真心爱他的，他的行为是妻子死亡的直接原因。路易悔之莫及，为了赎罪，他重又决定将财产分给子女们。临死前，他找到了精神的寄托——上帝和爱。

莫里亚克描写路易及其家人毒蛇般罪恶的灵魂，除了要揭露人与社会的罪恶之外，更是为了给人们以"爱"的启示。莫里亚克从小在宗教的环境中长大，上帝、爱、人性的圣洁在他的心目中占据重要位置。然而，现实生活中的罪恶，特别是金钱对人的灵魂的腐蚀如此深重，这是他始料未及的。他的宗教情感和作家的责任感促使他要细细地研究并在小说中揭示这种罪恶以及由这种罪恶造成的人间悲剧。在莫里亚克看来，人不过是一个充满错误的主体，假如没有神恩，这些错误就无法免除。因此，他揭示人的罪恶，让人物在感悟到上帝爱的灵光后灵魂觉醒，从而在人们的心目中恢复上帝的形象，重新倡导基督教的精神。《盘缠在一起的毒蛇》中的大小人物，心灵中无不有错误与罪恶的因素存在，在这个意义上，作者认为他们是"盘缠在一起的毒蛇"。尤其是主人公路易，作者让他在罪恶的泥坑里越陷越深，但就在他即将永别人世时，终于领会了生活中"爱"的意义，从而走出"蛇穴"。莫里亚克自己说过：我的人物或许不全相信上帝还活着，但是他们全都有一颗道德的心，不可能犯罪。所以作者同情他们，最终又将他们从罪恶的泥坑里超拔出来。作者认为路易的罪恶源于对财产的欲望，是金钱腐蚀了他的灵魂，他最终的得救，充分说明了上帝爱的力量的存在和人性中善的力量的存在。正如作者所说：当一个人的最坏一面展现出来以后，就要在他身上找到那生来就有的善的火花，它是不可能在他的心灵中熄灭的。所以，莫里亚克描写路易与家人围绕财产继承权问题而展开的心灵厮斗，最终目的是为了塑造"依据上帝形象创造的，得到耶稣基督拯救和受到圣灵启示的人"的形象，从而让充满罪恶的社会中的人们恢复对上帝的爱。因此，这部小说可以说是体现了作为"天主教作家"的莫里亚克创作之本色的。

作者在这部小说中把为争夺财产而展开的家庭冲突，尽可能地用心灵冲突的形态表现出来，以达到人性开掘的深度。为了表现心灵冲突的需要，作者采用日记体和书信体的形式来构思整部小说。路易的心态变异是小说表现的中心，因而作者在全书的主体部分安排了路易临终前写给妻子伊莎的一封长信，表达自己对妻子和子女们的一腔愤懑。最后又附了另外两封短信，一封是路易的儿子罗贝尔在父亲死后写给妹妹热娜埃夫的，是对他父亲一生的如实评述；另一封是路易的外孙女维尼娜给舅舅罗贝尔的长信，是她对外公所作的宗教性评判。这三封书信构成了整个小说。作为小说主体部分的路易的长信，就其内容而言，实际上又是书写者在68岁那年中的日记，它叙述了路易从19世纪80年代与伊莎结婚到20世纪初卧病在床这几十年间日常的和精神的生活经历。三封书信，便是作者描写主人公路易及其家庭的三个视角，三部分内容互相照应，互相补充，构建了一个富有立体感的资产阶级家庭生活的图画。书信和日记体形式在叙述方式上具有流动性、灵活性，因此，小说在时间和空间处理上是交错式的，无论是回忆往事还是记叙现实故事，都没严格按照时间先后进行，而是把现在的事和过去的事搅合在一起，在空间上也就出现了多变性。作者采用这种叙述方式来描写这个心灵冲突的故事，其根本目的是为了使小说对人物灵魂世界的展露富于真实性、丰富性和深刻性。

路易是小说的中心人物，他是一个心态变异了的拜金主义者，是一个冷酷、吝啬、好猜疑、图报复的人。对金钱的挚爱，是造成他心态变异的直接原因。路易年轻时有理想有才华，不满30岁，就在律师事务上显身扬名。但随着他在股票生意中不断地取得成功，财富的积累不断增大，他对财富的占有欲也与日俱增。他说，"我承认，我爱钱，钱能使我安心"，"贪钱的欲望已融化到我的血液里"。再者，现实告诉过他无数回："一个老人只有掌握着财产他才能生活，一旦两手空空就会被人一脚踢开。"他曾经耳闻目睹过许多关于子女"把老人的钱刮干净后就让他活活饿死"的惨剧；他担任辩护律师受理的第一个案子便是一个老人被两个儿子冷落的事实。所以，他越上了年纪，越是在病魔缠身需要人帮助时，就越是企图牢牢地抱住他的保险柜不放；而他愈是感到自己占有这笔数目可观的财产，就愈是怀疑子女们存在侵吞他的财产的野心。事实也正如此，当路易一病不起后，子女们就聚在他的床前密谋瓜分财产的事；为了得到财产继承权，他们居然要把父亲当作神经病患者加以监禁。这自然又加剧了路易对他们的猜疑、仇视和戒备。显然，钱这个"上帝"在路易与家人之间筑起了一道厚厚的心理之墙。因为有了钱，路易才猜疑妻儿们，他的性格也变得冷漠、固执、吝啬、卑琐。他曾祈求得到人与人的温暖，但由于他有钱而且过分相信钱的力量，因而无法相信任何人对他的真诚。只有在临死之际，他才真正看清妻子伊莎的善良，才知道他的猜疑给她带来了多么惨痛的心灵折磨。然而他的领悟太晚了。路易的形象揭示的是人性变异的悲剧。这个悲剧在向我们诉说金钱使人异化的事实的同时，也告诉我们人性中的善良与温情总是或多或少还存在着，现代人也并没有到了无可救药的地步。

小说通过路易一家为财产而展开的勾心斗角的故事的描写，揭示了现代西方资本主义社会金钱对人与社会的制约以及人们的现实生活状况与精神世界，表达了作者对人、社会、金钱与宗教的理解。人物之间如此冷酷无情的仇视与争斗，无不因为他们都把自己的心放进了钱袋，金钱的欲望把他们心灵中的上帝、把人性的善良给挤走了。在用金钱衡量每一社会成员的价值这一评判尺度依然存在的社会中，在以财富的创造为社会文明进步之判断标准的社会中，金钱便是驱动人们行为的主要动力，它使社会中的许多成员成为金钱异化的对象。这是一幅令人齿寒的异化了的人类生存图画。

莫里亚克是20世纪法国杰出的现实主义作家。在艺术方法上，他继承了19世纪现实主义的传统，在"人"的观念的表达上，他延续着19世纪现实主义作家们关于人性善恶问题的探讨。而且，"莫里亚克的小说着力描绘了人们头脑中恶的观念。自波特莱尔以来，恶在文学中得到了淋漓尽致的刻画，但波特莱尔是在诗中描写丑，丑的事物还不等于恶的观念。唯有到了莫里亚克笔下，尤其是在他的小说中，恶的观念才得到了充分的表现"。[1] 作为一位天主教小说

---

[1] 郑克鲁：《现代法国小说史》，上海外语教育出版社1998年版，第224页。

家，莫里亚克借宗教去透视人性中的善与恶，以警示世人。他把人的复杂的内心世界归结为两种基本趋向：向上帝飞升，向魔鬼沉落。他告诉人们：人既非天使，亦非禽兽。然而，在人的内心世界中，天堂与地狱、上升与沉落始终在交替斗争中，上帝的失落，人就走向邪恶，世界也就充满邪恶，因此，他在小说中又通过上帝的复归、人物心灵的净化给世界抹上宗教的理想之光，使小说在冷峻、黯淡、迷茫中透出了点点亮色。当然，他所谓的"上帝"，其实也不是神学意义上的人格化的上帝，而是道德意义上的博爱。我们在莫里亚克的小说中，可以看到19世纪西方现实主义文学中"人"的观念的重现。然而，这种"人"的形象，在20世纪西方文学中，其声音已显得十分微弱。因为，在这个充满恐惧的世界上，有多少人还相信上帝还活着呢？即便是他留下的灵魂——博爱，也差不多被人自己给驱散了。

第四节
荒诞与抗争

当上帝还活着的时代，人不管怎么卑微，世俗生活不管怎么无望，人生都是有目的、有意义的。而且，人作为上帝的造物，因其有神性的附着而不失崇高性，在上帝的引导下，人通过自身的努力能找到自我的意义与归宿，人的存在有一种依托感与充实感。当科学与理性取代上帝的时候，人觉得自己就是上帝，人不仅可以把握自我，而且还可以把握整个世界，理性主义使人的现实存在充满了意义与价值。然而，当科学驱逐了上帝，理性主义战胜信仰主义之后，18世纪末19世纪初的浪漫主义就从人的感性的层面——实则是非理性的层面对科学与理性的自满与自傲表示了不满与排斥，19世纪末和20世纪的非理性主义则对一切理性的存在表示了反抗。以非理性的方式去把握人的存在，世界的稳定性消失了，人存在的意义消失了，世界是荒诞的，人是孤独的。20世纪西方文学特别是现代主义特征的文学，从非理性的视角让我们看到了人的另一种存在和另一个自我，文学中也就呈示了另一种"人"的观念。

一、卑微与无望

当人们用理性为自己构筑起一个复杂而庞大的社会机构，企图为自己创造具有安全感的生存环境的时候，也就是人进入了一个用科学理念和理性价值观建立起来的现代社会的时候，文明的悖谬现象又出现了：人创造的理想的社会给人带来的是自我的失落；人所创造的并非自己当初真正想要的东西；人无法接近追求中的理想境界。

20世纪初的弗兰兹·卡夫卡（1883—1924）以其独有的心灵世界感悟着那个为未来主义者们所欢呼的世界背后人的另一种感受与存在。他的《城堡》（1922）展示的是人的内心的"庞大世界"给人的精神带来的压抑，人的行动的事与愿违和无望。《城堡》中的土地测量员K，为了能在城堡当局管辖的村子里落个户，日复一日地不懈努力，却毫无结果，因为，"未得伯爵允许，谁也不得在此过夜"。[1] 城堡近在咫尺，却总也无法到达。最后，在K临终之际，城堡突然来了通知：他不许进入城堡，但可以在村里落户。一个小小的愿望，让人奋斗了一生，在他需要时，他求之而不可得，在他不需要时，却"满足"了他。"城堡"是压抑人的现实社会存在的象征。现实的社会存在，特别是庞大的现代国家机器是人自己创造的，是为人的生存服务的，但是，作为主体和本质的人创造的客体反过来压抑人，反客为主，人被强大的现实存在所扭曲，显得渺小卑微。人不被自己所创造的存在所接纳，成为无家可归的流浪者，理性的创造物成为一种非理性的存在。"城堡"作为一种"庞大世界"的象征，幽灵似的笼罩在人的心头，使人惶恐不安，无所适从。人的这种心理状态，在卡夫卡的《地洞》里表现得更为突出。那被不安全感死死追逐，为自己的处境与命运焦虑不安而惶惶不可终日的人，居然幻化为不知名的动物。这个动物为了保存食物建造了地洞，但仍然害怕外来的袭击，终日生活在疑虑与恐惧之中，"世界是千变万化的，那种突如其来的意外遭遇从来就没有少过，只要遇到一点特殊现象，就会叫我惊慌失措"。这充分表现出了人对自己创造之物的陌生感、离异感，表现了世界的荒诞和人的无能为力与无意义。

在20世纪中后期的西方文学中，世界的荒诞感和人的惶恐感依然是表现的主题。

---

[1] 卡夫卡：《城堡》，韩耀成译，浙江文艺出版社1995年版，第3页。

萨特认为，现实世界是荒谬的，它无因无果，神秘不可知，人们越去探求它的真面目，就越会发现生活本身包含着无数不可理解的东西，所以，生活在这个世界上的人就日益感到没有希望，感到人生是荒谬的。作为个体的人，无依无靠、孤零零地来到这个荒谬的世界上，等待他的是受冷遇、遭遗弃、惶惶不可终日，是荒谬世界中的"多余人"。《恶心》（1939）给我们展示的现实世界和人生正是这样的，整部作品都弥漫着由于客观世界的荒诞和叵测而勾起的主人公的厌恶感。

洛根丁从国外来到布维尔城，本想静心地研究历史，从事创作，但是，他很快就陷入孤独、烦闷的处境。他觉得，"我是孤零零地、完全孤零零一个人。我永远不跟任何人谈话；我不收受什么，也不给予什么"[1]。他生活在人群当中，但似乎已被这个世界遗忘了。"好久以来，再也没人关心我怎样过日子。"他周围的人都安于现状，沉醉于麻木不仁的精神状态中。他们到海边闲逛，到饭店喝酒玩牌，男女厮混，所有这一切，要么是无聊地消磨时光，要么是庸俗地自我炫耀。洛根丁所认识的那个"自学者"看上去胸怀大志，每天到图书馆念书，但他读书时毫无选择，只会按照图书目录卡的字母顺序一本本地死啃，结果是食古不化，越读越糊涂，成了思想荒诞、行为怪僻的笑料。"铁路餐厅"的老板娘放纵情欲，每晚要有一个男人陪她睡觉。马布里咖啡馆的经理法斯盖勒先生神情像流氓，有客人时，他"呆头呆脑"地来回走，客人走了就一人打瞌睡。他店里的顾客们不是喝咖啡，就是玩玩骰子。这些人活着似乎是为了吃吃喝喝，而吃吃喝喝仅仅是为了"保存我们宝贵的生命"。对他们来讲，一天的终了就像"每个东西死去了一样"；他们糊里糊涂地生活，一点也不知道世界和人生是怎么回事，他们的存在就显得毫无意义，生活对他们来讲就像无头无尾的河流，无所谓开始，也无所谓结束。洛根丁眼看着周围这荒谬的、不可理解的现实，觉得这些人"不过是一堆柔软的、怪模怪样的形体，乱七八糟，赤裸裸——一种可怕的猥亵的赤裸"。他意识到，他和周围的人一样，都是这个荒谬世界的"多余人"。他说："我们是一堆自我拘束、自我惶惑的生存者，我们每个人都没有丝毫理由活在世上……""我恍惚渴望着自我毁灭……可是，甚至连我的死也是多余的……我永远是多余的。"他的结论

---

[1] 萨特：《恶心》，郑永慧译，见柳鸣九主编《萨特研究》，中国社会科学出版社1981年版，第137页。以下出自该译本的引文均不再注。

是,"所有存在的东西,都是无缘无故地来到世上,无力地苟延时日,偶然地死亡"。然而,他的苦闷与孤独也就与日俱增,变得精神恍惚,近乎病态,终于有一天,当他到咖啡馆去找老板娘,女招待说她不在时,他顿时感到"恶心"抓住了他,使他生理上产生一种难以名状、难以忍受的反应,就像嗅到腐烂的肉或大粪一样直让人呕吐。从此,"恶心"就死死地缠着他不放,别人的衣着打扮,一个动作、一次交谈、一个脸部表情,甚至他所看到的任何一件事物,如一盏灯、一张椅、一棵树,都会使他心烦意乱。每当"恶心"袭击时,他就头昏眼花、神不守舍。这些反常的、近乎精神病患者的表现,正是他对现实世界、对人生荒谬性的一种感悟。

洛根丁所感悟到的世界的荒谬性,实际上是现代西方社会中人的存在状态的表现。本世纪以来,两次世界大战使西方世界发生了严重的精神危机。一切原先的秩序和条理像雪崩一样倒塌了,成了"不可推断的东西",而"荒诞"成了这种现实存在的高度概括。正是这种悲惨的现实以及人们由此而产生的变态的心理,使人们虽然活着,却不能认识自己、认识他人、认识社会和自然,从而感到人生的孤寂、无聊和空虚,感到生活的无意义和荒谬性,于是就产生了洛根丁那种有哲学意味的"恶心"。所以,萨特在小说中通过描写洛根丁"恶心"产生的过程和"恶心"难以解脱的事实,揭示了现实世界本身的荒谬性。

荒诞派戏剧表现了无生命的"物"挤占了人的生存空间,给人以压抑感和空虚感(尤奈斯库的作品);人在荒诞的、不可触摸的世界中不知所措,被可怕的力量弄得精神变态失常(品特的作品);人类生活的无意义,人的迷茫与无望,使人产生了无尽的生存焦虑(贝克特的作品)。黑色幽默表现荒诞现实存在的强暴无理,人生活于一个不可理喻又难以自拔的怪圈之中。

20世纪现代主义作品中,有相当一部分就是从人的非理性的视角,揭示世界的荒诞性和人在荒诞的现实存在面前的无望、无奈与无意义,其中展现的"人"的形象往往是卑微、渺小与无能为力的。

二、隔膜与孤独

从自由资本主义时代开始,随着"上帝"的失落与自由竞争所致的人与人之间争夺的激化,人与人的感情淡化,相互间的关系也恶化。但是,人们依然企求通过博爱来增进人与人的情感沟通与联系，维持稳定的人际关系。然而，从非理性的角度看，人在深层意识上是难以沟通的，人与人的关系也是荒诞的。

早在20世纪初，卡夫卡就以特有的敏感与敏锐，在《变形记》（1912）中表现了人的隔膜与孤独。某公司的旅行推销员格里高尔一觉醒来发现自己变成了一只大甲虫，从此，他有虫的外形和虫的生活习性，却有人的情感与心理，虫的外形逐渐隔开了他与人的情感联系，最终他在孤独中死去。小说以人变成虫来表述人与人之间互为异类的荒诞关系。

小说在写了人变成甲虫之后，又用许多笔墨写了变形后的格里高尔被遗弃的境遇和那悲哀凄苦的心灵世界，这进一步让我们看到了现代世界中人与人之间因无法沟通造成的孤独、冷漠与悲凉。格里高尔变成甲虫后，他的整个心灵世界始终保持着人的原样。开始他极力控制自己的发音，企图以人的声音与他人交流思想感情，进而得到他们的谅解，而不至于从此将他视作异类从而唾弃、鄙视他。然而，他的愿望落空了。那位来看他的秘书主任一见他那副"虫相"，吓得仓惶而逃，母亲惊得昏厥于地，父亲则暴跳如雷，只有妹妹还留有一丝感情，同情并照料他。但是，后来妹妹也开始讨厌和冷落他了，而此时的格里高尔不仅人性如旧，而且在那优美的琴声的催化下，更加激发了他对人的生活和人的默默温情的渴望。他顺着那优美的琴声，爬出灰暗的寝室，来到众人会聚之处。那些房客们早已厌倦了他妹妹的演奏，倒是这个"非人"的格里高尔，是唯一能够善解琴意的人。看到此，任何一个读者都会觉得此时的格里高尔是人而不是虫，于是会同情他、理解他。然而在他所处的世界中，他的外形是甲虫，因此他的一片"人"心无法被他人理解和接受。他渴望人的理解，而这种渴望反而导致他彻底被抛弃乃至形体毁灭，他体外的那层甲虫的外壳，把他和人隔开了，一切交流与沟通的企图也都宣告失败。

在现实生活中，人自然不会有甲虫的外壳，甲虫自然也不会有人的心态。不过，当我们透过这种表象，仔细地审视一下许多场合中人们戴着面具扮演种种角色，互相企求理解而又各自把内心隐私藏得深深的生活现实时；当人们在夜阑人静，扪心自问，为自我人格分裂而悲哀，深感心灵的孤独与寂寞时，我们不就看到了这些人身上有一层甲虫似的外壳吗？如此看来，格里高尔的变形折射了西方现代人在另一层面上的生存状态：人与人之间的隔膜和由隔膜造成的孤独，这是人与人之间互相视为异类的异化状态。

在萨特的戏剧《禁闭》中，表现的是更为畸形的人与人之间的潜在关系。剧中的三个鬼魂都是心灵扭曲的、变态的人物。他们生前犯有各种劣迹，在地狱里依旧恶习不改，各怀私欲，每人都想通过他人来证明自己的存在与价值，但始终无法做到。于是，三个痛苦的灵魂就在地狱里构成了一种畸形的三角关系：相互追逐又相互排斥，相互渴望又相互折磨；你对我是威胁，我对你是陷阱。其中一个鬼魂加尔散痛苦地说："地狱原来就是这个样子，我从来都没有想到！……提起地狱，你们便会想到硫磺、火刑、烤架，啊，真是莫大的玩笑，何必用烤架呢？他人就是地狱。"地狱中三个鬼魂的关系，就是现实中人与人之间的关系，而地狱中人的最大的痛苦来自他人对自己的折磨，这种来自他人的折磨的痛苦，远远胜过地狱刑罚之苦。所以，"他人就是地狱"。这里的"他人"是指处于畸形变态的人际关系中的人，也就是说，当人与人处于剧中这样一种恶性互残关系时，他人就成了地狱。萨特通过《禁闭》给人们揭示了处于深层关系中的人与人之间的隔膜与孤独。

三、失落与迷惘

在庞大的现实存在的重压下，人显得卑微、渺小，西方现代文学也就失去了传统文学中稳定明晰的自我，人就产生了自我定位的困惑，"我是谁"的问题就成了不绝于耳的叩问。

卡夫卡《变形记》中格里高尔的变形，一方面表达了人与人的隔膜，另一方面又是人的自我丧失的表征。人成为甲虫这一荒诞的事变实际上正好是隐藏在表层生活背后的人的真实存在：现代人的个性淹没在群体之中，人并不能主宰自我，个体的人是微不足道的。奥尼尔《毛猿》中的扬克原以为自己是"世界的动力"，他夸口说："我是结尾！我是开头！我开动了什么东西，世界就转动了！"[1]然而，别人则认为他是毛猿，是"肮脏的东西"。为了确证自我，最后被猩猩捏死后扔进了铁笼里，临死前他才幡然醒悟，自己真的不过如他人所说的是"毛猿"而已，原来一切"全都颠倒了"！奥尼尔通过扬克的追

---

[1] 奥尼尔：《毛猿》，荒芜译，见袁可嘉等编《外国现代派作品选》第一册（上），上海文艺出版社1980年版，第701页。以下出自该译本的引文均不再注。

寻过程揭示了现代人确证自我、寻找自我、寻找人的归属的过程，表达了自我的失落，自由的得而复失是现代人所面临的共同问题，揭示了现代人内心的苦闷、困惑与迷惘。

尤奈斯库的《秃头歌女》（1950）也展示了现代人失去自我的异化现象。剧中的马丁夫妇在一起生活了多年却互不相认，只觉得似曾相识，最后在反复交谈中才知道，原来他们是夫妻！史密斯夫妇在谈到勃比·华特森死了，但无法弄清是哪个勃比·华特森，因为，这个家族里叫勃比·华特森的人有十几个：死者勃比·华特森，他的寡妻勃比·华特森，他的两个孩子也叫勃比·华特森。死者的叔父叫勃比·华特森，他收养的男孩也叫勃比·华特森。死者的姑妈叫勃比·华特森，她的女儿也叫勃比·华特森。死者的寡妻勃比·华特森嫁给了死者的堂兄勃比·华特森，也就是死者的另一个叔父勃比·华特森的儿子勃比·华特森……这一连串的无法辨清的勃比·华特森，隐喻了人的个性的丧失，自我的无法确证。因此，尤奈斯库说："这是一个无人称的世界，他们是可以互相置换的，可以把马丁放到史密斯的位置，也可以把史密斯放到马丁的位置，调换是不会被察觉的。"[1]"无人称的世界"是一种荒诞的现实存在，正是在这种荒诞的存在中，自我失落了。在艾里生的《隐身人》中，主人公根本连姓名也没有了，他自己也不知道自己叫什么、是什么，最后成了一个谁也看不见的"隐身人"。人的"自我"近乎给蒸发了。

四、荒诞中的抗争

20世纪西方文学特别是现代主义特征的文学，从非理性的视角给人们展示了人的另一种存在。然而，这"另一种存在"的人生存于荒诞的境遇中，显得卑微甚至卑琐，无望甚至无能、无为，这是一种异化的人。20世纪西方的许多作家通过描写荒诞处境中的人，并非认同荒诞和荒诞处境中的人，而仅仅是通过非理性的独特视角，透视了理性视野内无法体察的人的另一种处境，揭示人的灵魂深处另一个被扭曲的"自我"，也即被异化了的人的呼声，这是生命与人性的一种真诚、真实的呼声，其中揭示的是这另一个"自我"与人性的另一种呼声和不合理的、非理性的现实存在的冲突，从而让人们看到了人的被异

---

[1] 《外国文学报道》1981年第5期，第64—65页。

化。所以，从荒诞中释放出来的是来自人的灵魂深处的另一种人性自由与解放的要求，在荒诞的背后透出了人对不合理的现实存在的反抗，对一种新的、更高的理性的追求。

卡夫卡这个"软弱的天才"给我们展示的荒诞处境中的人，可以说是够无奈与痛苦的了，然而，即便如此，在无奈与痛苦中，他们仍不丧失理性的抗争精神。《城堡》中的土地测量员K，在无望中却不停止追寻。《变形记》中的格里高尔，在蜕变为虫之后，仍坚持着与异化环境的抗争和对人性的维护。格里高尔三次爬出自己的房间，表现出他顽强的抗争意识。在卡夫卡描写的艺术世界里，人虽然并非都像格里高尔那样都变了形，但都处于异化的状态之中。异化中的人物有一种不绝的惶恐悲哀与无奈，一如卡夫卡自己的心态。卡夫卡同情着被异化的人，抗拒着异化人的世界，追寻着人性复归之途，于是，在他的作品中透出了理性的抗争。然而，卡夫卡要复归的是一种什么样的人性呢？人性的原本状态是什么样的呢？这种纯真人性的参照难道是伊甸乐园的人？显然，这些问题在他作品中都无法找到明晰的答案。卡夫卡告诉了我们人被异化的事实并表示了对异化的抗拒，虽然这种抗拒是软弱的，并且，在这种抗拒中隐含了对完美人性的追寻。

相比之下，奥尼尔的抗争显得更坚定一些。在《毛猿》中，扬克为确证自我，始终在做着不懈的努力。虽然，他的行动无非是从邮轮的大"笼子"落进了监狱的牢"笼子"，最后又被猩猩掐死后扔进了动物园铁"笼子"，但正是这从"笼子"到"笼子"的行动过程，表现出了强烈的抗争意识。在文艺复兴时期的人文主义者看来，宇宙是个美好的花园；但在奥尼尔看来，社会处处是牢笼。现代西方的文明世界中，人丧失了自我、丧失了和大自然的一致性，社会愈发展、人类愈往前走，这种自我丧失越严重，和大自然的分裂越严重；所以，现代人对自己在世界中的位置是认识不清的。因此，在现代社会，寻找自己的价值和自身的历史的斗争，也即人跟自己命运的斗争，是人的一项永恒的使命。扬克的抗争，正象征着现代人和文明社会及不可知的命运的抗争。但扬克的抗争不被世人所理解，他自己最后也不知应走向何处，不能找到归宿。他只觉得自己"在天地之间"，挂在半空中。他无法向前走——走向更高度的文明社会，因为那意味着他将更深重地被异化，于是，他只好向后退——走向远古的时代，以便找到人的本源，他投向猩猩的怀抱，这正是后退行动的表现，然而，他却被猩猩掐死在笼子里，"笼子"成了他的归宿。这说明，现代人在寻找自身价值和位置的过程中，始终伴随着失败和痛苦，因为他们永远挣不脱现代社会的牢笼，永远无法和现代社会的异己力量抗衡。但是，失败、痛苦并不是人追求的目的，也不是人生意义与价值的最终体现；人与命运抗争和寻求归属难免有失败与痛苦，但这绝不意味着人生的绝望。相反，人不应该就此颓废，因为人生的意义正寓于这种悲剧性的抗争中。这种明知不可为而偏要为之的精神才是人生意义的极致。所以，扬克的抗争尽管是从"笼子"到"笼子"的结局，但他始终百折不挠，即使在临死之际，也竭尽全力抓住笼子上的铁栅栏，想站起来，像一个人一样地死去。可见，《毛猿》这出戏运用象征手法，借从"笼子"到"笼子"的结构框架，将人类的命运和人生的意义作了深刻而透彻的表达。

　　在萨特的作品中，处于荒诞中的人拥有一种更理性、更富有主体性的抗争与追求，这集中体现在人物的"自由"与"选择"的理念中。在小说《恶心》中，"恶心"表述的是洛根丁所处的环境的荒诞与人的孤独。然而，面对荒谬的世界，人是否就完全无能为力了呢？洛根丁最后的选择便是对此所作的回答。在萨特看来，人虽然是孤立无援的，世界是荒谬的，但人又是"绝对自由"的，没有任何约束；人可以通过自我选择、自我超越达到"自由"的境界。不过，在作出自我选择、自我超越之前，人必须首先意识到自己存在的意义，只有意识到现实世界的荒谬性和自我存在的无意义，人才会对自己的行为负责，自由地选择自己的本质，走上自由之路。所以，人对环境的"自由选择"并不是要改变环境，而是人的意识在想象中超越环境。存在本身是无法超越存在的，只有虚无（即主观意识）才能超越存在。人凭借天赋的想象力可以自外于事物，达到自我外化、自我超越或自我隐退、自我掩盖，这样就可以使自己从现实困扰中摆脱出来，达到自由的目的。"英雄自己使自己成为英雄"，这是萨特的存在主义名言。因此，有关人的自由选择的思想，又决定了萨特的存在主义是一种行动的哲学，它指出现实的荒谬，却并不把人引入消极悲观的境界。

　　《恶心》中洛根丁生活在平庸的环境中，但能意识到这种生活的无意义；这种无意义的生活现实不断地刺激他，又使他产生"恶心"的心理情绪；而感受到"恶心"，正说明他的"自我意识"对"存在"的领悟。他意识到自己"存在着——世界存在着——"。他曾力图摆脱"恶心",这表明他在领悟到"存在"和"荒谬"后,对超越"存在"所做的不懈努力。在整部小说中,我们处处能看到他的这种努力,只是,这种努力常常以失败告终。例如,他希望和旧时的情人安妮会面,就是为了摆脱"恶心",但事与愿违,只落得"举杯消愁愁更愁"的结局,他说"我并不仅仅因为离开她而感到难受,只是一想到又要回到孤独之中,我就极度畏惧……"正是这种现实的失败,又促使他的"虚无"进一步远离"存在",使意识更深地领悟"存在"。在失望中他接着说:"我是自由的,我再没有任何理由活着,所有我尝试过的理由都失去了,我不能再想象别的什么,我还年轻,我还有足够的勇气重新开始生活。但是,应该重新开始什么呢?在我最恐惧、恶心最深的时候,我是多么希望安妮能解救我啊,但是在今天,我才真正清醒了。我的过去已经死亡。罗尔邦死了,安妮的到来只是夺走了我的希望。我独自一人站在这花园环绕着的白色大街上。我是孤独的,自由的。"洛根丁最后对"恶心"有了新的认识,也即对世界、对人生有了更深的认识。他清醒了,他希望自己从零开始。在离开布维尔城之前,他在咖啡馆缥缈的歌声中开始思考未来,他期待着新生活的到来,他说:"也许有一天……从这一天这一刻开始,一切都又开始了。"他明白,现实世界中任何具体的东西,任何人都无法给他任何帮助,因为"他人就是地狱"。另外,现实世界虽然使人恶心,但它是无法改变的,人又因为有个讨厌的肉体,因而在现实中就总是产生"恶心",总是感到痛苦不宁;要摆脱现实,只有靠自己的意识脱离现实、超越现实。小说的结尾写道:"夜幕降临,在波兰达尼亚旅馆的二层楼上,有两扇窗里的灯发出亮光。新车站工地上飘来了湿木材的浓味儿;明天,布维尔城将在雨中。"这个结尾告诉我们,布维尔城没变,但洛根丁将离开此地开始新的生活;其中更深一层的含义是:现实世界不会变,但人应该超越它才能得到解脱。就这样,洛根丁认识到"存在"的荒谬之后,通过种种努力,最后使自己的意识超越了"存在",离开布维尔城前往巴黎的"自由之路"。

萨特在《恶心》中对世界与人生所作的解释,一方面揭示了现实存在的荒诞性,另一方面又表现了人的选择的自由与自主,从而表现人的自我抗争的现实性与有效性。因此,虽然小说描写的笔触冷漠而低沉,充满压抑忧郁的情绪,但是,小说强调人的"自由选择",主张面对不合理的现实时的不屈服,充分发挥人的主观能动性,不放弃自身的努力,不放弃对美好理想的追求,这又是一种乐观主义的人生观。萨特的作品之所以一度成了欧洲青年的精神食粮,很重要的一个原因就是他作品中的这种乐观主义精神。

从1929年至1937年,萨特是个"绝对自由"论者,《恶心》就是他的人学上的"绝对自由"论在文学上的结晶。从1939年直至1980年逝世,萨特成为一个"相对自由"论者。[1] "这种'相对自由'论的主要内容是承认了人的社会性,虽然未达到'人是社会关系的总和'的高度,但已认识到,人决不是'单个人所固有的抽象物',即承认了自己与他人不可分割的联系,个体与群体不可分割的联系,因而便肯定了个人自由只具有相对意义而否定了它的绝对意义。"[2] 相对意义上的"自由选择"理论更富有理性精神,因而在20世纪后半期的西方思想界拥有广泛影响。

加缪在《局外人》中表达的是一种对荒诞存在的冷漠式反抗。主人公莫尔索是一个"面对荒诞的赤裸裸的人"。他对周围的人都冷漠无情,表现出万事与他无关的态度。日常琐事、宗教信仰、婚姻恋爱,甚至坐牢处死,他都无动于衷。玛丽姑娘问他是否愿意跟她结婚,他说无所谓;邻居要和他交朋友,他说无所谓;他杀死了别人,并被处以死刑,他也无所谓。看上去他是一个麻木到了极点的冷血动物。但加缪在《局外人》的英文版序言中解释道:"他远非麻木不仁,他怀有一种情感。因其倔犟而显得深沉,这是一种真理的绝对情感。"加缪所要肯定的是莫尔索那种反抗社会与命运的"倔犟"精神。莫尔索的"局外人"行为和处境只是一种精神象征,在这象征框架中表达的是一种不向荒谬世界低头的西绪福斯式的冷漠而执着的抗争精神。"人们不能逃避命运的安排,只能承认命运;会思考的人的尊严就在于不要离开不可忍受的现实,而是向混乱投以挑战,要生活下去,在盲目信念的废墟上建立对健全理性的崇拜。"[3]

荒诞派戏剧表面上表现的是荒诞处境中人的无望与无奈,但其深层却蕴含着强烈的追求与反抗精神。尤奈斯库的《犀牛》中虽然出现了"四分之一"的

---

1 杨昌龙:《存在主义的艺术人学——论文学家萨特》,西北大学出版社1998年版,第44—46页。
2 杨昌龙:《存在主义的艺术人学——论文学家萨特》,第48页。
3 郑克鲁:《现代法国小说史》,第552—553页。

人变异为犀牛异化浪潮，然而，主人公贝吉兰却竭力抗拒着，努力使自己保持人形。为此，他冲着犀牛群喊道："我是人。"当世界只剩下他一人时，他虽感孤独，但仍然坚持着，"我是最后一个人，我将坚持到底，我绝不投降！"贝吉兰是一个抗拒异化的硬汉子。荒诞派戏剧中另一代表人物贝克特，在《等待戈多》中借"等待"表现人的不屈的抗争精神。在那一片荒原上，人们苦苦等待的戈多总是不来，人处于无结果的等待中。由此，剧本揭示了荒谬处境中人的无助与迷惘。但是，等待的无结果并不等于等待的永远无望，也不等于等待本身的无意义，因为，戈多毕竟没像上帝那样被宣布已经死了，也没被宣布不来了。戈多还活着，而且"明天准来"。起码，他活着，这就是人们可资振奋的希望。

海勒的《第二十二条军规》则以一种反疯狂的疯狂、反荒诞的荒诞，表现了反抗精神。主人公尤索林生活在"疯狗"一样的世界里，因而免不了歇斯底里。起初，他只有一种自发的求生本能，只觉得周围的人都在迫害他，因此，他在恐怖情绪支配下只是一味地逃避，其行为荒诞可笑。以后，这种自发的本能成了自觉的挣扎，比盲目的求生更进了一步。他在死亡面前不仅选择了生，而且选择了自由的死。从逃避死亡到正视死亡，这是对荒诞和死亡的主动挑战，是对荒诞世界的自主超越。他赤条条地走出队列接受长官的授勋，是一种反荒诞的荒诞，反疯狂的疯狂，其中表现了反现实存在的挑衅心理。在这个荒诞沉睡的世界里，主人公尤索林是难得的觉醒者，他用自己的疯狂行为去唤醒那些沉睡者，以勇敢的自我选择为被唤醒者树立抗争的榜样。

"荒诞"是现代人的一种存在状态，也是人的一种心理感悟。20世纪现代主义作家在感悟到了理性世界的荒诞性之后，从非理性的视角透视现代人的荒诞处境，他们的作品中普遍有一种荒诞感。"荒诞"展示出来的是世界的不可理喻和人的无助，正如尤奈斯库所说："荒诞是指缺乏意义……和宗教的、形而上学的、先验论的根源隔绝之后，人就不知所措，他的一切行为就变得没有意义，荒诞而无用。"[1]因此，现代主义文学的"荒诞"，表现了现代西方人在上帝失落、理性主义的梦幻破灭，对传统与现代文明都感到失望时产生的一种幻灭感。但是，现代主义作家的可贵之处在于，他们感悟到了世界的荒诞与人的无助，却并未沉沦于绝望之中，而是做着自我拯救的不懈努力。因此，

1　尤奈斯库：见黄晋凯编《荒诞派戏剧》，中国人民大学出版社1996年版，第7—8页。

现代主义文学描写的荒诞境遇中的人,总是在感悟到荒诞之后与荒诞的存在进行抗争。他们虽然没有传统文学中的"英雄"那壮怀激烈的言词和同邪恶势力抗争的悲壮举动,但是,他们在面对毫无希望的、平庸卑琐的处境时,能在精神上超越现实,执着地追求精神的自由;在明知不可为的困境中,仍不失抗争的勇气与信心;在被荒诞的现实无情捉弄时,仍能倔强地与之抗争。因此,现代主义文学中这些看似卑微渺小无崇高感的异化的人、孤独的人、疯狂的人、病态的人,都有更深意义上的崇高感和悲剧美,因为在他们的灵魂深处透射出了不屈的人性之光与人的顽强的生命之力。他们不相信任何外在的权威,不相信任何他救的力量,而相信自我行动的力量,以主体的自由选择与行动实现对自我的超越与解放,实现自我生命的价值与意义,其间不仅可以看到18世纪启蒙文学中"自然人"的理性追求,而且还可以看到19世纪浪漫主义文学中个性自由与解放的呼声,无非是这种抗争于荒诞世界中的人更倾向于内在精神自由与超越,同时又具有抽象人类的特征而已。因此,现代主义文学中的"人",虽有非理性特征,但其骨子里头、在本质上有理性的特征与成分,是传统文学中"人"的形象的发展与延伸。这种经受了绝望的悲苦洗礼后站立起来的"人",更富于人的自由意志和独立精神,他既张扬着生命的欲望与意志,又富于人的高度理性,同时又为上帝的灵魂爱与善的理想所牵引。他们是入世的又是出世的,与以往西方文学中的"人"相比,他们也就更能在悲哀的世界中去为生存而抗争。奥尼尔为这样的"人"作了冷峻而美好的预言:

> 在绝望的境地里继续抱有希望的人,比别人更接近星光灿烂,彩虹高挂的天空。[1]

第五节
执着与慰抚

现代主义文学中这些在极度失望的境地里继续抗争的"荒诞人",无疑为迷惘与悲观中的西方人提供了精神支撑,然而,这类"人"似乎又陷于抽象、缥缈的形而上世界而缺乏活生生的血肉情感,对荒诞存在过于冷漠而缺少对荒

---

[1] 尤里·奥尼尔:《论悲剧》,见《美国文学家论文学》,第247页。

诞中的人的关爱与慰抚。在此，海明威的"硬汉精神"与索尔·贝娄的"洪堡精神"在精神内蕴上是对现代主义文学中"人"的一种补充，从而使20世纪西方现代主义文学中的"人"更增一份高亢与亮丽。

一、"硬汉精神"：永远不败

欧内斯特·海明威（1899—1961）生活在两次世界大战这最混乱最恐怖的时代，而且他亲身经历了这两次空前的灾难。他就是一个从"绝望的境地里"走出来而且继续抱有希望的人。

1917年9月美国对德国宣战后，海明威兴奋地要求参战，但因左眼患疾和父亲反对而未能如愿。1918年，不满19岁的海明威志愿担任战地救护车司机，赴欧洲前线。他目睹了战争的残酷，并亲身体验了这种残酷。"1918年7月8日夜里，他正在皮亚维河沿岸的战壕里给士兵送烟、巧克力和明信片……突然一颗白炮的炮弹飞来，当场炸死了四人。海明威受伤最轻"[1]，但"中白炮弹受伤二百二十七处"，"两个膝盖都打穿了"[2]，而且还把一个意大利伤兵背进了战壕。在第二次世界大战中，"他作为战地记者曾到法国，并组织过游击队抗击德国法西斯。1944年8月，他参加了第一批部队攻进巴黎，解放了里兹饭店"。[3]期间，有一次因汽车失事身受重伤，头上缝了57针。面对世界的荒诞与邪恶，他不像一些现代主义作家那样失望、冷漠，而像一个古罗马角斗士一样昂然以对。他爱冒险、爱生活中的一切，他"爱上了三大洲，爱上了一些飞机与船，爱大海，爱他的姐妹，爱他前后的几个妻子，爱生也爱死，爱早晨、中午、黄昏和黑夜，爱荣誉、床第、拳击、游泳、垒球、射击、钓鱼以及读书、写作，也爱所有的优秀的影片"。[4]他选择的死也异常壮烈：把猎枪口放在嘴里，一扣板机，半个脑袋打飞了。这是他在长期备受各种病痛折磨，无法容忍病魔对生命的凌辱的情况下，以死表示对人的尊严的维护，是一种宁死不

---

1 董衡巽：《海明威评传》，浙江文艺出版社1999年版，第8页。
2 卡洛斯·贝克尔编：《海明威书信选：1917—1961》，转引自董衡巽《海明威评传》，第9页。
3 王长荣：《现代美国小说史》，上海外语教育出版社1992年版，第142页。
4 丽蓬·洛斯：《海明威肖像》，见《海明威研究》，中国社会科学出版社1980年版，第22页。

败的硬汉精神的体现。海明威是生活在动荡与混乱世界中的一个行动的而且不败的硬汉和英雄。正是这种不败的硬汉精神,构成了他小说中的"人"的精神骨架。

海明威被称为是"迷惘的一代"的代表。"迷惘"是海明威小说中的一个弥散性主题,它渗透于他的几乎全部作品中。这种迷惘既是一战以后一代美国青年厌战、恐战,却找不到出路的痛苦焦虑心态的反映,也是经受战争创伤,目睹世界之邪恶与混乱的海明威自我心态的表征。然而,在海明威的作品中,更集中、具体而有力的主题是迷惘氛围中从不间断的硬汉式探索精神。海明威给我们描述的世界是残缺的和不完美的,那里有赤裸的野蛮、疯狂的暴力和歇斯底里的混乱,于是又有痛苦、失败和死亡。唯其如此,这个世界才令人迷惘而又值得人去探索。海明威从早期的短篇小说开始,就一直进行着在一个不完美世界中人的自由与获救之途的探寻。他的两大长篇小说《太阳照样升起》、《永别了,武器》和中篇小说《老人与海》则是这种探索的集中代表。

《太阳照样升起》(1926)是使海明威获得声誉的第一部重要长篇小说。这部作品通过爱情故事描写了主人公精神上的迷惘与对人的生命意义的探索。女主人公勃莱特深爱着杰克,杰克也热烈地爱着勃莱特。然而,杰克在战争中因负伤而丧失了性能力,他们热烈地相爱却没有性结合,从而使双方都陷入了情感与心理的痛苦与焦虑之中。对勃莱特来讲,杰克是一个拥有丰富的精神与情感世界的人,然而他却没有爱情存在的物质与生命基础——性能力,因此,与他在一起,无异于让生命在痛苦中煎熬,"这是人间地狱般的痛苦"。[1]所以,她说,"我不愿再受折磨了"。勃莱特从此剪掉了美丽的长发,戴着男式毡帽,沉醉于酒与非真爱的男人之间。对杰克来说,勃莱特是他唯一爱着的女人,他渴望与她在一起,却又不能不在眼皮底下容忍勃莱特与别的男人在一起调情、接吻、睡觉。他用尽各种办法,力图把心爱的人与别的男人一起睡觉的情景在意识中抹去,然而一切都是徒劳的。他也照样忍受着如生活在"地狱般的痛苦"。在追求勃莱特的男人中,曾经是拳击手冠军的罗伯特有健美的身体却无丰富的精神世界,仅是杰克所丧失的性能力的象征。勃莱特在他那里虽获得了在杰克那里所无法获得的满足,但她很快就离开了他。这意味着对勃莱特来说,生命的意义不在于原欲式的性满足,尽管性原本是生命的象征。在狂

---

[1] 海明威:《太阳照样升起》,赵静男译,上海译文出版社1984年版,第146页。

欢节观看斗牛的活动中，勃莱特爱上了19岁的斗牛士罗梅罗。他不仅有健美的身体，还有勇敢的"打不败"的硬汉精神。然而，他除了有这种精神之外，仍不具有杰克那样的有血有肉的、丰满的和人性化的情感与精神世界，所以，勃莱特还是离开了他，最终又回到了杰克身边。海明威这样安排男女主人公的结局，并不意味着他们找到了圆满的归宿，找到了关于生命意义的圆满答案，而只是说明了生命存在的永不完满。生活永远残缺不全，勃莱特和杰克在一起，太阳也照样不会升起，即使杰克并没丧失性能力，也是如此。这是让人迷惘的悲苦的命运使之然。不过，小说的这种结尾却在迷惘中透出了男女主人公承受命运之悲苦而不断探寻生命意义的硬汉精神。

《永别了，武器》（1929）中的迷惘气氛更浓。残酷的战争毁灭了人的肉体也毁了人的精神。在战争的魔影下，人的命运如着了火的木头上的蚂蚁，遭逢了不可抗拒的灭顶之灾。在这个世界末日来临之际，善良的人、勇敢的人，都难免于死，因为上帝不存在了，文明与道德准则不存在了，末日的"审判"就无公正可言。主人公亨利在万念俱灰的情况下，唯一希望的是在与凯瑟琳的爱情的诺亚方舟中找到慰藉。然而，这只爱的小船也随着凯瑟琳的难产致死而沉没于茫茫苦海。小说透出了海明威生命意义探索过程中最悲冷的气息。也许正是这种悲冷的迷惘，催生他更理性、更清晰的探索阶段的到来。

《永别了，武器》之后，海明威小说中的迷惘气息渐趋淡然。到了《老人与海》（1952）这里，硬汉的精神得到了完满的体现，人生意义的探寻最终也似乎有了答案，就像浮士德最终找到了智慧的答案。小说通过一个象征性的故事表达了人类不屈服于一切暴力与邪恶的抗争而不败的精神。圣地亚哥是现代人的象征，马林鱼、恶鲨和大海是一切人类噩运的象征。在老人与大海和马林鱼搏斗的过程中，他始终坚信人的力量与智慧，他坚信："人不是生来就给打败的，你尽可以把他消灭掉，可就是打不败他。"[1]正是这"不败"的信念支撑着他，最终战胜了对手。海明威在这个简短的故事中进行着他精神的探索：人生难免会遭遇挫折与失败，但面对失败仍要抗争，不丧失人的尊严，决不妥协。这就是海明威一直探寻的"硬汉精神"。到此，《太阳照样升起》、《永别了，武器》以及作者此前其他所有作品中的精神探索，都得到了总结性的升华：人生的意义不在于现实的成与败，而在于精神上的不败；生命的价值在于

---

[1] 海明威：《老人与海》，董衡译，漓江出版社1987年版，第51页。

精神上成为强者。因此，"《老人与海》尽管不是海明威最后的作品，但完全可以算是他的'最后的遗嘱'，他以超越的精神信仰拯救结束了他对人的本质与人生意义的追寻"。[1]

海明威的"硬汉精神"，与萨特的"自由选择"意识不无精神上的相似。因为，海明威笔下的人物在与邪恶世界抗争的行动中表现出来的"永远不败"的海明威的"硬汉精神"，更具有行动的力度和现实意识。

二、"洪堡精神"：善良友爱

萨特的"自由选择"和海明威的"硬汉精神"对处于迷惘无望中的人来讲，无疑有精神振奋的作用。然而，在上帝失落、暴力与邪恶肆虐的现代社会，求证自我本质、追寻生命意义的人的行动，更需道德的导航标。从文艺复兴人文主义到19世纪浪漫主义的个性自由与解放早已告诉人们：绝对的自由就是自己的地狱。萨特从"绝对自由"转化为"相对自由"，无疑是意识到了"绝对自由"指导下的"选择"可能会让"自由"成为选择邪恶者的遁词。为此他说，存在主义人学"是一种行动的和自我承担责任的伦理学"。[2]人的本质取决于人的行动，"英雄自己使自己成为英雄"，邪恶者自己使自己成为邪恶。"自由选择"的强者和"打不败"的强者都只有在善的标灯照引下才能使自己不沦为暴力强权。所以，上帝可以没有，善和爱则不可没有。美国当代作家索尔·贝娄（1915—2005）的创作为20世纪西方文学"人"的行动与抗争标示了道德的指向。

贝娄出生在犹太家庭，生活在二战前后的美国。他不仅亲历了战争磨难，而且还饱尝了现代工业社会的骚乱与喧嚣之苦，对社会与人具有敏锐的洞察力和深刻的理解力，并能冷静地从现实角度去思考现代人的精神危机问题。他笔下描写的都是不满现状、善于思考、在精神的矛盾中走向道德自我完善的人。但这种自我完善又不是托尔斯泰式的宗教自救，也不是雨果式的道德说教，而是基于现实中人的道德需要的善与爱。1976年，"由于他的作品对人性的了解，以及对当代文化的敏锐透视"而获诺贝尔文学奖。

1　肖四新：《西方文学的精神突围》，中央编译出版社2003年版，第356页。
2　萨特：《存在主义是一种人道主义》，周煦良等译，上海译文出版社1988年版，第9页。

《雨王汉德森》(1959)中的汉德森出身名门，拥有百万财产，又有称心如意的妻子。从形而下层面看，他是一个养尊处优，各种欲望都可以得到满足的人。然而，他却总觉得有个声音从心灵深处在呼唤："我要，我要。"为了弄清楚自己到底要什么，他抛下富裕优越的家庭生活，只身前往非洲探险。其实，这是一次精神的探索，是要在自然感官满足的基础上寻找精神的满足。在经历了诸多艰难曲折之后，终于明白了原来自己所要的是为他人服务的理想，"我要"的是"爱"。而且，"我要"的呼声以后变成了"他要，她要，他们要"，也即人人需要"爱"，爱自己，爱他人。这种爱不是高悬于空中的上帝之爱，而是贴近于生活的真实的内心需要，它生发于人的良知，是人性之呼唤，正是这种爱"使现实成为真实"。汉德森的"我要"表达了20世纪一种新的人生理想：既要感官本能的满足，又要有精神的充实，而精神充实的要义是善与爱。这种思想也体现在贝娄的其他作品中。

　　1976年发表的《洪堡的礼物》是贝娄最有代表性的作品，它奠定了他作为"美国最伟大的当代作家"的地位。这是一部富有哲理意义的小说，它通过洪堡和他的学生西特林这两代知识分子的命运和精神状态，表现了美国现代社会中人的生存困境和精神危机。洪堡在30年代就成了著名诗人。他多才善言，知识广博，相信理性且能自制自律。他关心人类与社会的发展，有志于改变人的精神状况。他的方法是用古典的艺术美来改造当下人的实利主义风气。他的作品总是渗透着人道主义的温情，追求着人性的善良与纯洁。然而，随着时代的推进，20世纪40年代的美国是一个由金钱、政治强权、极端的理性、科学与技术垄断权力并由它们主宰人的精神和意志的时代，传统的、统一的、绝对的信仰和行为准则已失去了号召力。所以，洪堡所追求的理想是无法实现的，他的声望也从40年代末开始衰落，在屡遭失败后他成了一个集诗人、思想家、酒鬼、药罐子、天才、狂郁症患者和阴谋家于一身的怪物，最后在贫困、潦倒、疯狂中死去。临终前，他留下了一份遗书和一份礼物——两部电影剧本的提纲。

　　西特林（"我"）是五六十年代与洪堡有着相似的命运但性格不同的知识分子。如果说，洪堡更注重精神追求的话，那么，西特林则更注重世俗的实利满足，但又没有丧失艺术家的良知。他痛恨金钱主宰一切的庸俗风气，又依靠金钱挥霍享受；他追求高尚的精神生活，又为世俗情欲牵着鼻子走。后来，他逐渐认识到，在物质主义的美国，艺术是无法真正成功的。他同洪堡一样，也走上了精神探索之路，而且也同洪堡一样，最终破产，沦为小旅馆里靠写导游手册度日的落魄文人。在潦倒之际，他收到了洪堡遗赠给他的礼物，这份礼物给他换来了一笔钱。此后，西特林开始理解洪堡生前的追求，也发现自己身上逐渐多了几分洪堡的精神特征。他觉得自己代表着全人类的使命，应该继承洪堡的事业，并且从新的角度去完成他未竟的事业。于是，西特林也就"弃旧图新"，开始"去过另一种生活"。洪堡的礼物其实隐喻着一种"洪堡精神"：善良与友爱，并用它去拯救人的灵魂。"洪堡精神"要求每一个处在迷惘与焦虑中的人身体力行，自主而现实地爱己爱人，以此去重建此岸的人类精神家园。这种愿望固然也有理想主义色彩，但在这个没有上帝的时代，倾听这种来自人性，发自人的良知呼唤，总比任凭人欲泛滥而无道德航标更人道、更理性也更现实些。不管在何种情况下，不管人类文明发展到何种阶段，人对自由的追寻甚至对现有文明本身的反抗，仍得有道德的准绳和理性的规约，尤其是要倾听来自人的良知的呼声。因此：

卢梭说：人是生而自由的，但又无往而不在枷锁之中；

我们说：人是应该自由的，但又不能不在枷锁之中。

第六节
上帝必死而戈多永远活着

20世纪上演的那一幕幕人类历史上空前的惨剧，既是上帝失落后人们在科学和理性的强力支持下自己酿就的，说明上帝的缺失恰恰是人类的悲剧，又确证了上帝的死亡和科学与理性对人类幸福的于事无补。西方人陷入了深重的精神危机。

其实，人的能力是有限的，正因此，人类的祖先创造了神并借神力使自己超越现世并走向精神的彼岸从而获救。在这种意义上，人是离不开神的，西方人是离不开上帝的。然而，人的能动性同时也是人的悲剧性就在于他不会认可这种有限性，因而他总是凭借自己的智慧而窥视上帝之位，所以，上帝一开始就将人的智慧看作是人的一种恶。智慧亦即人之理性，在西方人的精神发展史上，人凭借智慧、知识与理性发展了科学，又用科学推翻了上帝，进而自己占据其位。在上帝离去之后，人自己倒是陷入了精神困境。

面对精神的荒原与危机，西方人又追忆起了上帝。艾略特、莫里亚克仅仅是其中的代表。其实，早在19世纪后期，欧洲就有人感受到了精神危机与精神荒原的来临。波特莱尔在他的《恶之花》中就已经描绘了精神荒原的景象，他也向上帝呼吁，以使人类走出荒原。艾略特的《荒原》是发展了的《恶之花》。艾略特笔下的"荒原人"在精神濒临死亡之际蓦然回首，寻找失落的上帝。当然，艾略特、莫里亚克和其他寻找上帝的作家们一样，此时他们寻找的已不是原来神学意义上的上帝，而是文化道德意义上的上帝，或者说是上帝留下灵魂的——爱与善。其实，他们找到的也只能是这个"上帝"，因为，正如人的生命不可起死回生，就像如今高科技时代的人无法再虔诚地接受一个人格化的神学上帝一样，旧时的上帝是不可能再生的。但艾略特毕竟在传统文化，尤其是基督教文化的土地上找到了精神存活之泉。由此我们也可以看到，"荒原人"的血管里流淌着基督之精神血液，他是希伯来—基督教人本传统的承继者。莫里亚克等作家笔下的"人"也基本属于这一类型。与艾略特和莫里亚克等不同，索尔·贝娄也呼唤着善与爱，然而这是一种发自人的良知与理性的呼声，它植根于世俗的人性而非宗教的神性，因而它富有人性的温馨、现实的泥土气息和现代的意味。

戈尔丁看到了人性的恶，但他不回头寻找失落的上帝，而是求助于当下的文明。文明亦即人之理性，戈尔丁在根本上相信人的理性对人性之邪恶的制约力。尽管他对文明之力的描述有些不着边际，但他把人之获救寄托于当下，寄托于人自己，他希望人类文明能沿着理性之路发展，成为呵护人的生命的一种善。

20世纪现代主义作家在总体上是"反传统"的，他们既不再信奉万能的上帝，也不信奉科学与理性，相反，他们觉得这一切都是给人带来精神压抑的荒诞的存在。现代主义者领悟到了上帝缺失的世界人的无助与无望，因而只能凭借植根于人的生命本体的自由意志与荒诞的现实存在、与不测的命运抗争，凭借人的"自由选择"去寻找生命的意义。"天上不存在什么上帝，地上也不存在什么永恒的真理，价值是通过主体的自由选择实现的。"[1]萨特等现代主义作家主张精神超越，进而构成对现实的反抗，在追求精神超越的行动中实现人的价值与意义。海明威不依靠上帝的力量战胜充满暴力与邪恶的世界，而是

1　郑克鲁：《现代法国小说史》，第553页。

凭借对人的永远不败的自信，在行动中找到生命人的价值与意义。然而，这些"自由选择"、自我行动毕竟没有具体的人的生命的现实目标，也无法解说人类存在的终极意义，因此，当下的反抗与选择虽然高扬着人的生命意识和主体精神，但它不能成为人的一种可靠的精神信仰，并且这种精神信仰也许根本就不存在，或者只能去等待它的出现。因此，"等待戈多"就拥有了更普遍的哲学意义，虽然"等待"本身就是一种行动、一种抗争。

"戈多"的法语原文"Godot"是英语God（上帝）的变体。也许作者用Godot含混地与God构成神秘的联系，意在隐秘地披露出西方人不断追寻上帝的那种"恋神情结"。原来的上帝肯定不存在了，人只能自己救自己。但自己救自己是何等困苦的事！即便如此，也得有一个类似于上帝的寄托物来增强人的自信心与安全感。科学、理性都已被反证，自由选择，自我反抗，也似乎过于空泛，那应该是什么呢？是Godot？寻寻觅觅，宁可信其有，不可信其无，在戈多没来之前，耐心地、勇敢地、坚韧地去等待吧，等待就是一种选择，等待就是一种行动，等待就是一种自信，等待就是一种希望。人的价值与意义在等待中，人的希望也在等待中……

上帝是必死的，因为他活在人的信仰里；
戈多是不死的，因为他活在人的等待中。

主要参考书目

Abrams, M. H. *A Glossary of Literary Terms*. Fortworth: Harcourt Brace Jovanovich College Publishers, 1993.

Allen, J. W. *History of Political Thought in the Sixteenth*. New York: Routledge, 1928.

Arendt, H. *The Human Condition*. Garden City: University of Chicago Press, 1999.

Barzun, J. *Romanticism and the Modern Ego*. Boston: University of Chicago Press, 1995.

Baumer, F. L. *Main Currents of Western Thought*. New York: Yale University Press, 1982.

Bowlding, K. *The Meaning of the 20th Century*. New York, 1984.

Brands, *Main Currents in Nineteenth Century Literature*. New York, 1960.

Burckhard, G. *Was it Individualism*? Leipzig, 1913.

Burgess, A. *Shakespeare*. London, 1970.

Calinescu, M. *Faces of Modernity*. Bloomington: Indiana University Press, 1977.

Cassirer, E. and others (ed). *The Renaissance Philosophy of Man*. Chicago: University of Chicago Press, 1979.

Cobban, A. *In Search of Humanity: The Role of Enlightenment in Modern History*. Princeton: Kessinger Publishing, 1976.

Cochrane, C. N. *Christianity and Classical Culture*. London and New York: Liberty Fund, 1944.

Colse, A. *Spanish Literature of Golden Age*. Manchester: Manchester University Press, 1995.

Coperstone, F. *A History of Philosophy*. New York: Continuum, 1962.

Cummimgs, R. D. *Human and History*. Chicago and London, 1962.

Curtis, S. J. *A History of Western Philosophy of Man*. London, 1981.

De Labrioue, P. *The History and Literature of Christianity*. London: Literary Licensing, 1996.

Dickinson, L. *Revolution and Reaction in Modern France*. London: George Allen, 1927.

Drabble, S. M. (ed). *The Oxford Companion to English Literature*. London: Oxford University Press, 1985.

Duckett, E. S. *The Gateway to the Middle Ages*. Oxford, 1982.

Fromm, E. *Marx's Concept of Man*. New York: Bloomsbury Academic, 1964.

George, B. *French Philosophies of Romantic Period*. Baltimore: Kessinger Publishing, 1994.

Haddon, A. C. *The Wandering of Peoples*. Cambridge: Cambridge University Press, 1911.

Hopper, S. R. (ed). *Spiritual Problems in Contemporary Literature*. Chicago: Harper, 1983.

Hyness, S. *Willian Golding*. Columbia, 1964.

Jesin, G. *The Study of Charles Dickens*. New York, 1974.

Kelde, E. *The Theological Extension in Greek Philosophy*. Glasgow, 1902.

Laski, H. *The Humanistic Tradition of Western Literature*. Boston, 1989.

Leff, G. *The Dissolution of the Medieval Outlook: An Essay on Intellectual and Spiritual Change in the 14th Century*. New York: Harper Collins, 1976.

Lindberg, D. *The Beginnings of Western Science*. Chicago: University of Chicago Press, 1992.

Long, W. J. *English Literature*. London: Hardpress Publishing, 1991.

Marcel, G. *The Humanistic Spirit in Europeon Literature*. Cambrige, 1987.

Mckay, J. P., B. D. Hill and J. Buckler. *A History of Western Society*. Boston: Bedford Books, 1987.

Murray, A. *Reason and Society in the Middle Ages*. Oxford: OUP Oxford, 1978.

Myers, P. *The Middle Ages*. Boston: General Books, 1922.

Norman, H. *A Social History of the French Revolution*. Toronto: Routledge, 1993.

Ogg, F. A. *A Source Book of Medieval History*. New York: Cooper Square Publishers, 1967.

Palmer, R. R., J. Colton. *A History of the Modern World*. London: McGraw-Hill Humanities, 1976.

Palon, J. B. *Christ and Civilization*. London: Nabu Press, 1926.

Plamenatz, J., *Karl Marx's Philosophy of Man*. Oxford, 1975.

Rashdall, H. *The Universities of Europe in the Middle Ages*. London: Oxford University Press, 1986.

Roberston, H. M. *Aspects of the Rise of Economic Individualism*. Cambridge: Cambridge University Press, 1933.

Robertson, J. G. *A History of English Literature*. London: Norwood Editions, 1996.

Robertson, J. G. *A History of Europeon Literature*. New Haven, 1980.

Roslovzeff, M. *A History of Western Literature*. Oxford, 1990.

Sabine, G. H. *A History of Political Theory*. New York: Thomson Learning, 1961.

Saintsbury, G. *History of French Novel*. London: Macmillan, 1985.

Shafer, R. *The Poeticalized Humanities of Western Literature*. London, 1991.

Smalley, B. *The Study of the Bible in the Middle Ages*. Oxford: University of Notre Dame Press, 1952.

Spiro, M. E. *Western Literature and Human Nature*. Chicago, 1997.

Swanton, M. *English Literature before Chaucer*. London: Longman Group United Kingdom, 1987.

Tarne, W. *The Greek Culture*. Cambrige, 1985.

Taweny, R. H. *Religion and the Rise of Capitalism*. New York: Hesperides Press, 1976.

Ullmann, W. *The Individual and Society in the Middle Ages*. London: Johns Hopkins Press, 1967.

Walker, W. *A History of the Christian Church*. New York: Scribner, 1918.

Watt, I. *Myths of Modern Individualism*. Cambridge, 1996.

Whitehead, A. N. *Science and the Modern World*. Cambrige: Free Press, 1987.

阿尔芒·拉努：《左拉》，济南：黄河出版社，1985年。

阿克顿：《自由史论》，胡传胜等译，南京：译林出版社，2001年。

阿利斯科·E·麦克格拉思：《科学与宗教引论》，王毅译，上海：上海人民出版社，2000年。

阿伦·布洛克：《西方人文主义传统》，董乐山译，北京：生活·读书·新知三联书店，1997年。

阿诺德·汤因比：《历史研究》，刘北成等译，上海：上海人民出版社，2000年。

埃里希·弗洛姆：《健全的社会》，北京：中国文联出版公司，1988年。

艾凯：《世界范围内的反现代化思潮》，张信译，贵阳：贵州人民出版社，1991年。

爱德华·博克斯等：《欧洲风化史》（1—4卷），杜之等译，沈阳：辽宁教育出版社，2001年。

爱德华·伯恩斯等：《世界文明史》（1—4卷），罗经国等译，北京：商务印书馆，1995年。

岸根卓郎：《文明论》，王冠明等译，北京：北京大学出版社，1992年。

保罗·库尔兹：《21世纪的人道主义》，肖峰等译，北京：东方出版社，1998年。

保罗·约翰逊：《知识分子》，杨正润等译，南京：江苏人民出版社，1999年。

鲍·季·格里戈里扬：《关于人的本质的哲学》，汤侠声等译，北京：生活·读书·新知三联书店，1984年。

别尔嘉耶夫：《论人的使命》，张百春译，南京：学林出版社，2000年。

勃兰兑斯：《十九世纪文学主流》，刘半九等译，北京：人民文学出版社，1997年。

曹顺庆：《中外文学跨文化比较》，北京：北京师范大学出版社，2000年。

曹顺庆：《中西比较诗学》，北京：北京出版社，1988年。

曹顺庆主编：《世界文学发展比较史》，北京：北京师范大学出版社，2001年。

陈惇、孙景尧、谢天振主编：《比较文学》，上海：高等教育出版社，1997年。

陈锐：《中西文化的振荡》，西安：陕西人民出版社，2000年。

陈燊编：《欧美作家论列夫·托尔斯泰》，北京：中国社会科学出版社，1983年。

大卫·戈伊科奇等编：《人道主义问题》，杜丽燕等译，北京：东方出版社，1997年。

丹尼尔·贝尔：《资本主义文化矛盾》，赵一凡等译，北京：生活·读书·新知三联书店，1989年。

丹皮尔：《科学史及其与哲学和宗教的关系》，李珩译，南宁：广西师范大学出版社，2001年。

德尼兹·加亚尔等：《欧洲史》，蔡鸿滨等译，海口：海南出版社，2000年。

丁宏卫：《理念与悲曲：华兹华斯后革命之变》，北京：北京大学出版社，2002年。

董衡巽：《海明威评传》，杭州：浙江文艺出版社，1999年。

恩斯特·卡西尔：《人论》，甘阳译，上海：上海译文出版社，1985年。

弗拉基米尔·索洛维约夫：《神人类学讲座》，张百春译，北京：华夏出版社，2000年。

弗马克、伯顿斯编：《走向后现代主义》，王宁等译，北京：北京大学出版社，1991年。

古斯塔夫·缪勒：《文学的哲学》，孙宜学等译，南宁：广西师范大学出版社，2001年。

哈伊：《意大利文艺复兴时期的历史背景》，李玉成译，北京：生活·读书·新知三联书店，1988年。
韩庆祥、邹诗鹏：《人学：人的问题的当代阐释》，昆明：云南人民出版社，2001年。
汉斯·昆等：《神学与当代文艺思想》，徐菲等译，上海：上海三联书店，1995年。
何云波：《陀思妥耶夫斯基与俄罗斯文化》，长沙：湖南教育出版社，1997年。
赫·乔·韦尔斯：《世界史纲》，吴文藻、谢冰心等译，南宁：广西师范大学出版社，2001年。
赫拉普钦科：《艺术家托尔斯泰》，上海：上海译文出版社，1987年。
侯维瑞：《现代英国小说史》，上海：外语教育出版社，1985年。
黄克剑：《人韵——一种对马克思的读解》，北京：东方出版社，1996年。
黄霖等：《中国古代文学理论体系：原人论》，上海：复旦大学出版社，2000年。
霍伊卡：《宗教与现代科学的兴起》，丘仲辉等译，成都：四川人民出版社，1999年。
基佐：《欧洲文明史》，程洪逵等译，北京：商务印书馆，1998年。
加林：《意大利人文主义》，李玉成译，北京：生活·读书·新知三联书店，1998年。
蒋承勇：《十九世纪现实主义文学的现代阐释》，上海：高等教育出版社，1996年。
蒋承勇：《现代文化视野中的西方文学》，上海：上海社会科学院出版社，1998年。
蒋承勇等：《欧美自然主义文学的现代阐释》，上海：复旦大学出版社，2002年。
蒋承勇主编：《世界文学史纲》（第二版），上海：复旦大学出版社，2002年。
卡尔·贝克尔：《18世纪哲学家的天城》，何兆武译，北京：生活·读书·新知三联书店，2001年。
卡莱尔：《文明的忧思》，宁小银译，北京：中国档案出版社，1999年。
凯蒂·索珀：《人道主义与反人道主义》，廖申白等译，北京：华夏出版社，1999年。
乐黛云：《跨文化之桥》，北京：北京大学出版社，2002年。
李赋宁总主编：《欧洲文学史》，北京：商务印书馆，2001年。
李健吾：《福楼拜评传》，长沙：湖南人民出版社，1980年。
李瑜青等：《人本思潮与中国文化》，北京：东方出版社，1998年。
刘建军：《西方文学人文景观》，长春：吉林人民出版社，2003年。
刘建军：《演进的诗化人学》，长春：东北师范大学出版社，1998年。
刘若端编：《十九世纪英国诗人论诗》，北京：人民文学出版社，1984年。
刘小枫：《沉重的肉身》，上海：上海人民出版社，1999年。
刘小枫主编：《基督教文化评论丛书》（1—10辑），贵阳：贵州人民出版社。
柳鸣九、郑克鲁、张英伦：《法国文学史》（上、中），北京：人民文学出版社，1979年。
柳鸣九主编：《萨特研究》，北京：中国社会科学出版社，1981年。
柳鸣九主编：《未来主义、超现实主义、魔幻现实主义》，北京：中国社会科学出版社，1987年。
陆贵山：《人论与文学》，北京：中国人民大学出版社，2000年。

陆贵山：《文艺人学论纲》，西安：陕西师范大学出版社，2000年。

陆建德：《破碎思想体系的残编》，北京：北京大学出版社，2001年。

罗德·W·霍尔顿、文森特·F·霍普尔：《欧洲文学的背景》，王光林译，重庆：重庆出版社，1991年。

罗洛·梅：《人寻找自己》，冯川等译，贵阳：贵州人民出版社，1991年。

罗素：《西方的智慧》，温锡增译，北京：商务印书馆，1999年。

罗素：《西方哲学史》，何兆武等译，北京：商务印书馆，1982年。

马丁·开姆尼茨：《基督的二性》，段琦译，南京：译林出版社，1996年。

《马克思恩格斯全集》，北京：人民出版社，1956—1982年。

马克斯·韦伯：《新教伦理与资本主义精神》，于晓等译，北京：生活·读书·新知三联书店，1987年。

马斯洛、罗杰斯等：《人的潜能和价值》，林方主编，北京：华夏出版社，1987年。

毛信德：《20世纪世界文学》，南昌：百花洲文艺出版社，1998年。

美国《人文》杂志社编：《人文主义：全盘反思》，多人译，北京：生活·读书·新知三联书店，2003年。

尼尔·唐纳德·沃许：《与神对话》，呼和浩特：远方出版社，1998年。

诺尔曼·布朗：《生与死的对抗》，冯川等译，贵阳：贵州人民出版社，1994年。

欧内斯特·勒南：《耶稣的一生》，梁工译，北京：商务印书馆，1999年。

潘能伯格：《人是什么——从神学看当代人类学》，李秋零等译，上海：上海三联书店，1997年。

潘显一、冉易光：《宗教与文明》，成都：四川人民出版社，1995年。

启良：《西方文化概论》，广州：花城出版社，2000年。

骞昌槐：《欧洲小说史》，武汉：武汉大学出版社，1995年。

钱弘道：《为卢梭申辩》，北京：北京大学出版社，1999年。

让·皮埃尔·韦尔南：《古希腊的神话与宗教》，杜小真译，北京：生活·读书·新知三联书店，2001年。

阮炜：《二十世纪英国小说评论》，北京：中国社会科学出版社，2001年。

萨特：《存在与虚无》，陈宝良等译，北京：生活·读书·新知三联书店，1987年。

萨特：《存在主义是一种人道主义》，周煦良等译，上海：上海译文出版社，1988年。

盛宁：《人文困惑与反思》，北京：生活·读书·新知三联书店，1997年。

史蒂文·卢克斯：《个人主义》，阎克文译，南京：江苏人民出版社，2001年。

斯特伦：《人与神——宗教生活的理解》，金泽等译，上海：上海人民出版社，1991年。

苏文菁：《华兹华斯诗学》，北京：社会科学文献出版社，2000年。

梯利：《西方哲学史》，葛力译，北京：商务印书馆，2000年。

田薇：《信仰与理性：中世纪基督教文化的兴衰》，石家庄：河北大学出版社，2001年。

瓦特：《小说的兴起》，高原等译，北京：生活·读书·新知三联书店，1992年。
王长荣：《现代美国小说史》，上海：上海外语教育出版社，1992年。
王宁编：《全球化与文化：西方与中国》，北京：北京大学出版社，2002年。
王诺：《外国文学：人学蕴涵的发掘与寻思》，北京：科学出版社，1999年。
王秋荣编：《巴尔扎克论文学》，北京：中国社会科学出版社，1987年。
王向远：《比较文学学科新论》，南昌：江西教育出版社，2002年。
王忠祥、聂珍钊主编：《外国文学》，北京：华中师范大学出版社，2000年。
维尔纳·桑巴特：《奢侈与资本主义》，王燕平等译，上海：上海人民出版社，2000年。
魏金声主编：《现代西方人学思潮的震荡》，北京：中国人民大学出版社，1996年。
翁绍军：《神性与人性》，上海：上海人民出版社，1999年。
吴岳添：《法国文学散论》，北京：东方出版社，2002年。
吴岳添：《卢梭》，北京：华夏出版社，2002年。
伍蠡甫等编：《西方文论选》，上海：上海译文出版社，1979年。
肖四新：《西方文学的精神突围》，北京：中央编译出版社，2003年。
徐葆耕：《西方文学：心灵的历史》，北京：清华大学出版社，1990年。
许俊达：《超越人本主义——青年马克思与人本主义哲学》，北京：中国人民大学出版社，2000年。
雅各布·布克哈特：《意大利文艺复兴时期的文化》，何新译，北京：商务印书馆，1981年。
雅克·勒戈夫：《中世纪的知识分子》，张弘译，北京：商务印书馆，1999年。
杨昌栋：《基督教在中古欧洲的贡献》，北京：社会科学文献出版社，2000年。
杨昌龙：《存在主义的艺术人学——论文学家萨特》，西安：西北大学出版社，1998年。
杨乃乔：《比较文学概论》，北京：北京大学出版社，2002年。
杨适：《中西人论的冲突》，北京：中国人民大学出版社，1991年。
杨武能：《走近歌德》，石家庄：河北教育出版社，1999年。
杨周翰等主编：《欧洲文学史》，北京：人民文学出版社，1979年。
叶·莫·梅列金斯基：《神话的诗学》，魏庆征译，北京：商务印书馆，1990年。
以赛亚·伯林：《俄国思想家》，彭淮栋译，南京：译林出版社，2001年。
易丹：《断裂的世纪：论西方现代文学精神》，成都：四川大学出版社，1992年。
易杰雄主编：《欧洲文明的历程丛书》（1—6卷），北京：华夏出版社。
殷企平等：《英国小说批评史》，上海：上海外语教育出版社，2001年。
余匡复：《德国文学史》，上海：上海外语教育出版社，1991年。
约翰·罗米民克·克罗桑：《耶稣传》，高师宁等译，北京：中国社会科学出版社，1997年。
曾艳兵：《西方现代派文学研究》，天津：天津人民出版社，1993年。
张椿年：《从信仰到理性——意大利人文主义研究》，杭州：浙江人民出版社，1993年。
张介明：《边缘视野中的欧美文学》，成都：四川民族出版社，2002年。

章忠民等：《人：永恒的斯芬克斯之谜》，合肥：安徽人民出版社，1989年。
赵林：《西方宗教文化》，武汉：长江文艺出版社，1997年。
郑克鲁：《现代法国小说史》，上海：上海外语教育出版社，1998年。
郑克鲁主编：《外国文学史》，上海：高等教育出版社，1999年。
周国平：《尼采——在世纪的转折点上》，上海：上海人民出版社，1986年。
《朱光潜全集》（6—7），合肥：安徽教育出版社，1990—1991年。
朱维之等主编：《外国文学史》（欧美卷），天津：南开大学出版社，1994年。
朱学勤：《道德理想国的覆灭》，上海：上海三联书店，1994年。
邹广文：《人类文化的流变与整合》，长春：吉林人民出版社，1998年。